重临巅峰

神级召唤师

SUMMONER OF LEGEND

上

蝶之灵

著

长江出版社
CHANGJIANGPRESS

图书在版编目（CIP）数据

神级召唤师之重临巅峰 / 蝶之灵著 .
— 武汉：长江出版社，2021.7
ISBN 978-7-5492-7778-0

Ⅰ . ①神… Ⅱ . ①蝶… ②王… Ⅲ . ①长篇小说 – 中国 – 当代
Ⅳ . ① I247.5

中国版本图书馆 CIP 数据核字 (2021) 第 142920 号

神级召唤师之重临巅峰 / 蝶之灵 著

出　　版	长江出版社
	（武汉市解放大道 1863 号 邮政编码：430010）
项目策划	力潮文创·蜜读
市场发行	长江出版社发行部
网　　址	http:/www.cjpress.com.cn
责任编辑	陈辉
封面设计	樱瑄
印　　刷	三河市嘉科万达彩色印刷有限公司
版　　次	2021 年 7 月第 1 版
印　　次	2021 年 8 月第 1 次印刷
开　　本	880mm×1230mm 1/32
印　　张	18.75
字　　数	560 千字
书　　号	ISBN 978-7-5492-7778-0
定　　价	72.00 元（全两册）

SUMMONER OF LEGEND

目 录

SUMMONER OF LEGEND

CHAPTER 01

体谅

嘉年华的颁奖礼结束之后，南建刚主席就主动召集大家去酒店办了场庆功宴。中国队六位参加嘉年华的选手以及跟过来当观众的队友、家属们一起在酒店包了个大包间，南建刚主席亲自请客。

　　"没想到我们两队都能进四强，真是可喜可贺！大家先干一杯！"

　　主席主动开了红酒，众人高高兴兴地把这杯酒干了。

　　南建刚话锋一转，道："不过这次拿到大奖，你们也不要太得意。嘉年华只是神迹世界联盟拿来试水的项目，主要是想让各国的选手互相认识一下，明年的第七赛季大家依旧要全力以赴。要知道，其他国家的电竞选手们一直在飞快进步，如果我们骄傲自满、停步不前，最终只会被人淘汰。"

　　主席的这番话让大家很快就从拿到奖杯的喜悦中冷静下来。

　　经过这次嘉年华的较量，其实大家心里很清楚，其他国家的选手并不比他们差，比如美国队的杰克、托马斯和埃德蒙的组合，如果不是苏广漠演戏太逼真，那场比赛胜负如何还不好说。韩国队的顶尖杀手实力也很强，楼无双跟他交过手，对他的暗杀技术是打心底佩服。

　　认可对手，才能看到自身的不足。

　　"回去以后你们马上就要面临第六赛季的季后赛收尾，嘉年华上的临时队友又会变成赛场上的对手。希望大家能专心应对每一场比赛，给第六赛季画一个圆满的句号，再去迎接崭新的第七赛季！"

　　听到这里，楼无双忍不住问："主席，第七赛季的赛制是不是要改了？"

　　南主席也没隐瞒，道："是的，新赛制跟旧赛制完全不一样。等第六赛季结束，我再召集你们开会讨论这件事。回去以后你们先安心准备第六赛季的季后赛，这是最后一次老赛制的比赛，大家都要好好把握！"

众人又被主席激起了斗志——老赛制的最后一届，能拿下冠军自然意义非凡。

庆功宴的气氛其乐融融，大家一边吃一边聊着嘉年华上的见闻，只有凌雪枫一直没怎么说话，脸色十分严肃。不过凌队平时就是这样，大家早就习惯了，也没察觉到不对。

事实上，凌雪枫面无表情是因为心情不好——他发给李沧雨的短信，一直都没有收到回复。

晚上回酒店后，凌雪枫主动给李沧雨打电话，却始终没人接听。凌雪枫皱了皱眉，连续打了好几个电话都没回音，他的心里突然升起一丝强烈的不安。

之前的几天嘉年华，李沧雨一直在现场观战，每次比赛结束后凌雪枫给他发短信他基本都是秒回。昨晚打完八强淘汰赛的时候李沧雨还在，照理说，今天是总决赛，他更应该来现场才是，可发给他的信息却一直没收到回复，这不合常理。

——他是不是出了什么事，没看见短信？

想到这里，凌雪枫从手机里翻出白轩的号码，直接拨了过去。

嘟嘟两声后电话被接通，看见来电显示，白轩不由惊讶道："凌队？你怎么会打电话给我？"

凌雪枫直接问道："李沧雨在哪儿你知道吗？"

白轩顿了顿，说道："他爸出了点意外，他去医院陪他爸爸。"

凌雪枫一怔："叔叔那边是什么情况？严重吗？"

"还没脱离危险期，在重症监护室。"

"哪家医院？"

"我把地址发给你吧。"

"谢谢。"

　　挂断电话后果然收到白轩发来的短信，凌雪枫不再犹豫，穿上外套转身出门。

　　凌晨一点，医院显得十分冷清，只有一些急症的伤患和零星的医护人员。

　　凌雪枫在护士站问了重症监护室的位置，按照护士的指示转身穿过长长的走廊，来到拐角处，果然看见 ICU 的门牌标志，门口坐着的那个男人正是李沧雨。

　　他看起来非常疲惫，眼眶下面是浓浓的黑眼圈，一张帅气的脸憔悴了不少。

　　在凌雪枫的印象里，不管是少年时代阳光直率的李沧雨，还是后来历经挫折后沉稳睿智的李沧雨，都给人一种很坚强、很自信的感觉。

　　这个男人，总是把自己最坚强的一面呈现在大家面前，他是兄弟们最信任的队长，是不管面对什么挫折都能勇往直前的猫神，可他也会有一些不敢去承受的东西。

　　比如，他所在意的亲人此刻正躺在重症监护室里，生死未卜，而他却只能坐在病房外面，什么忙都帮不上。这时候，他也不得不收起坚强的外壳，露出里面最脆弱的部分。

　　凌雪枫快步走到他的面前。

　　听到脚步声的李沧雨警觉地抬起头来，对上凌雪枫的目光，不由愣了愣，问道："你怎么来了？"

　　凌雪枫在他身旁坐下，轻声解释道："给你发短信没回复，我猜你可能出事了，打电话问了一下白轩，他告诉我你在医院。"

　　"哦。"李沧雨点了点头，声音沙哑地说，"嘉年华的比赛是不是结束了？结果怎么样？"

　　"我们拿了第一。"

　　"恭喜。"

　　凌雪枫没再提嘉年华的事，回头看着李沧雨问："你爸爸怎么样了？"

　　李沧雨沉默片刻，低声说道："他今天中午开车回家的时候出了车祸，送到医院抢救了一个多小时，医生说他颅内出血，还要在重症监护室观察一段时间，要是过了今晚能醒来的话，就没什么事。"

——要是醒不过来，或许会变成植物人。

李沧雨心情沉重地揉了揉太阳穴。

凌雪枫虽然不是学医的，但也知道颅内出血的严重性，大脑里有那么多神经，还连着脊髓，如果出血的位置比较危险的话，全身瘫痪、半身不遂甚至永远失去意识都是有可能的。

见李沧雨难过地垂下头，凌雪枫不由伸出手，轻轻抚摸着他的脊背，低声说道："叔叔会没事的。我在这里陪你等，明天早上他肯定就能醒来。"

"不用。"李沧雨勉强笑了笑，"我心领了，你打比赛那么累，还是回去睡吧。"

"没关系。"凌雪枫固执地说，"我陪你等。"

凌雪枫一旦决定什么事，很难说服他改变主意，既然他态度坚决地要留在这里，李沧雨便不再劝他。他留下也好，可以跟他聊聊天，这样时间也能会过得更快一点，不至于一个人那么难熬。

李沧雨沉默片刻，才轻声说："我老爸的个性非常严肃，但他其实很关心我，听我姐说，在我当了职业选手之后，他还会抽空看比赛，虽然看不太懂。"

凌雪枫知道李沧雨心里难受，便安静地做一个倾听者。

"其实，我小的时候特别调皮，我爸妈都是医生，有一次我拿着彩笔，偷偷在我爸珍藏的解剖图谱上乱涂乱画，被我爸揪过去狠狠揍了一顿……

"我爸是一位很出色的医生，名校医学院毕业，一直读到医学博士，成了消化内科的专家。我妈妈学的是中医，我姐姐当年也考了医学院……

"跟你认识的那一年我十七岁，正好是最叛逆的时候，那会儿我还在念高中，我爸想让我考医学院，将来也当医生，我就说，全家人都当医生有什么意思？然后我去组建了一支电竞战队，打神迹第一届职业联赛，把他气得够呛。

"但是……我并不后悔当初的选择。"

凌雪枫听到这里，按住他肩膀的手指微微用力，似乎在给他一丝力量。

李沧雨深吸口气，接着说："我知道自己不是当医生的料，却有打比赛的天分，手速非常快。虽然这几年没拿过奖，可我一直相信，总有一天我能拿到奖，我能证明当初的自己是对的。我想举着奖杯站在他的面前说，老爸，看你儿子，虽然没能变成像你一样的医生，但也有出息了……"

说到这里，李沧雨忍不住低下头，用修长的手指轻轻盖住了脸。

他是个男人，男儿就该流血不流泪，可是此刻看着紧紧关闭的 ICU 病房的房门，等着生死未卜的老父亲脱离危险期，他突然眼眶发热，有种想要流泪的冲动。

当初的他比现在的肖寒还要叛逆和骄傲，他总觉得自己应该有自己的人生，不能复制父亲的道路，所以他一直很坚定地反对父亲的意见，不想考医学院。

后来正好在游戏里认识了凌雪枫，神迹第一赛季开赛，他毅然带着几个兄弟组建了 FTD 战队，加入神迹联盟。哪怕父亲极力反对，他也一直固执己见。

如果当初考上医学院，或许他现在已经像父亲一样成了一名医生。

可他却选择了一条更为艰难的路。

打电竞比赛，出人头地，可不是那么容易的事情。

这么多年过去，他也确实没有拿到奖杯，没能证明自己。

但他心里始终有着一份坚定的信念，他总是告诉自己——李沧雨，总有一天，你可以拿着冠军奖杯站在你父亲的面前，让他知道你当初的选择是对的。你要告诉他，他的儿子哪怕不当医生，也同样是优秀的、值得他骄傲的儿子！

可如今父亲躺在重症监护室里，万一他永远都醒不过来呢？自己这些年的坚持又有什么用处？

这几年一直在国内拼搏，到纽约探望父亲的时间十分有限，哪怕是过来看他，也因为父子两个都很倔强的缘故，拌嘴的次数往往比温馨相处的次数更多。仔细想想，自己真是太不孝了……

李沧雨的胸口就像是压了一块沉重的石头，闷得几乎要喘不过气来。

"不要质疑自己。"凌雪枫轻轻拍了拍李沧雨的后背，低声说道，"李沧雨，你并没有错，你只不过选择了一条跟别人不一样的路。叔叔既然肯去看比赛，说明他其实也是关心你、认可你的。"

李沧雨听到这里，不禁一阵心酸，眼眶也微微红了。

凌雪枫认真地看着他说："你听着，你当初没有按你父亲的希望考进医学院，并没有对不起你父亲，每个人都有选择自己走哪条路的权利。这几年你带着队友们在赛场拼搏，做着自己最喜欢的事，从来没有放弃过，虽然没拿到奖，但你一直是我心里最优秀的选手。"

李沧雨沉默下来。凌雪枫这几句安慰的话给了他更多的动力和信心。他并不质疑自己的选择，当初选择这条路他也没后悔过。只是觉得很对不起父亲，让父亲失望了。

父亲、姐姐都是出色的西医，母亲目前在国内研究中医，在针灸治疗方面也颇有建树。只有他，偏偏跑去打什么游戏比赛，家里人不理解他，这也正常。

还好，有人能够理解。

凌雪枫作为这么多年的朋友，他始终是最理解自己的那个人。如今在父亲病重的危急关头，他又来到医院陪在自己的身边。

深夜里医院的走廊原本十分冷清，头顶的灯光是刺眼的白色，让人心里忍不住升起一丝恐惧和绝望——父亲的病情会如何发展，李沧雨完全无法预计，他能做的，只有等。

但好在，他的身边，有凌雪枫陪着他，一起等。

大概是今天一直在医院神经紧绷的缘故，李沧雨居然睡着了。

睡梦中，他又回到年少的时候，那时的他意气风发，在 FTD 战队简陋

手术室

CHAPTER
01

体谅

的训练室里跟几个好哥们一起研究神迹的各种打法战术，每天都信心满满、干劲十足，哪怕经常输掉比赛，可几个好兄弟一起并肩作战，每一天都过得特别快活。

后来，他又梦见父亲当年出国时跟他撂下的狠话："我给你三年的时间让你疯，要是三年后没什么成就，你立刻给我滚到纽约重新找个工作！"

李沧雨当时抱住爸爸，嬉皮笑脸道："知道知道，三年内我一定给你拿个冠军回来。"

在父亲看来，他当初确实很疯，放着好好的医学院不读非要去当什么电竞选手，完全无法理解，可又舍不得跟儿子直接反目，所以才给了他三年的时间。

然而，时限已过，三年又三年，他还在继续疯。他还是没能兑现给父亲的承诺。身为儿子，他让父亲为他操碎了心，这才是他最大的失败。

梦境里出现了很多过去的场景，FTD战队建立、解散，沧澜战队建立、解散……这么多年，历经风雨，若不是有一颗坚定的心，或许他早就放弃了。

李沧雨睡着之后依旧紧皱着眉头，凌雪枫在心底叹了口气，调整了一下姿势，把外套脱下来给他盖好，再把他的脑袋放到自己的肩膀上。

大概是感觉到有了枕头，李沧雨很自然地靠了过来。

李沧雨噩梦连连，睡得并不踏实，只过了几个小时，他就突然被车祸的梦境惊醒。

抬眼一看，天刚蒙蒙亮，正是黎明时分，医院里非常安静，甚至能听到清晰的心跳声。回过头来发现自己正枕在凌雪枫的肩膀上，他居然一直默默给自己当人体靠枕……

李沧雨有些不好意思，尴尬地坐直身体，说道："我怎么睡着了？"

凌雪枫目光温和地看着他："你肯定是太累了，要不要再睡一会儿？"

"不了。"李沧雨站起来揉揉酸痛的脖子，抬头见ICU的房门还没开，他只好又坐了回去，神色疲倦地低头看向手表。

早晨六点钟医生还没上班，也不知道父亲在病房里怎么样了。虽然心急如焚，可他只能在这里乖乖地等医生通知，就像是等待法官的宣判一样忐忑不安。

凌雪枫站了起来，说道："天快亮了，我去给你买点早餐。"

"不用，我不饿。"

"不吃东西怎么行？你昨晚是不是连晚饭都没吃？"

"……"

李沧雨的沉默显然是因为凌雪枫猜对了。

昨天晚上父亲正在抢救，他哪有心情吃什么晚饭？

"还是吃点东西。"凌雪枫按了按李沧雨的肩膀，说，"你在这等，我去给你买。"

凌雪枫买回早餐的时候，李沧雨正靠在墙上发呆，凌雪枫走到他身旁坐下，把热腾腾的牛奶和面包塞到他的手里，柔声说道："吃点东西，先填一填肚子。"

"嗯。"李沧雨接过早餐，热牛奶下肚，身体总算稍微暖和了些。他这时候才发现自己身上居然披着凌雪枫的外套，忙把外套还给他，道："谢了。"

凌雪枫接过衣服，回头看向李沧雨。

以前每次对视，李沧雨的眼睛都是清澈而明亮的，里面充满了自信的神采，可是这次他的眼睛里却布满血丝，声音也变得格外沙哑，状态实在不好。

——这一定是李沧雨这些年来最狼狈的时刻。

车祸的具体细节凌雪枫没敢问，只期望李沧雨的爸爸千万不要有事，否则他真的不知道李沧雨一直以来所坚持的信念会不会遭受毁灭性的冲击。

漫长的黑夜渐渐过去，窗外的天色越来越亮，时针总算指向早晨八点，ICU 病房的门终于开了，主治医生走了出来，问道："谁是李建安的家属？"

李沧雨立刻站起来道："我是。"

他的声音虽然尽量保持着平静，可身侧的手指却紧紧地攥成了拳头。

凌雪枫轻轻握了握他的手，走到医生面前问："情况怎么样？"

医生点了点头说："还好醒来了，脑出血已经止住，接下来需要慢慢恢复，你去办一下手续，将你父亲转移到普通病房。"

医生还以为凌雪枫也是这位病人的儿子，凌雪枫也没解释，轻轻抱了抱李沧雨的肩膀，在他耳边柔声说道："你先去看看你爸爸，手续我来办。"

李沧雨点了点头，穿上医生给他的无菌衣进了 ICU 病房。

病床上，父亲已经睁开了眼睛，李沧雨快步走到他床边坐下，低声叫道："爸。"

李建安沉默片刻，才恍惚地开口说："旁边那辆车撞过来的时候，我还以为这次会没命……"

"胡说八道。"李沧雨打断了他，紧紧握住他的手，"就您这牛脾气，肯定能活到一百岁，活个够本。"

他的声音听起来很沙哑，显然是一整夜都在外面等，黑眼圈严重得就像是大熊猫。李建安看着儿子这副疲惫的样子，微微扯了扯嘴角，轻轻拍拍儿子的手说："我活到一百岁，你也七十多岁了，到时候两个老头子还要吵架，多没意思啊，迟早被你气死。"

李沧雨被老爸的冷幽默逗得笑了起来，说道："您现在可是病号，别生气了，生气容易引发高血压和心脏病，您自己就是医生，比我清楚。"

李建安翻了个白眼，问道："你姐呢？"

李沧雨道："昨天打她电话一直没打通。"

正说着，一个穿着白大衣的女人突然推门进来，正是李沧雨的姐姐李悦然，她一脸焦急地问道："老爸没事吧？"

李沧雨还没来得及说话，李建安就抢着回答道："没事。车祸导致的外伤性脑出血，急诊 CT 的片子我刚刚看了，出血部位不在脑干，附近也没有神经，过一段时间就能慢慢吸收。昨晚我昏迷的原因是低血容量性休克，医生已经给我输了血。"

姐弟俩面面相觑。

片刻后，李沧雨才头疼地说："老爸，您能不能别自己分析自己的病情？您以为这是病例研讨会吗？"

"我自己的病情我很清楚，不严重，你们不用太担心。"说着李建安又用另一只手轻轻拍了拍女儿的手背，小声道，"别告诉你妈，不然我要被她骂死。"

姐弟两人："……"

李建安看上去严肃，其实是个典型的妻管严。

李家当家做主的一直是妈妈，李沧雨清楚地记得小时候看见的一个场景——老爸有一次惹妈妈生气，夫妻俩正在拌嘴，妈妈突然拿出针灸用的工具，什么话都没说，老爸立刻抱头认错。

当年李沧雨去打比赛虽然爸爸强烈反对，但他妈妈却比较开明，冷静地说："你十八岁成年后，自己的人生你可以自己做决定，但是，以后你千万别跑来我的面前哭，说你后悔了，那样我会瞧不起你。"

姐弟俩对视一眼，李悦然忍着笑说："知道了，不告诉妈妈。妈还在国内，天高皇帝远，管不到您。"

李建安这才松口气，放下心来，看了女儿一眼："你忙你的，我这里不需要你照顾。"

李悦然哭笑不得："行了爸，我已经请了一天假，今天就在这陪您吧。"

就在这时，医生过来通知他们换去普通病房，姐弟两人推着父亲的床来到指定病房，一进屋，就看见一个容貌英俊的男人正在俯身整理床铺。听到开门的动静，男人抬起头来，对上李沧雨的目光，便自觉地走到李沧雨面前，说道："手续已经办好了。"

"这是我爸，这是我姐。"李沧雨介绍道，然后又回头对父亲说，"凌雪枫，我最好的朋友，昨晚他一直陪着我，一起等到现在。"

李建安朝面前的青年点了点头："麻烦你了。"

凌雪枫道："叔叔不用客气，您没事就好。"

李悦然仔细打量了一下凌雪枫，发现这男人又英俊又有风度，弟弟有这么靠谱的朋友也确实难得，她忍不住说道："之前听我弟提起过你，你是风色战队的队长，对吧？"

"嗯。"凌雪枫点头。

"我昨天手机静音没接到电话，这次真是麻烦你了，还辛苦在外面等了一夜。"李悦然说着又回头看向弟弟，"你先和朋友回去补个觉，这里我来照顾，我就在这家医院工作，老爸交给我你也可以放心。"

"我还是在这里陪爸爸吧。"李沧雨说。

李建安瞪他一眼："我有什么好陪的？滚去睡觉，看看你这张脸都变成什么样了？"

李沧雨无奈，只好笑了笑说："那我回去弄些吃的，中午再来看您。"

李沧雨和凌雪枫一起出去，并肩穿过医院的走廊。

清晨金灿灿的阳光透过走廊的窗户照进来，洒在凌雪枫英俊的侧脸上。一向冷漠的男人，整张脸都沐浴在阳光中，似乎突然间温和了许多。

李沧雨回头看了他一眼，不知道说什么才好，"谢谢"这个词太平常，也太见外，可他心里真的很感谢凌雪枫昨晚能来到医院，陪着他一起度过了这最漫长、最难熬的一夜。

沉默片刻后，李沧雨才开口问道："对了，你们什么时候回国？"

"今天晚上的飞机。"

李沧雨怔了一下，忙说："那你快回酒店睡觉吧，昨晚都没怎么睡，回去补个觉。"

凌雪枫看向李沧雨，说："你也回去休息，你爸爸已经脱离了危险期，不要太担心。"

"嗯。"回想昨晚还真是虚惊一场，父亲能醒过来，李沧雨真的特别感谢上苍，以后他一定要多抽时间陪陪老爸。

李沧雨回到住处的时候，几个队友刚刚起床。

白轩本想去医院看看，后来接到凌雪枫的电话，知道凌雪枫要赶过去，他就没去，总觉得有那个男人在猫神的身边，医院那边就不需要自己了，还不如在家做点吃的等他回来。

此时，见李沧雨一脸疲惫，白轩便担心地问道："你爸没事吧？"

"没事，今早醒了过来，已经转到普通病房。"

小顾、章叔和肖寒听到这里，都明显松了口气。

李沧雨道："我这几天可能顾不上你们，让白轩带着你们四处逛逛，然后你们各自回去，我会在12月回国跟你们汇合。"

顾思明立刻说："队长你去陪爸爸吧，我们也没什么好逛的，我跟章叔休息一天整理一下行李，明天早上就坐飞机回去。"

肖寒道："师父，我买好了今天下午的车票。"

李沧雨揉了揉小徒弟的头，说："回去以后找机会跟你爸说说打比赛的事情，可以给他看看嘉年华的视频，他要是还不同意，你再跟我说，我亲自到你家走一趟，好好和他解释解释。"

肖寒认真地点头："知道了师父。"

白轩见他眼中满是血丝，忙说："你就别操心这、操心那的了，先去睡一觉吧。"

"嗯。"李沧雨走了两步，又想到什么，回头朝白轩道，"对了，医生说我爸可以吃一些清淡易消化的东西，麻烦你帮他煮点粥，我下午带过去。"

"好。"

回到房间后躺下，由于太累的缘故，李沧雨很快就睡着了。他睡到下午才醒来，去洗手间用冷水洗干净脸，白轩已经做好了粥，李沧雨就用保温盒带去了医院。

让他意外的是，他来到病房前的时候，居然透过窗户看见了屋里的凌雪枫。

凌雪枫买了鲜花和水果来探病，正坐在床边的椅子上跟父亲聊着什么，李沧雨推门的动作微微一顿，把门打开个缝隙，竖起耳朵听了起来。

"你跟我儿子认识了多久？"李建安好奇地问，"他在我面前很少提到职业联赛的事情，但他姐姐跟我说，他以前经常提到你，你三年前是不是还来过一次纽约？"

"嗯，三年前他想带队转移，我来纽约找过他，姐姐大概是听说过我。"

"哦。"李建安点点头，严肃地问，"我儿子在你们那个联盟混得怎么样？"虽然一直很反对李沧雨去打电竞比赛，可毕竟是自己的儿子，李建安还是想知道一下李沧雨的状况。

"他非常厉害。"凌雪枫认真地说，"他是我们很多人都认可的，最优秀的选手之一。"

"是吗？但我听说他好像没有拿过奖？"

"一个选手的实力不能光靠奖杯来评价，他之前没拿到奖，有很多方面的因素，以后肯定会拿到的。"凌雪枫说着，从包里拿出一个奖杯，道，"叔叔，您看看这个。"

李建安把金色的奖杯接过来，仔细看了看，疑惑道："这是什么？"

"第一届世界嘉年华 3V3 项目的冠军奖杯，我们昨天刚拿下的。"

"李沧雨肯定没有份吧？"李建安不客气地说。

"嗯，他没参加这一届的嘉年华，但这个奖杯，他是最大的功臣。"凌雪枫看着病床上的长辈，耐心解释道，"我们在小组赛遇到美国队的那次，就是李沧雨亲自制订的战术，如果没有他，那场比赛我们肯定会输，连小组赛出线都没机会，更别提拿下冠军了。"

"是吗？"李建安有些不敢相信。

"是的，您的儿子是我们神迹联盟最优秀的选手。"凌雪枫微笑了一下，接着说道，"这个奖杯有我的一半，也有他的一半，我想把奖杯交给您来保管，可以吗？"

李建安愣了一下："这不好吧？冠军奖杯这么珍贵的东西你放在我这儿？"

"我把它放在您这里，是想让您放心。明年李沧雨会给您拿来更多的奖杯，到时候您可以把各种奖杯摆在一起收藏，看看您的儿子到底有多厉害。"凌雪枫认真地说。

李建安被逗乐，严肃的他难得笑了起来，抱着奖杯一边仔细观察，一边说道："我就知道这个臭小子没那么差劲，不然他也不会坚持六年还不放弃。"

"其实，当年我去打电竞比赛的时候我父亲也非常反对，长辈们当然是为了我们好，但我们也会有自己的想法，有自己想去努力实现的东西。"说到这里，凌雪枫微微顿了顿，目光诚恳地看向李建安，"叔叔，李沧雨这些年很不容易，您就别责怪他了，他对您一直很愧疚，如果您能给他一点支持，他一定会更有动力的。"

听着面前的青年说出这些话，李建安也忍不住有些心酸，他的儿子个性如何他其实很清楚，这几年父子两个动不动拌嘴冷战，也是因为两个人都同样倔的缘故。

儿子确实很不容易吧？

六年没拿过一次奖，还在继续坚持，看来他真的很喜欢打比赛。想到这里，李建安长长地叹了口气，说道："我知道，我早就不反对了，他已经长大了，我也管不住他，他自己不后悔就行。"

凌雪枫笃定地说："他不会后悔，而且，他一定能证明自己。"

李建安点点头，拿起手里珍贵的金奖，忍不住问："这个奖杯你真要放在我这儿？"

"嗯，就当是送给叔叔的见面礼。"凌雪枫说，"这个冠军，您儿子是最大的功臣，本来就该颁给他。"

李建安笑着把奖杯仔细收好，道："那我就先替你收着，等明年，让他自己拿一个来换！"

门外，看着这一幕的李沧雨眼眶发热。

他不知道凌雪枫怎么会突然把嘉年华奖杯送给父亲，但他知道，凌雪枫的这种做法让父亲非常开心，他已经很久没见父亲这样笑过了——那是一种带着骄傲的笑容，好像他的儿子真的有多厉害似的。

凌雪枫在父亲面前极力夸奖自己，说自己是"最优秀的选手"，显然是为了让父亲放宽心。而父亲似乎也相信了他的说辞，看上去心情好极了。

李沧雨沉默了很久，这才深吸口气调整好表情，推门进去，道："老爸，我来看你了……咳，雪枫你怎么在这儿？"

凌雪枫没发现他在门外偷听，便若无其事地站起来说："我回国前再来看看叔叔，医生刚才来过，说叔叔的情况正在好转，你不用太担心。"

"那就好。"李沧雨把带来的粥放到桌上，"老爸饿不饿？吃点东西。"

"嗯。"李建安刚才那种放松的笑容早就不见了，见到自己就摆出一张严肃的脸，这让李沧雨忍不住怀疑——凌雪枫才是他亲儿子吧？

李建安心情不错，胃口也很好，把带来的粥全部吃完了，然后又抬头说道："李沧雨，你以后跟着雪枫多学学，人家又会说话，又懂礼貌，你这浑小子怎么会有这样的朋友。"

李沧雨："……"

看来凌雪枫几句话加一个奖杯就把老爸给收买了。

就在这时，李悦然推门进来，见两人在，便笑着说道："你们也在啊？先回去吧，我刚跟主治医生仔细聊了聊，老爸这边目前没什么问题，下午就让他睡一觉吧。"

凌雪枫自觉地站起来："叔叔好好休息，我们先走了。"

李沧雨也站了起来："老爸，那我晚上再来给您送饭。"

李建安点了点头："去吧。"

两人并肩走出病房，顺着医院的走廊来到住院区。

住院区比门诊要大得多，还有鲜绿的草坪和一片片花坛，空气清新，环境也很好。有一些病人正坐在轮椅上散心，还有几个小孩子在草坪上打闹，看起来轻松惬意。

两人在一处花坛前停下脚步，李沧雨沉默片刻，才回头道："你刚跟我爸说的话我都听见了，说什么最优秀的选手、幕后功臣、奖杯有我的份……没想到你还挺会吹牛。"

凌雪枫看着他，严肃道："我没吹牛，本来就是这样。"

这个男人表情严肃下来的时候，假话也能说成是真的，总给人一种奇怪的想要相信他的感觉。

李沧雨不由笑起来："你把这么珍贵的奖杯送给我爸，合适吗？"

凌雪枫自信道："没关系，反正明年还能再拿一个。"

这家伙自信起来真是可怕，其他国家的选手听到这句话估计会想吐血。

李沧雨摸摸鼻子，转移话题："几点的飞机？我送你。"

"下午五点。"

"那差不多该去机场了，走，先回酒店收拾行李。"

李沧雨陪着凌雪枫来到机场办理好登机手续。在送他进安检之前，李沧雨主动伸出双臂抱了抱凌雪枫，说道："一路平安。"

"嗯。"凌雪枫回抱了一下他。

"猫神猫神！猫神来送我们了！"旁边刚好路过的程唯看见李沧雨，立刻扑过来抱住他，"猫神，回国再见啊！"

李沧雨微笑着挥手："嗯，再见。"

——很快就会再见的。

CHAPTER 02

秦陌与肖寒

SUMMONER OF LEGEND

李沧雨到家的时候，肖寒已经坐车回了波士顿，小顾和章叔也收拾好了行李。

白轩做了一桌美食来给他们饯行，谢树荣听说后立刻积极地跑来蹭饭，五个人围着餐桌吃完晚饭，谢树荣便凑到白轩旁边一脸讨好地说："白副队的厨艺越来越棒了。"

白轩指向厨房："先去洗碗。"

谢树荣："……"

马屁没有用，还是逃不过洗碗的命！

小顾忍笑忍得肚子痛，等阿树去洗碗后，才好奇地问道："白副队很喜欢欺负阿树吗？"

白轩微笑着说："谁叫他以前一直追杀我。"

远程职业最烦的就是剑客，被剑客贴身缠上，技能都放不出来。不过白轩也不是故意欺负阿树，他只是觉得，阿树眼巴巴地讨好自己的表情挺有趣的。

家里有洗碗机，谢树荣很快就洗完出来了，邀功一般跑到白轩面前："洗完了。"

白轩用牙签插了一块切好的苹果递给他："赏你的。"

谢树荣并没有用手，而是把脸凑过来，张嘴吃掉："谢主隆恩！"

白轩被逗得笑弯了眼睛——这家伙虽然长得高大帅气，可性格其实还是个大男孩儿，比他师兄苏广漠少了几分稳重，但又多了几分可爱。

白轩顺手又给他剥了一个橘子，当是赏赐一样递给他，谢树荣心情愉快地吃了，转身走到白轩旁边坐下，笑眯眯地说："这次嘉年华，杰克他们的 3V3 小队连八强都没进去，他回战队之后一直在吐槽中国队和韩国队，说亚洲人的战术真是太复杂了。"

章决明哈哈笑道："他的意思是亚洲人的脑袋比较聪明，对吧？"

谢树荣道："也可以这么想。"

顾思明一脸自豪："那当然，也不看看那场比赛谁才是幕后军师！"

白轩微笑着看向李沧雨："看来是我们猫神定的那套战术太高端，让美国队完全蒙了。"

大家顺口夸自家队长，结果夸完之后发现猫神完全没有反应。

众人疑惑地回头，发现李沧雨一直摸着下巴低头沉思，似乎在考虑什么很重要的事情。

白轩咳了一声，忍不住道："你想什么呢？"

李沧雨总算回过神来，笑了笑说："哦，没什么。"

其实他刚才一直在想跟凌雪枫认识以来的点点滴滴，他们相识于年少之时，一起为梦想努力，两个人之间的感情最为纯粹。

凌雪枫昨天晚上跟他说，你是我心里最优秀的选手。

其实，李沧雨也是这么想的，如果让他评选神迹职业联盟最优秀的选手，他一定会毫不犹豫地投票给凌雪枫。

他们是对手，也是最知心的朋友。

能遇到这样理解自己、支持自己的朋友，算是一种幸运吧。

白轩和章决明对视一眼，都是一头雾水。

——猫神，你怎么又神游了呢？！

李沧雨今天状态不对，几个队友很快就发现了这一点。

还以为他是因为父亲住院的原因，白轩柔声安慰道："你别多想，叔叔已经脱离了危险期，你姐姐还在医院照顾他，不会有事的。"

章决明也道："吉人自有天相，你爸肯定能很快好起来。"

李沧雨摸摸鼻子，转移话题道："其实，我刚才在想队伍组建的事情。"

他一严肃起来，大家都成功地被他骗过去了。

小顾愣了一下，说道："我们队伍还没组建完吗？"

"人还不够。"李沧雨说，"如果肖寒那边能给我确切的回复，我们队伍算是确定了六位队员，神迹常规赛的报名人数是八人，还差两个，要尽快找到才行。"

章决明低头摸摸下巴："我之前带小顾打了一个多月的竞技场，也没发现什么有天分的人才，现在的跨服竞技场鱼龙混杂，都快变成学生党的天下了。"

白轩笑道："是啊，现在好多学生跑来玩网游，自己不会玩还要乱骂一通，跨服竞技场要找到高手实在太难。"

"不用着急，慢慢来。"李沧雨看向章决明说，"老章，回国以后你继续带着小顾去竞技场，让小顾把所有近战、远程输出职业的打法全都熟悉一遍。"说着又回头看向顾思明，"你要跟着章叔认真学，你是我们战队的前排，只有对所有输出职业的技能都烂熟于心，以后遇到紧急情况才能想到应对的方法，听到没有？"

顾思明点头如小鸡啄米："嗯嗯，知道！"

李沧雨微笑着揉揉他的脑袋，说："我突然想到一个招队友的方案，不知道可不可行。"

白轩好奇道："什么方案？"

"小时候看武侠电影，很多美女出嫁的时候不都比武招亲吗？在比武擂台上能成功赢到最后的一般都是功夫很厉害的高手……所以，我想在神迹游戏里也设置一个比武擂台，我们没女儿嫁，就用高额奖金来作为奖励，这应该能吸引到不少高手吧？"

谢树荣的双眼一亮："这主意好啊！不管是为了奖金，还是为了名气，只要这擂台一开，肯定会有很多人前来试水，说不定真能发现有实力打职业联赛的高手。"

"嗯，我想让肖寒来打头阵，凡是击败肖寒的人都能获得五万金币奖励，打败徒弟再打师父——能打败我的，最终奖金设置成一百万金币。"李沧雨笑眯眯地说。

"一百万？"白轩震惊道，"我们几个仓库里的存款全部加起来都没那么多钱吧？"

"无所谓，反正这一百万不可能有人拿走。"李沧雨很是自信，回头看着大家说，"你们觉得会有人单挑打败我吗？召唤师单挑本来就有优势，除非来一个像凌雪枫这样水准的召唤师，才有可能赢走我这一百万。"

众人："……"

真是机智啊！

肖寒现在的水平还不够稳定，遇到真正的高手输掉的可能性大，所以李沧雨设置的打败肖寒的奖金比较少，只有五万金币，免得把钱都赔光。而他自己亲自坐镇守擂，放出一百万这样足以引爆人眼球的高额奖金，这就会吸引各大区的高手源源不断地前来挑战。

有这么多各种族、各职业的人来挑战擂台，肖寒正好可以跟各种各样的高手对局，这相当于免费给肖寒找了无数陪练，同时也有可能从中找到优秀的队友，真是"一箭双雕"。

白轩忍不住想，猫神精打细算，从来不做赔本买卖，他要是去做生意肯定能成功。

商定了这套方案后，李沧雨便笑着说道："就这么办吧，我待会儿上线去找公会的管理说一下具体方案，下星期一，我们吃货小分队的比武擂台就正式开放。"

李沧雨登录游戏后，打开公会列表一看，贡献度又一次满额了。副会长小小精灵见他上线，立刻给他发来一条私聊："会长，贡献度满了，我们现在可以升五级公会！"

李沧雨发去个拍肩鼓励的表情："辛苦你了。"

小小精灵嘿嘿笑道："不客气，会长！"

李沧雨去找工会管理员把吃货小分队升级为五级公会，服务器马上刷出一条金色大字公告——恭喜"吃货小分队"升级为五级公会！五级公会没有人数限制，大家可以申请加入！

看到这条消息的各大公会的会长们对此都表示非常淡定。

吃货小分队的会长是猫神，这在几家大公会的会长之间已经不是秘密，但罗小罗还不知道真相，给会长时光机器发去一条消息："会长，吃货小分队五级了！我们接下来怎么办？继续跟他们结盟吗？"

时光机器发来个微笑的表情："当然结盟，这可是猫神的公会。"

罗小罗疑惑道："猫神？哪个猫神？"

时光机器："就是你最喜欢的程唯大神的偶像猫神。"

罗小罗："……"

天呐！当初他还以为这人是程唯的粉丝，甚至用程唯的签名吸引他加入公会！自己在新手村看见他换召唤师武器时，还义正词严地指导过他："你是新手吧，精灵族应该玩弓箭手或者猎人。"

想到这里，罗小罗不禁闹了个大红脸——太丢人了，自己一个大菜鸟居然去指导猫神！

纠结了片刻，罗小罗手指颤抖着给爱吃红烧鱼发去一行消息："你真的是猫神吗？"

李沧雨回道："时光机器告诉你的？"

罗小罗："嗯。"

李沧雨笑道："是啊。"

罗小罗沉默良久，才厚着脸皮说："猫神能给我一张签名吗？"

李沧雨十分惊讶："你不是程唯的粉丝吗？"

罗小罗道："程唯大神的偶像也是我的偶像，嘿嘿！猫神求签名！"

李沧雨忍不住笑起来："好吧。但这件事你要暂时保密，别告诉其他人。"

罗小罗立刻发来一大排笑脸："知道了猫神，我一定保密！"

网游里的这些玩家虽然打游戏的水平比不上职业选手，可在李沧雨看来，他们也有可爱的地方，尤其是罗小罗同学，当程唯的粉丝当得特别合格，没必要在这些人面前摆什么"大神"的架子。

"会长，话说这几天你怎么一直没上线？"小小精灵又发来一条消息。

"我在纽约，去看嘉年华了。"

"你是去现场看吗？"

"嗯。"

"那你见到凌队了吗？距离近吗？帅吗？"

"见到了，比照片里帅。"李沧雨夸起朋友也是毫不含糊。

小小精灵激动地说："我也好想去现场，但是学生党没钱出国，不知道什么时候嘉年华能在中国举办啊！"

李沧雨微笑道："会有这一天的。只要中国的神迹选手得到全世界的认可，说不定再过两年，世界大赛也能在中国举办。"

这是他最美好的愿望，或许他不能亲自等到那一刻的到来，但他相信，总有一天，世界电竞大赛的舞台，将会搬到中国。

"对了，我给你们三个买了些礼物，让朋友带回国，你把地址给我，我邮寄给你们。"那天给肖寒买周边的时候他顺手买了三份纪念版书签，国内已经绝版了，李沧雨很感谢这三个大学生在公会管理上对他的帮助，所以就给这三人买了点纪念品。

小小精灵激动坏了："谢谢会长！太感动了，哈哈哈！"

李沧雨紧跟着说："还有件事麻烦你，我准备在跨服大区开一个挑战擂台，固定时间段接受高手的挑战，第一关挑战成功奖励金币五万，第二关挑战成功奖励金币一百万，这几天你们做一个方案出来，在论坛上宣传一下。"

小小精灵惊呆了："一百万？！我们公会仓库里都没这么多钱啊！"

李沧雨发去一排笑脸："不怕，反正没人能拿走。"

小小精灵："……"

李沧雨道："你放心，我不会做赔本生意，就这么办吧。"

虽然一百万金币的奖励听起来很可怕，万一输掉的话就要倾家荡产。但这种办法正好能打响吃货小分队公会的名气，会长开擂台或许还有别的目的？

小小精灵想到这里立刻答应下来："我去跟他们两个商量一下，写个宣传的帖子，写完再给会长看吧。"

宣传帖子很快就写好了，小小精灵把帖子发到李沧雨的邮箱，李沧雨仔细看过——这家伙还挺有才华，估计在学校里也是宣传委员或者学生会宣传部的人，对广告宣传很是拿手，写出来的帖子吸引力十足。

李沧雨欣慰地说："很好，周日晚上发。"

距离周日还有两天，李沧雨之所以多等这几天，也是因为肖寒那边还没给他确切的答复。正想着，手机突然亮了起来，是肖寒发来的短信："师父，我跟我爸说了，他不同意……"

李沧雨无奈一笑——看来还是得他亲自出马。

正好他也想彻底了解一下肖寒的情况，李沧雨便回道："别怕，明天我过来找你。"

次日下午李沧雨坐着车来到波士顿，按照肖寒发去的地址直接来到肖寒家里。

李沧雨进屋的时候发现家里只有肖寒一人，客厅里摆着一家三口的合影，照片里的肖寒只有六七岁，还是个天真懵懂的小孩，金色的头发、乌黑的眼睛，就像一个可爱的小天使。

他爸爸是中国人，虽然算不上英俊，但五官端正，轮廓也十分硬朗。他妈妈是个金发蓝眼的美国人，皮肤很白，长得非常漂亮。夫妻两人都面带笑容，看起来十分恩爱，但奇怪的是，家里没有任何女人用的东西。

李沧雨心思敏锐，很快就想到，肖寒的妈妈很可能不在了。

肖寒见师父的目光移到合影上面，忍不住垂下头说："我妈是乳腺癌去世的，爸爸带我来美国后不久，她就走了……"

怪不得这小家伙又骄傲又倔强，很多单亲家庭长大的孩子叛逆心理都会格外严重。李沧雨见他垂着头，忍不住有些心疼，轻轻摸了摸徒弟的脑袋。

肖寒倔强地说："没事，过去这么多年，我早就不难过了。"

李沧雨沉默片刻，转移话题道："你爸爸呢？"

"我爸在一家律师事务所上班，刚去处理官司去了。"肖寒说罢，主动给李沧雨倒来一杯水，"师父喝水，我去给你做点吃的吧？"

李沧雨惊讶道："你还会做饭？"

肖寒不好意思地挠头："不过做的没白副队好吃……"

李沧雨笑起来："不用做，我不饿。等你爸爸回来我跟他谈谈。"

——这个少年，让李沧雨不禁想起当年的自己。

当初的他也是跟肖寒差不多的年纪，不顾父亲的反对毅然走上那条艰难的路。

他很心疼肖寒，所以，他想尽自己的努力让肖寒的这条路尽量走得平坦顺利，如今的他也确实有这样的能力，足以保护好这个让人心疼的少年。

下午肖寒的父亲终于回来了，他见到李沧雨，明显愣了一下，问道："你是？"

李沧雨主动伸出手来，自我介绍道："我是肖寒所在战队的队长，李沧雨。"

肖振军很惊讶，他还以为叛逆期的儿子所说的打比赛是跟几个不务正业的同龄人鬼混，没想到还真冒出一个战队的队长来。

李沧雨长相俊朗，说话的态度不卑不亢，给人的第一印象十分靠谱。

肖振军看了他一眼，说道："你好。小寒说想去打比赛，我还以为他是在找借口出去玩儿……原来真有这回事？"

"是的，我是龙吟电子竞技俱乐部旗下的职业选手，目前是神迹分部战队的队长，正在招纳人才准备明年的职业联赛。"李沧雨耐心地将龙吟电竞俱乐部的情况仔细介绍了一下，还拿了一份合同模板给他看。

肖振军就是律师，看完合同之后，心里的疑虑打消了一半。

李沧雨接着说："肖先生，我们去打比赛并不是不务正业，这点您可以放心，小寒跟着我，我肯定不会耽误他。当年我也是他这个年纪去打比赛的，而且，现在的职业联盟还有不少跟他同龄的选手，如果他加入战队的话，我有信心将他培养成联盟一流的大神。"

肖寒在旁边一直不说话，听到这里，眼睛闪了闪，有些感动地看向李沧雨。

李沧雨微笑着道："您不要急着否定，不如先好好了解一下神迹职业联赛，我这U盘里有不少关于职业联赛的资料，您看一看再做决定。"

他显然有备而来，说着就从口袋里拿出来一个U盘，递给了肖寒的爸爸。

肖振军看资料的速度极快，不到五分钟，他就把目光从电脑上移开，这时候他的眼神已经不像之前那样充满质疑。

"肖寒的水平能达到打比赛的程度吗？"肖振军看了垂着头的儿子一眼，不太放心地道，"我看他最近一直在玩游戏，还以为他是瞎玩一通。"

肖寒立刻抬头道："才不是！我在游戏里卖装备、卖金币赚了好多钱呢！"

说着就跑去把自己的存折拿来给他看："你看，这些都是我赚的钱，我明年一月份就满十八岁了，我可以养活自己。"

少年的眼神倔强又认真，肖振军看着存折上的数字，心里却是五味杂陈。

他一直觉得儿子是因为母亲的离世而变得顽劣、叛逆，以为儿子玩游戏是在不务正业，却没想到，这孩子居然能靠游戏赚钱……虽然赚得不多，却足以让他维持日常生活。

自己这些年忙着工作，确实很少在家陪肖寒。

肖寒有十七岁少年普遍的"跟大人作对"的叛逆思维，可他并不是个坏孩子，他其实很懂事，小小年纪就学会了做饭、赚钱。他的学习成绩是不好，可这不能否定他在别的方面有天分。

"肖先生，您可以放心，肖寒回国后我们会照顾好他，战队有条件很好的集体公寓，包吃包住，我们队里还有一个十七岁的小家伙，跟他年纪差不多，他们两个肯定能成为很好的朋友。我们战队虽然刚成立，但有不少非常出色的选手，比如美国 ICE 战队的 Tree，他其实是中国人，已经确定年底合约到期后就加入我们的队伍。"李沧雨顿了顿，目光坚定地说，"您把肖寒交给我，我能保证，他绝对会有出息。"

肖寒眼巴巴地看向父亲："爸，您就让我回国吧，我想回去打比赛。"

沉默良久后，肖振军才说："让我考虑一下。"

对方已经动摇了，李沧雨便见好就收，再劝的话说不定会让人反感，适得其反。

肖振军客气地留他吃饭，李沧雨还尝了尝肖寒的手艺……做得确实没白轩好吃，但小小年纪能下厨做出一桌菜来，已经很是难得。

饭后，肖振军把儿子叫去书房聊了几句，肖寒出来的时候满脸喜色，快步跑到李沧雨的面前说："师父，我爸爸同意了！"

李沧雨见他兴奋地快要跳起来的模样，不由轻轻揉揉他的头："同意就好。"

肖寒接着说："我爸不太放心我一个人回国，正好这几年他也一直想回国开一家律师事务所，这次就跟我们一起回去！对了，他还说让我去纽约跟你们住一段时间，确认一下自己适不适合打比赛。"

肖寒的爸爸职业是律师，为人显然也很冷静，李沧雨抬头对上男人的目光，微笑着说道："肖先生，您放心，我不会让您跟肖寒失望的。"

肖振军点点头，道："那肖寒就拜托你了。"

李沧雨一个人去了波士顿，却带回来一个金发黑眼的小跟班，白轩欣慰地说："看来问题解决了？肖寒要跟我们一起住？"

肖寒高兴地点头："嗯！"

——又能吃到白副队做的鸡翅了，真好！

当晚吃完饭后，李沧雨就上线跟公会的人交代了挑战擂台的宣传事宜，吃货小分队的人开始在神迹各大论坛、贴吧，以及游戏里打广告。

吃货小分队要在跨服竞技场开挑战擂台的消息，很快就传开了。

凌雪枫回国后，打开论坛一看，一眼就看见这条被顶到当日热门的广告——第一关打败"霜降"，奖励五万。第二关打败"爱吃红烧鱼"，奖励一百万。

李沧雨还真是机智，自己当擂主，开出如此高的奖金吸引高手，顺便还能让肖寒跟各种高手对局，尽快提高 PK 的水准……

想到这里，凌雪枫便发了条短信把小徒弟叫了过来。

秦陌来到师父的宿舍，乖乖垂着头："师父找我？"

最近好像没犯什么大错吧？师父一回国就找自己过来，是要训话吗？

让秦陌意外的是，凌雪枫居然送给他一套书签，淡淡道："在纽约给你买的。"

秦陌受宠若惊地接过去："谢谢师父！"

师父表面冷漠，其实是个很细心的人。秦陌正感动不已，却听凌雪枫接着说："给你安排一个任务，明天晚上开始，吃货小分队会在跨服竞技场开一个挑战擂台，你找个小号去打擂台。"

"吃货小分队？"挑战擂台的事秦陌早就知道了，守擂的爱吃红烧鱼那可是堂堂猫神，想到当初被猫神完虐的画面，秦陌不由寒毛一竖，小声道，"我……我打不过猫神吧？"

"那是当然。"凌雪枫说，"不要求你打赢猫神，打过第一关就行。"

秦陌疑惑地道："第一关？那个霜降？"

凌雪枫说："他是猫神新收的徒弟。"

秦陌松了口气："师父是让我开小号去会会猫神的徒弟？"

"嗯，让会长给你准备至少十个不同职业的小号，轮流上，每一个都能打赢肖寒，就算你完成任务，作为奖励，我会给你参与季后赛的机会。"

季后赛！

秦陌双眼一亮，立刻说道："知道了，我一定会打败他！"

那个叫肖寒的小子，走着瞧吧。

我师父跟你师父是最强对手，我们当徒弟的也该来练练手。

秦陌信誓旦旦地想，当初猫神虐得他毫无还手之力，明天，他一定要让肖寒哭着求饶。

秦陌打猫神没多大赢面，可打猫神的徒弟却是信心十足。

从师父的房间出来后，他立刻找风色公会的会长要了十个不同职业的小号，把账号和密码全都记下来，心情激动地等待着第二天晚上挑战擂台的开始。

次日晚八点，李沧雨果然在跨服竞技场建立了一个 VIP 房间，房间名叫"挑战擂台"，同时，小小精灵还在世界频道发广告："吃货小分队挑战擂台已开启，赢下第一关奖励五万，赢下第二关的 Boss 直接奖励一百万，欢迎高手前来挑战！"

这广告刚发出来，擂台房间立刻涌进无数观众。

李沧雨在房间频道打字道："有高手下来挑战吗？报名费一千金币。"

不少围观党发出质疑的声音："之前没说要报名费啊！"

"就是就是，会长你太坑了吧！"

李沧雨道："报名费一千，赢了拿走五万，这很划算的，对自己有信心的再来。"

——要一千金币报名费，也是为了防止乱七八糟的人跑来捣乱。

这个房间进入擂台的条件就是给房主交纳一千金币入场费，没人会闲着拿钱去浪费，这样一来，愿意花钱进来的肯定就是对自身水平有足够信心的高手。

李沧雨接着发广告："欢迎高手挑战，赢了就有五万金币拿！"

大概是被奖励吸引，终于有人打字问道："打赢这个刺客就能拿钱？不会要赖吧？"

李沧雨道："吃货小分队公会保障，不要赖。"

这人应该是从别的大区过来跨服竞技场的，并不认识爱吃红烧鱼，但既然有公会做担保，他便放下心来，交了一千报名费来到擂台区。

肖寒认真地盯着电脑屏幕，手心里冒了一层冷汗。

师父把他放在擂台上，还设置了输一局五万金币的赌注，他的压力真不是一般的大——要是一直输下去，会不会把师父的钱给输个精光？

见小少年目光闪烁，李沧雨微笑着拍拍他的肩说："小寒，记住，你可是要打职业联赛的人。以前你在游戏里玩暗杀者，总是躲在别人的身后寻找机会，以后站在赛场上，你要学会主动去制造机会。"

肖寒愣了愣，很快就反应过来——师父说得没错，他将来要站在职业联赛的赛场上，他的对手会是职业联盟赫赫有名的大神，如果连网游里的普通玩家都打不过，他又有什么资格去当一名职业选手？

以前他习惯偷偷跟踪目标，趁着目标残血的时候出手暗杀，成功率很高。但到了赛场，对手肯定会有所防备，不可能白白把后背送到他的面前，所以，他必须主动去制造机会！

从一个只懂偷袭的暗杀者，到赛场上能够主动制造机会的真正的杀手，这要如何过渡，李沧雨给他找了一条最合适的路。

——挑战擂台。

——跟不同职业、不同种族的高手光明正大地打擂台！

师父的用心良苦，肖寒终于完全领会到了，他深吸口气，感动地看着李沧雨说："师父，我准备好了。"

李沧雨点点头："开吧。"

擂台上的两人按下准备键，屏幕中央开始五秒倒计时。

等倒计时结束，来挑战的那位白魔法师立刻跳到远处，开始读条白魔法师的控制技能"神之封印"，想起手控制住肖寒。

不过肖寒的反应比他更快，在他读条即将结束的那一刻突然隐身。

——绕后，死亡标记，背刺，绝杀！

这一套连招衔接得极为流畅，刺客绕背的暴击让脆皮的白魔法师血量瞬间掉下去一截。

旁观的李沧雨不禁露出欣慰的笑容。

肖寒反应敏锐，应变迅速，这也是他最喜欢这个少年的地方。这少年还没经过专业的职业训练，就已经有了这样敏锐的洞察力，一句话——这就是天分。

他相信肖寒在经过一段时间的磨炼之后，一定会让神迹联盟大吃一惊的。

果然，不出三分钟，肖寒就解决掉了这位白魔法师，赢下一千金币。

那人也是跑来试水的，输掉之后发来个大拇指，道："敢开挑战擂台，哥们儿你果然厉害！"

肖寒发去一行字："谢谢！"

少年脸上假装淡定，可被夸奖之后，眼中却明显浮起一丝喜悦之色。

他以前很少跟人正面PK，还以为自己会输，没想到居然赢了。

李沧雨揉揉他的脑袋，鼓励道："你的水平放在网游里，绝对是数一数二的，我估计80%的挑战者能被你送走，接下来你自己应付挑战擂台，多给师父赢钱。我去吃点水果，要是有人打败你，你再叫我。"

自己站在肖寒身后，小家伙明显有点紧张，所以李沧雨很自觉地走开了，让肖寒自己发挥，这样才能让他完全打出自己的水平。

师父的离开也让肖寒松了口气。

第一个尝试挑战擂台的白魔法师败下阵来，紧接着又有一些自信的高手主动进入擂台挑战，有一些是月光森林大区的熟人，也有一些来自其他的服务器，跨服竞技场鱼龙混杂，高手自然也非常多。

肖寒凭借极快的手速天分、出色的反应速度解决了一个又一个挑战者，不出半小时，他就打出了"十连胜"的优秀战绩，包里也赚了一万金币。

肖寒越战越勇，就在这时，又有一个人进入挑战房间。

奇怪的是，那人非常果断干脆，进来之后一句废话都没说，直接开挑战模式——他的ID叫"黄河之水天上来"，是一个血族召唤师。

肖寒也没啰唆，用鼠标按下准备键。

倒计时五秒结束，对方立刻召唤出血蜘蛛，并且正巧召到肖寒的脚下。

这蜘蛛的位置极为精妙，一下子就把肖寒给定在了原地。

被定身之后的肖寒没法移动，那血族召唤师迅速后跳拉开距离，并且让自己的血蛇扑过去啃咬肖寒，直接在肖寒身上咬出五层的掉血效果，紧跟着，他又放出吸血蝙蝠的大招，把肖寒的血强行压到60%。

哪怕肖寒没经过正规训练，也知道自己这次是遇到了高手。

转眼之间，对方就用一次先手控制，一口气掉掉了自己40%的血量！

肖寒的眼睛紧紧盯着电脑屏幕，等血蜘蛛的定身效果一结束，他立刻让自己进入隐身状态，迅速绕到对方身后，想用背刺、绝杀的连击把血量差距给拉回来。

然而对方非常的聪明，在肖寒破隐而出准备背刺的那一瞬间，他突然召出死亡骑士！

血族的"死亡骑士"是最强的防御宠物，只要有它存在，主人受到的一切攻击都会自动减弱，并转移到它身上。

肖寒打出的一套连招如同一拳打进棉花堆里，完全没起到暴击的效果。

看着满地的蛇和蜘蛛，肖寒一时有些茫然。

他很少跟血族召唤师高手对局，对应付血族召唤师的宠物也没有太多的经验，这次被打了个措手不及，很快就倒在对方宠物的三面夹击之下。

看着电脑屏幕上弹出的"失败"的字样，肖寒愣了很久，连续赢十场，他还以为自己很牛，结果这次输得太惨，又让他觉得自己特别菜。

想到李沧雨刚才的交代，肖寒忙朝客厅喊道："师父，有人打败我了！"

李沧雨拿着一个苹果，一边吃一边感兴趣地走过来："给我看看录像。"

"嗯。"肖寒把录像窗口放大，李沧雨仔细一看，忍不住笑起来："黄河之水天上来？这个血族召唤师……有点儿意思啊。"

肖寒问道："我要不要跟他说我们在招募队友的事情？我觉得他挺厉害的，应该可以当职业选手吧？他能变成我们的队友吗？"

李沧雨意味深长地摸摸下巴："这可不一定，你先把五万金币给他，等等看。"

肖寒把包里的五万金币交易给对方，私聊说道："你好，加个好友吗？"

那血族召唤师理都没理他，二话不说直接退出房间。

没收到回复的肖寒挠了挠头，心里十分疑惑。

片刻之后，又有一个黑魔法师进入房间，同样一句话不说就按下准备键，那人的 ID 叫作"高堂明镜悲白发"。

李沧雨眼底的笑意更深，拍拍肖寒的肩说："去吧，接着跟他打。"

"哦。"肖寒立刻按下准备键。

让他意外的是，这个黑魔法师的打法非常暴力，一开场就抢到先手，用黑魔法恐惧控制住他，然后一串连招将肖寒打残，再利用远程控场的优势果断把残血刺客带走。

毫无疑问的，肖寒这次又输了。

他有些心疼包里的金币，忍不住道："师父，是不是有人看我们不顺眼，组团来踢馆啊？"

李沧雨摇头："不是。"

"可为什么连续遇到两个高手，都是一句话都不说，打完拿钱走人，而且这两人的 ID 很像，他们应该认识吧？"

"不是他们，是他。"李沧雨笑着说道，"之前那个血族召唤师，和刚才的黑魔法师，是同一个人在操作。"

肖寒惊呆了："啊？"

李沧雨坐回电脑前，给黑魔法师发去一句话："凌雪枫让你来的？"

秦陌："……"

刚要换小号的秦陌看见私聊窗口的这句话，手指微微一抖，输错了密码。

李沧雨接着道："小秦陌，别装了。"

秦陌的脸猛然一红——猫神这么快就看穿了吗？自己明明什么话都没说啊！

李沧雨发来个微笑的表情："去叫你师父来。"

秦陌本来还想装作不知道，继续开小号，结果李沧雨紧跟着发来一句："快去叫，不然我就打电话给他，国际长途很贵的。"

秦陌只好红着脸打来一个字："哦。"

秦陌来到师父的房间敲了敲门，凌雪枫很快打开门，严肃地看着他："怎么了？"

秦陌垂着头："师父，我被猫神认出来了，他叫你过去。"

说完又偷偷瞄了师父一眼，还以为师父会生气，可意外的是，他发现凌雪枫的表情很平静，好像早就料到他会被猫神认出来似的。

凌雪枫问道："你打了几局？"

"两局。"

"都赢了？"

"嗯。"

凌雪枫快步往训练室走去，在秦陌旁边的电脑前坐下，开了清蒸鲈鱼的小号，发了条消息给李沧雨："怎么认出是秦陌的？"

李沧雨道："一句话都不说，打完就换小号，小号的名字还全是诗词，不要太明显。"

凌雪枫回头看了秦陌一眼，小徒弟立刻认错一样垂下头。那些小号都是会长给他的，真不怪他！

李沧雨接着问："你什么时候到的？"

"昨天下午。"

"让徒弟来欺负我家肖寒是什么意思？"

"不是欺负，是免费把徒弟送上门来给你家肖寒当陪练。"

——被免费送过去当陪练的秦陌，一句话都不敢说。

李沧雨很满意："不错，秦陌最近有了长进，让他开个弓箭手账号过来教教我们肖寒。"

凌雪枫回头跟秦陌说："去开个弓箭手账号跟肖寒打。"

秦陌："哦。"

李沧雨接着道："刚才赢的十万金币也给我还回来，你这样开小号赢我的钱太不厚道了，我赚钱多不容易！"

凌雪枫看向秦陌："听见没？把钱还给猫神。"

秦陌："哦。"

他算是明白了，他听师父的，师父听猫神的，最后的结果是——他必须听猫神的！

风行天下刚开始知道秦陌要去挑战擂台的时候还挺开心，想着风色公会能趁机从猫神手里赢一点钱回来——能从猫神的手里赢钱可真不容易啊！

正高兴可以扩充一下公会资金库，就见秦陌又发来一条消息："会长，再给我八千金币吧，我还有八个小号要去挑战擂台，没钱出报名费了。"

风行天下疑惑地道："你刚赢的十万呢？"

秦陌郁闷道："我得还给猫神。"

风行天下："你赢的，为嘛要还回去啊？"

秦陌补充说明："是师父的意思。"

风行天下："……"

所以秦陌去参加挑战擂台，赢了还要倒贴钱吗？有这样玩挑战擂台的？猫神真是太会做生意了！凌队你也太没有原则了……

风行天下一边吐槽着自家队长，一边无奈地给秦陌交易过去八千金币。

游戏里的擂台房间，很快又进来一个弓箭手账号，ID叫作"朝如青丝暮成雪"，肖寒双眼一亮，私聊他道："黄河之水天上来，高堂明镜悲白发，这两个都是你吧？"

秦陌："嗯。"

真不想承认这么傻的ID全是自己，都是风行天下不会取名字的缘故。

肖寒好奇问道："你的小号ID是一首诗吗？"

秦陌说："嗯。"

肖寒问："什么诗？"

秦陌说："李白的《将进酒》。"

——这首诗的知名度极广，这家伙居然不知道？他难道中学没毕业吗？

秦陌疑惑地问："这首诗你不会吗？"

肖寒淡定地说："不会。"

秦陌："你真没文化！"

肖寒："我会好多莎士比亚的诗。"

秦陌震惊了："啊？"

肖寒打来一串英文："Do not for one repulse, give up the purpose that you resolved to effect."

秦陌眼晕了："什么意思？"

肖寒立刻还击："你真没文化！"

秦陌："……"

李沧雨看两个小徒弟鸡同鸭讲地聊起了中外诗词名句，似乎还吵了起来，忍不住笑道："你俩别跑题，快打擂台！"

秦陌很委屈："师父，他怎么跟我打英文，他不是中国人啊？"

凌雪枫言简意赅："混血儿。"

秦陌："……"

李沧雨那边催促道："对了小寒，让他把十万金币还给我们。"

肖寒立刻给秦陌发起交易申请，说道："十万金币，师父让你还给我。"

秦陌郁闷地把钱放了进去。

肖寒打字道："谢谢。"

秦陌："不客气。"

说罢就按下 PK 邀请，肖寒立刻接了。

这次秦陌换的小号是精灵族的吟游诗人，也就是弓箭手。

中国区神迹联盟最出名的吟游诗人是谭时天，秦陌以前并不擅长吟游诗人的打法，但好在他接受过风色战队的专业培训，对所有输出职业都有所了解。

上次跟谭时天对局时满血被秒杀，成了他的心理阴影，之后他还专门研究了弓箭手的玩法，这回操作起小号来自然也是得心应手。

肖寒却没有跟吟游诗人交手的经验，这一次对局，又毫无意外地输给秦陌。

不过，连输三局的肖寒并不气馁，继续按下准备键："再来一局吧。"

秦陌回头看向师父："他说继续打。"

凌雪枫道："那就继续。"

秦陌："……"

被当成陪练的秦陌只好又一次做好准备。

电脑那边，李沧雨耐心解释道："小寒，杀手跟远程职业对局，有一些需要注意的关键，比如，吟游诗人的'精确瞄准'技能释放时间是 2 秒，这个技能，会有一个拉长弓箭的动作，在赛场上你看见他读这个技能的时候就立刻隐身，这样便能中断他的后续连招。"

肖寒恍然大悟地点点头。

果然，秦陌突然放了精确瞄准，肖寒立刻隐身躲掉他的连击。

李沧雨接着说："很多职业的特殊技能在释放的时候都有一个标志性动作，你可以仔细观察对手，再做出合理的预判。"

"嗯。"肖寒认真听着，目光紧紧地盯着屏幕。

"趁着隐身的时间绕背去杀他。"

"嗯！"肖寒一边点头，一边迅速绕到了秦陌的后面，起手就是刺客最常用的三连招——死亡标记、背刺、绝杀！

果然打出暴击，将秦陌的血压下去 30%！

秦陌发现刺客近身，反应也是极快，立刻运用"飞羽步"的轻功拉开距离，一招范围性的"死亡箭雨"朝这边丢过来，肖寒被成功命中，血量跟秦陌持平。

李沧雨说道："刺客的突进技能一定要灵活运动，比如刚才在他放大招的时候，如果你躲不掉，你可以突进到他的面前，这样他对你造成的伤害就会自动减弱。"

"嗯！"肖寒越听越兴奋，师父在亲自指导他，这可是难得的机会！

电脑那边的秦陌却越打越奇怪。

——这肖寒是卡壳了吗？打一下停一下的，网络故障？

秦陌打也不是，停也不是，纠结片刻，只好发去一句话："网络卡了？"

肖寒回复道："没有，我师父在教我怎么对付你。"

秦陌："……"

——瞧瞧人家的师父，再瞧瞧自己的师父，秦陌顿时感觉到一阵心痛。

凌雪枫似乎感应到徒弟在吐槽自己，突然开口道："我把你送去当陪练，你心里是不是很不服气？"

秦陌忙说："没、没有。"

凌雪枫道："当年我在游戏里跟猫神PK的时候，最开始他也一直输给我，但是后来，我跟他对局的胜率只有一半。他进步非常快。肖寒是他收的徒弟，难得一见的天才，跟肖寒交手对你有好处。"

秦陌认真地点点头："嗯。"

凌雪枫接着说道："何况，猫神在指导肖寒，让肖寒打你，也算间接地指导了你，你该感谢才对。"

秦陌："……嗯。"

——反正在师父眼里，猫神做什么都是对的。

——被猫神虐，那也是应该感谢的！

用弓箭手跟肖寒连打十局之后，李沧雨接着私聊凌雪枫："有没有白魔法师的账号？"

凌雪枫回头看秦陌："换个白魔法师的账号来。"

秦陌："……哦。"

秦陌开着白魔法师的账号跟肖寒打了十局，肖寒又发消息给他："剑客有吗？"

李沧雨发消息给凌雪枫："来个剑客。"

凌雪枫回头看他："换剑客。"

秦陌很自觉地开了个剑客的小号。

——这三个人的话对他来说都是圣旨！

——反正他是食物链的最底层，猫神说话，他要听；师父说话，他要听；就连肖寒说话，他也不得不听！

一边给肖寒当陪练，一边还要交一千金币的报名费，谁家的"小太子"比他惨？

这天晚上，秦陌陪肖寒连续打了五十局，换了五个职业的小号，虽然五十局全都赢了，可秦陌却一点都不觉得开心——因为他依旧是食物链的最底层，谁的话都要听。

李沧雨见时间快到十二点，便给凌雪枫发去条消息："国内已经很晚了，让小家伙先去睡吧，明天再来。"

凌雪枫回头道："去睡吧，明天继续。"

秦陌差点吐血："明天还要继续吗？"

"还剩下五个职业的小号，全赢就让你参加季后赛擂台。"凌雪枫表情严肃地许诺道。

师父拿季后赛当奖励，秦陌只能认命："好吧！"

徒弟乖乖跑去睡，凌雪枫却舍不得睡，继续发消息给李沧雨："你开这个挑战擂台，是想用这种方式吸引民间高手，发掘队友？"

"没办法，年底之前队伍必须组起来，我剩下的时间越来越少，这种方法最为快捷。"

"那你不如直接公布身份，说你是猫神，这样更能吸引人来投奔你。"

李沧雨双眼一亮："有道理啊！"

凌雪枫微微笑了笑，说："有进展再告诉我。"

"嗯。"李沧雨说，"你也早点睡，季后赛很快就要开始了，注意休息，别太累。"

凌雪枫怔了怔——这是在关心他？

李沧雨接着说："去睡吧，做个好梦。"

后面跟一个亲吻的表情。

凌雪枫："……"

李沧雨忙改口："发错表情了，应该是再见。"后面加了两个挥手的表情。

凌雪枫："……"

想到不久之前自己也曾发错过表情，凌雪枫不由微微笑了笑，发去个拥抱的表情就下了线。

李沧雨突然有些好奇，凌雪枫这个严肃的男人，这么多年有没有谈过恋爱？他打开QQ群，从中找到"牧羊人"，也就是风色小太子秦陌的QQ号，加了好友："我是老猫。"

秦陌躺在床上习惯性用手机登录QQ，看见这条验证，手一抖差点把手机给扔了。

通过好友申请之后，秦陌立刻恭敬地发去条消息："猫神好。"

李沧雨很直接地问道："你师父有女朋友吗？"

秦陌："没有吧？"

李沧雨："有喜欢的人吗？"

秦陌："不知道啊。"

李沧雨："交给你一个任务，把这件事调查清楚，我送你一整套第六赛季的全球限量版周边当作奖励。另外，别告诉你师父，秘密调查，听见没？"

秦陌："……"

猫神是要让他在师父的身边当卧底的意思吗？他到底该听师父的还是听猫神的？

考虑良久之后，秦陌终于做出了一个机智的决定——听猫神的！

因为……肖寒听猫神的，师父听猫神的，就连程唯都听猫神的。

猫神，那可是站在食物链最顶端的男人！

CHAPTER 03

收官之战

SUMMONER OF LEGEND

次日，秦陌按照师父的吩咐，准点来到擂台挑战房间给肖寒当陪练，换了五个小号跟肖寒对打，顺利地赢下五次，秦陌觉得自己终于脱离了苦海，立刻发去条消息："我走了。"

肖寒有些舍不得这位高手陪练，问道："以后还来吗？"

他刚想说不来，结果李沧雨紧跟着发来一句："有空就来陪我们肖寒练手吧。"

秦陌："……哦。"

反正他早就想明白了，猫神的话师父肯定会听，与其让师父再转述给他，还不如他主动听话，这样也能给猫神留个好印象！

肖寒主动加了秦陌的小号为好友，好友列表里出现一排——高堂明镜悲白发，朝如青丝暮成雪，人生得意须尽欢……辨识度相当高。

肖寒在好友列表单独建了一个分组："秦·精神分裂症·陌"。

秦陌要是知道自己的小号在肖寒好友列表里被归类到精神分裂组，肯定会气得吐血！

李沧雨交代秦陌："好好去准备季后赛，加油。"

"嗯。"秦陌退出游戏，转身来到会议室。

凌雪枫正准备开会，见徒弟进来，指了指角落里的位置说："坐。"

战队每个选手都有固定座位，秦陌乖乖走到角落坐下，凌雪枫目光扫了眼会议室，发现全员到齐，这才严肃地说："季后赛第一场，我们的对手是鬼灵战队，楼张兄弟的暗杀偷袭打法相信大家都不陌生，团战我们就出固定阵容，用双召唤师的控场来拖节奏。至于这一场的擂台……"他顿了顿，回头看向角落里垂着脑袋的少年，说："秦陌打头阵。"

听到自己名字的少年惊讶地抬起头来，双眼发亮地看向凌雪枫。

凌雪枫道："别让我失望。"

秦陌立刻兴奋地点头："嗯，我会好好准备的！"

自从上次输给时光之后，他一直被师父丢去坐冷板凳，如今，他已经不再是当初那个不知天高地厚的自负少年，他的心态稳定了许多，心理承受能力也愈发强大。

——凌雪枫的原则是，允许你犯错，但绝不可能容忍你犯两次同样的错误。

师父把自己放在季后赛这样重要的赛事当中，自己可不能再掉链子！

想到这里，秦陌立刻紧紧地攥住拳头。

当天晚上，秦陌主动来到网游挑战房间找肖寒，说道："师父让我打季后赛的擂台。"

肖寒说："是吗？"

"嗯。"秦陌打完字之后，又硬着头皮道，"你跟我练练吧。"

肖寒说："我不是职业选手啊。"

"可你是刺客。"秦陌忍耐着别扭的心情，继续说，"鬼灵战队的楼无双和张绍辉都是刺客，我想跟刺客多打几场，这样能更熟悉刺客的出招模式。"顿了顿，又补充一句："而且你的打法跟楼张兄弟不一样，我跟你多打几场，说不定能找到一些新的思路。"

肖寒明白他是找自己当陪练，便不客气地说："挑战擂台，一次一千金币。"

秦陌怒道："你已经收我好几万金币了！"

肖寒说："这是擂台的规矩，不可破坏。"

秦陌："规矩你妹！"

肖寒："我没有妹妹啊，我是独生子。"

秦陌："……"

跟混血儿简直无法愉快地交流！

说不过肖寒，郁闷的秦陌只好回头去找风色公会的会长要钱，风行天下都快无语了，小太子天天要钱，简直就是个败家子！

败家的秦陌这次给肖寒扔过去一万金币，要求跟他的刺客打十场。

肖寒心情愉快地数着钱，这才施舍一般给秦陌当了十次陪练。

秦陌真是胸闷，自己给他当陪练，要交钱。让他给自己当个陪练，又要交钱……为什么赔钱的总是我？还有没有王法了？

三天之后，神迹第六赛季的季后赛终于拉开帷幕。

世界嘉年华的豪华盛宴让大家暂时放松了心情，然而，季后赛一开始，选手和观众们又一次紧张起来。

这可不像常规赛的大循环，季后赛输掉就要直接淘汰，一点都马虎不得。

季后赛的第一场对局，风色 VS 鬼灵。

秦陌在擂台阶段第一个上场，正好对上张绍辉。

让很多观众意外的是，坐了好几个月冷板凳的风色小太子，这次擂台进入状态非常快，表现得很稳定不说，偶尔还会有让人眼前一亮的打法，甚至一度将老选手张绍辉的血量追平。

但张绍辉毕竟大赛经验丰富，玩刺客的天分极高，最终依靠 10% 的血量优势击败了秦陌。

秦陌走下台的时候，凌雪枫欣慰地朝他点头："打得不错。"

能把联盟数一数二的刺客大神打到只剩 10% 的残血，如今的秦陌早已不是那个不分轻重、骄傲自负的少年了——他正在改变，这种改变也让身为师父的凌雪枫欣喜。

风色第二位出场的选手是副队长颜瑞文，他稳扎稳打地把血量给追了回来，直到第三位凌雪枫出场守擂，直播间里的评论立刻刷爆屏幕。

第六赛季的常规赛阶段凌雪枫一直没在擂台出场过，季后赛的淘汰赛可不容马虎，这位老队长终于舍得露脸。

虽然他是神迹联盟年纪最大的选手，但凌雪枫今天也向所有人证明，什么叫作"老将出马，一个顶俩"——被楼无双逼到血条闪红光，凌雪枫却毫不紧张，敏锐地抓住机会反打一拨，将楼无双一口气带走，顺利赢下擂台的3分！

团战阶段双方打得非常激烈，比分相持不下，将比赛一直拖入第三局的决胜局，最后依旧是凌雪枫在关键时刻的指挥起了作用，风色战队利用一次控场上的优势，撕开鬼灵战队的前排防御缺口，一口气拿下水晶。

这场比赛，风色最终以3分优势取胜，鬼灵战队遗憾落败。

隔壁赛场，飞羽和时光的对决也极为精彩——谭时天被苏广漠追着砍了一路，程唯也被俞平生追着屁股砍，打得那是鸡飞狗跳。

时光这一场输给了飞羽，在接下来的季军赛中遇到鬼灵，又遗憾地输给鬼灵，第六赛季便跟奖杯彻底无缘了。

程唯一脸郁闷地垂着脑袋收拾键盘，谭时天倒是表情平静，凌到程唯的耳边柔声说道："别难过了。你想啊，当初猫神连续三个赛季连季后赛都没打进去，他都能以平常心对待，我们不过是这个赛季没拿到奖杯而已，还有下个赛季。"

"嗯。"程唯勉强点点头。

谭时天接着说："猫神不是你的偶像吗？你要多跟他学学，乐观一点，打起精神来。"

听着谭时天温柔的安慰，程唯的心情一时有些复杂——明明自己比他早出道了一个赛季，可为什么每次比赛输了反倒是他来安慰自己？猫神说得对，自己确实太不成熟了。

想到这里，程唯有些不好意思地红了脸，抬头说道："队长你用不着安慰我，我明白的，我不会因为一场比赛就失去信心，下个赛季再来。"

看着他脸蛋红红的样子，谭时天觉得这家伙挺可爱，微微一笑，揉揉他的头说："你明白就好。待会儿接受记者采访的时候，知道怎么说吧？"

程唯点头："嗯。"

于是记者采访的时候，就看见程唯一脸笑容，如同拿了冠军。

"下个赛季我们一定会拿奖！"程唯信心满满地说，"这次不过是意外而已，楼张组合、风色的双召唤师组合、飞羽的近战组合我们都不怕！我跟谭队在这个赛季的休假期会好好在一起练习配合，培养一下默契，下个赛季会带给大家惊喜的！"

这样的程唯，才有了一个副队长的样子。谭时天欣慰地笑了笑，握住程唯的手说："回去之后我们也会调整战术，请期待时光战队在第七赛季的表现。我跟程唯虽然不是楼张组合那样从小一起长大的兄弟，可我们的默契也不会输给联盟的任何搭档。"

程唯立刻点头如捣蒜："没错没错，谭队说得太好了！"

隔壁拿下季军的楼无双，接受采访时表情非常冷静。

记者把话筒递到他嘴巴前说："拿下第三名，楼队有什么想法？"

楼无双淡淡道："很高兴。"

记者们满脸无语，看不出你哪里高兴啊楼队！

张绍辉笑着搂住哥哥的肩膀，说："我们兄弟组合配合得越来越默契了，我有信心下个赛季一口气拿下冠军，兄弟齐心，其利断金，对吧，哥？"

楼无双扶了扶眼镜，脸上这才露出一点"高兴"的神色来，点头道："嗯，你说得对。"

季军战结束之后，万众瞩目的第六赛季总决赛在周日晚上八点正式开始。美国那边有时差，李沧雨特意订了早起的闹钟准时守着电脑看直播，肖寒、白轩和谢树荣也过来一起看。

于冰在解说间内说道："据我得到的内部消息，第七赛季的赛制会全面更改，第六赛季的总决赛也就是老赛制的最后一场比赛，冠军的意义非同小可。"

"没错，老赛制分为擂台和团战阶段，擂台是KOF车轮战模式，团战以夺取水晶来计算积分，这样的比赛模式已经延续了整整六年，也是时候做出改变了。老赛制的最后一次对决，究竟谁能拿下冠军，就让我们拭目以待吧！"

现场观众掌声雷动，第六赛季的总决赛正式开始。

风色 VS 飞羽，老牌强队的对决。

这两支队伍在六年来交手无数次，第二赛季风色双召唤师控场打法最强势的时候，曾经在常规赛两次打败飞羽；而第三赛季飞羽三剑客横扫联盟时期，也曾在季后赛连赢风色两局。后来，随着风色副队袁少哲和飞羽队长宋扬的退役，两支战队的成绩渐渐稳定下来，之后交手便是输赢各半。

这个赛季，两支战队的表现都很出色，谁都有可能拿奖。

让人意外的是，这一场总决赛，秦陌居然连上两局擂台，并且成功将比分稳住，甚至在俞平生残血的时候惊险地击杀掉了对方。

秦陌激动极了——这是他第一次击杀大神级选手！虽然跟前面队友打出优势有很大关系，可他成功稳住了这种优势，他没有拖队伍的后腿！

两局擂台，风色和飞羽打了个平手。

团战阶段，飞羽剑客和狂战士组成的前排在联盟所有战队中最为强势，而风色的后排双召唤师的控场也格外棘手，这一场比赛打得异常激烈，双方比分紧咬不放，主客场交换，打成了 9:9 的平局。

李沧雨信心满满："我估计风色会赢。"

肖寒疑惑道："飞羽实力也不弱啊，前两局 9:9 平分，师父你确定最后一局风色能赢？"

李沧雨笑着说："因为风色有凌雪枫，他最擅长抓住机会一击毙命，风色在决胜局很容易一拨团战翻盘。"

他对凌雪枫有信心，就像他对自己有信心一样。

在最后一场决胜局，系统随机地图居然是"城市广场"。

大家还记得不久之前，凌雪枫和苏广漠曾经组成 3V3 小队，在城市广场这张地图上干掉过美国的王牌组合，两人配合起来相当默契。

如今成了对手，这两人互殴起来也是毫不客气。

果然如李沧雨所说，凌雪枫目光敏锐地抓准机会强行控制住俞平生，风色战队接上后续伤害，以牺牲血族召唤师许非凡的代价成功秒掉了俞平生，撕开飞羽战队的防线缺口，一口气拿下了决胜局的水晶！

"胜利"的字样在屏幕上弹出来，风色全员站起来激动拥抱，秦陌也激动得热泪盈眶。

赢了，他们拿下冠军了！

这还是秦陌出道以来的第一个冠军，虽然他发挥的作用不大，但这个冠军也有他的一份！

身边的队友们抱成一团，凌雪枫只是表情平静地伸出手拍了拍几个队友的肩膀，顺手揉了一下小徒弟的脑袋，便带着大家去跟飞羽那边握手。

苏广漠道："跟风色打比赛，每次都这么刺激，真是心脏病都要犯了。"

凌雪枫伸手跟苏广漠握了一下，道："彼此彼此。"

俞平生依旧不说话，只是伸出手跟大家一个一个地握着，如同设置好程序的机器人。

他天生体温偏低，那双手凉得就像是刚从冷水里拿出来一样，偏偏他还很礼貌地跟着他师兄一起握手，其实很多人都想说……俞副队，咱不握了行吗？

抓着你的手，会让人想起恐怖片里的"背后灵"！

第六赛季圆满收尾，最终风色战队获得冠军，飞羽战队亚军，鬼灵战队季军。

当天晚上，市里最大的神迹赛场里举办了颁奖典礼。

颁奖典礼的现场群星璀璨，灯火通明，观众席座无虚席，掌声雷动。

于冰和寇宏义分别穿着晚礼服和西装来主持这次颁奖典礼，首先要颁发的是各种单项奖，第一个便是第六赛季新人奖。

很多观众都非常关注第六赛季的新人奖会花落谁家，因为新人奖就代表着未来的新星。

新人奖的评选规则是联盟很多资深评委根据本赛季刚出道的选手们的

综合数据和临场表现来打分，在颁奖典礼的现场公布结果。

于冰拿出了信封，拆开念道："第六赛季的最佳新人奖获得者是……风色战队，秦陌！"

坐在观众席的秦陌听到自己的名字，有些不敢相信，一脸茫然地看着周围，凌雪枫拍拍他的肩膀，道："去领奖。"

秦陌这才回过神来，激动地跑上台去，从主持人手中接过奖杯。

"小秦，对于自己拿到这个奖项，你有什么话要说吗？"寇宏义笑眯眯地说道。

秦陌攥紧手里的奖杯，因为激动，他的声音都有些微微发抖："我……我完全没想到我会得这个奖！"

于冰道："来发表一下获奖感言吧。"

秦陌深吸口气，平复了一下情绪，接着说："第六赛季的常规赛，我曾经在赛场上严重失误，之后很长一段时间都没有上场……季后赛阶段，我总算调整好了心态，打出了自己的水平……在这里，我要特别感谢我师父，谢谢师父给了我重新来过的机会，谢谢师父对我的包容，也谢谢队友们的鼓励支持！"

这家伙显然太激动了，说话有些语无伦次。

于冰见小少年激动得脸颊通红的模样，难得微笑着说道："评委把这个奖颁给你，也是因为你能在受挫之后快速醒悟过来，表现得比之前更加出色，这才是一个职业选手最难能可贵的品质。"

秦陌用力点点头："以后我会更努力的，不让师父、队友和粉丝们失望，谢谢！"

他朝台下风色战队的方向深深鞠了个躬。台下的凌雪枫微微扬了一下唇角——其实秦陌能迅速成长起来，猫神也得记一份功劳。

想到这里，凌雪枫便给李沧雨发去一条短信："多谢你帮我带徒弟。"

李沧雨立刻回复："客气什么，让他多来陪我家肖寒练练手就行。"

凌雪枫毫不犹豫地卖了徒弟："没问题。"

每个赛季的新人奖有两个，"最佳新人奖"颁完之后还有一个"最具潜力新秀奖"。

这两个奖的区别在于，前者是本赛季表现最为出色的新人，而后者即便在本赛季表现得并不出色，但天分很高、进步空间也极大，是联盟评委们对选手潜力的认可。

"获得第六赛季最具潜力新秀大奖的是……猎豹战队，陈安然！"

这个名字让不少人愣住了，李沧雨也有些惊讶，发短信问凌雪枫："陈安然是谁？"

凌雪枫对这少年倒是很有印象，今年刚刚出道的新秀，据说才十六岁，整天像个小跟班一样跟在他们队长后面，似乎性格有些内向，垂着脑袋一句话都不说。

"猎豹战队刚出道的新人，另辟蹊径，玩的是人族猎人。"凌雪枫快速敲字回复，"虽然他表现得没有其他选手亮眼，但天分很高，打法非常特别，十六岁的小家伙，低调又内向，很少在媒体面前露面，你可能不知道他。"

李沧雨确实没听过陈安然，猎豹战队的比赛他也很少看，可根据凌雪枫的描述……人族猎人，这种玩法以前在联盟确实没有出现过。

猎人得设置陷阱作为攻击手段，最常用技能"捕兽夹"，可以把夹子放在地上，踩到的人被定身并掉血，用好的话是一个非常强的控制技能。

高手猎人可以在地上布满陷阱，让对手在毫无防备的情况下走入陷阱阵，利用陷阱的连环高伤害成功击杀掉对手。

由于要快速放置陷阱，猎人自然需要很高的敏捷属性作为基础，因此，神迹联盟的猎人选手都会选择精灵族，以敏捷作为主要的成长路线。

陈安然选择人族的玩法，这确实很少见。

李沧雨想了想，回复道："评委把奖给他，看来是很肯定他的天分。"

凌雪枫道："猎豹战队下个赛季肯定会有起色，双陷阱的打法也很难对付。"

两人正聊着，于冰突然念出一个名字："下面要颁发的是第六赛季重量级的单人奖——ＭＶＰ大奖。ＭＶＰ大奖的获得者是……风色战队，凌雪枫！"

凌雪枫收起手机，淡定地走上台去接过奖杯。

寇宏义笑着说道："凌队表情很平静啊，有什么想对大家说的吗？"

凌雪枫道："嗯，谢谢大家。"

主持："……"

天然冷场王，还是不要采访他了。

凌雪枫去拿奖的时候都是一脸严肃，但导播给了他一个特写的镜头，男人的侧脸英俊得如同造物主精心雕刻而成的一样，表情冷淡，不愧是联盟第一男神。

第六赛季的最佳组合奖颁给了鬼灵的楼张兄弟，这对兄弟配合越来越默契，也当得起"最佳组合"的美誉。网络最高人气奖颁给了谭时天，因为段子手大神这几天发了很多小猫小狗的段子，吸引到不少路人票的缘故。

这些奖项都没有太大的争议，接下来颁发的团队奖才是重头戏。

季军鬼灵，亚军飞羽，冠军风色！

三支队伍分别上台去领奖。

这是老赛制的最后一次比赛，算是第六赛季完美收官，同时也预示着，今天之后，崭新的第七赛季即将到来。

凌雪枫拿着冠军奖杯，面对镜头平静地说："很高兴风色战队能拿下老赛制的最后一个冠军，这是一个旧时代的结束，也是一个新时代的开始。第七赛季，不仅联赛规则会全面更改，我们还有一个朋友会从远方归来——我相信，第七赛季，所有的职业选手会带给大家更多的精彩。"

这句话被电竞记者广泛转发，作为神迹联盟第六赛季完美收官的结语。

旧时代的结束，新时代的开始，以及……老朋友的王者归来！

凌雪枫说的老朋友是谁，大家都懂，很多人也开始期待猫神回来。

李沧雨看到铺天盖地的新闻报道，忍不住给凌雪枫发去一条消息："真帅。"

平时不太爱说话的凌雪枫，严肃起来说一段话，居然成了第六赛季的收官台词，风色队长的水平确实不一般。

领完奖后正在聚餐的凌雪枫，收到这条消息，眼底不由浮起一丝温和的神色，回复道："你是说我帅吗？"

李沧雨道："嗯，对着镜头讲话的时候帅呆了。"

被表扬的凌雪枫心情好极，回复道："等你回来。"

看到这句话，李沧雨也激动起来。

——我会回来的，第七赛季，马上就要到了！

CHAPTER 04

新队友

吃货小分队的挑战擂台开了大半个月，在秦陌用无数个小号天天给肖寒当陪练的情况下，肖寒的PK技术日益精进，尤其对于刺客隐身技能的把握已经到了炉火青青的程度，秦陌惊讶地发现，自己如今要打败肖寒已经没那么容易了。

　　第六赛季结束后，风色战队全员放假一个月，秦陌也要回老家去看望父母，作为一个称职的陪练，他决定临走之前跟肖寒打声招呼。

　　这天晚上，肖寒发现好友列表里的"精神分裂组"有个小号上线，便立刻私聊过去："秦陌来擂台吗？"

　　秦陌心想：我陪你玩了那么多局，每一局还要给你交钱，每次上线你就来一句"来擂台吗"，难道陪练就是最底层？陪练就没有人权？

　　这么想着，秦陌便回复道："不来了。"

　　肖寒疑惑道："为什么？"

　　秦陌怒道："不为什么，就是不想跟你打。"

　　肖寒认真地说："是怕再打下去会打不过我吗？"

　　秦陌："……"

　　谁说我会打不过你？

　　被激将法刺激的秦陌立刻转身去找风行天下要钱，风色的会长仰天长叹："败家小太子，战队都已经放假了，你还不肯放过我的小金库吗？"

　　秦陌找会长要来一万金币，跟肖寒连续PK十局，打完才说："看吧，我打得过你。"

　　肖寒说："是的，谢谢陪练。"

秦陌："……"

又上当了! 当陪练不说还给他送了一万金币。

秦陌郁闷之下立刻关电脑下线,他决定休假期的这一个月都不理肖寒了。

第六赛季结束后,各大战队都给队员们放了一个月长假,大家很积极地买票回家去了,然而,队长们却没那么清闲。

颁奖典礼结束后不久,南建刚主席便召集所有甲级联赛、乙级联赛的战队队长开会。甲级联赛有八支豪门强队,乙级联赛有十六支二流战队,加起来总共是二十四位队长,全员到齐,大家围着会议桌依次坐好。

南建刚主席让助理把两份文件分发到大家的手里,这才严肃地说:"今天召集大家开会主要有两件事情,第一件事是第七赛季的联赛规则要全面更改,具体方案在文件上有详细的说明,你们可以先看一下。"

各位队长低头看起了文件,片刻后,凌雪枫才抬头问道:"主席,第七赛季开始取消擂台 KOF 赛制,改成搭档对决,这是为了跟世界大赛接轨吗?"

凌雪枫提出的这个问题也是在座队长们心里普遍的疑虑。

南建刚主席点了点头,说道:"明年的世界大赛确实会有搭档对决项目。世界联盟那边的想法是,擂台单人赛制太不稳定,如果某个战队有一两位非常强力的守擂选手,那么在擂台阶段他们就会收获大量的积分,对其他战队并不公平。神迹既然是团体竞技游戏,就该更加重视配合、协作的能力,用双人搭档替换单人擂台也是这个目的。"

众人都了然地点了点头。也就是说,第七赛季将不会有单人擂台对决,而会变成组合之间的对决。比如,时光和飞羽打擂台,以往是双方各派出三位擂台选手 1V1 车轮战,谁坚持到最后谁就能拿分。而第七赛季开始,擂台就会变成组合对战组合的形式,谭时天和程唯可以形成双远程组合,跟飞羽战队俞平生和苏广漠的双近战组合对决,这时候选手单人的实力会被弱化，搭档配合的作用则会显著提升。

苏广漠接着问道："按照文件里的描述，常规赛只要打一场擂台，季后赛是三场，并且中途可以换人，这换人的意思是……可以换单人吗？"

"是的。"南建刚解释道，"我举个例子，比如风色战队，第一局可以是颜瑞文和郭旋的双黑魔法组合，第二局凌雪枫和许非凡的双召唤组合，第三局上凌雪枫和颜瑞文的组合，换单人、换组合都可以，自由度非常高。具体如何排兵布阵，大家可以回头再仔细研究。"

这个就有意思了——因为每支战队除了固定的王牌组合之外，还有一些王牌选手和其他队友配合形成的特殊打法，必要的时候甚至可以带着治疗上擂台。

南建刚主席接着说道："以后，每个国家的联赛都会统一采用新赛制，跟世界大赛一致。你们再好好研究一下。"

他顿了顿，接着说："还有第二个问题，是关于世界大赛国家队的成立，每个国家的选手代表团人数上限和选拔办法都已经写在了文件里，大家认真看一看，有什么不明白的地方可以直接问我。"

这次大会开了整整两个小时，队长们讨论得非常热烈，南建刚主席看着这些年轻人兴致勃勃的样子，心里也格外欣慰。他相信，明年的第七赛季，一定会比往常的任何一个赛季都要精彩。

散会之后，南建刚把凌雪枫单独留了下来，问道："老猫那边进展怎么样？"

凌雪枫道："他在游戏里开了个跨服挑战擂台招募队友，目前队友还没找齐。"

南建刚皱了皱眉："明年春节过后，乙级联赛就要正式开幕，找到队友后还要训练、磨合，他的时间不多了，你可要让他加快速度啊！"

凌雪枫点头："放心吧，主席。"

回酒店后，凌雪枫立刻登录了QQ，给李沧雨发去一条消息："主席今天问起你组队的情况，你这边有进展了吗？"

李沧雨道："暂时没有，你家秦陌当了半个月陪练，肖寒最近PK的水平大大长进，能打败他的人很少，偶尔一两个也没有参加比赛的兴趣。"

凌雪枫道："不考虑一下我的建议？曝光自己的身份直接打出招募队友的旗号，会比你设置的一百万奖金更有用。"

李沧雨道："我正在考虑这么办。"

打完字之后，他又关心地问道："你在开会，对吧？"

"嗯，今天的会议主要是关于赛制更改的问题，我发你看看。"他说着就用手机把两份文件拍成照片传给李沧雨。

李沧雨认真地看了起来。

十分钟后，看完新赛制的李沧雨有些纳闷地说："取消擂台单人赛，变成组合赛了啊，这样也好，我可以试着和小白来一个输出加奶爸的组合。"

凌雪枫："……"

他就知道会这样！

他要是真的跟白轩组合，估计以后遇到他们，很多人都想哭了——有奶爸保护的猫神，简直就是生存能力逆天的打不死的小强，大家会集体发出抗议的。

李沧雨接着说："世界大赛上，我们两个能组合吗？"

凌雪枫说道："怎么不带小白奶爸了？"

李沧雨发去个微笑的表情："我更想带着你。"

凌雪枫疑惑："为什么想跟我组合？"

李沧雨："因为你帅。"

电脑那边的凌雪枫唇角扬了起来。

"所以你跟我组合，是想靠脸来秒杀对手吗？"凌雪枫打字问道。

"我们俩不管是靠脸还是靠实力，都可以称霸世界，你不觉得吗？"李沧雨秒回消息，说得还挺认真。

凌雪枫眼底的笑意更深，目光也变得温和起来："你还是别想太远，先快点把战队给组好，国内赛要好好打，能入选国家队再说吧。"

李沧雨发来一个"OK"的表情："放心，我会脚踏实地，一步一步来的。"

正说着，右下角突然弹出个对话窗口，来自章决明。

"猫神，我在竞技场发现一个挺有意思的家伙，你要不要来看看？"

"好，我这就来。"跟凌雪枫聊天虽然让他心情很好，可目前还是正事要紧。李沧雨跟凌雪枫挥手告别，立刻登录游戏，到跨服竞技场找章决明。

章叔最近一直按照猫神的吩咐带着小顾打跨服竞技场。

神迹当中的跨服竞技场，会按照玩家们的积分和胜率做一个分级，同等级匹配对手，积分满了之后会有一次晋级赛，可以继续升级。

竞技场的等级段位，从低到高依次是青铜、白银、黄金、钻石以及王者。

青铜段的玩家大多是菜鸟，白银段水平一般，网游里的高手一般都能打到黄金、钻石段，而王者段位却是个明显的分水岭——这里基本上是职业战队选手小号的天下。

章决明是在青铜段位的排位赛当中遇到这个人的。

玩竞技场的人都知道，青铜段鱼龙混杂，有很多学生、菜鸟、小白，但也有可能遇到一些高手从头练小号。

章决明一眼就知道这是个小号。

那天他开了个治疗号带着顾思明的通灵师小号去打随机匹配赛，主要是想让小顾熟悉一下通灵师的操作，两人组好队加入系统匹配队列，很快就被成功匹配到一个房间。

青铜段的菜鸟局，章决明和顾思明一般都能轻松碾压，结果这局却遇到了意外。

队友里有个不会玩的菜鸟任性送人头，连续送死六次把对面的黑魔法师给养了起来。黑魔法师依靠六杀之后30%状态加成的优势，一口气杀光全员，成功抢下了水晶。

这局排位赛章决明是治疗，小顾是辅助，两人看着几个队友被杀得毫无还手之力，想要帮忙也帮不上，只能郁闷地输掉。

排位赛结束后小顾说道："这个黑魔法师意识不错啊，肯定也是玩小号的！"

章决明以前毕竟当过队长，自然看出来这个黑魔法师不简单，顺手就加了他好友。

那人的 ID 叫作"不爱说话"，章决明发去条消息："加个好友组队一起吧。"

不爱说话："嗯。"

于是，章顾两人跟他组队去打排位赛，连续打了十局，连赢了十场。

章决明跟他组队只是为了看看他真实水平如何，看到后来却越看越是心惊——这个人不仅意识一流，把握机会的能力也相当强。

黑魔法师最关键的是"死亡咒术"这个负面效果的运用，在咒术存在的前提下，黑魔法师的攻击技能会有一定比例的伤害加成。很多黑魔法师不懂怎么衔接咒术和其他招式，可这个人却做得极好，他对咒术冷却时间的把握简直是手到擒来。

只不过，他真是人如 ID"不爱说话"，确实很少说话，章决明问一句，他就答一句，从不主动发消息过来。

为免打草惊蛇，章决明暂时没跟他说战队组建的事情，而是跟他混了个脸熟，一起打了三四天的排位赛，确定这个人有发展潜力，这才回头把这件事告诉了队长。

李沧雨听到老章的描述，心里兴奋极了——当初他让老章带着小顾去打跨服竞技场，就是抱着一边练小顾、一边找队友的想法，结果，肖寒这边的挑战擂台没什么进展，倒是老章那边先发来了好消息。

黑魔法师，正是他们目前最需要的队友。按老章的说法，这个人应该不是职业选手的小号，或许真的可以发展一下。

"随便给我个号，我跟你们一起去打排位。"李沧雨跟章决明说。

"好的，我把账号密码发你 QQ 上。"章决明从储存的几十个账号里随手挑了个召唤师发给李沧雨，李沧雨登录并加入到他们组好的队伍当中。

章决明在队伍频道解释道："这是我朋友，今晚跟我们一起打竞技场。"

不爱说话只打来一个字："哦。"

李沧雨在队伍频道发来个握手的表情："你好。"

不爱说话："好。"

李沧雨："玩黑魔法几年了？"

不爱说话："三年。"

李沧雨："你是真的不爱说话吗？"

不爱说话："嗯。"

李沧雨："……"

这家伙还挺有意思，取个这样的 ID，够直接的！

——你所在的队伍已加入跨服竞技场排位赛列表，正在匹配对手，请稍候。

——匹配成功，正在读取竞技场地图，请准备。

屏幕上弹出十秒地图读条的倒计时，片刻后，四人都在竞技场地图上刷新，同时在身边的还有另外两个被系统分配过来的队友。

这场排位赛系统随机到地图正好是山林图，有三条岔路可以分别去偷取水晶。为了观察这个"不爱说话"的实力，李沧雨故意跟他走在一起，去上路打水晶，而且还装成小白的样子，跟在他的后面划水。

结果……

这家伙还挺厉害，居然一个人强杀掉对面两个，一口气拿下双杀！

奇怪的是，李沧雨明显在旁边打酱油，他却一句话都不说，只管默默打自己的，好像身边这个队友根本不存在一样。

这一局自然毫无疑问地赢了，"不爱说话"依靠黑魔法师的暴力伤害连杀对面六人。

接下来的三局李沧雨继续打酱油，看他被围攻也从不出手相助，然而，这个黑魔法师依旧不说话，也不理李沧雨，继续自己打自己的。

被对面包围杀死后，他又默默爬起来。

要是换成一般人，肯定会在队伍频道开骂——遇到一个划水的队友，还能这么淡定，这人的心理素质可不是一般的强。

章决明虽然带着小顾在下路，却一直关注着上路的情况，看到这里，忍不住在语音频道问："猫神，你觉得这个人怎么样？"

李沧雨想了想，说："他对黑魔法师的技能非常熟悉，抓机会的能力很强，心态也比较淡定，确实可以发展，再接触看看吧。"

章决明点头道："我也这么想。这人确实不爱说话，问他也问不出什么来。"

李沧雨道："不急，混熟了再说。"

一个晚上下来，李沧雨一直在仔细观察这个黑魔法师的操作。他看人的眼光相当锐利，从操作当中能看出来，这个人的手速并不高，但打法非常稳定，对技能的衔接把握得极好，没有浪费任何一个技能。

他最聪明的地方在于，在1V2甚至1V3的劣势局面下，很擅长利用地形来放风筝，再一个一个地击杀对方——远程要玩得好，会把握距离放对手风筝也是个至关重要的技巧。

黑魔法师是远程法术职业当中攻击性最强的职业，然而，这个人的黑魔法师却不会给人窒息般的压迫感，反而有点……慢吞吞的。

他就像温水煮青蛙一样，慢慢地放对手风筝，慢慢地磨死对方，把黑魔法玩成这种慢半拍风格的，换成一般人可能会觉得太过憋屈，可李沧雨却觉得，如果手速有限不能追求爆发压制，这种慢慢磨死对手的方式也很不错。

慢吞吞的"不爱说话"带着李沧雨他们连续赢了一个晚上，然后，他在队伍频道发来条消息："再见。"

李沧雨打字问道："你要下了吗？"

"睡觉。"

"明天还来吗？"

"来。"

李沧雨笑着说道："那明天再一起吧，高手带带我们。"

"好。"

章决明默默擦了擦汗，猫神装起小白来真是演技一流，还说什么"高手带带我们"……要是对方知道你是谁，会不会被吓死？

次日晚，不爱说话刚一上线就收到组队邀请，加入队伍一看，发现昨天的召唤师、通灵师、牧师都在，此外，队伍里还多了个白魔法师和剑客。

其实，章决明的牧师小号此时是白轩在登录，章决明自己换了个白魔法师的小号，剑客小号自然是谢树荣——猫神召集令一下，队友们全都到了。

至于肖寒，还在认认真真地守着挑战擂台。

李沧雨在队伍频道说："我们几个是亲友队，正好缺人，你跟我们一起打排位赛吧？"

不爱说话正好没有固定的队友，便打字道："嗯。"

李沧雨说："要不要上一下语音？"

不爱说话："没麦。"

这个人性格明显有些内向，李沧雨也没勉强他，干脆地组队加入了排位赛。

组队排位的时候，系统会默认你们几个是默契十足的好朋友，因此匹配的对手会相对更强，只不过，低阶段位对李沧雨这些职业选手来说太过简单，大家也正好想看看这个黑魔法师的实力，于是在队长的号召之下集体装起了小白。

黑魔法师居然不嫌弃这五个"小白"队友，他一个人卡着障碍慢慢打，有时候甚至能利用地形优势磨死对面。

李沧雨越看越是喜欢，这家伙就像一只慢吞吞的蜗牛，能把人急死！可他对技能的掌握却格外精准，每个技能都放得恰到好处，一滴蓝都不会浪费，属于"精打细算型"的选手。

语音房间内，白轩忍不住开口评价道："黑魔法师这么打的很少见吧？"

谢树荣说："是很少见，国内最强的黑魔法师在风色战队，风色的颜瑞文和郭旋，都是以快打快的暴力打法，配合风色召唤师控场输出。"

章决明道："一般是这么说，可一种职业并不是只有固定的玩法，我既然能把白魔法师当辅助来玩，他的黑魔法师用这种慢吞吞的打法也没什么错吧？"

李沧雨笑着赞同："是这个道理，快有快的打法，慢也有慢的好处，主要还是看队伍的阵容配合，清沐战队双辅助的阵容就是节奏特别慢，但也让不少强队非常头疼，必要的时候，拖节奏抓机会也可以逆袭翻盘。"

队长显然很喜欢这个又慢又内向的家伙，不过白轩还是有些担心："这人是什么来历目前还不清楚，能不能当职业选手可不好说。"

李沧雨道："我问问他。"

说罢，他便干脆地给对方发去一条消息："你好，我是老猫，正准备组建职业战队参加第七赛季的职业联赛，目前战队差人，你有兴趣加入我们打职业联赛吗？"

对方似乎有些受宠若惊，呆了很久之后，才说："猫神？"

李沧雨回道："你听说过？"

"嗯，幕后指挥。"

李沧雨明白了，嘉年华期间打败美国队的那一场，他幕后指挥的身份早已在网上流传开来，猫神要回来的消息也被神迹迷们到处转发，只要关注过嘉年华，知道他并不奇怪。

"没错，我就是那个老猫。我认真地问你，你有兴趣打职业联赛吗？"

"……我？"

"对，就是你。"

不爱说话沉默了很久，才打来四个字："我可以吗？"

李沧雨笑着回道："当然可以，不然我带着一群队友跟你一起打青铜段位的排位赛做什么？其实是因为我的队友遇到你之后，发现你很特别，并且很有天分，我们才来和你组队，看看你的情况。"

不爱说话："……"

李沧雨道："要不你到语音房间来，我当面跟你说。"

不爱说话："好。"

片刻后，语音房间多了一个人，大家的耳边同时响起一个弱弱的声音："你，你们好。"

李沧雨爽快地道："你好，我是老猫，怎么称呼你？"

那人继续弱弱地道："我，我姓黎，叫黎小江。"

这声音听起来年纪应该不大，大概又是个小少年。

李沧雨不禁笑了，问道："几岁了？"

"十，十八岁。"

白轩细心地发现，他每次说话的时候第一个字都要重复一下，就跟卡壳了似的，忍不住摘下耳麦，凑过去小声说："这小家伙会不会是个结巴？"

李沧雨也摘下耳麦，点了点头："有可能。"

大概是说话不太利索的缘故，所以他就不爱说话，性格也比较内向。

这少年说话的声音弱弱的，跟中气十足的豪放章叔和活泼开朗的顾小疯子对比十分鲜明，让白轩忍不住想起可怜巴巴地缩在墙角里的流浪猫。

猫神真是有吸引小少年的气场，这次又是个小少年，白轩忍不住笑道："我们战队要是再来两个小少年的话，就可以凑一桌麻将了。"

李沧雨看了他一眼："先把这个小江拿下再说。"

白轩道："这家伙比肖寒好对付多了，小寒当初叛逆得厉害，还要我们俩亲自出手把他杀到只剩一条裤衩他才肯服输。这个小江看起来很乖，说不定你几句话他就愿意跟你走。"

李沧雨笑了笑，打开耳麦，接着说道："小江，我很欣赏你的游戏天分，而且你这种拖节奏慢吞吞的打法，能跟我们战队的队友们形成很强的配合，所以，我想诚心邀请你加入战队，你愿意吗？"

黎小江沉默了片刻，才小心翼翼地说："可，可是，我没，没打过比赛……"

李沧雨柔声说道："你可以跟着我打比赛，给自己一个机会来试试，怎么样？"

黎小江小声说："我，我会拖你们后腿的……"

李沧雨道："不怕，有我罩着你。"

黎小江似乎被说动了，红着脸道："那，那我考虑一下吧。"

顾思明摘下耳麦吐槽："打游戏慢吞吞的，说话也慢吞吞的。"

章决明笑道："我们战队有你一个小疯子就够了，再来几个疯子的话猫神会头疼死，我就觉得这个小江挺好，很乖嘛，慢性子也没关系，慢性子上了赛场会更稳定。"

李沧雨也是这种想法，小顾太拼太冲、热血上头真是十足的疯子；肖寒倔强傲慢，叛逆期的少年打法锐气十足；这个小江虽然慢吞吞的，但说句公道话，他比肖寒和顾思明都要稳定，如果他能加入的话，中和一下也挺不错的！

黎小江从没想过自己有一天居然可以成为电竞选手。

他接触神迹已有三年，黑魔法师是他最爱的职业，但由于手速跟不上，他只能用"慢吞吞"的打法，当然，这也跟他的性格有关——他自小就不擅长跟人交流，加上说话的时候总是忍不住舌头打结，结结巴巴说不利索，被人笑过几次之后，他就更不爱说话了。

他就像一只缩在壳里的蜗牛，慢吞吞地往前爬着，也不管周围的人会怎么看他。

这次意外在游戏里遇到猫神，还被猫神诚心邀请加入战队，黎小江激动得手指都在发抖，但不太会表达自己，他跑到老板的办公室后，握紧拳头说："我，我想去打，打比赛，下个月就不，不来上班了。"

正在上网的老板回头瞄他一眼，问："什么比赛啊？"

"神，神迹的职业联赛。"

这老板名叫黎海，是黎小江的堂兄。

　　黎小江从小就是个慢性子，看上去呆呆笨笨，成绩也不好。高三毕业没考上好大学，他父母文化水平不高，对儿子的前途也没什么好主意，就把他送到省城来跟他哥混几年。

　　他哥在省城开网店，专卖组装电脑和键盘、鼠标、音响等外设，在电脑城还有一家实体店，生意很不错，年流水能上百万。

　　知道这孩子不擅长跟人交流，他哥就让他帮着打杂，比如打印订单、清点库存之类完全不需要跟人交流的工作。

　　黎小江做事慢吞吞的，但好在特别细心和认真，做这些工作很是得心应手，从来没出过错。白天干完活，晚上闲下来还可以打打游戏，日子过得倒也舒心。

　　今天突然听他说要去打神迹职业联赛，对神迹联赛非常了解的黎海有些好笑，看着面前因为说话不利索而憋红了脸的少年，黎海站起来拍了拍他的肩膀，说道："就你这水平还去打比赛啊？是谁在忽悠你？不会遇到骗子了吧。"

　　"不，不是。"黎小江急着解释道，"是猫，猫，猫……"

　　黎海快被他急死了："怎么又跟猫扯上关系了？"

　　"是，是猫神让我去。"一句话总算完整地说了出来，黎小江松了口气，眼巴巴地看着堂哥，眼神里充满了期待。

　　黎海不由怔住。

　　——猫神？

　　这位大神的名号他当然听说过，前段时间世界嘉年华猫神担当幕后指挥的事情在国内炒得沸沸扬扬，作为资深神迹死忠粉，黎海对猫神要组队回归的消息自然也有所耳闻。

　　难道自家这个笨弟弟还真的遇到了猫神？

　　想到这里，黎海也忍不住激动起来，说道："你确定那是猫神？不是在逗你玩吧？"

　　黎小江认真地点了点头："嗯！"

黎海兴奋地道："快快快，带我去见见猫神！"

彼时李沧雨众人正在语音频道聊天，没料不到半个小时，黎小江就回来了，他小声说道："猫，猫神，我，我回来了。"

语音频道接着又响起一个成年男人的声音："喂喂，这里真有猫神吗？"

李沧雨道："我是老猫。"

黎海激动坏了："真是猫神？"

李沧雨道："嗯……你是小江的？"

黎海兴奋地解释道："我是黎小江的堂哥，小江他父母都不在本地，他目前在我店里打工，刚刚跟我说猫神让他去打职业联赛，我还以为这孩子没睡醒呢！"

李沧雨微笑着道："我是诚心实意邀请小江加入我们战队的，加入之后会签订正式的选手合同，俱乐部的地址在星城，如果你不放心，等我回国后你们可以亲自到战队来看看，考察一下再做决定。"

"好，过几天店里闲一点我就带他过去！"黎海顿了顿，又不放心地道，"话说猫神，我弟这水平……真能打比赛吗？他从小就是个慢性子，跟他 PK 我都能被他急死。"

"我不会看走眼的，小江很有天赋。"李沧雨语气温和地说道。

"真的？"黎海高兴地拍了一下黎小江的脑袋，说，"这么看来，你小子要出息了！既然是猫神看中了你，那我肯定放心，去吧，下个月哥带你一起去战队报到！"

"嗯。"黎小江也兴奋起来，认真地说，"谢，谢谢猫神。"

他哥正好是个开网店的宅男，很懂电子竞技，对神迹职业联盟也非常了解，这就好办多了，李沧雨不需要多费唇舌他就知道电竞选手是怎么回事，很干脆地同意让弟弟打比赛试试。

这个慢吞吞的小家伙，做出加入战队的决定却没有犹豫太久，显然他对神迹联赛也非常热爱，这就好办了，以后可以好好地培养一下他。

又收到新队友的李沧雨心情极好。

距离他最初定下的八人战队目标，只差最后的一员了。

当天晚上，李沧雨就委托吃货小分队的副会长小小精灵帮他写了个宣传帖，在神迹各大论坛全部发了一遍。

帖子的内容很是简明扼要："猫神带队回归神迹职业联赛，目前正在寻找队友，神迹跨服竞技场挑战擂台房间号7713，密码9999，期待有实力的高手加盟！"

这消息一发出去，瞬间就被顶上了当日头版头条。

程唯作为李沧雨最大牌的"脑残粉"，偶像发帖招人他自然要转一下，很快，他就把论坛帖子转发到了微博首页，并且附带一条评论："高手在哪里，快快加入吧！猫神的队伍，绝对值得信赖！"

下面有人忍不住评论："你是时光的副队长吧，怎么帮猫神打广告啊？""程小唯身在时光，心在老猫，可怜的谭队摸头。""心疼谭队。"

发完微博后看着底下的评论，程唯心里也有些不安，正想找谭时天解释一下，没料谭时天对此倒是表现得非常大方，紧跟着转了程唯的微博，说道："猫神那边队伍应该快满了，有兴趣打职业联赛的可要抓紧机会哦。"

程唯有些感动，敲开他卧室的门，说道："你怎么也转微博了？我还以为你会骂我呢。"

谭时天笑了笑，走到程唯面前，伸出手轻轻揉他的脑袋："怎么会骂你？帮猫神打广告又没什么关系，不同战队的人难道就不能当朋友吗？"

程唯附和："对啊！不同战队的也可以是朋友！"

谭时天补充道："只要以后在赛场遇到猫神，你别放水，好好打比赛就行。"

程唯立刻握紧拳头，信心十足地说："放水绝不可能。要是在赛场遇到猫神，我肯定不会客气，我会打败他。"

谭时天："……"

你别被猫神欺负就行，还想打败他？想太多了吧！

让粉丝们意外的是，这条微博除了被谭、程两人转发之外，又被凌雪枫转到了首页上，凌队很是简单干脆，只写了两个字："帮扩。"

凌雪枫个性严肃冷淡，他的微博就像一个官方宣传平台，很少出现私人生活中的事，他平时一般只会转发职业联盟、风色战队相关的消息，但很多细心的粉丝们发现——自从猫神出现之后，凌队已经连续三次转发了跟猫神相关的微博。

第一条是谭时天那条大猫小猫的段子，凌队解释说大猫小猫是父子关系；第二条是世界大赛幕后军师事件，猫神被人围攻，凌队转发微博力挺老猫；第三条就是今天这个，猫神战队招人，凌队转发微博帮扩宣传。

粉丝们都十分疑惑："凌队好像很关心猫神的样子啊？""据说他俩当年是最强对手？""谁是第一召唤师一直没个定论，老猫回来之后凌队一定要加油干掉他！""干掉那只猫！""干掉那只猫。"

评论里刷了一堆"干掉那只猫"。

猫神招募队友的消息被职业选手广泛转发，铺天盖地的宣传明显起了作用，肖寒开的挑战擂台一时人满为患，还有不少进不来的人在外面排队。

有人宁愿花一千金币参加挑战擂台只为了一睹猫神真容。只可惜，大部分人连猫神的面都没见到，就被肖寒的一套连招给送了出去。

在房间围观的人更是兴奋地刷着屏："猫神求签名！""原来爱吃红烧鱼是猫神啊！吃货小分队的会员表示很骄傲！""猫神上来啊，别害羞嘛！""猫神你亲自虐我好吗，好想跟猫神交手！"

听闻猫神大名之后涌入擂台房间的人实在太多，这其中95%以上都是来凑热闹的，真正有实力打挑战擂台的依旧寥寥无几。

这天的挑战擂台一直开到纽约时间下午两点，国内凌晨两点。

由于猫神并没有公开露面，第一拨凑热闹的人渐渐散去，加上此时是深夜，擂台房间里的围观党只剩下十几个人，肖寒打了一上午擂台，累得头晕眼花，便让霜降的刺客号坐在擂台中间休息，自己去了趟洗手间。

李沧雨把擂台直接丢给徒弟，是为了锻炼肖寒独自应付挑战者的能力。

看小徒弟从洗手间出来时一脸疲惫的模样，李沧雨忍不住有些心软，朝肖寒招招手说："过来休息一会儿，吃点水果。"

肖寒立刻乖乖走了过来，从白轩手里接过一个削好的苹果，大口啃下去。

李沧雨问道："擂台那边情况怎么样？还是没收获吗？"

肖寒边咬苹果边说："大部分是来找师父要签名的，一上午一个打赢我的人都没有。"

李沧雨和白轩对视了一眼。

——这样高强度的挑战模式，对肖寒来说其实是极好的锻炼机会。

以前只懂在背后阴人，如今面对成百上千个不同种族职业的挑战对手，肖寒也能想办法赢下他们。一整个上午，居然没遇到一个对手，这让李沧雨惊讶的同时也非常欣慰，小徒弟正在渐渐地发生改变，而他显然还没意识到自己有了多大的进步。

李沧雨沉默片刻后，才说："等下我跟你一起去擂台看看。"

肖寒点头："嗯！"

让人意外的是，两人吃完水果回到电脑前时，却发现擂台上坐着一个人。

那人跟肖寒的刺客肩并肩坐在一块儿，房间里还有他刚刚发来的消息："猫神在吗？我是慕名而来加入战队的。

"猫神人呢？

"猫神收我吧，我水平还不错！

"而且我年纪小，意识一流，很有天赋，进步的空间也非常大！

"我一定能变成你的强力队友！"

李沧雨："……"

你自夸的本事倒是挺大。

到底有没有嘴上说的那么厉害？当然要亲自试试才能判断。

想到这里，李沧雨便在旁边的电脑登录了自己的召唤师账号爱吃红烧鱼，重新建了一个擂台房间，并让肖寒私聊跟他说："房间7319，密码8899，过来单挑。"

这个自夸起来毫不脸红的家伙，ID 叫作"大航海家"，是个精灵族的猎人。

精灵族猎人是目前神迹联盟最主流的玩法，可以依靠精灵族敏捷属性的优势快速走位并布置各种陷阱，用陷阱来控制和杀伤对手。

但由于陷阱的布阵非常讲究，而且很难控制，放出来的陷阱敌人不踩进去那就是浪费，因此，猎人也是除了召唤师之外最难玩好的职业。

李沧雨换了新房间，加上密码也是避免旁观者的干扰。

先让肖寒跟他打一局，试试他的水平。

肖寒经过半个月的高强度擂台训练，目前的单挑水平在网游里已经鲜逢敌手，而让李沧雨惊讶的是——这个猎人还真有两把刷子，肖寒一时大意居然输给了他。

肖寒自己显然也很意外，回头看了师父一眼，说道："我刚才没反应过来。"

李沧雨鼓励地拍拍他的肩："没关系，你之前打擂台的时候很少遇到高端猎人吧？"

肖寒点头："嗯，没遇到过。"

操作复杂的职业想要玩好并不容易，甚至可以说，高端猎人和新手猎人，完全是两个职业。

肖寒在半个月的擂台挑战中遇到最多的是弓箭手、魔法师、剑客这种玩家数量多的职业，召唤师和猎人特别少见，今天遇到个猎人高手，他一时没回过神来，踩进对方布置好的连环陷阱，被一个接一个的陷阱给杀死。

"再来一局。"李沧雨道。

肖寒点了点头，继续按下准备键，打字说："再来一局。"

大航海家说："我要跟猫神打，猫神人呢？"

肖寒："在旁观。"

大航海家："哦，那就再来一局！猫神仔细看啊，看我精彩的表现！"

李沧雨："……"

这个家伙，不夸一下自己不好受是吗？

李沧雨坐在旁边认真地看两人对战。

肖寒刚才不小心踩中陷阱吃了大亏，这一局自然打得更加小心，然而，他毕竟没有跟高端猎人交手的经验，一不小心又被一个禁锢陷阱给困住。

大航海家立刻跳到他身边，以极快的速度瞬间放置五个陷阱，一口气爆掉，直接将肖寒的血量压下去一半。

肖寒无奈之下只好隐身，这次他放聪明了，一双眼睛紧紧盯着那猎人所站的位置，隐身从远处绕去对方背后，手起刀落，迅速把血量差距给追了回来！

"你还挺厉害的嘛！"那人一边打字一边在原地丢了个陷阱，迅速后跳跟肖寒拉开距离，肖寒想再次追上去就没那么容易了，对方在地上放了一大堆隐藏的陷阱，稍微不小心就会踩进去掉血，每走一步都无比艰难。

李沧雨见肖寒打得很困难，忍不住开口提醒："遇到猎人，多用瞬移技能和轻功，不要脚贴着地走路，走路很容易中陷阱。"

"嗯！"肖寒应了一声，瞬移到对方面前追着他打，只不过，这个猎人的移动速度极快，晃得人眼花缭乱，一边快速位移一边还能腾出手来放置陷阱。

神迹联盟最讨人厌的职业，第一名无疑是召唤师，宠物太多，打死一个还来一个；第二名就是猎人，满地的陷阱，走一步踩一个，让人烦不胜烦。

李沧雨对付猎人自然有他的办法，但肖寒显然不懂怎么跟猎人交手，一路被陷阱干扰，他的连招根本没打出来不说，血量还被陷阱磨得越来越低。

第二局肖寒又输了，他很不服气地盯着电脑。

李沧雨轻笑着拍拍徒弟肩膀："没关系，打猎人的技巧你还没学会，让我来吧。"

肖寒立刻起身把位置让给了师父，李沧雨便开着爱吃红烧鱼的账号进了擂台。

听见动静的白轩这时候也走过来旁观，见肖寒败下阵来，不禁惊讶道：

"这人是谁？"

李沧雨道："说是看了宣传，想加入我们的战队，我正在试他。"

白轩感兴趣地在旁边坐了下来："看来是毛遂自荐的？我也来瞧瞧。"

第三局对战开始，大航海家看见对手换成了爱吃红烧鱼，立刻发来一大排拥抱的表情："猫神猫神！我是来投奔你的，收我吧，我真的很不错的！"

李沧雨发去一行字："那要试试才知道。"

对局一开始，李沧雨就召出自己的水精灵、火精灵、雷精灵和风精灵，精灵族召唤师的四大精灵全体出动，那猎人显然很震惊，打来一串省略号："……猫神的小弟太多了吧！"

李沧雨温和地说："还有三个通用宠物没有召唤，怕你应付不来。"

大航海家："……"

四个已经够可怕了，你召七个的话我可以趴下投降！

为免自己被一堆宠物爆死，大航海家立刻在周围放下几个自保的陷阱。

肖寒看得都有些震惊，师父平时玩网游打副本，都是随便划水打酱油，这还是他第一次看见师父的四大精灵宠物齐全的状态。

——蓝色的水精灵、红色的火精灵、紫色的雷精灵、绿色的风精灵，四只可爱的精灵宠物全部围绕在李沧雨身边，看上去好看极了。

李沧雨淡定地站在远处，并不靠近猎人，反而操作着四只宠物从四个方向包抄过去。

这多线操作的手法实在太牛，四个精灵从四个方位向前移动，相当于一心四用，他居然还能操作得如此迅速，不出任何纰漏……肖寒听着耳边嗒嗒嗒的键盘敲击声，回头看着李沧雨平静的神色，心里油然升起一股强烈的佩服之情。

——这是他的师父，突然觉得好骄傲！

擂台中间，被四只精灵宠物包抄的大航海家显然有些手忙脚乱。

他放置的陷阱困住了水精灵，但火精灵的火球却准确无误地砸到他身上，紧跟着又是雷精灵的大招，他被一招雷霆之怒劈得外焦里嫩！

大航海家手指快速敲击着键盘，迅速走位躲避宠物的攻击。

只不过，这样一来，他就陷入了完全的被动，只顾着应付精灵宠物的攻击，自己却完全没有出手的机会，时间一长也不过是慢性死亡罢了。

打了将近十分钟，李沧雨站在远处依旧是满血状态，而大航海家的猎人却被宠物渐渐磨成了残血，李沧雨不再跟他客气，火精灵再次出动，接二连三的火球术朝他砸去，直接将他一口气砸死。

大航海家："……"

李沧雨笑道："不是说自己很不错吗？"

大航海家脸红了一下，打字说道："虽然我很厉害，但猫神更厉害嘛！"

白轩被逗笑了，忍不住道："这家伙脸皮真厚。"

李沧雨认真评价道："他的水平还可以，我刚才用四只宠物连续压制他，他能顶住十分钟已经很不容易。"

白轩点头道："这倒是。"

李沧雨又补充道："而且他手速很快，这一点倒是跟小江完全相反。"

这个猎人的操作者，显然是个手速极快的人，他在擂台移动起来就像是一阵风，来无影去无踪，放置陷阱的时候衔接得也很流畅，瞬间就能在地上摆出一大片陷阱阵来。

他对上近战的肖寒会有很大胜算，但对上召唤师李沧雨却只能被压制。显然，这家伙对打近战颇有心得，但他很缺乏跟高手远程对局的经验。

想到这里，李沧雨忍不住问道："你玩猎人几年了？"

大航海家说："一年吧！"

李沧雨道："一年时间能达到这个水平，确实不错。"

大航海家高兴地说："是吧？我也觉得我很有天赋的。"

本来还想夸一夸他，可看着他得意扬扬的样子，李沧雨又不想夸他了，反而打击他道："可惜了，光手速快没用，你在地上放那么多陷阱，但大部分都浪费了，根本没起到攻击和限制对手的作用，你不觉得吗？"

被打击的大航海家垂下了头："哦，好像是这样。"顿了顿，又生龙活虎地道："但我觉得我还可以抢救一下。"

李沧雨："……"

大航海家发来一排期待的眼神："猫神收了我吧，我的水平肯定还能更进一步。"

李沧雨："……"

大航海家："收我收我，我的手速真的很快，我测试过，爆发手速能达到 500！"

李沧雨："……"

白轩在旁边笑得肚子痛——他突然联想到一只小猫摇着尾巴缠着李沧雨喵喵叫的画面，李沧雨会不会被缠得心软了呢？

事实证明，李沧雨还是非常理智的，发去一行字："手速快，那只是硬件优势，软件不行也没用。"

大航海家："猫神的意思是我的软件跟不上吗？"

李沧雨笑道："是的。"

大航海家厚着脸皮说："软件可以更新的，我正需要猫神来改造一下我的大脑系统，让我加入战队吧，猫神给我重装一下软件！"

其实是因为他太会吹牛，李沧雨故意打击他、逗逗他而已。

没想到这家伙还挺有毅力，死皮赖脸地缠着自己说要加入战队，毛遂自荐，确实勇气可嘉。李沧雨这才认真起来，问道："你真的想加入战队？"

大航海家毫不犹豫地说："当然，我看见论坛招人的帖子就立刻过来找猫神，当电竞选手一直是我的梦想。以前也去别的战队面试过，但他们都不要猎人。"

这句话看上去倒是挺真诚。

李沧雨接着问："方便告诉一下你的名字和年纪吗？"

大航海家说："方便，非常方便！我叫卓航，今年十七岁。"

白轩忍不住凑到李沧雨耳边，笑着说道："又是个小少年，一桌麻将刚好凑齐。"

李沧雨也不禁笑起来："还真被你给说中了。"

考虑片刻，李沧雨这才在擂台房间说道："这样吧，小卓你先跟着我们打一个星期的竞技场，就当是对你的考验，如果一周之后考验通过，我就同意你加入。"

卓航兴奋地道："太好了，谢谢猫神！爱你！"

白轩："……"

姓卓的小家伙是不是有点奔放啊？

这么看来，老猫这回重返神迹，运气还真的不错，招收到的四个小少年，一个是疯疯癫癫、上蹿下跳的野猫顾思明，一个骄傲倔强、高贵冷淡的波斯猫肖寒，一个做事慢慢吞吞、说话结结巴巴的小可怜流浪猫黎小江，还有一个翘起尾巴、厚脸皮缠人的奔放猫卓航……

四只小猫凑一桌麻将，再加一个冷静犀利的大黑猫带头，这简直就是——完美猫之队！

CHAPTER 05

战队成立

SUMMONER OF LEGEND

李沧雨嘴上说要给卓航一周的考验时间，心里其实已经认定了这个队友。

　　这一周跟卓航一起组队打竞技场也是为了对这个少年多些了解，虽然卓航喜欢时不时地夸夸自己，但能鼓起勇气毛遂自荐，也证明这个少年非常有信心。

　　——在赛场上，自信总比自卑要好。

　　事实也证明卓航确实有点天赋，他很顺利地通过了考验。

　　一周之后，李沧雨将几位队友召集到游戏里开了个团，并把众人叫到语音房间，心情愉快地说道："跟大家宣布一个好消息，我们的新战队成员总算全部到齐，如果时间允许，大家12月1号就到星城龙吟俱乐部集合，正式开始集训吧！"

　　顾思明立刻兴奋地在团队频道刷了一排鲜花："太好了！我做梦都在等这一天！"

　　肖寒道："组队好快。"

　　卓航刷来一排亲吻的表情："猫神真棒！"

　　黎小江心情激动，却不懂该怎么表达，只好安静地看着大家刷屏。

　　白轩有些疑惑地问："这么快集训？你不是春节过后才回国吗？"

　　"我之前没料到第七赛季的赛制会大改。"李沧雨解释道，"前几天凌雪枫把联盟开会时发的资料拍照给我看了一下，新的赛制变化很大，我们是新队伍，队员之间需要磨合，还得从头研究新的赛制，所以集训的时间必须提前。"

谢树荣了然道："明白。新赛制我也看了，确实比老赛制要复杂一些，我跟 ICE 俱乐部已经正式解约，随时都可以回国。"

章决明好奇道："新赛制改成啥样了？"

李沧雨说："改变挺大，一时半会儿也说不清楚，等回国后我们再仔细研究吧。"

章决明干脆地道："好，那我就等你们回来！"

肖寒说："我可以随时回国。"

卓航说道："我 12 月 1 号坐飞机过去！"

黎小江小声说："我，我……"

章决明道："听起来，我们战队是有四个小少年吗？"

白轩微笑着道："嗯，年轻选手多，战队更有活力，挺好。"

黎小江的声音太小已经被淹没了："我，我……"

李沧雨听到角落里那个弱弱的声音，忍不住微笑道："小江，你要说什么吗？"

大家安静下来，黎小江红着脸，结结巴巴地说："我，我想说，我也可，可以 12 月到战，战队集合。"

众人："……"

少年，听你说句话，好难啊！

八个人就这样组成了一支新的队伍。

11 月 30 日，李沧雨、白轩、谢树荣和肖寒一起从纽约出发，登上了回国的班机。

知道猫神要回来，刘川很给面子地亲自开车去机场接人，把一行四人接到战队后，他本想来一场接风宴，李沧雨却道："等人齐了再说吧，还有两个小家伙明天才到。"

刘川拍拍李沧雨的肩膀，说："辛苦了，没想到，不到半年的时间，队伍居然能组齐！"

李沧雨道："或许是最近运气比较好吧。"

刘川笑了笑，说："我回头去准备一下合同，再把宿舍安排好。你看是双人间方便，还是三人间，或者四人间？"

李沧雨想了想，说："我们八个人，要两个四人间吧。"

"没问题！"刘川爽快地答应下来。

12月1日早晨，黎小江和堂兄黎海一起到来，同一时间，卓航也在机场办理登机手续。

下午，黎海带着弟弟黎小江来到了星城龙吟俱乐部的总部。

走进崭新的写字楼，看着龙吟俱乐部正规的训练室、会议室，黎海忍不住拍拍弟弟的肩膀，激动得声音都在发抖："小江，你以后可要跟着猫神好好混，等你有出息了，给哥哥的网店当个代言，我卖电脑、卖键盘生意肯定会更火的！"

黎小江认真点头："嗯！"

两人一起来到俱乐部的大厅，看见一个身材高大的男人正在那里等着他们，那男人长得十分帅气，眉眼之间透出果断利落。见到两人，男人主动走上前来，微笑着伸出手说："你们好，我是老猫李沧雨。"

虽是大神，却一点架子都没有，笑起来很直率，给人的第一印象非常可靠。黎海立刻受宠若惊地跟他握了握手，说："猫神你好！你好！"

黎小江也激动地说："猫，猫，猫神好！"

李沧雨听到这熟悉的结结巴巴的声音，目光不由移到旁边的少年身上——黎小江长得瘦瘦小小的，说话不太利索，似乎有些紧张，脸颊涨得通红，可一双乌黑的眼睛却格外明亮。

李沧雨挺喜欢这个慢吞吞的家伙，忍不住伸手轻轻拍拍他的肩，说："小江是吗？"

黎小江用力点头："嗯嗯！"

就在这时，李沧雨旁边传来个很阳光的声音："我找猫神，猫神在吗？"

回头对上少年明朗灿烂的笑容，李沧雨试探性地问道："你是卓航？"

少年立刻走了过来，主动伸出双臂扑到李沧雨的面前："你是猫神吗？活的猫神，哈哈哈！我是卓航没错，就是那个很厉害的精灵族猎人。"

李沧雨无奈地把他推开，白轩说这孩子很奔放果然没说错，见面就扑过来拥抱，一点都不怕生，李沧雨差点被他扑得人仰马翻。

李沧雨稳住脚跟，玩笑道："厉害的精灵族猎人，你一个人来的吗？不用家长送？"

卓航立刻说："我已经成年了，不用家长送！"

被哥哥送来的黎小江："……"

卓航扭头，发现旁边站着个瘦瘦小小的家伙，忍不住问："你是谁啊？"

黎小江结结巴巴地解释："我，我是黎，黎小江。"

卓航了然道："哦，那个黑魔法师？"

黎小江点了点头："嗯……"

卓航好奇地看着他，不擅长跟人交流的黎小江被看得脸都红了，垂着头不好意思说话。

李沧雨看了两人一眼，道："你们两个先跟我去报到。"

带着黎小江和卓航来到会议室时，肖寒、谢树荣等人正在聊天，刘川也在。李沧雨让两个少年走到刘川的面前打招呼，介绍道："这位就是龙吟俱乐部的老板。"

"老板好！"。

"老，老板好。"

刘川仔细打量着面前的两个少年，一个长得很瘦小，害羞腼腆、说话结结巴巴的，显然很怕生。另一个却身材高挑，小小年纪已经显出帅气的容貌来，个性阳光，表现得很大方，显然是见过大场面的人，笑起来十分灿烂。

再加上小疯子顾思明和混血儿肖寒，这新战队的四个少年性格各异，李沧雨能收集到这么多小少年，真不容易啊！

刘川微微笑了笑，跟两人握手打过招呼："欢迎你们加入龙吟俱乐部。"

说罢又回头朝李沧雨道："这次找的队友很多小年轻吗？"

"正好能凑齐一桌麻将。"李沧雨看着面前神色各异的四个小家伙，忍不住微笑起来，"四个人都是十七八岁，电竞选手状态最好的时候，过几年就算我退役了，他们也能把战队带起来。"

"这倒是，年纪小的选手确实有更大的发展潜力。"刘川顿了顿，说，"这样吧，我先让法务把合同拿给大家看看，没问题的话，我们今天就把合同给签了。"

他说着便拨了条内线，片刻之后，有个中年男人走了过来，手里拿着一堆合同。

刘川介绍道："这位齐先生是龙吟俱乐部的法律顾问。以前合同的事情都是泽文在管，现在泽文要带队打比赛忙不过来，我就专门请了一位律师。"

小少年们："……"

——居然有专门的律师，这家俱乐部好高大上啊！

齐律师把合同分别发到大家手里，说："合同大家先看看，有问题可以随时问我。"

几个新来的选手找位置坐下，认真地低头看起了合同。

片刻后，卓航突然抬头问道："新人必须签三年吗？"

"是的。"齐律师解释道，"战队要培养一位选手并不容易，如果签一两年的话，有不少人成熟之后会跳槽去别的队伍，那么前期战队所花的心血就白费了。三年，足够让一位选手真正地成熟起来，到时候想续约，可以再提高薪资待遇。"

卓航点了点头："明白。"

仔细过了一遍合同，卓航便果断地签下自己的名字。

相对而言，黎小江、肖寒他们对合约问题都不太懂，见卓航签了，也就跟着签字。

章叔的合同上次已经签过，小顾一直是龙吟训练营的选手，不需要重新签。另外三个小少年虽然是新人的待遇，但龙吟俱乐部对选手十分优待，给他们的条件跟其他战队相比已经很不错了。

谢树荣和白轩的合同跟几个小少年自然不同，阿树是三剑客之一，声名赫赫，白副队又是李沧雨的老搭档，两人的资历放在那里，水平也高出很多，刘川给他们的合同都是明星选手的待遇。

很快，众人心情愉快地签完合同，齐律师现场盖好章，战队留一份，另一份让大家自己保存，李沧雨的新队伍总算是正式组建起来。

刘川回头问："对了猫神，战队名字还是按我们最开始商量的沧澜吗？"

当初刘川跟李沧雨确认合作关系的时候，曾经提过队名的问题，李沧雨当时说想不到好的，就用沧澜。

——沧之冷冽，澜之壮阔，这是当初带队转移时白轩所取的名字，颇有意境。

只可惜，沧澜战队转移到武林之后没有拿下任何奖杯，这一直是李沧雨心里最大的遗憾。

如今重回神迹，他想带着崭新的沧澜战队，去实现多年来没有实现过的梦想。

如果有一天，沧澜战队真能站在颁奖典礼的领奖台上，那些曾经跟他奋斗多年、把最好的青春年华留在竞技场上的老朋友们，应该也会感到欣慰吧？

想到这里，李沧雨的目光中浮起一丝坚定，微笑着说："新队伍的名字，就叫沧澜。"

新队员用老队名，就像旧瓶装着新酒。

变了的，是朝气蓬勃的强力队友；不变的，是依旧执着的梦想，和依旧坚定的心。

为了庆祝神迹沧澜分队的正式组建，刘川特意召集武林分队的全体队员和俱乐部训练营里的新人们，一起到俱乐部附近的餐厅包了一个大包间，订了三桌大餐，算是给猫神他们接风洗尘。

刘川对李沧雨爱吃鱼的事早有耳闻，特意点了这家餐厅比较出名的水煮鱼和剁椒鱼头，李沧雨看着菜单真是一脸的满足。

菜还没上齐，武林分队的队长吴泽文和副队长李想便主动到这一桌打招呼。

吴泽文戴着银框眼镜，表情非常平静，这位学霸在俱乐部创建之初给刘川帮了不少忙，刘川退役当老板后把队长交给了他。几年下来，吴泽文带着龙吟战队南征北战、屡创佳绩，他整理数据、分析地图的能力极强，算是难得一见的天才选手。

副队长李想为人热情爽朗，是刘川当初在游戏里收的徒弟，曾经也是个单纯的小白，在刘川的亲自调教下成了联盟数一数二的高手，接任副队长之后更是成熟了许多。

吴泽文酒量不行，就负责端着酒壶倒酒，李想把酒杯举到李沧雨面前，说："猫神，没想到居然有一天你会来龙吟，我代表龙吟战队的全员敬你一杯，先干为敬，欢迎你加入龙吟俱乐部！以后遇到什么问题随时跟我们说，一家人，不要客气！"

他说着很豪气地将杯中的酒一饮而尽。

李沧雨也笑着跟他碰了碰杯，同样一口气喝干："以后还请多多关照。"

"猫神客气！"李想紧跟着又去敬白轩，"神奶，好久不见，来喝一杯！"

白轩站了起来，微笑着说："我酒量不行，最近正在喝中药，心领了，以茶代酒吧。"

李想疑惑道："白副队有胃病吗？"

"是的。"白轩无奈地说，"老毛病了。"

李想忙说："那可要当心，一定要注意饮食和睡眠，好好调养。夜夜以前也有胃病，都是作息不规律还喝冰饮料引起的，后来被我监督着吃胃药，现在已经完全好了。"

正说着，门突然被推开，紧跟着传来一个清冷的声音："都到齐了啊？抱歉，我去机场接四蓝，路上堵车。"

李想立刻转身屁颠屁颠地迎了上去："夜夜来了！"

众人回头一看，就见两个男人一前一后走了进来。

被李想叫作"夜夜"的那人神色十分冷淡，穿着纯黑色的紧身长裤和修身小外套，衬托出修长笔挺的身材，留着一头利落的短发，脸上似乎有种与生俱来的傲气。

另一个男人却是一脸懒洋洋的神态，双手插在口袋里，一边走一边打着呵欠，如同在散步一样随意，他留着略长的栗色头发，身上有种奇怪的类似艺术家的气质。

这两人一到，龙吟战队那边全体队员站了起来，显然对他们十分恭敬。

肖寒、黎小江等人不明情况，只好一脸茫然地跟着站了起来。

"夜夜、四蓝，怎么把你们都惊动了？"李沧雨笑着走到两人的面前，跟两人握了握手。

"刘川叫我们回来，说有大事发生，我就猜到是神迹分部组建的事。"秦夜目光扫过白轩他们那桌的新面孔，问道，"猫神的队伍，这是建好了？"

李沧雨点头："是啊，今天全员刚刚到齐。"

秦夜难得微笑了一下："那你这进展还挺快，才半年就找齐了队友。"

刘川笑眯眯地走过来说："我们俱乐部又迈出了崭新的一步，力量更加壮大，两位元老怎么也得给面子来庆祝一下，对不对啊，四蓝？"

打呵欠的男人回过头来，眯起眼睛说："对，刘老板说什么都对。"

刘川笑了笑，转身给神迹那边的新人们介绍道："这位是秦夜，我们龙吟俱乐部的王牌教练。这位是蓝未然，简称四蓝，龙吟战队的第一任副队长。"

一群新人对此显然非常惊讶。没想到为了欢迎新队伍的到来，刘川居然把神隐许久的元老们都请了过来。

秦夜这位教练在电竞圈可是大名鼎鼎，据说他对队员们要求非常严格，尤其是新人，谁要是不听话就会被他骂……小顾一看见他就往桌下底下躲，显然以前也被骂过。

蓝未然是龙吟战队当年的副队长，传奇性的战术强人，在退役之后销声匿迹多年，龙吟俱乐部的很多新人都没有见过他，刘川今天把他也请出来，显然是对沧澜战队的重新组建非常重视。

两尊大神到场，现场顿时变得热闹了不少。

刘川、秦夜和四蓝主动坐到了李沧雨他们那一桌，刘川给两人简单介绍了一下新队伍的情况。蓝未然打量着这几个小少年，眯起眼睛说道："有四个小年轻也挺好，只不过猫神就要辛苦一点了，新人都需要时间慢慢成长。"

李沧雨说："还好明年甲级联赛开始之前有一个乙级联赛作为过渡赛事，正好可以让他们好好锻炼锻炼。"

"当年我们也是这样走过来的，刚开始新人们的状态很不稳定，到后面才能渐渐地成熟。"秦夜目光扫过四个少年，说，"这次你重新组队，看来是信心十足？"

李沧雨坚定地点头："嗯，这次肯定能拿奖。"

蓝未然有些感慨："其实我俩的经历差不多，当年我也一直没拿过奖，后来复出只是为了证明自己，我相信你的运气会跟我一样好。这次回神迹，直接拿个冠军吧。"

李沧雨微笑道："我也是这么想。"

刘川突然插嘴说："猫神当年能跟我打成平手，显然很厉害，拿个冠军不在话下。"

秦夜回头瞄了他一眼："你是在夸猫神厉害，还是夸你自己厉害？"

刘川道："我们俩同样厉害！高手和高手之间，有一种惺惺相惜的磁场，我跟猫神都是站在职业联盟最顶端的高手，所以才能愉快地合作，不是吗？"

李沧雨："……"

众人："……"

老板开始自夸，大家立刻低头闪避。

卓航觉得，比起刘老板的自夸功力，自己实在差得太远，还需继续学习！

这一顿饭的氛围一直其乐融融，尤其是李沧雨跟四蓝、秦夜这些选手很久没见过面，大家聊起当年的往事，完全停不下来。

虽然肖寒和小江他们对几位前辈并不熟悉，但在小顾的介绍之下，也大概了解了一些他们的往事——刘川、秦夜和蓝未然是龙吟俱乐部组建之初的三大顶梁柱，他们曾经都是职业联盟的风云人物，如今虽已退役，但风采依旧，依稀还能看出当年在赛场上所向披靡的样子。

听猫神跟他们聊天，大家都觉得热血沸腾，好像冠军奖杯正在跟大家招手一样。

饭局结束后刘川把沧澜战队的大家带回战队宿舍，安排了两个四人间——两间公寓正好在同一层，面对面，以后开会讨论也比较方便。

安顿好这一切，刘川才拍了拍李沧雨的肩膀，感叹道："虽说新人后劲很强，可要带着这么多没有大赛经验的新人去打比赛，你当队长的会非常辛苦。"他当年也是带过队的人，深知带新人打比赛的艰难，所以对李沧雨找这么多新人的决定也是非常佩服。

李沧雨自信地说："没关系，我相信他们不会让我失望。"

刘川微笑着道："你带队我自然是一百个放心，几个小家伙刚来战队，可能会不太习惯，日常生活方面还需要你跟白副队多多操心了。"

李沧雨点了点头："嗯，我会跟小白说的。"

送走刘川后，李沧雨便着手安排队员们的住宿问题。

他让白轩、黎小江、谢树荣和卓航住一间，自己则和章叔、小顾、肖寒住一间。

李沧雨跟肖寒住，显然是要亲自带这个徒弟，章叔之前一直在帮小顾熟悉其他职业的操作，可以接着辅导顾思明。

黎小江性格内向，不擅交流，正好白轩脾气比较温柔，可以让这少年尽快融入到战队当中，至于卓航为什么要跟谢树荣安排在一处，李沧雨的想法是，阿树最擅长以快打快，卓航手速很高，跟着阿树多学学，可以将他的优势发挥到极致。

简单的宿舍安排，李沧雨其实考虑得非常周到——新老搭配，正好一个老选手带一个新人，一对一的辅导也能让少年们最快速度适应战队的节奏。

卓航对宿舍的安排自然没有意见，性格奔放的少年很快就跟谢树荣混熟了，一口一个"树哥"叫得十分亲切。

倒是黎小江，跟这么多陌生人住在一起，让他很是局促不安。

黎小江正在默默收拾行李，白轩突然敲开他卧室的门，微笑着说道："小江，猫神做事果断干脆，遇到正事看起来比较严肃，但他其实很好相处。你不要有心理压力，吃的住的有哪里不习惯，或者训练的时候遇到什么问题，你都可以偷偷跟我说。"

黎小江感动地点了点头："嗯，知、知道了，谢谢副队。"

白轩温柔地摸了摸少年的头。这四个少年当中，他最心疼的就是黎小江了，黎小江长得又瘦又小，说话结结巴巴，明显缺乏自信。要树立这孩子的自信心，可不是那么容易的事，不过白轩相信，他可以用温柔的方式让小江渐渐地放下防备。

等把队员的宿舍全部安顿好，李沧雨这才回到自己的卧室，站在窗边，给凌雪枫发了条短信："战队组好了，我已经到达龙吟俱乐部，明天开始正式集训。"

凌雪枫很快回复道："恭喜。新的开始，你要加油。"

看着凌雪枫短信里简短的鼓励的话，李沧雨的心头也颇为感慨。

他在十七岁那年拒绝了凌雪枫让他担任风色副队长的邀请，自己去创建战队。第一支 FTD 战队是年少热血时期所建立的队伍，身边的队友都是关系极好的发小，那时的他意气风发，也对未来充满了期待，只可惜，三年的时间，迎面而来的是一盆又一盆的冷水。

FTD 解散后，他带队转移，那时的他已经不像当初那么单纯，渐渐变得成熟稳重，沧澜战队转去武林后，面临着很多指责和质疑的声音，每次输掉比赛都会有一大批网友在评论区冷嘲热讽，但他已能很淡定地承受这一切非议，因为那是他自己选择的路。

——自己选的路，跪着也要走完。

如今，崭新的沧澜战队是他完全按自己的想法重新组起来的队伍，虽然没有比赛经验的少年占据了一半江山，但几个少年都是很有天分的人才，李沧雨有十足的信心，可以带着这支队伍走得更加长远，也可以实现自己一直以来想要站在领奖台上的梦想。

看着窗外繁华的夜景，李沧雨不禁扬起了自信的笑容。

如凌雪枫所说，新的开始，他还得继续加油。

转眼这么多年过去，第三次组队总算是尘埃落定，久违的神迹联盟，久违的朋友们、对手们，老猫李沧雨，终于要回家了！

CHAPTER 06

猫神课堂

SUMMONER OF LEGEND

次日早晨，李沧雨起床的时候发现章叔和小顾已经很积极地洗漱完毕在客厅里等他了，肖寒卧室的门关着，估计是时差没倒过来。李沧雨推开卧室一看，发现肖寒正侧身躺在床上，少年金色的头发垂落下来遮住白皙的额头，嘴唇轻轻抿着，安睡的样子还真像个小天使。

　　虽然舍不得叫醒他，可眼看训练时间就要到了，李沧雨只好无奈地走过去摸摸徒弟的头发，柔声说道："小寒，起床了。"

　　肖寒迷迷糊糊地揉着眼睛坐起来，疑惑地问："师父。几点了啊？"

　　"快八点了，起来去吃早饭吧。"

　　"哦。"肖寒迅速穿好衣服洗脸刷牙，跟在师父的后面转身出门。

　　四人一起来到龙吟俱乐部的餐厅，餐厅里一张张长方形的桌子整齐地排列着，擦得干干净净，不少选手正在埋头吃早餐，让人忍不住想起学生时代的饭堂。

　　几个小少年第一次进战队食堂，看着窗口陈列的各种好吃的眼睛都亮了。尤其是黎小江，昨天签合同的时候上面写着"包食宿"，他还以为吃的只是快餐或者盒饭呢，没想到居然有专门的俱乐部餐厅。

　　大家都是新人，不敢乱来，还好小顾对这里熟门熟路，领着大家说："走了走了，去拿吃的吧，不用交钱随便拿，别客气。"俨然一副小主人的样子。

　　四个小少年排队去拿早饭，小顾带头，肖寒和卓航走中间，害羞的黎小江垂着脑袋跟在最后……这个画面让李沧雨的心情瞬间变好。

　　看着四个小家伙排排站，他突然有种当了"家长"的使命感。

　　吃完早饭后，众人一起来到会议室。

会议室有一张椭圆形的大桌，讲台上则连接着电脑和投影仪，李沧雨打开电脑把带来的 U 盘连上，一边翻文件一边说："大家找位置坐，以后开会也按今天的座位坐。"

大家很快就找位置坐好，李沧雨打开一个 PPT 文档，说道："今天先给大家上一堂基础课，小白、阿树和老章可以不听，另外四个小的必须认真听。"

白轩看着讲台上一本正经的男人，忍不住微笑起来。

——猫神课堂，终于又开课了。

当年他跟李沧雨一起带队去武林之后，每次遇到重要赛事，李沧雨都会站在讲台上耐心仔细地给大家分析阵容、制订战术，隔了大半年，猫神又一次站到讲台上当起了老师，这次的学员却全面换血。

回头一看，发现四个小少年都认真地竖起耳朵听着，黎小江甚至乖乖地记起了笔记。

李沧雨接着说道："这节课我们要讲的是神迹所有职业的基本特色。你们几个新人可能对自己玩的职业非常了解，但对别的职业的认识却很粗浅，作为一个职业选手，我们必须把所有职业的全部技能——包括效果、释放时机、连招运用——全都记在心里，这样你在赛场遇到不同的对手，才能知道自己该怎么应对。"

他说着就打开了一张 PPT，标题是："神迹全职业详细介绍。"

只不过，作者那里却写着"风色战队凌雪枫"。众人看到这个名字都有些出戏，凌队这波存在感刷的，沧澜战队会议都能出现他的名字……

白轩咳了一声，道："你直接拿风色的内部资料啊？"

李沧雨坦然一笑："时间仓促，我找凌雪枫借了个 PPT。"

白轩："……"

那凌队也真是大方，这都肯借给你！

这种基本资料在官方网站也有，只是风色战队整理出来的肯定更加详细，不涉及战术、阵容等机密问题，借给猫神倒也无伤大雅。

李沧雨按了激光笔，播放到下一页，这一页上列出了神迹的全职业和种族。

神迹的职业总共有十二种，圣骑士、狂战士、剑客、刺客四大近战职业，黑魔法师、白魔法师、弓箭手、召唤师四大远程职业，牧师、祭祀两种治疗职业，通灵师辅助，以及依靠陷阱攻击、可近可远的猎人。

种族则有六种，分别是兽族、人族、神族、魔族、血族和精灵族。

李沧雨把激光笔指向种族那一排，接着讲："六大种族大家应该都知道，兽族防御最高，人族综合属性最全面，精灵族有敏捷加成移动速度最快，血族优势在于隐身和攻击吸血，魔族法术攻击强且暗黑系的负面状态较多，神族的法术攻击同样很强，但是解控能力更多。

"基于不同种族所选择的职业，最后的角色属性肯定也不一样。

"经过这么多年时间的验证，可以玩好的流派目前只剩下二十多种，我给大家详细分析一下每种玩法的特色。

"先是近战当中主防御的圣骑士，目前最流行的是兽族圣骑士和人族圣骑士两种玩法，前者防御最强，但身体笨重，行动起来会比较迟缓；后者防御稍弱，优势在于行动灵活。圣骑士最常用的技能有……"

会议室里，年轻男子爽朗的声音如流水一般划过耳畔。

李沧雨讲起课来真是条理分明，每一句话都掷地有声。

他声音本就好听，加上长得又高又帅，站在讲台上讲课的时候，那种镇定自若、侃侃而谈的风采，让人根本移不开视线。

四个小少年仰起头来认真地听着，满脸的崇拜之色。

就连白轩、谢树荣和章决明这些老选手，明明已经掌握了这些知识，还听得津津有味。

路过会议室的老板刘川，看见猫神给小猫们讲课的这一幕画面，忍不住心情愉快地扬起了嘴角——当初高价签下猫神来带神迹分部的队伍，果然没有选错。自信的猫神，一定会带着这支崭新的沧澜战队，一步一步走向属于他的王座！

李沧雨利用一节课的时间给几个新队员详细讲解了二十多种职业的特色和技能，四个小少年都是茅塞顿开。如猫神所说，他们对自己玩的职业特别熟悉，对其他职业却一知半解，经过这样系统、全面的学习，对所有职业有了更深入的了解。

接下来，李沧雨又带着大家来到沧澜战队的训练室——这里并排摆着十几台电脑，他们八个人用的话绰绰有余，电脑的配置也是最高端的，外设的键盘鼠标质量都极好。

李沧雨让大家找位置坐下，打开电脑，桌面上果然有一些训练用的小软件，李沧雨介绍了一下这些小软件的功能，然后就安排起训练任务。

"小顾，你在龙吟训练营待了大半年，基础打得很扎实，走位训练的时间缩减为半小时，每天上午和下午各抽出半小时稳定手速，其他时间就继续跟章叔了解全职业的操作。

"小寒、小江和小卓，你们三个都没有经过专业的培训，从今天开始，你们要从最基础的训练做起。上午练习一个小时的随机走位，一小时的稳定手速训练，一小时熟悉地图。下午的时间去跨服竞技场找人练手，再跟各自的老师强化职业操作。

"小江的老师是白副队，小卓的老师是阿树，小顾跟着老章，肖寒由我来带，一对一辅导，有任何问题不要藏在心里，去大胆地问你的老师。

"你们是新人，提问题并不丢人，不懂还不问，那才会害人害己，明白吗？"

"明白！"少年们立刻乖乖地点头。

"还有个问题需要强调一下。"李沧雨接着说道，"你们四个的年纪差不多，在我心里也都同样优秀。希望你们四个人之间能形成良性竞争的氛围，大家一起进步，不要攀比，更不要暗地里钩心斗角地较劲，做好自己该做的事。

"比赛的时候，我会根据不同的战术，派不同的人上场。以后你们彼此之间也要形成配合，记住——你们是队友，不是敌人。"

李沧雨的这段话说得非常严肃，显然，他最在意的就是战队内部的团结一心。

再强的队伍，只要内部有了裂痕，就像大树的根部开始腐烂——离死亡不远了。

四个少年目前还很单纯，但将来到了赛场，难保不会互相比拼水平、人气，李沧雨不希望这四个孩子有太多的功利心，而是希望他们能一起成长，跟随着沧澜战队一路披荆斩棘，并肩走向终点。

见少年们都认真地点头，李沧雨这才微微笑了笑，右手一扬："行了，开始训练！"

这动作果断之余又帅气无比，几个少年立刻收起崇拜的眼神，埋头开始专心训练，生怕自己比别人慢了。

白轩忍着笑想，四只小奶猫被猫神的一段话训得服服帖帖，至少不用担心以后会为了争宠而打架。

下午，李沧雨让四个少年自己去打竞技场——太多的知识输入，总要留点时间来消化和吸收，让他们自己琢磨，说不定能事半功倍。

刚安排好竞技场的练习，吴泽文突然敲门进来，手里拿着个 U 盘递给李沧雨，说："这里是神迹乙级联赛一些战队的资料，还有神迹的地图库建模，刘川让我整理好拿给你。"

李沧雨高兴地收下："太谢谢了！"

——学霸整理数据的能力一流，真是帮了李沧雨不少忙！

吴泽文扶了扶眼镜，说："不客气，我能帮的也就这些，你们加油吧。"

李沧雨道："你那边也加油，季后赛取得好成绩。"

吴泽文认真地点头道："会的。"

等他转身走后，李沧雨立刻打开 U 盘仔细查看起来。

虽然对从乙级联赛中出线很有信心，但比赛场上风云变幻，难保不会马失前蹄，多了解一下对手也是好事。吴泽文整理的这份资料列出了每支队伍的王牌选手和基本战术风格，相当实用。

另外还有地图库的建模，更是让李沧雨叹为观止。

神迹联盟公布过联赛地图库的资料，并且有专门的地图包软件，只要安装在电脑上，所有比赛用地图都可以读取出来，这并不是秘密。

但难得的是，吴泽文利用物理系学霸强大的空间分析能力，将地图上的很多视野盲区都用坐标详细地做出了标注。

——这可是一份超宝贵的资料，龙吟独家，绝无仅有。

李沧雨仔细研究着地图，越看越是喜欢。按照地图的特点，以后他也可以针对不同的战队，安排更多不同的战术。

正投入地研究着，刘川又敲门进来，看着大家认真训练的样子，刘老板十分欣慰地道："都挺认真的啊？没打扰到你们吧？"

李沧雨抬起头说："没关系，老板找我有事吗？"

刘川道："我从神迹联盟拿到了新赛制的资料，你要不要看看？"

听到新赛制，大家都好奇地抬起头来。

李沧雨笑了笑说："我看过了，给其他人看看吧。"

刘川把复印好的文件发给大家，一群人越看越是兴奋，小顾差点跳了起来："哇哇，改变好大啊，跟以前的竞技场完全不是一种模式！"

肖寒也说道："这种新赛制是把搬运水晶变成了摧毁水晶？"

卓航对竞技游戏似乎很了解，一句话说破关键："是塔防游戏的模式，经济差决定胜负，这样一来战术会更加多变，打起来也更有意思。"

李沧雨赞赏地看了他一眼，问道："小卓你对这些很了解？"

卓航笑道："嗯，我家里有人以前打过这种竞技游戏，我从小就是看比赛看大的。"

怪不得连电竞选手的合同他都能捕捉到关键，果然是家里有圈内人。

李沧雨收起好奇心，接着说道："新赛制的变化确实很大，以前我们夺取水晶并把水晶运回家里就算得分，新的赛制却是想方设法地摧毁水晶来拿分。"

"水晶的前方、后方分别有冰晶凤凰、火焰凤凰这两个守卫 Boss，攻击力极强，死亡一段时间后还可以重生，外围则有东、西、南、北四座防御塔，防御塔外面就是迷雾区，里面有一些小怪，杀掉之后会有状态加成。"

李沧雨顿了顿，道："新赛制的关键在于，击杀野区各种小怪可以赚钱积累经济。有钱之后就可以在战场商店购买装备。新赛制在比赛中途是可以更换装备的，这样一来，我们就能根据对手的情况来选择有利于自己的装备，甚至可以针对性地出装。"

章决明感叹道："打法更多变了啊！水晶就相当于最终 Boss，重生的冰凤凰和火凤凰是两个小 Boss，防御塔是外围的精英怪。要想到中间去击碎水晶，就要先解决掉外围的四座防御塔和冰火凤凰，我理解得对吗？"

李沧雨点头："是这个意思。我刚刚看了下吴队整理的地图资料，大部分地图水晶都会刷在中间，有东西南北四条路通往水晶所在地，路上有很多小怪可以杀掉拿经验，路之间的野外适合潜伏突袭布置战术，这个赛制比以前纯粹夺水晶的模式要有意思得多。"

刘川听到这里，忍不住微笑起来："赛制大改，对我们新队伍而言其实是有好处的。其他战队面临新的赛制，肯定也要从头磨合，我们相当于站在了同一个起点上。"

"是的。"李沧雨回头看着大家，说，"现在是 12 月，距离明年 2 月的乙级联赛只剩两个月时间，去掉春节假期，我们的时间其实相当紧迫。接下来的训练任务会非常繁重，几个新人可能会压力很大，希望大家能咬牙挺过这最艰难的阶段。来，给我表个态吧？"

小顾立即积极地说道："队长，让我熬夜训练都没问题，我太喜欢训练了！"

卓航道："我没问题，猫神随便安排。"

肖寒目光坚决："师父放心，我可以撑住。"

黎小江抬头看着李沧雨，认真地道："我，我也没，没，没问题。"

李沧雨微微笑了笑，心想，既然你们都当面保证没有问题，可别怪我接下来要想方设法地摧残你们了。

白轩同情地想：小奶猫们，做好被大猫虐哭的准备吧！

次日早晨，大家来到训练室时，队长李沧雨早已等在那里，他手里拿着一叠打印好的表格，见几个少年进来，便把表格分发给四人，说道："接下来的一星期，你们按照我的安排好好训练，每次训练结束后我要验收成果，不合格的留下加班。"

这就跟上学时代作业没做完，放学被老师留下来一样。

几个少年乖乖拿过表格，上面详细列出了每个人的训练项目和时间。

龙吟俱乐部有很多专业的电竞选手训练软件，比如练手速的软件，在打开之后屏幕上会随机出现二十六个英文字母，字母出现的速度可以自行调整，在看到字母后手指必须迅速按下对应的键盘来消除该字母，否则游戏就会结束。

练习走位的软件则是各种各样的随机迷宫地图，有些悬崖峭壁稍微不慎就会掉下去摔死，相当考验选手的心理素质以及走位操作。还有一些练技能的小软件，可以在初始界面自由选择种族职业，进入单人副本去挑战Boss，从而熟悉不同职业的玩法。

顾思明对这些训练软件都十分熟悉，卓航对此也并不好奇，肖寒和黎小江却是第一次接触，脸上满是兴奋的神色。

大家按照队长的安排训练了一个上午，脸上的表情依旧看不出疲惫。

直到下午验收的时候，李沧雨看着几人发过来的训练录像，皱着眉说："肖寒，你的手速训练不合格，每分钟按键次数调到400再重新练一个小时。"

被训的肖寒垂下头来："哦……"

"小江，你单人打Boss花费的时间太长，重新练两个小时。"

黎小江犯错一样垂下头："知，知道了。"

"小卓你的走位训练，十次当中出现了五次失误，失误率太高，重来！"

卓航也垂下头："好。"

唯一没被训的是顾思明，他在龙吟训练营待了半年基础比较扎实，正开心地想着自己是不是通过了，结果李沧雨又来一句："小顾，白魔法师的操作技巧掌握了没？"

顾思明尴尬地道："呃……不太熟。"

李沧雨道："开小号去擂台，胜率超过 95% 再来找我汇报。"

顾思明也垂下脑袋："哦，知道了……"

白轩看着四个小少年整整齐齐地垂着头走开的模样，忍不住笑了笑，凑到李沧雨的耳边说："你对他们的要求会不会太严格了？"

李沧雨无奈地耸耸肩："没办法，时间紧迫，必须给他们增加训练强度。"

肖寒坐在电脑前，按照师父的吩咐把手速调整到 400，顿时觉得非常困难。

他平时的稳定手速在每分钟 350 下，爆发秒人的时候略高一些，如今却把平均速度调到每分钟 400 下，相当于一秒钟按 6 到 7 个键位，可想而知，手指的速度需要多快。

才按了不到半小时，他就感觉到手指非常疲劳。

看着屏幕上再次弹出"游戏结束"的字样，他刚想稍微休息一会儿，回头却见师父正目光锐利地盯着自己，肖寒立刻缩了缩脖子，挺直脊背，继续打开了训练软件。

黎小江更惨，他本来就是慢吞吞的性子，手指按键的速度在全队当中自然是最慢的一个，让他一个人去单挑 Boss，他经常被 Boss 追着打，技能都读不出来，只能依靠地形的优势慢吞吞地磨，要按队长说的十分钟解决战斗，对他来说太难了。

连续几次都超过十五分钟才磨死 Boss，黎小江有些灰心，咬紧嘴唇盯着电脑，显然是不知道该怎么办。白轩微笑着凑过去道："别急，集中精神慢慢来。"

黎小江深吸口气，集中注意力盯着电脑屏幕，再次将手指放在了键盘上。

卓航这边更是头大如牛。

猫神给他找的都是特别复杂的地图，悬崖峭壁，路窄得就跟钢丝一样，手指稍微一抖就会掉下去摔成烂泥，别说走到终点，二十米都走不过就摔得四脚朝天。

卓航真想把键盘上的键帽一个一个地扣出来。

谢树荣见他一脸郁闷的样子，不由好笑："厉害的猎人，快爬起来继续。"

卓航忍耐着撞墙的冲动，凑到谢树荣耳边说道："树哥，走这种路有没有技巧啊？"

谢树荣道："熟能生巧。"

你说了等于没说吧！卓航郁闷地点点头："我再试试！"

顾思明开着白魔法师的小号在竞技场跟人PK，猫神给他定的任务是胜率要达到95%，也就是打100场至少要赢95场。

结果刚开擂台就遇到几个高手，连续输了三场，把顾思明给郁闷坏了。

他完全不知道，坐在对面的章叔此时正偷着乐——没错，顾思明输掉的这三场都是章决明开小号跟他打的，当过代练工作室老板的章叔手里小号一箩筐，要什么有什么。

章决明现在的状态虽然不如当年，可毕竟他有丰富的比赛经验，对神迹的了解比小顾要透彻得多，加上小顾对白魔法师不太熟，章叔对白魔法师却最为熟悉，连续三局把顾思明虐得泪流满面，毫无还手之力。

已经输掉三局，后面要达到95%的胜率就更难了，顾思明突然觉得压力山大。

下午的训练变得特别难熬，几个少年最开始的兴奋早已荡然无存，一个个反倒像是霜打的茄子一样全都蔫了。

五点钟训练结束的时候，李沧雨拿四人的录像验收，自然是全部不合格。

李沧雨板起一张脸，严肃地说："都不过关，留下再练一个小时。"

四人整整齐齐地垂下脑袋："哦……"

白轩有些心软，不过他也知道李沧雨这是在给少年们一个下马威，队长心里有数，他自然不好插手，便站起来说："那我们先去吃饭？"

李沧雨道："嗯，去吧。"

白轩、阿树和老章先去吃饭，李沧雨自己却留下来监督少年们训练。

一个小时的时间感觉比一个世纪还要漫长，尤其是大家还饿着肚子，卓航不禁腹诽："猫神你这样虐待未成年人是犯法的！我想吃饭，我好饿啊！好累，头晕眼花，看不清电脑上是什么……又掉下去摔死了。"

肖寒也饿了，不过他个性倔强，饿了也不说，强忍着继续敲键盘。

黎小江眼睛湿漉漉的，都快哭出来了，显然，一下午的练习让他十分沮丧，嘴唇都被咬破了皮，看上去很是可怜，肚子还在咕噜噜地叫。

小顾的状态相对而言还算好的，毕竟他是熬通宵都不怕的"小疯子"，只不过打了一下午竞技场，输得十分郁闷，一脸的菜色，仿佛头顶上飘着一片乌云。

李沧雨监督他们又熬了一个小时，这才大发慈悲放过四人，说："行了，去吃饭吧。"

四人立刻站起来冲向食堂。

一下午的训练，他们早就饿得头晕眼花，四人争先恐后地跑去拿吃的，都拿了满满一盘回来，大家埋头吃饭，拼命往嘴里塞东西，完全顾不上别的。

李沧雨看着四个少年排排坐在一起埋头吃饭的样子，忍不住扬起嘴角。

——见识到我的厉害了吧？别着急，这才是开始。

接下来的训练，李沧雨一直不客气地让他们加班，时间长了，大家倒是渐渐习惯晚上六点吃晚饭……

虽然只是每天多一个小时，但日积月累下来，李沧雨相信肯定会有成效。

在经过一周的训练之后，总算到了周末，李沧雨也大发慈悲给大家放了一天假。

这天晚上，李沧雨把大家召集在一起开"座谈会"。

几个人围坐在客厅里，李沧雨低声问道："这星期的训练感觉怎么样？"

四人都垂着头不说话。

李沧雨道："当初不是说了自己能撑住吗？怎么？觉得很累？"

四人的脑袋垂得更低，恨不得把头埋进胸膛里去。

"其他战队的人日常训练也像我给你们安排的那样，每天重复着同样的操作，从早到晚敲键盘。职业选手的生活其实非常枯燥。"李沧雨顿了顿，语气变得认真起来，"可是，只有平时把这些基础操作练得就像条件反射一样熟练，到了赛场上才不会出错。台上一分钟，台下十年功，这个道理你们都懂吧？"

"嗯。"四人乖乖点了点头。

李沧雨笑着说："来，跟我谈谈感受……小顾先说。"

小顾积极地答道："我的白魔法师胜率已经达到了90%，下星期一定能完成任务，然后我再换黑魔法师来打竞技场。"

肖寒接着说道："我感觉手速有了一些提高，以前是350左右，现在估计在380左右，很快就能完成400的目标。"

卓航道："咳，那个迷宫，我走了50米，距离终点还有50米，我会继续努力的，猫神！"

黎小江红着脸，很不好意思地说："我，我，我打Boss还是很慢，我会加快速度的。"

李沧雨的目光扫过四个少年，发现四个家伙眼睛亮晶晶地看着自己，忍不住笑了起来，说道："你们也不要灰心，我安排的高强度训练任务都是给你们量身定制的，等这个阶段的训练结束，你们再回头看，水平肯定会跟之前大不一样。"

四人立刻齐声道："嗯！"

白轩也过来李沧雨的宿舍凑热闹，发现四个少年并排坐在沙发上听猫神训话，之前疲惫懊恼的表情全都不见了，反而一个个信心十足……

他就知道，李沧雨对付队员很有一套，先把你打击得体无完肤，再把你捧起来让你恢复信心，在李沧雨的训练之下，队员们的心理素质可不是一般的强。

不过，几个家伙年纪还小，这一周的训练也确实让他们压力太大了，有些人眼睛下面都出现了黑眼圈，看着挺让人心疼。

想到这里，白轩便转身去冰箱里拿了些水果，切好端过来，说道："周末了，大家也该放松一下，来吃点水果。"

四人眼巴巴地看向李沧雨，李沧雨挥挥手说："吃吧。"

如同听到圣旨一般，大家立刻起身抢水果吃，动作最慢的黎小江还没来得及出手，果盘瞬间就空了一半……黎小江一脸茫然，白轩忍着笑拿了一块苹果递到他手里。

转身到沙发上坐下，白轩回头看着李沧雨道："我今天上网正好看见一条消息，下周一神迹国服要开始大规模的更新，这次除了部分职业的技能调整之外，最大的更新就是竞技场。竞技场的积分会全部清零重新统计，规则也要变成新的赛制。"

李沧雨了然道："看来官方是打算提前把新赛制放出来，好让选手和网友们熟悉一下。"

"嗯。"白轩问道，"你有什么打算？我们要不要组队去竞技场？"

李沧雨看着一边吃水果一边竖起耳朵偷听的少年们，不由微微笑了笑，说道："当然要去。竞技场更新，肯定会有很多战队开小号试水，怎么能少了我们沧澜？"

CHAPTER 07

竞技场偶遇

SUMMONER OF LEGEND

周一这天，神迹官网果然发布了一条公告——世界各国的服务器将同步停机维护并全面更新，本次更新的关键在于竞技场规则的更改以及装备库的扩充。

　　老赛制是选手们进入比赛地图之前就选好装备，不得更改。而新赛制却是比赛中途在战场商店购买装备，这就会使比赛的过程充满变数，战术设计也更加灵活。

　　李沧雨把官网公布的资料仔细研究了一遍，这次全职业装备扩充是神迹正式运行七年来规模最大的一次，光看资料都看得人眼花缭乱。

　　下午三点，神迹中国区准时开服。

　　不到五分钟，所有大区服务器全部爆满，可见这次更新吸引了无数新老玩家。官方紧急加开十条服务线路，将跨服竞技场装载玩家的数量增加了一倍。

　　李沧雨让章叔准备好一批小号，按照职业分配去打竞技场排位赛。

　　新赛季竞技场积分全部清零重来，这次的竞技场除了以前的6V6团战模式之外，还增加了新的2V2擂台模式，两种模式都可以积累积分。

　　团战模式较复杂，赢一场积10分，双人擂台模式较简单，赢一场只积2分。虽然拿分较慢，可对李沧雨训练队员来说却极有好处。沧澜正好是四老带四新，李沧雨把少年们安排给各自的师父，大家两两组队，进入了搭档模式的擂台排位赛。

　　1000分以下的青铜段排位赛除了偶然遇到从头练号的高手之外，大部分还是新手和菜鸟，李沧雨带着肖寒打2V2模式，肖寒一个人连杀对面二人轻松无比，几乎是一分钟解决一场战斗，一个小时内连赢了50多场。

李沧雨对肖寒很有信心，安心地打着酱油，让肖寒一个人发挥。

让他意外的是，在两人连胜到第60局的时候，肖寒突然被对面的一个弓箭手给秒了。

什么情况？！

李沧雨看到屏幕上弹出肖寒被杀的系统消息，立刻闪身到擂台的石柱背后，鼠标点击右上角查看战斗记录——原来肖寒一开场被白魔法师的"神之封印"给定住，对面的弓箭手紧跟着一套暴击伤害，一波带走了肖寒。

竞技场排位赛的匹配规则一般是"相近水平匹配到一起"，他跟肖寒连赢60场，系统匹配的对手自然也是差不多连赢60多场的Boss组合。

——难道是程唯和谭时天？

李沧雨不由笑了笑，在公频打字问道："程唯？"

程唯怔了怔，打字道："哎？你认识我？精灵族的召唤师，你是不是猫神啊？！"

李沧雨道："是啊。"

程唯激动地在中央喷泉里一脚滑倒了。

谭时天："……"

李沧雨疑惑道："你们也来打排位？"

程唯快速打字说："是啊！新赛制不是要改变规则了吗？单人擂台被取消，以后都是组合VS组合的擂台模式，我跟谭队正好来网游里练练配合！"

他这相当于提前曝光了时光战队的组合战术，不过……他曝不曝都一样，谁都知道时光战队的程唯跟谭时天肯定会来个双人组合。

谭时天礼貌地问道："猫神这是在带队友吗？"

李沧雨道："嗯，带徒弟。"

程唯想起在纽约见过的那个混血儿少年，忍不住有些嫉妒，打字说道："肖寒你这就趴了啊，给猫神拖后腿！"

不明白程唯对自己为什么会有敌意，肖寒有些纳闷地说："我没反应过来。"

李沧雨笑道："这局就让你们吧。"

事实上他不让也没办法，肖寒开局就挂，哪怕李沧雨再有信心、水平再高，面对谭时天和程唯这样王牌组合的包抄，他也很难1V2赢下来。

还不如快点打下一局，反正现在只是升级为主，没必要浪费时间。

程唯很激动："谢谢猫神！谭时天你一边儿去，我要亲自杀掉猫神！"

谭时天："……好吧。"

李沧雨站着不动让程唯杀，亲自击杀掉猫神的程唯显然很开心，发来一大排拥抱的表情。

屏幕上很快就计算了本次擂台的积分结果，谭程两人连胜61局，获得大量积分加成，李沧雨和肖寒则因为输掉，被系统倒扣了2分。

退出房间后，谭时天主动加了李沧雨的小号为好友，问道："猫神战队组齐了？"

"嗯，刚组齐。"

"那你加油带徒弟。我带小唯继续升级去了。"

"去吧！"

告别谭程之后，李沧雨便回头朝肖寒说道："连胜60局，我们接下来很可能遇到更多的高手小号，打起精神来，好好打。"

肖寒："……"

我一直都在好好打，是你在划水啊师父！

回头看了眼李沧雨严肃的侧脸，肖寒不敢直说，只好乖乖地点头："嗯。"

今天新的规则刚刚更新，不少公会管理、路人高手都在竞技场冲级，连胜60场的肯定也不少，在那么多组合当中遇到谭时天和程唯可不容易。

只不过，这两人的小号名字让李沧雨忍不住想笑——唯唯豆奶、天天向上，这是什么乱七八糟的？比自己的"养鱼专业户"还没创意！

接下来的擂台双人赛，李沧雨倒是一直没遇到职业选手，大部分网游里的高手都被他跟肖寒联手解决。

晚饭时间，大家一起聚集在餐厅吃饭，几个少年脸上都是神采奕奕——有前辈大神带着，升级的速度真是飞快！

顾思明兴奋地说："晚上回去继续打吧，我想今天一口气升到钻石！"

章决明拍了拍他的后脑勺，道："别做梦，白银段达到5000积分才能升第三级的黄金，到钻石要15000积分，照我们这个速度，至少打一个星期。"

顾思明这才冷静下来，挠挠头说："我就是随便想想。"

卓航说道："一星期到钻石已经够快了吧？我当年花了一个月才冲到钻石。"

肖寒附和："我也花了一个月。"

黎小江："我，我，我也是。"

李沧雨微笑着道："既然你们对冲级这么感兴趣，晚上回宿舍后继续打竞技场吧，但十二点之前必须睡觉。"

众人一片欢呼，显然对新赛制的双人擂台模式十分喜爱。

晚间，回宿舍洗过了澡，李沧雨便登录游戏，顺手开了QQ。

神迹吹水群里有上千条未读消息，打开一看，全是各大战队的职业选手们讨论新赛制的，程唯正在说："苍狼，你们怎么不去打团战，都跑来打双人？"

苏广漠说道："双人拿分快，团战一场二十多分钟，等上了钻石段再打团战也不迟。"

程唯发去一排吐血的表情。

苏广漠笑道："输给我们就吐血啊，待会儿还有不少boss。"

程唯惊讶道："还有谁啊？"

苏广漠说："风色的颜郭组合，红狐的两位妹子，我遇到过这两组。"

谭时天冒出来说："估计各大战队能玩组合的都在打组合擂台，毕竟双人擂台升级快，团战的规则还没研究清楚，等钻石段位再试着打。"

苏广漠赞同道："是这个道理。"

　　刚刚提到的颜瑞文也冒泡了，说道："风色有三组进了双人擂台，凌队也在。"

　　李沧雨暂时关掉QQ群窗口，登录跨服竞技场去组了肖寒，私聊道："继续擂台吧。"

　　肖寒立刻回复："好的师父。"

　　新规则刚更新，大家积分都被清零了，能用一下午的时间一口气冲到白银段位的显然不会有菜鸟，现在白银段排位赛遇到高手的概率自然会比之前更大。

　　李沧雨正想着接下来会不会遇到职业选手，结果地图一载入，他就看见对面出现了两个召唤师——魔族召唤师和血族召唤师的组合。

　　其中那个魔族召唤师的ID叫"木风"。

　　李沧雨微微一怔，在公屏发去条消息："凌雪枫？"

　　木风："……"

　　这家伙的小号ID更没创意，直接把"枫"字给拆开了，简直不要太明显。至于另一个血族召唤师"小号名字好难取"，估计是许非凡或者秦陌。

　　"另一个是秦陌还是小许？"

　　"小号名字好难取"立刻打字说道："猫神好，我是秦陌。"

　　李沧雨不由笑道："雪枫，你也在带徒弟啊？"

　　凌雪枫："嗯，试试双人擂台的打法。"

　　李沧雨道："这局让我赢吧？"

　　凌雪枫："为什么要让你？"

　　李沧雨："欠我的十条清蒸鲈鱼可以抵掉一条。"

　　凌雪枫："什么时候欠你十条了？"

　　李沧雨："你的小号'清蒸鲈鱼'在我公会卧底那么久，十条算便宜的！"

　　凌雪枫无奈地笑了笑，打字道："好吧。"

　　秦陌："……"

　　这里是不是竞技场啊师父？！

你们能不能好好来一场惊天动地的大神对决，而不是这样唠家常一样讨论鱼的问题？而且，猫神说什么你就同意什么，师父每次遇到猫神就把原则全丢到脑后了……

李沧雨和凌雪枫在竞技场排位赛偶遇，由于两人在公屏聊天聊了三分钟一直没有行动，系统居然弹出一条警告——请勿消极游戏，否则将被封号处理。

秦陌十分无语，在心里吐槽道："你俩再聊下去系统都看不过去了。"

李沧雨看见这条警告，这才让"养鱼专业户"小号往前挪了几步，一边操作着自己的精灵族召唤师快速走位，一边在公屏打字道："肖寒，秦陌，你们俩来 PK 一局。"

凌雪枫对此表示赞同："也好。"

肖寒疑惑："师父，你们不打吗？"

李沧雨心想，打架这种事交给徒弟们好了，哪需要师父们动手？

"我们观战。"李沧雨果断地说，"快去，让我看看你最近有没有长进。"

肖寒"哦"了一句，上前一步跟秦陌开始 PK。

他跟秦陌已经不是第一次 PK，最开始的时候由于他没有正面跟血族召唤师交手的经验，一直被秦陌压着打，甚至在秦陌的手下活不过半分钟。后来经过秦陌长时间的陪练，肖寒渐渐摸索出了对付秦陌的方法，跟秦陌对打起来也没起初那么艰难。

这一次，肖寒出手非常主动，一开局就隐身寻找机会，在秦陌连续召唤四种宠物想要压制他的情况下，他立刻冷静地绕过宠物的包围圈，来到秦陌身后，手起刀落，一套暴击下去直接砍掉秦陌 15% 的血量。

秦陌倒也不着急，在肖寒现身之后迅速召回自己的死亡骑士抵挡掉下一波伤害，同时让血蜘蛛归位，一个定身将肖寒控在原地，自己则迅速后退跟他拉开距离，同时放出血蛇不客气地缠绕上去，攻击附带的吸血效果让秦陌的血量瞬间反超了肖寒。

见两个小徒弟开始认真地对打，李沧雨便跟凌雪枫私聊道："你还留在俱乐部？"

凌雪枫："嗯。"

李沧雨关心地问："放假了还不回家吗？"

"战队有些事情需要处理，春节前再回家。"凌雪枫顿了顿，又问，"你那边战队组齐了？"

"嗯，八个人。"李沧雨道，"你跟我说的办法果然管用，我曝光身份发了战队招人广告之后，有人找上门来毛遂自荐，是一个精灵族的猎人，挺有天分，我就收了他。"

"那还不错。"凌雪枫说，"最近都在忙着带队友训练？"

"是啊，我新战队好多人没打过比赛，也没经过系统的培训，需要从头练起。"李沧雨感慨道，"带着一群少年，真有种一边当队长一边当爹的感觉。"

"你也注意休息，不要太辛苦。"凌雪枫打字道。

两人一边操作着自己的小号在游戏里胡乱走位，一边打字聊天，又聊了五分钟，发现屏幕上弹出一行提示。

——〔小号名字很难取〕击杀了〔寒冬腊月〕！

回头一看，发现肖寒倒在血族宠物的包围之中，秦陌的血量还剩20%。

凌雪枫打开战斗面板看了下纪录，秦陌最后是依靠血蛇和吸血蝙蝠的大招将肖寒瞬间秒掉的，肖寒能跟秦陌周旋整整五分钟，显然他这段时间在李沧雨的指导之下进步飞快。

李沧雨回头朝肖寒赞道："打得不错。"

虽然肖寒输了，可秦陌是第六赛季最佳新人奖得主，经过战队系统培训并且大赛经验丰富，肖寒能撑个五分钟已经非常难得，李沧雨对此也很满意。

双人擂台死亡后不允许复活，肖寒躺在地上在附近频道打字："师父，这一局怎么办？"

李沧雨道："当然算我们赢。雪枫你站着别动，我杀了你，好吧？"

凌雪枫："好。"

秦陌："……"

秦陌简直想吐血三升。自己好不容易赢了肖寒，结果，完全不顾原则的师父主动把这一局让给了猫神……作为食物链的最底层，秦陌真心觉得以后见到猫神直接认输就对了！

李沧雨心情愉快地一套连招带走凌雪枫。

竞技场退出，李沧雨顺手加了凌雪枫的小号为好友。见肖寒还乖乖跟在旁边，李沧雨忍不住回头道："小寒啊，你跟秦陌一组吧。"

坐在身旁的少年一脸惊讶："师父，我为什么要跟秦陌一组？"

李沧雨严肃地说："你跟秦陌一组去打双人擂台赛，尝试一下跟血族召唤师的配合，这样对你的思路开拓很有好处。"

肖寒若有所悟地点头："哦！"

同一时间，凌雪枫也给秦陌发了条私聊消息："你去跟肖寒一组打排位。"

秦陌很惊讶，但他对师父的命令习惯性地服从，只好回复道："好的！"

于是，两个小徒弟组在了一起。

李沧雨笑着私聊凌雪枫："让孩子们自己去打，我俩组队打排位怎么样？"

凌雪枫回："正合我意。"

两人心有灵犀地组了一个双人队，加入排位赛列表。

结果，系统似乎跟他们过不去似的，排位赛的第一局对手……就是肖寒和秦陌！

四人居然又一次分到同一个擂台！

秦陌："……"

肖寒："……"

师父你们这样好吗？把我们两个徒弟赶走，嘴上说什么"跟不同职业

组队可以开拓思路"，其实最根本的原因是……你们两个就可以组在一起了对吧？

李沧雨看着对面的两个小徒弟，虽然有些尴尬，但他还是严肃地打字道："你们没师父带，打擂台更要尽心尽力，看看以自己的水平能连胜多少场，待会儿再来找师父汇报。"

肖寒："哦。"

秦陌："哦。"

凌雪枫道："这局不让了，好好打。"

肖寒："哦。"

秦陌："哦。"

两个小徒弟被师父们折腾得都不知道说什么才好。

凌雪枫所说的"好好打"，实际操作起来就是——他跟李沧雨联手，一分钟内秒杀了秦陌和肖寒。

两个徒弟躺在地上大眼瞪小眼，都是一脸茫然。

李沧雨打字道："看看你们，笨不笨，根本不知道互相配合，快去练练。"

凌雪枫也附和道："秦陌你多带带肖寒，试着跟近战配合，这样对你自己也有好处。"

两个徒弟："……"

一会儿让我们互相打，杀个你死我活，你俩却在旁边聊天。

一会儿又让我们组队互相配合，你俩又组到一起去了。

当你俩的徒弟，压力真的有点大啊！

被师父们不客气地虐死之后，秦陌和肖寒一脸纳闷地出了擂台房间，再次加入到排位赛列表当中，结果这一局却遇到谭时天和程唯的组合，再次被杀得毫无还手之力。

之前有师父带他俩一路赢，现在自己组队却是连续输。

秦陌有些郁闷，打字跟肖寒说："你能不能别那么着急啊，等我把宠物召唤出来你再出手行不行？"

肖寒说："那我之前跟师父组队就是这样打的。"

秦陌忍耐着吐血的冲动，心想，你师父的水平跟我能一样吗？他能跟任何人瞬间形成配合，我还需要反应一下怎么召唤宠物的好吗？

肖寒试探性地问道："那我下次慢一点？"

秦陌皱眉："没叫你慢！"

肖寒更疑惑了："那我快一点？"

"不是快慢的问题，是配合，配合，你要配合我懂吗！"秦陌头痛欲裂，"跟你交流真难。"

肖寒诚实地说："我在国外长大，语文只有小学水平，要不咱们用英文？"

秦陌："还是算了。"

他的英文才是小学水平。

两个人一边鸡同鸭讲地争吵，一边继续打排位赛，连续输掉几局之后，好不容易匹配到一组不那么强的对手，惊险地赢了一局，秦陌突然发现，自己居然比拿到奖还要高兴，带着菜鸟肖寒赢一次实在太难了——真有成就感！

不同于两个小徒弟磕磕绊绊一路输，李沧雨和凌雪枫的组合却是所向披靡，短短半小时就一口气连胜了十局。

这次竞技场大更新之后，由于所有人的积分清零重来，目前冲级最快的就是下午一开服就到竞技场打排位的这批人，能到白银段位的几乎没有弱者，80%是各大公会的管理层，10%是网游里散在的路人高手，还有10%是各大战队职业选手的小号。

李沧雨和凌雪枫连胜的次数太高，到后面，系统给他们匹配的就全是职业选手的小号了。

打到第21局的时候，两人遇到了谭时天和程唯。

这一次李沧雨没有让，反而跟凌雪枫默契配合，凌雪枫一开场就控制住谭时天，李沧雨手速爆发迅速解决掉程唯，然后两人联手干掉了谭队。

程唯刚开始还没回过神来，还以为猫神要像上次一样聊天呢，结果却被猫神瞬间秒掉，谭队也被木风杀了。程唯一脸疑惑："猫神，这个魔族召唤师也是你新战队的吗？"

李沧雨道："嗯，厉害吧？"

程唯发来一排大拇指："确实厉害！"

谭时天却无奈地笑了笑，要是程唯在旁边，他肯定要用力揉揉这笨蛋的脑袋，然而放假期间程唯回家了，谭时天只好给程唯发去一条私聊消息："这人显然是凌雪枫，你认不出来吗？"

程唯震惊地说："怎么可能？凌雪枫会跟猫神组队打排位？他们又不是队友。"

谭时天笑道："估计是让徒弟自己玩儿，他俩组队虐人呢。"

凌雪枫和李沧雨的双人组合，连胜场次顺利达到了 21 局。

李沧雨体贴地问道："累不累？要不要休息下？"

凌雪枫回："不累，继续。"

两人又一次加入竞技场双人擂台排位列表，这次系统给他们匹配的对手，是人族剑客和人族狂战士的组合。

"是苏俞。"凌雪枫私聊说道。

"你确定？"李沧雨问。

"审判之剑是苏广漠的小号，安静的狂战士是俞平生的小号，应该没错。"

"看来是我们胜率太高，系统匹配给我们的全是职业选手。"

"嗯。"

"我还没跟俞平生交过手，待会儿我去控住他，你对付苏广漠。"

"好。"凌雪枫果断地应了下来。

苏广漠虽然不知道对方二人的身份，但根据系统匹配的原则，能连赢这么多局的肯定是跟他们同等水平的高手，苏广漠想了想，回头朝师弟说道："这两人不简单，待会儿小心应对，我怀疑这个木风是凌雪枫的小号。"

俞平生不爱说话，只点了点头表示明白。

对局很快开始了。竞技场排位赛的双人擂台地图是系统随机选择，这一局随机到的地图正好是比较简单的"泽亚广场"，跟世界嘉年华项目中用于3V3的地图"城市广场"非常相似，只不过，城市广场中间有六尊雕像，泽亚广场中间则是东南西北四根石柱。

李沧雨和凌雪枫出生在东南方向，两人快速前进，分别藏身于东边和南边的石柱后面，形成一个可以互相照应的站位。

苏俞两个近战一前一后从右侧的石柱后面绕了过来，正好看见躲在那里的精灵族召唤师。苏广漠并没有急着出手，而是小心地跟对方保持着距离，在魔族召唤师不在的情况下，贸然出手很可能会踏入对方的圈套。

不过，知道对方底细的李沧雨却打得非常主动，他一见两人过来，立刻召唤出水精灵将俞平生的狂战士冻住，再换出火精灵用火球术迅速攻击俞平生。

苏广漠反应也极快，在师弟被冻住的那一刻他立刻回头两招普通攻击打死了水精灵，又转身去秒火精灵！

凌雪枫等的就是这一刻，见苏广漠走入自己的攻击范围，他突然召唤出魔族女妖，一个准确无比的魅术，直接将苏广漠强行拉到了自己的面前。

战局被分割成1V1的场面，李沧雨开始专心单挑俞平生。

俞平生别看性格内向，走路也无声无息，整天安静得就像个幽灵，可他的狂战士打法却跟他的性格截然相反——热血又暴力。

在冰冻效果解除之后，他手中巨大的斧头突然扬起，朝李沧雨所站的位置直劈而下——披荆斩棘！裂骨斩！

金色的巨斧带动起周围的气流，在地上劈出了一个深深的大坑，同时将防御极弱的精灵族召唤师一口气砍掉了20%的血量！

这就是联盟第一狂战士的攻击力，扛起斧头砍脆皮远程的时候简直让人心惊胆战。

李沧雨双眼一眯，手指稳稳地按向键盘，他将雷精灵召在远处，一招"雷霆之怒"的大招强行把血量差距追回，自己利用"飞羽步"的轻功迅速走位拉开距离，同时召唤出风精灵备用。

俞平生见对方拉开距离，立刻用"回身三斩"的突进技能追击李沧雨——这个技能是狂战士冷却时间最短的迅速突进技能，可以让狂战士向某个方向连续突进三次，同时做出三次攻击，在突进过程中还可以变换方向，非常灵活。

俞平生对这个技能掌握得显然很熟练，瞬间就追到了李沧雨的面前，然而，李沧雨的风精灵却早就在背后等着他——风暴之怒！

一招强制吹翻，将俞平生瞬间吹离十米。

好不容易追到召唤师面前，却被一阵狂风吹到十米外，李沧雨的这一招相当于直接废掉了俞平生最好用的一个追击技能！

——风精灵，这才是李沧雨运用最强、也最灵活的一个宠物。

打到这里，俞平生忍不住有些惊讶，回头看着苏广漠："这个是不是猫神？"

其实苏广漠刚开始就有些怀疑了，"养鱼专业户"的 ID 确实会让人忍不住想到一个爱吃鱼的男人，只不过，他有些不敢相信，毕竟木风是凌雪枫，凌雪枫跟李沧雨又不在一家战队，怎么会组在一起？

直到刚一交手，才发现……他俩还真的组在一起了？！

苏广漠的剑客能跟凌雪枫的魔族召唤师勉强打成平手，但狂战士毕竟没剑客灵活，俞平生那边渐渐变得吃力起来。

李沧雨打近战职业颇有心得，尤其是风精灵的灵活运用，让俞平生很难近他的身，几乎是被一路放风筝，非常难受。

苏广漠有心去帮忙，却被凌雪枫死死缠住，一个又一个骷髅步兵的禁足再加上女妖的魅术，他根本腾不出手去帮自家师弟。

十分钟后，李沧雨终于将皮厚的狂战士放风筝磨死，紧跟着回头来帮凌雪枫，两人召唤出骷髅步兵、魔神、雷精灵、火精灵……

四种宠物前后夹击，苏广漠死得也不算冤！

——恭喜〔木风〕〔养鱼专业户〕的队伍取得胜利，连胜22场，排位赛积分增加50分。

——〔审判之剑〕〔安静的狂战士〕擂台排位赛失败，扣除2分。

——擂台即将退出，请确认。

苏广漠并没有急着按确认，反而在公屏打下一行字："凌队，猫神，你们这样组队虐人，不好吧？"

李沧雨笑道："有什么不好？又没规定不同战队的不能组队！"

苏广漠："……"

问题是，你们俩组在一起，还要不要让别人活啊？！

苏广漠在心里使劲吐槽着。

不过，想到接下来还有不少组合会被虐，苏广漠也觉得心理平衡了，发去一排大拇指的表情，就跟师弟一起退出了擂台。

接下来撞到这两位Boss组合的，正好是鬼灵战队的楼张兄弟。

楼无双和张绍辉也是今天一开服就组队打擂台，张绍辉一直在表哥家住，所以他俩哪怕是战队放假了也继续住在一起，两台电脑并排放在书房里，方便交流，加上两人一直很有默契，到现在为止也是打出了连胜的战绩。

只不过这次，一进擂台楼无双就觉得不对劲。

"魔族召唤师和精灵族召唤师，这种组合在联盟还没见过。"楼无双扶了扶眼镜，淡淡地说道，"应该是凌雪枫和李沧雨。"

张绍辉一脸崇拜的表情："哥你好聪明，这都能猜到！"

楼无双无奈地看了弟弟一眼："ID太明显，木风，直接把'枫'字拆开了，养鱼专业户，猫神对鱼一直这么执着。"

张绍辉恍然大悟："说得对！"

楼无双冷静道："这两位高手的组合，可是难得一遇，好好打。"

"嗯！"张绍辉应了声，立刻让刺客隐身，跟表哥一起在擂台上寻找对面两人的踪影。

凌雪枫一见对面半天没有人出来，很快就反应过来："是不是双血族的组合，隐身了？"

李沧雨问道："楼张兄弟吗？"

凌雪枫点头："有可能。"

正说着，楼无双突然破隐而出，手中利刃扬起，死亡标记、背刺、绝杀，三连招组合，直接朝李沧雨的身上招呼过来！

张绍辉放出的同样是这三连招，也是从李沧雨的身后突然袭击！

兄弟两人默契十足，几乎是同时出手，两人隐身暗杀的本事确实不可小觑，这一套下去，李沧雨直接掉了半条命！

凌雪枫立刻召唤出自己的女妖，一招"巫妖之祸"强行将对面的两人给拉了过去！

被救的李沧雨赶忙开着飞羽步后退拉开距离，同时召出自己的雷精灵、火精灵和水精灵，用水精灵控住楼无双，雷火夹击去强杀张绍辉！

凌雪枫会意，也将骷髅步兵召到楼无双身边，一招死亡禁锢将他继续定住。

两人虽是今天才开始配合，却心有灵犀，默契无比。

张绍辉一边打一边惊叹："凌雪枫和李沧雨配合得好溜啊，他俩真不是一个战队的吗？我怎么觉得他俩打起组合来就像在共用同一个脑子！"

楼无双也有这样的感觉，他跟表弟的默契可是从小一起长大才培养起来的，可这两人的默契程度……居然能跟他们比肩。

幸亏他们不在一支战队，不然神迹联盟的其他队伍就没法混了。

这一局打得比苏俞他们那局要艰难得多。

联盟最强的杀手组合确实难对付，动不动就隐身再突然冒出来打一套连击。

更可怕的是，楼张两人每次都会默契地攻击同一个对手，两轮暴击下来，李沧雨只剩一点血皮，显然他们是想先杀掉一人建立人数上的优势。

不过，凌雪枫关键时刻又救了李沧雨一次，他不惜耗费大量法力，果断召出黑乌鸦糊掉楼张的视野，李沧雨趁机爆手速跟凌雪枫联手先秒掉了张绍辉。

虽然后来楼无双手速爆发杀掉只剩一层血皮的猫神，但凌雪枫又回头果断杀掉了楼无双，这局擂台凌猫两人惊险获胜。

——恭喜〔木风〕〔养鱼专业户〕的队伍取得胜利，连胜 23 场，排位赛积分增加 60 分。

——恭喜〔木风〕〔养鱼专业户〕白银段位积分已满，可以晋级黄金段位！

张绍辉看到这消息，不禁在公屏发来个大拇指，道："两位真厉害啊，估计你俩是全区全服第一对晋级黄金段的！"

李沧雨发去个笑脸说："你们也快了，加油。"

打完这局擂台后，李沧雨私聊凌雪枫道："连续打一个小时了，休息会儿吧？"

"嗯。"凌雪枫对猫猫的提议从来不会拒绝。

李沧雨接着说："你这个假期怎么安排？"

凌雪枫道："我打算腊月二十九回家过年，正月初五归队。第七赛季赛制大改，风色战队也要提前集合训练。"

李沧雨说："我前几天跟我妈通了电话，她今年寒假要去美国找我爸，让我自己过年。"

凌雪枫道："是吗？那你怎么打算？"

李沧雨笑道："我打算去你家过年，行吗？"

凌雪枫："……"

李沧雨说："就以朋友的身份去你家看看，我会给叔叔阿姨带礼物的。"

凌雪枫："……"

不以朋友的身份，你还想以什么身份？想到他主动提着礼物上门拜访父母的画面，凌雪枫不由微微扬起了唇角："好。"

CHAPTER 08

休假期

神迹吹水群里，张绍辉忍不住发来条消息："凌队和猫神组队在竞技场虐人，大家小心！"

刚刚输过的苏广漠立刻冒了出来："Boss和Boss组在一起是不科学的，我们要抗议。"

程唯跟着说："抗议抗议！猫神快跟凌队拆伙，跟我组一队吧？"

李沧雨不客气道："你一边儿去。"

程唯发来两个大笑的表情。

谭时天笑着说："Boss和Boss组在一起，大家遇到了直接投降就行。"

苏广漠："有道理！"

张绍辉提议道："要不我们也拆伙重组？苏队和谭队组一起试着去打Boss？说不定能赢下凌猫呢！"

苏广漠嫌弃地说："我才不要跟柔弱的精灵族弓箭手组在一起。"

谭时天也嫌弃地说："我最讨厌人族剑客。"

苏广漠发去个握手的表情："互相讨厌挺好的，我继续跟师弟打排位去。"

谭时天说："小唯，别在群里吹水，认真打。"

程唯："哦！这就来。"

众人正聊着，事件主角凌雪枫终于冒了出来，道："我先不打了，战队有点事。"

李沧雨回复说："好的，你去忙吧。"

围观群众："……"

这是什么情况？ Boss组合要拆伙的意思吗？

果然，凌雪枫下线后李沧雨也不打竞技场了，回头坐到肖寒的旁边看他打。

肖寒跟秦陌磕磕碰碰连输了好几场。

他们两个平时习惯被师父带着，两人组队却不愿意互相配合，肖寒自己打自己的，秦陌也不搭理肖寒，两人的思维不同步，彼此给对方当"猪队友"——实在是有些虐心。

李沧雨忍不住道："小寒，你可以多计算一下宠物的冷却时间，在秦陌大招捏在手里的情况下主动隐身去强杀对手，把对手打残，再让秦陌开大招收人头。"

被师父指导的肖寒立刻点了点头："嗯！"

他刚才完全没管秦陌，自顾自往前冲，这时候回头一看，发现秦陌的血蛇正好跟在后面，肖寒便在队伍频道打了几个字："准备上了。"

秦陌一愣，很快就反应过来肖寒是在给他提示。

果然，肖寒刚打完字，立刻隐身到对方一人的身后，一套流畅的连击把对方血量强行压下去，秦陌配合着放蛇咬人，两人合力杀掉了对方。

肖寒继续在队伍频道打字："你去控住那个猎人吧。"

秦陌有些不爽——凭什么是你指挥我？你明明比我菜！

但奇怪的是，当惯了食物链最底层的秦陌，居然很自觉地选择了听话。手指快于脑子做出反应，他按照肖寒的指示用蜘蛛定住了对面的猎人。

肖寒说："很好！"

听话的秦陌："……"

这一局很顺利地赢了，李沧雨轻轻摸了摸徒弟的脑袋，说："打竞技场的时候多跟秦陌交流，在队伍频道商量着打，别闷头只管自己，你们现在是队友。"

肖寒点头："嗯，知道了。"

李沧雨这才放心地起身离开，坐回自己的电脑前。

经过这一个下午的双人排位赛，李沧雨发现新赛季双人擂台的赛制改变不大，随机地图2V2的模式，打死对手就算赢，只不过比以前的单人擂台更注重配合。

关键还是团战，需要再好好研究。

李沧雨打开官方公布的资料库，从第一页开始仔细过了一遍装备数据，看到晚上十二点才关机下线睡觉。

一个星期后，沧澜战队的八人顺利冲刺到了竞技场钻石段位。

李沧雨安排的一带一训练模式让几个少年进步飞快，四人在练习自身PK技术的同时对其他职业的技能也有了更加全面和深入的了解，总算成了"入门级"的电竞选手。

然而这还远远不够。

接下来，李沧雨又打印出一份厚厚的资料发给四个少年，说："每天花两个小时的时间，把这本资料册给背下来。"

四人低头一看，居然是官方刚刚公布的装备库……

几十页的装备，每种装备的数据和特殊效果都要记住，这信息量都比得上高考复习手册了。卓航忍不住发出抗议："猫神，这些全部都要背吗？"

李沧雨严肃地说："比赛的时候节奏紧张，不会给你们时间去慢慢翻装备看数据，我希望你们一看到某个装备的名字，脑子里就能立刻出现它的数据。"

见四人一脸惊呆的表情，李沧雨接着说道："这是作为电子竞技职业选手的基本素养，既然把打比赛当成了自己的职业，我们自然要认真对待。"

卓航看着厚厚的一本资料册子，心里忍不住叫苦。

——猫神真是太严格了，装备都要背啊！

从那天开始，四个少年又过上了如同高三考生一样的生活。

每天早上起来，四人都很有默契地拿着资料册在那里摇头晃脑地背书，李沧雨时不时还要抽查，不及格就罚，真是太可怕了！

在这样一边背书、一边练手速、一边还要打竞技场的噩梦难度训练模式中，时间飞快地过去，转眼就到了次年1月份。

这一年正好是1月20日过春节，神迹职业联盟乙级联赛的开始时间是3月1日，李沧雨验收完四个少年的训练成果，便给大家安排放假的时间。

机票和火车票都是刘川统计之后让领队帮忙订的，让刘川意外的是，李沧雨并没有回他老家，反而订了去魔都的机票。

刘川疑惑道："你去那儿干吗？"

李沧雨笑着说："我去找一个朋友。"

刘川也没怀疑，很干脆地让领队给他订了票，休假期的来回费用都是俱乐部报销的。

1月18号这天，队员们各自回家去跟亲人团聚，父母都在国外的李沧雨，便准备去凌雪枫家过年。

到达机场后，李沧雨直接从机场打车去凌雪枫的私人住处。

凌雪枫正在家里看球赛，突然听见外面响起了门铃声，起身开门一看，就见李沧雨面带微笑站在门口，李沧雨主动打招呼："好久不见！"

凌雪枫说："我还想去机场接你，你怎么提前到了？"

李沧雨解释道："领队给我订的机票，说是下午的航班订不到票了，买了上午的。反正你这地方我也找得到，就没通知你去接，自己过来了。"

"嗯。"凌雪枫低声应了一句。

"你吃晚饭了吗？"李沧雨一边说一边走进屋里，好像他是这里的主人似的，一点都不局促。

凌雪枫把他的行李拿进屋里，顺手关上门说："等你一起吃，我给你做鱼吧。"

李沧雨双眼一亮，立刻往厨房走去："你做什么鱼啊？"

凌雪枫道："欠你的清蒸鲈鱼。"

李沧雨笑了起来："不错，算你自觉！快去做吧，我正好饿了。"

说罢，他就转身坐去沙发上，眯起眼睛等着吃鱼。

他吃鱼非常拿手，却是个典型的厨房白痴。

因为完全不会做饭，李沧雨也就很自觉地不去厨房给凌雪枫添乱了。

凌雪枫当然很乐意伺候爱吃鱼的大猫，回厨房把早就处理好的鱼放进锅里清蒸，定好时间，然后又切了几个素菜，放到锅里熟练地翻炒。

闻着时不时从厨房里飘来的香味，李沧雨的心里甚至有些微妙的感动。

他从没想过，凌雪枫一直都在等他回来。

这些年忙着打比赛，经历了不少波折，直到凌雪枫跟他说"欢迎回家"的那一刻，他才知道，神迹联盟才是他的归宿。

他和凌雪枫相识于年少时，两人之间有太多的共同话题，可以说，没有人会比凌雪枫更了解他。跟凌雪枫在一起，哪怕一句话都不说，也不会觉得尴尬。

每次跟这个男人在一起，他都能放下心里的疲惫和肩上的压力，总觉得有凌雪枫在，再大的困难都不会是困难。

这些年来，他习惯了当一个强者，去照顾别人、保护别人，以一己之力扛起一个战队的希望，虽然嘴上不说，可他这一路走得其实很辛苦。如今，他终于能放下自己要强的一面，对他而言，这才是最舒服的假期。

两人吃过饭后，凌雪枫把碗筷收拾去厨房，李沧雨则借用他的浴室洗了个澡。

穿着睡衣出门的时候，凌雪枫已经收拾好了餐桌，坐在客厅里看电视，李沧雨走到他旁边坐下，发现电视里正在转播一场篮球赛，是 NBA 的豪门对决。

李沧雨自己就会打篮球，平时闲下来对球赛也有关注，这里很多球星他都认识，发现凌雪枫一直认真地看着屏幕，李沧雨忍不住道："那个 8 号挺帅的，投篮命中率很高啊。"

凌雪枫附和："嗯。"

李沧雨突然问："那你觉得，我打篮球的时候帅吗？"

凌雪枫回头看了李沧雨一眼，发现他问这个问题的时候居然还挺认真……凌雪枫忍耐着笑意，故作淡定地说："你也挺帅的。"

他没有告诉李沧雨的是——其实，我关注球赛，正是因为你。

几年前，有一次神迹职业联盟会议之后，李沧雨闲着无聊，就跟苏广漠约好去酒店后面的露天球场单挑，那是凌雪枫第一次看见他打球，在球场上飞快奔跑着的少年，阳光下明朗的笑容，还有跳跃投篮时矫健的身影——炽烈的视觉震撼，足以让人铭刻于心。

也是那天，凌雪枫才知道李沧雨最爱的户外运动就是篮球，也知道他有自己喜欢的球队还经常抽空看球赛。

从此，凌雪枫开始关注 NBA 球赛。

几年下来，他也渐渐地喜欢上了这种激烈的运动，因为……这会让他想起记忆中那个带着篮球微笑着跑向自己的少年，以及那一幕像水彩画一样纯净而美好的黄昏。

今天是两人第一次坐在一起看球赛，李沧雨一边看一边点评，凌雪枫偶尔附和几句，简单的交流，却让李沧雨觉得特别舒心——凌雪枫果然是懂自己的，连业余爱好都这么相似！

次日早晨，两人简单地吃了早饭，李沧雨便提议："上午正好闲着，去一趟商场吧，给叔叔阿姨带点见面礼。"

凌雪枫道："不用那么客气，我父母什么也不缺。"

李沧雨说："那怎么行，第一次去你家，肯定不能空着手啊！"

他执意要买礼物，凌雪枫无奈，只好带他去逛附近的一家大商场。

李沧雨又开启"买买买模式"，给凌雪枫的爸爸买了个肩颈按摩仪，给他妈买了一套价值不菲的珠宝，又多买了两瓶红酒，这才满意收工，看着凌雪枫提的一大包礼物，他有些担心地道："叔叔阿姨会不会不喜欢我买的东西？"

凌雪枫微笑了一下，说："不会的，你能去我家过年，他们已经很高兴了。"

今天早晨，凌雪枫就给母亲发了一条短信："今年我会带一个重要的朋友回来过年。"

这把凌妈妈给乐坏了，立刻去买菜做好吃的。

所以，李沧雨在晚饭时间提着一大堆礼物上门的时候，非常意外地受到了凌雪枫母亲的热烈欢迎。

保养得很好的女人气质温婉大方，目光就跟看亲儿子似的，脸上满是笑意："你就是小李啊，我们雪枫经常提起你，来来，快进来坐。小伙子长得真高，又帅又精神！我做了一桌好菜，有你爱吃的红烧鱼，快来吃饭吧！"

李沧雨："……"

阿姨，是不是哪里不对？！您也太……太热情了吧！

凌妈妈如此热情，确实让李沧雨有点儿受宠若惊。

毕竟凌雪枫的性格非常冷漠严肃，在来凌家之前，李沧雨一直以为凌雪枫的父母也是很严肃很难讨好的那种长辈，没想到，自己还没把礼物送上去，凌妈妈就热情地拉着自己走进了屋里。

李沧雨回过神来，立刻把带来的礼物递到凌妈妈手里，礼貌地笑着说："阿姨，我给您跟叔叔带了点见面礼，节日快乐。"

凌妈妈笑眯眯地接过来，说："这么客气做什么呀？来我家，就跟回自己家一样，带礼物也太见外了，以后可不准再带。"

"咳。"凌雪枫咳嗽了一声，道，"妈，先吃饭吧。"

"对对，先吃饭，小李快进来坐，我这就上菜！"凌妈妈把李沧雨带来的礼物放去旁边，接着从厨房里端出一盘又一盘的美食，摆了满满一桌。

这么丰盛的一桌饭菜，可绝对是招待贵宾的标准。

李沧雨心中疑惑，忍不住凑过去问凌雪枫："你跟你妈说了我要过来吗？"

"嗯。"凌雪枫平静地点了点头。

"阿姨太热心了，做这么多好吃的。"李沧雨回头看了眼一脸笑容在厨房忙活的凌妈妈，再仔细打量了一眼面无表情的凌雪枫，不由笑道，"看来，你的性格更像你爸？"

正说着，突然有人开门进来。李沧雨抬头一看，正好对上一个中年男人深邃的目光。男人的容貌看起来跟凌雪枫有七分相似，身材高大，神色间比凌雪枫多了些稳重，表情很是冷淡严肃。

这应该就是凌爸爸了吧？

李沧雨主动站了起来，礼貌地打招呼道："叔叔好。"

"嗯。"凌伯岩淡淡地应了一声，回头仔细打量了一下李沧雨，这个青年的笑容直率明朗，给人的感觉很真诚，不像是那种心浮气躁的年轻人，第一印象还可以。

凌伯岩换好拖鞋走进屋里，见妻子在厨房忙碌，便自觉地走到餐桌前坐下来，看着李沧雨问道："小李是吧？"

李沧雨点头道："是的叔叔，我叫李沧雨，您叫我小李就行。"

"你跟雪枫认识多长时间了？"

"六年多了，我们从十七八岁的时候就认识了。"

"哦。"凌伯岩点点头，说，"雪枫从来没带朋友回家吃过饭，你还是第一个。"

李沧雨微笑着看了凌雪枫一眼："是吗？我们俩感情比较好，跟亲兄弟一样。"

"能不能问一下，你父母是做什么的？"凌伯岩问道。

"我爸妈都是医生，一个西医一个中医，还有个姐姐也是医生。"李沧雨认真答道。

"那你怎么跑去打电竞比赛了？"凌伯岩面带疑惑。

"因为我对学医不太感兴趣，觉得打比赛更加适合我。"李沧雨笑着说。

"爸，你这是查户口吗？"凌雪枫不悦地打断了这种奇怪的对话。

凌伯岩严肃地说："我了解一下你朋友的基本情况，有什么不对？"

李沧雨忙说："对对，叔叔说得没错，了解你交的都是些什么朋友，这是关心你嘛。"

凌伯岩顿时觉得面前的年轻人特别识趣，在长辈面前也很懂礼貌，他忍不住多看了李沧雨一眼，正好对上李沧雨坦诚的微笑，凌伯岩便不再继续问了——他相信自己看人的眼光，儿子带回来的这个人，应该是个好青年。

凌雪枫的妈妈袁欣很快就把最后一道菜端了上来，正好是香喷喷的红烧鱼。她笑眯眯地把鱼放到李沧雨的那边，说道："听雪枫说，你最爱吃鱼，我给你做了条红烧鱼，快来尝尝。"

"谢谢阿姨。"李沧雨站起来，很绅士地把旁边的凳子拉开，说，"阿姨，您也过来坐吧，一起吃饭，不然菜要凉了。"

被拉开凳子伺候的袁欣顿时笑眯了眼睛，高兴地坐下来说："还是小李懂事。"

凌雪枫看着这一幕画面，忍不住微微扬了扬嘴角。

这一顿饭吃得其乐融融，李沧雨的脾气比较直率，加上有心讨好凌雪枫的父母，在饭桌上很有礼貌地给两位长辈夹菜、端盘子，袁欣高兴得满脸都是笑容。

饭后，李沧雨站起来主动帮忙收拾碗筷，却被袁欣挡住了："你是客人，怎么能让你收拾呢？我收拾就行！雪枫，你快陪小李去吃点水果。"

凌雪枫"嗯"了一声，带着李沧雨来到客厅，主动把水果盘拿过来，问道："吃吗？"

"不吃了，好饱。"李沧雨刚刚吃了好多菜还有大半条鱼，摸了摸差点吃撑的肚子，转身来到客厅的沙发上陪凌叔叔看电视。

凌伯岩正在看一场篮球赛，李沧雨主动寻找话题："叔叔爱看球赛啊？"

"嗯。"

"您喜欢哪支球队？"

"没有特别喜欢的，有时间随便看看。"

"我也是，这个赛季的 NBA 球赛我一场都没有落下，看不到直播就改天看转播，我自己也特别喜欢打篮球。"

凌伯岩回头看他："你会打球？那改天去打一场怎么样？"

"好啊，家里有篮球吗？"

"当然有。"

"要不明天去打吧？"

"嗯。"

李沧雨开朗直率的个性容易讨长辈的欢心，他跟凌爸爸相谈甚欢，一向严肃的凌爸都难得露出了笑容。凌雪枫坐在旁边，反倒像是这个家的客人。

凌家，距离魔都很近，300平米的复式楼盘，楼上楼下有四个卧室，家里装修得简洁素雅，看上去宽敞大气。凌雪枫把李沧雨安排去楼上的客房，李沧雨对此也没意见，乖乖去客房睡了一晚。

次日早晨，李沧雨跟凌雪枫一起去吃了早餐，袁欣说要去一趟超市办年货，李沧雨便主动说道："阿姨我陪您去吧，我不会买菜，但能帮您提包。"

袁欣笑着说："好啊，那你跟我去，给我当苦力。"

李沧雨道："给阿姨当苦力是我的荣幸！"

超市里，李沧雨推着购物车走在后面，袁欣在前面只管往里放东西，还跟李沧雨说了很多儿子小时候的事情。

"我们家雪枫从小就不爱说话，看上去很冷淡，很多小朋友都不爱跟他玩。"

"那他小时候是怎么过的？"

"他自己在家里画画或者看书，但他画的画真的特别丑。"

"是吗？阿姨回去拿给我看看啊。"李沧雨对凌雪枫的黑历史非常感兴趣。

"好，我都收藏起来了，回头给你看。"

两个人一边聊一边购物，很快就把年夜饭用的东西买齐，回家之后，袁欣去厨房做饭，李沧雨则在书房看她找来的凌雪枫小时候的画集。

——他可真是灵魂画手！画的都什么乱七八糟的？

这些黑历史如果贴到论坛，也不知道凌队的粉丝们会是什么反应。

正看得津津有味，凌雪枫突然推门进来，见李沧雨正在看他的黑历史画作，他的表情倒也丝毫不显尴尬，很淡定地说："这些是我小时候画的。"

李沧雨好奇地问："小时候这么爱画画，现在呢？你的画技有长进了吗？"

凌雪枫道："没有。"

李沧雨拍拍他的肩膀："你真坦白。"

凌雪枫微微笑了笑，说："我爸叫你去打球。"

"好，那我去陪叔叔玩一会儿，你帮阿姨吧，她一个人做年夜饭忙不过来。"

"嗯。"

两人分工协作，一个陪爸爸一个陪妈妈。

李沧雨陪着凌伯岩去小区露天篮球场打了一会儿篮球，没想到凌叔叔四十多岁的年纪，身体却如此健硕，打篮球的水平挺高。李沧雨本来还想自己应该让一让他，结果，不让的话才能勉强打个平手。

凌伯岩说："我以前上学的时候可是篮球队的队长。"

"是吗？"李沧雨赞道，"怪不得这么厉害！"

凌伯岩一把将球扔给李沧雨，见对方稳稳地接住，便满意地说："再来。"

两人玩儿了两个多小时，直到凌雪枫来叫他们这才回家。

到家的时候袁欣已经做好了丰盛的年夜饭，让李沧雨意外的是，家里又多了两位客人，一个温和的中年大叔和一个看着很面熟的年轻男人。

凌雪枫主动介绍道："这是我舅舅和表哥。"

李沧雨礼貌地打招呼。

那表哥见到李沧雨，立刻笑着走过来握手："小李，好久不见，不认识我了？"

李沧雨仔细打量了他一眼，终于认了出来："啊，袁副队！"

——凌雪枫的表哥，袁少哲，正是风色战队的第一任副队长。

当年，袁少哲跟凌雪枫为了拉他加入风色战队还一起跑过一次他家，只不过，那时候的袁少哲才二十岁出头，如今的他却已是二十六七的成熟男人了。

袁少哲在第二赛季结束后退役，把副队长交给了颜瑞文，李沧雨当年在赛场上也多次和他交手，对他的血族召唤师印象极为深刻。

没想到竟然能在这里遇见他，李沧雨有些疑惑地问："你退役后去哪了？怎么一直没你的消息？"

"哦，我退役后去了神迹联盟做数据总监，主要负责网游和联赛里的数据平衡，算是从台前转到了幕后。倒是你……"袁少哲顿了顿，仔细打量着面前的青年。

李沧雨这几年所经历的事情袁少哲当然有所耳闻，几年前，那个十七岁的少年毅然拒绝了风色战队副队长的位置，坚决地说"我要自己建一支队伍"，袁少哲还曾苦口婆心地劝过他，只是当初的少年目光里的坚定，让袁少哲最终无奈地打消了说服他的念头。

如今这么多年过去，李沧雨比记忆中成熟了许多，只是，他眼里的自信和坚定，依旧跟当初的少年一模一样……

真是铁骨铮铮、愈挫愈勇的血性男儿。

袁少哲越看越是欣赏，笑着说："听说你要回神迹了？"

"嗯，队伍已经组好，准备参加第七赛季的职业联赛。"

"不错，我很看好你。"袁少哲赞许地拍了拍李沧雨的肩膀，接着又问，"对了，你怎么会来雪枫家过年啊？"

李沧雨摸了摸鼻子，解释道："我爸妈在国外，我一个人没地方过节，就让雪枫带我回家蹭一顿年夜饭。"

袁少哲有些惊讶："跟我一样啊！我妈不在家，我跟我爸不会做饭，就来姑姑家蹭饭。"

李沧雨笑道："那还真巧！"

餐桌上聚了这么多人，一边吃年夜饭一边看电视，这个年过得倒是无比热闹。

年夜饭吃过以后，袁少哲父子两人跟凌伯岩、袁欣一起组了一桌麻将，凌雪枫上楼去洗澡，李沧雨不会打麻将，便坐在旁边观战。

袁欣见李沧雨坐在旁边陪着自己，心里暖洋洋的，忍不住道："小李啊，你先去睡吧，不用陪我们。我们可是要打通宵，每年过节都要打到天亮。"

袁少哲附和道："就是，反正你也不会打，跟雪枫上楼去打神迹擂台吧。"

袁欣接着道："或者你先去洗个澡，待会儿早点睡。"

李沧雨确实不懂麻将，看了半天一头雾水，听到这里便不再客套，站起来说："那我先上楼洗澡去了，叔叔、阿姨，你们玩儿好！"

袁欣笑眯了眼睛："去吧！"

瞧瞧这小帅哥多懂事啊，问长辈问得如此顺口。

楼上，李沧雨洗完澡之后还没到十二点，他一个人闲着无聊，就轻轻敲了敲对面凌雪枫的房门："雪枫，睡了没？"

"没睡，进来吧。"

李沧雨推门而入，看见凌雪枫正好坐在床边吹头发。

凌雪枫抬头问道："怎么了？"

李沧雨笑着说："没什么。"他走到凌雪枫旁边坐下，伸了伸懒腰："睡不着，干脆我们一起守岁吧。"

凌雪枫好奇道："你还有守岁的习惯？"

"嗯，以前我爸跟我姐没出国的时候，我们一家四口在一起过春节，一定要守到零点以后，我跟我姐还要掐着零点放烟花，感觉那样过年才算是传统的中国式春节。"李沧雨说到这里不禁有些感慨，"自从我爸出国后，已经很久没过过那样热闹的春节了。"

凌雪枫看着身旁陷入回忆里的男人，眼底渐渐地浮起一丝温柔，低声问："你想放烟花吗？我家里有。"

李沧雨双眼一亮："你家也买了烟花？怎么不早说？"

"我跟我爸都不爱放，我妈每年买的烟花最后都会带去亲戚家给那些小孩子玩。"凌雪枫起身从书房里抱来一堆烟花，顺便找来个打火机，关掉屋里的灯，然后带着李沧雨一起来到了窗边，推开窗户。

他拿来的都是那种可以握在手里放的长筒烟花，两人每人拿了一根，用打火机点燃引线，很有默契地同时把手伸到窗户外面。

没过多久，就听耳边传来"嗖""嗖"的响声，一红一蓝两簇烟火先后绽放在夜空中，将天幕装点得格外绚丽，同时也照亮了两人的侧脸。

两人没说话，颇有默契地把继续放烟花，一簇又一簇烟花绽放的声音，谱出了一曲温馨至极的旋律。

直到手里的烟花再也没动静了，两人这才回头对视一眼，同时笑了起来。

李沧雨道："两个大男人站一起放烟花，好像突然变幼稚了啊？"

凌雪枫说："不会，没人规定成年人不能放。"

李沧雨兴奋地说："那再来？"

凌雪枫道："好。"

恰在此时，窗外响起了零点的钟声，家家户户都开始放烟花，迎接新一年的到来，无数烟花腾空而起，将两人的脸照得格外清晰。

窗外的烟花越来越多，很多人都在欢庆新年的到来。

李沧雨突然想起，小时候姐姐跟他说，每个大年夜，当烟花升到天空的时候，许下的心愿就可以实现，长大以后，他已经很久没放过烟花了。

目光扫到地上剩余的烟花，李沧雨微笑着道："我们继续放吧，放完这些。"

凌雪枫点头："好。"

他俯身拿起烟花棒，给李沧雨递过去一支，用打火机点燃了引线。

"嗖"的一声，又有两团烟花腾空而起，李沧雨立刻在心底默默地许了新年愿望——希望自己跟凌雪枫的情谊能够长久，希望来年的第七赛季沧澜战队能取得好成绩，也希望在将来的世界大赛上，中国队能披荆斩棘拿下总冠军。

新的一年里，还有很多要紧的事情等着他去做。这些愿望，都要一个一个努力去实现。

这天晚上，凌雪枫的父母、舅舅和表哥支起的麻将桌一直打到了天亮。楼上，李沧雨和凌雪枫聊天到凌晨三点才睡。

次日早晨洗漱完毕后，李沧雨翻出自己的手机，才发现里面有无数条未读短信，打开一看，几乎全是拜年的。

程唯："'脑残粉'前来报到，十二点准时拜年，祝猫神新年快乐，大吉大利！我是第一，我肯定是第一，如果不是第一请猫神把前面的拜年短信全部删掉，谢谢！"

白轩："老猫春节快乐，我打算初二归队。"

章决明："祝沧澜战队的小伙伴们新年快乐、万事如意、心想事成——这是群发的，不谢！"

谢树荣："猫队春节愉快，大吉大利。好久没在国内过节了，好热闹啊！"

卓航："猫神春节快乐，我这几天自己练了练擂台，变得更厉害了，回来接受组织考验！"

肖寒："师父新年好。听秦陌说，师父过年会给徒弟红包，不知道我有没有呢？"

顾思明："猫神新年好，新的赛季我们沧澜战队一定要勇猛夺冠，横扫联盟，加油加油！"

黎小江："队长春节快乐。"

看着这些不同风格的拜年短信，李沧雨不由得轻轻扬起了嘴角。

新的一年，对他来说是一个全新的开始。

——这是从小到大最幸福的一个春节。

上天赐给了他一个最理解他的好友，也赐给他这么多可爱的、优秀的队友，这是他新年里最大的福气，他一定会好好把握和珍惜。

吃过早饭后，凌雪枫的父母和舅舅、表哥一起收拾行李，准备去外婆家拜年。凌妈妈很体谅地说："雪枫，你今年不用去了，就在家陪小李吧。"

李沧雨有些不好意思："这样行吗？外婆会不会生气啊？"

凌雪枫道："不会的，我往年忙起来也不去外婆家拜年，平时抽空去探望也一样。"

李沧雨这才放下心来。

送走父母他们，凌雪枫带着李沧雨出门去转了转。

大年初一的街道上有些冷清，好在天气不错，阳光暖暖地洒下来，让人的心情也不由变好。两人并肩走着，凌雪枫突然回头问："你打算在我家待几天？"

李沧雨说："我订了今晚飞长沙的机票。"

凌雪枫有些惊讶："这么早回去？"

"嗯。"李沧雨好奇地问，"风色战队什么时候集合啊？"

"过完元宵节才集合。甲级联赛 5 月开始，所以我们的时间还算比较充裕。"

李沧雨了然地点头："我跟大家说好的初三集合，我得先回去做一下准备。"

虽然很想在凌雪枫家多待几天，享受一下难得的度假时光，可作为队长，李沧雨还有必须要承担的责任，不能把队友丢在一边。

还好凌雪枫非常理解他，并没有多问，反而体贴地说："你是该早点回去做准备，乙级联赛 3 月 1 号就要开幕，沧澜战队只剩三十多天的集训时间了。"

李沧雨有些感动地说："你明白就好。"

凌雪枫的眼底浮起一丝笑意，说道："今年 5 月份，第七赛季甲级联赛的开幕式，你跟白轩会一起出席的吧？"

李沧雨道："你确定沧澜战队能出线？"

凌雪枫反问："乙级联赛算什么？我们的目标不是世界大赛吗？"

李沧雨点头："还是你最懂我。"

两人相视一笑。

就在这时，旁边突然传来"咔"的声响，明显是相机快门按下的声音，两人回头一看，对上一个二十岁左右的女孩子惊慌的眼神。

"啊，对不起对不起，我本来想拍那栋房子的，不小心拍到你们了……"她一个人背着个旅行包，脖子上挂着单反，显然是出来玩儿的。

不是狗仔队，李沧雨也就松了口气，微笑着说："没关系，照片能删了吗？"

"我马上删。"她把照片调出来，本想当着两人的面删除，然而李沧雨凑过去一看，却发现这一幕画面实在是太过美好——阳光、绿树、长街，整个画面就像是一幅柔软的水彩画，浸透着岁月静好和流年安稳。

李沧雨突然有些舍不得删掉，见女孩的手指按向删除键，忙说："等等，这张照片先别删，你能发给我吗？我留个邮箱给你。"

女孩怔了怔，答应下来，把邮箱认真地记下。

两人回家后没过多久，李沧雨便收到一封邮件，附件是那个陌生女孩发来的照片，还有简单的几句话："先生，照片我发给你了。放心吧，相机里的底片我已经删掉了，不会用作其他用途的。"

虽然只是个路过的陌生人，但那个女孩子显然素质很高，没有打探他们两人的隐私。这样的善意让李沧雨觉得心情很好，他把照片存下来，直接设置成了手机桌面。

凌雪枫也有样学样，把照片拷贝过去设置成手机桌面。

李沧雨叮嘱道："你手机要保管好，别被你战队的人看见！"

凌雪枫点头："嗯，你也是。"

两人心照不宣地相视一笑，就好像分享了一个只有彼此才知道的秘密。

当天晚上，李沧雨便出发前往机场，凌雪枫主动开车送他。

两人一起来到机场，在过安检的时候李沧雨提着行李走了几步，又突然回过头来，对凌雪枫说："赛场见。"

凌雪枫说："我等你。"

"嗯，走了！"李沧雨笑着挥挥手，转身离开。

他们之间有过太多次离别的场面，可这一次却有着很大的不同。

两人虽然不在同一个城市，但他们的目标却是一样的。

凌雪枫打开手机，看着桌面上两人的合影，不禁微微扬起了嘴角。

——新的一年，我们都要继续努力。

——李沧雨，我最强的对手、最好的朋友，我会在世界大赛的舞台上，等着你王者归来。

CHAPTER 09

新赛季

李沧雨在当晚十点钟左右回到了龙吟电子竞技俱乐部。

今天是大年初一，李沧雨一个人回到宿舍，章叔、小顾和肖寒他们都没有回来，宿舍里显得有些空旷。

李沧雨简单地整理了一下行李，洗完澡回到床边，发现手机亮着，屏幕上显示一条未读短信："到了吗？"是凌雪枫发过来的。

简单的一句问候，却让李沧雨心头微微一暖："我刚到，宿舍就我一个。"

凌雪枫："注意安全，早点睡。"

李沧雨笑着回复："嗯，正准备睡觉，晚安。"

凌雪枫："晚安。"

睡前的短信交流，让李沧雨心里觉得非常踏实，很快就一阵困意袭来，他安心地睡着了。

这一觉一直睡到天亮，李沧雨洗漱完毕，正打算下楼去买点早餐吃，结果一打开门，就看见白轩提着行李箱站在对门的门口，正准备掏钥匙开门。

李沧雨惊讶地道："你回来了啊？"

听到声音的白轩回过头来，说："我发短信给你了，初二回来，你没看见吗？"

"看见了。我还以为你晚上才到，这么早过来干吗？"

"反正我父母去亲戚家拜年，我一个人在家待着也没意思，干脆回来帮你。"白轩玩笑道，"怎么，好像很不欢迎我的样子？"

对上面前的男人温柔的笑容，李沧雨的心里突然有些感动。

白轩一直是他最信任的人，如果没有白轩帮忙，他这几年肯定会过得更加辛苦。他们认识很多年，从小一起奋斗，白轩虽然看上去温柔又好脾气，但性格其实跟他一样的坚韧，所以才能一路走到现在，哪怕有胃病也坚持留了下来。

李沧雨伸出手轻轻拍了拍白轩的肩膀，感叹道："哪能不欢迎，你回来实在太好了。"

就在这时，旁边突然传来一个带着笑的声音："猫神，白副队，你们都在啊？"似乎是阿树的声音。

白轩回头一看，正好对上谢树荣明朗的笑容。

这家伙穿着一身长款的灰色大衣，脖子上围着一条同色系的围巾，下面搭配修身长裤，衬托得身材愈发高大挺拔。他本来就长得帅气，这么一打扮更是气质出众，笑起来简直就是典型的"小鲜肉"。

他比自己年纪小，长得比自己高，还比自己帅——真是人比人气死人。

谢树荣见白副队正在上下打量着自己，不禁微笑着说："是不是觉得我变帅了啊？"

白轩无语："你也学会自夸了吗？"

谢树荣走过来伸开双臂，跟他来了个大大的拥抱，说："新年快乐！"

——队长气场太强，他不敢抱，只好去抱抱温柔好脾气的副队长。

白轩翻了个白眼，道："你这么早回来干吗？"

谢树荣有些委屈地说："我爸妈都是厨房杀手，只会做黑暗料理，我在家待了一个星期，肠胃实在是吃不消了。还是战队伙食好，我这几天一直特别想你，想你给我做的好吃的！"

白轩被他的理由逗笑了："这么大的人了，就记得吃？"

谢树荣理直气壮地说："食欲是人类的天性，再说白副队的厨艺那么好，我根本没法抵抗！"

"行了，别贫嘴。"白轩笑着说，"把行李放一下，我们先去吃早饭。"

"好！"

白轩掏出钥匙开了门，两人进屋放下行李，便转身跟李沧雨一起去楼下吃早餐。

龙吟俱乐部所在的位置交通非常便利，虽然大年初一对面的美食广场还没有开业，但周边还有不少小店，三人到路边摊随便吃了些豆浆、包子。

吃过早饭后回到宿舍，李沧雨干脆来到对面白轩和谢树荣的住处，把U盘和笔记本电脑也带了过去。

他提前回来，主要是为了仔细研究新赛制的规则，还有乙级联赛战队的情况，三人在宿舍详细讨论了一天，总算把重点内容全部整理清楚了。

晚上，在本地开代练工作室的章叔也过来了，四个老选手在宿舍碰头，李沧雨便问了问大家带的少年们的训练情况。

章决明道："小顾现在的水平直接上赛场问题不大，不过这孩子是典型的激进派选手，到了赛场肯定会像打鸡血一样往前冲，对付弱队没关系，遇到强队的话，容易被对方抓漏洞，心态上还要再磨炼磨炼。"

"嗯，小顾是四个人中基础最好的，以后比赛的经验多了，相信在必要的时候他也能冷静下来，太冲动可不是好事。"李沧雨顿了顿，接着问，"小江呢？"

黎小江是由白轩负责一对一辅导的，这个少年的优点和缺点都非常明显——优势在于他很冷静、很稳定，不管对手多凶，他依旧慢吞吞地拖着打，一点都不着急。可缺点是，他的打法没有太大的变数，总是慢吞吞的，很容易被针对。

想到这里，白轩便认真地说："小江这段时间很努力，只不过他手速偏低，进步的空间有限，我让他稳固一下原本的打法，能把慢节奏的打法发挥到极致也不失为一种特色，到时候再看阵容来配合吧。"

李沧雨点了点头，这几个少年中基础最差的无疑是黎小江，但好在黎小江特别勤奋，哪怕他是个慢吞吞的蜗牛，他也一直在努力地往前爬，从来不会掉队，这其实很不容易。

谢树荣主动说道："卓航进步得飞快，他对电竞相关的知识懂得很多，我觉得他以前好像接受过电竞高手的指导，他对神迹联盟也特别了解，我有些好奇他的来历。"

李沧雨对此也很好奇——卓航当时来毛遂自荐时的信心，还有他跟职业大神交手时的镇定从容，可不是一般的民间高手能够做到的。

"等他回来再说吧。"李沧雨笑了笑，接着说道，"肖寒进步也挺快，等他们到齐之后，我会对他们来一次阶段训练的考核，如果考核合格，就可以带大家进竞技场尝试团战了。"

众人都点头表示赞同。

训练毕竟是个循序渐进的过程，四个少年先把个人水平练到一个相对稳定的状态，再来配合打团战，这样才不会拖队伍的后腿。

大年初三这天，四个少年也先后到了战队。

黎小江背着一大包鸭脖，结结巴巴地说："我，我哥让我带的鸭，鸭……"

看他一句话说得满脸通红，磕磕碰碰地说不完整，卓航忍不住主动帮他接话道："鸭脖是吧！我知道，挺出名的，来分给大家尝尝。"

黎小江感激地看了他一眼，立刻给他分了一包鸭脖。

小顾也扑过来抢："我的我的，我也要。"

黎小江给大家都分了吃的，李沧雨这才让少年们围着桌子坐下，说道："都打开手机，看看沧澜战队的 QQ 群。"

大家以为队长有重要的事情宣布，立刻齐刷刷地拿出了手机。

李沧雨却在群里发了一个过年红包。

"新春快乐，沧澜必胜！"

红包一弹出来，大家立刻开始疯抢。

小顾最积极，手速极快地按下抢红包键，结果只抢到 1 元。

卓航紧随其后，抢到了 19 元。

肖寒抢了 25 元。

慢吞吞的黎小江最后一个出手，却抢到最大的——55 元。

100 块的红包随机分成 4 份，只抢到 1 块钱的顾思明很不服气："我怎么这么少啊！"

黎小江却很开心地说："我，我第一次抢到这么大，大，大的红包。"

这家伙显然激动坏了，一个"大"字重复三遍。

李沧雨微笑着揉了揉黎小江的脑袋，说："动作慢不一定抢到差的，动作快也不一定抢到好的，我再发几个给你们抢着玩吧。"

四人立刻齐声道："好！"

有土豪队长就是好啊，每个红包都是 100 块！

此时，白轩正在厨房里准备晚饭，谢树荣积极地给他打下手，章叔大刺刺地坐在沙发上看激烈的抗战大片，时不时传来"咚咚咚"的机关枪扫射声。

李沧雨带着四只"小奶猫"在餐厅里玩抢红包的游戏，抬头一看，厨房里的白轩已经开始炒菜了，阿树跟在后面打杂，客厅的章叔看电视看得津津有味，四个少年则并排坐在餐桌前，仰头看着李沧雨，满脸的期待之色，好像在说"猫神再发一个"。

这么多好队友聚在一起，李沧雨的心情也不禁变好，大方地在 QQ 群里又发了一个 100 块的大红包，小少年们越抢越兴奋。

见肖寒抬头看着自己，那眼神好像在说：师父，我想要单独的大红包。

李沧雨拍了拍肖寒的肩膀，说："给徒弟发红包，那是秦陌在骗你，凌雪枫也是在风色战队群里发红包的。"

肖寒若有所思地点头："哦！"

李沧雨道："加油抢。"

说着又发了个 100 元，四个人立刻扑上去开抢。

——过年嘛，发红包只是图个吉利，这点钱不算多，孩子们开心就好。

很快，白轩就端上来一桌丰盛的饭菜，当然少不了李沧雨最爱吃的鱼。

大家聚在一起吃起了团圆饭。

饭桌上，众人又发挥吃货小分队的本色——筷子就是武器，餐桌便是战场，吃饭要靠抢的，慢一步就没了。

排骨、鸡翅很快被抢光，鱼当然被李沧雨端去了自己面前，慢动作的黎小江完全是一脸"怎么会这样"的表情，等他回过神来时，好多吃的都没有了！

白轩忍着笑，给慢吞吞的家伙偷偷端过来一个小碗，说："我给你留了一点，不然跟这群吃货抢东西，你肯定吃不饱。"

黎小江感激地看了白副队一眼，默默端着小碗自己去旁边吃——这埋头乖乖吃东西的样子，还真像是在猫咪大战中插不上手的可怜流浪猫。

白轩看着一群人筷子横飞抢食的画面，有些无奈地按了按太阳穴。

战队的画风果然被猫神给带歪了吧……

但奇怪的是，看着这一幕画面，他的心里突然感觉特别温暖。

八个人聚在一起，就好像是一个幸福的大家庭。

明天开始，大家就要进入紧张的集训阶段，未来等待着他们的是什么，目前还无法预测。但白轩相信，在猫神这个强大的队长的带领之下，只要大家携手共进，沧澜战队就一定能够乘风破浪、披荆斩棘，在高手如云的神迹联盟立稳自己的脚跟。

他期待着这四个少年真正地成长起来，变成第七赛季最璀璨夺目的新星！

初四早上，李沧雨带着全体队员来到了战队的训练室，开了电脑，让四个少年排队接受自己的考验。

如昨天白轩他们所说，四个小家伙进步飞快，已经顺利完成了第一阶段巩固手速、灵活走位的基础训练任务，总算成了入门级的电竞选手。

接下来才是训练的重点：配合能力。

——自己再强，不会跟队友配合那也是白搭。

李沧雨决定带着四个少年到跨服竞技场去打团战，来训练他们跟队友配合以及听从团队指挥的能力。

既然要打团战，关于团战的规则，大家就必须理解透彻。

李沧雨先打开人机训练模式，带着四个少年进入简单的城市广场团战地图，对着地图上的标记仔细解释起来。

"新的赛制，理解起来其实就是打 Boss。我们的最终目标是摧毁地图中央的白水晶，谁先毁掉白水晶谁就获得胜利。白水晶就是隐藏在那里的 Boss，要想接近它，必须先摧毁外围的防御塔，并杀掉中间保护它的冰、火凤凰。

"游戏开始的时候，我们穿着最基础的装备，贸然去打水晶会非常艰难，所以，大家需要先去东、南、西、北四个野外区域打一些小怪，攒钱买更强大的装备。

"野怪有三种，一种是普通小怪，只掉钱。第二种是蓝色小怪，杀掉之后一段时间内持续回蓝。第三种是红色小怪，击杀后持续回血，相当于自带奶爸。

"比赛开始后五分钟，野外会刷出一条冰龙，杀掉冰龙会增加团队经济 10000 金币，可以自由购买装备。十分钟刷出火龙，杀掉后增加全团攻击力 20%。冰龙和火龙自己打不过，必须开团去打，这也是双方要争夺的重要资源，到时候必须听从团队的指挥。"

几个少年听着都是一脸的茫然。

以前的旧赛制，没有蓝怪、红怪、冰龙、火龙之类的东西，只要双方见面来一拨团战，活着的夺下水晶就算赢，简单粗暴。

新的赛制显然要复杂得多，但也更有意思。

卓航开口说道："这跟以前风靡世界的竞技游戏 LOL、Dota 很像。其实很好理解，在打 Boss 白水晶之前我们要先做一些准备，前期在野外刷小怪、打冰龙赚钱，等赚到的钱足够买一些好装备的时候，我们再去推塔、拿水晶。如果对团队的攻击力没有信心，还可以在野外杀掉火龙增加全团20% 的攻击力，这样更容易拿下 Boss——冰龙给钱，火龙加攻击，是双方前期要争夺的重要资源，对吧？"

李沧雨听到这里，忍不住问："小卓，你家里有人打过电竞比赛吗？"

"嗯。"卓航笑着说道,"我家有好几个电竞选手。"

他显然不想细说,李沧雨也就没再追问,赞赏地看了他一眼:"小卓总结得很好,新的赛制,其实就是一个铺垫、积累、再杀死 Boss 的过程,大家要有足够的耐心,尤其是前期刷小怪的时候,千万不能着急,今天我们就训练一下分路刷小怪的方法——要学会怎么样用最少的消耗杀掉最多的小怪。"

还好现在各大战队对新的赛制都很陌生,大家站在同一个起跑线上,相对而言更加公平。

李沧雨自己也是一边打、一边摸索的状态。

这样的赛制,战术思路会更加多变,如果跟不上联盟更新换代的节奏,那肯定会被联盟所淘汰,所以,他一刻都不能松懈。

这天下午,李沧雨带着队友们熟悉了一遍新赛制的地图,也发现了一些重要的规律。

加钱的冰龙和加攻击的火龙,刷新坐标都是固定位置,周围一般都有个大坑,似乎在说"我给你们挖了个坑,不怕死就来杀我"。

这种大坑如果全团跳下去,那是很容易被对方团灭的!

所以,到底要不要杀龙,队长必须综合当前的情况来考虑。

说不定明明是优势局,脑子一热去打龙,结果被对方反蹲一拨团灭,简直就是曾经的竞技场上最流行的一句话——打龙毁一生!

再比如,不管什么样的地图,蓝怪只刷新在东、西方位野区,而红怪只刷新在南、北方位的野区,这就会产生一连串的蝴蝶效应。

像法师、治疗等容易缺蓝的职业肯定会去抢夺蓝怪。而剑客、狂战士这种近战职业,为求自保,可能更偏向于抢夺红怪给自己加血。

在野外小怪的抢夺当中,双方很可能单人相遇,也可能二三人的小队相遇,这就不可避免地要爆发一些小规模的战斗。

不论是野外单挑能力,还是团队协作能力,在新的赛制中都要经得住考验。

只有综合实力强劲的战队，才能走向最终的胜利。

虽然新赛制略显复杂，可李沧雨越是研究越觉得热血沸腾——他期待着能在崭新的第七赛季大展拳脚。

时间过得极快，短短三十多天的高强度训练让沧澜战队的选手们对新的赛制渐渐地熟悉起来，如今，李沧雨随口问一句各种小怪的刷新时间和刷新点，大家都是对答如流，再也不会出错。

少年们对赛场商店里特殊装备的记忆，也下了一番苦功。尤其是自己常用的装备在第几页、第几排，攻击多少、暴击率多少、能触发什么隐藏技能效果……四个少年全都记得一清二楚。

"小奶猫们"这么给力，章决明、白轩和谢树荣这些老选手自然不好意思落后，虽然李沧雨没交代他们记装备，但三人也很自觉地把各种装备都在脑子里过了一遍。

眼看第七赛季的开幕式越来越近，大家兴奋的同时又有些紧张。

李沧雨倒是表现得非常淡定，白天训练，晚上看一些网友们录制的新赛制视频，研究研究战术，再跟凌雪枫聊聊天，看起来轻松极了。

事实上，他心里也有些紧张，毕竟好久没上神迹赛场了啊！

一直到2月底的时候，李沧雨才接到神迹官方赛事委员会的电话，让他带着全体队员去比赛服登记资料，完成选手注册。

神迹乙级联赛的队伍非常多，只要通过联盟线上考核就可以参赛。

乙级联赛的常规赛阶段不会采用主场、客场轮流作战的方式，而是组委会指定一个主赛场，所有比赛全都在那里进行。

今年的第七赛季，主赛场选在阳城。

2月27号这天，李沧雨跟老板刘川打过招呼，便带着队员们一起坐高铁过去。

在官方规定的酒店入住之后，李沧雨去找了一下赛事委员会的负责人，联系好了时间，这才带着大家去现场注册资料并确认身份。

除了沧澜战队之外，还有别的新队伍也在这里注册资料，房间里非常热闹。

前台负责接待的工作人员礼貌地说道："你好，请输入你要注册的职业选手ID、真实姓名、身份证号码，确认无误之后再提交。"

李沧雨在旁边的电脑迅速输入进去。

那女生看到他提交的ID是"老猫"，忍不住惊讶道："哎，你就是猫神啊？"

这句话引来了旁边那支队伍的注意，一群人立刻围了过来："猫神来个签名！""猫神你也来打乙级联赛，感觉我们都会被你虐哭啊！""就是，猫神的水平都能去世界大赛当军师了，还来打乙级联赛，真的有些屈才……"

李沧雨笑着说："客气客气，我好几年没打比赛了，这也要从头开始。"

乙级联赛的这些选手们虽然水平比不上八支豪门战队的那些大神，可他们也是为了梦想而努力的年轻人，李沧雨并不会因为他们水平偏弱就瞧不起他们。

李沧雨很爽快地给他们签了一大堆签名，这才回过头去看队友们的注册情况。

章叔注册的ID是"决明子"，那是他第一赛季用过的ID，不过很多人对这个ID都没什么印象。他重新启用"决明子"这个名字，或许只是为了证明当初的自己。

白轩以前跟李沧雨一样用的是英文名，这次改回了中文ID"白狐"。

谢树荣不用美国打比赛时的"Tree"了，入乡随俗改成了中文字"阿树"。

另外四个少年，肖寒注册了"霜降"这个惯用昵称，顾思明依旧用"顾名思义"，黎小江注册了一个"蜗牛慢慢爬"，卓航则是以前用的"大航海家"。

等ID全部注册完毕，几个少年的脸上明显写满了兴奋。

比赛服的ID就是职业选手的标志，不能重复出现，而且会跟本人身份证、联盟资料全部绑定，哪怕转会都不得更改，一旦注册，通常就会伴随他们的整个职业生涯。

——有了正式的注册 ID，他们终于成为真正的职业选手了！

李沧雨在第一赛季的时候用"Old Cat"这个名字，因为当时的战队正好也是英文名。三年前 FTD 战队解散，关于"Old Cat"的全部资料已经被神迹比赛服彻底抹杀。如今，他带领沧澜战队再次回归，也换回了中文名"老猫"，开启了一段全新的征程。

回头看向白轩，对上男人略显湿润的眼睛，李沧雨知道他在想什么，不禁轻轻拍了拍他的肩膀，低声说道："我们回来了。"

白轩微笑着感慨道："是啊……换了名字，换了战队，换了队友……又回来了。"

李沧雨平静地说："这次也会换一个结局。"

再也不是灰头土脸地带队离开，也不是心酸无奈地看着战队解散。

这次的他们，绝对会换一个最好的结局——李沧雨坚信着。

神迹今年的赛事安排也打在了电子屏幕上，乙级联赛从 3 月 1 日持续到 5 月 1 日，冠军队可获得晋级甲级联赛的机会。

5 月 10 日起，神迹甲级联赛就会正式开幕，常规赛打到 9 月底，会放假一周，这一周时间正好是世界嘉年华。等嘉年华结束后，紧跟着便是甲级联赛激烈的季后赛阶段，以及 11 月下旬开幕的第一届世界大赛。

在这些赛事中间，还有"王者杯"自由挑战赛、直播平台战队邀请赛、TGA 大奖赛等等其他的赛事，一般来说，甲级联赛的八支豪门战队是没有时间参加这些民间赛事的，乙级联赛的队伍倒是可以自由报名。

李沧雨目光迅速地扫过全年的赛事安排——显然，今年的赛事安排根据世界大赛进行了相应的调整。在世界大赛期间其余赛事全部取消，也方便官方直播。

其他队员见队长正在看赛事安排，也跟着抬头看了看大屏幕，谢树荣忍不住凑到白轩旁边问道："王者杯自由挑战赛，这是什么比赛？我怎么没听说过？"

白轩介绍道："这是国内去年才开始举办的项目，不管职业选手还是民间高手都可以参与。有 1V1、3V3 和 6V6 三种模式，报名门槛很低，参与的人数也最多。"

谢树荣笑眯眯地说："原来是这样。"

"大家先去吃饭，晚上还有开幕式，吃饱去看。"李沧雨招了招手，"集合集合！"

四个小少年正在抬头看屏幕，听到队长的召唤，立刻整齐地跑回来站好。

众人一起来到附近的餐厅订了一个大包间，谢树荣坐在白轩的身边继续问："白副队，那个王者杯挑战赛，正好在常规赛中间的假期举办，单人项目的奖金高不高啊？我可以去参加吗？"

白轩说道："那是全民赛事，很多网游里的高手报名，有点名气的职业选手一般都不去参加，会被网友们骂的。"

黎小江突然小声说道："我，我，我去年参加过。"

白轩好奇地回头："是吗？那你拿到奖杯没有啊？"

羞涩的小少年脸颊有些发红，眼睛却格外明亮："我拿到了亚，亚军。"

白轩微笑着摸了摸他的头："真棒。"

卓航突然道："我是冠军啊！这么说，去年那个输在我手里的慢吞吞的黑魔法师就是你？"

黎小江："……"

李沧雨感兴趣地问道："怎么，你们之前还交过手吗？"

卓航笑着说："我去年无聊就报名参加了王者杯挑战赛的单人项目，一路过关斩将，一口气拿了冠军……猫神觉不觉得我很厉害？"

李沧雨懒得夸他："说重点，你跟小江交过手？"

"哦！"卓航看了黎小江一眼，说，"总决赛的时候，我遇到一个慢吞吞的黑魔法师，风格跟黎小江很像，最后是我赢了，对吧，黎小江？"

黎小江的脑袋垂得更低了。

卓航正得意自己当时赢了黎小江，却听李沧雨突然说："那正好，明天第一场比赛的擂台阶段，你跟黎小江来个双人组合。"

卓航目瞪口呆："啊？"

黎小江也惊讶地抬起头来："我，我跟卓航搭档？"

"嗯。"李沧雨严肃地说，"你们俩一个快、一个慢，组合起来让对手摸不清头绪，这种搭配还没人用过，我们可以尝试一下。"

卓航心想，早知道不说了，他真不想跟慢吞吞的蜗牛搭档。

白轩微笑道："这想法不错，反正新赛制刚开始，大家都在摸索，我们这边新选手比较多，各种阵容都可以尝试。"

"嗯，乙级联赛的安排表我已经拿到了，你们传着看一下。"李沧雨把文件递给身旁的白轩，接着说，"我们的第一个对手是 Dream 战队，这支战队在乙级联赛当中属于水平中等的队伍，比赛时间是明天下午三点。双人擂台阶段就由小卓和小江组合出战，团战由剩下的六人出战。第一局大家不要有压力，认真去打就好，我们还是熟悉赛制为主。"

众人一边听队长的安排，一边迅速传阅着赛事日程表。

乙级联赛原本有十六支队伍，今年李沧雨率领沧澜战队回归，加上民间又组起来一支新队伍，加起来总共就是十八支。

由于时间有限，乙级联赛常规赛阶段不会打主客场大循环，而是一次三局打完。

比如明天沧澜对阵 Dream 战队，就会连打三局，前面两局双方各自选一张地图，如果前两局打成平手，就会进入第三局的决胜局，第三局是系统随机选地图。

擂台是 2V2 的搭档对决，赢一局积 2 分。

团战是 6V6 争夺水晶的赛制，赢一局可以积 5 分。

在等待上菜的短暂时间，李沧雨已经迅速安排好了明天的阵容。至于战术，对付乙级联赛水平中等的战队，不需要绞尽脑汁去研究什么特殊的战术，明天随机应变，先看看新赛制再说。

卓航对明天的安排似乎不太高兴，黎小江被放去双人擂台显然也有些紧张，李沧雨看在眼里，却没有多说什么。少年们的心理素质明显不过关，还要再磨一磨才行。

当天晚上，神迹乙级联赛的开幕式在电竞场馆准时开始。

虽说这只是次级赛事，但来现场看开幕式的观众们依旧非常多，偌大的场馆里座无虚席，可见，神迹这款游戏有多么火爆。

开幕式还请来不少知名歌手，翻唱了一些神迹的主题曲，观众们兴奋无比，场馆内不时爆发出震耳欲聋的尖叫和掌声。

当晚回去后，四个老选手很淡定地洗澡睡觉，养精蓄锐。

四个少年却个个精神抖擞，兴奋得睡不着觉。

黎小江和热心的小顾被安排在一间房，他坐在沙发上仔细想了想，还是决定去跟卓航交流一下。黎小江敲开隔壁的房门时，肖寒正在洗澡，卓航已经洗完了，正穿着睡衣玩手机游戏，见黎小江站在门口，他便倚在门边笑着问道："找我啊？"

黎小江点了点头："嗯……明，明天我们要一起打擂，擂台，我，我的速度可能会跟，跟不上你……你不要管，管我……自己去，去打吧。"

卓航耐着性子听他说完，心里想着：我本来也没打算管你啊，小蜗牛。

"知道了，没事回去睡吧。"卓航笑着拍了拍黎小江的肩膀，"晚安。"

黎小江本来还想多跟他沟通一下，结果被一句"晚安"堵了回来，愣神片刻，只好红着脸说："晚、晚安。"然后他便垂着头默默地走了。

卓航没理他，关上门回到屋里，自顾自地玩手游。肖寒正好洗完澡出来，疑惑地问道："小江刚才来找你了吗？我好像听见他的声音。"

卓航随意地"嗯"了一声，继续玩手机对战游戏。

肖寒也懒得理他，自己躺在床上打开手机登录了QQ。

牧羊人："你们明天要比赛了是不是啊？"

是秦陌发来的留言。他跟秦陌都是被师父放养的可怜虫，前段时间两人一起打双人擂台，一来二去倒是混熟了，偶尔也会在QQ上聊天。

肖寒回复："嗯，有我师父在，肯定能赢的。"

秦陌："你对猫神真有信心啊。"

肖寒："你对你师父不也很有信心吗？"

秦陌："废话！我师父出手肯定能横扫联盟。"

肖寒："我师父能横扫全世界。"

秦陌："别扯，我师父跟你师父 PK，肯定是我师父赢。"

肖寒："谁说的？明明是我师父赢面更大。"

两个人就"谁的师父更厉害"这个话题展开了毫无意义的长时间辩论，他们完全不知道，两位师父的关系比亲兄弟还要好，甚至把双人合影设置成了手机的屏保。

CHAPTER 10

第一场比赛

次日早晨八点半，神迹乙级联赛的赛事终于正式开始。

沧澜战队的比赛被安排在下午三点，李沧雨让大家各自休息，等睡过午觉之后才带着大家来到了赛场。

乙级联赛的官方解说依旧是一男一女的搭配，男的叫邵宇，女的叫陈薇薇，这两人的解说风格不像于冰那样严谨冷静，反而轻松欢快，在比赛中途经常聊一些八卦来调动气氛。

沧澜战队一出场，陈薇薇就笑着说道："我们乙级联赛最大牌的选手就要出来了——欢迎我们的猫神带着崭新的沧澜战队在乙级联赛中首次亮相！"

邵宇回头问道："薇薇，你对猫神了解多少？"

陈薇薇说："我开始当解说的时候，猫神已经离开了神迹，只听一些前辈们说，他是一位个人风格非常鲜明的选手。这还是我第一次亲自看他带队比赛，能解说猫神回归之后的第一场比赛，突然觉得特别荣幸啊！"

"我也觉得很荣幸。"邵宇配合地说，"当然，我们还是先跟观众们介绍一下新沧澜战队的选手资料。"

大屏幕上打出沧澜八位选手的资料，陈薇薇紧跟着说："这套阵容放在乙级联赛当中确实非常豪华，沧澜战队除了队长老猫之外，白轩可是数一数二的治疗。谢树荣的身份大家应该不陌生，当年飞羽三剑客当中的小师弟……还有章决明这位老选手，邵宇你知道他吗？"

邵宇点了点头，道："这位选手的资料我昨晚专门去查了一下，他是第一赛季朔月战队的队长。只是，朔月战队早已解散，章队长也消失了多年。

连这种退隐多年的人都能挖出来，猫神收集队友的能力绝对一流！"

陈薇薇激动地说："沧澜战队的选手们已经入场了，我们可以看到，他们八个人全都穿着整齐的队服，而且，沧澜的队服样式也很好看！"

沧澜战队的队服，是刘川加急找厂家专门定制的，白色打底，上面有蓝色波浪花纹和简洁的浪花形状队徽，给人一种清凉感觉。

只不过，四个少年选手年纪差不多，整齐地穿着队服走在一起确实让人很难分辨。

"我有点晕了，四个少年我怎么觉得像是四兄弟，怎么区分啊？"陈薇薇头痛地说。

"有一个人非常好认，他的头发是金色的。"邵宇笑着说，"这个金发选手就是肖寒，提醒一下观众朋友们，他的头发并不是染的，据说他是个混血儿。"

"哦，金头发确实好认，那其他三个呢？"

"走在最后面垂着头有些腼腆的家伙是黎小江，另外两个，高大帅气的那位是卓航，长得很可爱脸蛋有些婴儿肥的叫顾思明。"

邵宇这么一说，很多观众终于把四个小少年的名字给对上号了。

片刻后，裁判亮起了比赛开始的指示灯。

先进行的是三局两胜擂台赛，第一局由沧澜战队主场选图。

坐在指挥位的李沧雨迅速在地图库中选择了"魔镜森林"，这张地图的特点是有很多的高大树木遮挡住视线，比较适合小江的黑魔法师绕路、读条，慢慢磨死对手，也适合小卓的猎人根据地形来布置陷阱。

选图确认后，双方擂台战的选手便坐在了选手席位上。

陈薇薇惊讶道："沧澜这边派出了两个少年？老选手都不上场吗？"

邵宇推测道："大概是猫神想趁机练练兵？反正比赛刚开始，积分方面压力也不大。"

"有道理。"陈薇薇点头附和，"不过，Dream战队派出的却是他们的王牌组合，弓箭手和白魔法师，队长亲自上场。可见，他们对跟沧澜的这一场比赛非常重视。"

这也难怪，猫神的名号毕竟如雷贯耳，前段时间在世界嘉年华做幕后军师战胜美国队的光辉事迹更是传遍了整个神迹联盟，这样的大神出现在乙级联赛的赛场，所有的队伍都会把他当成"终极 Boss"来对待。

李沧雨的心态则比较平和，他带着四个没打过比赛的少年，正好趁着乙级联赛来练练兵，尝试一下各种阵容和搭配。

今天的 Dream 战队，明显拿出了最强的阵容来对付沧澜。

隔音房内，白轩满脸担心："对面派出了白魔法师加弓箭手，小江和小卓会很不好打吧？弓箭手正好比较克制小卓的猎人，白魔法又克小江的黑魔法，我感觉不太妙啊……"

李沧雨表情平静地道："也不是不能打，我给他们选了一张非常有优势的地图，就看他们配合得怎么样。"

比赛很快开始，双方选手同时刷新在地图的角落。

黎小江的"蜗牛慢慢爬"和卓航的"大航海家"在地图西南角刷新。卓航没管黎小江，自顾自地走在了前面，黎小江反应稍微有些迟钝，等了一会儿才慢吞吞地跟了上去。

两人来到地图中央区域的时候，卓航立刻利用精灵族的敏捷优势，在地上放置了一些陷阱等待猎物入网，而黎小江却躲在树后，耐心地寻找着机会。

片刻后，两人的视野中出现了一个弓箭手和一个白魔法师。

白魔法师走在前面，弓箭手紧随其后，那白魔法师看见卓航，起手就是一招神之封印，想控制住卓航的猎人，然而卓航的移动速度飞快，走位也十分灵活，一个瞬移侧身，恰到好处地躲掉了这个技能。

陈薇薇不禁赞道："卓航的反应非常敏锐，不像是第一次打比赛的人啊！"

邵宇也说："他的走位技术确实十分娴熟。"

两人正表扬着卓航，大屏幕中却风云突变——只见后方弓箭手的大招

"死亡箭雨"突然落下，卓航这一躲，恰好踏入了死亡箭雨大招群攻的范围之内。

显然，刚才那个白魔法师放出的招式极有技巧，如果卓航不躲，那就会中招被控，如果他躲，则会走到弓箭手的大招里。

唯一的应对方法就是后退，然而卓航显然没想到自己应该后退。

弓箭手的远程大招结结实实地吃下来，卓航的血瞬间就掉下去三分之一。

见黎小江还偷偷摸摸地躲在树后，掉血的卓航怒从心起，忍不住在队伍频道说："出来啊，你躲着干什么？"

真是个慢吞吞的蜗牛，猫神怎么会让他跟黎小江搭档的？换成肖寒和顾思明都好多了。

黎小江并没有出来帮助卓航，倒不是他害怕，而是他觉得自己现在出手的话时机并不是很好，他在等那个白魔法师再往前走一步。

对，就是此刻！

黎小江手中早就握好了控制技能，找准时机读条——黑暗恐惧！

这一招成功命中，对面的白魔法师立刻进入恐惧状态，黎小江紧跟着读出死亡咒术、暗影缠绕、地狱烈火的攻击三连招！

他放技能的时候，读条慢慢吞吞几乎能把观众急死，可是，每一招伤害打出来时，效果却相当可怕，那白魔法师的血量瞬间掉下去30%，三个基础法术攻击的连招，几乎等同于一个耗蓝最高的黑魔法大招伤害。

陈薇薇忍不住道："这位选手非常有特色，慢吞吞的黑魔法师可不多见！"

邵宇赞同地说："他的属性大部分加了攻击，武器也是加魔法攻击，虽然动作慢了点，但只要抓准机会，每一招都结结实实打在要害，其实效果也是不错的。"

如解说所介绍的一样，黎小江的攻击虽然慢，但这三招下去，却将血量差距一下子就拉了回来，如果卓航能接上后续控制的话，他们可以先把白魔法师给秒掉。

黎小江这么想着，立刻回头去找卓航，然而……

卓航根本没关注他在干什么，反而迅速绕后去跟那个弓箭手单挑。

对方的精灵族弓箭手正是 Dream 战队的队长，哪怕他水平不高，可毕竟是打了两年乙级联赛的人，经验相当丰富。

同为精灵族选手，他的移动速度并不输于卓航，卓航快，他能更快，结果，两人你追我赶，卓航的陷阱放了一路，却一个都没用上。

而这边，被控住的白魔法师在恐惧效果结束后，也谨慎地跟黎小江拉开了距离，开始寻找机会跟黎小江对战。

黎小江第一次上赛场，其实也有些紧张，只不过他习惯了慢吞吞的打法，哪怕紧张也看不太出来。

白魔法和黑魔法互相克制，黑白魔法对决时，比的就是谁更能抓住机会……

显然，小菜鸟黎小江跟对面经验丰富的副队长根本没法比，稍微一个走位不慎，就被对方用控制技能定住，一套连招迅速把血量差距给追了回来。

卓航和精灵弓手此时却已经走远，在另一边激烈地单挑起来。

解说间内，两位解说都有些尴尬，陈薇薇看了一会儿，委婉地说道："呃……可能是新的赛制他们还有些不太适应吧，2V2 的组合效果完全没看出来，两人都在 1V1。"

邵宇有些疑惑："猫神的战术是出了名的神秘莫测，今天这是什么战术？"

陈薇薇："好像是完全没有战术？"

这也是很多观众们的疑惑。

——两个少年，你们到底在打什么呢？

明明是组合，却完全没有组合该有的默契。黎小江需要卓航接上控制的时候，卓航不知道跑去了哪里。而卓航需要黎小江帮助输出的时候，黎小江的技能又在冷却。

五分钟后，大屏幕上连续弹出了两条击杀提示。

——[Dream 弑神]击杀了[大航海家]！

——[Dream 南极星]击杀了[蜗牛慢慢爬]！

随着这两条击杀提示的弹出，屏幕上同时出现了灰色的大字"失败"！

第一局擂台，沧澜战队败，Dream 战队率先获得积分，大屏幕上的积分比变成 2：0。

卓航懊恼地挠了挠头，黎小江则愣愣地看着电脑屏幕，两人脸上都有些茫然。他们职业生涯的首秀，就这么莫名其妙地输掉了吗？

台下，白轩有些无奈地说："他俩平时配合太少，或许该让小顾和卓航一起上。"

李沧雨平静地说："我是故意派黎小江跟他打组合的，正好磨一磨卓航的傲气。"

白轩回头："你故意的啊？"

李沧雨笑道："肖寒虽然个性倔强，却不会眼高于顶看不起别人，但卓航不一样，他表面上嘻嘻哈哈，其实心里有一种奇怪的优越感，你没发现吗？"

谢树荣听到这里，忍不住说："怪不得，卓航天天缠着我让我带他打双人擂台，却不想跟其他几个少年一起去打擂台，看来，他是认为自己在四个人当中水平最高，心里有一些优越感？"

章叔也凑过来说："是不是因为他家亲戚中有神迹联盟的顶级大神啊？"

"呵，不管那人是谁……"李沧雨眯了眯眼睛，"我必须好好收拾一下卓航。"

乙级联赛是擂台打完之后才打团战，黎小江和卓航输掉了第一局的主场选图，只能稍作休息，就要马上进入第二局的客场图对决，这样的安排对选手的心理素质也是极大的考验。

第二局，Dream 战队选择的地图是"泽亚广场"。

这张地图在网游竞技场中十分常见，是一张典型的广场图，视野非常开阔，在中央对决区域有几根石柱作为障碍，选手可以绕着石柱游走达到战术配合的目的。

比起沼泽、山林类的复杂地图而言，这种简单又开阔的地图意外因素对比赛的影响会降到最低，更适合纯粹面对面开战，拼双方的真正实力。

在这种广场图，黎小江的黑魔法师读条容易被打断，卓航的猎人发挥也受到限制，而 Dream 战队弓箭手的远距离大招压制在视野开阔的地区会更加得心应手——他们选择的这张地图，显然对己方很有优势。

常规赛阶段，双方地图选择在赛前就要提交给赛事委员会备案，Dream 队长在选这张地图的时候并不知道沧澜战队会派出什么阵容，这都能歪打正着，显然 Dream 战队今天的运气非常不错。

幸运之神的眷顾让他们信心十足，在开场就打出了极大的优势。

而沧澜这边，黎小江和卓航依旧没能形成太好的配合。

虽然黎小江有过几次主动去配合的动作，但卓航速度太快，他实在跟不上，加上第一局输掉之后心理压力太大，两人的组合不到五分钟就全面崩盘。

擂台赛阶段 Dream 战队连胜两局，第三局的"决胜局"自然不用再打。

也就是说，卓航和黎小江 1 分都没拿到，反而给对面白白送了 4 分。

看着大屏幕上 4：0 的刺眼红色比分，两个少年的脸色都有些难看，从选手席走下来后，两人到自己的位置坐好，垂着脑袋什么话都不敢说。

李沧雨倒也没骂他们，招呼其他六人，语气平静地说："准备团战吧。"

解说间内，陈薇薇有些不忍心："沧澜的这两位年轻选手今天第一次上场，结果被剃光头连输两局，两个小家伙受到的打击应该挺大的，看他们俩都垂着头不说话……"

"这也是新人们必经的历程。"邵宇说，"有些新人一出道就锐气十足，连续干掉好多个老选手，一举封神。但也有一些新人刚开始发挥不好，经过一段时间磨炼之后水平才会渐渐回升，这种选手比较慢热，得给他们一点成长的时间。"

　　"是的，现在比赛才刚开始，不能用这一场的胜负来评价一个选手的实力。我感觉卓航和黎小江今天都没有发挥出正常的水平来，我们可以期待一下他们今后的表现。"

　　两位解说对重回神迹的猫神显然敬佩有加，对他的队友也没有太过苛责，反而帮着少年们圆场——毕竟猫神这些年在外打拼，能鼓起勇气回来也很不容易，作为解说，他们可以适当引导一下舆论，让网友们不要骂得那么凶。

　　然而，解说是好意，部分网友却不会买账，直播间内已经刷了满屏的砖头。

　　"两个小朋友打的什么乱七八糟的？还没网游里的竞技场靠谱！""猫神找他们当队友真的没问题吗？""感觉这俩人会拖战队的后腿！"

　　这样的质疑声自然不可避免，黎小江在手机上看到这些评论，头垂得更低了。卓航倒是没心情看评论，正皱着眉头发呆。

　　两人待在角落里默默地想心事，旁边，李沧雨却已经迅速布置好了团战的安排。

　　五分钟休息时间到，团战阶段正式开始。

　　第一局依旧是沧澜战队选图，李沧雨选择的还是跟擂台一样的地图"魔镜森林"。

　　陈薇薇道："猫神好懒，都不换图，这倒是省了我们不少工夫，不用详细介绍地图了。"

　　"虽然地图同名，可团战和擂台地图也有很大的区别。"邵宇补充道，"团战图会比擂台图面积大五倍，而且分出四个野区，类似一个'田'字，小路之间的野区是没有视野的，必须用照明灯来照亮，中央水晶区域周围有一层屏障，在高塔摧毁之前无法进入……"

　　邵宇快速解释着团战地图，双方队员也选择好了基础装备。

　　比赛界面开始倒计时的读条，十秒后两边的选手分别刷新在了地图的对角——这里是他们的出生点，也就是大本营。死亡后会在大本营复活，战场商店也在此处。

团队初始经济是 3000 金币，每人 500。

白轩不负责侦查，就买了蓝宝石恢复法力值，其他五人则各自买了一盏照明灯。

团战地图被垂直线和水平线分成了四个野外区域，就像一个正方形的"田"字，沧澜战队出生在左下角的西南方位，Dream 战队出生在右上角的东北方位，西南和东北的两片野外区域自然是双方最好占领的家门口的位置。

而剩下的两片区域，肯定要展开激烈的争夺。

李沧雨迅速在小地图的岔路口处做了一个标记，然后就在语音频道下达指令："阿树和小白守住西南方老家，小顾跟章叔去西北，肖寒跟我去东南，迅速占领这两片野区。"

大屏幕上，六人并肩往前走了几步，就兵分三路到达三个不同的方向。

由于"田"字形战场有四篇区域，分路模式其实很多，李沧雨选择兵分三路，反正是第一次比赛，先尝试一下这种打法。

众人刚站好位置，野区的所有小怪就全部刷新了。

不需要李沧雨指示，众人立刻动手，以最快的速度杀起了小怪。

数据面板上的团队经济在飞快地增长，显然 Dream 战队那边也在杀小怪，只是野外地图太大，双方暂时还没有碰面。

肖寒在前方区域看到了一只蓝色的小怪，很自觉地跑过去杀——师父说过，在野外遇到小怪的时候，要优先击杀蓝色、红色小怪，可以获得相应的加蓝、加血效果，白色名字的小怪只给钱，不给增益属性。

蓝怪的刷新点正好在双方野区的交界处，肖寒看见了，对面的白魔法师也看见了。

肖寒隐身去杀怪的同时，那白魔法师也正好出手——神之信仰！

对面的白魔法师显然很聪明，并没有用单体攻击，而是用了个群攻技能，恰到好处地把隐身的肖寒给打了出来。他的反应也极快，肖寒现身后立刻跟上一招"神之封印",将肖寒给定在原地。

背后紧跟着的是 Dream 战队的队长精灵族弓箭手,见队友定住了对面的刺客,他毫不犹豫地拉开手中的长弓,放出弓箭手单体攻击力最强的一招"夺命射击"!

肖寒的血一下子掉了三分之一,还被定身,看上去相当危险。

然而,李沧雨并没有急着去帮忙,他所在的位置正好处于对方的视野盲区,也就是说,Dream 战队的人看不见李沧雨,那两人还以为这个区域只有肖寒,才会如此大胆地直接开战,因为 2V1 几乎是稳赢的局面。

这在战场上也极为常见,对方落单的刺客就在不远处,自己人却有两个,二打一这么好的机会相信任何人都不会放过。

李沧雨没有直接去帮肖寒,反而做了一个大胆的动作——绕后!

他利用精灵族飞羽步的轻功迅速位移优势,瞬间就从侧面的小河道绕了过去,反而来到弓箭手和白魔法师的背面。

那两人看不见李沧雨绕后,可队友之间是视野共享的,肖寒能很清楚地看见师父的位置。

李沧雨道:"来个合作。"

肖寒立刻会意——师父这是想前后夹击。

定身效果终于结束,肖寒立刻凶猛地扑了上去,手中利刃挥舞得密不透风,冰冷而锐利的匕首毫不客气地招呼在那白魔法师的身上,迅速把他的血砍掉20%。

白魔法师完全不怕肖寒——这个刺客不过是在垂死挣扎罢了。

果然,弓箭手又一招"寒冰箭"射了过来,箭矢上带着冰冷的气流,在射中肖寒之后,以肉眼不可分辨的速度迅速冻结成冰,将肖寒又一次定在原地。

这两人搭档多年,配合起来显然十分默契。

定住肖寒后,弓箭手主力输出,白魔法师却后退几步拉开距离,他想在远处继续输出肖寒,而就在此刻,他的视野中突然出现了一个 ID:老猫。

神迹团战时的野外能见度只有五米，他正好退到李沧雨埋伏点的五米之内，看见了绕到自己身后的老猫。

——不好！

他的心中警铃大作，然而已经来不及了。

李沧雨早已召唤出水精灵，以牙还牙冻住白魔法师，紧跟着手速爆发用火精灵的单体攻击迅速将他打残。

弓箭手发现队友遭遇埋伏偷袭，想要回头救援，然而，肖寒已经是残血状态，这时候回头救援说不定会前功尽弃，理智的做法应该是杀掉肖寒后再回头跟队友汇合，毕竟己方是有血量上的优势的……

Dream队长的想法是没有错，但他忽略了猫神的爆发能力。

这点优势，在李沧雨的眼里算什么？

火精灵接二连三的火球就像是炫目的烟火，将白魔法师打得"生活不能自理"，紧跟着又来一招雷精灵的雷霆之怒，将白魔法师直接劈成残血。

好在这时白魔法师的冻结效果终于解除。

他刚要转身跑路，李沧雨的风精灵突然出马，一招"风卷云残"准确无误地丢向两人的方向——只见一阵狂风吹过，将白魔法师和弓箭手集体吹离了五米之远。

李沧雨这风卷云残的技能释放角度非常刁钻，把白魔法师吹去了旁边的一个大坑里，一时半会儿爬不上来，而弓箭手被他一吹，正好偏离了原本的站位，攻击肖寒的距离不够了！

一个技能解决掉两人，这就是猫神的风精灵强悍的控场能力！

陈薇薇忍不住激动道："传说中的风精灵控场，今天终于见到了啊！"

邵宇也很兴奋："是啊，大家都知道，精灵族召唤师的种族宠物是水、火、风、雷四大精灵，水精灵单体冰冻，火精灵单体攻击，雷精灵是大招群攻，风精灵很多人不太会用，甚至有人觉得吹翻技能很鸡肋。但事实上，真正的精灵召唤师高手最强大的宠物就是风精灵！大家刚才也看到了，猫神风精灵的一招，直接废掉了对面两个人的攻击力！这个宠物用好的话，群控效果完全不输于魔族召唤师女妖的群拉！"

——神迹的赛场上，有多少年没有出现过风精灵了？

看到这一幕，很多职业选手的心里也颇为感慨。

当年李沧雨在单挑时强势无比，靠的就是他的风精灵走位控场，他的风精灵简直运用得出神入化，那一阵风，是想怎么吹就怎么吹，很多人甚至说，猫神的风精灵吹得人风中凌乱，雷精灵再劈得人外焦里嫩，根本没法打。

如今，风精灵再次出现，虽然只是乙级联赛的赛场上一次小规模的2V2团战，却让很多观众们眼前一亮。

我们最强的精灵族召唤师，真的回来了！

李沧雨的风精灵控场，坑了白魔法师的同时，还将徒弟从弓箭手的暴击中解救出来。

肖寒只剩一丝血皮，定身效果也终于结束，立刻选择隐身保命——师父说了，团战可不能随便送人头，一个人头会给对方送500金币，还有5%的状态加成。

见徒弟机智地转身跑了，李沧雨没有了后顾之忧，再次召唤火精灵，一口气带走了对方的白魔法师。

——[老猫]击杀了[Dream南极星]，苗杀！

对面的弓箭手见队友挂了，对单挑猫神自然没什么信心，他刚才为了打死肖寒已经用掉了太多关键技能，蓝量消耗也很严重，这种状态不可能打得赢猫神。

然而，他想跑，李沧雨却不会给他这个机会。

水精灵除了可以冰冻对手定身对手五秒之外，它的普通攻击还带有减速效果。可爱的蓝色水精灵一直在朝弓箭手丢小水球，丢一个减速2%，丢两个减速4%……

连续几个小水球丢下去，那弓箭手被减速得就像是脚底粘了层泥巴，走路无比迟缓。

同是精灵族选手，他被减速，李沧雨自然很容易追上他，利用火精灵的攻击加上雷精灵的大招，不客气地秒掉了对方。

——〔老猫〕击杀了〔Dream 弑神〕，双杀！

比赛现场掌声雷动，在看网络直播的观众们也不吝啬地给猫神刷了一堆鲜花。

解说间内，陈薇薇一脸佩服："这一波绕后偷袭真是相当漂亮，要是换成其他选手，刚才那种情况下很可能直接从正面打过去，能想到利用视野盲区绕后偷袭，可见猫神在比赛的时候不仅非常冷静，而且还非常聪明。"

邵宇感觉陈薇薇都快变成猫神的"脑残粉"了。

不过，她说得确实没错，比赛的时候心理素质至关重要，猫神的心理素质显然够硬。

赛场上，李沧雨连续拿下两个人头后，个人经济已经全面领先，刚才杀小怪拿到了 450 金币，两个人头奖励 1000 金币，加起来就是 1450 金币。

他并没有急着回城，而是在西南方向的野区中间放置了一盏照明灯，同时又让肖寒隐身去东北方的边缘放了一盏灯。

随着这两盏灯的安置，沧澜战队这边的野区视野立刻变得无比开阔。这个野区的小怪快被清光了，李沧雨又巡查了一圈，找到一只漏掉的，一招干掉它——他的个人经济终于达到了 1500 金币。

这时候，李沧雨立刻选择了回城。他回到大本营，打开战场商店，在装备库中买了一枚"精灵之泪"项链，这枚项链的效果是增加攻击力 5%。

陈薇薇不由感叹道："他双杀之后，攻击力加成已有 10%，再加 5%……相当可怕啊！"

邵宇笑着说："如果再让他拿几个人头，他就会变成横着走的Boss。"

由于二杀到手，沧澜这边的整体经济已经超过了 Dream 战队。

上方的西北野区，章叔和小顾的组合并没有跟对面开战，章叔安心辅助，把小怪全都让给顾思明，顾思明身上现在揣着一千金币。

中间的西南野区，白轩和谢树荣平分资源，每人揣着 500。肖寒刚才被人控制了很长时间，没能好好杀小怪，手里钱最少，只有 400。

众人全部回城，李沧雨说道："小顾出肉装。"

肉装也就是防御装，作为前排坦克，防御越强后排的输出就越有保证。顾思明听到这话，立刻从商店买了一个"守护光盾"，这是"增加防御力 10％"的护甲，正好花费 1000。

谢树荣买了个加攻击的戒指，白轩则买了个加治疗量的戒指——戒指都比较便宜，500 就能买下。

肖寒可怜巴巴拿着 400 块连最便宜的戒指都买不起。李沧雨看了一下经济面板的数据，开口说道："肖寒你买个侦察灯。"

这种道具他还是买得起的，肖寒立刻按师父的吩咐买了一盏侦察灯。

——照明灯可以照亮己方的视野，侦察灯则能侦查到十米范围内对方安置的照明灯，并将之熄灭。

这也是新赛制团战当中最有意思的视野控制。

野外区域要是没有视野，那就像瞎子面前一抹黑，肯定很难打。李沧雨让肖寒买侦察灯，显然是要控制对面的视野。

相对于沧澜这边的阔气，Dream 战队就显得非常贫穷。他们买不起 1500 的攻击项链，只能买几个戒指，买侦察灯的闲钱自然也没有。

双方经济差距会导致装备上的差距，好在目前还有两个补救的途径——第一是想办法杀对方一次团灭，把经济差距给追回来。第二就是击杀野外刷新的冰龙，冰龙会补充团队经济 10000 金币，简直就是送财童子。

比赛时这样设置，也是为了让初期劣势的战队有一次翻盘的机会。

李沧雨当然不会白白把这个机会送给 Dream 战队。

冰龙刷新坐标固定，周围还有一个很明显的坑。打冰龙的时候不一定集体跳进坑里，比如弓箭手、魔法师这种远程职业可以站在坑外打，但近战就必须跳下去，不然会够不着。

Dream 战队对冰龙势在必得，因为他们很清楚——如果这条冰龙被沧澜战队拿到手，那这一局是绝对没戏了。

双方在冰龙刷新点相遇，李沧雨还没来得及开口，顾思明就如猛兽出笼一样突然扑了过去，一招"战嚎"把对面的圣骑士给强行拉了过来。

李沧雨："……"

好吧，这果然是个小疯子！

顾思明一上，谢树荣无奈之下只好跟上去，肖寒也紧跟上去，三个近战开始爆手速围攻对面的圣骑士。

章决明立刻放出白魔法辅助技能——鼓舞之声、激励之曲！

全团攻击力提升十秒。

虽然只是十秒时间，可对于正在集火的沧澜队员们而言，已经足够了。

李沧雨的爆发能力本来就很强悍，身上又带着 10% 的双杀加成和 5% 的项链加成，再加上章决明的辅助加成，他的攻击力实在惊人，一个火球砸下去，简直让人肉痛无比。

——〔老猫〕击杀了〔Dream 无极〕，三杀！

这下又多了 5% 的状态加成。

猫神果然变成了横着走的 Boss，打谁秒谁。

——〔老猫〕击杀了〔Dream 冰少〕，四杀！

——〔老猫〕击杀了〔Dream 北极熊〕，五杀！

——〔老猫〕击杀了〔Dream 天空〕，六杀！

——〔老猫〕无法阻挡！

——〔老猫〕已经超神了！

李沧雨带着精灵族的宠物游走了一圈，直接把 Dream 战队给打了个团灭。

现场观众掌声雷动，网络直播间内，"猫神厉害"的留言也瞬间刷了上万条。

"胜利！"大屏幕上突然弹出金色大字，李沧雨不由怔了怔——中央水晶还没有摧毁，却突然判定胜利，显然是对面直接按了投降的缘故。

团战当中，只要队友全部同意，是可以选择提前投降的，尤其在劣势局实在没有翻盘希望的情况下，与其拖延时间慢慢折磨人的心脏，还不如干脆点直接投降，振作精神接着打下一局，也不至于让队友们彻底丧失信心。

Dream 战队的队长显然是不想打这局，因为他很清楚"老猫超神"意味着什么。

老猫的个人实力，经过今天的交手他心里已经有了判断，这个男人离开神迹多年，别说是状态下滑，重回神迹的他甚至比当年更加可怕。

攻击力增加 50% 的超级猫神，真的会变成横着走的 Boss。

这样的超级猫神，哪怕凌雪枫遇到了都要输，何况是他们这些"小透明"？干脆投降算了。

顺利拿下团战 5 分的李沧雨微笑着摸了摸下巴。

回归神迹的第一场团战，以对方主动投降作为结局，李沧雨表示心情不错！

第二局轮到 Dream 战队选择地图，对方的队长选择的地图是"月光水岸"。

这地图一在大屏幕上打出来，陈薇薇立刻跟观众们解释道："月光水岸，是游戏中精灵族的月光森林里一处风景很美的约会圣地，但团战当中的月光水岸跟游戏里很不一样，整张地图 90% 都是水域，中间有两条路将地图分成一个'田'字，形成四片迷雾野区。"

邵宇紧跟着说道："观众朋友们应该也是第一次见到新赛制下的月光水岸地图，环境依旧很美，只不过，90% 水域的地图会非常难打，尤其在野外游走期间，几乎都在水里游泳，这张地图的小怪也是远程法系的水怪，近战选手肯定会非常头疼。"

水战地图，对新队伍来说无疑是很难打的地图，因为很多招式在水中释放的效果跟陆地上释放不一样，而且，迷雾区全是水域，所有人在水中行动的速度都会变得迟缓，近战职业的发挥将受到极大的限制。

而弓箭手作为所有职业当中攻击距离最远的一个，Dream 的精灵弓手可以站在远处不停地射箭，用攻击距离的优势来压制对方——这张地图对 Dream 战队极为有利，对沧澜的召唤师李沧雨和剑客谢树荣却尤为不利。

如此具有"针对性"的选图，这位队长显然也在赛前下了一番苦功。

李沧雨看到这张地图，表情倒是非常平静。团战一开始，沧澜战队全体队员就刷新在地图右上角的东北区域，李沧雨立刻在语音频道下达指令："小顾、小寒和老章去西北区，阿树和小白继续在老家前面的野区刷怪，我去西南。"

这次依旧是兵分三路的模式，只不过换了一种搭配，李沧雨并没有带上任何伙伴，而是孤身一人上路。

解说间内，陈薇薇忍不住疑惑起来："猫神一个人去野区……这是想做什么？"

邵宇思索片刻，猜测道："难道他有信心 1V2 吗？"

陈薇薇有些担心："虽然猫神的个人实力很强，但是在水战图 1V2 是不现实的，万一他对上攻击距离很远的弓箭手，1V1 都很难……"

李沧雨这个大胆的决定确实让很多观众摸不着头脑。

更让大家提心吊胆的是，从上帝视角可以发现，Dream 战队的王牌选手——精灵弓手加白魔法师组合，也正好前往了右下角的东南区域，不出意外，他们很快就会相遇。

野区小怪准时刷新，李沧雨从自己所站的位置开始清理小怪，刚打死了四只拿到 200 金币，双方就在野区碰面。

由于水战图的远程小怪并不好对付，李沧雨刚才杀小怪时掉了 10% 左右的血，而 Dream 战队的两人却是满血状态——因为两人联手杀小怪比李沧雨一个人更快，也更安全。

这可是完全压倒性的优势。

让观众们意外的是，Dream 战队的弓箭手和白魔法师并没有出手杀猫神。

坐在台下的观众都急了，直播平台的评论更是刷了满屏——

"快上啊！""二打一，猫神还残血，绝对能杀掉！""快上快上，干掉那只老猫！""杀掉猫神多有成就感啊，怎么还不上？""他俩到底在犹豫什么？"

解说间内，陈薇薇也替他们着急。发现两人还没行动，陈薇薇忍不住道："猫神残血站在面前，Dream 战队的人却不去杀他，不会是上一局被打怕了吧？"

邵宇摇了摇头，分析道："我估计他们是在考虑猫神的身后是否有埋伏，毕竟猫神的战术诡变莫测，这在神迹联盟是出了名的。"

邵宇猜得没错，两人确实在犹豫，他们根本没想到猫神居然敢一个人在水战地图的野区转悠，还以为猫神大大咧咧地站在面前，身后肯定有队友在埋伏呢！

所以……Dream 战队的两人并没有贸然出手，而是先在猫神的左右两侧各自放了一盏照明灯，想看清楚他身后的情况，再做决定。

李沧雨却一直很淡定地杀小怪，仿佛面前的两位对手根本不存在。

Dream 战队的队长放好照明灯之后，发现猫神确实是孤身一人，这才大着胆子道："上！"

那白魔法师立刻读条控制技能，想把老猫定在水里，然而，李沧雨就像是早就料到了他会放封印一般，突然一个飞羽步瞬移，恰到好处地躲掉了这个控制。

弓箭手紧跟着一招"寒冰箭"射来，想将他冻在原地，再接一套爆发连击，然而，李沧雨偏偏用一个小距离的侧滑步，又一次巧妙地躲掉了弓箭手的控制技能！

眼看锐利的冰箭跟李沧雨惊险地擦身而过，陈薇薇不禁拍手赞道："这走位简直神了！"

邵宇也感叹道："不愧是猫神，这随机走位实在太帅，哪怕是对他最为不利的水战地图，他也能依靠风骚的走位技术连续躲掉对面的两招控制。"

“而且在躲避控制的同时，他还抽空丢了一个水球术，打死了不远处的一只小怪！”

“我们可以看到，猫神虽然被对面两人围攻，但是……他的个人经济却反超了？”

“没错，因为他自始至终一直在认真地打小怪，没有漏掉一只。”

“猫神连杀六只小怪，他现在手里已经捏着300金币，而Dream战队的两人为了杀他犹豫半天，每人只拿到100……”

“看来，猫神这样分路是胸有成竹啊！”

这时候，左上方的西北野区突然爆发了一波激烈的小团战，屏幕上连续刷出两条提示。

——［霜降］击杀了［Dream无极］，首杀！

——［霜降］击杀了［Dream北极熊］，双杀！

由于猫神上一场比赛的表现太过突出，导播一直把主屏幕的镜头放在猫神这边，没想到却是西北野区率先爆发战斗，而且是沧澜这边大胜。

导播立刻把镜头切了回去，回放了一下刚才的那一幕。

陈薇薇总算反应过来，满脸的佩服之色：“猫神突然换分路的战术非常有用。下路1V2，虽然看上去劣势，但他却依靠强悍的走位技巧躲掉了对面的连控；而上路，顾、章、肖三人组对上Dream战队的两人组，3V2相对好打，在顾思明拼尽全力把对面两人打残的情况下，肖寒利用章决明的辅助，用一次漂亮的绕背偷袭，连续拿下了两个人头。”

邵宇道：“Dream战队大概没想到猫神会突然改变分路，西北野区的两人太过大意，连送两个人头。而东南野区的两人却太过小心，到现在都没能杀掉猫神……”

陈薇薇笑着说：“这么看来，这张水战图对沧澜战队的负面影响，被猫神一个巧妙的分路战术成功化解掉了，肖寒现在两个人头在手，隐身偷袭的话会更不好对付！”

如两人分析的那样，李沧雨准确地抓住了Dream战队的队长小心谨慎的心理,他自己一个人大摇大摆地出现在东南野区,让对方有所顾忌不敢轻易动手,而西北野区三打二局面占优,肖寒很聪明地利用章叔的辅助连杀二人,成功确立了初期优势,接下来就好打多了。

李沧雨并没有急着还手,而是边打边撤,依旧把目标放在野怪上,能杀多少杀多少,杀了十个拿到 500 金币之后他就直接后退回城买戒指去了。

——打了半天,结果猫神淡定回城,Dream 战队的两人都想吐血。

更让他们胸闷的是,由于耗费太多时间去打猫神,他们漏掉了好多小怪,手里的钱可怜得连戒指都买不起。

沧澜战队前期略占优势,稳扎稳打,一直将这种优势保持到了最后。

肖寒在这局比赛的表现非常亮眼,两个人头在手的情况下,这家伙如鱼得水,躲在暗处各种偷袭,打得 Dream 战队烦不胜烦。

这一局 Dream 战队没有投降,连续投降两局会被网友们骂死,但他们打得确实相当憋屈,明明是有利于己方的水战地图,可结果却是自己人被控得各种走不动,就像被一团棉花缠住了脚踝一样,只能拖着他们走向慢性死亡。

最终,李沧雨在沧澜积累了足够经济基础的前提下,大家一拨正面开团,将 Dream 战队全体送回老家,然后,众人一鼓作气从东路杀过去,推倒防御塔,杀掉冰火凤凰,成功毁灭了终极 Boss——白水晶。

水晶爆裂的效果相当华丽,无数颗大小不一的碎片腾空飞起,在光线的照射下就像是一颗颗璀璨夺目的钻石。

伴随着水晶破裂的清脆声响,沧澜战队的屏幕上,终于弹出"胜利"的金色字样!

李沧雨微微笑了笑,伸手摘下耳麦。他没想到的是,他的这个笑容正好被导播的镜头特写放大,网络直播间里立刻产生了新一轮的暴动——

"猫神特写好帅,无死角帅哥!""以前怎么没发现他这么帅呢!""帅哥你还缺腿部挂件吗?""猫神厉害!""我们老猫又帅又爷们!"

由于沧澜连胜两局，常规赛也不用再打第三场决胜局，沧澜战队和Dream 战队的对决全部结束，比分最终确定为 10∶4——虽然初期两个小少年打擂台连输两局，被网友们狠批了一番，但李沧雨亲自坐镇的团战，却获得两连胜的佳绩，最终拿下 10 分。

隔音房内，李沧雨在裁判递来的表格上确认签名，接着便带队员们去对面的房间跟 Dream 战队的人握手。Dream 的队员们虽然被打得非常郁闷，但也不得不佩服猫神的个人实力和精巧的战术安排。

握完手回来后，李沧雨便招呼大家去吃饭。

第一场比赛 10∶4 的成绩还算不错，白轩提议去吃顿好的庆祝一下，李沧雨也有这个意思，很干脆地带着大家去当地一家比较出名的餐厅吃粤菜。

战队在外比赛期间坐的都是俱乐部安排的包车，卓航和黎小江坐在最后，李沧雨也没管他们，自顾自地打开微信跟人聊了起来。

"我们第一场打了个 10∶4。"这当然是发给凌雪枫的。

"我在看直播。"凌雪枫秒回了信息。

"不点评一下我的表现吗？"李沧雨继续问。

"很帅。"凌雪枫对求表扬的大猫十分无奈。

一向严肃的男人也说不出什么花言巧语，李沧雨不再为难他，接着问："对了，你知道卓航这个人吗？"

凌雪枫疑惑："沧澜的新人，玩精灵族猎人的那个？"

"嗯，你不认识他？"

"不认识。"

李沧雨回头看了卓航一眼，发现这家伙正在扭头看着窗外，他侧脸的轮廓带着少年特有的青涩帅气，微微扬起下巴的样子显得非常骄傲。

只不过，输掉比赛，他的眼神不再像往常那样明亮，反而有些黯淡。

——他会是谁家的孩子呢？

李沧雨回过头来，若有所思地摸了摸下巴。

众人来到餐厅，一边传阅菜单一边聊天，除了卓航和黎小江不太说话之外，其他人显得都很高兴。顾思明主动拍了拍卓航的肩膀，道："不要难过，虽然擂台输了，但我们团战连赢两局，拿了 10 分呢。"

小顾明显是好心想要安慰他，结果适得其反，听在卓航的耳里更像是讽刺。

卓航没回话，脸色苍白地扭过头去。

顾思明热脸贴了冷屁股，讪讪地挠了挠脑袋，又回头去安慰黎小江："小江，你也别往心里去，今天输掉擂台，也不是你一个人的责任啊！"

黎小江的脑袋垂得很低，几乎要垂到桌底下去，卓航的脸也更白了。

李沧雨有些无语，这个小顾也是够会添乱的！

还是肖寒比较省心，知道自己的中文水平不好，就不瞎说话，低头专心地看菜单。

白轩见卓航和黎小江脸色一个比一个难看，有些于心不忍，轻轻揉了揉黎小江的脑袋，微笑着说："不用介意，比赛有输有赢很正常，你们还是新人，第一场比赛发挥不好完全没有关系。我当年还是新人的时候，打比赛手指都在抖，加血根本加不上，后来不也慢慢地走过来了吗？以后的比赛还多着呢，你们会慢慢进步，不着急的。"

白副队的声音非常地温柔，就像柔软的羽毛一般轻轻扫过耳朵，黎小江听着他的安慰，心情这才稍微好受了些。

点的菜很快端了上来，摆了满满一桌，众人立刻开始动筷子抢吃的。

黎小江动作慢，总是抢不到，白轩体贴地给他夹了一小碗菜放在他面前，黎小江很感激地看了白副队一眼，默默地低头扒拉着面前小碗里的食物。

卓航则一直沉默不语，餐桌的转盘上有什么东西转到他面前，他就随便夹一筷子，好像在应付差使一般，明显心不在焉。

李沧雨主动举起水杯说道："比赛期间，全队禁酒，我们今天就以水代酒，为第一场比赛拿到的这 10 分，来干一杯。"

大家都站了起来，卓航和黎小江只好跟着站起来，举着水杯跟众人碰杯。

"干杯！"

"沧澜必胜！"顾思明激动地喊起了口号。

"以后还会有更多积分，咱们一口气拿下冠军。"章决明爽快地把杯子里的水一口气喝光，白轩忍不住道："老章你悠着点，又不是喝酒，没必要喝光吧？"

"我渴啊！"章决明道，"这要是白酒，我照样一口气喝光。"

章叔豪爽的笑声逗得大家都笑了起来——除了卓航和黎小江。

李沧雨在饭桌上不想训人，见两个小少年一直垂着头，忍不住道："小江，小卓，既然来吃饭，就好好吃，别在饭桌上想别的。这家店的白切鸡很出名，来尝尝吧。"他说着还主动给卓航夹过去一块鸡腿，卓航受宠若惊，赶忙端盘子去接，差点把盘子给打翻。

李沧雨笑着看了他一眼，心想：小子，吃饱一点，待会儿收拾你，你才有力气啊！

CHAPTER 11

卓航与黎小江

众人回到酒店后，李沧雨便说："小江，你来一下我的房间，卓航十分钟后再过来。"

黎小江垂着脑袋乖乖跟了过去，卓航的脸色也有些难看——猫神单独点名，这明显是要训人吧？

为了给猫神留出训人的时间，跟他一起住的章叔主动去肖寒和顾思明那屋玩儿电脑。

李沧雨刷卡开门，黎小江一走进屋里，就垂着头说："对，对不起，猫神，我今天没，没发挥好，我，我……"

李沧雨见他结结巴巴半天说不清楚，眼眶都微微红了，忍不住有些心疼这家伙，声音也不由温和了些："小江，我又没骂你，先别急着认错，过来坐吧。"

黎小江怔了怔，抬头看向猫神，发现队长脸上的表情并不可怕，反而带着一丝笑意，黎小江的心里不禁疑惑起来，乖乖走到沙发旁坐下。

李沧雨这才接着问："我安排你跟卓航一起打擂台，你有去跟他沟通怎么打吗？"

黎小江犹豫了片刻，说："我，我有去找他，但我不知道怎，怎么跟他讲。"

李沧雨目光一冷："他是不是没理你？"

黎小江垂下头。

一看这动作就知道，黎小江在赛前去找卓航沟通的时候肯定被骄傲的卓航给无视了。

可怜的小江，本来就很内向，又结结巴巴不太会说话，鼓起勇气去找卓航商量第二天比赛的配合，结果却被卓航冷淡地赶回来，黎小江当时心里肯定很难过吧。

李沧雨轻叹口气，说："你的做法是对的，沟通很重要，虽然你不太会说话，但你至少懂得跟队友好好沟通和配合，这一场比赛我也发现你很多次做出配合卓航的动作，但因为手速慢，没能跟得上他，这不是你的错，你尽力了。"

黎小江愣愣地看着队长，他完全没想到队长居然没骂他……

李沧雨接着说："这场比赛你打得很冷静，你会判断在什么时机出手最有优势，会认真地按照自己的节奏去控制和消耗对方，打不过，那是经验不足的问题，没必要自责，现在才刚刚开始，你要对自己多一些信心，千万不要质疑自己。我既然选择让你当我的队友，那就是肯定了你的实力。"

黎小江看着猫神，一双眼睛湿漉漉的，里面满是感激，就像是路边一直没人要的流浪猫终于被人捡回了家。

李沧雨被他看得心软，不由微微笑了笑，把他的头发轻轻理顺，接着说："以后我会多给你一些出战擂台的机会，可能还有很多次要跟卓航打双人配合。你得记住，相信自己的判断，按照自己的节奏打，不要想着去迁就卓航——你才是这套组合的核心，明白吗？"

黎小江用力点了点头："嗯，我明，明白了。"

李沧雨发现这孩子真的特别乖，又特别认真努力，只是，说话结巴的缺陷让他很难跟人沟通，大概是从小就缺乏自信的缘故，他总是习惯性地以别人为主导，自己当配角，这样就很容易在赛场上迷失方向。

黑魔法师是攻击性极强的法术职业，得让小江尽快建立起自信才行。

送走黎小江后，李沧雨倒了杯水坐在沙发上慢慢喝着，没过多久，就听到外面传来门铃声，开门一看，果然是卓航站在门口。

虽是同龄人，但卓航明显比黎小江要高大和健硕，少年的容貌十分帅气，尤其是笑起来的时候非常阳光，简直就是青春校园偶像剧里典型的小帅哥，可想而知，等他再长大几岁，容貌和身材完全长开，哪怕不当电竞选手，也会有别的出路。

长得高高帅帅，家里还有电竞圈里的大神，也难怪这家伙会有优越感。

他年纪小，性格还不够沉稳大气，自身条件又好，从小养尊处优，有优越感也很正常。

不过，李沧雨不会允许他把这种优越感带到比赛场上——不跟队友配合，甚至在心里嫌弃队友，这可是比赛时的大忌。

要是今天赢了擂台，他肯定会扑过来抱住李沧雨说"猫神我是不是很厉害啊"，可是今天输了，卓航显然高兴不起来，进屋之后就低下头，忐忑地叫道："猫神。"

李沧雨没让他坐，自己走回沙发坐下，一边喝水一边严肃地说："厉害的猎人，跟我说说你今天是怎么输的？"

卓航："……"

猫神那姿态真像是教训犯错小孩儿的家长，卓航突然有些怕他。

李沧雨见对方不说话，就接着道："好，那我们换一个话题——你家里的亲戚到底是谁？能让你有这么大的优越感，应该是神迹圈里比较出名的大神选手吧？"

卓航的脸上闪过一丝尴尬，道："猫神你就别问了……"

"怎么，怕丢人吗？"李沧雨压低了声音，"你要是没办法克服心理这关，我至少得知道你的亲戚到底是谁，好决定哪些比赛不能派你上场。"

卓航："……"

少年满脸的尴尬之色，似乎觉得很不好意思。

李沧雨接着说："神迹联盟的大神选手，十个指头数得过来，让我猜猜……你跟飞羽战队的队长苏广漠有关系吗？"

卓航垂着脑袋不说话。

李沧雨继续问："谭时天呢？"

卓航的脑袋垂得更低了。

李沧雨惊讶道："不会吧？苏广漠和谭时天你都认识？"

卓航："……"

李沧雨看他一脸恨不得钻进地缝里去的表情，不由笑了起来："那你还真是来头不小啊！"

说起卓航家里的亲戚关系，那可不是"复杂"两个字可以形容的。

卓航的祖父有两个妹妹，最小的妹妹比他小了将近二十岁，后来嫁到苏家生了独子苏广漠——从血缘关系上来讲，苏广漠的舅舅是卓航的爷爷，苏广漠算是卓航的亲表叔。

而谭时天则是母亲那边的亲戚，卓航妈妈也姓谭，谭时天是她堂弟，卓航跟谭时天的年纪差距不大，辈分依旧差了一辈——这么一算，谭时天又成了卓航的亲表舅。

卓航父母都是大家族出生，只有他一个独生子，卓航从小吃的、用的都是最好的，被父母捧在手心里长大，从来没受过任何委屈，这也养成了他优越感十足、自信心爆棚的性格。

卓老爷子虽然已经七十多岁，但老人家精神很好，身体强健，每年过年的时候大家都要去他家拜年，卓航跟苏广漠从小就十分熟悉，虽然辈分差了一辈，但两人年纪相仿，共同语言比较多，小时候一起堆积木、玩火车，长大了一起游泳打球，也算是青梅竹马。

苏广漠个性爽快，对辈分这回事也不怎么在意，他一直把这个小侄子当成弟弟看待，两人从小玩儿到大，关系不像叔侄，更像朋友。

而谭时天那边，卓航每回去外公家的时候也经常见到他。

谭时天脾气温和，为人风度翩翩，又很有幽默感，经常讲一些好玩的笑话，自己编故事编得比小说还有趣。小时候他经常说故事逗卓航玩儿，卓航跟这位舅舅的关系也特别亲。

说起来，苏广漠和谭时天其实在联盟之前就互相认识了。

四年前卓航的爸爸出差时意外车祸，做了手术后在家休养，亲戚们自然要前来探望，苏广漠和谭时天正好都在周末过来，在卓航家里碰了个正着。

苏谭两人间虽然没有任何血缘关系，但卓航是苏广漠的小侄子，又是谭时天的小外甥，在卓航的介绍之下，他们两人彼此也很快熟悉起来。

吃过晚饭后，卓航提议去打球，三个人到球场练手，苏广漠发现谭时天的球技还不错，便互相留了联系方式，以后有机会就约着一起打篮球。

那时候的苏广漠已经是飞羽战队的新秀，谭时天还没有出道，是网游里一个小菜鸟。

后来，谭时天对神迹产生浓厚的兴趣，水平也越来越高，他想去打职业联赛，就去询问了一下苏广漠神迹联盟的情况。

苏广漠当时已是飞羽战队的队长，但飞羽是以剑客为主力的近战阵容体系，谭时天的弓箭手加入飞羽战队没什么用处，时光战队却是远程为特色的打法，苏广漠就跟时光的老队长徐落私下推荐了谭时天，让谭时天直接去找徐队面试。

徐落很欣赏谭时天的天分和性格，对他重点培养。

第四赛季出道的谭时天顺利拿下了当年的最佳新人奖，并在徐落退役后的第五赛季担任时光战队的队长，成了神迹联盟新一代选手中最年轻的队长。

媒体一直不知道苏广漠和谭时天还有这层渊源，记者们所了解到的只是这两人一直在互相嫌弃，每次记者采访谭时天问他最讨厌的选手是谁，他都会笑着说："我最讨厌的当然是苏广漠，被剑客追着杀，实在太烦。"而记者问苏广漠的时候，苏队同样说："最讨厌弓箭手谭时天，远程手长，被放风筝太烦。"

仔细想来，如果不是他俩本来就很熟悉，是不可能公开说这种话来得罪对方的。

不久前，在世界嘉年华的篮球娱乐项目当中，苏广漠和谭时天配合得相当默契，拿下了一个小奖项，大家还以为那是因为他俩都会打篮球的缘故。完全不知道，苏广漠和谭时天那可是好几年的球友，两人就是跟卓航打球的时候认识的。

由于苏广漠和谭时天每次在一起的时候，除了打球之外还会聊起很多神迹联盟的事情，卓航刚开始听不懂，后来好奇就去网上查，知道这两人都是神迹职业选手，渐渐地，他在这两人的影响之下也爱上了神迹这款游戏。

他也确实有点儿天分，自己研究了一年，水平突飞猛进，在网游里鲜逢敌手。

卓航觉得，表叔和表舅都是神迹联盟响当当的大神，自己肯定也不会差，但他知道不论是苏广漠的飞羽战队还是谭时天的时光战队都不需要精灵族猎人，他想自己找个队伍，说不定将来有一天自己也能当上队长。

——带着这样的梦想和自信，他开始擦亮眼睛寻觅联盟能接纳他的战队。

那天，程唯转发了猫神战队要招人的微博，谭时天紧跟着转发，卓航是从谭时天的微博上看见这条消息的，然后他就毫不犹豫地跑来找猫神毛遂自荐，他的天分也确实得到了猫神的赏识，顺利加入沧澜，成了正式的职业选手。

只不过，他的优越感太强，尾巴翘得太高，第一场比赛就摔了个四脚朝天。

李沧雨刚开始根本没想过卓航跟谭时天和苏广漠有关系，他问了凌雪枫，凌雪枫说不认识卓航，所以他才问卓航认不认识苏广漠和谭时天——这完全是按照联盟高人气、高颜值选手的排行顺着问的。

结果卓航还真的认识！

如果不认识，他肯定会说出来，但他不仅没有反驳，反而在提到苏广漠、谭时天两人时垂着头不敢说话……这就很明显了。

见面前的少年脑袋越垂越低，却始终不吭声，李沧雨忍不住扬了扬眉，道："你不想说？要不要我现在就给苏广漠和谭时天打个电话确认一下？"

"别！"卓航立刻抬起头来，"别打电话。"

"那你说说，你跟他们到底是什么关系？"李沧雨对此非常好奇，怪不得卓航优越感这么强，家里有苏广漠和谭时天这样两尊大神，也难怪他会如此自信。

"呃……"卓航挠了挠头，小声道："苏广漠是我表叔，谭时天是我表舅。"

这听起来确实比较复杂，不过李沧雨也大概听懂了，苏广漠是卓航老爸那边的亲戚，谭时天是卓航老妈那边的亲戚，苏、谭两人本身没有血缘关系。

卓航的年纪并不比谭时天和苏广漠小多少，辈分却差了整整一辈……

看来，有资格竞争"神迹联盟最底层"的选手终于出现了——别的选手年纪差距不大，大部分多算弟弟辈的，卓航一出来，就是侄子、外甥辈的。

谭时天是卓航小舅，那么跟谭时天同辈的程唯都能当卓航的舅舅了！

李沧雨想到这里忍不住笑了起来，说："那你平时看见苏广漠会乖乖叫叔叔？看到谭时天也会乖乖叫舅舅吗？"

"嗯……"卓航红着耳朵垂下脑袋。

这也没办法。谁叫他生在这样的家里，亲戚家谱太复杂，他小时候背很久都背不会，舅舅叔叔姑姑姨妈经常分不清楚，总是把苏广漠叫成舅舅，把谭时天叫成叔叔，被长辈揍的次数可不少。

李沧雨站起来走到卓航的面前，看着他说："今天这场比赛，苏队和谭队肯定也看了，你信吗？"

卓航："……"

职业联盟的很多选手都在关注猫神回归的比赛，苏谭两位队长闲着无聊看乙级联赛也是很正常的事。想到这里，卓航的头垂得更低，几乎要哭出来了。

李沧雨好奇地问："你来沧澜战队的事没跟他们说吗？"

卓航一脸尴尬："没说。"

李沧雨笑道："那他俩现在应该很惊讶吧？"

话音刚落，卓航的手机就响了起来，来电显示是苏广漠的号码。

卓航神色别扭地接起电话，刚一接通，就听电话那边传来一个男人爽快的声音："小航，今天沧澜战队比赛时出战擂台，打得特别烂的那个精灵族猎人是不是你？"

打得特别烂的那个精灵族猎人……你说话可真直接！

卓航尴尬地看了李沧雨一眼。

苏广漠继续问："你小子怎么突然跑去沧澜战队了？"

卓航："……"

苏广漠皱眉："说话啊！"

卓航苦着脸说："我也想打职业联赛，就去试试……"

苏广漠恍然大悟："怪不得你春节在家的时候躲起来神神秘秘地发短信，我还以为你交了个小女朋友，结果是偷偷摸摸打比赛去了啊！你真能！"

卓航："……"

苏广漠："你这比赛打得我都不忍心看，简直是被对面完虐，你跑去猫神的战队确定不会被猫神赶出来吗？一个新人尾巴翘那么高，你也不怕一脚踩空摔成烂泥。我要是猫神，肯定让你跪一晚上键盘好好反省！"

卓航："……"

小小少年委屈地看了李沧雨一眼。

李沧雨听苏广漠在电话里训小侄子，听得真是心情愉快——看来，不需要他出马，苏广漠就要先骂一骂家里这熊孩子。

苏广漠在电话里毫不客气地说了一堆，好不容易挂掉电话，卓航手机又响了，这次的来电显示是谭时天。

卓航握着手机不知如何是好，李沧雨微笑着道："接吧。"

卓航只好硬着头皮接了电话。

耳边很快传来一个温和的声音，带着一丝笑意："小航，你怎么在沧澜战队啊？"

谭时天今天有事出去，并没有看沧澜战队和Dream战队比赛的直播。

晚上回来之后，他被程唯拉过去又看了沧澜这场比赛的回放，程唯一直在夸猫神好帅、猫神好酷，谭时天的目光却盯住了隔音房里那个一脸傲气的少年。

——这不是卓航吗？他怎么出现在沧澜战队？

满脑袋问号的谭时天当下就打了电话给小外甥，疑惑地道："之前你也没跟我提过你想当职业选手，怎么突然投奔猫神，跑到沧澜去？"

卓航尴尬地说："我平时经常看你们打比赛，自己也想试试。"

"职业联赛可没你想的那么简单，你现在的水平，跟真正优秀的职业选手相比，还差得有些远。"谭时天顿了顿，微笑着说，"我也不是反对你来打比赛，但你要认清楚自己的实力，别骄傲过头。我看了你今天打擂台，表现得不太好，还要多练练。"

"嗯……"

"猫神是个好队长，你跟着他，一定要认真学。"谭时天柔声说道，"沧澜战队很多选手都比你优秀，你是新人，态度放谦虚一点，平时跟我一起玩儿神迹的时候，你出错我也不怎么说你，因为你是我的亲人，不是我的队员。但战队不一样，既然当了职业选手，比赛就要认真打，好好跟队友们配合，尽快融入到团队当中，明白吗？"

谭时天是神迹联盟最年轻也最温和的队长，哪怕平时在战队教训队员的时候，他也是这种温和亲切的语气，晓之以理、动之以情，所以他虽然年轻，但队员们对他却心服口服。

程唯在旁边听他打电话，忍不住好奇道："那个卓航你认识啊？"

谭时天微笑着解释："是我外甥。"

程唯愣了愣，立刻兴奋地道："啊？那我跟你同辈，他就是我的小辈了吧，哈哈哈，我的辈分也要升级了啊！"看着他一脸开心的样子，谭时天不由轻笑着揉了揉程唯的头："嗯，你升级当长辈了。"。

卓航被小舅的一番话说得面红耳赤，垂下头不知道怎么回答。

谭时天突然问道："猫神有没有骂你？"

卓航抬头看了李沧雨一眼，心想："他还没骂，你跟苏广漠就轮番打电话骂！"

谭时天听电话那边没有回复，立刻猜道："猫神是不是就在你旁边呢？"

卓航小声说："嗯……"

谭时天："你把电话给他。"

卓航把手机递给了李沧雨，李沧雨接过来道："谭队找我？"

谭时天轻笑着说："我家小航不太懂事，给猫神添麻烦了。"

李沧雨道："好说好说。"

谭时天道："这孩子本性不坏，就是太傲慢了些，独生子，从小被家里人给惯的，他现在也快成年了，猫神不要跟他客气，好好调教一下他。"

李沧雨看了卓航一眼，微笑着说："那是当然，交给我吧。"

话音刚落，耳边又响起程唯激动的声音，显然是电话被抢了过去："猫神猫神，今天的比赛表现得真是一如既往的帅啊！超神太帅了！你们赶紧打完乙级联赛回来吧，甲级联赛 5 月份才开始，好想在赛场见到你！"

"嗯，我会的。"

挂掉电话后，李沧雨便把手机递回给卓航，顺手拍了拍少年的肩膀，说："苏队和谭队电话说完，接下来该轮到我了吧？"

卓航可以想象，以后每次他发挥失误，苏广漠会骂他，谭时天会说他，猫神更会训他，优越感什么的其实都是错觉吧？

他才是真正的"神迹联盟最底层"选手。

别人犯错只会被一个队长骂，他犯错……会被三个队长骂……

李沧雨语重心长地道："小卓，你的天分确实不差，但神迹联盟像你这样有天分的选手并不少，能混出头的却不多，你知道为什么吗？"

卓航愣了愣，抬起头来看着李沧雨，试探性地问道："是……机遇问题吗？"

"机遇是很重要的因素，但能不能出头关键还是靠自己。很多有天分的选手在新人时期经历过几次挫折后，心理遭受严重打击，从此一蹶不振。还有很多有天分的选手由于前面走得太顺利，一路高歌猛进，最后却跌得头破血流，再也爬不起来……

李沧雨顿了顿，目光温和地看着面前的少年："小卓，你把联赛想得太简单了。像我这样，出道多年一次奖杯都没拿过的选手其实很多，像老章那样心怀梦想最终却遗憾离开的选手更多，能混出头的选手，其实只占极少的比例。

"职业联盟是个很残酷的地方，每一个能成神的人都要付出比别人更多的努力，你别看你的表叔苏广漠和表舅谭时天现在人气这么高，被无数粉丝追捧，他们当初在新人时期也经历过很多挫折和磨炼。

"你现在还是新人，姿态不能放得太高，一步一步往上爬你的根基才会更稳。如果一开始就因为自己认识几个大神而自我膨胀，你的结局会怎么样，不用我多说。

"今天这场比赛输掉的关键在你而不在小江。你该知道，小江是个内向、羞涩的人，不太会表达自己，但他很多次尝试着跟你配合，而你，自始至终从来没管过他在干什么。这场双人擂台打得跟单人擂台一样，完全失去了'组合'的意义。

"你记得当时世界嘉年华上中美的那场对决吗？凌雪枫、苏广漠和楚彦，如果单独跟美国队的三位攻击手1V1是必输的，但最后他们赢了，靠的就是合作的力量。你跟黎小江单独去打那些老选手肯定打不过，但你们组合在一起，1+1却是可以大于2的。

"擂台连输两场几乎被虐杀，根本原因还是你看不起黎小江，觉得他会拖你的后腿，不想跟他配合，这样的潜意识在赛场上是致命的。要让队友帮助你，你必须先相信队友。小卓，连我都没有看不起黎小江，你为什么要对他有偏见呢？"

卓航怔怔地看着李沧雨，半晌后，垂下脑袋，眼眶微微红了起来。

队长的这些话，他一句都没办法反驳，他只觉得羞愧，羞愧得无地自容。

——他有什么资格自信心膨胀，甚至看不起别人？连猫神这样世界级的选手都能静下心来跟他们这四个新人好好地配合，他卓航凭什么就要在战队高人一等？

黎小江确实性格内向，说话不利索，结结巴巴的，但那不是他的错，他天生就是这样的,他在比赛场上慢慢吞吞,那也是他的风格……

既然猫神让他们两人形成快慢组合去打擂台,自己应该做的是寻找这种组合的优势,想方设法利用组合的力量去击败对手,而不是质疑黎小江会不会拖自己的后腿,甚至根本不管黎小江的死活,自己一个人去打。

今天的这场比赛,在很多大神的眼里,估计是一场连网游竞技场对决都不如的闹剧。

怪不得苏广漠会打电话骂他,谭时天也委婉地跟他讲新人要谦虚一些、多多学习,显然,那两人看出了他骄傲的毛病,想及时把他敲醒。

苏广漠、谭时天这些大神都不会目中无人,他卓航不过是个刚出道的新人,居然昏了头看不起自己的队友,不顾队友配合,自己打自己的,这真是闹了个天大的笑话!

想到这里,卓航用力地攥紧拳头,道:"对不起,我错了……"

少年的声音很小,就跟蚊子似的。他从小到大估计还没这样跟人低头认过错,这次认错显然是真心的,李沧雨也不想再逼他。

要让一个从小骄傲惯了的家伙放下架子,可不是一朝一夕的事,逼急了说不定会适得其反。想到这里,李沧雨便轻轻拍拍卓航的肩,语气也不由温和了些:"没关系,我们还有很多时间,以后可以慢慢调整,慢慢进步。"

卓航认真地点了点头:"嗯。"

李沧雨顿了顿,又问:"你对黎小江是不是有点儿意见?"

卓航垂着头说:"没有。"

李沧雨在心里轻叹口气,说道:"小江从小成长的环境跟你不一样,他的父母都是没什么文化的人,小时候在乡下长大也没见过多少世面,他可不像你,从小吃穿用度都是最好的。虽然你们差距很大,但既然成了队友,我还是希望你们能好好相处。"

卓航沉默了片刻,才说:"我……我会的。"

"回头你跟小顾换一下房间,以后顾思明跟肖寒住,你跟黎小江住一间房,外出比赛期间都这么安排。"

卓航一脸震惊："啊？我跟他住一间？"

李沧雨严肃地说："刚刚还保证要好好相处，这就反悔了？"

卓航尴尬道："可是……我跟黎小江没有共同语言。"

李沧雨微笑道："那就从互相了解，寻找共同语言开始。"

见猫神心意已决，卓航只好挠了挠头："哦……好吧。"

看着他一脸不情愿的样子，李沧雨心里不禁好笑。让自信心爆棚的卓航和最没自信的黎小江住到一起去，久而久之，说不定他们两个会互相影响，心态变得更加稳定。

——这真是个绝妙的主意，李沧雨心情愉快地想。

沧澜战队第一场对阵 Dream 战队，最终打出了 10∶4 的比分，这个成绩很快就成了各大电竞网站的热门新闻，显然，有很多媒体记者都在关注猫神新战队的动向，猫神团战发挥出色自然广受好评，而擂台阶段发挥失常的卓航和黎小江也遭到不少网友们的质疑。

有很多电竞记者想约李沧雨进行采访，乙级联赛并没有甲级联赛那样必须出席赛后采访的规定，由于赛程安排紧密，愿不愿意接受采访都由选手们自己决定，李沧雨暂时不想让媒体的舆论影响到几个少年的状态，便婉拒了所有的采访邀请。

当晚训完卓航之后，看时间还早，李沧雨便召集队员们在房间里开了个小会，简单总结了一下今天比赛的表现，对团战时发挥出色的肖寒提出特别表扬。

"今天的分路战术成效非常显著，这是我们一次大胆的尝试，以后还会有更多战术变化，大家只要跟上指挥，默契配合，我相信新的赛制也难不倒我们。"李沧雨自信地说。

白轩微笑道："这么看来新赛制其实也并不复杂，只是'田'字形的地图划分出来了四个野区，分组的方式会比老赛制更加多变。而且，击杀对手一人会给 500 金币，相当于打了十只小怪，杀人拿钱的方法比刷小怪更加快捷。"

谢树荣立刻表示赞同："白副队说得对！"

白轩说："以后在团战阶段，能杀人的话尽量杀人，遇不到对手的时候就专心刷怪，新的赛制是把'经济战'作为核心，有钱一切好说，没钱就等着被虐。"

谢树荣继续点头："白副队说得很对！"

白轩忍不住回头看他："这么用力拍我马屁，你又饿了是吧？"

谢树荣厚着脸皮凑了过来："我想吃白副队做的排骨，我们什么时候回去啊？"

白轩翻了个白眼，说："按照这样的赛程安排，下周才有时间回一次战队。"

李沧雨说道："下周还有两场比赛要打，周五我们集体回一趟战队吧，大家多拿些换洗衣服，以后就尽量少回，毕竟来回跑也很消耗精力。"

章决明说："就是啊，干脆一直待到乙级联赛打完再回去，反正酒店费用联盟全部报销，我真的很讨厌来回坐高铁。"

这个提议也得到了众人的赞同。

李沧雨接着说："新赛制的团战模式，经过今天的比赛相信大家都清楚了，乙级联赛的队伍水平并不是很强，但我们也不能大意，常规赛阶段，是按总积分来排名的，每一场比赛不管擂台还是团战，都尽量多拿分，保证最后顺利出线。"

众人都认真地点头。

"擂台的话，常规赛阶段我会让新老选手交替出场，给新人们更多学习实践的机会。下一场比赛，阿树跟小江组合上擂台，卓航你先不用上场，阿树会给你打一次示范赛，你要好好看，认真学。再下一场，你继续跟黎小江配合上擂台，明白了吗？"

李沧雨这种让新人配合一次、再让老选手带一次的方式，确实能让新人学到更多的东西，否则一直让新人自己闷头打，很容易钻进死胡同走不出来。

卓航点头说道："明白！"

黎小江也说："明，明白。"

李沧雨说："还有件事，待会儿散会后卓航和顾思明换一下宿舍，以后，小卓和小江一起住，小顾和小寒一起住。你们四个年纪差不多，有什么话可以说开，不要闷在心里。希望你们四个能好好相处，平时互相多些了解，在赛场上才能互相信任。"

四个少年都乖乖点头："知道！"

李沧雨这才满意地笑了笑，说："好了，都回去休息吧。"

回到宿舍后，肖寒便躺在床上抱着笔记本看起了电视剧。

他在美国生活很多年，很久没看过中文电视剧，十分好奇，前段时间刚看完八十多集的《三国演义》，最近又开始看《水浒传》，他一脸"研究学术报告"一样认真的表情看古装电视剧，让卓航觉得特别奇怪。

卓航走到床边站了一会儿，肖寒这才抬起头来看了他一眼，然后又继续低头研究电视剧，把卓航当空气。

卓航有些纳闷："你怎么不问我，猫神刚才私下叫我过去到底说了些什么？"

肖寒瞄了他一眼，淡定地说："猫神肯定骂了你一顿吧？既然他已经骂过你了，我不想再提这件事让你伤心。秦陌说，这叫伤口上撒糖。"

卓航胸闷："是撒盐……撒盐！"

肖寒若有所思："伤口上撒糖不是一个道理吗？撒糖也会疼吧？"

卓航诚心建议道："你应该去补习一下语文。"

然后他就转身回到自己的床边，郁闷地收拾起了行李。

这次过来，除了周末偶尔回战队之外，大部分时间要待在这里连续打比赛，因此，卓航带的行李非常多，光是换洗衣服就满满一箱，还有一台单反相机、玩游戏用的 iPad、笔记本电脑、雨伞……

虽然性格傲慢了些，但卓航在生活方面还是挺细心的，这也是因为他有一个常年在外出差的老爸和神经大条很不靠谱的老妈，小时候没少吃亏，长大了也就慢慢学会该怎么照顾自己，他的行李箱里像创可贴、感冒药之类的日常用品非常齐全。

肖寒正看电视，余光扫到他在收拾行李，忍不住道："我虽然语文不好，但我说的大部分意思你能听懂，对吧？我觉得，在伤口上撒盐和撒糖都会造成伤口的疼痛、发炎、感染，这应该是一个原理，为什么中文里非要说撒盐呢？"

卓航："……"

救命，战队里的这群同龄人有没有一个稍微正常的？！

肖寒的脑回路跟大家区别好大，真不知道他顶着一颗金色的脑袋整天在想些什么！

隔壁，顾思明正跟黎小江依依不舍地告别："小江，不知道猫神为什么要让你跟卓航一起住。这样吧，你要是不想跟卓航说话，以后就到隔壁来找我和肖寒聊天。"

黎小江知道，顾思明是真的很关心他。

战队其他三个同龄人中，卓航虽然整天带着微笑，看起来阳光帅气，但他其实非常傲慢，很难接近，那种微笑也不过是拒人千里之外的客气。肖寒的脑回路跟大家不太一样，说话用词有时候奇奇怪怪的。只有顾思明，很热心、很真诚地关心着他。

黎小江虽然是个慢性子，但他不笨，他能感受得到别人对他的态度。想着要跟顾思明分开，黎小江的心里也有些难过，不禁垂下头说："我，我知道，我会去隔壁找，找你们的。"

顾思明刚才收拾行李的时候没关门，卓航走到门口，正好把这些对话听到了耳里，心里不禁有些郁闷——黎小江他居然敢嫌弃我？！跟顾思明在这里依依不舍是怎么回事？

他忍耐着烦闷的心情敲了敲门，顾思明回头打开门，看了他一眼，道："既然是猫神的安排，我就不多说什么了，你以后别欺负小江！"

所以，在其他人的眼里，他卓航就是个会欺负黎小江的十恶不赦的大浑蛋吗？

往屋内一看，正好对上黎小江湿漉漉的黑眼睛，结果，后者一对上他的目光，就像是害怕一般立刻移开了视线，还缩了缩脖子，往后退了一步。

被当成坏人的卓航："……"

顾思明不太情愿地拖着行李出来，走了一步又不忘回头叮嘱他："不许欺负小江，听见没有？"

卓航翻了个白眼，道："真啰唆，快去睡你的觉吧！"

他把顾思明赶去隔壁房间，然后就把行李拉进了屋里，顺手反锁上房门。

抬头一看，发现黎小江一直垂着脑袋不说话，双手紧紧地攥着，一副如临大敌、即将进入战斗状态的模样。

卓航终于忍无可忍，上前一步说道："你这么怕我干什么啊？我又不是吃人的野兽！"

黎小江的脸微微红了，说："我，我不是怕你，我，我……我是有些紧，紧张。"

紧张？卓航怔了怔，皱眉问道："你干吗紧张？我就那么不好相处吗？"

黎小江沉默了片刻，才小声说道："我，我以为你很讨厌我……"

卓航确实不喜欢黎小江这慢吞吞的性格，毕竟他家大部分人都是做事爽快、雷厉风行的个性，黎小江做什么事都慢半拍不说，说话也吞吞吐吐，别人五秒钟能说完的事情他要纠结半分钟，结结巴巴说不利索，卓航真恨不得伸手进去把他的舌头给撸直了。

不过，看他像是被欺负的小流浪猫一样，缩着脑袋可怜巴巴的模样，卓航又觉得心里很是别扭——好像自己成了欺凌弱小的恶霸！

尴尬地咳嗽了一声，想起猫神"好好相处"的交代，卓航只好硬着头皮走到他的面前，微笑着说："我没有讨厌你啊，只是因为跟你不熟，没太多共同语言而已，你别想太多了，以后我们可以慢慢熟悉。"

黎小江听到这话，惊讶地抬起头来："是，是吗？你不，不讨厌我啊？"

那双乌黑清澈的眼眸就像是一对上好的黑宝石，看得卓航一阵心虚。

仔细观察才发现，其实黎小江长了一张很讨人喜爱的脸，他的个子比较小，快成年了目前还不到一米七，在沧澜战队是最矮的一个；脸也长得很小，一双手就可以捧起来；身材更是非常清瘦，细胳膊细腿也没多少肌肉。

——所以，自己为什么要跟这样一个弱小的家伙较劲呢？

见黎小江还在认真地看着自己，卓航不由尴尬地移开了视线，说道："咳咳，反正猫神安排我们当舍友，以后就……互相关照吧。"

黎小江开心起来："嗯，嗯！"

其实黎小江是个很单纯、也很容易满足的人。

能成为沧澜战队的职业选手，对他来说已经是莫大的幸运，他说话结巴的毛病从小就有，也经常遭受别人的冷遇，他已习惯了这种待遇，所以即便卓航讨厌他，他也不觉得卓航有错，只是被人讨厌心里总会有点儿难过。

如今，卓航当面说并不讨厌他，只是不熟悉才不常跟他说话，黎小江的心情立刻高兴起来，转身去翻开自己的行李箱，拿出一包保存完好的鸭脖，说道："这，这个给你吃吧，你是不是很爱，爱吃啊？"

卓航并不爱吃鸭脖这种零食，当时黎小江带了一堆特产来到战队的时候，他随手拿了一包，回去只吃了一半就丢给了顾思明。

不过此时，对上黎小江带着笑的眼睛，卓航实在不忍心说出拒绝的话，只好伸手接过来，微笑着说："谢了，挺好吃的。"

见他在笑，黎小江也开心得笑了起来："是吧？我，我也觉得很好吃。"

卓航暂时不想跟黎小江多聊，便说："你先去洗澡吧，我收拾一下行李。"

"嗯！"黎小江跑去浴室洗澡，卓航把带过来的行李箱打开，翻出明天要穿的衣服，然后拿着 iPad 躺在床上玩儿游戏。

刚玩儿了五分钟，黎小江就快速地出来了，卓航有些惊讶："你洗完了？"

黎小江的脸被热气蒸得红扑扑的，一边擦头发一边说："嗯，我洗、洗澡很快的。"

卓航忍着笑说："你不是慢性子吗？怎么洗澡突然变快了？"

黎小江认真地说："反正身上不，不脏，随便冲，冲一下就好，不，不能浪费水。"

卓航："……"

呃，这就是猫神所说的生活环境的差异吧？

卓航小时候经常在浴缸里放满水泡澡，一泡就是半个小时，泡完了还要冲一遍，节约用水这种观念他父母根本没跟他提过。

可黎小江不一样，他从小就生活节俭，让他开着淋浴喷头洗半个小时的澡他也不习惯。

卓航想着想着，心里更别扭了，他从小就是这么长大的，一直没觉得自己有错，可是跟黎小江一对比，怎么自己好像突然变成了罪人呢？就连洗澡时间长这种以前根本不会察觉到的问题，现在也突然莫名其妙地产生了一种负罪感……

卓航胡思乱想的时候，黎小江已经裹着大大的睡衣走了过来，他个子小，酒店里的睡衣他穿着都能到脚踝，看上去就像是一个可爱的白色小粽子。

不过，他爬上床的时候，睡衣下摆开了一条缝，然后，卓航就看到了他的内裤。

卡通四角小短裤，上面还印了只机器猫。

卓航："……"

居然穿这种卡通机器猫短裤，黎小江你的审美是被狗吃了吗？

卓航也是个心直口快的人，忍不住提醒道："你怎么还穿这种小孩子的内裤？十八岁已经算成年人了，换纯色的更好，我觉得白色比较适合你。"

黎小江愣了愣，低头看了眼自己的卡通内裤，脸颊微微红了，说："我，我没有带白色的……只带了三条换着穿……"

卓航问："另外两条呢？"

黎小江指了指衣柜，卓航打开一看，发现里面晾了两条洗干净的内裤，只是那图案、那形状，顿时把他雷得外焦里嫩——依旧是卡通四角小短裤，印着各种卡通人物，别人看到了还以为这是小学生穿的。

卓航决定拯救一下黎小江的审美，不然这家伙以后肯定娶不到老婆。

他回头翻出一包没穿过的崭新的内裤，挑了条白色的递给黎小江。

反正都是男生，又是同龄人，卓航觉得讨论这种问题并没有什么不对。

黎小江性格腼腆，耳朵都红了，拿过卓航给的那条白色小内裤，黎小江只觉得如同拿了个烫手山芋。

卓航却一时性起，凑过来说："这个是我新买的，从来没穿过，商标都没剪呢。穿着肯定比你那种四角裤舒服，这条白色的送你吧，你拿去试试。"

黎小江点了点头，在被窝里默默地换上。

卓航问："怎么样？舒服多了吧？"

黎小江沉默片刻，才红着脸点头。

看着黎小江红透的脸，卓航终于反应过来——为什么要用这个话题来作为互相熟悉的开始？说什么不好，跟他说了大半天的内裤？

卓航恨不得抽自己一巴掌，立刻转移话题道："你平时几点睡？"

黎小江道："十，十一点。"

卓航说："还有一个多小时呢，玩游戏吗？"

黎小江问："神迹？"

"天天玩神迹你不腻味啊，我是说手游，来给你推荐一个好玩的，还能练练反应能力。"卓航说着拿过自己的 iPad，打开了一个枪战游戏，坐在黎小江的床边给他示范，"左边是瞄准器，右边这个是射击按键，下面这个键按一下就能装满子弹，这里的上下左右是前进方向，这个是下蹲……躲过对面的子弹，打死对面的人就算赢了。"

黎小江一脸好奇地凑了过来，认真点头："哦。"

卓航随手开了一局，随着"砰砰"的枪声响起，连续几个对手被他一枪射穿脑袋，屏幕上弹出"恭喜过关"的提示，卓航把 iPad 递给黎小江，说："你来试试。"

黎小江这还是第一次玩 iPad，脸上的表情非常兴奋，抱着卓航的 iPad

试着射击，结果自己刚爬起来就被对面给射死了。

"我，我不太会玩。"黎小江红着脸把iPad递回给卓航。

卓航笑道："没关系，试几次就会了，再试试吧。"

"哦。"黎小江把iPad拿了回去，按了开始。这一局好了很多，黎小江躲在障碍后面慢吞吞地瞄准，然后起身一枪射过去，那人果然应声而倒，黎小江继续猫着腰躲在障碍后面，就这么慢吞吞地玩了十分钟，终于把这一关给过了。

"过关了！"黎小江一脸喜悦之色，眼睛亮晶晶的。

卓航看他这么好哄，嘴角也忍不住扬起了一丝微笑的弧度。

如果不去介意黎小江的慢性子的话，这家伙其实还挺好相处，心思特别单纯，也确实没见过什么大世面，你对他好一分，他就能对你好十分。

他很像那种容易满足的流浪猫，只要给他一点吃的，他就能死心塌地跟着你走。

见黎小江认真地抱着iPad玩起了游戏，卓航越看越觉得这家伙可爱，以前自己为什么会讨厌他呢？其实是因为骄傲感在作祟，觉得他慢慢吞吞会拖自己的后腿吧……其实，黎小江是个很努力的人。光看他打这个射击游戏就知道，他做什么事情都特别认真。

自己玩儿这种iPad游戏的时候输了就输了，随手瞎玩。但黎小江却跟打比赛一样全神贯注，每一次瞄准、射击都考虑得非常周到，所以他每次都能做到一击毙命。虽然他过一关所消耗的时间比自己要长很多，可他这股认真劲儿，却是自己很难比得上的。

卓航终于明白猫神为什么要让他跟黎小江住在一起——因为黎小江的身上，确实有他没有的优点，尤其是耐心和认真，恰恰是他最欠缺的东西。

虽然跟黎小江主动交流会非常别扭，但苏广漠、谭时天还有李沧雨三个大神都在盯着自己，一旦犯错，要被三个队长轮流骂……

卓航不得不服从猫神的安排，慢慢适应战队的环境。

从现在开始，他必须试着接受黎小江的存在。

按照猫神的说法，下回比赛的擂台，谢树荣先带着黎小江打一次示范赛，再下一局，又要派自己和黎小江组合上阵……

卓航目前对如何跟黎小江配合还是毫无头绪，但他会静下心来慢慢学习。至少，下一次比赛，可不能再被三位队长轮番骂了，哪怕是输，他也要打出自己的水平，不至于像第一次那样输得如此丢人。

沉默片刻后，卓航终于想明白，微微笑了笑，回头跟黎小江说："小江，以前可能我们之间有些误会，从今天开始，我们做朋友吧？"

黎小江放下 iPad，受宠若惊地抬头看着卓航。

卓航对上他小动物受惊一样的眼睛，忍不住伸手摸了摸他的脑袋，笑着说："不用这么怕我吧？瞧你这一惊一乍的。"

黎小江红着脸说："我，我只是有些意，意外……"他知道卓航家里条件很好，有好几个大神亲戚，还以为卓航会看不起他，没想到卓航今天一反常态，居然主动说要跟他做朋友？

见黎小江还在疑惑，卓航干脆地伸出手，抓住黎小江的手轻轻地握了握，微笑着说："就这么决定了！"

黎小江："……"

次日下午，沧澜战队又被安排了一场比赛，对手是乙级联赛当中的一支实力比较弱的队伍，名字叫刀锋战队，队伍的特色跟它的队名一样，是以近战选手为主力的菜刀式打法。

擂台阶段已经决定派谢树荣和黎小江出场，团战阶段，李沧雨想继续沿用上一局的阵容，卓航今天不需要出场，李沧雨想让他静下心来好好学习，卓航对此自然不敢有任何意见。

下午三点，沧澜战队的众人赶到会场，一起进入选手隔音室，开始准备接下来的比赛。

直播解说陈薇薇回头问自己的搭档："邵宇，你觉得这场比赛的比分会是几比几呢？"

邵宇猜测道："我估计是 14：0。"

陈薇薇故作惊讶："你的意思是，这一场比赛会打成碾压局？"

邵宇微笑着说："沧澜的团战如果是猫神亲自坐镇的话，肯定会打出两连胜的结果。擂台如果有阿树或者猫神亲自上阵，也很容易赢……而且，刀锋战队在乙级联赛当中确实是实力偏弱的队伍，感觉他们遇上猫神，翻盘的希望不大。"

其实陈薇薇也是这么想的，自从看完上一局的比赛之后她对猫神的个人实力相当佩服，总觉得猫神打乙级联赛太过屈才，他应该赶紧打完乙级联赛去跟国内的豪门强队对决才是。

估计很多选手心里也清楚，猫神将是这一届乙级联赛的终极 Boss。

两人随意地聊了两分钟，现场比赛终于开始了。

双方大屏幕上同时打出擂台赛的选手名单，沧澜这边是剑客和黑魔法师的组合。

陈薇薇惊讶地道："沧澜这次派出了阿树和黎小江，黎小江已经连续出战两次擂台，看来，猫神对黎小江这位选手非常重视啊！"

邵宇点了点头："黎小江确实很有特色，他那种慢慢吞吞的打法，在神迹联盟真不多见，猫神大概是想好好培养一下他。"

陈薇薇道："刀锋战队出战擂台的是两位狂战士，狂战士的攻击力十分强悍，尤其是打在法术系脆皮远程的身上，斧头砍人会非常痛，就看黎小江能不能控制住节奏了。"

"嗯，比赛很快就要开始，我们先来看一下第一局沧澜战队的选图。"

李沧雨依旧选择了昨天用过的地图"魔境森林"，因为他想让卓航看看，这种有利于小江的森林障碍地图应该怎么打。

卓航明白队长的良苦用心，立刻抬起头，聚精会神地盯着直播屏幕。

比赛现场，双方四位选手同时刷新在地图的两个角落。

谢树荣并没有急着往前冲，而是跟在黎小江的身旁，就像是一位贴身的保镖一样，两人一起来到地图的中间，正好看到对方的狂战士赶了过来。

　　刀锋战队的两人很清楚黎小江的水平比较弱，阿树的大名他们也听过，三剑客之一，却是不输于他师兄苏广漠的剑客高手。

　　柿子要挑软的捏，双方一碰面，两人就很有默契地直接朝黎小江扑了过来。

　　黎小江是个远程法师，被狂战士的斧头连续砍几下，估计就要交代在这里了……

　　台下的卓航紧张地睁大了眼睛。

　　而谢树荣的处理方法却让他眼前一亮——只见屏幕中的人族剑客突然一个闪身挡在了黎小江的身前，手中利剑往前直直刺过去，雪白的剑光准确地划过对方的胸口，正是剑客最常用的一招控制技能——锁魂！

　　被锁魂命中的人会被定身在原地，而黎小江趁着这点时间，立刻绕路后退，躲到一棵大树的后面，手中咒杖高高扬起，开始读条黑魔法技能，目标对准的正是被阿树的锁魂控制住的那位狂战士。

　　——死亡咒术、地狱烈焰！

　　他读条的速度很慢，对手被控的这点时间内，他只能读出这两个技能。而且，"死亡咒术"只是一种增加黑魔法伤害的状态，并不能算是攻击技能。

　　然而，在死亡咒术的加成之下，地狱烈焰造成的伤害却相当客观。

　　哪怕皮糙肉厚的狂战士，都被一下子打掉了20%的血。

　　狂战士定身效果结束，立刻挥舞着手中的斧头冲向黎小江，但黎小江并没有后退，而是站在原地继续读条下一个技能。

　　——他之所以不退，是因为他的身前有攻击速度极快的谢树荣在保护着他。

　　谢树荣毫不客气地开了一招"光影回转"，用凌厉的剑光阻挡住对方两位狂战士前进的脚步，黎小江慢吞吞地读条又一次打中了，这回他用的技能是暗影缠绕。

　　这个技能是黑魔法师比较强的群体负面状态攻击手段，在"死亡咒术"存在的前提下，"暗影缠绕"会造成对手每秒钟掉血3%，持续10秒共计掉血30%。

虽然读条时间很长，但这个技能的优势在于释放范围比较广，对方跑动的过程中也不至于打歪，而是一旦命中，就是持续掉血掉30%，几乎等同于一个终极大招的伤害。

没有治疗帮忙解除负面状态，对面的狂战士只能郁闷地顶着负面状态继续追击黎小江。

然而，让他们意外的是，黎小江的动作虽然慢吞吞的，但谢树荣却极快！

人族剑客在面前不断地释放各种技能，干扰两个人的走位，虽然他用的攻击技能并不多，可缭乱的剑影却给他们的追击制造了极大的麻烦。

两人还没追上黎小江，就被黎小江的黑魔法命中，血量哗哗直掉。

好不容易追上了，谢树荣却一招突进抛锁魂，又把自己给定住，黎小江跑远之后继续放黑魔法技能，这样一人保护、一人主力输出的组合，看上去很疲软，可真的配合好的话，威力却相当可怕。

坐在台下的卓航越看越是心惊，直到大屏幕上弹出一条提示。

——〔蜗牛慢慢爬〕击杀了〔我本狂人〕！

卓航心里的震撼简直无法形容。

原来，黎小江在赛场上也能有这么亮眼的表现。

关键还是谢树荣配合得好，阿树的剑客几乎把他保护得密不透风，给他提供了最完美的输出环境。黎小江边跑边打，从开局到现在，他的读条技能从来都没有被对手打断过。

黎小江的缺点是慢，但他的优点却是法术攻击极强，只要他的技能顺利读出来，打在身上简直是要命的伤害。

能读出技能的黎小江，会变得相当可怕！

李沧雨见卓航表情复杂，知道这家伙已经想通了，不由微微笑了笑，凑到他耳边说道："如果场上的人是你，你打算怎么做？"

卓航尴尬地挠了挠头，说："我……我以后也这样配合他。"

"不仅如此。"李沧雨摇了摇头，看着卓航，认真地说，"剑客对黑魔法师的保护其实很有限，阿树今天为了保护小江，手速已经爆到了最高值，但是……猎人不一样。"

卓航双眼一亮："猫神的意思是……猎人能给黑魔法师提供更好的输出环境？"

"嗯，猎人的陷阱比剑客的定身技能和走位干扰好用多了。陷阱是隐形的，对方看不见你摆放陷阱的位置在哪，完全由你控制，自由度很高。陷阱只要踩中，就会自带迟缓效果，还有一些特殊的沉默陷阱、定身陷阱，只要你好好运用，对面的近战根本别想靠近黎小江。"李沧雨耐心解释道。

卓航认真地点头："我明白了！"

李沧雨欣慰地拍了拍他的肩："这就是我让你跟黎小江形成组合的原因。"

猎人可以满地布置陷阱，让对手有所忌惮，甚至在黎小江的周围布满陷阱让对手根本无法靠近他，这样一来，黎小江就可以非常安心地站在那里慢慢读条放技能，用伤害超高的黑魔法咒术压制得对方喘不过气来。

——这就是猎人和黑魔法师组合的巧妙之处。

如果对面是两个近战，这样一快一慢的组合，简直会让近战职业恶心得想吐血。

卓航终于明白了猫神让他俩组合的意义。

他之前还以为猫神把他俩组在一起只是在磨合他们的性格，没想到，猫神的眼光这么远，居然是奔着以后沧澜战队的特色王牌组合去的。比起猫神的深谋远虑来说，自己实在是太过肤浅，连这个组合的威力都没搞明白，就在那嫌弃黎小江……

——〔蜗牛慢慢爬〕击杀了〔战无不胜〕！

大屏幕中，黎小江又一次稳定地读出一招黑魔法大招，直接秒杀对面的狂战士。

卓航看见这一幕，不由羞愧地垂下头去。回想起当初丢下黎小江不管的那场比赛，卓航恨不得扒开个地缝把自己埋掉。

坐在选手席上的黎小江却激动得脸都红了，他的手指微微发抖，几乎连鼠标都要握不住。

——他杀了对手，还连续杀了两个，他赢了！他居然也能赢！

少年的眼睛里含着泪光，感激地看向身旁的谢树荣，谢树荣微笑着说："很棒啊，小江，继续加油打下一局。"

"嗯！"黎小江用力地点了点头，深吸口气握紧鼠标。

第二局，虽然是刀锋战队选图，但黎小江明显打得比第一局还要顺手。

经过第一局之后，他有了一些自信，加上谢树荣实在把他保护得太好，黎小江自然放开了打，一个接一个的黑魔法招式准确命中，每一次命中都伴随着大量掉血，大屏幕上再次弹出了两条击杀提示，沧澜战队在擂台阶段一口气拿下两局！

黎小江兴奋地跟谢树荣一起回到了选手席。

李沧雨率先走了过去，轻轻揉了揉少年的脑袋，微笑着说："表现得真棒！"

白轩也走过来揉了揉他的脑袋："我们小江真厉害啊！"

章叔跟着揉："小江，看不出来你这么强！"

虽然头发被他们揉得乱糟糟的，可黎小江却开心无比，认真地说："是阿，阿树太，太厉害了。"

谢树荣又把他的头发揉回来，笑着说："别谦虚，你也很厉害。"

顾思明更是兴奋地握住黎小江的手："太帅了太帅了！我刚刚给你拍了好几张照片，回头发给你！"

肖寒则淡定地走过来说："表现不错。"

——这句话是秦陌教他的，凌队常用的夸人台词，秦陌说这样夸人显得比较深沉。

大家都在夸黎小江，坐在角落里的卓航只好也硬着头皮走上前来，尴尬地摸了摸鼻子，说："你……你很棒。"

这句话说得非常别扭，却是卓航的真心话。

经过今天的比赛，他终于发现，其实黎小江非常优秀，这家伙总是那么地认真、努力，每一步都仔细计算，极少出错……

差劲的是自己。

你看，他只是换了个搭档，就变得那么光彩照人。

而上一局，自己跟他配合的时候，却打得不如网游里的菜鸟。

卓航很清楚，自己目前的水平还比不上谢树荣，不可能把黎小江保护得那么好，给他提供如此安心的输出环境。但卓航相信，总有一天，他会站在黎小江的身边，以队友、保镖的身份，让黎小江在赛场上散发出最夺目的光彩。

猫神提出的这种"一快一慢"的组合，一定会成为沧澜战队的特色杀招。

可想而知，以后遇到近战职业较多的队伍，猫神很可能会多次派出他跟黎小江的组合，他可不能辜负猫神和队友们的期望。

想到这里，卓航终于平定了情绪，用力地握了握拳头，走到黎小江的面前，微笑着伸出手说："以后，我会努力保护你的，你就放心大胆地站在我身后输出好了。"

——这才是快慢组合的精髓。

——黎小江是核心，自己要做的是保护他，而不是去拼命输出。

黎小江愣了愣，知道卓航是在主动跟自己示好，他有些羞涩、却很认真地伸出手，跟卓航握了握，说："嗯，我们一起，加，加油！"

李沧雨看着这一幕画面，不禁欣慰一笑。

两人毕竟是少年心性，恩怨来得快，去得也快。看来，猎人搭配黑魔法师的这对组合，在不久的将来，应该会有资格站在甲级联赛的赛场上。

CHAPTER 12

意外的访客

SUMMONER OF LEGEND

如解说邵宇所预测的那样，沧澜战队跟刀锋战队的这场比赛确实打成了碾压局——谢树荣和黎小江的组合在擂台赛两连胜拿下4分之后，团战阶段在李沧雨的带领下，沧澜六人紧跟着打出两连胜，最终将比分定格为14:0。

　　回到酒店后，李沧雨便召集大家简单总结了一下今天的比赛，对黎小江提出特别表扬。

　　小江顶着一头被大家揉得乱糟糟的头发，脸颊红红的，眼睛却格外明亮，李沧雨很喜欢这个慢吞吞的少年，忍不住又把他的头发揉得更乱了些。

　　总结完之后，李沧雨接着安排起下一场对阵耀华战队的阵容。

　　下一场比赛的对手耀华战队，水平跟甲级联赛排行末尾的队伍相近，算是现阶段最难啃的一块硬骨头。然而李沧雨对此却完全不担心。

　　——连世界Boss都不怕的人，还会怕副本的小Boss？

　　擂台早就说好由卓航和黎小江出战，正好让卓航试试看从谢树荣那里学到的打法应该如何运用。团战阶段李沧雨继续沿用之前两场的六人阵容，主要是因为卓航和黎小江的状态还不够稳定，暂时没法融入到团队战当中。

　　反正赛程还长，他并不着急，几个小少年需要慢慢地磨炼。

　　沧澜战队只休息了一天，就要面对下一个更加强大的对手——耀华战队。

　　今天的比赛，现场座无虚席，不少观众手里还举着耀华加油的牌子，显然，这支战队在乙级联赛的人气颇高，队长韦华和副队长姚书安都是非常出色的选手。

双方选手经过简单的准备，比赛便正式开始。

第一阶段的擂台战，双方出战选手的资料一起出现在了大屏幕上。

沧澜战队果然是卓航的猎人和黎小江的黑魔法师组合。

而耀华战队派出的组合却让很多观众激动地尖叫起来——队长韦华，ID 灼灼其华，职业黑魔法师；副队长姚书安，ID 逃之夭夭，职业兽族狂战士。

正副队长居然联手出战擂台，可见他们对沧澜战队的重视程度。

这对组合，其实跟上一场谢树荣和黎小江的组合很像，狂战士搭配黑魔法师，一般都是狂战士来打控制和保护，黑魔法师做主力输出。

战术思路相近的组合在赛场遇到，那就只能拼硬实力。

李沧雨看了名单一眼，凑到黎小江耳边说："不用担心，照常打，相信自己。"

黎小江用力地点了点头，这才跟卓航一起走到擂台选手区坐好。

选图时间，李沧雨毫不犹豫地提交了早就选好的地图——魔境森林。

很多观众看到这张熟悉的图都有些无语，脾气暴躁点的甚至在网上刷屏："猫神就不能换个地图吗？""连续三场魔境森林了！""猫神对魔境森林是真爱啊。"

邵宇对此的理解是："猫神一直选魔境森林，应该是想在让卓、黎这对组合反复练习森林地形的打法，直到他们对森林地形完全熟练为止。"

陈薇薇恍然大悟："怪不得！魔境森林这张地图确实是森林类地图中最经典也最有代表性的一张地图，猫神显然是用这张地图来练兵吧。"

说到这里时，大屏幕上地图读条完毕，双方选手同时刷新在森林的两个角落。

卓航这一次没有急着前进，而是等黎小江一起走，互相保持着能够照应彼此的距离。

两人一前一后穿过茂密的树林，快到地图中线附近的时候，卓航在前方放置了两个陷阱，这样一来，对面的狂战士想要打到黎小江，就很可能掉进卓航的陷阱当中。

很快，双方选手就在地图中间相遇。

对面的狂战士并没有急着过来打黎小江，卓航也不急，站在黎小江的前面快速地走动着，他是精灵族的选手，行动速度飞快，加上手速快，随机走位的水平也很高，这么左右跑动起来，就像是一阵无形的风一样捉摸不定。而且，他这样快速跑动起来，对手就很难判断出他到底在哪里放置了陷阱。

猎人的技能既然被称为"陷阱"，对手自然是看不见的，凡是卓航跑过的地方，都有可能布置陷阱，这就会给人一种"进退两难"的心理压力。

而事实上，卓航并没有放置太多陷阱，他只是迅速位移，让对方眼花缭乱没法控制住他而已。耀华战队的队长韦华怎么说也是经验丰富的老选手，凭借卓航的剩余蓝量，就能分析出他只放了两个陷阱技能，果断地说："上，你去打猎人，我来对付黑魔法师。"

见那狂战士"逃之夭夭"迎面杀了过来，卓航立刻手速爆发，在自己的周围连放了三个陷阱——沉默陷阱、定身陷阱、死亡陷阱！

卓航这"陷阱三连招"运用得如鱼得水，观众们只觉得眼前一花，大屏幕中的地面上就出现了三个不同颜色的陷阱阵，看上去非常好看。

那狂战士果然一脚踏入了第一个沉默陷阱，中了"所有技能无法使用"的沉默状态。而由于操作的惯性，他没有及时刹车停下脚步，稍微往前迈了半步，却又踏入了定身和死亡的叠加陷阱当中。

——没错，卓航将定身和死亡两个陷阱放在了一处！

定身陷阱将狂战士定在了原地，死亡陷阱的大招紧跟着造成大量的伤害，他的血量瞬间就掉下去三分之一。

陈薇薇看到这里不禁有些激动："卓航这位选手，时隔三日真是让人刮目相看啊！第一场比赛让我觉得他很'菜'，这一场比赛却让我觉得他是个高手。"

邵宇笑着说："或许今天才是他的正常水平？猎人的连环陷阱能用好的人并不多，如果放的位置不对或者角度有偏差，对手不走进你的陷阱里，那就相当于白白浪费技能。但显然，卓航对于对手走位的预判非常准确，陷阱三连环，居然全都中了！"

陈薇薇道："姚副队可能是大意了，毕竟卓航第一场比赛的表现确实不太好。"

她猜得没错，耀华战队的副队长姚书安确实是大意了，他以为卓航水平不怎么样，不足为惧，结果一脚踩进陷阱里，还是连环命中，血量掉了三分之一，后悔都来不及。

而此时，黎小江也早已瞄准了卓航设置死亡陷阱的位置。

死亡陷阱爆掉之后没过两秒，黎小江的黑魔法大招也紧跟着砸了过来——地狱烈焰！

来自黑暗魔界的红色火焰瞬间升腾而起，像是火蛇一样吞噬着对方，这一招下去，狂战士的血量再次下降20%，刚一开场就被打成了半血。

第一次尝试配合，效果非常好，卓航和黎小江的心里都有些高兴。

然而，他们没高兴多久，对方黑魔法师就用一招准确的"黑暗恐惧"将卓航给控住了。

这个控制就连李沧雨都不禁赞赏，卓航来回移动的速度非常快，看得人眼花缭乱，一般人是很难判断出他的走位，并且用非锁定技能准确控制住他的。

可韦华做到了，不愧是老选手，他凭借自己多次大赛的经验推测出卓航的下一步行动，然后用黑魔法恐惧技能控制住了卓航。

被恐惧的选手，和被沉默的选手相似，暂时无法释放任何技能。

卓航放不出陷阱，韦华便立刻向前移动，追着黎小江开始打。

黎小江很难应付这样的局面，两人同是黑魔法师，对方的读条速度比自己要快，自己的读条技能就会被反复打断，这样很容易被对手压制。

没过多久，黎小江的血也掉到了一半。

旁边，被陷阱的控制效果定身的狂战士，终于可以动了，他立刻挥舞着手中的巨斧，追着卓航放出一招劈山斩。

只见地面上被巨斧劈出了一条又深又长的沟壑，站在沟壑直线上的卓航不仅大量掉血，还被劈山斩的强势攻击力给砸出了晕眩！

这是狂战士最强势的一个控场技能，直线攻击，劈开地面的同时还能将对手晕住。

卓航被两人连续控制，没法操作，心里着急得要命。

尤其是看黎小江被对面的黑魔法师追着打，血量越来越少，卓航只觉得眶眦欲裂，恨不得钻进电脑里把对面的两个人给捏死。

好不容易等控制效果结束了，卓航立刻疯了一样冲出去，在周围放了一路的陷阱！

对面的狂战士踩中几个陷阱濒临残血，但屏幕上却很快弹出了一条噩耗。

——〔灼灼其华〕击杀了〔蜗牛慢慢爬〕！

黎小江挂了，剩下卓航和黑魔法师 1V1。卓航的血量很少，对面的黑魔法师却还剩 80% 血量，卓航最终被放风筝慢慢地磨死。

第一局比赛战败，卓航一脸郁闷地摘下耳机，脸色很是难看。

黎小江凑过来，小声地安慰他道："别，别急，还，还有下一局。"

回头对上黎小江清澈的眼眸，卓航的心里竟莫名平静下来。

小蜗牛都这么淡定，自己可不能急躁丢脸啊！

想到这里，卓航深吸口气稳定好情绪，微笑着说："下一局你往我身后站，别让那个黑魔法师打到你，加油。"

黎小江也点了点头："加油！"

第二局擂台，卓航和黎小江吸取了上一局的经验教训，黎小江更注意自己的走位，尽量走在卓航的身后，不让对方的黑魔法师找到拆散两人后1V1的机会。

然而，他们两个毕竟没多少大赛经验，跟打了两年多比赛的职业选手没法比。

比赛开始五分钟后，两人小心维持的局面还是被打破。

原因在于对方狂战士的那招"劈山斩"出手的角度极为刁钻，在地面上劈出一条深深的沟壑的同时，还把黎小江给定住了。

黎小江的攻击节奏被打断，这就给了对方机会。

耀华战队的正副队长联手杀卓航，卓航开着精灵族的飞羽步快速游走，一边走一边放陷阱，倒是坚持着拖延了一段时间。

拖到黎小江晕眩效果结束，卓航不禁在语音频道说道："开大，杀那个狂战士！"

狂战士虽然皮糙肉厚，但魔法师打近战会更疼，而且他刚才追击谢树荣的时候中了几次陷阱，此时的血量已经不多了。

黎小江会意，立刻躲去树后开始读条发大招。

由于黑魔法师大招读条时间太长，游戏的设定是中途可以转换镜头和角度，只要最后出手的那一瞬间找对方向，那就可以成功打到对方。

不过，对方正在移动，出手找对方向也不是那么简单的事。

但黎小江的观察能力极强，人也特别细心，他很快就推测出狂战士移动的规律，提前瞄准了对方即将到达的位置，将黑魔法的终极大招慢吞吞地读了出来。

——暗影之怒！

这是黑魔法师攻击性最强的招式，黎小江的技能点又全都加了魔法攻击，这一招准确命中，直接将残血的狂战士给秒了。

——〔蜗牛慢慢爬〕击杀了〔逃之天天〕！

这条弹幕让黎小江精神一振，可回头一看，却发现卓航为了保护他，刚才太靠近狂战士，结果也被狂战士身后的黑魔法师一套连招击杀。

——〔灼灼其华〕击杀了〔大航海家〕！

这相当于一次人头交换，从2V2变成了1V1。

黎小江心里有种不太好的预感，对方的血量比自己多，读条比自己快，单挑赢下的希望似乎不大……

但他还是硬着头皮绕路坚持了一会儿。只可惜，最终他依旧没办法击杀掉对方。

第二局比赛再次以输掉结束，两人耷拉着脑袋，表情有些沮丧。

不过，片刻后，卓航便打起精神，笑着拍拍小江的肩膀说："没关系，我们尽力了，刚开始配合可能还不太默契，以后会更好的。"

黎小江怔了怔，1V1输掉的那一刻他心里其实很难过，还以为卓航会骂他，结果卓航并没有说他什么，反而很大方地安慰了他。

卓航心里其实是有些不舒服，但对上黎小江耷拉着脑袋沮丧的样子，他突然舍不得骂了，总觉得小江最后1V1坚持那么久也不容易，如果自己再说他的话，他岂不是更加伤心？

苏广漠和谭时天就从来没有因为输掉比赛而骂过谁，他们训人一般都是队员们犯了一些原则性的错误，比如走神、大意、轻敌之类，只要比赛的时候尽力，那输了就是输了，水平放在那儿，总不能要求两个新人一上来就打赢人家乙级联赛的冠军队吧？

卓航很快就想明白这一点，所以表现得相当大方。

——是的，队友就应该互相鼓励，而不是互相嫌弃！

赢了，两个人当然都很高兴，但关键还是输掉比赛的时候，他应该跟黎小江站在一起，共同面对这一切，共同承担输掉比赛的责任。

他们是一个组合，而不是独立的个体，组合之间就应该共同进退。

想到这里，卓航不由握住黎小江的手说："输了就输了，你别太担心，猫神应该不会骂我们的——就算他要骂，还有我呢，我们俩一起挨骂！"

黎小江："……"

被他拉着走下选手台的时候，黎小江的心里突然有些暖融融的，就好像卓航手上灼热的温度透过皮肤和血管一直传递到了心脏深处。

这种感觉跟第一场输掉比赛时卓航负气离开有很大的不同。

这一次他们输了，但黎小江的心情却不像第一场输掉时那么憋屈难受，跟卓航一起走向队友们，而不再是自己一个人——那是一种很温暖的感觉，好像不管发生什么，都会有一个人跟自己并肩而行，共同面对。

这个人以前虽然特别傲慢，不爱搭理自己，但现在他有了改变，他把自己当成搭档，赢了一起接受表扬，输了一起接受教训——因为他们是一个组合。

虽然这个"快慢组合"在很多人的眼里还有些稚嫩，但他们是站在一起的队友，他们互相配合着、慢慢摸索着打完了这一场比赛，以后他们也会一起进步、一起成长。

想到这里，黎小江的表情也渐渐变得坦然起来。

他跟卓航一起走到李沧雨的面前，两人整齐地垂下脑袋，准备接受猫神的训话。

结果，李沧雨却微笑着伸出手，一边一个摸摸两只小奶猫的脑袋，说道："打得不错。"

卓航和黎小江对视一眼，面面相觑。

李沧雨的声音似乎有些沙哑，目光却很温和："至少你们打出了自己的水平，输掉比赛是默契还不够的原因。耀华战队的正副队长是搭档两年的老队友，你们两个才刚开始配合，打成这样，在第二局还杀了一个人，已经算很不错了。"

李沧雨顿了顿，咳嗽了两声，接着说："我不会要求你们赢下多少比赛，我只想看到你们的进步。今天，你们不管是配合方面还是心态方面，跟上一次相比都有了很大的进步，我很满意，不需要自责。"

这句倒是真心话，尤其是比赛输掉之后，卓航主动领着黎小江走下来的那一幕，让李沧雨看着也觉得很是温馨。

卓航这家伙，如谭时天所说，只是从小被父母娇惯坏的大少爷，有点傲慢和优越感，但他的心性并不坏，明白道理之后也能主动放下架子跟黎小江好好相处，这让李沧雨非常欣慰。

见两个小家伙还垂着脑袋，李沧雨不由笑着说："好了，别一副犯错的样子，回去坐下，好好看接下来的团战。等你们的组合磨炼得差不多了，我会让你们参加团战。"

两人立刻点点头，回去座位上端端正正地坐好，那动作就像学生在听讲一样。

白轩回头看到那一幕，忍不住凑过来道："你骂他们啦？"

李沧雨耸耸肩："我没那么凶，鼓励了他俩几句。两个小家伙还在状况外，似乎在疑惑为什么没有挨骂。"

白轩："……"

李沧雨笑道："行了，准备团战吧。"

沧澜在擂台0：2连输两局的情况下，和耀华战队展开了第二阶段的团战。

这次，沧澜的选图终于换了——月光水岸。

水战图，这在联赛当中经常出现，李沧雨显然是想试炼一下团队打水战的能力。

让观众们惊讶的是，猫神在主场地图上居然犯了一次很严重的错误——他的宠物在水中攻击对手时招式放空，反而被对手给控住，一口气集火秒杀。

——[灼灼其华]击杀了[老猫]！

看着猫神躺平在水里，观众们都难以置信。

解说陈薇薇也是一脸不敢相信的表情："这……猫神应该不会出现这种失误才是吧？"

邵宇也道："感觉猫神今天的团战打得不太对劲？"

导播立刻将摄像头对准了李沧雨，给他来了一次高清特写，观众们发现，猫神的脸色非常严肃，似乎在忍耐着什么，角色死亡后，他还用手轻轻揉了揉太阳穴，好像是头疼？

刚才他安慰两个小少年的时候不是挺正常的吗？怎么突然出现失误？

让观众们更加惊讶的是，李沧雨在被杀一次之后，第二次跟对方相遇，居然又出现失误……送了两次人头。

网上开始铺天盖地刷屏："猫神怒送两个人头，这是怎么了？""猫神难道晕水啊？""猫神的表情好吓人，到底哪里不对？"

观众们猜不到，在看直播的凌雪枫却立刻猜到了，眉头不由得微微皱了起来。

这一局比赛拖到了三十分钟，由于开始出现的小失误，沧澜一直处于经济劣势的局面，最终，李沧雨带队来了一次逆袭，将对方围在火龙刷新的坑里团灭，然后一口气推掉水晶，惊险地拿下了五分。但在第二局的时候，沧澜这边的失误更加频繁，观众们看得一头雾水，最后输的也有些莫名其妙。

这场比赛沧澜只拿下一局团战。

结果倒也不算是爆冷，毕竟耀华战队作为乙级联赛的冠军队，实力确实不弱，只不过，沧澜今天的团战打得有些奇怪，尤其是猫神连续出现失误让很多观众十分费解。

陈薇薇只好帮猫神圆场："可能是猫神今天的状态不太对吧？"

邵宇也说："是人都有发挥失误的时候，大家也没必要太惊讶，具体什么原因，还是等记者采访过猫神指挥再说。"

从台上下来，白轩立刻凑到队长旁边，担心地问道："你是不是不舒服啊？"

李沧雨用力按着太阳穴道："先回去再说。"

就在这时，李沧雨的手机突然响了起来，看着来电显示里凌雪枫的名字，李沧雨转身到没人的地方接起电话，有些疲惫地说："喂，雪枫，你找我？"

凌雪枫直接问道："生病了吧？"

李沧雨苦笑："好像是。"

凌雪枫微微皱眉："什么叫好像是？生没生病你自己不知道吗？"

"我以为不严重的。"李沧雨纳闷地说，"昨天下午我回酒店的时候淋了场雨，早上起来只觉得头疼，以前也着凉头疼过，我就没管，没想到下午越来越难受。咳……刚才打比赛，我感觉就像在梦游……糊里糊涂的。"

听着他沙哑的声音，凌雪枫的眉头皱得更紧。

——原来是生病了，怪不得刚才比赛的时候发挥失误。

不过，想起那个一向坚强的男人生病的样子，凌雪枫又忍不住心软下来，低声说道："赶紧回酒店休息吧，别逞强了。沧澜又不是没你就不能打比赛，让白轩帮忙带带队伍。"

听着他严肃的命令式口吻，李沧雨只好摸了摸鼻子，笑道："哦。"

凌雪枫挂了电话，立刻打开手机订了一张的机票。

李沧雨生病了，凌雪枫一刻都不想多待，恨不得插上翅膀立刻飞到他身边去——这个爱逞强的家伙，生病了也肯定不会让队友们为他操心，身边没人照顾可怎么行？

李沧雨从小身体健康，极少生病，以前也经常淋雨但从没感冒过。昨天下午沧澜战队正好没比赛，李沧雨就在附近转了转，结果天气说变就变，回来的时候突然遇到暴雨，他被淋成了落汤鸡，加上酒店空调的温度开得太低，受凉感冒了，早上起来后一直狂打喷嚏。

他一向身体好，也没怎么在意，继续带着队友们去打比赛。

没料下午身体越来越不舒服，但此时想换人已经来不及了，李沧雨只好硬着头皮上阵，结果反应变慢了不说，手指速度也跟不上，出现好几次不该有的失误，导致沧澜战队连续输掉两局团战。

对于这个结果李沧雨的心里十分愧疚，毕竟因为他一个人而影响到了大家，这也是他始料未及的事。回到酒店后，他便把队员们叫到自己的房间，坦率地承认了自己的错误："今天团战是我的失误，很抱歉，1分都没有拿到，让大家白忙活一场。"

他的声音已经沙哑得不像样了，就像喉咙里填充着大量沙粒。说话都很困难，却还要当面给队员们一个交代，这样负责任的队长大家自然不会埋怨他，反而有些心疼。

白轩担心地看着李沧雨，柔声说："谁都会有状态不好的时候，你不用自责，大家不会怪你。反正只是一场常规赛而已，丢一点分对我们影响不大。"

谢树荣笑眯眯地附和："白副队说得对。猫神不用介意，这场比赛就当练手好了。"

章决明问："你感觉怎么样？要不要去医院看看？"

李沧雨摆了摆手："没事，休息一下就好。"

见四个少年都很担心地看着自己，李沧雨心头一暖，微笑着说："真没事，只是小感冒而已。下一场比赛在明天下午，我的感冒要是好不了，就由……"

李沧雨目光扫过面前的队友们，最后停在章决明那里："就由老章来安排，怎么样？"

章决明怔了怔："我？"

"你以前也当过队长，指挥比赛又不是第一次，下一场比赛就由你来安排吧。"

"还是白副队安排吧？"章决明回头看向白轩。

白轩不好意思地说："我只会加血，战术方面不太行。"

李沧雨道："小白从来没指挥过，他是治疗，要照顾大家的血，分心去看对面的情况会忙不过来，还是你来吧。"

章决明爽快地点头："那好，既然你这么相信我，我就试试。输了可别骂我！"

"不会的。"李沧雨笑着拍拍他的肩膀，说，"你跟大家安排下一场比赛，我头疼得厉害，想先睡一会儿。"

章决明忙说："那你快休息，我们到白副队的房间去讨论。"他回头看向四个少年，招招手道，"小子们，走了！别吵猫神！"

四个少年立刻跟在章叔的身后走了。

肖寒走到门口，又回头说："师父好好休息，秦陌说感冒了要多喝热水。"

李沧雨朝他挥挥手："嗯，去吧。"顿了顿，又突然道，"回来！"

肖寒一脚刚跨出门，听到这里又退了回来："怎么了，师父？"

李沧雨疑惑道："你跟秦陌混得很熟吗？"

肖寒点头："嗯，我的中文比较差，每天跟秦陌聊聊天，正好练练语法。"

李沧雨："……"

你确定秦陌的中文很好吗？

　　肖寒接着说："风色战队好多人都看了今天的比赛，师父在赛场出现失误，比赛一结束秦陌就问我是怎么回事，我跟他说师父感冒了。"

　　怪不得凌雪枫也第一时间打电话过来，看来，今天自己糊里糊涂怒送人头的画面，被联盟的很多人看到了啊！

　　李沧雨也懒得纠结这些事情，头痛欲裂的他只好挥挥手说："行了，你去吧。"

　　肖寒转身走开，还体贴地给师父把门关紧。

　　李沧雨揉了揉涨痛的太阳穴，脱了外套躺在床上睡觉。

　　这一觉睡得昏昏沉沉，手机在响他也没听见，再次醒来的时候已经是第二天上午，手机里一大堆未接电话，来电显示全是程唯。

　　还有好几条短信："猫神你怎么了啊？失误得有些奇怪，是不是状态不好？！""猫神怎么不接电话？""猫神猫神！""猫神看到短信回我！"

　　李沧雨随手回了句："我刚睡醒。也没什么，昨天状态不好。"他可不想把感冒这件事告诉程唯，程唯一旦知道了，说不定又要闹得神迹联盟人尽皆知，一个小感冒闹出这么大的动静实在是没什么必要。

　　收到短信的程唯立刻回道："状态不好？那你好好休息！别太累！身体是革命的本钱！"

　　李沧雨看着一排感叹号，无奈地回复："知道了。"

　　程唯这家伙总是一惊一乍毛毛躁躁的，不过，他的关心倒也特别直接。

　　李沧雨放下手机，去洗手间洗了把脸。

　　头疼得依旧很厉害，眼前也有些晕，脑子里迷迷糊糊就像被一团糨糊给糊住了一样，思维变得特别迟钝，刚才回程唯短信的时候打字都打了半天，手指还不太稳，看来今天下午的比赛他确实没法再上场，幸好昨天交给了老章去安排。

　　正想着，章决明开门进来，见他已经起床，便把一碗米粥和一袋包子放到桌上，说："这是白副队让我带给你的早餐，洗完脸吃点儿吧。怎么样，好点没有？"

李沧雨不想让队友们担心，便勉强笑着说："好多了，你们不用管我，去打比赛吧。"

章决明问道："你不去赛场了吗？"

"嗯，我有点累，想在酒店休息一天，你跟大家说说。"

章决明点头道："行，那你好好休息，我待会儿先带他们去吃午饭，吃完再去赛场。"

李沧雨道："你们加油。"

等章决明走后，李沧雨坐在床边，看到桌上的那碗粥和热腾腾的包子。昨晚没吃晚饭，现在依旧没什么胃口，他打开粥看了一眼，实在不想吃，只好又回床上睡了。

沧澜战队的众人在酒店吃午饭，章决明一边吃一边交代："这场擂台还是小卓和小江一起上，团战猫神不在，小江你来做主力输出，大家会保护好你，你只管放心读条就行。按照昨天晚上我们讨论的结果，分路方式大家也要好好记住，到时候听我的指挥。"

几个少年都乖乖地点头，阿树和白轩也没什么意见。章决明虽然离开神迹联盟多年，可曾经的他也是满腔抱负的队长，想要拿到冠军来证明自己的实力，最后却遗憾地离开。

年轻的时候，他下苦功钻研过神迹所有职业的各种搭配和打法，即便离开好几年，但那些东西都已经深深地刻进了他的骨髓里，如今翻出来依旧清晰得如同昨日。

怎么说也是当过队长的人，当起临时指挥来倒也有模有样。

白轩听他爽快地分析战术、安排阵容，忍不住替李沧雨欣慰——以前的沧澜战队都是李沧雨一个人扛着大梁，如今有了老章，至少在他不舒服的时候能够替他分担一些压力。

白轩治疗水平一流，对战术却不是很精通，阿树的个人实力很强，但对团战指挥却没太多想法，关键时刻还是要老将出马。

吃完饭后章决明便带着队友们前往赛场，大家刚走到酒店的大厅，却看到一个让人意外的身影——凌雪枫。

男人穿着一件黑色的风衣，衬托得身材愈发高大，他的脸上没什么表情，站在那里，似乎是在等什么人。

见沧澜众人出来，他立刻大步流星地走到白轩面前，直接问道："你们队长呢？"

白轩怔了怔，说："他在房间休息。"

凌雪枫道："谁跟他一起住，把门卡给我。"

白轩有些疑惑："凌队……你有事找猫神才来这儿的？"

凌雪枫并没有多做解释，淡淡地"嗯"了一声，说："门卡给我，我去找他。"

章决明虽然觉得奇怪，但也不好拒绝，从口袋里掏出门卡递给他。

凌雪枫转身走了，留下沧澜的众人面面相觑。

片刻后，谢树荣忍不住问了出来："凌雪枫怎么会出现在这里啊？他找猫神干吗？"

白轩微笑着说："别好奇了，反正他跟咱队长那么熟，估计有什么事情要谈吧。"

谢树荣回头看着凌雪枫消失的方向，若有所思地摸了摸下巴，白轩见他的目光盯着电梯那边凌雪枫的背影，忍不住拉住他的胳膊往外拖："走吧走吧，先去打比赛，别管闲事。"

阿树被白副队拖走，其他人也只好跟着走。

只是，大家表面上不问，心里却特别好奇——凌雪枫突然来酒店找猫神干吗？

李沧雨一直睡得迷迷糊糊，发烧让他的意识变成一团乱麻，太阳穴处一阵阵疼痛，脑袋像是要爆裂，喉咙干得快要冒烟，额头烫得几乎要燃烧起来，身上的汗水越来越多，衣服粘在身上紧紧地裹着，就像睡在一摊泥水里面，那滋味真是特别难受。

梦里的他，好像来到了一片烈日炎炎的大沙漠，想喝水却找不到方向。

李沧雨挣扎着睁开了眼睛，想要找点水喝。让他意外的是，他看到房间的门开了，一个人走进了屋里。

李沧雨下意识地说道："是老章吗？给我倒杯水……"

男人快步走到他床边，轻轻用手背试了一下他额头的温度，眉头一皱，立刻转身去倒了杯温水过来，将李沧雨扶起来，低声说道："喝点水。"

——这声音似乎不像章决明。

李沧雨艰难地睁开眼睛，面前的人影有些模糊，可他身上那种冷冷淡淡的气息，还有那英俊的侧脸，还是让李沧雨瞬间就认出了对方："凌……凌雪枫？"

"嗯，来喝水。"

杯子递到了唇边，口渴无比的李沧雨立刻低头喝了些水，快要冒烟的喉咙这才好受了些，但声音依旧十分沙哑，他有些不敢相信地看着面前的男人："你怎么在这里？"

看着李沧雨一脸茫然的样子，凌雪枫的嘴角不由轻轻扬了扬。

这家伙平时总是表现得坚定果断、雷厉风行，尤其在赛场上，手段强悍，战术诡变莫测，似乎什么都不怕。从来没见过他生病的样子，没想到，生病之后的猫神，会变得这么迷糊，眼神的焦距都对不上……

大概是越强的人，倒下的时候才越脆弱吧？第一次见到李沧雨的脸上露出这样迷茫又难受的表情，凌雪枫忍不住伸出手轻轻摸了摸他的头，发现汗水已经将他的头发浸湿，凌雪枫低沉的嗓音中带着明显的温柔："你生病了，我来看看你。"

李沧雨没有听清楚他在说什么，知道面前的男人是自己最信任的人，李沧雨也放下了心里的防备，忍不住皱眉："我难受。"

他很难受，难受得想把自己的脑袋给摘下来。

感冒导致的头痛，就像是一根电钻在脑子里反复地钻来钻去，加上发烧时全身出汗，整个身体都像要烧起来，他从小到大极少生病，这还是第一次病得这么重。

这些感受，他在队友的面前不敢多说，怕影响到队友们的心情和比赛时的发挥，但在凌雪枫面前，他不需要有所顾忌。

凌雪枫低声说道："我带了感冒药给你，先吃药，好好休息。"

说着就从口袋里拿出感冒药，按照说明书上的剂量把药放在手心里，喂李沧雨吃了下去，然后又把枕头拿起来垫在他身后，让他靠在床头，去洗手间拿了毛巾用冷水浸湿，再回来放在他的额头上冷敷退烧。

额头传来的冰凉温度让李沧雨有一瞬的清醒，看着面前轮廓渐渐变得清晰的男人，李沧雨忍不住问："你怎么跑了过来？"

凌雪枫道："我看到赛程安排，沧澜今明两天都有比赛，你这么好强肯定不会跟队友们说，他们也顾不上你。我不放心，就过来看看。"

李沧雨心里感动，嘴上却还嘴硬着："来回的机票那么贵，够我买两车的感冒药了，你大老远跑一趟没必要吧。"

凌雪枫难得微笑："我来都来了，你别想这些乱七八糟的，好好休息，我再给你倒杯水。"

倒水回来的时候，冰凉的毛巾已经被高温焐热，凌雪枫试了试毛巾的温度，起身去洗手间用冷水把毛巾洗过一遍，然后又重新拿回来贴在李沧雨的额头。

李沧雨虽然身体还很难受，可心里却很温暖。

大概是生病的人比较容易感动，身边有人照顾的感觉真好，不然，他一个人在酒店里躺着，想给自己倒杯水都很困难。

凌雪枫低头一看，发现他出汗太多，衣服全都粘在身上，肯定很不舒服。凌雪枫顺手帮他把衣服脱掉，拿过毛巾，轻轻帮他擦掉身上的汗，给他找来了一套新的睡衣换上，再给他仔细地盖好被子。

李沧雨懒得动弹，任凭凌雪枫伺候，直到凌雪枫给他换好衣服盖好了被子。

凌雪枫发现李沧雨没反应，低头一看，这家伙居然闭上眼睛睡着了，凌雪枫无奈地叹了口气，低声说："好好睡吧，有我在。"

李沧雨再次醒来的时候已经是下午，他感觉精神好多了，凌雪枫见他眼睛亮晶晶地看着自己，忍不住轻轻笑了笑，伸手探了探他的额头，说："烧退了？"

"嗯。"李沧雨坐起来，问道，"你突然跑到广州，战队那边没问题吗？"

"没事，有颜副队在，最近都是日常训练，我不在的话也没关系。"凌雪枫顿了顿，又说，"你饿不饿？我去叫点吃的。"

李沧雨确实感觉到饿。仔细算来，他从昨晚到现在什么东西都没吃，上午发烧没胃口，这时候烧退了，这才察觉到肚子里空空如也，便说道："我想喝粥。"

"等我一会儿，我去给你订餐。"凌雪枫翻出酒店的菜单让服务生送些吃的上来，还很贴心地给李沧雨要了一份最爱吃的鱼片粥，以及几个好消化的素菜。

很快，酒店服务生就把吃的送了上来，凌雪枫把菜拿到床头柜上放好，说："吃吧。"

凌雪枫见他一口一口认真喝粥，跟平日里那个果断凌厉的猫神相比，此时的李沧雨更像是一只饿坏肚子的贪吃的猫。

凌雪枫微微笑了笑，心想，这家伙不管在外人面前多坚强，本质上就是个吃货。

李沧雨喝完鱼片粥又吃了几个包子，这才满足地擦擦嘴，说："我起来走走，在床上躺了一天一夜，越躺越头疼。"

"好。"凌雪枫扶着他起来，顺手又给他倒了杯水。

李沧雨在屋子里活动活动筋骨，觉得精神好了很多，便打开笔记本电脑，登录神迹乙级联赛的直播通道看比赛。

沧澜战队的擂台赛已经进行了一多半，卓航和黎小江前面两局跟对方打成平手，大屏幕上的比分暂时是 2:2，双方各拿下一局，正在开第三局的决胜局。

李沧雨打开直播频道的时候，卓航和黎小江正在跟对面两人展开激烈的火拼，卓航的手速爆得极快，放了一路陷阱，黎小江一边走位一边慢慢读条，每一次技能都打得非常准。

让李沧雨意外的是，两个少年联手，居然率先干掉了对面的剑客，紧跟着又联手解决掉对面的白魔法师，一口气拿下了第三局。

擂台最终比分4:2，沧澜战队的卓黎组合第一次获得了胜利。

中场休息时间，卓黎两人一脸兴奋地跑下台去接受大家的表扬。李沧雨虽然不在现场，但看到这一幕，也很为两个小家伙欣慰。

当然，这局的对手是乙级联赛中水平偏弱的队伍，卓黎两人擂台获胜，并不能证明他俩有多厉害。可至少，李沧雨看到这两人的默契程度比上一局又提高不少，只要慢慢进步，不断总结之前的经验，总有一天，他们会变成真正优秀的擂台组合。

凌雪枫坐在旁边陪李沧雨一起看比赛，擂台打完后，见他脸上明显露出欣慰的表情，凌雪枫忍不住问道："带着四个新手打比赛，很累吧？"

每一场比赛都要考虑派谁出战、让谁练手、选什么地图最合适，同时还要保证不会输得太惨免得被挤出季后赛，李沧雨肯定要耗费大量的脑细胞。

李沧雨在好友面前也不想掩饰，直率地说道："是很辛苦，但也没办法，他们几个现在还小，不磨炼一下，到了甲级联赛只能等着被虐。以后的沧澜总要交到他们的手里，趁我还在战队的时候尽快把他们带出来吧。"

凌雪枫低声道："我明白，虽然辛苦，但你很乐意，对吗？"

"嗯。"两人对视一眼，同时笑了笑。

他们都是当队长的，懂得彼此肩上的压力，不需要多说，一个眼神就足够。

李沧雨看着面前不远千里跑来照顾自己的男人，忍不住说道："虽然你大老远来一趟特别麻烦，但我还是想说……你能来，我真的很高兴。"

如果他不来的话，李沧雨当然也不会怎么样，感冒而已，熬一熬就过去了。只是，没人给他买药、倒水、擦汗，更没人给他买饭，让他享受贵宾级的病人待遇。

这种待遇真好。

有人在自己口渴的时候将水送到唇边，比自己爬起来倒水要好上无数倍。

想到这里，李沧雨忍不住说道："以后你要是生病，我也会好好照顾你的。"

凌雪枫微微笑了笑。

——再强硬的男人也会有需要人陪伴的时候。

——凌雪枫很庆幸，在李沧雨需要照顾的这一刻，自己来到了他的身边。

CHAPTER 13

团战时刻

网络直播平台上，卓航和黎小江的组合第一次在擂台获得胜利，不少观众都对两个少年的表现给予了肯定。然而，让大家意外的是团战，阶段李沧雨居然没有上场。

自从沧澜战队出现在乙级联赛以来，李沧雨由于发挥出色，尤其是前面两场比赛的团战连续打出碾压局面，也收获了不少新粉。对于"团战没看到猫神"这一点，不少粉丝都很担心，有人在他的微博下面询问，也有人在直播平台刷屏。

一时之间，网络上到处都是"猫神呢""猫神怎么不在""猫神今天没来吗"之类的评论，凌雪枫看到这里，不禁回头道："你的人气还挺高的。"

李沧雨表情淡定："人气高也不一定是好事，一旦输了就会被骂得很惨。"

凌雪枫对此也深有体会，现在的网络环境非常浮躁，不少人在网络上宣泄负面情绪，稍微不顺心就开口骂人的人很多，如果真跟他们较劲，那比赛也不用打了。

上一场比赛输掉的原因，李沧雨也没跟记者们详细解释，如果说是因为病了，真正关心他的人或许会体谅他，但更多人却会觉得他输了还找借口。

多说多错，不如不说。

他更喜欢以实际行动来证明自己，而不是靠一张嘴。

直播屏幕中，沧澜战队的六人已经坐在了选手席位上，这一局，李沧雨把指挥全权交给章决明，老章选择的地图是"血色森林"，这张地图跟魔境森林相比色调更加昏暗，天空是血染一般的暗红色，算是典型的夜景地图。

夜景地图对沧澜战队的优势主要体现在肖寒和黎小江这两位选手身上，肖寒是血族刺客，最擅长在夜色降临时偷袭杀人，而黎小江的黑魔法师全身都穿着黑色的装备，很容易在黑暗的地图中跟周围的景物融为一体，让对手难以准确判断他的位置。

章决明显然经过仔细的考虑才选择了这张地图。

解说间内，两位搭档发现今天的沧澜战队少了一位关键人物，陈薇薇忍不住道："猫神今天没来现场，也不知道是什么原因，看刚才的选图，沧澜战队这场比赛的指挥应该是老将章决明——ID 决明子的白魔法师。"

邵宇说："章决明这位选手我对他没什么印象，只是听说过第一赛季有这么一位白魔法师辅助，今天由他来指挥团战我倒是非常期待，他的风格比较少见。"

陈薇薇点头赞同："白魔法辅助的打法在神迹联盟确实少见，如今神迹联盟的白魔法师选手当中，所有人都是打输出，没有一个玩儿辅助的。"

邵宇笑道："我发现，沧澜战队很多选手都是走偏门路线，比如今天第一次出场团战的黎小江，也是把黑魔法师玩成了慢吞吞的风格，跟一般的选手不太一样。"

"是啊，黑白魔法配合，本来是相当暴力的魔法输出组合，结果到了沧澜这里，白魔法几乎变成辅助，黑魔法师变成蜗牛，他俩应该是配合不起来了。"

两人正说着，团战已经正式开始，双方选手同时刷新在地图的对角。

沧澜六人这次的出生点在地图西南角，六人按照章决明的布置以2、2、2的组合分成三路，分别走向"田"字形野区中的三个区域。

白轩和顾思明留在了距离出生点最近的西南野区，一肉盾一奶爸的组合显然是想防守、抗压。谢树荣和黎小江一起走向右下角的东南野区。这样安排也让黎小江更好发挥，毕竟他之前在擂台阶段和谢树荣配合过一次，阿树经验丰富，可以顺便教教小江团战的打法。

章决明自己则跟肖寒一起走向左上角的西北野区，肖寒在这样的地图上比较好发挥出暗杀技术，章决明想亲自辅助一下他，在前期打出一些优势。

这样的分路模式确实是目前最好的布置，哪怕李沧雨来指挥，也会这样选择。

团战初期，双方都在刷小怪稳定赚钱，但很快左上角的西北野区就爆发了激烈的战斗——肖寒抓机会的能力很强，见对面的弓箭手正在跟小怪对砍，技能正好冷却，肖寒立刻隐身绕到他后方，并偷偷给他加了一个"死亡标记"。

杀手的"死亡标记"技能对方是无法察觉的，就像被杀手偷偷盯上的人无法察觉自己被盯住了一样。这个"死亡标记"会提升接下来三十秒内杀手对标记目标的输出伤害，也算是给了队友们一个"我要杀他"的信号。

章决明见肖寒用"死亡标记"盯住对面的脆皮弓箭手，立刻连放两个辅助技能，提高肖寒的攻击力并降低对手防御，肖寒果断出手，一招"背刺"加"弧光刺"，将那人的血一口气压到50%。

对方反应过来，立刻回头还击，可肖寒的应变能力极快，一个战斗隐身又消失在夜色中。

等他再次出现的时候，却是换了一个攻击方向，手中匕首带着凌厉的寒光，一刀砍向对方的后背，正是血族杀手攻击性最强的大招连击——旋风刺！绝杀！

只见他手中的匕首如同旋转起来的利刃，毫不留情地切割着对方的身体，把对方血量压到20%以下，再用一招"绝杀"强行秒掉对方。

——〔霜降〕击杀了〔天际无边〕，苗杀！

这条消息让沧澜战队的所有队员精神为之一振，而右下角东南区也同时传来了好消息。

——〔蜗牛慢慢爬〕击杀了〔西江巡色〕！

二连杀，并且击杀者都是沧澜战队的少年选手，这让不少观众都觉得很不可思议。

邵宇忙说："黎小江这边也收了，我们来看一下东南野区的战斗回放！"

导播切换镜头，右下角双方相遇的那一刻，狂战士西江月色追着黎小江打，结果被阿树一套连招打残，在只剩一丝血皮的情况下阿树突然收手，让黎小江拿下了这个人头。

陈薇薇忍不住道："阿树是在故意让人头吧？"

邵宇点头："显然是故意让人头，不然他随便一个攻击就能带走对方。"

陈薇薇说："他这么做，应该是想鼓励一下第一次打团战的新人。"

邵宇感慨道："猫神没来，但让我们欣慰的是，沧澜战队的团战并没有打崩，三位老选手分别带一个新人，对新人都很照顾，配合也不错，看得出，他们战队内部应该非常团结。"

陈薇薇点头赞同："这其实很难得，要是换成其他战队，队长不在的情况下很可能军心不稳，打得一团乱，但今天沧澜在团战的表现却让人刮目相看，他们似乎在告诉大家——哪怕猫神不在，他们也不会任人欺负！"

在肖、黎两人各拿一个人头的情况下，沧澜战队开局占据了极大的优势，更何况，中间这边白轩和顾思明稳定杀怪，两人赚钱也没落下，等众人第一次回城的时候，肖寒和黎小江直接做出了攻击项链。

一个人头在手，肖寒和黎小江身上都有攻击加成5%的buff，加上攻击项链对他们属性的提升，两个少年在第二轮冰龙刷新时的团战中果然发挥了重要的作用。

尤其是黎小江，他被大家好好保护着站在远处，在攻击加成的情况下，他一个黑魔法群攻大招慢吞吞地读出来……直接把对面全体打成了半血！

这可怕的攻击力简直让人心惊胆战。

邵宇忍不住说："黎小江确实特色鲜明，虽然他很慢，但他的每一招只要打出来就会让人非常肉痛！舍弃速度，专注攻击，如果队友配合得好，其实是相当可怕的！"

"是的，现在对面集体残血，沧澜这边可以完成收割！"

话音刚落，阿树就灵活地切入对方前排，将对方前排三人全部打残，然后让肖寒和黎小江分别收掉残血人头，对面的阵容全面崩盘。

优势就这样慢慢积累，战局也到了关键的时刻。沧澜直接中路推塔，一路推到水晶的面前，迅速摧毁中央水晶。

胜利！

屏幕上弹出金色的字样时，章决明甚至觉得眼眶发热。

他并没有告诉队友们，这是他职业生涯里的第一次团战胜利——是他成为职业选手整整六年之后，第一次指挥团战，获得的胜利！

这一刻，他真的很感谢猫神的信任，给了他这个指挥团战的机会。

他也很感谢队友们的配合。

他章决明并不是沧澜战队的队长，连副队长都不是，他只是沧澜年纪最大的老选手，一个很少人知道的辅助，是少年们口中大大咧咧的"章叔"。

但是，四个少年并没有不服从他的指挥，白轩和谢树荣也是想方设法地配合他，在猫神生病的这个关键时刻，他们在章决明的指挥之下，齐心协力地赢下了团战！

第一局团战大胜，章决明并没有骄傲，因为第二局是对方的主场，没有了夜景地图的优势，肖寒和黎小江不一定能发挥得像这一局这么好。

果然，第二局对方选择的地图是冰霜神殿。

这是神族领域中的地图,整张图都是白色调,洁白无瑕的建筑高耸入云，整个冰霜神殿就像是用冰雪做成的一般。

黎小江想在这样的地图上减少存在感那是不可能的，他一身黑色的魔族装备，在冰霜神殿地图简直就像活靶子一样明显。

由于小江和肖寒在地图上的优势不复存在，第二局打得明显比第一局艰难许多。

今天的对手实力在乙级联赛中不算强，但这张针对性的地图却给沧澜战队带来了不少麻烦，尤其是黎小江，一直被盯着打，冰霜神殿地图又没有那么多树木可以躲，视野相对开阔，黎小江无处可躲，阿树想要保护他确实要耗费大量的精力。

章决明看了一眼右下角野区的情况，开口说道："阿树你主力进攻，先不要管小江，小江马上后撤，把对面的人引过去。"

这显然是战术核心的转移。

上一局谢树荣一直在辅助小江，这一局不能再这么打，还不如阿树凭借个人能力自己杀过去，彻底放弃协助黎小江的想法。

谢树荣早想这么干了，听到这里，立刻挥着手中的利剑冲上前去，一套华丽的连招将对面的脆皮打得泪流满面，一口气收下人头——放开手脚的人族剑客爆发能力也确实强悍。

黎小江自觉地辅助阿树，能读条就读条打一下，读不出来就到处跑，反正杀不了人，他至少不能给对面送人头。

前期，树黎组合虽然被对方压制得经济劣势，但在阿树反击杀掉一人之后，迅速将差距给拉了回来，并且成功反超了对面。

左上角的野区，肖寒和章决明的配合并没有产生上一局那样立竿见影的效果。肖寒反应虽快，可这回被对面两个远程联手控制，发挥受到很大限制，甚至一度被打残，差点送命。

还好小家伙机灵，在自己快挂掉的时候战斗隐身，迅速跑掉——这位混血少年，杀起人来果断凌厉，逃跑的速度也快得让人瞠目结舌。

观众们见他迅速跑掉，都在直播间打了一排省略号。

"混血小子跑得比兔子还快！""好聪明啊！""据说混血儿比一般人聪明，我也觉得小寒可聪明了！"

肖寒这边虽然成功逃跑，但经济明显处于劣势。

好在阿树杀掉一人后相对优势，这样一平衡，前期倒也能稳住局面。

直到冰龙刷新的那一刻。

冰龙是战局中非常关键的一点，前期劣势的人可以靠冰龙翻盘，前期优势的也可能在打龙的时候不小心被逆袭，平局的情况下更要争夺这条龙的经济加成。

章决明想了想，很快就想到一个精巧的布局——在双方展开团战的那一刻，他让黎小江和肖寒分别跑到左右两边去当诱饵，把对面的火力给分散开，顾思明把保护大招全部留给谢树荣。本就有装备优势的阿树，发挥了剑客攻击快、灵活性高的优势，切入混乱的战局，完成人头的收割！

这种战术思路在团战中其实并不少见，以队友的牺牲作为铺垫，把对方的人全部打残，最后再由一个状态很好的人出来收割——当然，最后这个人必须有极强的个人能力，要在混乱的战局中准确找到最有利的切入点，并且保证自己杀人还不死！

章决明相信阿树的水平，阿树可是在国外打了三年联赛的人，所以他毫不犹豫把这个重要任务交给了阿树。

谢树荣果然没让队友们失望。观众们看得简直是惊心动魄，沧澜这一波团战，脆皮的黎小江第一个挂掉，肖寒第二个挂掉，章决明第三个挂掉……

明明是沧澜先死了三人，可就在这时，满血满蓝的阿树找准时机，突然切入混乱的战局当中，以迅雷不及掩耳之势，迅速收掉对面的残血队员，一口气将对方杀了个团灭！

观众们还在目瞪口呆，屏幕上就弹出一条振奋人心的消息。

——〔阿树〕已经超神了！

章决明一拍大腿："很好！速度回城等复活，我们直接推水晶！"

白轩有些心疼地看了一眼他的大腿——老章的指挥风格十分豪放，真是可怜了他的大腿，不知道有没有被他拍肿……

死亡的三人复活后，大家一起走最近的路直接推向中央水晶。

最终，中央水晶的血量被清空，轰然碎裂，耀眼的水晶碎片飞向空中，屏幕上同时弹出两个金色的大字——胜利！

章决明激动地站了起来，一拍大腿："我们赢了！"

白轩："……"

他真的想问：老章你的腿还好吗？

四个少年也围了过来，高兴地抱成一团："赢了赢了！我们赢了！"

阿树微笑着站起来，夸道："老章指挥得不错！"

章决明哈哈笑道："哪里哪里，是大家配合得好！"

他这话倒不是谦虚，他今天用的指挥战术都是比较常见的，要不是大家给面子配合得好，不一定能连胜两局。

尤其是谢树荣，在今天的团战中可是最大的功臣。

让他辅助黎小江，他能把小江养成攻击可怕的黑魔法师，让他自己上，他自己也能超神——阿树简直是沧澜战队万能的砖，哪里需要就往哪里搬。

在猫神缺席的情况下，谢树荣真是非常靠谱，他能稳定地配合章决明的战术思路，带着几个少年走向胜利，不愧是国际一流的选手。

沧澜战队团战两连胜，第三局的决胜局不用再开，今天的比分也终于在大屏幕上确定——14：2，团战拿10分，擂台拿下4分，相当不错的成绩。

队长不在，副队长白轩在裁判递来的确认表格上签了名，大家礼貌地去对面握过手，这才回到了后台。

章决明立刻拿出手机给李沧雨打电话："猫神，你身体好点没？"

"好多了。"李沧雨的声音依旧沙哑，但意识已经非常清醒，微笑着说道，"烧已经退了，我刚才正在看比赛直播，你们打得很好。"

章决明挠了挠后脑勺，笑道："哈哈哈，没让猫神失望就行！"

白轩从他手中接过电话，道："老猫你好点了吗？我回来的时候给你带点感冒药吧？"

"不用买药，我身体底子好，小感冒很快就能过去，现在烧已经退了，感觉好了很多，你们没必要担心。"

"那就好，要不要帮你带点晚饭回来？"

"不用，我出去吃。"

"哦，对了，凌雪枫来找你了吗？"白轩突然想到这一点，问道。

"嗯，他就在我旁边，我正打算跟他去吃晚饭。"

"好吧，那我就不给你带饭了，晚上回来见！"白轩挂掉电话，跟大家说了一下猫神病情好转的消息，众人这才放心，一起跟着副队去附近吃饭。

酒店里，凌雪枫听他打完电话，便问："饿不饿？去吃饭？"

"嗯，等我换一下衣服。"

李沧雨迅速换好衣服，跟凌雪枫一起走出酒店。

两人来到附近的一家餐厅，点了一些清淡的菜，一边吃一边聊着。

李沧雨抬头问："今天老章指挥的这场比赛，你觉得怎么样？"

凌雪枫道："指挥得很不错，该放就放，该收就收，非常果断。"

"确实啊，两局团战都指挥得很理智。"李沧雨赞同地点了点头，说，"老章平时个性豪爽，大大咧咧的，没想到安排起战术来倒是很细心，我真没看错他。"

"他今年有二十六岁了吧？"

"是啊，他生日是 6 月份，等到甲级联赛都有二十七岁了。"李沧雨感叹道，"他跟我们一样，在第一赛季出道，但年纪比我们大几岁，和徐落、宋阳这些人同龄。像徐队、宋队他们都已经退役了，老章应该是神迹联盟目前来说年纪最大的一位选手吧。"

听李沧雨这么一说，凌雪枫的心里也有些感慨。

第一赛季的五神当中，剑客宋阳、白魔法师徐落和血族刺客莫权都已经退役，那三人早已成了传说，剩下的凌雪枫和李沧雨比他们小两三岁，如今还留在联盟，他俩已经算是元老级别的选手，但章决明的年纪比他俩还要大，又回来打比赛，真的很不容易。

凌雪枫对章决明的印象只停留在第一赛季那位说话很豪放的朔月战队队长，他那种白魔法辅助的打法跟白魔法师输出相比显得十分暗淡，在赛场上也没出色的表现。后来朔月战队又不声不响地解散，章决明在神迹联盟的历史上，就是个毫无名气的"小透明"。

在联盟这样的人其实还有很多，不少人坚持不住离开神迹从此销声匿迹。章决明能回来除了他运气好遇到猫神之外，更重要的还是他自己一直心有不甘，一直不想放弃。

二十六岁的年龄还站在电竞的赛场上，确实需要莫大的勇气，让人心生敬意。

李沧雨顿了顿，接着说："这次让老章试水当指挥，他能指挥得这么好我也有些惊讶，看来，当年的他带着遗憾离开联盟，也是因为队友们不太给力，他的很多战术思路根本打不出应有的效果。"

凌雪枫道："你不是一样吗？"

李沧雨回忆起以前，不由叹道："是啊！好的队友很重要，这次重组之后的沧澜让我很有信心。哪怕在我生病不在场的情况下，他们也打得不错，说明沧澜这支队伍的整体实力已经渐渐稳固下来，不会因为缺少一个人而全面崩盘，这才是最让我欣慰的。"

以前的沧澜之所以经常输，就是因为李沧雨对战队来说太过重要，他一倒下，沧澜就立刻崩盘——因为队伍里没有第二个人能顶住对面的猛攻。

但现在的沧澜不一样，除了他这个核心选手之外，还有能临时上阵指挥的老章，一直很稳定的治疗白轩，个人能力出色、关键时刻靠谱地稳住局面的阿树，以及四个虽然稚嫩，却很乖、很努力的少年。

李沧雨突然觉得肩上的担子轻松不少——因为还有很多人跟他站在一起，替他分担战队的压力。

凌雪枫也很为李沧雨高兴。能遇到猫神、阿树、老章和四个少年无疑是幸运的。但是，能组建出沧澜战队，找到这些给力的队友，李沧雨同样也是幸运的。

想到这里，凌雪枫建议道："老章今天指挥得很不错，你是不是该给他更多机会，培养他当战队的副指挥？"

果然最了解自己的还是凌雪枫，这么快就猜出了自己的想法。

李沧雨笑了笑，爽快地说："没错，我现在的精力已经不像当年，有老章帮忙分担一些也好。我打算接下来的常规赛多让他指挥试试，我也可以从他那里找到一些新的战术思路，以后到了甲级联赛，会更加好打。"

看着李沧雨脸上欣慰的表情，凌雪枫轻轻拍拍他的肩，低声说："我相信，这次你一定会实现梦想。"

李沧雨自信地说："那是当然，忙活这么多年，也该到了收获的时候。"

CHAPTER 14

进击的沧澜

SUMMONER OF LEGEND

两人吃完晚饭回到酒店后，凌雪枫就去前台另外订了一个房间，打算今晚住下来。

李沧雨道："战队那边要是忙的话，你就先回去吧。"

凌雪枫看了他一眼，说："我留在这边还有些事情需要处理。"

李沧雨疑惑道："你的私事吗？"

"战队合作的事。"凌雪枫也不想瞒着他，坦率地说，"有一家网络直播平台想请风色战队的选手们抽空去直播一些比赛，我之前跟经理商量过，觉得这也没什么坏处，就答应了。那家直播公司的总部在这里，我这次过来，正好约他们谈谈。"

"直播平台？"李沧雨若有所思地摸了摸下巴，"在网上用第一视角直播竞技场比赛，其实更像是教学视频吧。"他以前也看过一些网络直播，很多高手采用直播的方式让观众学习操作，新手们也很喜欢看这种直播视频，能从中学到不少东西。

凌雪枫所说的网络直播平台，邀请战队选手去参与互动直播，显然是为了靠电竞选手们的人气来拉拢观众，渐渐将直播平台做大。

神迹这几年涌入很多新人，尤其是世界大赛要开展的消息放出来之后，几个新区都是爆满状态。今年赛制改变，竞技场的规则比以前更加复杂，很多新人不知道该怎么打，有电竞选手在直播间里用第一视角的解说视频教一教大家，对新人们也是很有好处的。

李沧雨道："这家直播平台，应该不只找了风色战队吧？"

凌雪枫点头："时光、飞羽、鬼灵战队也答应跟他们合作，周末有空的时候随便打打竞技场，给新手们做点教学视频，还能有额外的收入，大部分选手都挺乐意。"

李沧雨笑道："爱热闹的小程唯应该最乐意干这种事了吧？"

"嗯，时光是第一个签约的，程唯说要亲自去直播，还抢先注册了一个 6666 的房间号。"

李沧雨低声吐槽道："他应该注册个 2222。"

远方的程唯打了个大大的喷嚏。

凌雪枫轻笑着说："以后有机会的话，你开小号陪我去直播间，我半个月去一次，反正这种活动输赢都无所谓，就当是放松吧。"

李沧雨道："我去你的直播间，不会被人认出来吗？"

凌雪枫道："不说话就行。"

李沧雨比了个 OK 的手势，陪朋友直播也是件美事，正好可以在比赛之余放松一下心情。但是……李沧雨说："我要出场费。"

凌雪枫想了想，道："你来一次，我给你做一条酸菜鱼？"

李沧雨很满意地伸出手："成交！"

沧澜战队的队员们正好吃完饭回来。

在大厅见到李沧雨，四个少年立刻跑过去围在他的旁边，小顾激动地说："猫神，我们赢了，好爽啊！"

卓航也笑着说："我跟小江在擂台拿了 4 分，猫神要不要表扬一下我？"

被围住的李沧雨无奈地说："你们都表现得很好，这次可以表扬你们。"

顾思明笑得很开心，卓航也是一脸得意。肖寒正若有所思地低头研究着什么，黎小江则乖乖站在李沧雨的旁边一句话都不说。

办完入住手续回来的凌雪枫，看到的就是李沧雨被四个少年团团围住的画面。

顾思明回头一看，立刻双眼一亮："诶？凌队你还在呢？"

凌雪枫说："我有点事，要在广州多待几天。"

顾思明立刻走到他面前："能再给我签个名吗？"

凌雪枫："可以。"

看见凌雪枫在，白轩也主动走上前去，礼貌地打招呼道："凌队这次是来广州出差吗？"

凌雪枫道："我来办点事情，听说你们住这家酒店，就顺路过来看看。"

众人一起坐电梯回到酒店房间，到达所住的楼层后李沧雨便说："今天比赛累了，大家先各自回去休息，明天下午的比赛依旧由老章来安排和指挥。他的声音虽然有些沙哑，但精神状态看起来明显好了很多，众人也就放下心来，各自回房去休息。

凌雪枫的房间就在李沧雨隔壁，他走到门口说："你睡觉的时候把空调温度开高一点，别再着凉了。"

李沧雨点头道："放心，你回去洗个澡，早点睡，我明天再找你。"

两人默契地对视一眼，各自回房。

刷门卡进屋后，章决明才问道："你感冒真的好了吗？"

李沧雨倒来一杯水喝了几口，才说："没事，我身体底子好，这点小病不算什么……倒是你，今天指挥比赛，感觉怎么样？"

章决明说："还不错，赢得挺爽！"

李沧雨道："沧澜现在的阵容虽然不够成熟，但几个小家伙都进步飞快，而且还有小白和阿树这两个非常稳定的选手坐镇，指挥起来很顺畅，对吧？"

老章哈哈笑了起来："那是当然！队友们的反应能第一时间跟上指挥的思路，我都不需要交代太多，他们自己就知道怎么做。尤其是阿树，我以前还没觉得他有多强，但今天亲自指挥比赛，我才发现，阿树最强的地方就在于他能立刻根据不同的战术做出不同的反应，应变的速度极快，而且失误率也特别低，哪里需要就能去哪里。"

李沧雨嘴上不夸谢树荣，但他其实也很喜欢阿树——比起自己和白轩、章决明这些老选手，谢树荣要年轻得多，但比起四个少年新秀来说，谢树荣又是打了好几年比赛的前辈。

在沧澜战队，谢树荣就是这样一个年龄正好处于中间段的人——比李沧雨他们小，却比肖寒他们大。

　　谢树荣当初负气离开飞羽到美国打了几年比赛，独自一人在异国他乡肯定经历过很多事情，哪怕他看上去像个大男孩儿，还经常找白副队撒娇要吃的、赖皮不肯洗碗，可其实，他的心智很成熟，状态也很稳定，是沧澜战队最能稳得住场面的一位选手。

　　这次李沧雨生病的关键时候，就是谢树荣站出来稳住了场面。他不是这场比赛的指挥，却是这场比赛的核心。

　　想到这里，李沧雨不禁微笑着说道："阿树的风格跟他的两个师兄都不一样，他的剑虽然快，但包容性更强，进可攻、退可守，可以跟沧澜的任何一个新人形成配合，这才是最让我喜欢的地方。"

　　章决明感叹道："对啊！能把这样的人挖来沧澜战队，猫神你也很厉害！"

　　"当时在新区遇到他，正好他合约快要到期，正在寻找能接收他的队伍，大概是缘分吧？"李沧雨也觉得自己运气很好，当时在新区遇到谢树荣时，完全没想到阿树能成为自己给力的队友，除了缘分之外，很难解释这样的巧合。

　　李沧雨顿了顿，说："老章，现在的沧澜，已经渐渐有了一支正规战队的样子，经过这几场比赛，四个小家伙的心态渐渐稳定下来，接下来的常规赛我想多给你一些指挥的机会，到了甲级联赛之后，我们的压力会非常大，多个指挥总没有坏处。"

　　章决明一愣，很快就明白他的意思，向来神经大条的豪放男人也不禁有些感动，挠了挠头，说："咳，我的指挥水平，或许没你想的那么好……"

　　李沧雨微笑着拍拍他的肩膀："我信你。"

　　——我信你。

　　这简单的三个字，让章决明瞬间放下了心中的一切顾虑。

　　猫神这么信他，他又有什么需要犹豫的？他们都是老选手，豁出去拼一次就是了！

想到这里，章决明立刻郑重其事地点点头："既然你这么信得过我，那我就再当几次指挥试试吧。不过，我毕竟离开赛场好多年，指挥得不好的话你可要直说！"

李沧雨道："会的，以后的战术思路我们可以一起研究。"

培养章决明当副指挥，李沧雨真正的目标其实还是为了甲级联赛压力最大的季后赛阶段，必要的时候，他或许还要出战擂台，可没那么多精力从头指挥到尾。有章决明帮着他，毕竟是双保险，何乐而不为呢？

1701号房间内，白轩从浴室洗完澡出来，就见谢树荣正躺在床上抱着iPad看动画，白轩不由好笑地说："这么大了，还看动画片，你不怕人笑话？"

谢树荣把手里的iPad放在腿上，抬头看着白轩，扬了扬眉，故作严肃地说："虽然我是成年人，但我还保持着一颗童心，这是很难得的，知道吗？"

白轩道："意思就是，你年纪不小了，但想法依旧很幼稚？"

谢树荣委屈地看着白轩："你能不能别老是打击我？"

白轩没理他，自顾自地拿起风筒吹着头发。

谢树荣放下iPad，抬头问道："话说，你相信凌雪枫这次是来出差的吗？我怎么觉得不太对劲呢？刚好猫生病了，他就来出差？"

白轩微微笑了笑，说："你别多管闲事，先管好你自己吧。"

谢树荣一脸无辜："我怎么没管好我自己？今天比赛我发挥得那么好，老章都在夸我，你就从来不肯夸我，只知道夸小江、小卓他们……"

说到这里，他的声音里居然透着些委屈。

白轩放下吹风筒，很无奈地回头看了他一眼："你都多大了啊？又不是十七八岁的新人，还需要我夸你？"

谢树荣从床上下来，厚着脸皮走到白轩的身后，撒娇一样把下巴搭在他的肩膀上，说道："你没听说过吗？不管多么优秀的人，心里其实都期待着被别人赞美和肯定。你表扬我几句不行吗？我就想听你夸我。"

白轩无奈至极，只好伸手轻轻拍了拍他的脑袋，说："好好好，你打比赛的时候特别靠谱，人也特别聪明，长得又高又帅，性格无可挑剔，就连洗个碗都比别人洗得干净，真是世界上最完美的人……够吗？"

谢树荣听着他敷衍的赞美，并没有回答。

"还不够啊？"白轩回过头来，看着这棵缠住自己的赖皮树，不禁好笑地说，"你的智力倒退回幼儿园了吗？小树树？"

谢树荣："……"

他可是玉树临风、帅气潇洒的树神！

才不是白轩所说的智商倒退回幼儿园的小树！

谢树荣故作深沉地摸摸鼻子，道："你刚才夸我的那几句，一点诚意都没有，重新夸。"

白轩气道："毛病！"

这家伙之前在美国的时候因为"我不想洗碗"死皮赖脸地讨好自己，回国之后又是因为"我想吃排骨"厚着脸皮找自己撒娇，反正谢树荣赖皮起来，比卓航、黎小江那几个少年还要幼稚。白轩不想继续夸他，道："赶快睡吧。"

谢树荣闷闷不乐地转身来到床边，一头栽倒在床上，把自己用被子埋了起来。

白轩看着床上裹成粽子的青年，不禁微微笑了笑，没再理他。

阿树睡觉的时候把自己卷成粽子的姿势还挺有趣的，这家伙虽然已经超过二十一岁，性格却像个大男孩儿，有时候还会做出一些非常幼稚的举动，白轩对此早就见怪不怪。

弄干头发之后，白轩便安心到床上睡了。

次日中午，沧澜众人聚集在一处，这次比赛依旧由章决明来指挥，老章仔细安排好战术和阵容，就带着大家去了赛场。

对手实力并不强，只不过在团战阶段配合的时候出了些小问题，最终的比分确定为14:7，打满了三局团战和三局擂台。

李沧雨的感冒还没完全好，但精神状态不错，也跟着去了赛场。

比赛结束后，他跟凌雪枫一起吃饭，其他队员们则被白轩带着去吃团餐。队长连续缺席聚餐，几个少年心中都十分疑惑，但也不敢问，只能跟着副队吃完饭各回酒店。

肖寒每天都会跟秦陌聊天学习中文，这天也不例外，回酒店发信息给他："我师父又没跟我们一起吃晚饭是因为跟你师父一起去吃晚饭了吗？"

秦陌回："打字要带上标点，这是礼貌。"

肖寒："哦。"

然后他又带上标点，认真地把这句话重新发了一遍。

秦陌乐坏了，总觉得自己"食物链最底层"的地位有了改变，至少在"学习中文"这件事上，肖寒要听他的！

"我师父去阳城，是要跟 BTA 直播平台签订合约，风色答应跟他们合作，以后派一些职业选手去直播第一视角的视频，教网友们竞技场的打法。"秦陌耐心解释道。

肖寒说："可他的房间就在我师父房间的隔壁。"

秦陌道："那又怎么了？"

肖寒："他来看我师父，还天天跟我师父一起吃饭。"

秦陌惊讶道："是吗？"

肖寒："你说他们整天在聊什么呢？会不会又有什么计划？让你给我当陪练？"

秦陌："滚滚滚！我没空给你当陪练！还有问号不要连着用！看着会很烦！"

肖寒："那你的感叹号怎么一直连着用呢？"

秦陌："……"

肖寒："省略号又是什么意思呢？"

——你的好友〔牧羊人〕下线了。

肖寒看着秦陌暗下来的头像，依旧一头雾水，他觉得中文博大精深，很多符号的意思他完全搞不懂，尤其是省略号，含义太丰富了。

　　凌雪枫这次待了半个月才回去，除了跟直播平台签约之外，还有一些广告代言的合同需要敲定。

　　半个月时间，沧澜战队的少年们迅速地成长起来，卓黎两人的配合越来越流畅，小顾和肖寒的发挥也越来越稳定。章决明的指挥风格跟李沧雨很不同，但队友们配合得好，沧澜赢多输少，在积分榜稳居前三名。

　　乙级联赛的赛程安排得非常紧密，这样密集的比赛也能磨炼选手们的抗压能力，四个少年在经历过几次大起大落之后，心态方面已经成熟了许多，哪怕偶尔输掉，也不会像刚开始那样沮丧。

　　接下来，李沧雨又开始磨炼沧澜的其他擂台组合。

　　比如让阿树和卓航组合在一起以快打快，或者让顾思明顶住压力肖寒趁机偷袭暗杀，再或者让阿树和小白配合上阵，或者自己带着老章来辅助……

　　在十几场比赛当中，观众们很难看到沧澜派出重复的阵容，陈薇薇和邵宇这两位解说对此倒是乐见其成，因为每次解说沧澜的比赛都会让他们耳目一新。

　　观众们也察觉到，猫神这是在拿乙级联赛练手。

　　甲级联赛的豪门战队实力一个比一个强，不可能给他这样练新人的机会，沧澜要是到甲级联赛还这么练那肯定连季后赛都危险。

　　可乙级联赛的整体实力偏弱，沧澜在最初由于猫神生病大比分输给耀华的那场比赛之后，后面的比赛在比分上就一直没吃过亏，积分稳定在前三名，猫神找机会练四个新人也是最合理的选择，毕竟他是冲着甲级联赛去的。

　　时间过得极快，转眼就到了4月底。

　　在经历过十几场比赛的洗礼之后，沧澜战队终于以常规赛第三名的成绩，成功杀入了乙级联赛的季后赛阶段。

　　沧澜战队在积分榜排名第三，在季后赛半决赛的第一个对手是排名第二的荣光战队。

乙级联赛的季后赛团战规则跟常规赛不一样，擂台不再是赢一场积 2 分的模式，而是采用 KOF 车轮战赛制——也就是说，双方各自派出三组搭档，交替作战，能坚持到最后的人就算赢，擂台赢一场算 1 分。

团战的规则和常规赛相似，但赢一场也是算 1 分。

赛程安排是：A 队选图打一场擂台、一场团战，然后交换 B 队选图再打一场擂台、一场团战，如果前面四场的积分打平，最后再开随机地图的团战决胜局。

可见，季后赛的 1 分比常规赛的 5 分还要珍贵。

季后赛采用五局三胜制，不管擂台还是团战，谁先拿下三局谁就判定胜利。

这样的规则更改，跟甲级联赛季后赛以及世界大赛相近，让擂台变得跟团战一样重要，而且，擂台 KOF 三组搭档车轮战的赛制，也更注重搭档和搭档之间的衔接与配合。

沧澜战队如今的实力虽然不弱，几个少年在经过常规赛阶段的磨炼后也成熟了许多，但李沧雨并不敢有丝毫大意，万一出现失误输掉一场季后赛，那么他们前期的一切准备就白费了。别说什么世界大赛，连甲级联赛的晋级资格都会失去。

——乙级联赛，必须拿下冠军！

这是李沧雨在赛前开会时认真强调过的目标。

荣光战队的阵容以近战输出为主，李沧雨跟老章、阿树和白轩一起研究了一下他们的成员配置，然后敲定了一套擂台出场方案。

沧澜主场选择森林类地图，让小卓和小江的组合打头阵，肖寒和阿树中场过渡，最后由李沧雨和章决明的组合来收尾。

这样的安排算是双重保险——开局的卓黎组合哪怕落入劣势，还有中间的阿树来稳住局面，最后再由李沧雨亲自收尾，保证擂台不丢分。

团战阶段，李沧雨也是让四个老选手全部上场，尽量把失误率减少到最低。

　　由于沧澜战队的四位老选手全部上场，这一局半决赛打得几乎没有悬念，沧澜连赢三场，3：0 大比分获得了胜利。

　　两天之后，沧澜战队即将面对乙级联赛的总决赛，对手是耀华战队。

　　之前的常规赛上李沧雨由于感冒发烧影响到了状态，曾大比分输给过耀华，这支队伍算是乙级联赛中实力最强的一支，正副队长也都是打了好几年比赛的经验丰富的老选手。不过，李沧雨并不担心这一点。

　　擂台的第一场，他直接让卓黎组合、顾肖组合四个少年选手齐齐上阵。总决赛这样难得的锻炼机会，正好可以练练四个小家伙的心理承受能力。当然，最后依旧是他跟老章配合着收尾。

　　这场比赛打得比上一场还要艰难，因为乙级联赛总冠军的争夺同时也是甲级联赛入场券的争夺，谁都会拼尽全力。

　　第一场擂台，四个新人大概是太紧张的缘故，前期的劣势太大，哪怕李沧雨个人实力再强，也扳不回局面，沧澜战队意外输掉，大比分 0：1 落后。

　　第二场团战，老选手一起上阵，白轩和谢树荣都是经历过各种大赛的人，发挥相当稳定，老章的心理承受力也比较强悍，更别说连世界大赛都不怕的李沧雨。

　　四人联手将对方压回复活点，迅速推掉水晶，扳回 1 分，1：1 战平。

　　第三场擂台，李沧雨改变了思路，把卓黎、顾肖双人组给换掉，让老选手带着他们打——阿树和卓航打头阵，肖寒和老章中间，他亲自带着黎小江收尾。

　　有大神在身边，几个少年明显踏实许多，这一局擂台打得非常顺利，等李沧雨出场的时候对面的两人已经被肖寒压到残血，李沧雨顺利完成收割，屏幕上的大比分变成 2：1。

　　只要再赢一局，总决赛就能拿下！

　　李沧雨自从成为职业选手以来，有很多次，他都跟奖杯距离这么近，但是很多次，他都因为各种原因跟奖杯失之交臂……

　　但这一次，他不会再放过这个机会！

　　李沧雨深吸口气，将队友们召集在一起，干脆利落地说："这一局是我们的赛点，只要赢下这局，第五局的随机地图决胜局就不用再打。大家打起精神，全力以赴，速战速决！"

　　连赢两局的沧澜众人受到鼓舞，都是一脸的兴奋。

　　这一局关键的团战，李沧雨派出的是小顾、肖寒、白轩、谢树荣、老章再加上他这个队长的最稳定阵容。

　　顾肖树三人在前排快速冲击，李沧雨在后面暴力压制，加上白轩稳定的治疗和老章灵活的辅助，沧澜战队果然速战速决，短短二十分钟就解决了战斗。

　　3：1，沧澜战队获胜！

　　当屏幕上弹出"胜利"两个金色大字时，李沧雨的表现却比很多记者想象中还要淡定，他只是微微笑了笑，起身跟身旁的队友们轻轻拥抱了一下。四个少年都高兴地蹦了起来，但李沧雨却很平静，好像这场比赛的胜利早就在他的预料之中。

　　——神迹第七赛季，乙级联赛的冠军，属于沧澜。

　　仔细算来，这还是李沧雨职业生涯中的第一个奖杯。

　　他从神迹第一赛季开始就带领着FTD战队征战联盟，后来又带队转移到武林，神迹三年，武林三年，这个男人始终没有拿下过任何一个团队赛的奖杯。

　　如今他拿到了，但脸上的表情却异常地平静。

　　因为，他的目标远不止于此！乙级联赛的冠军，这只是一个阶段性的胜利，他的路才走了一半，他并不满足，他还要继续前进。

　　李沧雨带着队友们去对面握手的时候，耀华战队的队长韦华很认真地握住他的手说："猫神，我期待你能拿下甲级联赛的冠军，这样，我们耀华输在你手里也不算冤。"

　　李沧雨拍了拍他的肩膀，微笑着说："我会尽力。"

这些乙级联赛的选手实力虽不如甲级联赛的大神，但李沧雨知道，他们也一直在这个领域为了同样的目标而努力着，他们也值得敬重。

乙级联赛结束后，现场直接举办了颁奖典礼，神迹赛事组委会的会长亲自将乙级联赛的冠军奖杯递到李沧雨的手里，感慨地拍拍他的肩膀，说："老猫，好样的。"

李沧雨接过奖杯，在现场观众们的欢呼声中，他将职业生涯的第一个奖杯高高举起。

主持人激动地问李沧雨："猫神，第一次拿到奖杯，你有什么想法吗？"

李沧雨微笑着说："这确实是我当职业选手以来的第一个奖杯，但我不会因此而自满，因为，还有更多的挑战在前面等着我。"

还有更多的挑战在等着他，这意思很明显，他要回来接受甲级联赛各大豪门的挑战！

第七赛季乙级联赛，沧澜战队拿下冠军，这也在很多媒体记者们的预料当中。

从后期沧澜战队几位少年选手的快速成长就可以发现，这支队伍的整体实力跟刚开始的沧澜相比，确实提升了一个台阶。

现在的沧澜战队，哪怕对上甲级联赛的一些队伍也不一定会输。

猫神野心不小，目光也很长远。

他这次带队回归，自然不可能满足于一个小小的乙级联赛的冠军。

这个冠军奖杯的含金量太小，还不能证明他真正的实力，他从中后期开始反复派出队里的少年选手练兵，为甲级联赛做好准备，显然，他对甲级联赛的冠军是志在必得。

——对接下来的晋级赛，当然也是志在必得！

CHAPTER 15

重返神迹

SUMMONER OF LEGEND

第七赛季甲级联赛的主赛场已定，5月10号是甲级联赛的开幕式，晋级赛的时间定在5月1日，沧澜战队还有一周的时间可以准备。

　　在乙级联赛拿下冠军之后，李沧雨率队回了一次俱乐部，刘川亲自派车去高铁站接大家，请大家吃了一顿丰盛的庆功宴。

　　在庆功宴上，刘川主动拍了拍李沧雨的肩膀，说："好样的，猫神！"

　　李沧雨微笑着说："大家都辛苦了，这个冠军对我们来说是个很好的开始，接下来还有更多比赛，我们并不能放松。我打算休息三天后就直接去做晋级赛的准备。"

　　刘川对此表示赞同："提前过去也好，免得有人出现水土不服的情况，机票和酒店我这边来安排，你们只需要安心准备比赛就行。"他说着又拿出来一个U盘递给李沧雨，"这是泽文整理好的关于晋级赛对手终结者战队的资料，你们回头可以好好研究一下。"

　　李沧雨感激地接过来："替我谢谢吴队！"

　　刘川笑道："客气什么，泽文最喜欢整理资料，能帮你的也就这么多。"

　　之前的第六赛季，甲级联赛常规赛排行榜排在末尾的是终结者战队，按照神迹联盟优胜劣汰的规则，甲级赛的倒数第一要跟乙级赛的冠军打一次晋级赛，重新争夺本年度甲级联赛的入场券。

　　当晚回去后，李沧雨就把队员们叫到自己的宿舍，仔细研究了一下终结者战队的资料。

　　这支队伍的风格比起甲级赛其他战队来说并不算特别鲜明，他们的主力阵容是黑魔法师和白魔法师搭配输出的远程魔法控制打法。

队长廖振东是神迹联盟比较出名的白魔法师选手，但比起状态很好的程唯来说，他的反应要慢上许多，风格更偏向于稳扎稳打。

跟他配合的副队长林子平是一位手速比较快的黑魔法师选手，但比起神迹的王牌黑魔法师——风色战队的副队长颜瑞文而言，他的水平又稍显弱势。

廖振东和林子平的个人能力比不上程唯和颜瑞文，但他俩配合的默契程度却能跟神迹豪门中的任何一对组合相比——这两人也是多年的老搭档，彼此之间非常了解。

两个不算最强的黑白魔法师组合在一起，却有出人意料的效果，原本互相克制的黑白魔法在形成配合之后，正好能填补队友的不足，将组合的威力发挥到最大。

说实话，终结者战队的团战并不好打，好打的反而是擂台阶段。

季后赛的擂台是车轮战赛制，三组搭档连续打车轮战，终结者战队比较拿得出手的却只有廖振东、林子平这一组搭档，而沧澜的擂台搭档却非常多，就算卓黎、顾肖这四个少年打不过对面的老选手，还有李沧雨和谢树荣这两个攻击手在场，足够将他们的擂台打崩。

这么看来，终结者战队在擂台阶段就会相当吃亏。

李沧雨把战术研究的重点也放在了擂台赛："按照晋级赛的规则，先由沧澜战队选图打一局擂台、一局团战，然后由终结者选图打一局擂台、一局团战，如果前面四局打成 2:2 平，再开第五局的团战决胜局。"

"沧澜的优势在擂台，主场和客场的擂台要尽量拿下。只要保住两局擂台，再拿下一局团战，我们就能以 3:1 的比分获得最终的胜利。"

团战有优势的队伍，和擂台有优势的队伍，都可以根据己方的长处来布置阵容，选择性地拿下大比分。

事实上，第七赛季赛制改变之后的擂台也相当于一次连续性的团战，只不过，六人齐全的大团战更注重全体配合，而车轮战的擂台更注重小组合与小组合之间的衔接。

——对于这场比赛，李沧雨信心十足。

沧澜战队的全员在 4 月 28 号集体来到首都，虽然在这里有不少朋友，但李沧雨并没有抽出时间去会客，而是在刘川秘密租下的网吧开始封闭式的集训。

这场比赛不能出现丝毫差池，否则就是前功尽弃。

5 月 1 日下午，电竞场馆里人山人海、座无虚席，这场比赛的解说邵宇和陈薇薇也大老远赶到比赛现场。

陈薇薇笑着说道："今天的这场晋级赛我相信有不少人都在关注，因为，这场比赛的胜者将会获得甲级赛联赛的入场券，跟他们一起争夺第七赛季的总冠军！"

邵宇说道："目前网上的比分预测猜沧澜赢的占 60%，猜终结者赢的占 40%，出现这样的比例说明很多观众已经肯定了沧澜战队的实力……毕竟这里有猫神。"

"当然，沧澜有四个刚出道的少年新秀，大赛经验欠缺，确实让人不太放心，终结者战队毕竟在甲级联赛打了好几年比赛，队员们都经验老到，两边谁会赢，目前还不能下定论，关键要看临场发挥。"

"尤其是沧澜的四个少年，能不能顶住压力，是本场比赛胜负的关键。"

两人的话观众们也表示同意，像李沧雨这样经历过很多次大起大落的男人，心理承受能力有多么强悍没有人会怀疑。他能在三年神迹、三年武林后又卷土重来，足以证明这个男人的心志如钢铁般坚毅。

白轩是他的老搭档，跟他并肩走过多年，这种比赛自然不会畏惧。谢树荣和章决明这些老选手，面对大赛看表情也相当淡定。

关键还是四个少年，刚出道的小家伙们都是十七八岁的年纪，万一承受不住压力发挥失误……要知道，一个人的失误很可能会葬送全团的优势。

沧澜的粉丝们对此都很担心，在直播间里拼命刷屏："四小只加油啊！别让猫神失望！""沧澜四小，加油加油，相信你们！"

此时的隔音房内，穿着队服的沧澜全员正聚在一起交流。

李沧雨脸上的表情非常轻松，倒是四个少年似乎都有些紧张，这也很正常，毕竟是一场决定沧澜命运的重要赛事，年纪小的选手也不可能像老选手那么淡定。

晋级赛，沧澜战队选图阶段。

第一场擂台李沧雨选择的地图是魔境森林，这张地图是几个少年最熟悉的地图，在大赛选熟悉的地图也能保证大家的发挥。

第一对组合，他派出了卓航和黎小江。

卓黎组合大家早就不再陌生，在乙级赛常规赛阶段这两人出场的次数非常多，经过那么长时间的磨炼，两人之间也形成了不错的默契，卓航负责保护，黎小江负责主力输出。

终结者战队见到对方这样派人，立刻派出弓箭手加治疗的组合。

在台下观战的凌雪枫微微皱了皱眉——这样的对局，沧澜估计要输。

卓航的猎人最难对付的就是手长的弓箭手，你的陷阱不可能放到他的身边去，而他的弓箭却可以远距离打到你。

果然，弓箭手利用攻击距离远的优势，在前期一直压着卓航打，卓黎组合只磨掉对面不到半血就被送下场来。

车轮战的第一轮劣势严重，卓航和黎小江都垂着脑袋不敢说话，因为他们知道，如果这场比赛输掉，沧澜前期的准备、猫神对他们的心血，可都白费了！

李沧雨倒是没说什么，很淡定地派出沧澜的第二对擂台组合——谢树荣和肖寒。

这个组合一出阵，沧澜的粉丝们都开始激动地欢呼。

树神和混血少年是沧澜手速快、反应快的代表，他俩以快打快，绝对能把终结者的两个远程打得哭不出来。

事实证明，谢树荣和肖寒的快打组合确实威力极大。

肖寒专门隐身盯着对面的弓箭手砍，而谢树荣……他又发挥出当年在飞羽战队时期"专杀治疗"的特色，追着治疗猛砍，打得对面的治疗读条都读不出来。

在台下观战的白轩真是心有余悸，虽然现在的他跟阿树已经是队友，可看到谢树荣追着砍治疗，他总是想起当年被他连杀十次的那场比赛……

树肖两人顺利杀掉终结者的远程组合，对上终结者第二轮派出的搭档——狂战士和剑客。

这个组合在谢树荣和肖寒的手里也占不到多少便宜，但没办法，终结者已经没人可以派了，他们的正副队长还要留着守擂。

谢树荣和肖寒把对方打残后下场，算是将前期的劣势完全扳了回来。

第三轮，双方守擂组合对决，终结者那边毫无意外地正副队齐上阵，派出廖振东加林子平的王牌黑白魔法组合，而沧澜这边的出场名单一打出来，粉丝们都激动地快哭了。

——老猫，白狐。

——李沧雨和白轩的组合。

这两个人，从六年前的第一赛季就搭档在一起，经历了那么多年的风风雨雨，白轩一直陪在李沧雨的身边，从未离开。

两人一起创建FTD战队，一起带队转移，一起面临两次战队解散，又一起组队回归。

他们对彼此而言，已经不仅是队友，更是家人。

这两人之间的默契，不输于神迹联盟的任何搭档，哪怕鬼灵战队从小一起长大的楼张兄弟组合，也不敢说自己的默契程度就比猫白二人高。

——那可是整整六年的搭档！

李沧雨一个眼神，甚至一个前置走位操作，白轩就能判断出他想干什么。

猫白配合的擂台第三轮，果然让观众们直呼过瘾。带着治疗上阵的李沧雨，亲自告诉你们，什么叫打不死的老猫！

有白轩帮他加血，他简直能带着宠物横着走，将终结者战队的双人组合打得泪流满面。

沧澜战队毫无悬念地拿下第一场擂台，1:0暂时领先！

台下，观战的程唯忍不住道："猫神带着治疗，这该怎么打啊！应该跟联盟主席反应一下，擂台阶段不让带治疗上场！"

谭时天微笑着说："毕竟还有团队赛，猫神没那么强的精力连续打四局，我估计擂台阶段他只会出场一次。"

"那可不一定。"旁边突然传来苏广漠的声音。

程唯惊讶地回过头："唉？苏队你也在啊！"

苏广漠笑着说："反正过几天就是甲级赛开幕式，我提前来做准备。不只是我，今天来现场的人挺多，瞧那边，凌队也在。"

程唯顺着他的目光瞧过去，果然看见凌雪枫正面无表情地看着比赛大屏幕，帅气的侧脸如同一尊完美的雕像。

在经过短暂的休息之后，沧澜战队选图的团战正式开始。

这一局团战李沧雨带着黎小江上场，显然是针对终结者战队的白魔法师。但黎小江由于动作慢的缺陷，还是在激烈的团战中被对手抓到了漏洞，尤其是对面的远程弓箭手，专门盯着黎小江打断读条，让黎小江的很多技能都读不出来。

第二局团战初期劣势，沧澜战队在后面也没能成功翻盘，比分变成了1:1。

台下观战的程唯忍不住急了："怎么又1:1了啊，下一局擂台一定要拿下！"他虽然在观战，看上去却比场上打比赛的猫神还要激动。

谭时天无奈地看了他一眼，道："你别急，沧澜的擂台优势很大。"

第三局的擂台，李沧雨派出了树黎组合。

谢树荣带着黎小江打头阵，在阿树的强势保护下，黎小江总算发挥出了自己攻击高的特色，成功击杀掉对方的近战组合，为己方确定了初期优势。

肖寒和小顾第二局出场，虽然是两个新人，但在优势局，顾思明的冲击式打法搭配肖寒寻找机会的暗杀，还是比较稳定的。

顾肖两人将优势保持到最后，再由李沧雨带着卓航出场完成收割，顺利拿下第三局。

比分 2:1，沧澜战队获得了本场比赛的赛点。

只要拿下接下来的团战，沧澜就能 3:1 直接获胜！

然而让观众们意外的是，这局团战猫神居然没有上场，而是让章决明指挥！

终结者战队似乎没有料到这一点，他们专门派出了针对李沧雨召唤师的阵容，结果却被老章豪放派的暴力碾压战术打得有些蒙，初期就陷入经济劣势。

虽然廖振东想在冰龙刷新时打一波团战翻盘，但显然，谢树荣不会给他们这样的机会，谢树荣带着小顾和肖寒在前排快速冲击，直接将终结者战队的阵容全面冲散！

沧澜战队把握住了这个赛点，一波推掉水晶，大比分 3:1，直接获得了最终胜利！

几个少年激动地跳了起来，李沧雨微笑着走上前去，伸出双臂，跟队友们来了一个大大的拥抱。

对于沧澜关键时刻突然换指挥这件事，不少观众都一头雾水，觉得猫神这是在玩儿战术，毕竟老猫一直以"战术诡变莫测"而闻名神迹。

但事实上，在台下观战的凌雪枫知道——他是状态跟不上了。

前面三局李沧雨已经爆出了最高手速，尤其是第二局，由于黎小江被针对，沧澜打得非常艰难，他爆手速压制对手，只是为了让终结者战队的选手们消耗大量的精力。

第三局他又接着上场，这样高强度的连续比赛，他大概是察觉到自己不一定能应付第四局，为免出错，干脆将指挥权交给了老章。

从擂台和团战的阵容安排就可以发现，他其实非常细心，第三局的擂台他没再带白轩上场，也是为了给小白一点休息的时间。

章决明能赢下第四局自然好，万一输掉，李沧雨也可以在休息好之后，在第五局的决胜局全力一搏，这才是最保险的做法。

看着隔音房内那个因为拿下比赛而面带微笑的男人，凌雪枫的心里觉得尤为自豪——李沧雨，就是这样一个冷静稳重又果断坚定的人，他是粉丝们眼里最帅气的猫神，也是自己心中最珍贵的知己。

很高兴能看到他拿下晋级赛的胜利，这代表着那只爱吃鱼的大猫，终于真正地回到了神迹。

凌雪枫在现场观众们震耳欲聋的掌声中，微微扬起了嘴角。

解说间内，陈薇薇强忍着想哭的冲动，说道："恭喜沧澜战队 3：1 获得了晋级赛的胜利！这也就意味着，沧澜战队将拿到甲级联赛的入场券，参与到第七赛季的甲级联赛当中，让我们再次以热烈的掌声恭喜沧澜！"

邵宇也激动地说："恭喜猫神归来！阔别神迹整整三年，他终于又回来了。这次，他带着崭新的沧澜战队回到联盟，相信在甲级联赛的赛场上，他一定会带给大家更多的精彩！"

隔音房内，李沧雨在跟队友们简单地庆祝过后，便礼貌地走到对面去握手。

相对于沧澜获胜后的喜悦，终结者战队的选手们自然高兴不起来，沧澜晋级，意味着他们就会降级，以后，他们只能打乙级联赛……但至少比战队解散要好受得多。

廖振东很快就调整好情绪，跟李沧雨握了握手，说："恭喜猫神。"

李沧雨点了点头，道："当年 FTD 战队解散的时候，我并没有放弃，廖队，我相信你也不会轻易放弃，对吗？"

廖振东愣了愣，很快就反应过来，脸上也终于扬起笑容："当然！"

只不过是降级到乙级联赛而已，又不是不能打比赛了，在这个整整六年都不放弃的坚韧的男人面前，谁又好意思说自己想要放弃？

李沧雨微微一笑，轻轻拍了拍他的肩膀，说："加油。"

他自己就曾经无数次被强队淘汰，那种感觉很不好受，所以他很明白廖振东此时的心情。安慰的话并没有多少用处，但他相信，真正坚定的人，不会轻易被挫折打败。

直播间内，导播突然放出观众席的镜头，现场观众开始疯狂地欢呼，陈薇薇忍不住激动地道："大家刚才看到，在 VIP 观众席有几位熟悉的大神的身影——时光的谭队、程副队，飞羽的苏队和俞副队，还有风色的凌队都在现场观战，看来他们对这场比赛也非常关注！"

"猫神是凌队的老对手，谢树荣是苏队和俞副队的小师弟，程唯更别说了，猫神最忠实的粉丝，这些大神出现在现场也并不奇怪。"邵宇笑着说道，"下周就是甲级联赛的开幕式，猫神的加入，应该会让第七赛季的积分榜来一次大洗牌。"

"那是当然！"陈薇薇道，"观众朋友们，请继续支持第七赛季甲级联赛的直播！我跟邵宇接下来会去解说冠军杯争霸赛，欢迎感兴趣的观众们届时收看。神迹官方甲级联赛的解说，就要交给冰姐和宏义了！"

导播将镜头切到另一个直播间，于冰和寇宏义正坐在那里观看比赛。

解说的交接，也算是顺利完成了乙级联赛到甲级联赛的赛事交接。

寇宏义微笑着说："首先，恭喜沧澜成功晋级到甲级联盟当中。冰姐先对沧澜的这场比赛简单做一下点评吧？"

于冰点了点头，表情平静地说："这场比赛，沧澜从头到尾的阵容都体现了猫神在战术上的精密布局。沧澜擂台阶段出场的组合非常多，但仔细研究，就能发现猫神的细心之处，比如第二局团战黎小江被针对后输掉，第三局擂台猫神就派谢树荣跟黎小江搭档，让阿树保护黎小江，完成一次擂台的胜利，显然是为了让黎小江重拾信心。"

寇宏义恍然大悟："看来，猫神不仅考虑到了阵容和输赢的问题，还顾及了几个少年选手们的心理状态。"

"是的，猫神一直是个果断又细心的队长，我非常期待沧澜在甲级联赛中的表现。"

导播把今年甲级联赛的队伍全部在直播屏幕上列了出来，寇宏义立刻介绍道："随着沧澜战队的顺利晋级，第七赛季甲级联赛的八支战队名单也有了改变——风色、飞羽、时光、鬼灵、清沐、红狐、猎豹，以及刚刚晋级的沧澜！"

于冰说道："甲级联赛的开幕式将在 5 月 10 日举办，欢迎观众们准时收看！第七赛季的甲级联赛将由我跟宏义搭档为大家解说。"

说到这里，于冰一向冷漠的脸上也难得露出了一丝笑容。

猫神终于回来了，她所期待的高手如云的第七赛季终于要拉开帷幕，作为曾经的红狐队长、现在的官方解说，能有幸亲眼看见联盟有史以来最激烈的一个赛季，她觉得非常荣幸。

比赛现场，跟对方握完手后，李沧雨就带着沧澜全员来到了大舞台上，鞠躬感谢观众们的支持。

现场掌声雷动，舞台上的灯光炫目而耀眼，看不清台下观众的面容，但李沧雨知道，今天现场肯定还有不少朋友在观战，凌雪枫、程唯、苏广漠这些人应该都来了，他们或许只是想见证自己归来的这一刻吧，幸好自己没有让他们失望。

主持人走上前，将话筒递给李沧雨，激动地说："猫神，晋级赛胜利，沧澜即将加入甲级联赛的八强战队当中，对于那些更加强大的对手，你有什么想说的吗？"

李沧雨对着镜头微微一笑："我回来了，请你们做好准备，接受沧澜的挑战吧。"

——他这句话说得非常平静，却是给神迹联盟的豪门战队集体下了个战书！

台下，程唯激动地跳了起来："太棒了！沧澜终于晋级！猫神真帅，这句话说得太帅了！"

谭时天无奈地说："猫神所说的'做好准备接受他的挑战'也包括你啊。"

程唯愣了愣，似乎反应过来这一点，这才挠了挠头，乖乖坐了下来。

苏广漠感叹道："唉，今年的联赛看来是不好打啊！"

谭时天道："有哪一届好打吗？"

苏广漠耸耸肩："确实，每一届都不好打。"

凌雪枫听到李沧雨的这句话，却只是微微扬了扬嘴角，似乎在说："我等你。"

在高手如云的神迹联盟，能拿下冠军的队伍除了实力之外还要靠一些运气。每一届都不好打，只是，这一届的竞争会格外激烈罢了。

第七赛季，赛制全面改变，猫神率队归来，对神迹联盟来说，这也是一个全新的起点。

沧澜战队晋级赛胜利的消息很快就传遍了电竞圈，作为龙吟俱乐部的老板，刘川当然亲自到现场观看了这场比赛，比赛结束后他就立刻来到了后台。

一到后台便看见沧澜战队的四个少年正围在李沧雨的旁边，脸上满是兴奋和喜悦，尤其是顾思明，激动得都快要蹦起来了。李沧雨倒是非常平静，正微笑着跟大家说着什么，见到刘川，他便走过来打招呼道："老板，我们赢了。"

刘川笑着拍了拍他的肩膀："大家都是好样的，今晚出去聚餐，我请客！"

众人立刻欢呼起来。就在这时，突然见一个容貌英俊的男人正朝这边走了过来，李沧雨看见他，双眼一亮，微笑着迎上前去："你也来看比赛了？"

"嗯。"凌雪枫点了点头，低声道，"恭喜。"

凌雪枫亲自到现场来，或许只是想亲眼见证自己回归联盟的这场比赛吧？李沧雨早就知道他会来，但真在现场看到他的这一刻，心里还是忍不住高兴。

李沧雨回头朝刘川介绍道："这位是风色战队的队长凌雪枫，这位是我们龙吟俱乐部的老板刘川。"

刘川伸出手："凌队，久仰久仰。"

凌雪枫也伸出手跟他握了握："川神，幸会。"

这是凌雪枫和刘川第一次见面，但电竞圈就那么大，刘川作为电竞选手退居幕后当俱乐部老板的第一人，在电竞圈可以说是无人不知、无人不晓的传奇人物。更何况，龙吟俱乐部的规模越来越大，如今又签下沧澜战队进军神迹，凌雪枫对这个人当然是早有耳闻。

而刘川对凌雪枫印象很深，是因为吴泽文之前整理出来的神迹豪门战队选手资料当中，已经二十四岁的凌雪枫各项数据都排行前列，上赛季还带领风色战队夺冠，比赛时发挥得相当稳定，算是李沧雨回归神迹联盟最强的对手。

两人简单地握了握手，似乎并没有聊下去的打算，李沧雨便轻轻拍了一下凌雪枫的肩膀，说道："我跟战队的人先去聚餐，明天开会再见。"

凌雪枫点头："好，再联系。"

众人刚往前走了几步，又看见谭时天、程唯、苏广漠和俞平生朝这边走了过来，李沧雨不禁笑道："今天真热闹啊，这么大的阵仗欢迎我回来？"

卓航立刻闪身躲去白轩的后面假装自己不存在。

程唯看见李沧雨就激动地扑了过来，高兴地抱住他说："猫神猫神，恭喜啊！太好了，以后比赛就可以看见你了，嘿嘿嘿！"

李沧雨不客气道："你就那么期待我在赛场虐你吗？"

程唯不服道："说不定是我虐你呢！"

李沧雨揉了揉他的头："醒醒，你怎么可能虐我？"

程唯道："我现在比以前厉害多了，不信去单挑啊！"

谭时天微笑着走了过来，说："恭喜猫神。"

苏广漠也过来说："恭喜恭喜。"然后又伸手用力拍了拍谢树荣的肩膀，"欢迎回来。"

谢树荣疑惑道："师兄，你们怎么这么早就到了？甲级联赛不是 5 月 10 号才开幕吗？"

苏广漠道："明天队长开会，我跟小俞正好提前一天过来看你们比赛。"

俞平生一直像幽灵一样跟在苏广漠的身后，存在感低如空气，谢树荣看向他，他只朝谢树荣轻轻地笑了笑，谢树荣知道他不爱说话，也就朝他回了一个笑容。

跟几位老朋友打过招呼后，李沧雨便带着大家跟刘川一起去吃饭，刘川早就订好了一桌庆功宴犒劳大伙。

饭局上，李沧雨主动站起来说："这次能顺利晋级，大家都有功劳，我敬大家一杯！"

众人立刻站起来，举起酒杯相碰："干杯！"

回想起来，这一路走来其实并不容易，但大家都知道，比起甲级联赛的强度而言，乙级联赛的对手实力较弱，比赛打得已经算是相对轻松。今天拿下晋级赛，对所有人而言只是一个新阶段的开始。距离第七赛季的甲级联赛只有九天时间，他们并不能松懈。

众人坐下之后，李沧雨接着说："明天，我跟白轩要去参加赛前筹备会议，其他人先回去收拾一下行李，我给大家放一周的假，大家好好休息、养精蓄锐，等 5 月 9 号那天再集合，参加甲级联赛的开幕式。"

当晚回去后，李沧雨洗完澡就直接睡了。

这段时间他的精神一直高度紧绷，尤其是晋级赛之前封闭集训的这几天，每天都熬到很晚。如今晋级赛终于结束，他的精神放松下来，这一觉也睡得特别沉。

次日中午，章决明在出发去机场前把他叫醒："猫神，要开会了，你该起床了吧！"

李沧雨揉着眼睛坐起来，发现已经日上三竿，忍不住揉了揉酸痛的太阳穴，道："我怎么睡了这么久，一觉睡到中午。"

章决明道："白副队说等你醒了之后找他一起吃午饭，我得先去机场。"

"嗯，你先去吧，路上注意安全。"

李沧雨洗漱完毕，来到隔壁的房间时，白轩已经收拾好了。听到门铃声，白轩立刻走过来打开门，抬眼看着他道："居然睡到中午，你是不是累坏了？"

"还好，睡一觉感觉精神不少。我们先去吃午饭？"

"行，吃完了再去会场。"

两人在酒店附近随便吃了些午饭，打车赶去会场，由于路上正好遭遇堵车，他俩到的时候其他战队的人差不多都已经到齐。

神迹联盟的甲级联赛筹备会议是在官方合作的酒店里召开的，不仅各大战队的队长和副队长必须出席，还邀请了不少知名电竞网站和杂志的媒体记者，场面是非常热闹。

李沧雨和白轩一到现场，就被记者们团团围住。

"猫神，这次杀回甲级联赛你有什么想对粉丝们说的吗？""猫神，之前在神迹和武林打拼多年一直没拿到含金量较高的奖杯，这次回来，你有信心拿奖吗？"

李沧雨微笑着说："这次当然有信心拿奖，要不然我回来干什么？"

记者们："……"

这句话真是霸气啊！不拿奖回来干什么？他就是回来拿奖来的！

有个女记者上前一步，激动地说："猫神，你有没有发现昨天沧澜晋级之后，你的微博一夜之间涨了好几万粉丝啊？"

"是吗？"李沧雨有些惊讶，然后又坦率地微笑起来，道，"谢谢大家的关注。我之前太忙，很少有时间上网，以后会多上微博的，虽然我不能像谭队一样发小段子逗大家开心，但我可以跟大家分享很多鱼的吃法。"

记者们："……"

分享鱼的吃法？猫神你是电竞选手不是厨师啊！我们关注你不是为了看你吃鱼的啊！

有记者跑过来问白轩："白副队，你有什么想说的吗？"

白轩看了李沧雨一眼，道："大家可以从猫神的好友里关注一下我的微博，以后我也会多上微博，跟大家分享各种美食的做法。"

记者们："……"

沧澜战队干脆改名叫吃货战队算了。正副队长不知道多说一些战术相关的问题，倒是不约而同地聊起了吃的，还能不能愉快地采访你们了？

李沧雨和白轩不愧是最默契的搭档，三两句就把记者们给忽悠过去。

　　赛前接受采访，其实很多问题都不太好回答，放大话容易被打脸，太谦虚又有人说你做作，反正多说多错，很多问题还是等真正打比赛的时候再回答吧。

　　李沧雨并不想还没开赛就因为太高调而变成众矢之的——毕竟枪打出头鸟啊！

　　两人快步走进会场的时候，很多队长、副队长都已经坐好了。

　　本来，座位的安排是凌雪枫、颜瑞文、李沧雨、白轩，但颜瑞文看到李沧雨过来之后，礼貌地站起来跟他握了一下手，然后很自觉地跟凌雪枫换了个位置。

　　于是，凌雪枫就跟李沧雨坐在了一起。

　　李沧雨看了颜瑞文一眼，心里不由赞道："颜副队你真是懂事啊！"

　　颜瑞文朝他友好地笑了笑，回头看向主席台。

　　风色的这位副队长存在感也相对较弱，毕竟有凌雪枫这样强势的队长在，肯定会掩盖副队长身上的光芒。但事实上，颜瑞文是凌雪枫最得力的助手，风色战队的很多日常安排都是他在操心。

　　颜瑞文在第二赛季出道，比凌雪枫小了三岁，是风色前任副队长袁少哲带出来的新人，凌雪枫当年也经常指导他，因此他对凌雪枫相当敬重。知道凌猫两人肯定有很多话题要聊，他便自觉地换了座位，也足以看出这个男人的细心之处。

　　李沧雨坐在凌雪枫的旁边，看着他面无表情的英俊侧脸，忍不住凑过去在他耳边说道："终于能跟你同框了啊。"

　　凌雪枫严肃的脸上也不禁露出一丝微笑，压低声音："坐好，别被记者拍到。"

　　李沧雨轻声说："被拍到，就说我在给你下战书，要在赛场上秒杀你。"

　　凌雪枫回头看他一眼，正好对上他带着笑的眼睛，不由轻笑："谁秒杀谁还不一定。"

　　主席台上，神迹联盟主席南建刚终于准点入座，会场里也响起了他通过麦克风放大的低沉浑厚的声音："神迹联盟的各位同仁，各战队的队长、副队长，以及各位记者朋友们，大家下午好。神迹第七赛季甲级联赛的赛前会议，现在正式开始。"

南建刚主席不太喜欢讲话，尤其是那些官方话，所以每次神迹联盟开大会的时候都特别简洁干脆。这一次也同样，他先宣读了一下神迹世界联盟关于赛制更改的通知，然后就让助理将赛制更改方案打在了大屏幕上详细解释起来。

"甲级联赛常规赛阶段的赛制跟乙级联赛相比有一些变化，乙级联赛不分主场客场，A 队和 B 队的比赛，一场打完直接定积分。而甲级联赛是主场打一轮，客场再打一轮，要去主场战队所在的城市进行比赛，这都是往年的惯例。

"但跟往年不同的是，今年的甲级联赛，主场战队不但有选图权，还会有自由选局权。

"所谓选局权，也就是说，甲级联赛的每场比赛都会打三局，三局可以是擂台战，也可以是团战，擂台战采用车轮制，团战规则不变，具体要打擂台还是打团战，主场的战队可以自由选择搭配。"

现场一时陷入了沉默，似乎很多人没反应过来这"自由选择"的意思。

南建刚道："大家有什么不明白的可以尽管提问。"

时光战队的程唯立刻举手提问道："主席，自由选择是什么意思啊？"

南建刚解释道："就是说，三局比赛的形式可以自由选择，选擂台选团战都可以。"

程唯愣了愣，道："这样岂不是很不公平？比如沧澜战队擂台强势，那他们在常规赛一直选擂台不选团战，其他的战队要怎么打？"

南建刚笑着说："主场可以自由选，但客场就由不得他们了。如果今天是时光主场、沧澜客场，程副队对时光的团战更有信心，也可以连续选三局团战嘛。每支战队有优势，也有劣势，主客场会轮流交换，总体上来说还是很平衡的。"

"哦，我懂了。主场选优势局的话，客场就会被针对，这跟选图差不多啊！"程唯总算反应过来是怎么回事，挠挠头坐了下来。

鬼灵的副队长张绍辉紧跟着举手问道："自由选局权是三局随便选的意思吗？比如，我们主场的时候，我可以选一局团战、两局擂台，或者两局团战、一局擂台？顺序也是自己决定？"

"是的。"南建刚道，"做出这样的赛制改变，是为了跟世界大赛接轨。自由选局，其实更考验选手们临场随机应变的能力。"

众人总算是明白过来赛制更改的意思。也就是说，主场作战的时候不但能选择地图，还能选择有利于己方的比赛模式。比如某战队团战很强，就可以连续选择团战，某队的擂台优势，就可以连续选擂台。

当然，队长们也不可能为了常规赛多拿分而一直选择优势局，这样的话，弱势项目的选手就得不到锻炼，到了季后赛阶段肯定会被淘汰。

一支战队要拿下好成绩，必须综合发展，不能有明显的短板。自由选择局数，除了可以在关键时刻靠强项拿分之外，其实更方便队长们在弱项上练兵。常规赛不选强项，选弱项练队员也是一种思路。

南建刚接着说道："季后赛依旧是五局三胜赛制，跟之前的晋级赛一样，如果前面四局平手，就会开决胜局随机地图团战。"

解读完规则之后，南建刚便把甲级联赛八支战队的选手资料让助理全部打在了大屏幕上。这些选手资料，其中大部分出现在第六赛季时吴泽文整理的那一份神迹资料大全里面。但今天到现场一看，李沧雨发现，第七赛季有不少战队都换了人，有一些战队的老选手退役补充了新人，也有一些更换主力，不少名字李沧雨都不认识。

最大的改变应该是猎豹战队——队长江旭，副队长换成了陈安然。

猎豹的队长江旭李沧雨虽不熟悉，但至少听过他的名字，他是神迹联盟目前最强的精灵族猎人。但猎豹的副队长怎么变成了陈安然，李沧雨倒是有些茫然。

凌雪枫见他面带疑惑，便凑到他耳边解释道："猎豹的前副队退役了，陈安然刚刚接任副队长，他跟秦陌同岁，就是上赛季拿下新秀大奖的人族猎人，你还记得吗？”

李沧雨恍然大悟：“记起来了，就是那个十六岁的猎人选手，他年纪也太小了吧？”

“嗯，今年才十七岁。江旭让他当副队长，显然很肯定他的天分，人族猎人的玩法比较特别，等以后在赛场交手就知道了。”

李沧雨期待地点了点头。

赛前会议在半小时内就干脆利落地结束了，接下来是各大战队的采访时间，大部分记者都会问一下队员们的准备情况、对新赛制的看法等等，轮流采访一直持续到了下午五点半，结束后南建刚主席便召集大家去参加晚宴。

这次晚宴订在酒店三楼的宴会厅，神迹联盟直接包场，媒体记者们坐满了大厅，职业选手们则被安排在安静的包间里，八支队伍正副队全部到场，十六人正好坐了两桌。

风色的凌雪峰和颜瑞文，飞羽的苏广漠和俞平生，时光的谭时天和程唯，以及沧澜的李沧雨和白轩坐在了一桌。隔壁桌则是鬼灵的楼无双和张绍辉，清沐的楚彦和朱清越，红狐的柳湘和杨木紫，以及猎豹战队的江旭和陈安然。

其他的正副队李沧雨在美国第一届世界嘉年华的时候都接触过，对猎豹战队的这两人比较陌生，他刚想过去打招呼，结果江旭主动带着陈安然走了过来，微笑着伸出手道：“猫神，白副队，初次见面，请多关照。”

李沧雨和白轩也站了起来，跟他握了握手：“江队好。”

江旭接着说：“这是我们猎豹的新任副队长陈安然，小陈，来跟前辈们打个招呼。”

陈安然乖乖端起了一杯橙汁，来这一桌依次敬酒，“凌队好，苏队好，谭队好，李队好。”

李沧雨第一次被人叫“李队”有些不习惯，纠正道：“你还是叫我猫队吧。"

"啊?"陈安然呆呆地看着他,这表情倒是把李沧雨给逗笑了。

这家伙确实年纪很小,个子也小,圆圆的脸蛋看起来很嫩,表情木然地看着自己,似乎有点儿天然呆,要是穿上校服,绝对会让人误以为是初中生。

——人族猎人的玩法,回头倒是可以让卓航好好地研究一下。

李沧雨笑着跟他碰杯喝酒,便坐下来没再为难他。

江旭和陈安然敬完酒后,服务员正好开始上菜,桌上有一盘红烧鱼,李沧雨还没动手,凌雪枫就自觉地把那盘鱼转到了他的面前。

李沧雨朝凌雪枫笑了笑,不客气地夹了一大块鱼肉放在自己的碗里,埋头开吃。

众人:"……"

早就听闻猫神爱吃鱼,这下可是坐实了。

大家似乎想证实一下他到底能不能吃掉一整条鱼,都目光炯炯地看着他。

李沧雨被看得十分疑惑:"你们不吃吗?"

程唯忙说:"猫神你吃吧,我看你吃我就能饱!"

众人:"……"

粉丝的力量果然是可怕的!

苏广漠道:"猫神是属猫的,这条鱼就归猫神吧,大家觉得呢?"

谭时天笑着说:"鱼都给猫神吃,比赛的时候可以手下留情吗?"

颜瑞文也附和道:"猫神让我们一只宠物怎么样?"

苏广漠摇头:"一只宠物哪里够,应该让我们两只,把水精灵和火精灵全部让了。"

隔壁的张绍辉也插嘴道:"我们这一桌的鱼也给猫神吃,猫神把雷精灵也让掉怎么样?"

程唯忍不住道:"你们要不要脸的,猫神总共才几只宠物,全让了还怎么打啊！"

苏广漠笑道："还有风精灵啊，一阵风就能把我们吹跑。"

众人正聊着，幽灵一般的俞平生突然轻轻捅了捅苏广漠的胳膊，小声说："鱼要吃完了。"

苏广漠回头，就见李沧雨面前的盘子居然被一扫而空。

众人："……"

猫神真是好速度！

大家才讨论要他让几个宠物的问题，他就把鱼给吃光了，只剩下完整的鱼骨……

吃光鱼的李沧雨满足地擦擦嘴巴，微笑着说："让几个宠物是吧？没问题，我到时候让水火风雷精灵全部藏在树后，不让你们看见。"

众人："……"

这哪是让，这更坑了好吗？

看着大家一脸纠结的神色，李沧雨的嘴角不由微微扬了起来。

很多年前，每次开完会聚餐的时候，很多人不爱吃鱼，他就在饭桌上抢鱼吃，其他人趁机跟他讨价还价，让他比赛的时候多给大家放水。

如今，当年的很多选手都已经退役了，不少新秀成了神迹联盟各个战队的顶梁柱，但有很多风俗却传承了下来。

比如大家在一起吃饭时温暖的氛围，还有选手们之间没有恶意的玩笑。

在座的这些人，除了在赛场上必须分出高下之外，在生活中，他们彼此之间并没有什么恩怨或者心结，他们其实能成为很好的朋友。

——凌雪枫说得没有错，神迹联盟才是他真正的家。

他离开神迹整整三年，一直很怀念这里的朋友们，如今总算是回来了。

有这么多熟悉的朋友和对手还留在这里，李沧雨对即将到来的第七赛季充满了期待。

Special Episode

番外 梦境

SUMMONER OF LEGEND

沧澜顺利拿下甲级联赛的名额，李沧雨也给大家放了几天假。

回到俱乐部的那天，谢树荣辗转反侧，直到凌晨三点才睡，他迷迷糊糊做了个梦，梦里似乎又回到第三赛季，十七岁的他刚刚出道，常规赛正好碰到当时成绩低迷的FTD战队。

赛前会议上，教练宋阳语重心长地说："FTD战队虽然整体成绩不好，可千万别小看他们，因为FTD有两位特别厉害的选手，一个李沧雨，一个白轩。李沧雨的精灵族召唤师确实厉害，尤其是风精灵，直接将人吹飞远程放风筝，非常难搞。白轩的治疗也是全联盟最稳定的，他的大局观很强，预判意识特别牛，有他这样的神奶在，李沧雨相当于多了一条命。"

谢树荣听到这里，忍不住说："神奶？如果让他加不上血，赢起来会不会很容易？"

宋阳笑着说："小树你有什么想法？"

谢树荣道："我以前在游戏里玩公会大混战的时候，专杀奶妈，对付奶妈很有心得。FTD厉害的选手就李沧雨和白轩两个，这个白轩就交给我吧！我杀白轩，两位师兄去对付李沧雨，怎么样？"

宋阳赞赏地看了小徒弟一眼："我也是这样想的，白轩就交给你来解决。"

苏广漠道："师弟可不能大意，白轩的生存能力特别强，想单杀他没那么容易，你要做的只是限制他的治疗，切断他对李沧雨的支援。"

谢树荣认真地点头："师兄放心吧！"

距离正式比赛还有一周时间，宋阳让飞羽训练营的选手们每人注册一个治疗账号，专门给谢树荣练手，谢树荣在这一周内练习了各种杀治疗的手法，信心十足地走进赛场。

比赛开始，第一局沧澜选图。

李沧雨选了一张对近战很不友好的水面图，想风筝飞羽的三位剑客。然而一开局，谢树荣就爆出极快的手速，以迅雷不及掩耳之势绕到白轩的背后，手中锋利的剑朝着白轩就是一套连招，一口气将白轩打残！

白轩被突然近身的剑客吓了一跳，好在他经验丰富，立刻卡准技能 CD 给自己读了个治疗大招，直接将血量给拉满。

没秒掉？

谢树荣皱了皱眉，心想，这奶爸确实有点技术，但没关系，一套秒不掉还有下一套。谢树荣从头到尾只盯着白轩，就像跟屁虫一样围着他转，每次他想支援李沧雨的时候，谢树荣都会及时打断他的读条。

剑客的爆发本身就高，趁着白轩技能 CD，队友一时没法支援，谢树荣立刻一套连招打下去，锋利的剑直接刺穿了白衣牧师的心脏——

〔小树〕击杀了〔白色狐狸〕！

屏幕中弹出的击杀消息让谢树荣精神一振。

白轩无奈复活，绕远路去帮李沧雨，结果，谢树荣又一次跟了上来。

〔小树〕击杀了〔白色狐狸〕！

〔小树〕击杀了〔白色狐狸〕！

梦里，屏幕中间弹出的系统提示反复回放，具体杀了多少次谢树荣都数不清了。

那一局比赛 FTD 战队打得异常难受，李沧雨被苏、俞两个人包夹，白轩被谢树荣追着砍，其他队友被飞羽几位经验老到的选手限制住……

结果毫无疑问地输了。

谢树荣在这一局直接超神，杀的全是白轩，网友们都在调侃："这是什么仇什么怨，追杀你到天涯海角啊！""这个小树跟白轩有仇？"

比赛结束后，苏广漠带大家去对面握手，主动介绍道："这是我小师弟谢树荣，今年刚出道的新人。"

李沧雨道："谢树荣是吧？今天的比赛打得很好。"

谢树荣嘿嘿笑："谢谢前辈夸奖。"

他主动跟李沧雨握了握手，紧跟着走到白轩面前，刚要伸手，结果白轩看了他一眼，转身去收拾键盘。谢树荣发现白轩背对自己，只好尴尬地挠挠头，去握下一位。

回到后台后，谢树荣凑到大师兄耳边轻声问："白轩是不是生我的气呢？我今天杀他那么多次，他连手都不跟我握。"

苏广漠若有所思地道："他没那么小气……可能是心情不好吧。"

谢树荣好奇："怎么了？"

苏广漠压低了声音，说："听说最近 FTD 战队的投资商全面撤资，现在整个战队比赛的经费都是他们自己在贴钱，再这样下去，战队很可能面临解散。"

谢树荣怔了怔，一时不知道说什么。

他一开始就被师父带进豪门俱乐部，飞羽战队财大气粗，选手的待遇也很好，他从来没想过会有战队因为经费问题面临解散的危机。

那位白副队回到战队会不会挨骂？

自己好像有些过分了，其实不用追着砍，这个赛季治疗的自保能力略有削弱，加上飞羽的辅助一直在旁边帮着控场，严格来说，谢树荣并不算单杀白轩，而是趁队友控制白轩的时候一套爆发秒了他。

想起白轩面色苍白的模样，谢树荣莫名有些愧疚。

回去之后他搜了很多 FTD 战队的资料，知道了这支队伍一路走来的艰辛，他还看了不少上赛季的比赛视频，发现白轩和李沧雨确实很厉害，但其他四个队友也确实太弱。

两个王者带四个青铜，根本带不动。

真比起来，白轩比自家队里的治疗都要强……

可惜了，这位选手真是运气不好。

　　随着比赛越来越激烈，谢树荣对 FTD 战队的关注渐渐变少，他需要把更多的精力放在和队友的配合上。在宋阳的指导下，飞羽的三位师兄弟如利剑出鞘、无人可挡，在第三赛季一举拿下总冠军，谢树荣也拿到了最具潜力新秀的奖杯。

　　飞羽三剑客在第三赛季创下一段传奇，可惜好景不长，谢树荣因为和苏广漠的一次争执，苏广漠冲动之下说出"滚蛋"这句话，而谢树荣也任性之下真的滚蛋了。

　　他滚去美国的俱乐部打比赛，没过多久，他就得知了 FTD 战队全队转移的消息——李沧雨没解散、没去别的俱乐部，而是带着队员集体转移去武林。

　　谢树荣心里忍不住吐槽，两个王者带青铜，换个游戏还是带不动，为什么要这么执着？

　　他开小号在白轩微博下面刷屏："为什么不考虑换个俱乐部？""FTD根本不行，还坚持着不解散有必要吗？""以你的水平，去别的俱乐待遇肯定很好。"

　　白轩回了个微笑的表情，说："有些情谊是无价的。"

　　谢树荣一怔，只觉得被人当面抽了一个耳光。

　　彼时，他已经和国外俱乐部签约，只因为和师兄的一次争吵就负气出走。而白轩和李沧雨是怎么做的？哪怕战队成绩不好，濒临解散，他们也依旧没有舍弃队友。

　　因为，有些情谊是无价的。

　　白轩的重情重义，比起他的自私冲动，真的是云泥之别。

　　一向骄傲的谢树荣第一次冷静下来认真反省，师父走了，大师兄想改变战术并没有错，二师兄俞平生想改玩狂战士也没有错，自己负气出走，才是最幼稚的做法。

　　他对不起师父的栽培。

　　也对不起两位师兄这么长时间的爱护和包容。

那天晚上，谢树荣一个人在酒吧喝了很多酒，大醉一场。

跟美国的俱乐部已经签约，他不能毁约，但他心里有个明确的目标，在这里打比赛只是为了过渡，吸收国外竞技的经验，磨炼自己——将来总有一天，他会回去。

回国，回到那片赛场，告诉两位师兄他已经长大了。

不再是当年那个幼稚冲动的小树。

世界大赛的召开给了他最好的机会。

谢树荣无意中在网上看见沧澜战队解散的消息，他突然想到年少时见过的李沧雨和白轩。很奇怪，他和这两人并没有太深的交情，可心里就是特别敬佩这两位选手，因为，这两人的坚定果决，和他的幼稚冲动完全相反。

他想，如果李沧雨和白轩因此放弃那太过可惜，要是他们愿意重来，回神迹就好了，正好有世界大赛呢！

这么想着，结果就在新区练手的时候意外遇到"爱吃红烧鱼"和"爱吃回锅肉"两个小号，更意外的是，对方居然正是李沧雨和白轩，在李沧雨主动邀请他加入新队伍的那一刻，谢树荣觉得自己像中了彩票。

李沧雨和白轩是他年少时最佩服的选手，能和这两人并肩奋战，他何其有幸？

更何况，白轩做的菜真是好吃……

谢树荣从梦中醒来。

梦里都是他年少时的零碎片段，有刚出道时专杀治疗的锋锐勇猛，有拿下新秀奖时的意气奋风发，有跟师兄吵架负气出走时的心灰意冷，还有孤身一人来到国外时的孤独茫然。

那些往事历历在目。

他年轻时确实很幼稚，还好这一次，他做了最正确的选择。

谢树荣看了眼时间，已经是下午两点，他起床来到客厅，白轩正坐在沙发上看新闻，听见脚步声便抬头看他一眼，道："睡醒了？我还以为你要睡到明天。"

谢树荣凑过去厚着脸皮道："我好饿，食堂关门了，宿舍有没有吃的？"

白轩无奈地翻了个白眼，起身说："我给你做两个菜。"

谢树荣一脸感激："白副队你太好了！"

他洗完脸来到厨房，白轩正在厨房做饭，谢树荣看着那个忙碌的背影，想起梦里的第三赛季，他在赛场追着白轩砍，杀了白轩十几次……

白轩当时没跟他握手，他还以为白轩小心眼，后来才知道，白轩当时带病出战，而且 FTD 战队刚刚遭遇撤资的窘境。

那是年少锋锐的谢树荣，和处境艰难的白轩。

如今，却是早已成熟长大的谢树荣，和鼓起勇气从头再来的白轩。

他们从敌人变成了队友，真是神奇。

成了队友后，谢树荣这才发现白轩是多么温柔细心的一个人，虽然嘴上一直骂他幼稚，可每次他睡晚了错过吃饭时间，白轩都会另外开小灶，炒几个家常菜给他吃。

因为太瘦的缘故，白轩的背影显得有些单薄，却不柔弱，微笑起来很是亲切温柔，就像是让人安心的邻家大哥哥。

谢树荣走到白轩的身后，轻轻从背后拥抱住他。

白轩怔了怔，回头好笑地看着谢树荣，道："谢树荣小朋友，你今年几岁？要不要给你买一颗糖吃？"

谢树荣厚着脸皮道："我三岁了，不吃糖，吃你做的菜就行。"

白轩无语："这么大的人你要脸吗？"

谢树荣道："脸是什么？能吃吗？"

白轩："……"

正拿他没办法，结果下一刻，就听谢树荣突然认真起来，在耳边低声说道："我昨晚梦见第三赛季的事，那时候我刚刚出道，在赛场追着你砍，整个赛季算下来，我杀了你有十多次吧？"

白轩嘴角一弯，玩笑道："是啊，你像疯狗一样追着我打，害我都有心理阴影了。"

谢树荣也微笑起来："以后不会了。"

见白轩回头，他十分认真地说："以后，我会在你的身边贴身保护你，让你成为全联盟最难杀的治疗。"

对上青年深邃的眼眸里满满的诚恳，白轩一时说不出话来。

当年被谢树荣追杀时他从没想过，有朝一日，会跟那个锋锐的剑客成为队友。

谢树荣的剑，曾经刺入他的牧师的身体，让他鲜血淋漓地倒在了赛场上。

如今，那一把锋锐的剑，却成了他最好的守护之剑，替他斩杀一切威胁他生命的敌人。

时光如白驹过隙，这些年发生了太多事，庆幸他们都能坚持下来。

从敌人，变成了队友。

白轩微微一笑，看着面前帅气的青年，柔声说："那我的牧师以后就靠你保护了。"

谢树荣说："我也要靠你加血。"

两人相视一笑。

看着白轩温柔的笑容，谢树荣在外漂泊多年的心，终于有了归宿。

有白轩在，沧澜战队给他的感觉，很像是一个温暖的家。

这些年，他一直在寻找像当年苏广漠、俞平生那样默契的队友——如今，他找到了。

白轩，以后他会好好守护这个人，一起努力，并肩前行。

重临巅峰

神级召唤师

SUMMONER
OF LEGEND

下

蝶之灵

著

长江出版社
CHANGJIANGPRESS

图书在版编目（CIP）数据

神级召唤师之重临巅峰 / 蝶之灵著 .
— 武汉 : 长江出版社 , 2021.7
ISBN 978-7-5492-7778-0

Ⅰ . ①神… Ⅱ . ①蝶… ②王… Ⅲ . ①长篇小说 – 中国 – 当代
Ⅳ . ① I247.5

中国版本图书馆 CIP 数据核字 (2021) 第 142920 号

神级召唤师之重临巅峰 / 蝶之灵 著

出　　版	长江出版社	
	（武汉市解放大道 1863 号 邮政编码：430010）	
项目策划	力潮文创·蜜读	
市场发行	长江出版社发行部	
网　　址	http:/www.cjpress.com.cn	
责任编辑	陈辉	
封面设计	樱瑄	
印　　刷	三河市嘉科万达彩色印刷有限公司	
版　　次	2021 年 7 月第 1 版	
印　　次	2021 年 8 月第 1 次印刷	
开　　本	880mm×1230mm 1/32	
印　　张	18.75	
字　　数	560 千字	
书　　号	ISBN 978-7-5492-7778-0	
定　　价	72.00 元（全两册）	

SUMMONER OF LEGEND

目 录

SUMMONER OF LEGEND

CHAPTER 01

开幕式

SUMMONER OF LEGEND

神迹联盟甲级联赛的常规赛赛程并没有乙级联赛那样紧密，因为乙级联赛是所有队伍集中在主办城市打比赛，大家都住在一起，一天打两场也没有问题。但甲级联赛有主、客场之分，客场战队要大老远坐飞机去主场战队所在的城市打比赛，赛场安排太紧的话，连航班都倒不过来，选手们也不可能适应空中飞人一样的节奏。

一般来说，甲级赛是每支战队每周最多只有一场比赛。

开幕式的那天会有一场热身赛，会让新来的战队跟主场战队对决。今年的第七赛季开幕式主场城市在首都，主场战队自然是时光战队。

谭时天虽然是神迹联盟目前最为年轻的队长，看上去温柔无害，幽默风趣，但其实，这个年轻选手的战术素养极强，完全不输于当年的老队长徐落。

——时光战队的主场可不好打。

李沧雨在第一赛季曾跟徐落交过手，知道时光的可怕之处——这是一支能将风筝战术运用到极致的队伍，尤其在徐老队长退役后，谭时天这位天才精灵弓箭手的出现，让时光战队的风筝战术变得比以前更加可怕。

时光的核心，无疑是谭时天。但除了谭时天之外，时光战队还有好几个水平一流的队员。

为了提前制订好战术并训练磨合，李沧雨让沧澜的队员们在一周假期结束后就即刻赶到赛场，比之前说好的提前了两天。

队员们一到，李沧雨就召集大家开了一场战术会议。

大屏幕上放出来的是他这几天仔细分析之后的时光战队全员资料，李沧雨一边放映，一边耐心地解释道："时光战队除了王牌弓箭手谭时天之外，还有副队长程唯。程唯的战术水平不高，但个人实力极强，是联盟数一数二的白魔法师，控制技能运用得非常熟练。"

"主力队员陆道也是操作极为犀利的精灵族弓箭手。此外，时光战队还有梁思杰、梁德元这两位选手，前者是精灵族弓箭手，后者是精灵族猎人，这两人也是非常出色的精灵族选手，他们的任务是辅助谭时天，想方设法打断对手的进攻节奏。"

"时光团战的前排是人族圣骑士柴俊，治疗是神族牧师许凯，这两位选手都不到 20 岁，跟谭时天同期出道，几个人一起跟随时光战队走到今天，默契十足。"

李沧雨顿了顿，将激光笔停留在种族那一栏："综合来看，时光战队是一支特色非常鲜明的队伍，他们的选手大部分是精灵族和神族，是一支以光明系打法为主的战队，跟黑暗系打法的风色战队完全相反。"

"时光的团战会依靠精灵族攻击距离远、行动速度快的优势，以及神族控场的强势，采用远程风筝的战术，快速游击战拿下人头。"

"正面对上时光 6 人的团战会很难讨到便宜，所以，我们必须在前期的野区先拿到一些经济优势……"

李沧雨分析起战术来有理有据、头头是道，众人都认真地听着。

开幕式的第一场，沧澜 VS 时光，虽然只是第七赛季的第一局常规赛，但对沧澜的选手们来说，这一战却显得尤为重要——因为这是沧澜回归甲级联赛的第一战，谁都想开个好头，拿个好兆头。

5 月 10 日这天，神迹职业联盟甲级联赛的开幕式终于在主场馆内召开。

按照往年的惯例，各大战队的所有参赛选手都要出席，如此大神云集的画面难得一见，有不少粉丝特意从外地赶来看这场开幕式，观众们热情高涨，不少人拿着荧光牌、大海报之类的应援物品，现场热闹无比。

沧澜战队的队员们在晚上六点准时来到后台。

现场时不时传来震耳欲聋的欢呼声，后台准备室内的大屏幕上正好能看见现场的状况，肖寒看着那人山人海的可怕画面，不由说道："比乙级联赛的观众要多。"

顾思明激动地说："那是当然啊！甲级联赛有这么多大神，粉丝多，人气高，跟乙级联赛没法比的。"

黎小江小声说道："比，比明星的演，演，演……"

卓航帮他把话说完："比演唱会还热闹对吧？"

黎小江认真点头："嗯！"

大家正聊着，风色战队的全员也在凌雪枫的带领下来到了后台。

凌雪枫一看见沧澜众人，便很自然地走到李沧雨的面前，问道："比赛准备得怎么样？"

李沧雨笑道："差不多吧。"

凌雪枫说："时光是不太好打，你们加油。"

李沧雨点了点头："嗯。"

跟在凌雪枫旁边的正是风色小太子秦陌，而跟在李沧雨旁边的却是沧澜小徒弟肖寒，两位师父走到一起，两个跟屁虫徒弟也正好面对面。

秦陌之前给肖寒当了很长时间的陪练，两人渐渐熟悉起来，最近肖寒又一直在找秦陌学习中文，虽然从来没正式见过面，但从选手资料中也见过彼此的照片，两人目光相对，同时认出了对方，不约而同地好奇地打量着对方。

肖寒发现，秦陌长得很是俊秀，年纪小，身体还没长开，脸上透着一丝少年的青涩，眼角微微上挑，有一种说不出的骄傲的味道，但肖寒知道，秦陌其实并不像其他人形容的那么傲慢，他经常被自己气得说不出话来，打一串省略号直接下线……

秦陌也仔细打量了一下肖寒，他早就听说过肖寒是混血儿，也在看沧澜的比赛时见过他的侧面，如今当面对上，才发现混血儿果然长得很好看，尤其是那头金色的头发，软软地贴在耳侧，让人忍不住想动手摸一下，看看那头发是不是真的。

两人对视了一会儿，秦陌就不太自在地移开视线，肖寒倒是不觉得尴尬，

继续好奇地盯着秦陌看，秦陌被他看得脸颊发热，忍不住道："你看什么啊！"

肖寒认真地说："你比照片里长得好看。"

秦陌："……"

在美国生活久了的人，都喜欢这么直率地夸人吗？不过，被夸好看的秦陌心里有些高兴，忍不住道："谢谢。"

肖寒困惑地道："不是说……中国话比较含蓄，被夸奖的时候应该谦虚一点，说'哪里哪里，过奖过奖'吗？你怎么直接说谢谢了？"

秦陌："……"

李沧雨听见两个小徒弟说话，忍不住笑着摸了一下肖寒的头，说："被夸的时候，很多年轻人都会说谢谢，尤其是对自己非常自信的人，秦陌本来就长得好，对吧秦陌？"

秦陌的脸微微一红："猫神过奖了。"

肖寒问："你怎么不说谢谢了呢？"

秦陌瞪他一眼："说话要分语境的！"

肖寒疑惑："语境是什么？"

秦陌："……"

李沧雨无奈地拍了拍肖寒的肩膀，说："国内的语言习惯有些复杂，你慢慢学吧。"

肖寒乖乖"哦"了一声，跟着师父转身走了，走了两步又回头朝秦陌挥挥手，做了个打电话联系的手势，似乎还想继续讨论语境的问题。

秦陌简直哭笑不得。

凌雪枫突然回头问道："你在教肖寒学中文吗？"

秦陌忐忑地垂下头："嗯，我本来也不想教他，可他非要跟着我学……"

"那就好好教他吧。"凌雪枫说道。

最底层的秦陌只好点头："哦，知道了……"

看着肖寒跟在李沧雨身后走开的背影，秦陌心里有些好奇："也不知这个混血儿跟着他师父学到了多少本事，今天的比赛他应该会出场的吧？到时候就有好戏看了！"

各大战队在后台休息室内做好准备，前台的开幕式也正式开始了。

开幕式的第一个环节是联盟主席南建刚的致辞。

南主席走到舞台上，拿起话筒简单地说道："第七赛季，赛制全面大改，加上世界大赛的召开，对我们神迹联盟来说这将会是一个全新的起点。不管老选手，还是新人，这个赛季大家都站在同一条起跑线上，希望所有人都能认真对待每一场比赛，尊重你们的每一个对手，给观众们展现出神迹联盟职业选手的精彩！"

主席讲话一向不喜欢啰唆，讲完之后就果断地把话筒递给了主持人。

主持人微笑着说道："谢谢主席的致辞！相信联盟的选手们，不会让支持联赛的观众失望！接下来是激动人心的战队入场式，首先，有请本赛季刚刚回归联盟的队伍——沧澜战队！"

沧澜的八位选手穿着整齐的队服走向大舞台，主持人依次读出了他们的名字，并介绍道："这是一支由四位老选手带着四位新人组成的队伍，阔别神迹舞台整整三年的猫神，终于带着新的队友们回归了联盟！让我们以热烈的掌声欢迎沧澜战队！"

现场掌声震耳欲聋，李沧雨带着队友们款步走来，脸上的表情非常镇定。

接下来是飞羽战队、鬼灵战队、红狐战队、猎豹战队、清沐战队、时光战队，按照战队首字母的拼音排列先后入场，上赛季的冠军队风色战队最后一个出场压轴。

等所有选手都站在舞台上之后，摄影师迅速抓拍了几张大合照，观众们疯狂欢呼，有不少人激动地站了起来，挥舞着手中的牌子和荧光棒。

合照完成后，主持人才让选手们走下大舞台，坐到提前安排好的 VIP 席位上，跟大家一起观看开幕式的节目。

今年的开幕式规模比往常要大上许多，场馆扩建了一倍，今天来到现场的观众突破十万，节目的精彩程度也是历届开幕式之最。

然而，沧澜战队的选手们却没有心情看这场开幕式的节目表演，因为在开幕式结束后，等待着他们的，将是第七赛季重要的一场比赛——揭幕战。

开幕式进行到一半，李沧雨便带着几个队友们从员工通道直接回后台做准备，谭时天那边一样，时光战队的选手也去了后台。

后台给不同战队提供单独的休息室，倒也免去了赛前战术泄露的尴尬。

李沧雨反手关上门，这才说道："待会儿的比赛，谭时天那边会选什么局我们目前依旧没办法确定，但我能肯定的是，时光肯定会倾向于选团战。"

白轩点头赞同："对付新队伍，团战比擂台的胜率高，时光的团战向来强势，我感觉谭时天有可能选两局团战，甚至直接来三局团战。"

李沧雨道："我们这边的阵容就按之前安排好的，到时候大家听指挥。不要有心理压力，放松心情好好打，输赢都没关系，第一场比赛，我们能发挥出自己的水平就够了。"

他说着就伸出手来，摊开掌心稳稳地放在中间："来，加油。"

众人立刻把手叠在一起，大声喊道："加油！"

隔壁的时光战队，谭时天的表情也非常放松："这一局是我们主场，不但有选图优势，还能自由选择团战和擂台，猫神的战术思路变化多端，到时候随机应变。"他扭头看向站在身旁的人，补充道："小唯，你专门盯猫神，能控尽量控他，要是控不住，也别把他的风精灵放过来。"

程唯立即认真点头道："放心吧谭队，我会盯紧猫神的！"

虽然猫神是他最崇拜的偶像，可到了赛场上，他才不会跟对手客气！

前台的开幕式终于到了尾声，神迹六种族的剧场表演将现场的气氛推向了高潮，观众们震耳欲聋的尖叫和掌声在后台都能清楚地听到。

两位主持微笑着走到大舞台的中央，说道："开幕式的表演到这里就全部结束了，谢谢所有的演员带给大家这样精彩的夜晚！"

"接下来还有一场重要的揭幕之战，相信观众们也期待了很久。这个赛季的揭幕之战将由新晋队伍沧澜战队对决东道主时光战队，两边都是大神云集，肯定会非常好看！"

"那么，我们就把现场交给直播间，由冰姐和宏义来为大家解说这场精彩的赛事！"

现场镜头完成切换，直播间内的两位解说也早已准备就绪。

见导播切过来，寇宏义立刻开口说道："观众朋友们晚上好，欢迎收看神迹职业联盟第七赛季甲级联赛第一轮、第一场比赛，沧澜 VS 时光。首先，我们来看一下赛前的胜率预测。"

大屏幕上出现了胜率预测条，猜沧澜赢的占 40%，猜时光赢的占50%，剩下 10% 的网友则觉得两边都有胜算不知道怎么猜。

这样的支持比率还算正常，毕竟时光战队在神迹联盟一直表现出色，而沧澜虽然回归后被各大媒体争相报道，但李沧雨离开神迹多年，很多新来的观众并不认识他。

寇宏义回头问道："冰姐，你怎么看？"

于冰淡淡地道："今天是时光战队的主场，沧澜要客场拿分确实比较困难，但沧澜有几位王牌选手，尤其是猫神，他的临场反应能力极快，战术素养也很高，擅长应对各种逆风的局势……具体还是看比赛的情况吧。"

寇宏义赞同地点头："双方实力相当，赛前确实预测不出什么。我们还是来看一下双方战队的队员资料。"

大屏幕上依次列出了双方战队的队员资料。

第七赛季每支战队的参赛选手报名人数限制为团战主力 6 人、擂台主力 2 人共计 8 人，但擂台和团战可以重复出场，8 个人轮流调换的话人数也足够。

时光战队在第七赛季的参赛选手除了队长谭时天、副队长程唯外，还有主力精灵弓箭手陆道，辅助精灵弓箭手梁思杰、梁德元，精灵猎人周豫，圣骑士柴俊和牧师许凯。

——这套参赛名单正是时光战队在第六赛季的阵容。

由于时光是一支非常年轻的队伍，队员们平均年龄不到 20 岁，目前并没有选手退役的担忧，本赛季不换人也是最稳妥的做法。

相对于时光战队的年轻阵容，沧澜这边就比较吓人了——居然有 26 岁的选手！

章决明的资料一打出来，没关注过乙级联赛的观众都是一脸惊愕，网络直播间里还有人在刷屏："26 啊！放在世界电竞赛场都是老古董！""大叔有勇气，给大叔点赞！"

除了章决明外，李沧雨和白轩都是 23 快到 24 岁的年纪，在电竞圈里都算是老选手。

倒是四个少年拉低了全队的平均年龄，四人都是 17 到 18 岁，照片看起来挺嫩。

放完选手名单，于冰便接着说："双方选手已经准备完毕，比赛马上就要开始，让我们把镜头切回隔音房。"

导播镜头刚一切换，观众们就看见大屏幕上出现了双方选手的侧脸，双方队长被给了镜头特写，谭时天面带微笑，一脸轻松，李沧雨的表情也非常平静，两位队长看上去倒是一点都不紧张。

很快，裁判指示灯亮起，比赛正式开始。

时光战队主场灯亮，队长选择比赛模式及比赛地图。

谭时天很快就提交了比赛模式——团战、团战、擂台。

李沧雨凑到旁边跟白轩说道："还好谭时天没选三局团战。"

白轩无奈地看了他一眼。谭队这么选，沧澜其实会很不好打。谭时天的意图很明显，先用时光比较优势的团战来消耗沧澜，赢下一些分数，最后的擂台他跟程唯肯定要联手收尾——这位年轻的队长野心可不小，大概是想出场三局全拿的意思。

不过……有猫神坐镇，想从猫神的眼皮底下拿下全分，谭时天你也是想得太美了！

CHAPTER 02

沧澜 VS 时光

沧澜战队与时光战队的比赛顺序很快就打在了大屏幕上——两局团战，再加一局擂台，三局全部由时光战队选择地图，时光的主场优势相当明显。

顺序确认之后，沧澜战队这边会有十分钟的时间来做出相应的部署，李沧雨早就安排好了团战阵容，毫不犹豫地将选手名单提交给了裁判。

很快，比赛开始，双方出阵第一局团战的选手名单分别列在了大屏幕上。

时光战队的团战阵容是前排的圣骑士柴俊、治疗牧师许凯，主力输出是谭时天的吟游诗人，另外还有陆逍、梁德元两位精灵族吟游诗人辅助他，再加上负责控场的白魔法师程唯。

沧澜这边则是乙级联赛最常见的稳定阵容：李沧雨、白轩、谢树荣、章决明四位老选手带上顾思明和肖寒两个新人。

台下 VIP 观众席。

秦陌一看见这套阵容，就忍不住说道："时光战队第一局团战派出了三个吟游诗人，这么多弓箭手是要主打风筝战术吧？"

坐在旁边的副队长颜瑞文微笑着说："谭时天对时光的风筝战术一向很有信心。"

许非凡也附和道："时光战队的弓箭手水平都很强，谭时天、陆逍和梁德元三个弓箭手联合在远处依靠攻击距离优势玩游击战，沧澜这边很不好打啊！"

秦陌好奇地回头问："许哥，你预测的话比分多少？"

许非凡毫不犹豫："我觉得会 3：0，时光主场三局全拿的可能性极大。"

身旁的队友们在讨论比分，凌雪枫一言不发，心里却想着——沧澜有猫神在，3:0是不可能的。哪怕在客场作战形势极为不利的情况下，李沧雨也有办法逆转局面拿下分数。

虽然时光的主场确实难打，但凌雪枫对李沧雨非常有信心。

解说间内，于冰简单点评了一下双方团战的配置之后，比赛便正式开始了。

在时光战队选择地图的时候，谭时天选择的地图是"精灵幻境"。

这张地图是精灵族森林深处一处神秘的地界，地图的场景以绿色调为主，有不少造型奇特的精灵族树木，无数藤蔓缠绕在树枝上，彼此交融成网状，还有不少藤条垂落下来，就像是在头顶构成了一张巨大的藤蔓雨伞，遮挡住了森林上方的阳光。

走在精灵幻境的地图上，就像走在花亭里一样，美轮美奂。

这张地图最大的特点就是障碍繁多，但吟游诗人的部分技能是无视障碍的，时光战队在本局团战中派出三个精灵弓箭手，在这张地图上就很适合利用障碍来打游击战。

谭时天的战术思路非常明确，就看李沧雨要怎么应对。

双方选手很快就刷新在了比赛地图的对角。

"田"字形的地图中，沧澜战队出生在左下角，时光战队出生于右上角。

李沧雨带着队友们往前走了几步，大家便在岔路口分成了三个小组，依旧是李沧雨带着肖寒去右下方野区，章顾两人去左上方野区，树白组合守住家门口——这是沧澜最常用的分路模式，打起来也最为稳定。

时光那边，谭时天带着治疗守了家门口，程唯和时光的圣骑士去了左上方的西北野区，陆道和梁德元两位弓箭手去了右下方的东南野区。

按照这样的分路模式，程唯和时光的圣骑士柴俊应该很快就能遇到沧澜战队的章顾两人，巧的是，双方去上路野区的正好都是白魔法师加圣骑士的组合！

于冰看到这一幕，不由说道："按照程唯的个性，一旦双方相遇，上路野区肯定会爆发激烈的战斗。"

寇宏义说："沧澜的章顾组合对上程唯的胜算不大，老章虽然玩儿的是白魔法师，但他技能加点全部加在辅助上面，不像程唯，主加了控制和攻击。"

于冰对此表示赞同："而且程唯现在才19岁，正是状态巅峰时期，老章的速度跟不上程唯，两位白魔法师对局的话，沧澜这边的赢面不大。"

在队友同样是圣骑士的情况下，辅助型的白魔法师遇到输出型的白魔法师，存活下来的可能性自然不大，观众们都把心提到了嗓子眼上。

双方一开始都在刷小怪稳步赚钱，直到比赛开始30秒后，上路的西北野区，圣骑士加白魔法师的组合果然相遇了！

程唯平时容易炸毛，尤其在骂人的时候语速特别快，其实他在赛场上的脾气也一样，只要见到对手，除非谭时天不让他打，否则，他绝对会猛虎下山一样立刻扑上去打，一套把对手打死或者一套被对手打死——反正程唯出手肯定就会死人。

程唯这样没什么心机和算计的直来直去的打法，也确实吸引到了不少粉丝。联盟官方曾经做过一次统计，第三赛季以来，赛场击杀次数最多和被杀次数最多的选手都是程唯，可见这家伙在赛场上有多么地活跃，有他在的地方经常就是腥风血雨。

今天，第一次跟沧澜对决，程唯显然比平时更加激动，一见到对面的白魔法师，他立刻快速按键，一招"神之封印"就朝对方丢去！

章决明的手速不高，但反应却极快，见到程唯的那一瞬间，他就预感到自己要被白魔法师的封印技能给封住，所以他提前把手指按在了键位上，一个巧妙的摆动位移，恰到好处地躲掉了程唯的控制。

于冰："漂亮！老选手的经验在关键时刻还是发挥了作用，老章的走位水平确实一流。"

被躲掉控制的程唯并不甘心，紧跟着一招"神之光"朝章决明砸过去，只见一道耀眼的白色光束如同烟花一样在章决明的胸前爆裂开来，直接造成20%血量的单体白魔法伤害！

神之光被网友们称为白魔法"傻瓜技"，却是程唯最喜欢的一个技能。

因为它的攻击是锁定目标的，也就是说，不管对手走位有多牛，躲得有多快，只要他在你的攻击范围之内，神之光就可以自动打到他。

程唯特别喜欢用神之光打人——不需要精确瞄准，自动锁定目标的技能实在太好用，只可惜这样的技能太少，而且冷却时间也很长。

章决明被打了一下，立刻转身快速往后跑，小顾也赶忙走上前来挡住章叔，作为皮厚的圣骑士，他可不能看着队友被打。

但时光战队也有一位经验丰富的圣骑士，知道程唯想杀对面的白魔法师，柴俊立刻走上前来把小顾给缠住。

顾思明在语音频道喊："章叔你快跑！我要顶不住了！"

章决明倒是很冷静："别急，能拖多久就拖多久。"

这也是没办法的事，他的白魔法师主修辅助，自然是打不过攻击性很强的程唯，只能尽量拖延一点时间给队友们争取机会。

下方的东南野区，李沧雨和肖寒的组合对上了时光战队的陆逍、梁德元双人弓箭手。

四人都是输出型职业，照理说起来很正常，可奇怪的是，两边并没有爆发激烈的战争，都在自顾自迅速清理小怪。

李沧雨早就听说过时光战队除了谭时天之外还有几个很优秀的弓箭手，其中最厉害的就是陆逍，经常出现在擂台和团战。

今天第一次交手，李沧雨本想跟他 PK 一把，没想到，这个陆逍特别稳得住，明明攻击距离足够杀到李沧雨，他却一直按兵不动。

敌不动我不动，李沧雨也就没理会他，继续将注意力集中在刷新小怪上。

中间两片野区也相对平静，谢树荣和治疗白轩对上谭时天和治疗许凯。

双方都把经济发育作为重点，只不过，谭时天手长，时不时打一下谢树荣干扰谢树荣杀怪，谢树荣淡定地走位躲避，躲不掉就跑到白轩的旁边，让白轩帮自己加血——带个奶爸出门就是好，掉的血又加了回来。

双方你来我往地试探了片刻，直到野区小怪全部刷完，谭时天和谢树荣依旧是满血状态。

观众们都有些暴躁，在直播间刷屏："谭队上啊，灭掉那棵树！""阿树快上，咬死那个段子手！""打半天还满血，你们俩在打毛啊！"

解说间内的于冰对此有了合理的解释："在双方水平差不多而且都带着治疗队友的情况下，2V2 开战，没个 10 分钟打不完，谭队和阿树显然很清楚他俩谁都杀不死对方，所以只用一些小技能互相干扰，并没有真正开战。"

寇宏义赞同道："这也是很理智的做法，因为，你带着奶爸开打的话 10 分钟也打不死对方，而冰龙很快就要刷新了，双方前期都以经济发育为主，大概是在等冰龙的这一波团战。"

于冰道："我们重新把镜头切到上路的西北野区——程唯的输出能力确实强悍，章决明已经是 10% 的残血状态，不过，老章一个辅助，能在程唯的追击之下坚持这么久也不容易！"

此时，李沧雨和肖寒的下路野区小怪已经全部刷完，他正准备回城，视角调到上路，看见老章被程唯追杀的局面，忍不住道："小顾回头救人！"

顾思明正跟对面的圣骑士对砍，热血上头完全忘了"保护队友"这回事，听到猫神的话，他赶忙回头去找人，结果屏幕上却弹出了一条消息。

——[唯一专属]击杀了[决明子]，苟杀!

现场观众一片欢呼。

顾思明愣了愣，想跟章叔说句对不起，可惜，就在他愣神的那一刻，一道白色的光束突然朝他飞了过来，他的周围迅速升起了一圈符咒波纹——神之封印。

程唯趁机封住他，然后跟队友圣骑士配合，迅速爆手速杀掉了本就血量不多的顾思明。

——[唯一专属]击杀了[顾名思义]，双杀!

拿下双杀的程唯开心极了，谭时天微笑着说道："别乐了，速度回城。"

程唯高兴地道："哦，就来！"

有两个人头入账，程唯的经济一下子成了全场领先，回到商店后买了他最喜欢的加攻击项链"光明神的祝福"，一脸兴奋地跟在谭时天旁边，准备接下来的大团战。

而沧澜战队这边，李沧雨并没有多说什么。

　　小顾喜欢往前冲、跟人拼，热血上头一时没顾上队友这也不算意外，顾思明的基础很扎实，但就是行事冲动，缺乏一些耐心，这跟他的性格有关系，一时半会儿也很难改变。

　　更何况，在赛场中途训队员是指挥时的大忌，有什么问题也要等比赛结束后再说。

　　李沧雨迅速将队友们集合在一起，说了些注意事项。

　　接下来的冰龙团战，双方 6V6 对决，在程唯已经有两个人头 10% 攻击加成和项链加成的情况下，沧澜这边要想逆转局面是很难的。

　　不少观众甚至提前给沧澜战队点了一排蜡烛。

　　台下的 VIP 观众席，秦陌有些紧张地盯着屏幕问道："肖寒他们会不会输啊？"

　　颜瑞文笑着说："不一定，猫神最擅长出奇招，沧澜在逆风局翻盘也是有可能的。"

　　凌雪枫对这句话表示赞同。

　　沧澜确实是局面劣势，上路的小顾和老章被程唯追着杀了一路，前期赚到的钱少得可怜，连最便宜的戒指都买不起。而时光那边程唯却有双杀在手，攻击力大幅度提升。

　　但李沧雨并不觉得沧澜就一定会输——因为阿树、白轩、肖寒还有他自己，前期都打得非常稳定，装备方面也不落后于时光战队的其他四人。

　　六人团战的时候，只要控制住程唯，沧澜这边还是有希望的。

　　双方很快就在冰龙刷新点相遇，李沧雨立刻让章顾两人去布好视野。

　　程唯朝这边走过来，一见到沧澜众人，他反应极快，毫不犹豫地读出"神之封印"来控制李沧雨，结果，李沧雨反手一招水精灵的水球术反而将程唯冻在了原地！

　　两人几乎是同时出手，但显然，猫神的手速比程唯还要快，程唯先被冻住了，李沧雨却在放出技能的同时，一个巧妙地移动躲掉了程唯的封印！

　　放准技能的同时还能用走位预判躲掉对手的攻击，这样高超的操作技术，除了李沧雨本身的实力之外，还有赖于他对程唯的了解——程唯毕竟算他的半个徒弟，是他当年耐心教导出来的选手，程唯的很多操作习惯李沧雨都是一清二楚。

躲掉这个技能后，李沧雨立刻召唤出火精灵，接二连三的火球术不客气地砸向程唯，紧跟着又召唤出雷精灵，一道雷霆之怒的大招也砸向程唯所站的方向！

——连群攻大招都开出来杀程唯，显然猫神是要全力爆发秒程唯，这几乎有目共睹！

谭时天立刻说道："前排速度保护程唯！治疗加好血！"

猫神手速极快，短短几秒时间就把程唯打成残血，然而，程唯的身边毕竟还有队友，前排圣骑士一个"守护光盾"套在程唯的身上减少伤害，后排治疗一个单加大招"圣光涌动"将程唯的血瞬间刷满！

而此时，程唯身上的冰冻效果也终于结束了，他立刻读了一个白魔法大招"冰天雪地"还击李沧雨——这是白魔法师最强大的群攻魔法，无数冰雪从天而降，造成对方全员大量掉血的同时还会附带减速效果。

程唯的冰天雪地放完，又紧跟着一招神之光的锁定攻击，将李沧雨的血量强行压到 50%。

时光后排的三位弓箭手整整齐齐地将手中利箭射向李沧雨，李沧雨也被打成残血状态！

白轩自然不闲着，立刻给李沧雨套了个减伤技能，迅速把加血 buff 刷到满层，再用单加大招把血线给拉回来。

团战开启，观众们都屏住了呼吸，程唯和猫神对打得相当激烈，猫神的宠物全都上了，程唯也是大招全开……

当让很多观众更加紧张的是，沧澜战队的谢树荣和肖寒，此时正绕到了时光战队的后方！

没错，观众们是上帝视角，他们可以看到谢树荣和肖寒的位置，但谭时天却看不到！

谭时天正跟程唯一起集火杀老猫，沧澜战队少了两个人，他们还以为两人正好在视野暗区没有看见，没想到……那两人居然绕去了后面！

就在这时，谢树荣在团队频道敲了个1，意思是准备好了。

李沧雨微微一笑，手指迅速按向键盘，召唤出自己的风精灵，一招风暴之怒直接吹向时光战队全员，这一阵狂风正好将时光战队集体吹远了两米，吹到谢树荣和肖寒的面前！

谢树荣一招锁魂先封住治疗，再开光影回转的剑客大招砸向脆皮弓箭手！

肖寒早就给谭时天做好了死亡标记，再连上背刺、绝杀！

同时，章决明也早就捏好了辅助大招，战斗之声，激励之曲，大幅度提升己方战力！

这一次突然袭击显然让谭时天非常意外，在治疗被晕住的情况下，被对面的近战联手围攻，脆皮的弓箭手瞬间就变成了残血状态。

好不容易等治疗的控制效果结束，李沧雨又用水精灵再次控住了他，同时又用火精灵给谭时天补了一刀，把谭时天打到只剩一滴血，让肖寒收了人头。

——[霜降]击杀了[十天]！

这条消息一弹出来，时光战队的粉丝们全是一脸蒙的表情。

沧澜的粉丝们却开始欢呼："好样的！""又是声东击西的战术吧，猫神真棒！""混血小少年太给力了，不愧是猫神的徒弟！""小寒嫁我！""摸摸小寒金色的头，好样的！"

同时，由于谢树荣用大招将时光三位弓箭手全都打残，在肖寒杀掉谭时天后，谢树荣也用一招碎骨剑强行收走了陆道的人头。

——[阿树]击杀了[逍遥自在]！

前排这边，从一开始就演戏要杀程唯的李沧雨，此时却放着程唯不管，转而将火精灵的攻击对象换成了时光的第三位弓箭手。

——[老猫]击杀了[小梁]！

程唯很伤心，他觉得自己受到了欺骗！

明明猫神一直在集火他，怎么突然不管他，反而去杀后面的人了？

就在此时，李沧雨又突然回过头来，像是要满足程唯一样，联合阿树和肖寒在后排的猛烈攻击，顺手将程唯也一口气带走。

——〔老猫〕击杀了〔唯一专属〕，双杀！

沧澜巧妙地运用了一次前后包夹战术，将时光战队包饺子一样围在中间，一口气杀掉四人，剩下的圣骑士和牧师虽然按照谭时天的指令迅速逃走，但已经无济于事。

这一波团战的4:0人头大胜，让沧澜战队的经济全面反超。

李沧雨的装备成了全场最好的一个，阿树和肖寒攻击力也都有了提升，大家在李沧雨的指挥下一直稳扎稳打，慢慢推掉防御塔，杀掉凤凰，一路推向了水晶。

当水晶碎裂的那一刻，很多观众依旧没回过神来。

这场比赛打得非常奇怪，前期两边一直慢节奏刷小怪，看得人昏昏欲睡，只有上路野区的程唯拿下了两个人头，似乎预示着时光战队团战的大捷。

可让人意外的是，第一波大规模的团战……获胜方反而是沧澜。

前期慢节奏的比赛，从冰龙刷新的那一刻开始就像是打了鸡血。沧澜战队出其不意、声东击西，李沧雨全力开火秒程唯，吸引了对面的全部注意力，两位近战趁机绕到后方，配合李沧雨的演技和关键时刻的风精灵暴风控制，时光战队的三位脆皮弓箭手瞬间就死了个精光。

沧澜战队惊险逆袭，观众们的眼珠子都快要掉下来。

台下VIP观众席，凌雪枫看着大屏幕上1:0的比分，唇角不由微微扬了扬。

——不愧是猫神。

出其不意，逆风局翻盘，对李沧雨而言简直就像是家常便饭。

这只机智的猫，只要你稍微大意，就会被他一爪子拍死。

对付李沧雨，一定要时刻提防着他变幻莫测的战术，时刻关注他的身边多了谁、少了谁，看见沧澜只有4人都敢放心打，谭时天你还是太嫩了！

第一局团战，沧澜战队依靠李沧雨在关键时刻"声东击西"的战术，在劣势局面成功逆转，率先拿下1分。在中场休息时间，程唯一脸茫然地看着谭时天，道："我还以为，他那么拼命爆手速是想杀我的……"

结果，猫神杀光了时光战队的弓箭手，最后一个才杀程唯。

程唯觉得很郁闷，感觉人和人之间最基本的信任都没有了，猫神这精湛的演技，不去当演员实在是可惜！

谭时天看着程唯一脸被打击的表情，微笑着伸手揉了揉他的头，说："以为猫神开大招打你，就是想杀你吗？你把猫神想得太简单了。"

程唯不服气道："你不是一样没反应过来吗？"

谭时天无奈地叹了口气，说道："我确实低估了他，这局团战我们应该利用地图优势慢慢打的，结果，我们的战术还没发挥出来，就被猫神出其不意地绕后给打断了节奏。"

对于自己的大意谭时天直认不讳，低头摸着下巴沉思了片刻，便朝队友们认真说道："第二局大家稳着打，前期不要轻易跟沧澜开团，阵容的话我们要换一个人，小梁下来，周豫上场，用猎人来限制对面的剑客和刺客，小梁你好好准备第三局的擂台，有问题吗？"

周豫这位猎人选手，名气没有时光战队的其他几位弓箭手那么大，但他的优势在于场上发挥非常稳定，性格也比较沉稳冷静，是目前时光战队年纪最大的选手，但也只是 20 岁出头，可见时光战队整体配置有多么年轻。

听到队长的安排后，被调换的两人都点了点头表示没问题。

谭时天便接着说："这一局，我们要充分利用地形的优势，周豫在前排和中场做好陷阱保护，方便我们后排全力输出。到时候大家听我指挥，集火杀掉一个，先建立人头优势……"

沧澜战队隔音房内。

第一局的意外胜利让众人都喜悦非常，尤其是小顾，刚开始由于他的失误让章叔被杀，他一直很内疚，还好最后赢了，不然他都不知道该怎么面对队友们。

李沧雨倒是表情平静，简单鼓励了队友们几句，就开始做下一局的部署。

他有一种预感，谭时天肯定会针对沧澜的阵容做出相应的调整，但要对付时光的快速风筝战术，必须有突击速度快的谢树荣和肖寒切入他们后排干扰弓箭手的输出，如果换上卓航或黎小江的话会更加难打，所以沧澜的阵容只能保持不变。

中场休息十分钟时间到，第二局团战开始，谭时天选择的地图依旧是精灵幻境。

大屏幕中，双方选手的地图已经载入完毕。

沧澜战队的出生点依旧在左下方，时光战队在右上方。

李沧雨没有换阵容，却换了分路模式，这一次，他让章叔辅助肖寒走向下路东南野区，自己则跟小顾走到上路的西北野区，他想撞一下程唯，看看能不能在前期杀掉程唯压制程唯的经济发育。

巧的是，这局谭时天也换了分路模式，让程唯带着圣骑士柴俊走向下路东南野区，弓箭手陆道和精灵猎人周豫走上路的西北野区。

双方都调换分路的结果就是——程唯和章决明又一次相遇了。

程唯看到对面的辅助白魔法师，立刻兴奋地将手按在了键盘上，这次他并没有直接用"神之封印"的技能去控制章决明，反而放了一招群攻技能——潮汐涌动！

潮汐涌动会造成群体减速的效果，他放这个技能也是为了防肖寒绕后来干扰自己。

果然，被减速的肖寒追不上他，程唯立刻手速爆发去杀章决明。

老章早就做好了会被程唯追着砍的心理准备，好在这张地图有不少障碍，他手速比不上程唯，但走位却很灵活，一会儿躲到这棵树后，一会儿又躲去另一边，程唯追着他打了半天，被树木阻挡视野，把章决明打成残血，却没办法杀掉对方。

谭时天看见下路的这一幕，立刻提醒道："小唯回来，先杀小怪。"

"哦。"程唯只好悻悻地回来了，把注意力放在杀小怪赚钱上。

章决明见他又回去，忍不住在附近频道说："不打了吗？"

程唯："……"

章决明发去一排哈哈大笑的表情："大叔腿脚不好，你就别追我了，谢谢。"

程唯："……"

这简直不能忍！看着一个残血的白魔法师在自己面前晃，程唯真想一招神之光解决掉他……可惜神之光刚刚用过正在冷却。

谭时天道："他在用激将法，别理他。"

程唯："哦。"

还是听队长的吧，程唯回过头躲在圣骑士的后面，迅速解决掉自己附近的野怪。

中路，谭时天和谢树荣，这次连互相干扰都不玩了，两个人似乎懒得浪费技能，从彼此面前大大咧咧地走过去，都是"我看不见你""你看不见我"的淡定态度。

白轩时刻提防着谭时天突然来阴招强杀阿树，结果从始至终谭时天都不理谢树荣，白轩跟在谢树荣的身边打了一路的酱油，直到小怪刷完，两人便一起回程了。

上路的西北野区，李沧雨和顾思明的组合碰见了对面的陆逍和周豫。

陆逍这位选手的打法比较稳，上一局在野区相遇的时候他就一直不贸然出手，而周豫更稳，除了放陷阱干扰顾思明的靠近之外，他连小怪都不杀，把所有野区资源都让给陆逍。

李沧雨看到这里，心里便如明镜一般——显然，谭时天换上周豫这位猎人选手，只是起到一个干扰的作用，所以周豫把野区经济全部让给陆逍，是想在待会儿团战的时候让陆逍辅助谭时天爆发输出。

时光有猎人在，沧澜这边的前排选手自然会有所顾忌，从而影响到整个队伍的推进。

野区小怪很快刷完，李沧雨按 Tab 键查看了一下赛场资料。

从列表上可以看出，目前谭时天、陆逍经济领先，都是 1000 晶币，说明他俩前期没有漏掉一只小怪，把该收的钱全部收入了囊中。

程唯跟章决明在下路纠缠片刻，杀怪受到影响又没能拿下人头，目前只有 500 晶币，跟肖寒的钱差不多。

区别在于双方的治疗和前排。

时光战队的治疗到现在 1 分钱都没拿，把野区资源全部让给了跟他一起的队长谭时天。而沧澜这边，谢树荣和白轩平分野区资源，两人都是500 晶币的入账。

时光的前排圣骑士柴俊也是 1 分钱不拿，沧澜这边的小顾却也拿到了500 晶币。

这样一看，沧澜战队所有人的经济会比较平均，章决明被影响稍低一些，其余五人都是 500 左右收入。而时光战队，却有明显的资源倾向，谭时天、陆逍两位主力攻击手经济达到 1000，程唯 500，其他辅助的猎人、圣骑士和治疗却是 1 分不拿。

于冰也发现了这一点，趁着双方队员回城的时间，她迅速跟观众解说道："我们都知道新赛制中前期刷新的小怪数量是固定的，时光战队把野区资源全部让给主力输出选手，这样就能让谭时天、陆逍两位弓箭手在前期占据经济上的优势，方便接下来团战的暴力输出。"

寇宏义道："没错，新赛制经济战的打法，哪怕前期双方都没有爆发人头，但资源的偏向对于团战也会产生很大的影响。谭时天果然做出了他的项链精灵之泪，这是有暴击率加成效果的一条项链，陆逍选择的同样是这条项链，两人应该是想依靠暴击加成来秒人的意思。"

李沧雨看到经济差距的时候就知道谭时天是想在第一波团战来一次暴力风筝输出的战术，沧澜这边的输出跟他们拼那肯定拼不过，但好在沧澜的圣骑士和治疗装备比对方稍好一些，这一波团战一定要扛住对方的输出压力。

想到这里，李沧雨立刻在语音频道说道："谭时天待会儿肯定会发动一轮猛攻，我们尽量不要跟他们正面交锋，小顾和小白你们要顶住！"

果然，在冰龙刷新的第一波团战当中，时光战队的猎人周豫在前面放了一堆陷阱，让沧澜的谢树荣和肖寒无法靠近，程唯直接用群控的手段对沧澜集体减速，而后排的谭时天和陆道依靠弓箭手攻击距离远的优势，拉开长弓，将利箭迅速地射向了谢树荣！

两个弓箭手都有装备加成，阿树很快被打成残血，眼看命就要没了，白轩突然一招"圣光涌动"的单加大招将他的血强行抬了回来。

谢树荣心里激动，带着强力奶爸的感觉真是太好了！

程唯察觉到对面治疗的存在极大地限制了谭、陆两人的秒人计划，他立刻出手想用"神之封印"去控住白轩，然而，谢树荣突然一个侧移，迅速挡在了白轩的面前，而让众人惊讶的是，白轩见谢树荣突然冲过来，居然反射性地往旁边躲了一步。

观众们："……"

两位解说也是一脸的茫然，于冰想不通白轩为什么会躲，只有谢树荣知道——他是关键时刻又条件反射了！

谢树荣无奈地开启一招"光影回转"的大招围绕在白轩的周围，强行保护住己方治疗。

发现阿树过来保护自己，白轩讪讪地笑了一下，对于刚才条件反射躲掉的行为表示十分抱歉，立刻给阿树的身上又套了满层的加血 buff。

结果，这场团战双方激烈交火，打了整整五分钟，硬是谁都没能杀掉谁。

第一波团战打到后面，一直拖到白轩的蓝量耗光谢树荣才被击杀，没蓝的白轩也很快挂了。而时光那边，走在前排的圣骑士柴俊和猎人周豫却被李沧雨杀掉，双方完成了 2:2 的人头交换，算是谁也没吃亏。

这条冰龙只好放弃，两边默契回城。

观众们本来以为双方会在冰龙展开第二波团战，结果让众人瞠目结舌的一幕发生了——当沧澜战队全员复活赶到东南野区的冰龙刷新点时，却发现时光战队一个人都没有！

李沧雨心里顿觉不妙，立刻说道："最快速度杀掉冰龙！"

小顾在前排拉着，其他人全力开火，冰龙的血量迅速下降。

而时光战队的众人，此时却在谭时天的带领下走向西北野区，导播切换镜头一看，发现西北野区的大坑里，浑身火红的龙也刷新了，时光战队全员立刻扑了上去，前排顶住火龙的伤害，后排的谭时天和陆逍全力爆手速在远处杀火龙！

这样意外的转变让不少观众没反应过来，于冰更是激动地说："谭时天居然去偷杀火龙了，真是出其不意！火龙比冰龙难杀许多，但火龙击杀之后，全团队员都会有10%的攻击防御加成，这比冰龙的金钱加成要更加有用！"

寇宏义笑道："猫神大概也没想到，谭时天的胆子居然这么大！"

所有观众和在座的职业选手们都没想到，谭时天确实胆大包天。一般来说，团战都是积累经济、杀冰龙、再积累经济，直到装备够牛的时候才去杀火龙。他直接跳过了第二阶段，带着队友们冲击火龙……而更让大家惊讶的是，时光战队居然惊险地拿下了火龙！

这也是因为第一波团战时，谢树荣和白轩的人头都是谭时天拿的，两个人头在手，加上前期被队友让出来的资源，谭时天卖掉了自己的项链，直接做出了本命武器——反曲之弓！

这把弓箭通体带着淡蓝色的光芒，攻击速度加成20%，有本命武器在手的谭时天，输出简直快得可怕，一箭又一箭连续射过去，就像是从天而降的箭雨，很快就将火龙给杀死。

时光战队全员脚下都冒出"全属性+10%"的提示。

谭时天立刻说道："先推第一座塔，速度回城！"

在沧澜战队的人赶过来之前，众人就近推掉了一座防御塔，然后集体回城补满血蓝。

由于时光战队的属性加成太厉害，接下来的风筝战术自然发挥出了奇效，在队友们的保护之下，谭时天在后排放心大胆地输出，一箭射过来就射掉脆皮职业30%的血，简直成了可怕的移动炮台。

当水晶碎裂，大屏幕上弹出"失败"字样的那一刻，李沧雨不由笑了笑，对谭时天这位年轻的队长也颇为赞赏。

在冰龙没杀的情况下，居然出人意料地跑去偷杀掉火龙，可见，谭时天不仅战术思路灵活，在赛场上还有极大的胆识。怪不得在徐落退役后时光战队的成绩从来没有下滑，有这样一位年轻有为的队长坐镇，时光也不愧有豪门战队之称。

大屏幕上的比分变成了 1:1 平。

又到了中场休息时间，谢树荣无奈地看着白轩说："白副队，你的条件反射什么时候能改一改啊？我是来保护你的，你能不能别躲！"

白轩不好意思地笑了笑，说："下次、下次。"

李沧雨见他俩聊天，不由凑过来道："小白曾经被阿树追杀十次的心理阴影看来还没治好，这样吧，下一局的擂台，你们俩一组出战。"

白轩一脸"不是吧"的表情，苦着脸看李沧雨，谢树荣却笑眯眯地环住了白轩的肩膀，说："听队长的，我们俩一组！"

这次，我一定会好好保护你的——谢树荣在心里默默地说道。

白轩跟谢树荣在乙级联赛期间，其实也经常被李沧雨分去一路打配合，但乙级联赛的强度不大，一般都是谢树荣在前排输出迅速解决掉对手，白轩只需要跟着他打酱油就好。

而今天，时光和沧澜的团战对局中谢树荣突然回头朝自己冲过来的那一刻，白轩的脑子里不由自主地闪过了当年 FTD 对阵飞羽战队时的场景——那个锋芒毕露的少年剑客扛着大剑冲向自己的画面，将自己一剑砸死，还在整场比赛中一直追杀自己，连杀十次！

白轩自从出道以来，早期的比赛虽然经常输，但一场比赛被连杀十次的惨状却是唯一的一回，他对"剑客冲向自己"的场景有心理阴影，每次看见剑客冲过来就条件反射地想躲，所以刚才阿树冲过来保护他的时候，他很不给面子地转身躲掉了。

李沧雨把他俩放在擂台，显然也是想治治白轩这"反射性地躲着阿树"的毛病。

谢树荣对此真是欲哭无泪——我家奶爸把我当成凶犯一样见到就躲可

怎么办？！

回头对上白轩带着歉意的温润目光，谢树荣真是一点脾气都没了，忍不住道："擂台的时候你可千万别躲啊！"

白轩抱歉地笑了笑："嗯。"

谢树荣看着他微笑的样子，心里忍不住想：他笑起来真的很好看，怎么会有这么温柔、这么好看的男人？谢树荣收回目光，咳嗽一声，回头问李沧雨道："猫神，擂台我跟白副队第一轮上吗？还是说让小家伙们先打开局？"

听到这话，四个少年同时抬起头来，一脸期待地看向李沧雨。

李沧雨说："甲级联赛的第一场比赛，这么有纪念意义的比赛我会给每个选手出场的机会，所以，擂台的第一轮就……卓黎组合上吧。"

黎小江的眼神蓦地亮了。

卓航则更加直接，扑过来抱了李沧雨一下："谢谢猫神！"

卓、黎两人团战一直没出场，坐在台下看队友们打比赛早就坐不住了，黎小江虽然不太会说话，可心里也期待着自己能够上场，如今，李沧雨终于给了他这个机会，他感激万分地看了队长一眼，又回头看着卓航说："卓、卓航，我，我们要加，加……"

"加油！"卓航帮他补完了下半句，顺便握住他的手，微笑着说，"我们会赢的。"

虽然面前的少年帅气的脸还略显稚嫩，可他这句信心十足的话却让黎小江觉得莫名地安心——不管输赢，都有卓航陪着他，他们两人的组合虽然不算有多强，但他们会一起去努力。

时光战队那边很快也排好了擂台的阵容，谭时天也向裁判提交了地图。

依旧是精灵幻境，对于时光连用三局精灵幻境地图这件事，网友们褒贬不一，作为解说的于冰却冷静地说道："精灵幻境地图对弓箭手非常有利，而且，时光战队显然对这张地图的打法十分熟练，连用三局也很正常。"

寇宏义的目光却放在了双方对局的名单上："第一局组合的对决，沧澜这边是卓航的猎人和黎小江的黑魔法师，时光派出的则是周豫的猎人和陆逍的弓箭手……这么看来，双方猎人都能用陷阱干扰对方，输赢的关键还是要看主力输出的对决。"

于冰调出双方的数据看了一眼，说道："黎小江主加了攻击，但技能释放的速度会非常慢，陆逍是联盟目前的精灵族弓箭手中除了谭时天之外实力最强的一位，如果陆逍依靠快速风筝的打法反复打断黎小江的读条，沧澜的卓黎组合就会很难赢。"

而此时双方选手已经刷新在了精灵幻境的地图中。擂台赛的地图没有团战那样"田"字形的野区划分，而是采用正方形的结构，这张精灵幻境地图没有明显的中央区域，整张图到处都是树木，在哪都有可能开战，还很适合玩捉迷藏，好在地图面积较小，就算躲起来也很容易被对手找到。

卓航和黎小江并肩往地图的中间赶去，还没看到对方的人影，一道利箭就从远处直直地射了过来，走在前面的卓航被一箭射掉了 10% 的血量。

掉的血虽然不多，却让卓航心里很不舒服——自己根本没看见敌人，却被射了一箭的感觉，真是让人郁闷！

坐在台下看比赛的苏广漠忍不住道："这小子估计要吃大亏！"

旁边的俞平生疑惑地回头看他，苏广漠对上师弟好奇的目光，不由凑过去道："沧澜战队的卓航，就是刚才被射了一箭的那个家伙，他是我侄子。"

俞平生脸上露出一丝惊讶的表情，却没有多说什么，只是点了点头："哦。"

师弟一向不爱说话，坐在旁边默默看比赛就跟透明的空气一般。

苏广漠没有多做解释，自顾自地说道："打时光不该派出卓黎组合，这明显是劣势局面，不知道猫神葫芦里卖的什么药？弓箭手的攻击距离比黑魔法师要远上将近一米，时光那边的弓箭手只要一直攻击黎小江，黎小江就根本没办法读出技能来。"

俞平生默默地听着，听师兄说完后，只轻轻点了点头表示赞同。

苏广漠回头看他："你说，猫神是不是想趁机让卓航锻炼一下心理素质？"

俞平生歪头想了想，仔细思考片刻之后，才说道："嗯。"

苏广漠无奈极了，想半天你就想了这么一个字吗？！

两人聊天的这点时间，比赛场上，沧澜的卓黎组合已经彻底陷入了劣势。

果然如苏广漠所说，时光的弓箭手陆逍非常聪明，一直盯着黎小江打断他的黑魔法读条，黎小江很多大招根本放不出来，被弓箭手反复消耗，血量渐渐地就掉到了安全值以下。

卓航也没办法——如果对面是近战，他还可以用陷阱来限制对方，可对面是远程，而且是攻击距离最长的弓箭手，他根本没办法接近陆逍，反倒被对方的猎人周豫给限制得没法自由行动。

眼看黎小江的血量越来越少，卓航从来没有过这种"无力"的感觉。

这种感觉真的很糟糕。

小黎快挂了，自己却无能为力，别说是帮他限制对手，自己反倒被对面的猎人给缠住根本脱不开身……果然还是不够强大，没办法保护他吧？

直到屏幕上弹出陆逍击杀黎小江的消息，卓航拼尽全力将猎人的陷阱大阵全部爆掉，将对面周豫的血给打残，自己也紧跟着被陆逍收掉了人头。

黎小江没发挥多少作用，卓航也跟对面的老手猎人没法比，两人被送下场的时候，弓箭手陆逍的血量还在 70% 左右，猎人周豫的血量也在 30%。

沧澜第一局的双人组可以说是大败。

卓航和黎小江并肩走下台去，黎小江垂着脑袋似乎很不开心，卓航心里虽然很郁闷，但他还是轻轻握住黎小江的手，说道："没事的，后面还有树哥和猫神，我们能赢。"

黎小江闷闷不乐地跟着他走回座位上坐下，李沧雨看了两人一眼，也没多说什么，就让谢树荣和白轩准备出战。

沧澜的第二局派出了树白组合，这个组合在团战经常分到一路守家门，但擂台阶段却是第一次出场。两人都是王牌选手，这就给沧澜的粉丝们增加了一些信心。

谢树荣打了这么多年比赛，不管什么局面他都能从容应付，他跟白轩出场的时候沧澜的劣势非常严重，但面对陆逍和周豫的组合他依旧不慌不忙，打得非常稳健。

他没有像小顾那样一头热血地冲上去，也没有像小黎一样被压制得发挥不出来——阿树毕竟是阿树，稳扎稳打，却依旧锐气十足！

这个剑客，已经不是当年三剑客中专门追着砍治疗的小师弟了，他的比赛风格成熟稳定了许多，此时的谢树荣，提起手中利剑冲杀敌阵时，完全是一身的大将之风。

白轩远远跟在他身后，保护可以互相策应的距离。

对方的猎人周豫放了不少陷阱来干扰谢树荣，但谢树荣相当淡定，凭借丰富的大赛经验，绕过了"沉默陷阱""定身陷阱"这种控制型的陷阱，踩中攻击性的"死亡陷阱"他也丝毫不惧，因为在他踩中死亡陷阱后，白轩立刻给他加了一口血，他又变成了满血的阿树。

在擂台带着奶爸就像带着个外挂，一个字：爽！

谢树荣有白轩罩着，冲在前方自然不需要有什么顾虑，他将残血的周豫率先收拾掉，然后就开着剑客的突进步法迅速追到陆逍的面前，一剑砍下去，那动作帅气又潇洒。

弓箭手在远距离输出的时候，会让人特别恶心，可一旦被近战职业近身，脆皮的弓箭手会被打得生活不能自理。

陆逍现在也尝到了刚才黎小江品尝的滋味——被谢树荣压着打，简直是哭都哭不出来。

反正后面还有队友，陆逍只做了一番垂死挣扎，把大招全部丢在谢树荣的身上，就无奈地被谢树荣杀下场去。

擂台中场换人时会休息1分钟。时光很快就派出了第二对组合：双梁组合。

梁思杰和梁德元，这是时光战队名气很高的一对精灵族弓箭手组合，虽然都姓梁，但他们并没有血缘关系，加上两人都爱玩弓箭手，也确实是难得的巧合。

谭时天当年出道的时候这两人还是训练营的新人，等徐落退役把队长交给谭时天后，谭时天觉得时光可以培养一对默契十足的精灵弓箭手，必要的时候可以上团战，同时，两人的个人水平也能上单人擂台，两全其美。

于是他就将这两人带去了第五赛季的常规赛，将他们培养起来。

这两人目前只有18岁，是谭时天带出来的人，这个赛季擂台改成了组合赛的形式，他俩也正好能够派上用场。

时光第二轮出现双梁组合，也早在李沧雨的预料之中——他在第二轮派出树白，也是想依靠阿树的突击能力打散这对默契十足的弓箭手。

树白两人刚才杀掉第一对组合，消耗了10%左右的蓝量，但由于强势奶爸白轩在场，两人的血又被刷满了。

双方队员很快在精灵幻境的中央地带相遇，梁思杰依靠弓箭手的"破风箭"技能可以穿越树木障碍的优势，从远处放冷箭射向谢树荣，队友梁德元配合他一起放箭，谢树荣还没杀到他们的面前，就已经被射成半血。

然而身后有奶爸，谢树荣完全不担心自己会死——果然，一道洁白的光束在身上冒了起来，白轩一个恰到好处的单加，谢树荣再次满血。

时光双人组："……"

带着奶爸上擂台简直是bug啊！

两人意识到打谢树荣没用，干脆集火杀白轩。

白轩也很聪明，见对方转移目标，他立刻转身绕路跑，他的生存能力堪称打不死的小强，尤其是在这种树木茂密的地形，他躲来躲去，不时给自己刷口血，想杀掉他可没那么容易！

对方两人去集火治疗，这就方便了谢树荣的输出。

剑客光影回转的大招一开，两位弓箭手也被砍了不少血量。

于是，现场就变成了你追我赶的画面，白轩跑在最前，弓箭手在后面追杀他，谢树荣又在后面追杀弓箭手……

白轩很机智地绕着树林跑了一圈，时光战队本来想风筝他，结果被白轩反过来放风筝，直播频道的评论间内顿时刷了一排的"奶爸6666"。

虽然白轩能在两人集火之下艰难地逃跑保命，但这并不是长久之计，因为他的蓝是有限的，这样疯狂给自己刷血，耗蓝会非常严重，一旦他没蓝了，就会任人宰割。

想到这里，白轩不由在语音频道说道："我最多撑十秒，你尽量一次性解决掉两个人。"

谢树荣点头："没问题！"

此时，白轩被两个弓箭手追杀得已经残血，虽然还在勉力支撑，可他的蓝只够最后一次大加。白轩迅速地在前面的大树处绕了一个圈，两位弓箭手看着只剩一丝血皮的治疗自然不肯放过，大招"死亡箭雨"直接朝白轩砸了过去，只见铺天盖地的箭矢如同下雨一般落在白轩身上，白轩瞬间就被射成了刺猬。

只剩血皮，3% 的血量，只要一个普通攻击就能带走他！

然而，白轩一招"圣光涌动"套在自己身上，又把残血的自己强行抢救回来。

两位弓箭手紧跟着一招急速射击、夺命射击的连招打过来，白轩又剩5% 血量了，眼看就要挂掉……然而，白轩用最后的一点点蓝，又给自己套了一个减伤。

——我还可以抢救一下。

这是白轩给观众们透露的讯息，看比赛的观众都特别无奈——果真是打不死的小白！

时光的两个弓箭手都快要暴躁了，梁德元忍不住，又一招夺命射击砸过去，总算把残血赖皮不死的白副队给送走。

终于杀死了血牛治疗，这还真是……苦媳妇熬成婆的感觉！

两人正开心，结果，身后突然一道利剑滑过——正是剑客大招"光影回转"！

谢树荣刚才一直没动，就是想让这两人放松警惕，顺便等自己大招冷却结束。白轩挂掉的那一刻，他的大招终于冷却完毕，谢树荣毫不客气地冲了过来，手中利剑高高扬起，挥舞出密不透风的雪白剑光，直接把两个脆皮给削得欲哭无泪！

将两人的血量强行压到 30% 以下，谢树荣用锁魂定住了其中一个，紧跟着用碎骨剑加噬魂剑的连招将另一人一套打死，再回来杀第二个，这勇猛的姿态真有种势不可当的架势！

弓箭手被剑客近身砍，虽然拼尽全力打出了一次震荡射击，可最终还是倒在了谢树荣的剑下。

再次连续砍死两人的阿树，回头看了白轩一眼，笑眯眯地说："求表扬。"

白轩微笑道："你真是帅得惊天地泣鬼神。"

谢树荣无视后面的形容，捕捉了"帅"这个关键字，耍帅一般摸了摸下巴，看着白轩微笑的表情，他的心里满足极了。

其实他知道，白轩刚才拼尽全力拖延时间，是在给自己制造机会——等剑客大招的冷却结束，好完成最后的收割。

这个男人一向如此体贴和细心，宁死也要给队友多争取那么几秒。

谢树荣以前只觉得白轩是个很靠谱的奶爸，直到此刻，他才懂得，白轩是个多么优秀的电竞选手。

白副队这些年待在李沧雨的身边，一直默默地鼓励、支持着李沧雨，光是这份坚韧就已经很不容易。他在赛场上不像猫神那样光芒四射，却总是能在关键时刻给队友们最及时的支援，这个男人细心、温柔，却也强大到让人无法撼动。

他这几年由于战队成绩不景气，一直劳心伤神，帮李沧雨处理战队内务的同时还要安慰情绪低落的队员们，落下了严重的胃病……

谢树荣突然有些心疼白轩，这样一个尽职尽责的副队长，这样一个体贴温柔又坚韧强大的男人，其实是值得所有人尊敬的选手。

树白组合果然给力，将沧澜战队在擂台前期的劣势完全逆转，谢树荣在解决掉时光的周陆组合之后，紧跟着又杀掉了时光的双弓箭手，虽然他自己血量所剩不多，但他已经圆满地完成了擂台阶段的任务。

——接下来就看猫神的了。

谢树荣表情轻松地将手放在键盘上，耐心等待着时光战队的守擂组合出战。

大屏幕上很快就打出了对方第三回合擂台选手的ID：十天和唯一专属，

时光果然在关键的守擂阶段派出了他们的王牌组合谭时天和程唯，这也在所有人的预料之中。

两人刷新在精灵幻境的地图后，谭时天很快就找到了谢树荣的位置，依靠吟游诗人攻击距离远的优势迅速射箭想杀死谢树荣。

谢树荣可不会任人宰割，他学习了白副队"我还可以抢救一下"的赖皮式打法，故意绕着一棵大树转了好几圈，干扰谭时天的视线，顶着一层血皮，居然活了整整半分钟。

同时，他还用剑客的追风步法冲到程唯面前，用所剩不多的蓝量放出剑客的单体攻击技能"噬魂剑"，手中长剑直刺程唯胸前，把程唯的血量打掉了将近 10%。

程唯被打得有些暴躁，心里想着，这赖皮树怎么还不死啊？快点死吧我要见猫神！于是，程唯用一招白魔法锁定攻击技能"神之光"直接送走了阿树。

——〔唯一专属〕击杀了〔阿树〕！

这条消息让时光战队的粉丝们都激动地欢呼起来，牛皮糖树白组合终于双双下场，耗费这么长时间才送走这两个打不死的小强，实在是不容易！

谢树荣下场后，立刻跑到白轩的面前，认真地看着他说："我最后顶着一层血皮还砍掉了程唯 10% 的血，我厉害吧？"

白轩心里忍不住好笑，这么大的人，智商总是倒退回幼儿园，这"求表扬"的表情比卓航还要幼稚。不过，对上阿树期待的眼眸，白轩还是很给面子地伸出手摸了摸阿树的脑袋，说："你真是厉害，太厉害了。"

谢树荣被这双温柔的手摸得很舒服，不由眯起了眼睛。

树白组合离场后，接下来就是激动人心的守擂时刻。

沧澜这边大家都相信猫神会出场，只是，猫神要带上哪位搭档，不少观众却猜不出来。

VIP观众席上，秦陌忍不住问道："颜副队，你觉得猫神会带老章还是肖寒？"他私心希望猫神能带着肖寒上场，他想多看看那个混血少年在赛场的表现。

旁边的颜瑞文听秦陌这么问，立刻答道："这个你要问队长，队长肯定能猜中。"他说罢便回头看向凌雪枫，"凌队不如猜猜看猫神会带哪个搭档？"

凌雪枫毫不犹豫："他会带肖寒出战。"

秦陌惊讶地看向师父："为什么啊？章叔作为老选手，在大赛中发挥肯定会更稳定吧？"

凌雪枫道："章决明的辅助虽然会比较稳定，但肖寒的攻击性更强，对付时光的谭程组合，没有近战的话很不好打。况且，他会在常规赛给新人更多的锻炼机会。"

秦陌恍然大悟："哦！"

很快，沧澜战队的守擂名单就打在了大屏幕上：老猫，霜降。

果然是猫神和混血少年的师徒组合。

秦陌忍不住感叹："师父真是了解猫神，一猜就中，要是以后风色对战沧澜的比赛，他也能猜这么准那就好了。"

秦陌正想着，李沧雨和肖寒就已经刷新在了地图的左下角。

师徒两人非常默契，肖寒用刺客的"夜色降临"隐身技能走在前面，李沧雨跟在他身后，两人快速往前走去，为免隐身的刺客被谭时天的范围大招给打出来，李沧雨让肖寒改变路线，从侧面包夹过去。

程唯和谭时天远远就看见李沧雨朝这边走了过来，ID为"老猫"的精灵族召唤师，穿着一身精灵族的校服，白色为主的底色，再加上绿色森林元素的点缀，显得非常的潇洒飘逸。

尤其是他快速走位的时候，就如同一团白绿相间的风从眼前吹过，对手会很难准确地瞄准他的位置。

他的身旁没有任何宠物，程唯虽然是个暴躁的急性子，但第一轮团战就被猫神的演技坑了一回，这次他自然吸取教训，没有轻举妄动。

李沧雨在两人面前左右晃了一会儿，发现谭程两人都不动手，便疑惑地在附近频道发去一条消息："看不见我吗？"

程唯："……"

看得见啊，但是不想打你，免得被你坑！

程唯忍耐着从隔音房直接爬过去咬他的冲动，跟谭时天说道："我们先杀肖寒吗？"

谭时天微笑道："嗯，等肖寒现身先杀了他再说。"

两人的思路很明确——先解决掉会干扰远程输出的刺客，然后2V1对付猫神，这样的话胜算会比较大。

为了防止刺客隐身绕后，谭时天迅速往前走了几步，来到程唯的面前，跟程唯背靠着背。这样背靠背的站位，肖寒自然没办法完成绕后暗杀，不管他在哪个方向，谭时天和程唯总有一人可以看见他。

李沧雨对谭时天的机智十分赞赏，不过，肖寒并没有急着出手，上帝视角的观众们可以发现，此刻的肖寒其实正躲在不远处的树后，安静地等待着机会。而李沧雨却召唤出了雷、火两只精灵。

谭时天为了防肖寒的暗杀，跟程唯背靠背站位，虽然防住肖寒，却正好走到李沧雨的攻击范围内，李沧雨自然不会客气，一招"雷霆之怒"群攻技能朝两人劈下去，紧跟着又是接二连三的火球全部砸向谭时天。

程唯忍不住道："我们打回去！"

站着挨打真是没法忍，程唯一边说一边读出一个白魔法大招——神之信念！

只见一缕洁白的光束从天而降，顿时覆盖了李沧雨所站的方圆五米范围，这招白魔法范围群攻技能伤害极高，让李沧雨也掉了30%的血量，火精灵更是直接被秒。

李沧雨并不急，接着召唤出水精灵，用小水球一下一下地消耗谭时天，水球的攻击除了造成伤害外还额外附带减速效果，谭时天被连续三颗水球打中，减速效果叠加，速度便跟不上李沧雨了。

肖寒依旧不出来，在茂密的树林里寻找隐身的刺客本就没那么容易，谁知道肖寒躲在哪儿？要是为了防肖寒而错过杀猫神的机会，反倒得不偿失。

谭时天立刻当机立断，说道："先杀猫神！"

程唯听到队长的指令，立刻手速爆起——神之光、战斗之声！接二连三的白魔法攻击全朝李沧雨砸过去，跟程唯一起的谭时天也是不客气地开启了大招——震荡射击、夺命射击、死亡箭雨！

谭程两人联手攻击果然可怕，一时间，洁白的白魔法光效和精灵族吟游诗人的绿色技能特效夹杂在一起，在李沧雨周围爆裂开来，就像放烟花一样绚丽。

李沧雨依靠高超的走位技术躲掉了几个技能，却还是被锁定攻击和范围群攻技打得血量直线下降！30%！

猫神的血量已经非常危险，但让观众奇怪的是，他依旧镇定自若地边打边退，一直把谭程两人引到了肖寒隐身的大树附近。

谭时天虽然心里清楚，猫神不让肖寒出来肯定是有计划，但看着残血的猫神就在眼前，相信联盟任何选手都不会放过他！

如果不一口气杀掉这位机智的猫神，留着他更是后患无穷。

想到这里，谭时天立刻拉起手中长弓，用了一招吟游诗人最强的单体攻击——精确瞄准加夺命射击！

吟游诗人的精确瞄准跟杀手的死亡标记一样，是一个标记对手的前置技能，在瞄准的基础上再加夺命射击，会让夺命射击的伤害翻倍！

这一招命中，李沧雨就只剩10%的血了！

程唯激动得心跳都有些加速——猫神的血条在闪现红光，猫神很快就要挂了！自己终于有一天可以在擂台亲手杀掉猫神了吗？

这样想着，程唯也立刻跟上后续伤害，一招"寒冰风暴"的大招就朝李沧雨丢了过去！

不少沧澜的粉丝们都准备欢呼了……

然而，屏幕上并没有弹出老猫被击杀的消息。

观众们仔细一看，就发现李沧雨的身边，突然出现了一个人形的护卫，那护卫穿着金色的铠甲，手持光盾，看上去威风凛凛。

时光的粉丝们十分激动，解说间内的于冰却笑着说道："猫神很少会招出守护卫士，在之前的乙级联赛当中，他基本都是只用精灵族的水火风雷就能玩儿死对手，他的卫士今天还是第一次出现在赛场上。"

寇宏义也感叹道："这时机也是把握得非常赞，在谭时天放完大招后，猫神选择招卫士来强行抵抗掉程唯的后续白魔法大招。"

于冰似乎想起了什么，眼神飘忽了一会儿，又很快回过神来，说道："召唤师的宠物总共有七个，其中四个是种族特有宠物，还有三只公共宠物，也就是所有种族的召唤师都可以学习的技能。这个守护卫士就是公共宠物，像凌队的魔族召唤师、秦陌的血族召唤师都可以招出来。只不过，公共宠物自带的技能很少，召唤一次耗蓝又多，一般来说，召唤师都喜欢自己的种族宠物，很少召出公共宠。"

也正因为公共宠物出现的次数太少，程唯一时大意，忘记了李沧雨还有这么一个"守护卫士"。守护卫士存在的效果相当于是 3 秒的无敌时间，程唯刚才耗蓝巨大的终极大招寒冰风暴就这么被抵抗掉了……

程唯简直想吐出一口血来！

更雪上加霜的是，肖寒在此刻终于出现了。

这少年也是沉得住气，按照师父的吩咐一直躲在那里等待机会，直到李沧雨成功把谭程两人引过来，他才出手，一个果断的跳跃来到谭程两人的面前，手中利刃高高扬起，血族刺客的一套连招毫不客气地朝谭时天杀了过去——死亡标记、魂刺、弧光刺、暗影刺、绝杀！

谭时天刚才就被李沧雨慢慢磨成了半血，肖寒这一套打下来，谭时天也瞬间变成 10% 以下的残血。

双方队长的血条都在闪红光，就看谁先解决掉对方！

谭时天立刻开启飞羽步，快速走位躲掉肖寒的连击，肖寒见他躲开，便把苗头对准了附近的程唯，程唯刚在读条神之封印想控他，结果被肖寒一招魂刺给打断。

谭时天迅速跑出肖寒的攻击范围，紧跟着拉开长弓对准李沧雨。

刚才一路追击李沧雨，他的蓝已经所剩无几，只够放一个技能。但李沧雨也只剩下不到 10% 的血量，这个技能只要精确命中，是足够秒掉猫神的。

——夺命射击！

——弓弦拉长，利箭即将射出！

联盟最强的弓箭手，只要这一招命中，肯定能杀掉李沧雨，这几乎毋庸置疑。

然而让观众们惊讶的是，谭时天的这一箭……最终却没能射得出来。

李沧雨在谭时天躲开肖寒攻击的那一刻就开始召唤宠物，水精灵、火精灵、雷精灵、风精灵。

他有条不紊地召出了自己最喜欢的四大精灵，然后将手指按向了键盘上的 R 键。

这是他设置的召唤师大招，之前在乙级联赛因为比赛强度不大，他一直没有用过，但是今天，他准备把回归神迹联盟的第一个大招送给时光战队的这位年轻的队长。

——大灾变！

这个技能一按下，森林中就像是突然爆发了一场灾难，水火风雷大灾变，是精灵族召唤师范围最广、伤害也最可怕的一个精灵族宠物联合大招！

水精灵的冰属性攻击、火精灵的火球、雷精灵的雷击和风精灵的风属性攻击，会联合在一起，造成属性夹杂、攻击翻倍的大面积伤害！

这一招按出来，谭时天的弓箭还没出手，就瞬间倒在了地上。

——〔老猫〕击杀了〔十天〕！

而程唯那边也不好受，他本来就被肖寒打得只剩下半血，猫神的大灾变一放，程唯瞬间血崩一般血量直降 40%——血条也开始闪现红光！

李沧雨道："小寒，交给你了。"

大灾变一用，他的技能就全部冷却，李沧雨立刻机智地转身藏到一棵树后。肖寒会意，立刻一套连击杀向残血的程唯。

程唯挣扎着想要打死李沧雨，结果李沧雨又藏到树后，他一时半会儿够不着好不容易顶着一丝血皮来到李沧雨的面前，刚想用一招白魔法收掉残血的猫神，结果李沧雨反应神速，见小程唯出现，他立刻两下不用读条的普攻先带走了小唯。

——〔老猫〕击杀了〔唯一专属〕！

这画面看起来实在让人于心不忍，感觉就像是程唯顶着一层血皮，主动跑到猫神的面前送死一样……

程唯真的很想吐一口血。

忍无可忍的程唯在附近频道打字道："你太狡猾了！"

李沧雨笑着说："兵不厌诈嘛。"

"……"程唯发来一排省略号，接着吐槽道："讨厌的大灾变！"

李沧雨发过去一个摸头的表情。

大屏幕上弹出沧澜擂台获胜的字幕，这一场沧澜 VS 时光的比赛也终于结束，大比分确定为 2∶1。

现场的观众很多都没回过神来。

解说间内，于冰看着这出人意料的大比分，不由说道："猫神的大灾变，这个只有精灵族召唤师才能开出来的大招，已经有整整三年没在神迹联赛中出现过了……"

她强忍着哽咽，深吸口气，故作平静地说道："大灾变开出来的条件非常苛刻，首先，四只宠物的召唤和技能都不能在冷却状态，其次，选手必须在极短的时间内连续招出四种宠物并且让宠物完成一次大灾变的合击，在大灾变合击结束后，所有宠物技能都不可再用……这个技能前置条件很多，释放之后更是后患无穷，但只要把握好时机，这个威力极强的群攻技能，很可能会瞬间逆转局面。"

寇宏义呆滞了片刻，才回过神来，感叹道："精灵召唤师大灾变的打法，我入圈的时候早就成了传说，今天有幸目睹，果然……太可怕了！"

于冰微笑着说："这就是我们最强的精灵族召唤师猫神，只有他能完成这个复杂的操作，并且让四只宠物的合击达到最佳的效果。"

寇宏义兴奋地道："他为了这个机会确实等待了很久，我们看回放就可以发现，在被谭程组合集火之后，猫神就一直没再召唤宠物，而是依靠灵活的走位和普攻来消耗谭时天，为的就是最后时刻的爆发逆转！真是帅呆了！"

帅呆了，这句评价也是很多沧澜粉丝们此时的感受。

沧澜客场对局时光战队，在不知道选局和选图的前提下，很多粉丝都觉得猫神能拿下一局就满足了，实在不行三局全输大家也可以接受，毕竟是第一场比赛、客场作战，队里还有那么多新人……

可是，猫神却依靠精巧的战术布局和关键时刻的大爆发，两次成功逆转，拿下了2:1这样出人意料的比分！

不少很久以前就喜欢李沧雨的死忠粉们，都快激动得流下泪来。

这个男人，在经历过那么多波折之后，依旧能镇定从容地应对每一次比赛，带给大家这样震撼人心的精彩。

大灾变，这只是一个技能……

却是只有李沧雨才能把握好的技能。

网游里很多召唤师瞎用一通，往往用完大灾变就变成任人宰割的鱼肉，甚至有些人连前置条件都搞不清楚，经常按不出来。

但猫神不一样，每个宠物还差多少冷却时间，每个技能需要消耗多少蓝量，这些数据早已深深地刻印在他的骨髓深处，哪怕阔别神迹三年后重新归来，他也能游刃有余地开出了精灵召唤师的大灾变，在最后的关头瞬间逆袭——这就是猫神的风采。

导播将镜头对准了沧澜战队，李沧雨表情平静地站了起来，微笑着伸开双臂，四个少年立刻扑过去跟他抱成一团，庆祝第一场比赛的胜利。

台下，凌雪枫看到这一幕画面，突然觉得眼眶发热。

比赛之前自己还有些担心，怕他带着几个少年压力太大会不会发挥不好？事实证明，李沧雨是那样坚强、果敢的一位队长，不管顺风局还是逆风局，他都会按照自己的思路平稳地打完，输赢对他的心理状态造不出任何影响。

他在享受比赛，他依旧热爱神迹联盟的这一片赛场。

看着李沧雨拥抱住四个小家伙庆祝的画面，凌雪枫不由微微扬起了唇角——消失很久的精灵族大灾变打法终于再次出现，曾经带着遗憾离开的那位选手，也终于以"王者归来"的姿态，站在了神迹联盟第七赛季的赛场上。

CHAPTER 03

猫神归来

SUMMONER OF LEGEND

李沧雨在裁判递来的表格上确认签名后，便带着队友们去对面的隔音房里跟时光战队的队员们握手。

一走进隔音房，正好看见程唯垂着脑袋一脸闷闷不乐，李沧雨走到他面前，伸出手揉了揉他的脑袋，凑过去问道："还郁闷呢？"

程唯霍然抬起头来，瞪着李沧雨："你真是太狡猾了！"

那双清澈的眼睛里几乎要冒出火来，脸颊也气鼓鼓的，这炸毛的样子看着反倒有些可爱。李沧雨脸上的笑容更深，又把他的脑袋逆时针揉了一遍，不客气地说："赛场上当然要狡猾一点，不然怎么赢你？"

哪有这样的，赢了我还要打击我？程唯继续瞪李沧雨，李沧雨被瞪得心软下来，只好又把他脑袋上的乱发给顺时针理顺了，安慰道："下一场沧澜主场的比赛，你争取赢我。"

程唯信誓旦旦道："那是肯定的！"

李沧雨回头，见谭时天向自己走来，这才收回了手。

相对于程唯来说，谭时天表现得很是从容，哪怕主场打出1:2这样让人意外的比分，这个年轻的队长脸上也没有流露出一丝一毫不悦的神色，反而微笑着伸出手："恭喜猫神旗开得胜。"

李沧雨跟他握了握手："谭队客气了。"

两人寒暄一阵，双方队员依次握过手，李沧雨便带着队友们回到沧澜的隔音房。

为了配合媒体的宣传，神迹联盟要求甲级联赛的所有参赛队伍都要派出至少两位队员出席赛后的采访。今天是沧澜第一场比赛，李沧雨思虑再三后决定在采访时带上白轩、谢树荣和肖寒。剩下的四人则由章叔带队，先去找一家好点的餐厅，订位置点菜。

比赛后台专门布置的采访间内，由时光战队先接受采访，谭时天和程唯一起出席，两人一到现场就接受了一轮闪光灯的洗礼。

有个女记者站起来问："时光主场打出1:2的比分，相信谭队对这个结果也并不满意，谭队能不能给大家分析一下，时光在第一局团战和第三局擂台输掉的关键原因是什么？"

谭时天微笑着说道："第一局团战输掉，是因为猫神的战术出人意料，声东击西的打法让我一时没有察觉，落入了他布置的陷阱。第三局擂台，前期我是想等待一个最佳的时机再出手，结果反倒浪费时间给了猫神布局的机会。而且我第一次跟猫神交手，根本没注意到他的大灾变爆发技能，让他在关键时刻把这个技能开出来，是我大意了。"

自从接任时光的队长以来，每次时光战队接受采访的时候，只要是输掉比赛，谭时天总会这样微笑着担下全部的责任，他的人气虽然很高，但骂他的人也多。

程唯以前并不觉得这有什么不对，可上次在嘉年华被猫神训过一顿之后，他才发现，自己其实是个很不合格的副队长。

这几年来，他其实并没有为战队做过什么，甚至连战队里面的新人培养也是陆道在负责，而他却只知道打比赛、训练、空闲时间就出去玩儿……

不是说好了要好好辅助谭时天，好好当时光的副队长的吗？怎么能一遇到麻烦就躲在谭时天的身后变成缩头乌龟呢？

想到这里，程唯深吸口气，拿起话筒主动说道："今天的比赛我也有很多错。"

记者们顿时被他吸引了视线，连谭时天也回头看他。

程唯硬着头皮继续说："比如第一局团战，猫神开大招打我的时候我马上打了回去，完全没有注意到他的身后少了两位队友。第三局擂台，我明明知道猫神最强的爆发技能是大灾变，却因为追杀他追得太激动，忽略了他宠物召唤的冷却时间。"

"我没有完成白魔法师控制住对手的任务，反而让谭队的很多输出浪费，这也是我们拖延那么久也没能杀掉猫神的关键。"

"最后我们两人都只剩不到10％血量的时候，我因为太过心急想要杀掉猫神，没有准确读出技能，反而被他杀了……怪我没能沉得住气。"

"在以后的比赛当中我不会再这么冲动，我会尽量冷静一点，多观察对手的技能冷却情况，好好把握住机会。"程唯顿了顿，认真地看向台下的记者，"我说完了，请大家尽管批评。"

谭时天："……"

记者们："……"

现场鸦雀无声。

不少记者甚至怀疑程唯是不是被别人附体？灵魂换位？怎么突然变了个人？

以前每次的赛后采访，程唯的回答一般都是"我们时光是最强的！""我觉得下一场比赛肯定能赢。""今天打得非常过瘾！"……全是这种毫无营养、喊口号一样的话。

结果今天，他不但认真分析起了比赛，而且还当着大家的面自我反省。这种感觉就像是平时爱炸毛的猫，突然乖乖趴在你面前认真地说："我错了。"

明明他看上去很认真，可还是让人忍不住想揉揉他的脑袋欺负他一下。

记者们只能想，谭时天却将这种想法付诸行动，他微笑着伸出手，轻轻揉了揉程唯的头，柔声说道："也不能怪你，毕竟很久没和猫神交手，我们都忽略了他的爆发大招和变幻莫测的战术。能意识到自己的缺点，下一场比赛继续改进就够了。"

程唯点头附和："没错没错！"

谭时天看他这乖乖的样子，眼底的笑意不由更深——看来程唯经过这场比赛心态上应该会更加稳定。猫神已经带着新的队友回归神迹，那个把他作为偶像的毛毛躁躁的少年，也该到了长大的时候。

有个男记者站起来问道："谭队，对于这场比赛的对手老猫，你是怎么评价的呢？"

谭时天收回手来，微笑着说："猫神是一位让人敬佩的选手，不管是他历经波折还不放弃的坚定意志，还是他面对比赛时镇定从容的态度，都让我非常佩服。而且，他的手速放在世界上也是一流的水平，尤其是大灾变技能的爆发，真的非常帅。"

程唯听谭时天拼命夸猫神，忍不住笑起来，附和道："没错没错，非常帅！"

记者们："……"

程副队你真是作为"附和谭队说法"的道具而存在的吗？坐在他的旁边无脑点头，这样子看着特别傻、特别呆你知道吗？

后台，李沧雨听到这段采访，不由笑了笑，说："既然谭时天这么夸我，那我待会儿也夸夸他好了。"

在沧澜战队接受采访时，记者果然道："猫神，刚才采访时光的时候谭时天说你是一位让人佩服的选手，那你对谭队这位年轻的队长怎么看呢？"

李沧雨毫不犹豫地夸起谭时天："作为神迹联盟最年轻的队长，谭时天脾气好，有幽默感，不摆架子，还会写微博小段子，在比赛场上冷静从容，不管输赢都能微笑着面对，这样一个年轻有为的队长，我实在是挑不出他的毛病来。"

记者们："……"

你俩互相给对方塞红包了吧？这互相当"托"的感觉是怎么回事？

记者又问道："那猫神对时光的副队长程唯怎么看？"

程唯立刻竖起耳朵，等着猫神夸他。结果李沧雨说道："程唯啊？他头发很软，怪不得谭队很喜欢摸他的头。"

程唯："……"

你就不会夸我一句吗？夸夸我反应敏锐、爆发惊人、操作一流行不行！

什么叫头发很软？头发软算是夸奖吗啊？我要对你粉转黑了！

谭时天看着程唯气呼呼的样子，忍不住心疼地摸了摸他的头。

——猫神说得对，他的头发确实很软！

在采访完李沧雨对时光正副队的看法后，记者们这才把话题正了回来："沧澜战队首战告捷，客场拿下 2 : 1 的比分，猫神有什么想对粉丝们说的吗？"

李沧雨说："今天能拿下两局，除了战术让时光出乎意料，还要靠一些运气。经过今天的比赛，我的大灾变爆发技能肯定会引起其他战队的重视，下一场不一定这么好运，我希望支持沧澜的朋友们，能以平常心来对待比赛的输赢。沧澜还有很长的路要走，你们只要相信，不管遇到多大的困难，沧澜的 8 位选手，一定会拼尽全力走向终点。"

他的目光非常平静，说话的时候每个字都掷地有声，不愧是当队长的人，一开口说起正事，气场就是不一般。

这段话的意思也很明显——哪怕后面沧澜输了，大家也不要急着骂，因为不管路途经历多少波折和困难，他李沧雨，一定会带着沧澜的队友们坚定地走下去。

现场的记者们激动地鼓起掌来，为这位老选手的回归而喝彩。

掌声结束后，又有记者把目光对准坐在李沧雨身边的混血少年，问道："肖寒，很多人都好奇你的来历，能告诉大家，你是哪国的混血儿吗？"

肖寒认真道："中国的混血儿。"

记者愣了一下，接着问："另外的血统呢？"

肖寒疑惑："什么叫另外的血统？"

李沧雨凑过去提醒他："就是问你父母双方是哪国人。"

肖寒恍然大悟："哦，我妈妈是美国的血统。"

总算问到答案的记者松了口气，接着问："你以前是在国外生活对吧？能跟大家八卦一下你当时是怎么加入沧澜战队的吗？"

肖寒说："在网游里被师父和白副队追杀到只剩一条裤衩，玩不下去了。"

李沧雨：“……”

众人：“……”

少年你要不要这么诚实啊！

白轩无奈抚额，李沧雨也无奈地看他一眼——说得自己好像是欺负徒弟的恶霸！

肖寒对上师父的眼神，似乎察觉到自己说错话，立刻纠正道："但是后来我自愿加入了沧澜战队，因为我很喜欢打比赛，所以我就成了电竞选手。"

记者们有些奇怪，这家伙说话似乎有些别扭？一句话里关联词要这么多吗？

又有记者站起来问道："肖寒你对自己今天的表现满意吗？猫神跟凌队一直被拿来对比，那么你跟凌队的徒弟秦陌相比，你觉得谁更强？"

这种"谁比谁更强"的问题很没营养，却是记者们最喜欢问的。

换成一般选手哈哈两句就绕过去了，但肖寒不，他低头思考了几秒，然后认真地说道："我不想回答这个问题，因为秦陌是我的陪练，也是我最好的好朋友，我如果说我比他强的话，他就生气不理我了，但是我又不想承认我比他弱，所以我还是不回答了。"

记者们："……"

秦陌："……"

你过来PK啊！怎么把陪练这回事也说了出去？还有，你这一句话带一堆因为、所以、但是、而且，不要说你的中文是我教的！

凌雪枫看到这段采访，不由回头看秦陌一眼，发现徒弟气得握紧拳头似乎要钻进电视里去跟肖寒PK，但眼中却流露出一丝喜悦之色，大概是肖寒说了他是"最好的朋友"？

刚开始把秦陌送去当陪练只是想双管齐下练练两人的PK水平，没想到两个小徒弟的感情会这么好，他俩能成为好朋友，倒是在凌雪枫的意料之外。

现场的记者对肖寒的回答哭笑不得，总觉得这位混血儿脑回路跟正常人不太一样。

记者只好放弃采访肖寒，把话筒递给了白轩："白副队，今天比赛之后，网友们给你取了好多外号，有人叫你超级奶爸，还有人叫你无敌小强，你对这怎么看？"

白轩好脾气地笑着："取外号无所谓，大家开心就好。"

记者又说："白副队跟阿树的组合以前在队里经常练习吗？今天在擂台发挥得特别棒。"

谢树荣立刻抢过话筒说道："今天是我跟白副队第一次在擂台阶段配合，能表现得这么好，是因为我跟白副队特别有默契，对吧？"

他回头看向白轩，一脸笑眯眯的表情，白轩只好无奈道："对。"

谢树荣心情愉快地一把环住白轩的肩膀，回头跟记者们说："以后我们俩要经常在擂台阶段出现，树白组合，听起来特别顺口。带着白副队上擂台，真像是带着外挂一样，不管掉多少血都能被他加回来，我家的治疗真是太棒了。"

白轩被他夸得不太好意思，配合地笑了笑："这也要队友给力才行。"

他这句倒是真心话，要不是阿树爆发给力，带治疗上擂台输出就会严重不足，只要治疗被控，对方2V1很容易集火干掉一人。但是今天，谢树荣一直挡在自己的面前，不动声色地保护着自己，这才让树白组合在擂台赛成功逆转了局面。

在接受完记者的采访之后，李沧雨便带着队友来到后台，一到后台就看见了凌雪枫和秦陌，凌雪枫主动朝李沧雨走过来说："今天这场比赛打得很好。"

李沧雨一本正经地说："谢谢凌队的夸奖。"

凌雪枫微微笑了笑，拍了拍他的肩膀说："我明天就带队回魔都，下次见面就是在风色对阵沧澜的赛场上了。"

李沧雨认真地看着他说："我不会对你客气的。"

凌雪枫注视着他的眼睛，同样认真地说："我也不会对你客气。"

李沧雨微笑起来，主动伸出双臂抱了抱他："赛场见。"

虽然他们两人是彼此最为珍视的好友，可比赛关系到整个战队的荣誉，谁都不可能对谁手下留情，这无关私人感情，而是作为电竞选手该有的原则。

李沧雨很清楚这一点，也知道对局风色会是常规赛最艰难的一场硬仗，他并不担心跟凌雪枫对局，反而非常期待——他们之间的直接交手错过了整整六年，在神迹联盟职业联赛的第七赛季，他们两人也终归能圆了这个心愿。

秦陌跟师父等在这里，只是想和肖寒说几句话，两个小少年目光相对，便自觉走到一起，秦陌凑到肖寒耳边说："以后接受采访，不要这么耿直，什么都告诉记者，听到没有？"

肖寒疑惑地看着他："耿直是什么意思？"

秦陌翻了个白眼，解释道："就是太直接、太诚实的意思！"

"哦。"肖寒若有所思地点了点头，接着问，"诚实不是一种好品质吗？"

秦陌觉得跟这脑回路异于常人的家伙交流起来实在有些困难，便放弃了说服他的意图，转移话题道："咳，还有，你今天说话的时候关联词用太多了。"

肖寒很无辜地看着他："关联词可以让句子更加完整，这是你教我的呀。"

秦陌差点一口血吐出来。

虽然、但是，因为、所以，确实能让句子更完整，但也没叫你一句话里面全部用上啊！

秦陌深吸口气，忍耐着敲他脑袋的冲动，说："不能用太多，会显得累赘，你平时无聊可以多看看电视剧看他们怎么对话的……算了，跟你说也说不清楚。"

肖寒继续无辜地看着他，一双清澈的黑眼睛，头顶却是金色的头发，软软地垂在耳边，漂亮的混血儿让人很想揉揉他的头……不过，秦陌还是没敢做这个动作，有些心虚地移开视线，说："以后不要跟记者说秦陌是你最好的好朋友。"

肖寒疑惑："不是吗？"

秦陌抓狂道："最好的好朋友，两个'好'字重复了，你只用一个'好'字就可以。"

肖寒恍然大悟："哦，直接说好朋友？"

秦陌沉默了片刻，才不好意思地挠挠头说："保留前面的那个好字。"

肖寒说："最好的朋友？"

秦陌这才满意了，说道："这还差不多。"

就在这时，凌雪枫突然说："秦陌，走了。"

秦陌只好站了起来，回头看着肖寒："下次见面要在魔都了，你去过吗？"

肖寒摇头："没有。"

秦陌道："那我带你去玩儿。"

肖寒认真地说："等我在擂台打败你，你再带我去玩。"

秦陌："……"

真想跟他来一场真人PK！谁说你会打败我？可别到时候哭着求饶。

秦陌冷哼一声："说不定是我打败你，好好准备接下来的比赛，还有，不许再跟人说我给你当过陪练，听到没有！"

肖寒点头："哦。"

秦陌这才放下心来，挥挥手："再见。"

肖寒道："再见。"

看着两个小家伙在那里认真地道别，李沧雨不由笑了笑，拍拍肖寒的肩膀："秦陌教你学中文你觉得有用吗？"

肖寒苦恼地想了想，才耿直地说道："我觉得有一点用！至少我知道了很多关联词的用法，也知道了语境是什么意思。"

李沧雨笑道："没关系，慢慢学。不过他说得对，以后接受采访你可以不要那么耿直，说师父追杀你到只剩一条裤衩……咳，其实师父追杀你也是为你好啊，你懂吧？"

肖寒乖乖点头："哦。"

虽然觉得"追杀你是为你好"的逻辑有些不对，但他知道，师父说的必须是对的。

次日上午九点，沧澜战队的全员在机场准时集合办理登机手续。

结束跟时光战队的比赛之后，他们就要回去着手准备下一场比赛。距离下一场比赛还有一周时间，但大家也不能因为第一场的成绩不错就松懈下来。

十二点的时候，众人终于赶到了俱乐部的宿舍，先把行李安顿好。坐了几个小时的飞机众人都有些疲惫，李沧雨便让大家好好休息一个下午，明天大清早再开会。

回到宿舍后，白轩整理完行李，刚打算去厨房削点水果吃，谢树荣立刻积极地拿起桌上的刀子，说："我帮你削苹果。"

白轩拿起一盘葡萄打算去洗，谢树荣又从他手里抢过葡萄："我洗我洗！"

看着面前这位殷勤得有些过分的青年，白轩忍不住说："你哪根筋不对了？这么讨好我，是怕我让你去洗碗吗？"

谢树荣笑着说："洗碗是应该的！做家务都是应该的，以后你只要躺着享受，其他的什么都由我来做！"

白轩一脸的莫名其妙："以前不是很讨厌洗碗，一提起洗碗就一副要上刑场的表情吗？怎么今天突然热爱起做家务了？你没发烧吧？"

说着就把手背贴在谢树荣的额头上探了探，发现温度正常，白轩心里便更加疑惑，怎么阿树突然转性爱做家务了呢？以前不是最讨厌的吗？

"没别的原因，就是……平时你一个人做这些，也挺辛苦的。"谢树荣认真地看着白轩的眼睛，难得严肃地说道，"一直都是你在照顾大家的生活起居，以后都交给我来做吧。你胃不好，应该多点时间休息，别太操心这些琐事。"

白轩听到这话，心里不禁有些感动，阿树其实是个很靠谱的青年嘛，居然懂得帮自己分担家务活，实在难得。

看着他一脸认真的样子，白轩忍不住笑了笑："那好吧，我想吃苹果，还有葡萄，你去洗干净，把苹果削好了切成块端到我房间。"

谢树荣立刻鞠躬道："遵旨！"然后他就屁颠屁颠地端着果盘跑去洗了，看样子还挺开心，好像在完成什么特别重要的任务一样，在厨房洗葡萄的时候甚至哼起了歌。

白轩莫名地有些心软，总觉得这个偶尔犯病的幼稚青年越看越可爱，就像是隔壁家没长大的弟弟一样，真实又亲切。

次日早晨，沧澜战队的全员准时来到战队训练室。

由于李沧雨给大家放假一天，队员们看上去都是精神抖擞，尤其是四个少年，脸上都难掩兴奋的神色，显然，大家已经做好了迎战下一个对手的准备。

接下来的比赛轮到沧澜主场，而这次的对手正是来自春城的飞羽战队。

飞羽跟风色、时光一样都是神迹职业联赛开始的那一年就成立的老牌战队，近战为主的特色打法也非常鲜明。当年的第三赛季，苏广漠、俞平生和谢树荣同时在场，三剑客时期的飞羽曾经横扫神迹联盟，甚至创下过传奇一般"常规赛加季后赛从无败绩"的历史纪录。

三人联手从第一场比赛到最后的决赛一路全胜，最终夺冠，这么多年来，也没有任何战队能够重现当年飞羽战队的辉煌。

在幕后教练宋阳和主力剑客谢树荣离队后，虽然飞羽战队不如第三赛季那样强势，但苏广漠不论个人水平还是带队能力都不输于他的师父，所以飞羽这些年来的成绩一直不错，多次打入季后赛拿下过奖杯。

加上俞平生改玩狂战士，飞羽的输出能力虽然略有减弱，但前排的抗压能力却比第三赛季时期更加强悍——俞平生是目前神迹联盟最强的一个前排。

李沧雨将飞羽战队的选手名单都打在大屏幕上，接着便看向谢树荣，说："对于飞羽，我想在座的各位没人会比阿树更加了解，所以，阿树你先来分析一下飞羽战队的特色吧。"

　　谢树荣平时虽然爱撒娇，智商经常掉回幼儿园，可真遇到大事，这个青年还是非常靠谱的。听到队长这句话，他很干脆地站起来，从队长手里接过激光笔，指着大屏幕上列出的选手数据说："苏广漠是我大师兄，他的个人风格非常鲜明，打法强势凶悍，攻击性极强，远程脆皮职业只要被他追上，有超过 70% 的可能会被他一口气杀死。"

　　"俞平生本来玩的是剑客，后来改玩狂战士。他的性格……可以说是有点儿孤僻，很少跟人说话。但他的狂战士打法非常暴力，跟他的性格完全相反。"

　　"在苏广漠和俞平生联手的情况下，联盟很少战队能够突破飞羽的前排防守。而且他们不仅防守能力强悍，防守的同时两人还能联合进攻。这种近战菜刀流的打法，又快又狠，这也是飞羽能在神迹联盟站稳根基的原因。"

　　见这家伙侃侃而谈，将飞羽的特色分析得头头是道，李沧雨不由赞赏地点点头，道："其他的几位队员你了解吗？"

　　谢树荣道："我之前在国外的时候经常看飞羽战队的比赛。除了苏广漠和俞平生这两位前排主力之外，飞羽的治疗萧穆是个非常稳定的选手，比我们家白副队……"

　　说到这里，他回头看了白轩一眼。

　　白轩见他看自己，便疑惑地问："比我怎么了？"

　　谢树荣毫不犹豫地说："比起我家白副队，当然差得很远！"

　　白轩被逗乐了，微笑着说："行了，别拍我马屁，继续讲吧。"

　　"嗯！"谢树荣接着说，"萧穆这位治疗玩的是人族牧师，人族牧师的续航能力比神族牧师要强，但应急加血能力却比神族牧师要弱，这一点白副队应该很清楚吧？"

　　白轩道："是这样没错，人族牧师的防御力会比神族高一些，但蓝量不太够用，紧急关头加血有可能会加不过来。飞羽选用人族牧师，也跟战队的风格比较相符，他们战队大多数都是人族选手。"

"嗯，飞羽有四位人族剑客。"谢树荣说，"除了苏广漠外，还有董乐、林诗亮和刘子礼三个，其中董乐是这个赛季刚出道的新人，16 岁，不一定会出场。另外林诗亮、刘子礼组合经常在团战时作为苏广漠的辅助输出而存在，不出意外的话他们也可能出战双人擂台。"

到现在为止，谢树荣已经介绍了飞羽战队的六个人。

章决明忍不住问道："还有两个呢？"

谢树荣道："剩下的两个，一个叫曹朗，玩的是血族刺客，就我看过的比赛来说，飞羽前排一向强势，这个曹朗经常跟在苏广漠的后面，隐身起来查缺补漏。他补刀、偷袭的能力特别强，是一个很擅长把握机会的人。"

"最后一个选手叫赵星林，人族圣骑士，防御能力在联盟属于一流水准，但飞羽的前排防御力已经足够，只有在必要的比赛中苏队才会起用他……比如俞平生状态不对的时候，他会作为狂战士的替补，承担整个队伍前排保护的责任。"

谢树荣流畅地介绍完飞羽战队的情况，李沧雨对此非常满意，忍不住给阿树鼓了鼓掌："好样的，阿树，分析得非常透彻！"

白轩也不由对阿树刮目相看，当年的他也是飞羽的队员，换成一般人，打老东家这种事心里难免会有些别扭，尤其对手还是自己的两位青梅竹马的师兄……但谢树荣却一点都不矫情，他把自己的心理状态调整得很好。

现在的他是沧澜战队的职业选手，是大家所信任的阿树。既然已经选择了这条路，就不该被过去所束缚，果断地走下去，做好一个职业选手该做的事就够了。所以，他今天分析起飞羽战队的特色来，也一丝一毫都不觉得尴尬。

苏广漠和俞平生曾经是他最敬重的师兄，青梅竹马感情确实好。但在不久之后的赛场上，他们会是他的对手，他照样不会对他们留情面，正如那两人也会全力以赴一样！

谢树荣能这么快想清楚，白轩其实是佩服的，换成他，如果有一天跟李沧雨变成对手，他估计会纠结好久调整不过来……

正想着，就见李沧雨站起来，从谢树荣手中接过激光笔，接着说："关于飞羽的特色刚才阿树已经给大家讲得非常清楚详细。飞羽的战术体系向来都是简单粗暴的近战打法，我们这边远程比较多，如果团战的时候风筝失败，就很容易被飞羽突进过来将我们打散。苏广漠的剑客移动速度飞快，爆发能力惊人，加上有俞平生的策应和保护，他在前排就是个大杀器，我们必须想办法尽快解决掉他。"

"下一场比赛是我们主场选图，今天上午我会好好研究一下地图，等决定了下午再告诉大家，我们先把阵容来排一排。"

李沧雨做事效率奇高，很快就安排好了下一场比赛的阵容，大家对队长的安排自然没有意见，立刻开始组队去竞技场开小号训练。

布置完阵容之后，李沧雨就开始认真地研究地图，阿树缠着跟白轩组队到竞技场练了练双人擂台，两人顺利拿下一局，白轩不由关心地私聊他道："感觉怎么样？对上你两位师兄，压力大吗？"

谢树荣说："这不是还有你吗？带着你上场就像带着外挂，怕他们作甚？"

白轩无语："你别老是外挂、外挂的形容我好吗？"

谢树荣改口道："是是，超级奶爸，联盟第一神奶，能跟你组合真是我的荣幸。"

白轩见他这么说，不由无奈道："就你会拍马屁。话说，你的状态真没问题吧？"

谢树荣凑到白轩的耳边说："不用担心我，我的心理状态完全没有问题，等着看我的帅气表现吧，一定能帅翻全场。"

白轩忍着笑："你自夸起来真是比刘川还厉害！"

看来，在龙吟俱乐部氛围的影响之下，谢树荣也学会了厚着脸皮自夸。

飞羽战队俱乐部位于四季如春的春城，苏广漠在开幕式结束后便带着队员们回到了这里，开始准备下一场跟沧澜的对决。

苏广漠回到宿舍后就坐在电脑前重温沧澜和时光的比赛录像，俞平生很自觉地坐到了他的旁边，一句话都不说，一双清澈的眼睛却一直盯着电脑屏幕，苏广漠习惯了他幽灵一样悄无声息的陪伴，很自然地按进度条反复回看这场比赛的精彩片段。

连续看了五遍后，苏广漠便回头问道："你有什么发现吗？"

俞平生仔细地想了想，才认真地说："那个混血少年。"

苏广漠道："他叫肖寒，是李沧雨新收的徒弟。"

俞平生点了点头，盯着电脑屏幕中的血族刺客看了半晌，才说："他打得不错。"

"嗯，在沧澜的四个少年选手当中，肖寒的实力是最强的。"苏广漠顿了顿，仔细分析道，"顾思明的打法冲动热血，卓航到现在还没找准自己的定位，黎小江速度太慢，没有队友的保护连一半实力都发挥不出来。只有肖寒，他经常跟着师父玩竞技场，又有秦陌这个高级陪练，进步的速度飞快。更难得的是，也只有他能跟上阿树和猫神的节奏。"

俞平生回头看了师兄一眼，发现他脸上的表情难得严肃，手指摸着下巴，似乎正在考虑一件很重要的问题。这个男人平时的作风潇洒豪爽，打比赛的时候也颇有侠义之风，但事实上，他是个很仔细的人，目光十分锐利，能一眼就看穿对手的弱点。

对付沧澜战队，他心里已经有了一些思路，等把一切都整理好了，再找队友们落实。想到这里，苏广漠便合上笔记本电脑，站起来准备去浴室洗澡。俞平生疑惑地看着他，问道："你想好了吗？"

苏广漠说："差不多。"

俞平生"哦"了声，没有多问，因为他知道，师兄只要想好了对策，那么，接下来的比赛，自己只需要跟着他的思路走就可以了。

时间过得极快，转眼就到了周末。

这个周末,神迹官方职业联赛总安排了四场,周六的上午是风色对猎豹、下午是红狐对时光,周日上午是鬼灵对清沐、下午是沧澜对飞羽。

由于跟飞羽的比赛安排在最后一场,李沧雨的心情非常放松,周六早晨开始,他便带着队员们坐在训练室里观看其他战队的比赛。

第一场风色战队打猎豹战队,主场优势,一口气拿下3局,打出了3:0的比分。李沧雨看完后立刻发了条短信给凌雪枫:"真帅。"

收到短信的凌雪枫心情愉快,回复道:"明天对上飞羽,你也加油。"

旁边的肖寒也低头发短信给秦陌:"打得不错。这么夸人显得比较沉稳。"

秦陌:"…………"

肖寒疑惑道:"两个省略号连在一起是什么意思?"

秦陌:"……"

肖寒:"怎么又变成一个省略号了呢?"

秦陌简直要崩溃:"你够了!"

肖寒:"我够什么?"

秦陌一脸要哭的表情,凌雪枫回头一看,就知道他又在教肖寒学中文……李沧雨收了这个学了半吊子中文的活宝徒弟,真是辛苦秦陌了,又要当陪练又要当翻译的。

凌雪枫伸手摸了摸徒弟的头:"你就当肖寒在训练你的忍耐力,对他耐心些。"

秦陌哭笑不得,只好耐着性子给肖寒发短信解释:"一个省略号代表我很无语,两个省略号代表我特别特别无语。"

肖寒明白过来:"明白了。可你为什么要无语呢?我在夸你啊。"

秦陌忍耐住打五个省略号的冲动,说道:"谢谢夸奖。"

肖寒这才开心起来,说:"明天的比赛我又要上擂台,等着看我的精彩表现吧。"

秦陌:"这话是你跟谁学的?"

肖寒认真地说:"跟树哥学的。"

秦陌："……"

谢树荣这两天一直在战队说"等着看我的精彩表现吧"，肖寒觉得他说这句话的时候表情挺帅的，于是就学会了。

李沧雨完全不知道，自家这位只会半吊子中文的混血徒弟，居然也从阿树那里学会了自夸！

前面的三场比赛很快就结束了，媒体记者们对三场比赛都进行了相应的报道，接下来就等这一周的收官之战——沧澜 VS 飞羽。

由于谢树荣曾经就是飞羽的队员，而且跟苏广漠、俞平生有"三剑客"的美称，师兄弟曾经携手共进、横扫联盟助飞羽夺冠，这场比赛自然看点十足，在开赛之前就广受关注。

周日下午两点半，苏广漠带着全体队员来到沧澜的电竞赛场。

现场果然座无虚席，沧澜第一次在俱乐部主场城市的比赛，对战队打响名气、拉拢粉丝都非常重要，刘川主动送票请了不少媒体朋友过来助阵，当然，更多的则是龙吟俱乐部的粉丝主动买票来现场给沧澜战队加油。

李沧雨很清楚，如果第一局在主场输掉，以后沧澜战队在本地打比赛的话门票的出售就会成问题，观众们肯定不乐意买票来看你输。

这一场比赛至少要拿下 2 局，所以，李沧雨针对飞羽的特色仔细做出了部署。

周末的四场比赛在不同的城市，解说自然也并不相同，但于冰是猫神的忠实粉丝，于是跟联盟申请解说这一场比赛，所以她跟搭档寇宏义也早早就来到了这里。

看着比赛现场热热闹闹的观众席，其中还有不少举起荧光牌的粉丝，于冰不由感叹道："龙吟俱乐部在这里的人气确实很高，哪怕沧澜战队是新签约的队伍，也有很多忠实的粉丝前来助阵，这场比赛的门票被抢购一空，粉丝们对沧澜今天的表现肯定充满了期待。"

寇宏义道："主场拿分比客场容易，猫神应该针对飞羽战队做出了部署，除此之外，谢树荣和两位师兄的交手也是个很大的看点。"

于冰道："谢树荣这位选手，当年我也在赛场遇到过，打法锐气逼人。不过看上一场跟时光的比赛，可以发现过了这几年他的风格比以前更加成熟稳健，但他的打法依旧是以快打快，跟苏广漠的剑客强势压制的打法很不一样。"

"这对剑客师兄弟也是神迹联盟目前最强的剑客，他们的交锋，肯定会非常好看。"寇宏义顿了顿，又说，"好了，双方的选手已经准备就绪，让我们把镜头切回直播平台，可以看到，沧澜的队长李沧雨正在跟裁判提交今天的比赛模式。"

"等等……猫神提交的这是……三局擂台？！"于冰对大屏幕上弹出的比赛模式显然有些不敢相信，擂台、擂台、擂台……猫神这是什么意思？今天不打团战纯打三局擂台？

现场观众都有些惊讶，直播间内更是刷了一排的问号。

"猫神难道认怂了啊？对上飞羽不敢打团战吗？"

"不不，机智的猫神才不会认怂！他肯定有什么想法要对付飞羽！反正神迹联盟规定了主场队伍可以自由选择比赛模式，他选三局擂台也没错啊！"

"楼上的语气怎么有点像程唯呢？"

"哪有哪有哪有！我哪里像程唯了？！我说得难道有错吗？本来联盟就规定了可以自由选择啊，选三局团战还是选三局擂台还是两局团战一局擂台，都是队长的自由！"

"……程副队你马甲掉了。"

电脑前的程唯气呼呼地放下键盘，谭时天笑着说："你这脑残粉一出场，马甲都捂不住。还是别开马甲帮猫神说话了，你看他不是很平静吗？"

现场，李沧雨的表情确实平静，仿佛选三局擂台就跟中午吃了顿米饭一样简单。

沧澜的队员们表情也很淡定，因为他们早就知道了队长的选择。

倒是飞羽这边，苏广漠差点一口血喷出来。

猫神！我特意准备了一个星期的团战，你给我选三局擂台？啊？有你这么坑的吗！

CHAPTER 04

沧澜 VS 飞羽

SUMMONER OF LEGEND

苏广漠为了准备跟沧澜的这场比赛，确实耗费了大量精力，研究沧澜的团队配置、反复看沧澜战的比赛视频，好不容易制订了一套战术策略，让队友们抓紧时间反复练习了一个星期，结果……猫神直接来三局擂台，他们之前的准备可以说是白费了！

这就像学生时代的时候临近考试通宵熬夜，反复背了十道大题，结果等试卷下来了才发现，居然一题都没有压中。

太坑，坑得人想当场吐口血！

猫神的心思，普通人类又怎么能猜得透？

看到这一幕，飞羽战队的其他队员也是满脸纠结，大家真想集体爬过去掐死猫神。

苏广漠心里虽然在吐槽猫神，但他毕竟是当队长的，必须稳住局面。他很快就深吸口气，故作镇定地说："三局车轮战而已，没什么好怕的，我们这边就按常规擂台模式走，第一局，小董和阿亮打头阵，曹朗和小刘中间，我跟俞副队守擂。"

解说间内，于冰在心里给猫神故意坑飞羽的做法偷偷竖了大拇指，表面上却冷静地说道："第七赛季的赛制改革之后，主场战队可以自由选择比赛模式，猫神今天选擂台三连虽然让人意外，但他的选择并没有错，可能他想让沧澜的新人们有更多的出场机会？"

寇宏义对此表示赞同："擂台一局就能出场三个组合，三局共出场九个组合。比如沧澜的卓航、黎小江黎这对新人，如果猫神愿意给他们机会，他们甚至可以连续出战三局擂台，这对新人们来说确实是个很好的磨炼机会。"

程唯在听完寇宏义的解说之后，立刻附和道："就是就是，猫神明显有自己的打算，这群网友什么都不懂就在那乱骂人！"

谭时天无奈地看着他："你别开马甲去跟他们对刷，你这马甲大家都能认出来。"

程唯在直播间刷屏的小号叫"头号脑残粉"简直不要太明显。

直播间内有不少围观群众还在取笑掉马甲的某人："程副队人呢？""被认出来就跑了吧！""程唯大神，你下次换个不太好认的马甲，比如'路人甲''路人乙'这种的！"

程唯觉得这位网友说得很有道理，立刻退出登录，重新注册了一个新号叫"路人丙"。

谭时天忍着笑说："比赛快要开始了，你别忙活着开小号，先看吧。"

"嗯。"程唯把小号搁在一边，目光专注地盯着电脑屏幕。

双方进入第一局提交地图和名单阶段。

飞羽第一回合出战的是董乐和林诗亮，前者是飞羽战队这个赛季刚出道的新人，后者则是飞羽的老牌主力，两人都是人族剑客，这样"一老带一新"的组合打头阵，也算是比较稳妥的安排。

沧澜这边，如网友们所猜测的那样，李沧雨果然派出了卓航和黎小江。

卓黎这对组合，只要关注过沧澜战队乙级联赛的观众都不陌生，这算是沧澜一个比较有特色的组合，一快一慢配合的打法在联盟从来没有出现过。这组合在原理上是行得通的，只要卓航的猎人能做好保护，黎小江就是最稳定的炮台输出。

可由于两个少年都是新人，比赛的时候发挥得不是很稳定，他俩在乙级联赛大部分时间都在输。甲级联赛第一场对阵时光的时候甚至被打得没有还手之力，不少观众都对卓黎组合保持观望的状态。

今天，李沧雨让他俩去打典型的近战队伍飞羽战队，想要磨炼两人的意图也相当明显。

卓航和黎小江心里很清楚猫神在给他们机会，这一周的时间他俩也一直组队在竞技场练手，但到了现场，比赛经验不足的选手心里肯定会有不同程度的紧张，尤其是卓航，今天面对的对手可是他一直很佩服、敬重的表叔苏广漠，这让他的心理压力比面对其他队伍时更大。

上台前，卓航突然轻轻捏了捏黎小江的手心，低声道："小江加油。"

黎小江的手心很软，一双眼睛非常清澈，卓航握完他的手后，也神奇地平静了下来。

——没什么大不了的，就算他俩输了后面还有树白组合，还有猫神、肖寒、老章和小顾。沧澜战队那么多队友，他跟黎小江只要做好自己就够了。

想到这里，卓航不由微微笑了笑，跟黎小江一起坐在了擂台赛的选手席上。

第一局沧澜选图，李沧雨选择的是"魔境森林"。

这张地图观众并不陌生，作为典型的森林类地图，沧澜在乙级联赛阶段经常选用它，卓航和黎小江对这张图也最为熟悉。

李沧雨的思路很明确，常规赛阶段没必要在地图上出奇制胜，还是先让少年们磨炼好自己的水平比较重要。

地图读条结束，双方选手很快就刷新在了比赛场地。

卓航跟黎小江一前一后往地图的中间赶去，在到达中央区域的时候，卓航非常谨慎地左右各放了一个持续时间很久、耗蓝却很低的低级定身陷阱，两处陷阱跟黎小江的站位正好呈三角形分布，这样一来，对方想要攻击黎小江的时候就有很大的可能会踩入陷阱当中。

放完陷阱后，卓航很聪明地后退了几步，站在黎小江附近。

不远处，两位人族剑客快速往这边冲了过来，走在前面的是飞羽战队的主力剑客林诗亮 ID "大诗人"，后面是新人董乐 ID "似懂非懂"。

林诗亮大赛经验丰富，一看见卓航就猜到他在附近放了陷阱，立刻停了下来。倒是董乐往前走了一步，不小心就踩进了其中一个定身陷阱当中。

黎小江一直认真地盯着电脑屏幕，在对方出现在视野当中的那一刻，他就朝着卓航布置的陷阱准备技能读条，他在赌对方会踩中其中的一个陷阱，万一没踩中，他目前的站位也可以及时打断自己的读条转身往树后跑。

结果，对面的新人还真的踩中陷阱，被定身在原地。

黎小江立刻将早就准备好的读条连招扔了过去——死亡咒术，暗影缠绕！

死亡咒术可以增强黑魔法的效果，而暗影缠绕是黑魔法师的持续伤害技能，在死亡咒术的加成之下，中招的人会每秒钟掉血2%，持续10秒。

董乐被定身的时间只有3秒，很快就能脱离陷阱的控制，卓航立刻开着飞羽步快速移动到他的附近，在他后方补了一个沉默陷阱，在前方又补了一个死亡陷阱。

由于陷阱是看不见的，董乐在定身效果结束后下意识地往后退，结果却一脚踩进了沉默陷阱当中。

黎小江早就准备好了读条技能，这次又一套大连招——暗影之怒、地狱烈焰！

暗影之怒是一个比较普通的单体黑魔法攻击技能，可造成10%伤害，如果被攻击者的身上有"暗影缠绕"的掉血状态，也可使持续掉血效果立刻生效。

地狱烈焰是一个读条时间比较久的群攻技能，特效也最为华丽，脚下如同黑暗的烈火升腾而起，造成群体大面积伤害30%。

黎小江这两个技能打下去，再加上之前的一大堆前置技能，所有的效果叠加起来居然直接打掉了董乐将近60%的血量！

这可怕的重火力伤害让现场观众瞠目结舌！

就连一向冷静的于冰都忍不住开口道："黎小江这位选手，所有技能点都加在了攻击上面，虽然读条很慢，但只要读出来，他放一个大招的伤害会非常可怕。"

寇宏义接着说道："飞羽的这位新人董乐，今天第一次出战甲级职业联赛，显然是经验比较欠缺，一脚踏入卓航的连环陷阱中，给了黎小江持续输出的机会。"

黎小江的输出很猛，更难得的是，他刚才的几个技能安排得井井有条，先用死亡咒术增加所有黑魔法攻击的效果，然后给对方上持续伤害，等对手再次踩进卓航的陷阱后，他跟着开爆发技能，一口气把对手打到半血以下……

仔细看他刚才开的那个大招，角度也非常刁钻，在覆盖了董乐站位的同时，还偏向于林诗亮的位置，这就让后者不得不想办法去躲避，也能影响到对方来干扰自己的脚步。

作为新人，在赛场上能有这样冷静的思维，缜密布局，不慌不乱，于冰对这个说话结结巴巴的羞涩少年不由得多了几分好感。

飞羽的老选手林诗亮反应很快，在黎小江开范围大招的那一刻他立即快速位移躲掉了地狱烈焰的伤害，并且一招"锁魂"将卓航定在原地。

然后，他飞快地冲到黎小江的面前，想打断黎小江的输出，黎小江见他过来就马上后退，绕着障碍极多的树林技巧地走位。

这张地图他很熟悉，这一周的时间也跟卓航练习过无数次，甚至在卓航睡着之后，他还偷偷爬起来开着电脑打开地图一遍一遍地走……他水平不算最高，但在沧澜战队，他绝对是最认真的一个。

——他的认真，在今天的赛场上也获得了效果。

黎小江假装很慌乱地绕着树往后退，林诗亮自然会全力追击，结果刚追到一棵树后，突然脚步一滞。

冰霜陷阱！

一团冰晶自脚下升起，他整个人被冻在了原地。

林诗亮："……"

沧澜战队全是演技派啊！

卓航在旁边看得直乐——小江的演技也是学了猫神。卓航提前在某棵树的后面放置好陷阱，黎小江往那个方向逃命，将对手引过去，这个配合他俩练习过无数次，今天也在赛场上发挥出了效果。

林诗亮被定住，黎小江立刻从树后绕了出来，利用远程手长的优势，紧跟着读条，继续打向残血的董乐。

董乐刚刚用了一个剑客的脱控技能，解除陷阱控制想冲过来打卓航，结果，黎小江的黑魔法紧跟着打到他的面前。

——黑暗恐惧！

这是一个群体控制技能，可群体恐惧 3 秒，在团战中肯定要省着用，但擂台不一样，猫神说了，当擂台有机会击杀对方时，可以不惜开大招先秒掉一个人，形成 2V1 的局面就会更容易赢。

黎小江毫不犹豫地开出黑暗恐惧，将刚刚脱离控制的董乐又给控住，同时，他又读条一个"荆棘之兴"的黑魔法技能，将董乐的血再次压了下去！

卓航的定身效果刚好在这时候结束，立刻回头在董乐的脚下快速放置连环陷阱——这就显示出他手速快的优势了，猎人手速快的时候放置陷阱的速度简直让人眼花缭乱，转眼间，他就在董乐的前后左右连续放了五个陷阱，然后按下大招——陷阱爆破！

五连环的绝杀，这是猎人开大的最经典打法，手速越快，效果越好。

随着五个陷阱的爆破，董乐直接惨叫一声倒在了地上。

——〔大航海家〕击杀了〔似懂非懂〕！

卓黎两人开了不少大招，总算解决掉飞羽的新人，形成 2 打 1 的局面。

虽然不少招式在冷却，蓝量也不多，但如猫神所说，2 打 1 的时候可以用人数优势跟对方打消耗战。

黎小江立刻跑去树林深处，卓航也利用轻功技能跟他一起跑，对方存活的林诗亮回头要找到他俩就得耗费很长的时间。等他找到时，两人的大招冷却也就差不多了。

卓航的一堆陷阱让人烦不胜烦，黎小江在远处作为稳定的炮台输出，林诗亮虽然依靠强悍的个人能力将两人打残，可最终还是没能逆转局面。

——〔蜗牛慢慢爬〕击杀了〔大诗人〕！

这条消息弹出来时，两人都激动地眼眶发热。

他们赢了！他们在甲级联赛的擂台上连续杀掉了对面的两人！

卓航忍耐着用力抱一抱身边这只小蜗牛的冲动，深吸口气，然后伸出手紧紧地握住了黎小江的手，说："好样的，小江！"

黎小江很开心地点头："嗯，你，你也打得很，很好！"

卓航曾经很瞧不起黎小江，觉得这家伙慢慢吞吞，只会拖自己后腿，可是今天，他发现黎小江其实是个心思非常缜密，打法也特别冷静的人，黎小江的每一步都打得那么认真，技能的安排也合情合理。比起冲动的自己而言，小江其实更加优秀。

若不是黎小江关键时刻的控制和输出，自己也不可能收掉对方的人头。

那一刻，卓航真是发自内心地欣赏黎小江，他突然觉得，这个慢慢吞吞的小蜗牛特别可爱，能遇到这么努力、这么认真的搭档，才是他加入沧澜的最大的福气！

台下，看到这一幕的李沧雨也不由欣慰地扬起了唇角。

卓航和黎小江今天的运气还不错，遇到飞羽战队那个菜鸟小少年，董乐第一次出战显然还在茫然状态，卓黎组合打出首胜，这对两个少年树立自信心很有帮助。

更让李沧雨高兴的是，这两人已经学会了互相保护、互相配合——这才是一对好搭档该有的样子。

飞羽战队擂台的第一回合虽然败在了卓黎组合手里，但苏广漠对这个结果并不意外。董乐今年才 16 岁，是飞羽刚战队刚出道的新人，大赛经验比起卓航、黎小江来更加欠缺。他在这一回合几乎没有发挥出任何作用，输掉也是很正常的结果。

好在这家伙心态比较好，整天乐呵呵的，输了也没表现出一丝一毫沮丧的情绪，反而挠着头来到苏广漠的面前，傻笑道："队长，不好意思啊，我没反应过来就被秒了……"

苏广漠拍了拍他的肩说："没关系，休息一下准备第二场吧。"

董乐惊讶地睁大眼睛："啊？我还要打第二场？"

"是啊。"苏广漠对此也很无奈，瞄了沧澜的隔音房一眼，说，"猫神选了三局擂台，我们队伍的所有输出都要做好连打三场的准备。"

"哦！"董乐了然地点点头，立刻回去坐好。

苏广漠招招手说："曹朗，小刘，该你们了。"

被点名的两人对视一眼，默契地走到台上。

前面的队友在被杀之前已经将卓黎组合打成了残血，卓航和黎小江此时的血量都不到 20%，更关键的是，卓、黎两人之前为了杀掉对手已经用光了所有威力较大的技能，剩下的小技能并没有多少威胁。

电视机前很多观战的职业选手都清楚这一点——飞羽虽然开局失利，但劣势并不大，只要稳住局面，这点差距就很容易扳回来。

而且，飞羽还有一位非常特殊的选手：血族刺客曹朗。

曹朗个人实力并不比楼张兄弟差多少，只是风格不太一样。

楼无双的刺客冷静而凌厉，张绍辉的刺客爆发力十足、刀刀见血，两人只要找准机会，甚至有可能将一位满血大神一口气暗杀掉。

但曹朗不同，他最擅长的不是暗杀对手，而是"查缺捡漏"。

这是一位典型的"补刀型"选手，团战的时候偷偷摸摸地跟在后面像是一个透明人，但只要你残血了，稍不注意，他就会突然冒出来收走你的人头。

大家都知道飞羽战队以剑客作为阵容主力，但光靠剑客的正面硬拼，飞羽是不可能保持这么好的成绩的。可以说，曹朗在飞羽战队的作用并不亚于副队长俞平生，他的灵活潜伏和快速游走偷袭在团战当中往往能发挥极大的功效。

此人性格内向，从不接受记者采访，存在感很低，观众们对他也并不熟悉。但只要跟飞羽交过手的人都知道——这可是个厉害的角色。

于冰解说过这么多场比赛，很清楚这位"透明刺客"的实力。见到曹朗和刘子礼搭档上台，她立刻说道："曹朗和刘子礼，这也算是飞羽战队的老搭档，他们应该不会给卓黎组合太多的机会。"

寇宏义附和道："曹朗最擅长的就是捡人头，卓航和黎小江目前都是残血状态，两个小家伙的人头应该很快就会被他收走。"

说到这里，正好看见大屏幕中的血族刺客偷偷潜伏到猎人卓航的身后，干脆利落地几刀下去，一口气杀掉了残血的卓航。

在收掉卓航后，他紧跟着潜伏到黎小江身后，以最快的速度连杀二人，把血族刺客在残局收割的优势发挥得淋漓尽致。

这来无影、去无踪的速度，也确实不负神迹联盟顶级刺客的名号。

心直口快的寇宏义立刻补充道："这果然是人头收割机，收掉残血的两人，都用不到一分钟时间。"

卓航和黎小江似乎还没反应过来怎么回事，被顶尖刺客迅速暗杀掉的经历这还是第一次，两人茫然地对视了一眼，这才转身回到队伍当中。

黎小江有些不好意思地看向李沧雨，说："队长，我，我本来还想多，多坚持一会儿的，可是，那个刺客太，太，太快了……"

看少年憋红了一张脸努力说话的样子，李沧雨不由微笑着摸摸他的头说："没关系，你们能把飞羽的第一对组合杀下场，已经表现得非常好，先去休息吧。"

卓航和黎小江两人这才并肩走到座位上坐下，默默回味着刚才的战斗。

肖寒突然走过来说："打得不错。"

卓航看了他一眼："你每次夸人都是这四个字啊？"

肖寒认真点头，刚要开口解释，旁边的顾思明紧跟着接话道："这样夸人显得沉稳。"

众人都笑了起来，看来队友们对肖寒的半吊子中文已经习惯了。

肖寒挠挠头，决定再跟秦陌多学几句夸人的台词。

李沧雨看到这一幕其乐融融的画面，心情也变得轻松起来。几个少年看上去已经不像刚开始那样紧张，这让他觉得欣慰。飞羽战队的曹朗虽然厉害，但沧澜还有更厉害的。想到这里，他便朝某个笑眯眯的家伙招了招手，道："阿树，上吧。"

"好嘞！"谢树荣立刻站了起来，主动拉住白轩的手，"走了神奶，看看我帅气的表现！"

白轩很无语地看向他："你能不能别这么自恋？"

谢树荣咧嘴露出个帅气的笑容，说："我这叫自信。走吧，给他们点颜色瞧瞧。"

白轩只好无奈地跟上他的脚步。

肖寒认真琢磨着"给他们点颜色瞧瞧"这句话的意思，他想不通，便发了条短信问秦陌。

秦陌正在战队训练室里跟队友一起看比赛直播，突然收到一条消息："给点颜色瞧瞧，是什么意思？"

刚喝下去的一口水差点喷出来，呛得他一阵猛烈咳嗽。

凌雪枫疑惑地回头："怎么了？"

秦陌尴尬地笑了笑说："没事。"心里却想着——还不是你让我当陪练，遇到那个混血儿活宝，现在不客气地把我当成新华字典来用呢！

秦陌忍耐着摔手机的冲动，耐心打字解释："给他点颜色瞧瞧，就是'让他知道我的厉害'的意思，通常是战斗开启之前朝对手示威的话。"

肖寒若有所思地点了点头，立刻学以致用："晚上擂台约吗？我给你点颜色瞧瞧。"

秦陌："………"

两个省略号，这是特别无语的意思，肖寒疑惑地道："我说错话了吗？"

秦陌："你能不能专心看比赛？"

肖寒："哦。"

于是肖寒收起手机，将目光移回了大屏幕上。

树白组合登入比赛房间时，飞羽那边的刘子礼是满血满蓝的状态，连收两个残血人头的曹朗还剩90%血量和85%的蓝量，状态也算不错。

高手对决，这点血量上的优势几乎可以忽略不计。

　　但谢树荣很有信心，第二回合既然是他跟白轩搭档，他自然要发挥出最强的实力，可不能让白副队觉得他是个只会吹牛皮的人。

　　想到这里，谢树荣立即抬起手中利剑，如猛虎下山一般连续几个位移技能迅速扑到了飞羽战队的剑客刘子礼的面前，二话不说，直接一招"碎骨剑"朝对方砸去，技能带动大片蓝色的光效，那动作还真有种势不可当的霸气。

　　刘子礼被这突然袭击吓了一跳！

　　苏队在赛前曾分析过，阿树这几年在国外打比赛，风格比少年时期稳定了许多，出手也不会像以前一样冲动毛躁。可是，今天的这个阿树，怎么像疯狗一样，见面就血拼？这画风是不是有点不对？

　　既然谢树荣要拼手速，刘子礼无奈之下只好小心应对。

　　两个剑客对拼的结果就是各种技能光效交织在一起，看起来华丽而耀眼，同时，两人的血量也都开始飞快地下降，就跟血崩一般。

　　白轩跟在谢树荣的后面想给他加血，但曹朗的缠人功力不可小觑，刺客隐身绕背缠住治疗会非常烦，白轩的大加读条被反复打断，只好后跳位移来躲避曹朗的攻击。

　　曹朗的干扰能力确实很强，若不是白轩强大的心理素质和走位技术，被刺客近身缠住的治疗或许早就没命了。

　　要知道，擂台带治疗的好处是续航能力强，但缺点也非常明显——输出不够。

　　飞羽是剑客、刺客双输出，沧澜却只有谢树荣一个输出，如果白轩的血加不上，树白组合的优势就完全展现不出来。

　　好在谢树荣反应很快，见白轩被缠住，他立刻放下刘子礼不管转身去打曹朗。

　　这时候，谢树荣的血量已经所剩不多，这么做其实相当冒险，因为曹朗和刘子礼一旦形成前后夹击，是很有可能直接秒掉他的。但谢树荣却毫不犹豫地扛起大剑扑到曹朗面前，颇有一种"你敢打我家治疗，我就弄死你"

的架势。

观众们都很无语地看着这一幕，两位解说也是愣神了好久。

毕竟他跟刘子礼对拼了半天，已经拼到双双残血，突然放弃目标回头去杀刺客，这做法让很多人不太理解。

但只有现场的白轩才知道这是怎么回事。

刚才的好多加血技能被打断，无法跟谢树荣形成配合，又被曹朗打掉不少血，很难发挥出治疗的优势。谢树荣的输出虽然能在十分钟左右的时间杀掉刘子礼，但曹朗这边一直干扰白轩，白轩就会打得非常难受。

——他是顾及了队友的感受，所以才毅然放下刘子礼不管，回头来帮忙。

看着那个气势汹汹追着刺客猛砍的家伙，白轩忍不住微微一笑。懂得保护治疗的输出才是好输出，虽然这么做有些冒险，但只要两人顺利衔接，带治疗的优势就会不断地扩大。

阿树真的成长了不少，能在关键时刻冷静地放下残血对手，回过头来保护治疗，这可不是一般人能做到的。

白轩这一次并没有躲开。

以前谢树荣每次回头救人，白轩总是条件反射地躲他，这次大概是被曹朗缠得烦不胜烦，没顾得上"曾经被阿树追杀"的心理阴影，阿树回头来救的时候白轩也没来得及躲。

所以，两人的技能就形成了一种默契的衔接。

为了鼓励谢树荣回头救治疗的做法，被解救的白轩十分体贴地给他甩过去一个单体大加。看到血量回复的谢树荣笑眯眯地说："继续啊，白副队加的血真甜，像是放了糖。"

白轩："……"

你的脸皮还能更厚一点吗？！

刚刚还在心里夸他，他就开始嘚瑟，真想扔下他不管！

可是，看他辛苦地爆手速输出，还在前方尽心尽力地保护治疗，白轩又忍不住心软起来，给他迅速加了几口血。

谢树荣自然更拼了，突然回头，一套连招将残血的刘子礼一口气带走。

没过多久，飞羽战队第二回合派出的剑客和刺客就被谢树荣先后击杀。

谢树荣在杀掉两人后，血量又被白轩迅速加满，他很得意地扛着大剑在赛场上转了一圈，似乎在跟观众们说，"瞧瞧，带治疗打架就是好，瞬间又满血了呢！"

然而，等飞羽派出第三对组合的时候，谢树荣就笑不出来了。

苏广漠和俞平生的王牌组合，果然作为飞羽战队的守擂组合出场，而且，苏广漠对小师弟很不客气，一上来就直接开启了人族剑客的大招——光影回转！

纯白色的华丽光效瞬间笼罩住谢树荣全身，谢树荣撒腿就跑，可惜旁边还有俞平生的巨大斧头在等着他——劈山斩！

这一斧头下去，地面直接被劈出一条深深的沟壑，完全挡住了谢树荣逃跑的去路。

俞平生的斧头紧跟着横扫过来，一招"披荆斩棘"的大招，几乎要将谢树荣给拦腰斩断！

苏、俞师兄弟果然是神迹职业联盟最有默契的搭档之一，招式的配合可以称得上无缝衔接。苏广漠打法暴力凶悍，俞平生的控场能力也相当强势，巨大而沉重的斧头在他手中似乎显得无比灵活，封死了谢树荣所有逃离的去路不说，还能让苏广漠的大招发挥到极致。

被两位师兄前后夹击的谢树荣很是郁闷，他也想开光影回转，可惜，他的大招技能全都在冷却，而且蓝量只剩下 10% 左右，虽然被白轩加满了血，但没蓝的剑客其实已经没什么战斗力了，很快就被两位师兄联手击杀。

不少观众都在评论间刷屏："心疼小师弟2秒钟！""实力心疼小师弟！"

躺平在地的谢树荣也很想在满血满蓝的状态下跟师兄正面对局，可这一局的擂台安排就是如此，他第二回合出战，已经完成了队长交代的任务，被杀也没什么怨言。

谢树荣挂掉之后，白轩就免不了被苏俞两人追击，白轩立刻发挥了"打不死小强"的顽强生存能力，灵活地绕着一棵大树游走，似乎在跟大家说："我还不想放弃治疗。"

结果便是，白轩在苏俞的集火之下顽强地拖延了整整半分钟，直到逼出了俞平生的一个大招，给接下来的队友创造了优势之后他才安心倒地。

沧澜战队的粉丝们本来就很喜欢温柔亲切的白副队，看他坚持着支撑了这么久，都在激动地为他鼓掌，直播间内更是刷了一堆赞："神奶666！""白副队好顽强啊，必须点赞！"

解说于冰也赞赏地说道："白轩果然是生存能力非常强的治疗，能在苏、俞的爆发夹击之下坚持半分钟，整个神迹联盟的治疗当中，能够做到这一点的治疗不超过五人。"

在电视机前看着直播的红狐队长柳湘点了点头表示赞同，对白轩这个看似温柔、实则坚韧的男人也是发自内心地佩服。

副队长杨木紫见她微笑着点头，忍不住问道："柳队，冰姐刚才说，能做到这一点的不超过五人，除了你和白副队之外还有谁啊？"

柳湘回头解释道："比如风色、时光和鬼灵战队的主力治疗，水平都很强，也都能做到在混战当中顽强生存。"顿了顿，又补充道，"但治疗光有生存能力还不够，应变能力要够快，加血手法也要够灵活才行。白副队的综合水平非常强，这也是猫神敢让他上擂台的原因。"

杨木紫好奇地问道："跟你比呢？"

柳湘微微笑了笑，说："差不多吧。"

治疗和治疗很少在赛场直接交手，没法直观地做出比较，关键还是看队友。

白轩哪怕再神，以前身边没有给力的队友他照样走不了多远。但现在不同了，他的身边有了阿树，树白组合已经成了沧澜战队的王牌搭档。

同为治疗，自然深知好搭档的难得之处，柳湘也很为白轩欣慰。

树白组合退场后，沧澜第三回合的派人自然成了大家关注的焦点，大屏幕上打出的结果也在很多人的意料之中——李沧雨、肖寒。

这对师徒组合在之前的比赛中就曾出场过，肖寒虽是刚刚出道的新人，可难得的是，他知道怎么跟师父配合，能跟得上师父的节奏，而且，这家伙的脑回路跟普通人不一样，比赛的时候似乎从来都不紧张。

肖寒在上场之前又给秦陌发了条短信："等着看我的精彩表现吧。"

秦陌真不知说什么才好。

这位好学宝宝每次学会一句新鲜的句子都要反复说上好几遍，就跟发现了新大陆一样。这句话是他跟谢树荣学的，自从学会之后，每次上场之前都要说上一遍。

秦陌对沧澜全队都学会自夸这件事十分痛心——猫神到底是怎么带队的？连混血儿肖寒都被这大染缸给染黑了？

不过，看到肖寒发来的奇奇怪怪的短信，秦陌哭笑不得的同时，又觉得这个混血少年似乎有点……懵懂的可爱？

肖寒嘴上在学习谢树荣自夸，可真到了赛场却发现，他根本没办法打出精彩的表现。

刺客和剑客对局，当面硬拼肯定是拼不过的，只能找机会偷袭。但苏广漠的剑客相当暴力，剑招密不透风，根本不给他偷袭的机会。加上俞平生在旁边保驾护航，巨斧劈出了无数沟渠来阻挡肖寒的脚步，肖寒很难靠近苏广漠放出技能，更别说绕到对方的身后。

肖寒被挡住的结果，就是李沧雨遭受了苏俞组合的联手追击。

苏广漠的想法很是简单粗暴——先杀猫神，不管小徒弟。只要猫神挂了，他们两人打死肖寒就没什么悬念。

不过，李沧雨也不是那么容易被追到的，宠物精灵放了一路，一会儿用水精灵冻住苏广漠，一会儿又用风精灵吹翻俞平生，现场观众们看得真是心惊胆战！

灵活的精灵族召唤师被两位近战大神追击，每次快被追上的时候他都能恰到好处地用控制技能逃脱，或者用飞羽步瞬移，比赛直播的大屏幕上，众人只看到苏广漠和俞平生在飞快地追着猫神跑，而猫神则在飞快地逃命，一边逃，一边还能腾出手用宠物控制对方……

在被两人追击的情况下还能有条不紊地召唤宠物，李沧雨这样可怕的手速也让不少人为之惊叹。

于冰忍不住道："只要被苏队晕住，或者被俞副队控住，脆皮召唤师面对两个近战的联手攻击，活下来的希望会非常渺茫。要不是猫神的手速够快，换成别人或许就早挂了。"

凌雪枫非常赞同于冰的话。风色跟飞羽对局的时候他也被苏俞组合追杀过，深知远程召唤师在对上暴力近战时的劣势，一个走位失误就可能被一套秒杀。

如今隔着大屏幕，看李沧雨被苏俞组合追杀时一边招宠物一边快速地游走，凌雪枫表面上故作平静，手心里却也为他捏了一把汗。

肖寒显然有些跟不上节奏，苏广漠和俞平生的配合太默契，两人搭档多年，彼此知根知底，苏广漠一抬手，俞平生就知道他想干什么，对他们来说，一加一的效果是远大于二的。

而肖寒跟师父的默契程度还没达到这个境界，手速也有些跟不上。以前每次跟师父配合，他之所以能跟得上，是因为师父刻意放慢了节奏来配合他——原来，并不是他足够强大到能与师父并肩，而是师父在刻意关照他，带着他！

想明白这一点的肖寒心里非常感动，同时又有些沮丧。直到此刻他才清晰地意识到，在跟同等级别的大神组合对局的时候，他会变成师父的拖油瓶，什么忙都帮不上……

眼看苏俞组合距离自己越来越远，这样下去，哪怕师父再强，一打二也不可能赢，自己必须要做点什么才行。

肖寒深吸口气冷静下来，攥紧了鼠标，仔细观察着周围的地形。右前方有一棵大树，师父正在往那边赶，肖寒双眼一亮，立刻隐身潜伏了过去。

果然，没过多久，李沧雨的身影就出现在视野中，苏俞组合依旧在他的身后紧追不舍。

——就是现在！

肖寒眼神一亮，突然破隐而出，跃到苏广漠的身后，手中匕首利落地扬起，一招"痛苦利刃"将苏广漠定在原地，紧跟着背刺、魂刺、绝杀三连招，毫不客气地朝着苏广漠的背后招呼过去！

这一套隐身、控制加爆发攻击的连招确实非常漂亮，也让不少人意外地睁大了眼睛。

在电视机前观战的秦陌忍不住鼓掌叫道："好样的！"

李沧雨也在心里给肖寒竖起了大拇指。

今天，他特意没有指导小徒弟该怎么做，也是想考验一下肖寒的应变能力。

以前的比赛每次都是他带着肖寒打，可他总不能一直护着肖寒，也是时候让徒弟多一些独立思考和应对赛场状况的能力。

苏广漠和俞平生都是神迹联盟的顶级大神，李沧雨早就料到带着肖寒迎战苏俞组合会有很大的压力，正好趁此机会磨炼一下肖寒的抗压能力。

——事实证明，肖寒并没有让他失望。

虽然肖寒有那么几秒情绪沮丧跟不上节奏，但这孩子的韧性十足，心智也比较坚定，很快就调整好了心态。

当初在网游里追杀他到只剩一条底裤的时候李沧雨就知道，这是个很倔强、很坚强的小家伙，今天，肖寒也用实际行动证明——他才不会那么容易倒下！

大多数新人一旦被大神压制，就很容易信心崩溃，但肖寒不会！

哪怕初期被俞平生控得完全丧失了还手能力，甚至开始怀疑自己……可他一旦调整好情绪，就能迅速找到机会反击，这才是最难得的。

苏广漠也是太过大意，还以为肖寒刚才被抛去身后，没跟上节奏就不足为惧，没想到，混血少年的脑回路异于常人，被丢下之后居然绕了个圈，从侧面隐身过来躲在树后伺机而动。

这次突然袭击让苏广漠大为意外，好在他反应速度极快，及时开出脱控技能没被肖寒给连控。但肖寒的出现却打断了他跟俞平生的配合，这就给李沧雨腾出了时间。

李沧雨是什么样的人？

只要给他机会，他就能准确地抓住机会，一口气秒掉对手。

苏广漠刚刚脱离肖寒的晕眩控制，结果，迎面而来的就是一阵铺天盖地的狂风，将他吹得人仰马翻——风精灵，又是最讨厌的风精灵。

苏广漠真想吐出一口血来！

李沧雨用风精灵将苏俞两人彻底分开，然后手速爆发，将火精灵召唤出来，接二连三的火球以极快的速度攻向苏广漠。

观众们这时候就可以发现猫神的细心，在之前你追我赶的追杀过程当中他一直用各种小技能磨苏广漠的血量，导致苏广漠本身就只剩下半血，加上刚才被肖寒一套暴击打掉 30% 的血，此时的苏广漠已经是残血状态，李沧雨的全力一击，苏广漠便直接被秒。

——〔老猫〕击杀了〔苍狼〕！

这条消息一弹出来，现场看比赛的观众们都开始疯狂地欢呼。

但电视机前看直播的职业选手却没有急着鼓掌，因为，苏广漠是残血，李沧雨自己也是残血，只要俞平生一个威力十足的招式打过去，李沧雨也可能被秒杀。

俞平生自然不会闲着，眼明手快地抓住这个机会，手中巨斧横扫而来，正是狂战士攻击范围最广、伤害也最高的大招——疾风劲雨。

这个大招只要能擦到李沧雨的衣角，脆皮残血的召唤师肯定会被瞬间秒杀，观众们都紧张地屏住了呼吸。

然而，狂战士的大招过后，屏幕上依旧没有弹出老猫被击杀的提示，李沧雨的身前却出现了一个难得见到的宠物——卫士。

这是召唤师的通用宠，所有种族的召唤师都可以召出来，耗蓝量非常高，召唤一次的代价太大，李沧雨一般也很少会召唤它。

但关键时刻，它却有一个非常重要的技能——保护主人，替主人承受一切伤害。

李沧雨用卫士挡掉了俞平生的大招，同时开启飞羽步快速离开俞平生的攻击范围，惊险地存活了下来。

比赛现场顿时响起震耳欲聋的热烈掌声。

见师父活了下来，肖寒立刻机智地上前去缠住俞平生，各种招式全朝他身上砸去，师徒两人形成了二打一的局面。

但这并不是稳赢的局，因为李沧雨依旧是一碰就死的残血状态，肖寒也是个脆皮刺客，被俞平生几斧头砍成了残血，相对而言，防御力很高的狂战士俞平生此时的血量却还维持在半血左右。

李沧雨开口提醒道："在他周围绕圈攻击，干扰他的视野。"

肖寒立刻明白了师父的意图，开着加速在俞平生的周围绕来绕去，时不时给他一刀，充分发挥了"干扰"的作用。

可惜肖寒只干扰了不到半分钟，俞平生就用冷却结束的一个单体攻击大招解决掉肖寒！

——〔一蓑烟雨〕击杀了〔霜降〕！

这条消息刚弹出来，观众们还没来得及做出反应，屏幕上却紧跟着弹出一条。

——〔老猫〕击杀了〔一蓑烟雨〕！

解说间内，寇宏义一头雾水地看向于冰，后者立刻说道："我们来看一下慢镜头回放。"

导播配合地切出了慢镜头回放，观众们仔细一看才发现，李沧雨刚才之所以开着飞羽步逃跑，是因为他的很多宠物技能都在冷却状态。而肖寒对俞平生的干扰，给了他一点调整的时间，在肖寒被杀的那一刻，宠物的冷却技能也终于好了。

雷霆之怒！

击杀俞平生的正是这个技能，召唤师雷精灵的大招。

由于正好跟俞平生杀肖寒的技能同时释放，两种技能的光效重叠，让现场观众没有看清，此时通过慢镜头回放，大家终于搞明白猫神杀掉俞副队的过程，看着残血空蓝的猫神，和倒在他面前的俞平生，观众们的心中顿时震撼无比。

——这个男人到底有多强大？绝地反击如此利落，技能的计算精确得就像是电脑程序。

顶着一丝血皮活下来了不说，甚至还回头用最后一个技能反杀掉了对方，这样犀利的操作，让人不得不膜拜。

现场掌声雷动，不少后排的观众甚至站起来为猫神喝彩。

风色战队训练室内，一直为他捏着一把汗的凌雪枫也终于松开了拳头，微微扬起唇角。

时光这边，程唯更是激动地跳了起来："帅帅帅！猫神果然最帅！"

于冰的声音也明显有些激动："我们看到，猫神的蓝已经彻底打空了，他是用最后的一点蓝开出了雷精灵的大招，直接秒掉了俞副队！恭喜沧澜率先拿下一局！"

大屏幕上的比分变成了1:0。

李沧雨看到比分，这才微微笑了笑，双手离开键盘，带着小徒弟走回到队伍当中。

本来做好了第一局输掉的准备，还好肖寒够机灵。

看着乖乖跟在自己身边的金发少年，李沧雨忍不住伸出手来，轻轻揉了揉他的金色大脑袋，说："表现得很好，反应也够快，要再接再厉。"

肖寒点头："嗯！"

回到休息处的肖寒，立刻给秦陌发了一条短信："师父夸我表现得很好。"

这种"求表扬"的感觉是怎么回事？

秦陌忍着笑回道："嗯，你确实表现很好。"

肖寒："对了，夸人除了打得不错之外，还有哪些常用的句子？"

秦陌回道："哥们你好帅，你太棒了，你真厉害，你简直让我膜拜！"

肖寒说："谢谢。"

秦陌："我不是在夸你！"

肖寒说："我在谢谢你教我新的词汇。"

又是一次鸡同鸭讲。秦陌哭笑不得："不客气，拿去用吧。另外教你一个夸人的数字，6666，'6'跟'溜'是谐音，意思就是打得很溜，很帅气的意思。"

肖寒恍然大悟："怪不得在直播间经常看见一排666，原来是这样。"

秦陌道："嗯，你师父刚才确实很6。"

肖寒若有所思地收起手机，跑到李沧雨面前，认真地看着他说："师父6666。"

李沧雨："？？"

众人："……"

少年！我们劝你还是不要跟着秦陌学中文比较好吧！

第一局擂台能顺利拿下，这让李沧雨安心不少，他本来是做好了输掉的准备的，毕竟卓航、黎小江、肖寒这三个少年比起飞羽战队的老选手来说还有一定差距，加上飞羽有苏、俞王牌组合坐镇，曹朗、刘子礼这些选手水平都不弱，沧澜要赢下飞羽其实并不容易。

但事实证明，几个少年今天的状态非常好，不但卓黎组合在甲级联赛获得了首胜，肖寒的表现也让李沧雨非常满意。

看几个少年一脸开心的样子就知道，他们的心态已经放松下来，不像刚开始那样紧张。

有了第一局获胜的基础，接下来的两局擂台就会更好安排。

李沧雨仔细琢磨了一会儿，便把大家召集到一起，开始部署下一局的阵容。

飞羽这边，苏广漠也在摸着下巴思考。

上局输掉的关键在于第二回合，树白组合制造的优势太大，尤其是白轩死皮赖脸地活了很久，甚至逼掉俞平生的一个大招，这就导致第三回合俞平生的大招开场就在冷却，否则，李沧雨在最后关头也不至于残血逃离。

如果继续派出跟上一局一样的阵容，沧澜的树白组合在中间制造优势，李沧雨收尾的时候就会更加轻松，第二局必须要改变策略才行。想到这里，苏广漠终于下定决心，说道："我们这次要更换一下阵容……"

休息时间到，沧澜 VS 飞羽第二局擂台开启。

这次李沧雨没再选择大家最为熟悉的"魔境森林"，反而换成了"无尽之海"。

在游戏当中"无尽之海"位于魔族领域，是一片一望无际的红色海洋。但在竞技赛场上这张地图做出了相应的调整，红色的海水当中有不少浅灰色的礁石凌乱地分布其上，可以供人站立。礁石有大有小，大的可以站六个人左右，小的却只够一人容身。

这个地图特殊的地方在于"无尽之海"的海水具有极强的腐蚀性，据说这海水之所以呈现为红色是因为海底有炽热的岩浆，选手一旦落水，后果只能是被炽热的岩浆给活活烫死，可以现场来一道水煮肉片的大餐。

这张地图的复杂程度是七颗星，在联赛当中属于高难度地图。

看到这张地图出现在大屏幕中时，现场的观众都有些茫然，很多人在怀疑——猫神选这么复杂的地图，沧澜的几个新人能应付吗？一脚踩空被烧死怎么办？他对几个少年这么有信心吗？

事实上，只有沧澜的队员们知道——猫神这是要考验他们。

在这一周的备战时间里，沧澜全员都在练习"无尽之海"这张地图。

以前的比赛当中，为了方便四个少年发挥，李沧雨大部分时间都在选择森林类地图，几个少年绕树走位的水平已经训练得差不多了，总要换换口味不是？

沧澜想要跻身于联盟强队之列，就必须变成一支综合实力强大的队伍。

无尽之海是典型的"绝杀图"，也就是说，选手一旦走位失误，就会直接被地图秒杀。这种地图风险高，打起来非常刺激，也最能锻炼人的心理素质和临场应变能力。

李沧雨想让几个少年快速成长起来，所以选择了这张地图来练手。

见直播间内一片质疑声，于冰主动解释道："绝杀图确实比较危险，但猫神显然更有远见。在沧澜主场第一局获胜的前提下，拿出绝杀图来练手是个很好的机会，总不能让几个新人一直打安逸的地图，这样后期被其他战队针对的话就会很难赢。"

寇宏义对此深表赞同："主场选绝杀图，沧澜的粉丝们其实并不用太担心，显然，沧澜的队员们在这一周的准备时间内反复练习过这张地图。该担心的其实是飞羽那边，要知道，飞羽大部分是近战剑客，对剑客来说，这张地图的难度要翻倍。"

于冰点头："这明显是针对性选图。"

无尽之海的落脚点太凌乱，不少礁石甚至只能站得下一个人，远程站在一块礁石上可以调整视角攻击到远处的敌人，而近战职业想要靠近对手这就会很难。

寇宏义所说的"这张地图对剑客来说难度翻倍"并不夸张，可以说，李沧雨选择这张图，确实是对飞羽战队的"地图针对"。

针对性选择地图是主场战队的权利，客场作战的飞羽要如何化解是本局比赛的重点。苏广漠的表情看上去很淡定，飞羽的粉丝们心却提到了嗓子眼。

比赛很快开始，双方提交了第一回合的出场名单，沧澜这边依旧是卓航和黎小江的快慢组合，飞羽那边也没变——林诗亮和董乐的双剑客。

不少观众都很疑惑，董乐这个16岁的新人在上个回合几乎没有发挥出任何作用就被卓航秒了，苏队居然还敢放心让他上场？

让观众们更意外的是，董乐小朋友似乎并没有受到第一局失利的影响，这家伙年纪不大，但心态非常好，坐在那里一脸的轻松愉快，看起来真是没心没肺，不太靠谱。

可苏广漠知道，这家伙一直都是这样乐观的个性。在队内被前辈们虐多了，他的抗压能力非常强，上一局是他第一次遇到速度飞快的猎人，一时没反应过来才会踩入卓航布下的连环陷阱，这一局，苏广漠相信小家伙能发挥出自己真正的实力，让观众们刮目相看！

在苏广漠心里，董乐可是有实力竞争第七赛季最佳新人奖的种子选手，所以，他绝不会因为第一局的失利就让这孩子坐冷板凳。

事实也证明，董乐并没有让队长失望。

同样的错误不能犯第二次，这是队长给他的忠告。第一局他不小心踩入卓航的陷阱，这一局他不会再如此大意，走位的时候专门留心卓航的位置，脚步非常灵活。

观众们这时候才发现，董乐这个新人，灵活走位的水平实在太强了！

在礁石排列凌乱的水战地图上，他居然能速度飞快地跳跃着前行，落脚点极为精确不说，还能巧妙地避开卓航在周围布下的陷阱……

很多老选手或许都做不到这一点！

李沧雨对这个走位灵活的新人也十分赞赏。看来，苏广漠带着这个新人打第七赛季，确实是发现了优秀的种子。

只不过，针对性的选图还是给飞羽的两位剑客制造了极大的困难。面前凌乱的礁石上或许布满了卓航丢下的陷阱，这就会造成进退两难的局面。

好在林诗亮毕竟打了多年比赛，是经验丰富的老选手，这样的地图也多次遇到过。凭借他跟猎人交手的经验，再根据卓航的位置和剩余蓝量，他很快就判断出哪个方向没有陷阱。

"小乐，你去杀黑魔法师，从右边的小礁石跳过去，我来缠住猎人。"林诗亮说道。

"好的！"董乐立刻朝右边跳了过去。

由于近战攻击距离短，在他靠近黎小江之前，站在远处的黎小江已经读出了黑魔法师攻击性极强的大连招，他还没近身被对方打成了半血。

但残血的董乐并不急躁，稳稳地突进到黎小江的面前，手中利剑直刺而出，正是剑客的定人技能——锁魂。

黎小江的攻击虽然强，但速度很慢，董乐的突进速度极快，他想躲避已经来不及，被这一招定在原地，吃了一整套剑客的高爆发伤害，转眼也被打成了半血。

而卓航那边也不好受，林诗亮一直巧妙地缠着他，让他根本腾不出手来帮助黎小江。

好在卓航手速够快，猎人放置陷阱的技能有效距离也比较远，他很果断地在周围的礁石上放满了定身陷阱，紧跟着转身后退，将林诗亮引入陷阱当中再将陷阱直接爆破！

这样的打法在绝杀地图上对付近战会非常有效，林诗亮本想近身缠住卓航，却发现，这个年少的猎人比他想象中还要难缠许多！

卓航这边行动如风，在周围快速丢陷阱爆陷阱，反而让林诗亮有些寸步难行。

只不过，他忙于应付林诗亮的后果，就是黎小江那边陷入了彻底的被动。

董乐的手速也非常快，加上剑客攻击强悍，黑魔法师防御又低，黎小江被几剑砍得血量越来越少……

卓航想过去帮忙也是心有余而力不足，因为林诗亮总是想方设法地挡住他的去路！

眼看黎小江血条闪现红光，很快就要挂了，卓航心里着急，手速也立刻爆到了极限——他开着精灵族的加速技能迅速飞到林诗亮所站的礁石之上，在对方的前、后、左、右连续放下四个死亡陷阱，紧跟着按下了猎人的大招——陷阱爆破！

随着"轰"的一声巨响，黑色的死亡陷阱全部爆破的后果，那就是原本就被磨成残血的林诗亮直接被秒。

然而同一时间，黎小江也被董乐成功击杀！

显然，林诗亮和董乐达成了共识——先解决掉远程炮台黎小江，否则这样的地图会更加难打。

飞羽战队的老选手林诗亮明智地完成了人头交换，剩下卓航和董乐1V1。

两人此时的血量差距不大，胜负依旧不可预料。

正在看直播的谭时天，看到这里却突然说道："小航可能要输。"

程唯疑惑地回头："为什么啊？他俩的血量差不多，猎人在这种地图会更好打吧？卓航可以隔着水域在远处放置陷阱，让剑客近不了身。"

谭时天摇了摇："小航太急躁了，刚才没必要连放四个死亡陷阱的，放两个死亡陷阱再加两个基础陷阱就足以杀掉林诗亮。他这样大爆发秒人，操作起来是很过瘾，但耗蓝严重，还让死亡陷阱的技能进入长时间的冷却，肯定会影响到后续的输出。"

听着队长冷静的分析，程唯总算恍然大悟："也就是说，他没计算好伤害量，急着去秒人，技能伤害其实是有点溢出了，对吧！"

谭时天"嗯"了一声，有些无奈地说："他还是不够冷静，大概是看见黎小江快挂了，心里有些着急。当然，这也情有可原。"

程唯点了点头："没错，要是队友快挂了，有时候我也会着急，说不定就把不该开的技能都开出来。能在赛场上时时刻刻保持冷静，也只有猫神这样的大神选手才能够做到！"

谭时天回头看他："你真是逮着机会就要夸一下猫神？"

程唯笑得非常愉快："那当然，我的脑残粉资格证可不是白领的。"

看着他笑起来的时候眼睛弯弯的可爱样子，谭时天也忍不住微微笑了笑，伸手轻轻揉了一下他的脑袋，说："那你就祈祷猫神第二局也能赢吧。"

程唯郁闷："你能不能别老是揉我的头？"

谭时天笑眯眯地说："揉脑残粉的头，可以给你偶像带来好运。"

程唯："滚滚滚！你这什么破理由，还能再坑一点吗？谭时天你能不能要点脸！"

得，又炸毛了。

谭时天捂住被吵到发疼的耳朵，心里却在想，揉你的头，其实是因为你的头发很软很好揉，而且被揉乱脑袋的样子特别可爱。换成一般人，我这双手还懒得碰呢！当然，这个理由他可不敢说出来，不然程唯能机关枪扫射一般骂他三天三夜……

比赛现场，果然如谭时天所分析的那样，卓航急于秒掉林诗亮，开多了爆发技能，致使耗蓝严重，技能冷却，在跟董乐对局的时候就有些放不开手脚。

没过多久，卓航就被董乐趁机杀掉，卓黎组合在第一局赢下之后，第二局开场失利，反被飞羽战队的组合送下了擂台。

对于这个结果，于冰也并不意外，说道："比赛就是这样，同样的组合对局，有输有赢这很正常。好在沧澜战队这边的开局劣势并不大，董乐目前也是残血状态，第二回合出战的队友可以迅速地收掉他。"

寇宏义笑道："我猜，沧澜这边第二回合还是会派出树白组合。"

然而，大屏幕上弹出的名字却让寇宏义的脸瞬间被打肿——李沧雨、肖寒！

"咳咳咳。"寇宏义摸着鼻子圆场，"猫神的思路跟我不太一样，哈哈哈。"

于冰："……"

她也没想到，第二局的擂台，李沧雨居然会在中间出场！

李沧雨选择无尽之海这张地图，主要目的是想训练一下沧澜的新人，但他也不能为了训练新人而丢掉比分，常规赛阶段在锻炼新人的前提下，他还是想尽量保证主场多拿点分数，不然进不去季后赛岂不是前功尽弃？

这张地图对卓航、黎小江虽然很难，但对李沧雨来说却是"如鱼得水"。

召唤师的宠物可以召唤到指定的位置，加上法术系职业的技能释放距离很远，李沧雨就可以站在远处，利用宠物来控制和攻击对手。

残血的董乐李沧雨直接交给了肖寒去解决，飞羽战队派出的第二对组合倒让李沧雨十分意外——苏广漠和萧穆！

剑客带着治疗出战，飞羽的王牌师兄弟组合苏广漠俞平生居然被拆开。

寇宏义忍不住道："看来，为了应付沧澜的擂台三连发，苏队在阵容布置上也做出了很大的改变，他在第二回合带着治疗出战，俞副队被安排去守擂，这个布置确实让人意外。"

于冰接着道："萧穆是职业联盟唯一的一位人族牧师，人族牧师比起神族牧师来说防御更高，生存能力也更强，缺点是治疗量没神族牧师那么高。把人族牧师带到擂台上，也是个不错的选择，因为擂台只需要加自己和搭档两个人，治疗压力没团战那么大。"

李沧雨也明白苏广漠的意图，他拆开苏俞组合带着治疗上阵，显然是想针对沧澜的树白组合——你带治疗，我也带治疗，这样打起来才公平！

结果阴差阳错的，李沧雨调整了出场顺序，把树白组合放去最后，自己带着肖寒提前出战，苏广漠并没有在第二回合对上小师弟，反而对上了李沧雨和肖寒师徒。

于是，苏广漠想带着治疗打死小师弟的计划就这样落空。

这个对局让苏广漠的心里突然有种不太好的预感。在地图中间看到李沧雨后，苏广漠也没有贸然上前，因为，李沧雨的风精灵在这张地图简直就是 bug 一样的存在，一个吹翻说不定能把人吹到水里直接弄死！

李沧雨也没有急着召唤出风精灵，反而很镇定地站在那里观望。肖寒则机智地隐身到对方治疗萧穆的身后，起手一招"痛苦利刃"直接将对方定在原地！

萧穆的表现非常冷静，被定之后立刻交出解控技能，并向左侧跳跃，成功躲开了肖寒。但让他意外的是，就在此刻，李沧雨突然召唤出风精灵，一招"风卷云残"准确地朝着他所站的方向扔了过去！

现场观众们便看到让人哭笑不得的一幕，萧穆前脚刚躲掉肖寒的偷袭，后脚就被猫神的风精灵给吹出去一米多远，稳稳地落进了火红色的海水当中。

——无尽之海击杀了〔穆然无声〕！

萧穆："……"

苏广漠："……"

猫神你还能再坑一点吗！

苏广漠真想对着电脑屏幕吐血三升！

现场观众也有些心疼苏队——远道而来的苏队，今天可是被猫神给坑惨了啊！

作为第七赛季第一个被地图杀死的选手，萧穆的心情有些复杂。

李沧雨倒是心情很好的样子，看到对面治疗被自己吹进海里秒掉，他还朝着镜头露出了一个帅气的笑容。

看到这个笑容，飞羽的粉丝们很想钻进沧澜的隔音房里去打他一顿，但在电视机前看比赛的凌雪枫却觉得，李沧雨的这点小心机和小得意让他显得更加真实。

他毕竟不是神，人总会有情绪，一招弄死对手他得意一下也是正常的，总不能要求他始终维持平静的表情吧？

李沧雨只得意了两秒，就立刻收起笑容，专心应付起苏广漠。

风精灵的出奇制胜只能用一次，等对面有了防备肯定就不管用了，他跟肖寒 2V1 打苏广漠的赢面非常大，可不能出现失误反被打脸。

还好李沧雨手法非常稳定，肖寒也不是冲动乱来的选手，两人配合着前后夹击杀掉了苏广漠，将优势一直保持到第三回合，并且将飞羽第三回合派出的俞平生和曹朗组合给打残。

这一局没什么悬念地被沧澜拿下，大屏幕上的比分也变成了 2：0。

时光战队这边，程唯激动地说："加油加油，我感觉沧澜今天能 3：0 啊！"

谭时天道："3：0 应该比较难，刚才的第二回合治疗一招被秒只是个意外。第三局我估计猫神会继续选这张地图，苏队派人也要调整。"

程唯疑惑地道："还能怎么调整？这局他带出治疗，总不能下一局让飞羽的圣骑士也上擂台吧？"

圣骑士在团战的时候作用很大，可以在前排顶住火力保护队友，但在擂台上确实没多少发挥的余地，行动迟缓不说，输出还非常低，在 2V2 的快速战斗中一旦自己被控就很容易让搭档被集火杀死，自己皮糙肉厚，一个人活下来也没什么用处。

这也是沧澜擂台阶段顾思明一直没有出场的原因。

谭时天回答道："我估计是调换一下顺序，苏俞组合最后守擂比较稳妥。"

程唯怀疑地看着他："会吗？"

谭时天微笑着道："看下去再说吧。"

沧澜的隔音房内，李沧雨将卓航和黎小江叫过去低声叮嘱了几句，观众们只看到两个少年在认真地点头，队长具体交代了什么大家自然是听不清楚的，但大家都能猜到，李沧雨在这时候把两个家伙叫过去指导，这就说明卓黎组合在第三局又要上场。

第三局，李沧雨果然再次选择了无尽之海这张地图，首发依旧是卓航和黎小江。

他今天显然是想给卓黎组合更多的机会，连续三局都是首发，一局赢一局输，第三局的表现就成了关键。

飞羽那边同样，第三局的首发依旧是林诗亮和董乐这对剑客组合，这四人之前就连续交手两局，对彼此的特点也算是非常熟悉了。

让观众们意外的是，第三局，卓航一改方才的急躁，反而打得非常沉稳。

他不会再像之前那样手速爆发放陷阱秒人，反而很细心地用最低级的陷阱来阻挡和消耗对手，谭时天知道，李沧雨刚才把他叫过去，肯定是特意叮嘱过这一点。卓航虽然有些高傲，但人不笨，又很听李沧雨的话，第三局立刻就调整过来。

而黎小江之前站在原地像炮台一样站桩输出，结果被董乐近身控制一套打残，这一局他也学聪明了，没有急着去读条打入，而是利用位移技能在礁石上跳跃，躲在卓航的身后，并且用黑魔法师的控制技能去干扰对手。

两人这样配合起来，就将"无尽之海"地图的优势发挥到了极致。

卓航的陷阱干扰，黎小江的黑魔法控制，再加上两人的技能释放距离都比较远，这就让飞羽战队的近战剑客寸步难行。

由于卓航放慢了速度，黎小江又是出了名的蜗牛，精打细算的结果就是这一次的对局节奏格外缓慢，双方僵持了整整十五分钟，黎小江才找到机会，将对面的董乐突然沉默住，然后配合卓航的陷阱，一口气杀掉了对方。

只不过，杀掉董乐的代价也非常惨烈，卓航也被对面的林诗亮瞬移过来给杀死。

卓航一死，黎小江只能和对方的剑客 1V1。

他的血量上还有不小的优势，但观众们其实对他并不看好，因为大家都知道，黎小江最大的特色就是慢——特别慢！

慢吞吞的小蜗牛失去了队友的保护，跟人单挑基本上没多大赢面。

更何况，飞羽的林诗亮大赛经验非常丰富，哪怕血量暂时落后 10% 左右，但他肯定能想到办法近身杀掉黎小江——飞羽的粉丝们对此都很有信心。

但让大家意外的是，黎小江虽然慢，可操作却非常准确！

在卓航挂掉之后，他很果断地立刻后跳，稳稳地落到了一块礁石上。

要知道，神迹是第一视角操作游戏，后跳的时候稍不注意很容易跳过头跌到海里。

但黎小江没有发生这样的失误，显然这张地图他下苦功练过，对于石头之间距离的掌控相当熟练。

林诗亮这时候就有些犯难，因为黎小江的落点礁石面积太小了，勉强站得下两个人，他想攻击黎小江就必须近身，跳到黎小江所站的地方就要冒着跌进海里的风险，而且，黎小江距离自己有些远，想要靠近至少要踩过面前的三块礁石。

两人隔着茫茫海域僵持片刻，黎小江仔细观察着周围的动向，手指一直虚按在键盘上等待着机会。

他的控制大招冷却时间终于结束了，猫神刚刚说过，在这样的地图上，要想办法控住对手再打出大爆发，能不能成功沉默住对方是决定比赛胜负的关键！

黎小江深吸口气，目光瞄准了对方所站的位置。

林诗亮当然不会笨到原地不动，他一直在快速地跳跃位移，但黎小江也不会笨到瞄准他原来的位置，而是做出了一次位移预判！

——对手下一步要跳过去的应该是左前方的那块石头，因为那块石头距离他最近！

人在很多时候都会有一种惯性心理，当你面前有两块石头可以落脚，一近一远，相信大部分人会先跳到近的那块石头上，再继续往远处跳跃，这样更省力，还能降低落水的风险。

黎小江想到这里，便将读条技能瞄准了左前方的那块石头，轻轻按下键盘。

石头目前虽然是空的，但他想，两秒之后，林诗亮应该就会跳到那里去。

黑魔法师的控制技能"黑暗恐惧"读条时间正好需要两秒，于是，观众们就看到神乎其神的一幕——只见林诗亮刚刚跳到礁石上面准备追击黎小江，迎面而来的黑色浓雾就将他的全身瞬间笼罩了起来！

黑暗恐惧！

这是黑魔法师的沉默技能！

不少观众还在疑惑，于冰却立刻反应过来，解释道："黎小江成功预判了对方的走位，提前读出了黑暗恐惧，真是太漂亮了！"

她本来就对这个慢慢吞吞又特别认真努力的小蜗牛很有好感，看黎小江聪明地预判到对手走位，提前放控制技能控住对方，于冰真有种"我家有儿初长成"的欣慰感！

坐在旁边的卓航也赞赏地回头看了搭档一眼，发现黎小江的脸色虽然很平静，但手指却紧紧地攥着鼠标，显然有些激动。

激动是激动，但他并没有激动到出现失误，早就按在键盘上的手指立刻按下后续键位，紧接着便是黑魔法师攻击力极强的大连招——暗影缠绕、地狱烈焰！

——〔蜗牛慢慢爬〕击杀了〔大诗人〕！

系统消息弹出的那一刻，黎小江的手指还在轻轻发颤。

　　这是他第一次在甲级联赛的赛场上独立杀掉一个选手，还是飞羽战队一个经验丰富的老选手，他一直觉得自己在战队是水平最弱的一个，总是需要队友的保护和照顾，他从来没想过，有一天，自己也能在赛场上独立地杀人。

　　黎小江激动得眼眶发热，清澈的眼睛看上去泪汪汪的。卓航直接站了起来，转身给了他一个用力的拥抱，低声说道："真棒，小江，你真是太棒了！"

　　这确实是卓航的真心话，最初看黎小江各种不顺眼，可现在真是越看越顺眼！

　　在台下的李沧雨看到这一幕，也不禁微笑了起来。

　　今天跟飞羽的比赛收获真的特别大，比起第一场对上时光时的懵懂和紧张而言，三个少年在今天都有了不同程度的提高。

　　肖寒学会了独立思考、随机应变，卓航学会了静下心来、精打细算，黎小江更是懂得了一个道理——作为一个输出，他可以在没有队友的情况下独立击杀掉对手！

　　李沧雨当初让卓航和黎小江配合形成搭档，确实是想让卓航保护黎小江，使黎小江的黑魔法输出达到最大化，经过整个乙级联赛的训练，他俩的配合是有了一定的默契，但最大的缺点是，黎小江的自信心依旧不足。

　　可以发现，卓黎组合中一旦卓航挂了，黎小江就会变成任人宰割的蜗牛，失去队友的保护后，他很难独立去应付敌人，甚至不知道该怎么办。

　　今天，李沧雨就是想让黎小江树立起自信心。

　　——真正优秀的选手，要懂得配合队友，却不能过度依赖队友。

　　拿出自己的实力来，相信自己的判断，这是李沧雨在赛前对黎小江的交代。

　　而黎小江也果然没让队长失望，关键时刻的走位预判，让他终于在甲级联赛的赛场上，完成了个人独立的首杀！

　　在没有卓航的情况下，他单独地，杀掉了飞羽战队的剑客！看着黎小江激动到泪眼汪汪的样子，李沧雨真有种"大家长看到孩子成长进化"的感觉。小蜗牛是很慢，但这只小蜗牛也会努力地干掉对手。这就对了，小江，你其实很优秀，要再自信一点才行！

电视机前，看着隔音房内的李沧雨微笑着注视着黎小江的画面，凌雪枫也不禁欣慰地扬了扬唇角。

他今天磨炼新人的安排，凌雪枫完全懂得。

——沧澜的小猫们，猫神对你们如此用心良苦，只希望你们不要辜负。

黎小江在关键时刻的出色表现为沧澜战队的第三局擂台开了个好头，虽然残血的他在遇到飞羽第二对组合时并没有存活太久，但他已经圆满地完成了任务。

跟卓航一起走下台后，黎小江立刻来到李沧雨的面前，李沧雨轻轻拍了拍他的肩膀，微笑着说："打得很好，你就该这样相信自己，知道吗？"

黎小江用力点头："嗯嗯！"

卓航也说："小江真的非很棒，进步特别快。"

白轩插话道："真难得，第一次听到小卓夸人。"

谢树荣立刻附和："是啊是啊，小卓就从来没夸过我们。"

卓航被说得脸红起来，回味着刚才的比赛，卓航的心情依旧无法平静，看着身旁的黎小江双眼发亮的激动模样，他突然觉得，以后的日子里能跟黎小江一直以搭档的形式征战神迹联盟，这其实很不错。

自己刚开始为什么会瞧不起黎小江呢？小江明明那么认真努力，就连红着脸结巴说话的样子也越看越可爱，当时的自己肯定是脑子进了水吧？

以后一定要好好跟黎小江配合——卓航暗暗下定了决心，顺便用力握住了黎小江的手。后者一脸困惑地扭头看向卓航："怎，怎么啦？"

卓航笑了笑说："没什么。"

心里却在想，跟慢吞吞的黎小江并肩坐在一起的感觉非常奇妙，但卓航相信，他跟小江一定会成为联盟最出色的组合。

赛场上，飞羽在第二回合派出了曹朗和萧穆，也就是血族刺客加上人族牧师。

　　曹朗一直被称为"人头收割机"，查缺捡漏、寻找机会的能力极强，而萧穆作为神迹联盟唯一的一位人族牧师，生存能力并不输于白轩，这两人的组合确实是非常难缠。

　　而巧的是，黎小江退场后，沧澜在第二回合派出的正好是肖寒和章决明的组合——血族刺客带着神族白魔法师辅助！

　　这样一来，双方就形成了刺客带治疗 VS 刺客带辅助的对局。

　　李沧雨并没有跟小徒弟搭档，让一直观战的章叔去配合肖寒，对此，于冰的解释是："猫神自己不出战，反而派辅助来跟肖寒搭档，大概是想把表现的机会完全留给徒弟，锻炼肖寒独立思考和灵活应变的能力。"

　　她的说法也得到了沧澜战队粉丝们的认可，大家看到现在已经彻底明白了猫神派人的思路——锻炼新人的同时，尽量保证比分。

　　前面两局他一直带着肖寒打，这一局见肖寒状态不错，干脆就不上场，放心地让肖寒自己带着辅助去打。

　　肖寒自然不会让师父失望，刺客对上刺客，输赢如何全靠对时机的把握。

　　对方的人族治疗续航能力确实很强，打掉的血很容易加回来，但章叔的白魔法师水平也不弱，关键时刻可以控住对方，辅助肖寒完成一次大爆发。

　　寇宏义看到这样的对局阵容，不由感叹道："攻击手都是刺客，一边带着治疗，一边带着辅助，这一局应该会变成持久战，至少打个十来分钟。"

　　于冰补充道："战局一旦拖延下去，比的就是双方谁更有耐心、谁更能把握住机会了。"

　　"是这个道理。"寇宏义接着道，"只要治疗不死，速战速决是很难的，这一局显然会变成持久战，就看双方有没有耐心跟对手磨下去。"

　　风色战队训练室里，秦陌看到这里，忍不住开口问道："打持久战的话，肖寒经验不足，很可能会输吧？"

　　凌雪枫道："不一定，肖寒的心理素质很好，说不定能找到机会。"

　　秦陌并不觉得肖寒能打得过曹朗，但他心里却是向着肖寒的，只希望肖寒能发挥好自己的水平。

这局擂台果然像寇宏义说的那样变成了持久战，双方在茫茫海域上来回跳跃，都没有贸然行动，攻击也是试探为主，看得人几乎要打起瞌睡来。

曹朗不着急的原因是对方辅助的存在让他心生忌惮，要知道，白魔法师可以在远距离释放技能，他要是近身去杀肖寒，章决明就很可能会反控住他，所以他想寻找一个更好的时机再出手。

肖寒也很有耐心，对方不动手，他也不急着去进攻，而是跟章叔一起调整着位移，试探性地攻击对手。

就这样僵持了三分钟，沧澜的辅助率先动了。

章决明起手就是一招"神之封印"——这是白魔法师的定身技能，带着符咒的洁白光圈非常准确地套在了曹朗的身上，将对方给定在原地。

肖寒很能抓住机会，立刻瞬移到曹朗的身后——死亡标记，背刺，绝杀，摄魂夺魄！

这一套连击下去，曹朗的血量一下子掉到了40％！

倒不是肖寒的输出太可怕，而是章决明在抓准时机控住对方之后，立刻开启了白魔法师增强队友状态的辅助技能——鼓舞之声，队友攻击力翻倍持续5秒！

肖寒就是利用这个辅助技能，打出了相当可怕的爆发伤害，一口气将曹朗打到半血以下。

萧穆眼明手快，立刻给曹朗抬血线，人族牧师最强的单加大招"圣光涌动"毫不犹豫地开了出来。

圣光涌动这个技能的特点是按百分比加血，瞬发加血60％，用于危急关头的急救。

这样的大招自然冷却时间会非常久，超过50秒，耗蓝也很多，但好处在于队友濒死状态可以一招救回来——萧穆显然是担心对面的刺客靠着辅助加成的爆发时间一套秒掉曹朗，所以果断地开了大加。

可让观众意外的是，这个华丽的技能释放出来，曹朗的血量却只抬升了 20% 左右。

于冰反应过来，立刻解释道："大家看到，萧穆的大加技能只给队友加了 20% 左右的血，这是因为章决明在关键时刻放出了白魔法师的辅助技能——净化。"

她说着又示意导播在右下角开了个小窗口来慢镜头回放，并补充道："大家或许会很好奇，净化这个技能不是解除负面状态、免疫法术控制的吗？"

电视机前看比赛的程唯立刻说道："那是常规加点，辅助可以另外加点的！"

果然，于冰也说道："这是输出白魔法师的惯用加点，可章决明的白魔法师是走辅助路线，净化技能的加点特效不太一样。他舍弃了解除负面状态的效果，反而点出了大幅度降低治疗的特效，在团战中，关键时刻大幅度降低治疗效果，也能配合队友们爆发秒人。"

寇宏义恍然大悟道："怪不得，神迹联盟白魔法师辅助的玩法在很多年前就绝迹了，老章这位选手的加点模式跟我们平时见到的白魔法师选手差异非常大，大概萧穆也是一时大意，关键的一个治疗大招相当于被废了！"

比赛现场，见到章叔很果断地废掉了治疗的大加，肖寒心中一喜，又连续按下三个输出技能，一口气将曹朗的血强行压到 30%。

曹朗当然不会傻站着，在控制效果结束后他立刻反手杀向肖寒，但肖寒并没有跟他硬拼，反而转身迅速地逃跑。

观众们有些不解，李沧雨却觉得非常欣慰——因为肖寒这孩子实在是太聪明了。

曹朗带着治疗，掉的血可以加回来，肖寒带的是辅助，掉血没办法恢复。他知道这一次杀不掉曹朗，所以果断撤退，继续等待机会。

章叔刚才废掉治疗的大招，这就会让萧穆必须用更多的加血技能才能把曹朗的血给加回来，蓝量几乎消耗了一半。

要知道，对治疗来说，血量不是重点，蓝才是关键！

一个没蓝的治疗，哪怕满血也不足为惧。

肖寒聪明的地方就在这里，他深刻地理解了消耗战的打法，逼掉治疗大招，控住治疗的技能冷却时间和蓝量消耗，这样打下去，萧穆总有蓝量耗尽加不上血的时候，到时候再杀曹朗自然会轻松许多。

章决明的作用是关键，但能立刻领会到队友的意图，肖寒这家伙的反应也确实够快。

萧穆的生存能力确实很强，被多人集火的时候都有办法活下来，但肖寒根本不去打他，一直打曹朗来消耗他的加血技能，这种感觉非常难受。

虽然目前看上去萧穆和曹朗都是满血，可有经验的职业选手都知道，肖寒和章决明利用地图寻找机会、打一波就跑的这种消耗式打法，会让萧穆变得越来越吃力。

好在曹朗的反应并不慢，明白对方的意图后，他也开始快速追击肖寒消耗对方的血量。

一边耗血，一边耗蓝，结果就是，在萧穆几乎空蓝的时候，肖寒也成了残血。

就在这关键的时刻，章决明终于再次出手——安魂之歌！

柔和的音律在现场响起，同时伴随着月色般洁白神圣的光效，这是白魔法师的强势控制技能，就如它的技能名字一样，安魂安魂，让对手直接陷入沉睡。

曹朗陷入沉睡状态，放不出任何技能，肖寒立刻把握住机会，在章决明的辅助加成之下快速来到他身后，接二连三的攻击技能放出来，将他迅速打残。

眼看曹朗就要醒来，肖寒毫不犹豫地又是一招"痛苦利刃"将他晕眩住。

这样默契的连续控制，让肖寒一口气将曹朗的血打到接近 10%。

曹朗的控制效果终于结束，反手一刀直刺肖寒胸口，肖寒的攻击技能也刚好放了出来，残血的两人相继倒地。

——〔霜降〕击杀了〔朗朗晴空〕！

——〔朗朗晴空〕击杀了〔霜降〕！

这样的结果，让不少观众大为意外，电视机前观战的秦陌更是惊讶地睁大了眼睛，大家完全没想到，肖寒居然能单挑杀掉神迹联盟一流的刺客选手。

虽然有章决明辅助加成的因素在，可作为本赛季刚刚出道的新人，肖寒今天的表现确实让观众们忍不住鼓掌喝彩。

混血少年本来就皮肤白皙，头发是难得一见的金色，睫毛又卷又长，容貌非常地清秀好看，这一战下来，肖寒的微博也涨了好几万的粉丝。

而此时的赛场上，萧穆和章决明隔着海域对峙，彼此都有些尴尬起来。

萧穆是满血空蓝的状态，章决明也是满血空蓝的状态，这……要怎么打？

放不出技能的治疗和放不出技能的辅助，大眼瞪小眼吗？

导播机智地放大了双方的血条数据，现场顿时响起一阵笑声，章决明也爽快地笑了笑，在公屏打字道："我们一起下去吧？"

萧穆无奈地赞同："好吧。"

裁判对两位选手的决定并没有异议，因为没蓝放不出技能的两人已经没有继续打下去的必要了，这样的局面应该判为平局，可以直接开启第三回合。

于是，两位满血空蓝的选手同时站起来离开了选手席。

回队伍的路上，章决明用力拍了拍肖寒的肩膀："小子，配合得不错！"

肖寒说："章叔你也打得很帅。"

章决明哈哈笑道："那是当然的！不过，打得很帅这种形容有点奇怪，你直接说章叔你很帅就行了。"

肖寒认真纠正："哦，章叔你很帅！"

李沧雨见他俩回来，毫不吝啬地朝两人竖起了大拇指。章叔不用多说，老选手在关键时刻就是两个字：靠谱。但难得的是，肖寒也能随机应变跟章决明配合起来，经过这轮比赛，肖寒肯定有不少收获和心得，李沧雨对这个结果相当满意。

接下来，就看关键的第三回合了。

谢树荣很自觉地站了起来："又要轮到我帅气登场了。"

白轩无奈道："你要不要改一下台词？"

谢树荣摸着下巴说："这台词很符合我的气质，还是不改了吧。"

白轩："……"

这家伙的脸皮厚度简直让人叹为观止！

由于第二阶段打成平局，双方直接派出了第三阶段的守擂组合。

飞羽那边，毫无疑问是苏广漠和俞平生，沧澜这边则派出了白轩和谢树荣。

师兄弟对局，双方都是满血满蓝的最佳状态，可以说，这是一局非常公平的较量。

在电视机前观战的程唯摸了摸下巴，故作严肃地点评道："苏广漠和俞平生，两个人的输出都很恐怖，沧澜只有谢树荣一个输出，想赢的话又要打持久战了。"

谭时天看着他一本正经的样子，不由微笑着说："这一回合持久战的时间，估计至少能拖个十五分钟，会比上一轮更长。"

程唯点了点头，心里想着，以后对上飞羽，他跟谭时天要怎么配合才能赢？

苏广漠和俞平生，是神迹联盟最经典的近战组合，打法暴力凶悍，被他俩近身控制的脆皮远程想要逃脱绝对是难如登天。

剑客的利剑，狂战士的巨斧，直刺、斜劈、横扫，招式大开大合，彼此照应，默契无间，两人配合连招时所交织而成的炫目光影，也成了国内神迹赛场上一道独特的风景。

俞平生这位选手其实是个难得一见的天才，他有严重的人际交流障碍，你问他问题，他只会认真地看着你，仔细思考答案，或许思考一分钟后只憋出一个"嗯"字，真能把人给急死。他也因此成了记者们"最不想采访"

的选手第一名。

这位选手虽然不善言辞，却有着神迹联盟所有选手中最细腻的心思，他能将耐心细致的观察力和狂战士招式的强势霸道结合在一起，成为一个心思十分细腻、出招却格外暴力的狂战士。

神迹联盟不少战队都有狂战士，一般玩儿这个职业的选手或是大大咧咧，或是脾气直率，像俞平生这样性子柔和的绝对是特例。

可奇怪的是，自从第四赛季他抛弃剑客改玩狂战士以来，"一蓑烟雨"这个婉约派的狂战士 ID 就一直高居国内狂战士的职业排行榜榜首。

俞平生跟苏广漠的近战暴力菜刀流组合让不少战队头痛欲裂，今天满血对上树白组合，算是双方战队顶尖高手的直接交锋。

现场观众都激动无比，目不转睛地盯着大屏幕。

很快，四人就在地图的中央海域相遇。

两对搭档都是近战，走位就成了对局的重点。观众们可以发现，谢树荣的手速飞快，在礁石之间灵活地跳跃，晃得人眼花缭乱。而苏广漠和俞平生虽然移动的速度并不快，却始终将双方的距离控制在可以互相策应的范围内。

这就是长期搭档所形成的默契，有时候并不需要刻意去寻找对方，但只要一回头，就能看见对方在自己的身旁——心有灵犀已经成了习惯。

就在这时，苏广漠先动了，只见他突然一个瞬移技能飞到谢树荣的身前，起手一招锁魂将对方定在原地，紧跟着，直接开启了剑客的爆发大招——光影回转。

耀眼的光芒将谢树荣笼罩得密不透风，见面就甩大招，大师兄今天显然是很不客气。谢树荣硬吃下这套伤害，站在远处的白轩立刻把"愈合之语"的持续回血技能给他叠到满层，又用一个简单的小治疗术将他的血给加满。

让观众们意外的是，俞平生并没有跑去干扰白轩，反而一跃跳到谢树荣背后的那块礁石上，手中巨斧直劈而下，一招"劈山斩"攻向谢树荣。

于冰立刻让导播将镜头调整成俯视赛场，观众们这才发现，俞平生和苏广漠选择的地形非常巧妙，正好前后夹击将谢树荣给围在了中间。谢树荣也没想到两位师兄会直接集火杀他，他还以为苏广漠跟他打的时候俞平生会去干扰治疗，结果这两人放着治疗不管，全力集火杀小师弟。

无奈之下，谢树荣只好小心应付。好在白轩是经验丰富的老选手，哪怕面对苏俞组合的爆发伤害他也能冷静地应对，可观众们却看得提心吊胆，因为，谢树荣的血量就跟坐过山车一样时上时下的，真是格外刺激！

谢树荣倒也不担心自己会死，他对白轩的加血水平有着绝对的信心。

被两个师兄集火，谢树荣毫不畏惧，等控制效果结束后，他也有样学样地开了剑客的大招光影回转，直接扑到苏广漠的面前。

师兄弟两人对拼伤害，谢树荣有白轩罩着，血量能回复过来，但苏广漠掉的血却没有办法回复，看起来似乎是树白组合占优……

但台下观战的李沧雨却不这么认为，因为他知道，苏俞组合这么打下去，白轩总有跟不上的时候——这不仅是消耗战，还是疲劳战！

苏广漠当了这么多年的队长，战术思路其实并不比李沧雨差多少，只是今天客场作战，被李沧雨擂台三连发和地图针对，第二局又倒霉地对错组合，让萧穆被一招吹翻秒杀。但这并不代表他就会坐以待毙、连输三局。

最后的一局，苏广漠显然也经过精心考虑才派出这样的组合，他跟俞平生坐镇守擂，并且在第二回合派出生存力强大的治疗萧穆，这样一来，不管二阶段遇上谁，擅长持久战的萧穆都能让对方不带优势地进入三阶段。

苏广漠跟俞平生养精蓄锐，满状态对上沧澜的守擂组合，就能让飞羽的赢面扩大——苏俞组合对上神迹联盟的任何组合都会有胜算，关键就看对时机的把握还有一点运气。

事实也证明，苏广漠的布局没有错，二阶段的持久战让沧澜的第二对组合直接打成平局，三阶段他跟俞平生就没有太大的压力。

更何况，对手是他们非常了解的小师弟谢树荣。

在激烈的战局持续到十分钟的时候，谢树荣已经察觉到白轩的手速有些跟不上了，那是一个愈合之语的叠加技能，本来以白轩的水平3秒就能叠满,可这次用了将近 3.5 秒。

职业选手对技能释放的时间非常敏感,这微小的差距立刻被谢树荣捕捉到了。

其实他知道师兄的意图,高强度的爆发输出会给治疗极大的压力,白轩一直紧绷着神经爆手速给谢树荣刷血,三分钟、五分钟还行,可这样持续七八分钟,再强大的治疗也不一定能跟得上。

更何况白轩已经 23 岁,在神迹联盟属于年纪偏大的选手,之前又连续出战两局擂台,能撑到现在,他已经很不容易。

不能再给白轩压力了……

谢树荣想到这里,立刻留下苏广漠不管,转身飞快地跳跃到远处的礁石上。

这次脱战让不少观众很不理解,但白轩却微微松了口气,阿树给了自己一些喘息的时间,可以让他稍微调整一下技能。

然而,俞平生不会让谢树荣就这么安逸地离开,在阿树跳跃至远处的那一瞬间,他也紧跟着跳了过去,这样的反应速度简直快得让人惊叹。

俞平生的细心之处正体现在这里,在战局当中,他总是时刻关注着对手的动向,在阿树收招的那一刻他就猜到对方要逃跑,所以他也立刻收招紧跟着追了过去,同时用一招狂战士的"劈山斩"强行拦住了谢树荣的退路。

之后苏广漠的"碎骨剑"也紧跟着劈了过来,这两人的默契也是让观众们感叹,俞平生一动,苏广漠立刻如影随形,简直像是电脑设定好的跟随程序一样。

谢树荣见大师兄追过来,立刻回头一招"开天辟地"不客气地朝苏广漠砸过去。

之前双方对拼,谢树荣的所有招式都是瞄准苏广漠,他有白轩加血,到现在血量还维持在 80% 左右,但苏广漠掉的血却不会回复,目前血量只剩不到 30%。

谢树荣的这一招运气不错,正好出了暴击,直接将苏广漠的血砍到

10%。

有希望杀掉他！然而，谢树荣刚要动手，俞平生的斧头又拦腰横扫过来，却是狂战士的大招暴击——回身三斩。

这个招式的释放非常有难度，必须在背对着对手的时候才能转身放出来，但只要成功释放，造成的伤害就会相当可观。

斧头三连扫，视觉效果非常华丽，几乎要将谢树荣给切成三段。

更可怕的是，回身三斩有个附带效果，打断对方招式。

谢树荣刚要出手去强杀苏广漠，结果被俞平生突然打断，而苏广漠也很机智地后跳到另一块礁石上远离了谢树荣。

但谢树荣不会错过这样好的机会，强行开着瞬移技能跳到苏广漠的面前，一招"噬魂剑"直刺对方胸口，残血的苏广漠终于倒地。

——〔阿树〕击杀了〔苍狼〕！

现场观众席响起了热烈的掌声。

然而，隔音房内，李沧雨的脸上并没有露出笑容，因为他知道，谢树荣和苏广漠本就是师兄弟，水平差距并不大，他为了杀掉苏广漠已经耗费了太多的技能，而此时，俞平生的血量还有很多。

阿树的蓝只剩30%，哪怕血被白轩加满，却已经不足以杀掉防御更高的狂战士了。

况且，白轩在长时间的高速加血中显然有些疲劳，剩下的蓝也不多。

俞平生的状态却很好，刚才大部分时间他都在配合大师兄拦截和控制谢树荣，很多攻击招式都还留着，蓝量也是精打细算，目前还剩下60%左右。

看上去是1V2，但事实上，俞平生剩余招式的伤害量，是远大于谢树荣的。

消耗战打到现在的局面，苏广漠的目的已经达成。

谢树荣心里也知道，这一局或许要输，但他也没办法，1V2应付两位师兄的联手猛攻感觉还是非常吃力，一人杀掉对方的两人，换成一般的选手或许没问题，但让他连杀两位师兄，却是不可能的。

那两个人对他非常了解不说，俞平生还是个防御超高的狂战士。

谢树荣以前看比赛的时候就觉得，俞平生的水平提高了不少，今天当面交手，才更加深刻地理解了俞平生当年的想法——狂战士确实更适合他。

这个性格内向、如同幽灵一般沉默的男人，却能扛起沉重的巨斧，果断利落地击碎对手的防线。

当年那个小透明一样跟在师兄身后的剑客早已成为历史，如今站在自己面前的，是神迹联盟最强悍的狂战士俞平生。

谢树荣虽然知道赢下的希望不大，但他并没有放弃，跟俞平生僵持片刻，还很凶悍地扑过去把俞平生的血砍到 30% 以下。

但也只能到此为止，因为他要没蓝了，他的爆发大招刚才用来强杀苏广漠，已经不足以再杀掉俞平生。

俞平生非常冷静，细心地计算着蓝量和技能，用一个披荆斩棘加疾风劲雨的大连招杀掉了阿树。

剩下的白轩这时候蓝量也快打空了，俞平生就用耗蓝极少的小技能慢慢地消耗对方，直到白轩彻底空蓝的时候，才一口气击杀掉了对手。

——〔一蓑烟雨〕击杀了〔阿树〕！

——〔一蓑烟雨〕击杀了〔白狐〕！

这两条消息相继在大屏幕上弹出来，飞羽战队的粉丝们立刻在电视机前欢呼，不少人到俞平生的微博下面留言："俞副队 6666！""俞副队好帅啊！""俞副队不想说话就不要回复我了，听我说，你真的好帅！"

不同于俞平生的内向腼腆，他的粉丝可是一群非常活泼的人。

苏广漠微微一笑，轻轻环住身旁师弟的肩膀，低声说道："好样的。"

俞平生不太会说话，回头看了师兄一眼，腼腆地笑了笑，那笑容浅浅的，依旧没什么存在感，但他眼睛里的光芒却明亮如星辰。

沧澜 VS 飞羽，最终比分定格为 2:1。

对此，沧澜的粉丝们还算满意，毕竟沧澜新人很多，对上老牌强队飞羽，主场 2:1 已经很不错了，更重要的是，这一场比赛几个新人都有进步。

飞羽作为神迹联盟一线强队，想一口气打出 3：0 可没那么容易，苏广漠毕竟不是吃素的，今天被猫神连坑两回，第三回逆袭拿下一分也算是正常的结果。

李沧雨对这个结果很满意，最后一局他没出场肯定会有人质疑，但他觉得，今天这样的安排对队员们来说能有更多的收获，这就值得。

白轩在离开选手席来到台下的时候，突然轻轻拉了拉谢树荣的手臂，说道："是我没跟上，拖累你了吧？"

谢树荣回过头，对上他带着歉意的温柔目光，谢树荣伸出手臂用力地搂住白轩，笑着说："你可千万别自责，我们白副队是神迹联盟最好的治疗，今天输给苏俞是我的输出没跟上，不关你的事。再说，咱俩能一起赢，也能一起输，没什么大不了的。"

明白这家伙是在安慰自己，白轩笑了笑，嘴上没多说什么，心里却觉得，阿树这个青年其实特别靠谱。赢的时候，他会很得意地说"看我表现得多帅"，让人忍不住想踹他一脚。可输的时候他并不会去埋怨队友，更不会垂头丧气没精打采，反而表现得非常豁达。

我们能一起赢，也能一起输……

虽然只是谢树荣随口而来的一句话，却让白轩心生感动。

这样的搭档才是最难得的。

CHAPTER 05

赛后采访

SUMMONER OF LEGEND

沧澜战队的全员在简单地整理之后，就跟随着队长一起走到大舞台上，这是他们在主场城市的第一场比赛，今天的现场来了不少粉丝，见到八位选手集体出现，观众们都激动地站了起来，现场响起震耳欲聋的掌声和尖叫声，还有不少特意制作了应援物品的粉丝将手里的荧光牌高高地举了起来。

　　李沧雨看着台下黑压压的人群和写着选手 ID 的各种闪亮的荧光牌，微笑着拿过话筒，简单干脆地说道："谢谢大家的支持，非常感谢你们能来到比赛现场观看这场比赛！"

　　愿意花钱买票来到现场的观众 80% 以上都是铁粉，不管大伙是冲着沧澜哪一位队员来的，今天现场的热烈气氛也确实让沧澜战队的队员们动力十足——这才是真正的主场！

　　客场作战的时候，观众们都在给对方加油，可到了主场，那就成了沧澜战队的天下！哪怕沧澜是一支本赛季刚刚成立的新队伍，可粉丝们的热情却丝毫不减，这让李沧雨的心里非常感动。

　　以前的沧澜战队名气没那么大，成绩也一直不好，有时候主场作战观众席还会有一半的空位，哪像今天这样座无虚席？

　　这还是他第一次体会到主场作战时被这么多粉丝支持的浓烈氛围。

　　今天主场的选局优势和地图优势也被他充分利用了起来，对上神迹联盟的一线强队飞羽，能打出 2:1 的分数，李沧雨其实非常满意。

　　粉丝们显然也很满意，毫不吝啬地给队员们送上了热烈的掌声。掌声和喝彩声持续了很久，李沧雨带着大家朝观众席深鞠一躬，这才转身回到了后台，准备接受媒体记者的采访。

当然，按照惯例，是输掉的队伍先接受采访。

飞羽那边，苏广漠带着俞平生和萧穆一起出席，俞平生一直坐在旁边侧过头听师兄讲话，对于这点飞羽的粉丝们已经习惯了——俞副队每次接受采访就会自觉地变成背景板。

记者们提问的重点自然也是飞羽的队长苏广漠："苏队，你对猫神今天擂台三连发的安排怎么看？"

"说实话，在看到擂台三连的时候，我很想吐一口血。"苏广漠坦率地说道，"在赛前，我们努力准备了一周的团战，结果完全没能用上，只能说……猫神太会玩了。"

不少记者都笑了起来，苏队每次接受采访的时候都很直率，想什么说什么，今天被猫神坑得这么惨，他也就很不客气的在记者面前吐槽了一下。

苏广漠停顿片刻，接着说："当然，猫神这样的做法也没错，我想，这场比赛肯定会给各大战队的队长们提供新的思路，接下来的飞羽主场我也要学着坑一下别人。下一轮飞羽的对手是时光，我决定选三局团战，不让谭时天和程唯的搭档出现在擂台。"

电视机前的程唯立刻跳了起来："苏广漠你要不要这样啊？被猫神坑了为什么要报复在我们身上？！"

谭时天赶忙拍拍他的肩膀安慰道："他在随口瞎说，你还真信？赛前曝光选局安排，这是不可能的。"

程唯愣了愣，顿时觉得自己的智商受到了侮辱……

有记者接着提问道："苏队，今天客场作战，拿下 1:2 的比分这跟你的预期一样吗？"

苏广漠无奈一笑："这场比赛的意外因素太多，比分我并不满意。当然，竞技比赛就是这样，有赢就会有输，没什么好介意的。"

俞平生点了点头。

记者将话筒递给萧穆："对于被猫神的风精灵秒杀这件事，萧穆你当时是什么心情？"

萧穆摸了摸鼻子道："大概可以用'风中凌乱'这四个字来形容吧？"

记者们很不客气地笑了，倒是在看直播的肖寒若有所思地在手机里记下了"风中凌乱"这个新成语，打算回头问问秦陌具体的用法。

记者道："今天的比赛你对自己的表现还满意吗？"

萧穆说："这是我第一次以治疗的身份上擂台，不太适应，跟队友的配合也不算特别默契，感觉今天的比赛我们很多队员的实力只发挥了80%左右，希望下一次的飞羽主场大家能打得更加精彩。"

俞平生又点了点头表示附和。

记者们："……"

俞副队你这背景板当得真敬业，还知道点头附和！

苏广漠见他一直在旁边点头，便把话筒递给了俞平生，示意他说几句，俞平生握着话筒仔细想了想，才说："我们会加油的。"

看着他认真的表情，记者们想笑又不敢笑，憋着特别难受——憋半天就来这么一句，俞副队你也是够了！

还好有机智的记者立刻转移话题继续提问苏广漠："苏队，对于飞羽曾经的小师弟谢树荣今天的表现，你是怎么评价的呢？"

"我觉得阿树进步了很多，当年的小师弟打法还有些率性而为的冲动，但现在他变得非常冷静和耐心，知道怎么去配合队友，也知道随时调整节奏，我觉得他今天表现得非常好。"

苏广漠很大方地侃侃而谈，俞平生一直安静地坐在他身边，时不时点个头，渐渐的，记者们就把他当成幽灵给忽略了，他似乎也习惯这样，继续安心地当背景板。

有刚知道飞羽的新人或许会问——既然俞副队不爱说话，为什么苏队要每次采访都带着他呢？让他在旁边干坐着，不尴尬吗？

飞羽的资深粉丝肯定会说："因为俞副队就像是苏队的小跟班，到哪儿都要跟着！"

事实上，只有清楚内情的人才知道，苏广漠不管走到哪里都要带着俞平生，其实是担心师弟一个人待着，性格会越来越自闭。

他随时随地都带着俞师弟，让俞师弟多跟人接触、交流，这么多年过去，俞平生的交流障碍症状已经好了很多，至少不会害怕摄影师闪光灯的照射，面对记者时也不会像当年那样恐惧地躲起来。

回答完问题后，苏广漠跟俞平生、萧穆一起离开了采访间。

在回后台的路上，看着俞平生默默跟在身边，苏广漠不由轻轻握住他的手，问道："采访间里那么多人，是不是有些闷？"

俞平生沉默片刻，点了点头："嗯。"

苏广漠微微一笑，搂住他的肩膀说："走吧，第一次来这里，我带你出去逛逛。"说着又回头道，"阿穆，你去跟领队说今晚放假，大家自由活动，注意安全。"

萧穆似乎已经习惯了队长带着副队去溜达把大家丢下这件事，很淡定地走开了。

苏俞两人正并肩前行，突然看见沧澜的树白两人从拐角处走了过来，谢树荣本来跟白轩有说有笑的，见到两位师兄，立刻停下话题，走过来笑道："师兄，你们要回酒店？"

苏广漠说："先不回去，想在市区逛逛，有好玩的地方推荐吗？"

谢树荣摊手："我对这儿不太熟。"

倒是白轩推荐了几个地方，还说了几处评价不错的餐厅，道："想吃地道湘菜的话可以去我说的这几家，还有好吃的小龙虾，苏队感兴趣吗？"

苏广漠道："小龙虾还是算了。我们去尝尝湘菜吧，谢了！"

等两人走后，谢树荣才笑眯眯地道："白副队，你真是体贴啊，还给我师兄推荐吃的地方，不知道该怎么感谢你才好。"

白轩道："不用客气。"

谢树荣笑道："不如来个拥抱来谢你吧。"然后他就厚着脸皮抱住了白轩。

白轩简直无语："你这个谢谢我真的很不想要！"

谢树荣抱够了，这才放手，帅气一笑，凑到白轩的耳边低声说道："我只是试试自己的魅力，看看你被我抱住的时候会不会心跳加快。"

白轩翻了个白眼："你可以滚了。"

谢树荣立刻抱住脑袋蹲下，仰起头来一脸诚恳地看着白轩："横着滚还是竖着滚？"

白轩："……"

真拿他没办法！这家伙刀枪不入的厚脸皮到底是如何炼成的？

还好这时候李沧雨带着其他人过来了，白轩立刻转身迎了上去，微笑着说道："大家快走吧，可不能让记者们等太久。"

肖寒发现阿树正蹲在地上，不由好奇地道："阿树你怎么了？"

谢树荣站起来，拍了拍裤腿解释道："地上有东西，我捡一下。"

肖寒继续好奇："什么东西啊？"

谢树荣道："我的脸皮。"

众人："……"

你还挺有自知之明的啊！

这是沧澜战队第一次主场作战，今天的赛后采访，李沧雨决定让沧澜战队的八位选手一起出场，也好让几个新人跟本地的记者朋友们打声招呼。

意外地看到八位选手很给面子地一同来到采访间，记者们顿时激动无比，不约而同地站起来给队员们鼓掌，摄影师更是将快门按个不停，生怕错过这个精彩的瞬间。

负责维持秩序的主持人将话筒拿了起来，说道："各位记者朋友，提问的时间只有十五分钟，希望大家能提前准备好关键的问题让选手们回答，沧澜战队的赛后采访现在开始。"

话音刚落，立刻有一位女记者站了起来，向李沧雨提问道："猫神，今天主场打出 2:1，这跟你的精心布局当然分不开。请问，你是在赛前就计算好了这一切吗？"

李沧雨接过话筒，很坦然地说道："擂台的出场顺序，除了第一局是在赛前提交的之外，第二局和第三局都是临场提交的名单。在这一周的准备时间里，我们练习过各种组合，今天我根据几个队员的表现作出了一些相应的调整。"

记者道："具体的调整是哪些方面呢？"

李沧雨道："卓航和黎小江是早就定下来要打三场开局的，今天临时调整了其他组合的出场顺序，还有，肖寒和老章的配合也是临时决定的，因为在第二局结束后，我觉得肖寒今天状态不错，这才放心让他带辅助出战。"

女记者接着问道："那猫神有没有想过，如果第三局你亲自上场的话，是很可能打出 3：0 的比分的？"

"这很难，我的风精灵用一次就够了，没有一个职业选手会连续犯同样的错误。在我看来，我出场跟阿树出场效果差不多。"李沧雨顿了顿，认真地解释道，"而且，阿树的状态很好，对苏俞两位对手更加了解，他跟白副队的配合也需要多一些磨炼的机会，这个安排我并不觉得有什么错误，2：1 的比分也跟我预期的差不多。"

记者道："让阿树连续出战三局，猫神就不担心他对上师兄之后会发挥失误吗？或者影响到他们师兄弟之间的感情？"

李沧雨笑了笑，说："我完全不担心这一点。阿树是个很优秀的职业选手，在赛场上，身为沧澜的队员就该全力为沧澜而战，这是作为职业选手最基本的素养，我相信他绝对能够做到……至于他们师兄弟的关系，我想苏队、俞副队和阿树都不是那么小气的人。比赛是比赛，私交是私交，这一点很多职业选手都应该分得清。"

"谢谢猫神。"那位女记者得到答案便坐了回去，心里也忍不住为猫神竖起了大拇指——这是她第一次采访李沧雨，发现这个男人回答问题的时候态度非常认真，没有一丝一毫的敷衍，而且，他在面对一些刁钻的问题时也能从容应对，很有大神风度。

紧跟着又有个年轻的男记者站起来道："上一场跟时光的对决当中，是猫神在关键时刻的大灾变爆发技能扭转了战局，今天又是关键时刻召唤风精灵直接秒杀对方治疗，猫神你还留着多少秘密武器啊？"

李沧雨笑了笑，卖关子道："还有很多，会在以后的比赛中慢慢拿出来的。"

电视机前的队长们真想联手打他一顿——还有很多？你还要坑我们多少次啊！

"猫神是打算以后主场都尽量多选擂台吗？"

"也不一定，根据对手来布置。"

"如果对上风色呢？"

李沧雨道："你是凌雪枫派来的卧底吧？这个肯定不能提前透露啊！"

众人哄笑，提问的记者被说得脸红起来，讪讪地坐下——从猫神口中套话，绝对是异想天开。他不愧是带队多年的老队长，回答每一个问题都滴水不漏。

"我想问一下几位新人，今天的比赛，最大的感受是什么？"有一位扎着马尾的女记者将话题引到了几个新人身上，顾思明立刻积极地拿起话筒说："我最大的感受就是——打酱油好无聊啊，我也想上场。"

现场爆发一阵笑声，记者们对整场比赛都坐在旁观席的小顾同学报以深深的同情。

顾思明指着自己说道："大家可以多拍几张照片，虽然我今天没出场，但写报道的时候可不要漏掉我啊！"

摄影师们很给面子地把镜头对准了他，发现这家伙一张娃娃脸还挺上相。

刚才那位记者接着问道："卓航呢？今天的比赛有什么收获？"

卓航接过话筒，面对着记者们，不卑不亢地说道："这场比赛让我学会了很多东西。我的表现并不完美，尤其在第二局的时候技能伤害没计算好，以后还要更细心一些才行。我觉得自己提升的空间还很大，下次会继续努力的。"

记者们配合地给了他一些掌声，虽然他年纪很小，但在接受采访的时候却表现得格外大方，镇定自若的模样还挺有范儿的。

"肖寒呢？有什么想说的吗？"

肖寒从卓航手里接过话筒，说道："师父说我打得还好，我也觉得自己打得 666。"

记者们："……"

现场一片呆滞的目光看着肖寒。

李沧雨忍着笑凑过去提醒他："很少有人会用666来形容自己。"

肖寒立刻改口道："我打得还可以不错。"

记者们："……"

——混血宝贝，你的中文还能拯救吗？

大家忍笑忍到要内伤，听这家伙胡说八道，莫名有种诡异的萌感。

在大屏幕前看采访的秦陌听到这话，立刻做出一个头痛扶额的动作，心道："可别告诉别人你的中文是我教的！我没你这样的学生！"

肖寒的微博上更是炸了翻天："肖寒你确实好6！""少年，你的语文是谁教的，踹了他跟我学吧，免费哦！""还可以不错，我学会了新的表达方式。""肖寒你真的还可以不错！"

看到满场记者一脸忍俊不禁的样子，肖寒也察觉到自己说错了话，不好意思地挠了挠头，把话筒递给黎小江。

黎小江结结巴巴地道："我，我今天很开心，因为，我能在赛，赛场上独立杀，杀掉一个人。队长让我多，多一些自信，我会，会继续努力的。"

听着他认真的回答，记者们也给予了这个少年鼓励的掌声。

黎小江红着脸道："谢，谢，谢谢。"

记者们："……"

别人说谢谢说一遍，他每次都要说两遍。

记者席不少人都觉得，沧澜的队长风度十足，四个小家伙也各有特色，采访起来特别有意思，真想跟他们聊一个晚上，可惜，采访的时间十分有限，没法聊得尽兴。

四个少年都回答过问题之后，便有记者将问题指向了章决明："老章，我想知道白魔法师辅助目前在神迹联盟只有你一个，是什么让你坚持到现在的呢？"

章决明爽快地道："大概就是脾气太倔的缘故吧！虽然白魔法输出才是职业选手的主流，可我就是想玩儿一把辅助。反正坚持了那么多年，重新回来，也不想改变自己。"

记者佩服道："你今天在赛场的发挥让人眼前一亮，关键时刻的两次控制和状态辅助技能都放得相当精确，事实证明，白魔法师做辅助也会有非常大的作用。"

章决明哈哈笑道："对对对，我也觉得自己今天挺帅的！"

记者们："……"

沧澜战队的自夸其实是会传染吧？老章也学会了？还好猫神依旧正直！

"白副队今天跟阿树一起连续出战三局，感觉如何？顺便评价一下你的搭档吧。"有一位记者站起来向白轩提问道。

白轩微笑着说："第一感觉是很累，连打三局，我的状态没办法维持得那么好，我治疗的节奏有些跟不上对面输出的速度，这也是最后一局输掉的关键。"

他主动把责任揽了下来，谢树荣也心生安慰，道："别这么说。"

白轩回头看了谢树荣一眼，接着道："评价搭档的话，我觉得阿树这个人……虽然平时有些没心没肺的，脸皮还特别厚，但关键时刻非常靠谱，是足以让队友全心去信任的搭档。"

谢树荣被夸得心情愉悦。

记者紧跟着说："阿树呢？怎么评价你的搭档白副队？"

谢树荣毫不犹豫地说："我觉得，白副队是个温柔、体贴又细心的人，不管在生活中，还是赛场上，他都会让队友觉得特别的舒服。作为治疗，他的生存能力很强，加血手法还特别厉害，带着他上战场，总觉得自己能有十条命，感觉带着他就像带着外挂。"

白轩尴尬地打断了他："咳咳，你夸过头了吧，差不多行了。"

记者们在笑，谢树荣也微笑着道："事实上，再多的语言也形容不了白轩的好。在我心里，他就是最完美的搭档，没有之一。"

白轩被夸得不禁脸红起来，心里不禁想着，阿树这家伙自夸的技术一流，夸人的时候也像嘴巴抹了蜜糖一样，他不觉得肉麻吗？

可事实上，谢树荣的这句话却是源于内心、发自肺腑。

无法用语言来形容你的优点，在我看来，你就是这个世界上最好的存在。

CHAPTER 06

红
狐

结束采访之后，沧澜战队的队员们便跟着队长来到战队附近的餐厅，刘川早已订好一桌庆功宴等着大家，见众人进来，立刻走上前说："大家辛苦了，今天晚上好好犒劳你们一顿。"

几个少年两眼放光地盯着满桌的美食，尤其是肚子饿了的顾思明都快要流出口水。李沧雨看了他们一眼，笑道："都别客气，自己找位置坐，老板请客，大家可要多吃一点。"

众人坐下来开吃，饭桌上顿时一片风卷云残。

刘川看着这群人手速飞快地抢食物的画面，不由笑道："看来是饿坏了吧？"

小顾一边吃一边说："当然。下午就赶去现场，连续打了三场比赛，中间没有补充一点能量，吃的午饭早就消化掉，我快饿得前胸贴肚皮了。"

刘川好奇地回头看他："你不是没出场吗？"

顾思明一脸正直："打酱油也会饿的啊！"

李沧雨顺手拍拍他的肩："那多吃一点，攒足能量，下一场比赛好好打。"

顾思明兴奋道："没问题，等着看我帅气的表现！"

谢树荣忍不住插话："这句台词是我原创的，怎么谁都学会了？"

章决明附和："就是，你们几个小家伙好的不学，尽学阿树吹牛。"

肖寒若有所思地说："章叔今天接受采访的时候，好像也说自己很帅？"

章决明故作无辜："有吗有吗？"

一群人在扯皮的这点时间里，李沧雨已经迅速地解决掉面前的一盘鱼，白轩拿起筷子刚要尝一口，却只看到空空如也的盘子，无奈道："一点都不给我剩下啊？"

李沧雨满足地擦擦嘴巴，认真说："吃饭也要把握住机会，你刚才专心听他们吹牛，错过了吃鱼的最佳时机，这不能怪我。"

白轩笑："你真会一本正经地胡说八道！"

谢树荣给他夹过来一块排骨："这个给你，最后一块。"

能在战争一样拼手速的餐桌上抢下最后一块排骨，谢树荣的手速确实比四个新人要强上许多，不过，他平时最爱吃的就是排骨，居然舍得把最后一块夹给白轩，白轩对此非常地疑感："你不是最爱吃排骨？不留着自己吃，讨好我是想干吗？"

谢树荣笑道："你吃饱了，比赛才能多给我加一口血。"

白轩："那我就不客气了！"

下一场比赛的对手是红狐战队，由于这支纯女子战队一向神秘莫测，加上柳湘是个很细心谨慎的女生，李沧雨也猜不到对方的战略部署，大家只好按照最稳定的阵容来集训。

李沧雨有种不太好的预感，他总觉得红狐主场很可能会选三局团战。但也不能因为这个猜测而完全忽略掉擂台，所以这一周他就让队员们按照常规的训练强度，上午练习擂台，下午就集体开小号进团战竞技场。

白轩和谢树荣依旧作为组合被派去练习双人擂台，这天上午，两人连赢十局之后，谢树荣回头朝白轩一笑："我帅不帅？"

白轩淡淡留下一句话："幼稚。"

谢树荣愣了愣，对着镜子照了照，发现自己……确实有点儿幼稚？

不行，他得改变白轩对他"幼儿园大班学生"的印象。

晚上回到宿舍后，谢树荣翻箱倒柜找了半天，翻出一堆运动裤、休闲裤、各种样式的牛仔裤……其中不少还是破了洞的非主流风格，休闲裤也是怎么舒服怎么穿，轻松随意，就像大街上那些背个包、骑个单车就能到处旅行的年轻小男孩儿。

估计在白副队的眼里，他还是个没长大的孩子吧？

谢树荣苦恼地挠了挠头，决定找人请教一下穿衣搭配的问题。

说起西装，不同品牌的西装昭示着男人的不同品位，谢树荣以前并没有穿过西装，也不知道哪些品牌比较好。

神迹联盟穿西装穿最多的人绝对是风色战队的禁欲男神凌雪枫。

凌雪枫每次代表风色战队出席各种活动或者接受记者专访的时候都会穿上正式的西装，领带打得一丝不苟，还跟西装的颜色搭配得非常和谐。

也正因此，记者们拍出来的照片里凌雪枫的气场就要比别的队长更加强大，在西服的衬托之下，这个男人原本就很精致的容貌会显得更加英俊，性格也就更显得沉稳。

凌队之所以在神迹联盟颜值排行榜上高居榜首，跟他爱穿正装也有很大关系，如果不是记者们在标题中醒目地写上"风色战队队长凌雪枫专访"，外人看到他的照片肯定会以为这是哪位明星，或者哪位商界的高富帅。

要咨询穿西装的问题，找自己的两位师兄肯定不靠谱，找凌雪枫就绝对没错。虽然他跟凌雪枫不是很熟，不过他跟肖寒熟啊，肖寒跟秦陌熟啊，秦陌跟凌雪枫总算是熟了吧？

谢树荣机智地跑去找肖寒，然后给肖寒交代了一个任务："小寒，你改天找秦陌问问，他师父平时穿西装都穿什么牌子的，显得成熟点儿的那种。还有，两颗扣子和三颗扣子的西装哪种比较好？领带的颜色要怎么搭配？记得偷偷问，别说是我在问。"

肖寒愣了愣："你调查凌队的西装干什么？"

谢树荣微笑着拍拍肖寒的肩膀说："这你就不懂了，反正是重要任务，关系到我们沧澜战队跟风色战队对决时的胜负，你一定要在一周之内给我答案。"

肖寒若有所思地点点头："哦。"

等阿树走后，他就开始琢磨，凌雪枫穿什么牌子的西装，为什么能跟比赛输赢扯上关系啊？阿树的逻辑真是想不明白。

他并不知道谢树荣只是找了个冠冕堂皇的借口。

虽然不是很懂，可阿树既然把这么重要的任务交给了他，他只能尽力去完成。

于是肖寒又找了秦陌："去打听一下你师父平时穿什么牌子的西装，还有两颗扣子和三颗扣子哪种比较好，领带要怎么搭配？"

秦陌一口茶直接喷到了电脑屏幕上。

——你们沧澜战队的人到底是怎么回事？！

——之前猫神拜托我打听我师父有没有女朋友，现在你又找我打听师父穿什么西装牌子？就算你们为了打败风色战队要从我师父身上入手，也不用这样吧？还不如干脆点打听他喜欢吃什么，然后在吃的东西里下一堆泻药比较靠谱！

秦陌一脸复杂地拿出纸巾擦了擦电脑屏幕，上一次迫于猫神的威力他没敢告诉师父，这一次肖寒在打听，他对肖寒可没什么好怕的，一转身就把小伙伴给卖了。

凌雪枫正坐在客厅的沙发上一边喝茶一边看报纸。

穿着简单休闲长裤和短袖白衬衫的男人，端着茶杯的侧脸依旧英俊得无可挑剔。不得不说，凌雪枫的性格低调内敛，为人也比较冷淡沉稳，可在穿衣搭配方面他却有着极高的品位。没有任何人见过他不修边幅的样子。

很多时候，凌雪枫并不会刻意去打扮，但别人就是觉得他穿的衣服非常好看，还跟他的性格、身份十分搭配，这大概就是他的习惯。打开他的衣柜就可以发现，大部分是整整齐齐的西装、衬衫、领带，冬天的话也是修身的长款大衣，成熟男人的韵味十足。

秦陌敲开门时，看见师父的侧面，也不得不感叹——要不是沧澜这群人都是男人，他都要怀疑这帮人是不是暗恋自家师父？

凌雪枫抬头看了秦陌一眼，问道："什么事？"

他手里拿的报纸正好是本周的《神迹周报》，这是神迹电竞圈里发行量最大的报纸。

被师父冷淡的目光盯着，秦陌有些后悔自己的冒失，可既然来了，他还是硬着头皮说明了来意："肖寒想知道师父你爱穿什么牌子的西装……"

本以为凌雪枫会生气，结果他很淡定地放下了报纸，说道："他打听这个干什么？"

秦陌满脸困惑："我也不知道。他还问我，两颗扣子和三颗扣子的西装哪种比较好，领带颜色怎么搭配？"

凌雪枫："……"

沉默片刻后，凌雪枫才说："我知道了。"

秦陌一脸"你知道什么了"的疑惑表情，还没来得及问，就听师父接着说道："你回去训练吧，这件事我会处理。"

秦陌只好"哦"了一声，转身离开。

回到电脑前，就见右下角有肖寒发来的消息："打听到了没？"

秦陌："师父说他会处理。"

"哦！"肖寒随手敲了个字，心里却想着，凌队如果不乐意告诉自己，直接告诉师父也一样。反正阿树说这关系到战队的胜负，那告诉猫神的话也没问题吧？

想到这里，肖寒立刻将西装的问题抛去脑后，接着问："风中凌乱要怎么用？"

被当成字典的秦陌耐心地解释："比如，一阵狂风吹过，把你的头发吹成一团乱麻，你就可以用'风中凌乱'来形容你此刻的心情。这个词也特别适合你师父召唤出风精灵的时候对手的心情。"

肖寒似懂非懂地摸摸下巴："那我师父召唤出雷精灵的时候可以用雷中凌乱吗？"

秦陌："……"

肖寒："水精灵和火精灵呢？要怎么形容。有没有水中凌乱或者火中凌乱的说法？"

秦陌面无表情："没有这种说法。"

肖寒："为什么呢？"

秦陌："……"

肖寒："水火风雷都是自然产物？有风中凌乱，为什么没有水中凌乱呢？"

秦陌："……我要睡觉了，再见！"

然后秦陌就迅速地下线了，他总觉得跟肖寒这思路奇葩的混血宝宝交流时间长了，都开始质疑自己的语文有没有小学毕业。雷中凌乱、水中凌乱这到底是什么鬼？肖寒最喜欢学以致用，还会举一反三，可是肖寒同学，举一反三不是这样用的！

凌雪枫宿舍内，在赶走小徒弟后，凌雪枫继续拿起手机。

事实上，他刚才正在跟李沧雨视频聊天，秦陌敲门进来的那一刻他才假装看报纸，拿起报纸的目的也是为了挡住手机。

重新接通视频后，李沧雨笑着问道："怎么突然挂断？战队有人进来找你啊？"

凌雪枫一改方才的严肃，眼中浮起一丝微笑："秦陌有事问我。"

李沧雨疑惑："什么事？"

凌雪枫道："正好跟沧澜战队有关。"

李沧雨被吊足了胃口："快说。"

凌雪枫轻咳一声，道："是肖寒在打听什么牌子的西装比较好，还有扣子、领带之类的。"

李沧雨愣了愣："肖寒？他对中文的兴趣转移到西装上了？"

凌雪枫道："你这徒弟真是个活宝。"

"我也觉得，让他自己研究去吧。"李沧雨笑了笑，"话说，你今天这件衣服挺好看，以前没见你穿过。"

凌雪枫指了指自己的衬衫，说："为了跟你视频，特意换的。"

李沧雨一脸惊讶："是吗？"

凌雪枫淡淡道："因为想在你面前显得更帅一点。"

李沧雨挑眉："然后靠脸打比赛，碾压我们吗？龙吟厚脸皮的传统怎么被你学会了？"

凌雪枫道："这就叫知己知彼。"

两人相视一笑。

经过一整天繁忙的训练之后，视频聊天的这一个小时，才是他们两人一天当中最惬意、最放松的时间。只有在对方面前，他们才可以暂时卸下队长的重担，只做一个可以跟好友说笑、闲聊的普通人。

谢树荣在耐心地等待两天之后终于忍不住跑去找肖寒："让你打听的事有结果了吗？"

肖寒认真地说："凌队说他会处理，应该告诉我师父了吧？"

谢树荣："……"

早就猜到肖寒或许会不靠谱，没想到这孩子居然如此不靠谱！

没打听到结果的谢树荣只好回到宿舍，对着自己的休闲 T 袖和牛仔裤发愁——靠人不如靠自己，既然凌队那边问不出什么，他只能到网上搜索一下穿衣搭配的攻略。

这几天训练之余，谢树荣就上网查资料，把一些西装的品牌、挑选要点、搭配方案等等都保存在电脑里，做好了充分的准备。只可惜比赛之前天天都要在战队训练，忙得都没时间出去逛街买衣服，谢树荣打算在周末的比赛结束之后再落实这件事情。

这个周末是神迹常规赛第一循环的第三轮比赛，沧澜会在客场挑战红狐战队，另外六支队伍也有相应的赛事安排。

目前的战队积分榜上，由于沧澜连续从时光、飞羽的手中拿下 2:1 的分数，连胜两场的战绩在八支战队中排在第二名，第一名则是拿过一场 3:0 大比分的风色。

这样的排名比李沧雨预期的要好上许多，不过，第一场赢下时光靠的是出人意料的大灾变爆发，第二回赢飞羽也是充分利用了主场优势，这样的幸运不可能一直伴随着沧澜，以后的客场会越来越难打，第二名的位置不一定能保持下去。

好在李沧雨心态非常淡定，对比赛的输赢看得很开——沧澜要想走得长久，让几个新人尽快成长起来才是目前最重要的事情。

下一场的对手红狐，并不会比时光和飞羽好打。

虽然红狐整体实力不强，可这支纯女子战队的风格跟其他战队完全不一样，而且，女选手们拼起来爆发力也非常可怕，这回还是客场作战，李沧雨已经做好了充分的心理准备。

可真到了现场之后，李沧雨还是格外震撼。

红狐的主场是在景色秀丽的苏城，战队队徽是一只火红的狐狸，队服也是十分显眼的红色，沧澜众人一到达现场，就被观众席整整齐齐的火红队服给吓了一大跳——那真的可以称作是"红色的海洋"。

可见，红狐战队的粉丝凝聚力格外强悍，这样有组织、有纪律的主场助威团，明显有红狐公会在幕后组织的功劳。

现场的观众中，70%以上是女生，红狐也是神迹联盟女粉最多的战队。当然，还有不少宅男也会支持红狐战队的女选手，柳湘和杨木紫在宅男当中人气极高。

顾思明显然被眼前的阵势吓了一大跳，羡慕地说："红狐的主场才叫主场，她家的粉丝真够团结，我们沧澜什么时候能变成蓝色的海洋就好了……"

李沧雨拍拍他的肩膀："会有那一天的。"

隔着玻璃窗，看着台下全体穿着队服的整齐的观众席，众人心里都有些感慨。

沧澜现在才刚刚起步，在本地靠的是刘川当年龙吟俱乐部打下来的根基，上一场比赛能做到座无虚席，那也是刘川在背后帮忙的缘故，有不少龙吟粉给刘川面子才来现场看比赛，真正喜欢沧澜的粉丝其实并不多。

如果沧澜的队员们不珍惜这样好的基础，拿不出好成绩，别说让粉丝们有凝聚力了，到时候说不定连比赛都没人来看。

沧澜的基础是刘川提供的，可以说，有一家资金雄厚的俱乐部做后盾，他们几个一出道就站在比普通选手高一些的位置——但接下来能走得多远，还要靠他们自己。

出身豪门那只是一种光环，竞技场上看的还是整支队伍的实力。

明白这一点的队员们都在心中暗暗地下定了决心。

这一场的比赛解说依旧是于冰和寇宏义，因为于冰在开赛之前挑选解说场次的时候，专门挑了几场沧澜的赛事。她曾经是红狐战队的第一任队长，很想亲眼看看睹沧澜和红狐的这场比赛，自然不会错过亲自解说比赛的机会。

寇宏义今天显得有些激动，声音都比平常大了许多："解说了这么多场比赛，都是清一色的男选手，今天终于可以看到红狐战队的女选手了！我想，电视机前的观众朋友们心情也有些不一样吧！"

直播间内也比往常热闹，不少人在激动地刷屏："湘湘女神！""我们家木紫最棒！""前方高能有妹子出没！""我觉得红狐战队可以改名叫珍稀物种队！""全神迹联盟的女选手都在红狐，其他战队好寂寞有没有？"

本场比赛的支持率，居然有 70% 猜红狐战队赢，除了红狐主场会有很大的优势之外，红狐战队经常让强队翻盘的历史也让观众对她们非常有信心。

见选手们已经走进了隔音房里，寇宏义立刻积极地说道："让我先来介绍一下红狐战队的妹子们，给大家洗洗眼睛！"

"镜头对准的这位长发美女就是我们红狐的第二代队长柳湘，她之前入选过嘉年华中国队的阵容，曾经在第一届世界嘉年华大赛上跟谭时天、楼无双形成过 3V3 的搭档，并且拿下了铜牌。"

对于不久之前的 3V3 大赛观众们依旧记忆犹新，柳湘在世界赛场上的表现可圈可点，迎战世界级选手的时候，她跟谭、楼两位大神配合得也不错，作为治疗被急火的时候也能稳得住场面，换成很多女生可能第一次走出国门会紧张，但柳湘的表现却非常大气。

这个女生最难得的地方在于，虽然她长得很好看，却不是那种张扬、耀眼的好看，给人的感觉温婉亲和。她跟谭时天一起出道，在联盟属于资历较浅的队长，为人也相对低调谦虚，面对其他前辈选手时非常有礼貌，微博上天天发战队、训练相关的内容，给人一种很踏实、很稳重的感觉，不会像很多网红女生那样虚荣和浮躁。

她加入红狐以来一直带队打比赛，这几年没什么绯闻，红狐的粉丝们对这位第二代队长的认可度非常之高。

寇宏义对柳湘印象很好，加上她算于冰的徒弟，给于冰面子也就多夸了几句："柳湘也是神迹联盟数一数二的治疗选手，治疗手法非常灵活，反应快，应变能力强，这也是红狐战队的软游击战术能保持下来的关键。"

导播将镜头切换到旁边，寇宏义这才换了个人介绍："现在这位短发女生就是红狐的副队长杨木紫，这个姑娘的性格比较火暴，玩的是白魔法师，她的白魔法师风格跟时光战队的副队长程唯不太一样，程副队的攻击性很强，杨副队则更喜欢打软控制。"

由于寇宏义今天话太多，等他介绍到这里的时候，双方选手已经调试好了设备，裁判也亮起了比赛开始的绿灯。

于冰及时打断了他，将话题给拉回比赛场上："观众朋友们，第七赛季常规赛第一轮循环赛第三周沧澜 VS 红狐的比赛马上就要开始了，今天是红狐战队主场，柳队正在提交主场选择的比赛局数。"

"团战、团战……哦，连续三局团战！"寇宏义很快就跟上于冰的语速，惊讶地道，"看来，上一场沧澜对飞羽擂台三连之后，这一场红狐选择了团战三连，大概是不想给沧澜战队用擂台练新人的机会。"

于冰冷静地说："柳湘的选择非常合理，红狐最强的地方就在团战，说实话，打擂台的话红狐对沧澜的胜率不足 30%。柳湘的个人能力很强，但红狐没有攻击足够强的人跟她搭档对战树白组合，更何况，沧澜有爆发力极强的猫神，红狐这边的选手攻击肯定比不过他。"

寇宏义点头赞同："冰姐说的是，所以团战三连的选择对红狐来说是非常有利的。我们来看一下红狐战队提交的地图——是寒冰谷！"

于冰的眼中浮起一丝赞赏，看来湘湘今天在选地图方面也花了不少心思。

在选图结束后，大屏幕上很快弹出了双方提交的团战阵容。

"我们先来看一下主场战队红狐所派出的阵容。"随着寇宏义的话，导播将红狐的阵容名单放大在观众面前，寇宏义依次介绍道，"柳湘的治疗和杨木紫的白魔法师，这两位出现在团战中大家应该都不会意外。其余的选手，有红狐的主力攻击手刘学琴、朱妍、罗珊珊，以及红狐的前排女战士孟婕！"

于冰道："刘学琴、朱妍、罗珊珊三位选手是同时加入红狐战队的，今年都十八岁，玩的都是白魔法师，加上副队长杨木紫，红狐的这套阵容当中，会有四位神族白魔法师。"

寇宏义感叹道："六位选手当中，只有前排的孟婕是人族狂战士，其余五位全是神族。孟婕这位选手只要关注红狐的观众应该都不陌生，典型的女汉子性格，她的狂战士打法非常凶悍，她也是红狐战队最有力的前排保障。"

"这么看来，红狐今天应该是用软控制消耗战的打法，白魔法师本来就是控制技能最多的职业，红狐出战四位白魔法师，沧澜的男同胞们这是要被控到哭的节奏。"寇宏义顿了顿，说，"我们来看看沧澜的阵容。"

观众们发现，沧澜派出的阵容跟之前的团战并不一样——顾思明的前排、章决明的辅助、白轩的治疗没变，输出换成了李沧雨、谢树荣和黎小江。

没错，改变的地方就在黎小江！

于冰了然道："黑白魔法是互相克制的，黑魔法的很多技能可以大幅度减低白魔法的伤害效果，猫神的思路应该是想让黎小江的黑魔法师来克制红狐的白魔法战术。"

"这思路确实没问题，可惜黎小江这位选手动作非常慢，红狐今天又有四位白魔法师，他能克制住一个就很了不起了，去克制四个……小家伙肯定会忙不过来的！"

于冰对此也表示赞同——要让黎小江来克制红狐的白魔法师，猫神的这个决定并不是最佳方案，对于红狐知根知底的于冰认为，沧澜要想打红狐，其实上肖寒的效果会更好。

不过，比赛场上风云变幻，不到最后一刻谁也不知道结局。

想到这里，于冰便接着说道："寒冰谷地图载入完毕，比赛很快就要开始了，这场比赛的结果到底如何，就让我们拭目以待吧。"

寒冰谷是神迹游戏里位于神族的一处地界，在游戏中也是最佳的情侣约会圣地之一，风景非常有特色——这是一片被大雪所覆盖的山谷，放眼望去，一片白茫茫的雪原，如同童话当中由冰雪筑成的世界。

游戏里的寒冰谷地形十分狭长，但竞技地图为了保证公平，将地图做出了相应的调整，截取了其中的一片正方形区域，分成"田"字形的四个野区，在小怪刷新、中央水晶的位置等坐标上跟其他比赛地图保持一致。

这张地图的特色在于——冰雪减速。

跟上一场比赛李沧雨所选择的绝杀地图"无尽之海"相比，"寒冰谷"这种状态地图的难度只有六颗星，但也并不好打。

绝杀图玩儿的是心理刺激，一不小心就会被地图秒杀。可状态类地图玩儿的却是耐心，这种减速图，如果你对地图环境不适应，打起来就会让人特别烦躁。

寒冰谷的地面上有大片被白雪覆盖的区域，踏入雪地之后，所有角色宠物的移动速度自动减低30%——这是地图附加的效果，无法被任何技能解除。

也就是说，在平时一分钟能走到地图中间，在寒冰谷就要花费一分半。

在雪中，行动被减速，技能的释放准确率自然也会受到影响。

红狐战队肯定反复练习过这张地图的打法，才敢选择寒冰谷来迎战沧澜，但客场作战的沧澜就有些吃亏。

李沧雨在看到这张地图的时候就猜到了柳湘的战术思路——软控制，消耗对手，再抓机会秒人。白魔法师的控制技能很多，红狐派出四个白魔法师，确实一不小心就会被连控。

想到这里，李沧雨便刻意交代道："开局大家稳着打，不要急着去杀人，待会儿冰龙团战的时候注意分散站位，阿树负责保护小江。"

按照之前的安排，大家从出生点离开后立刻兵分三路。

这回为了照顾黎小江，李沧雨拆开了往常团战时的树白组合，让阿树带着小江在中路守家，白轩去跟肖寒一起到上路西北野区，李沧雨则跟章决明一起走向下路东南野区。

双方的开局都比较稳，哪怕彼此见面也没有开火，都在稳健地杀小怪刷钱。

由于职业选手的手速差距不大，杀小怪都比较快，在第一拨小怪刷完之后，双方的经济差距也都控制在 100 晶币以内。

关键就看这些经济是集中在哪些人的身上。沧澜这边，由于李沧雨在赛前有过交代，阿树将资源大多让给了黎小江，老章也自觉让资源给猫神，白轩让给肖寒，所以三位输出的身上钱都差不多。而红狐那边，李沧雨打开数据面板一看，却意外地发现，资源居然集中在孟婕（孟姐姐）、刘学琴（七弦琴）和朱妍（红颜泪）三位选手的身上。

李沧雨的心里突然有种不太好的预感。之前没有跟红狐战队交手的经验，可这一周的时间，他恶补了很多红狐以往的比赛视频，知道孟婕这位选手在职业圈里有"女汉子"的外号，打比赛非常拼。而刘学琴和朱妍这两位选手，一直都是红狐的白魔法输出搭档……

柳湘把资源集中在她们三个的身上，这似乎不像是以往的战术？

很快，双方选手就集体回城进行了一次状态和装备的补充。

第一拨小怪赚的钱并不多，只够买一枚戒指。

对于戒指的选择每个选手都有自己的喜好，但黎小江参加团战的次数不多，不太懂该怎么选，李沧雨开口提醒他道："小江，你买魔族加攻击的戒指。"

黎小江立刻听话地购买了攻击戒指，然后转身紧跟着大部队往前走。

在初期平手的情况下，冰龙的归属很可能会决定最终的胜负，红狐的下一个目标肯定是全队加大量经济的冰龙，沧澜当然也不会放过，双方果然在冰龙的刷新点相遇。

在寒冰谷这张地图上，冰龙的颜色正好能跟周围的环境融合在一起，看上去格外协调美观。如果换成普通的网游玩家，估计会在纯白色的冰龙刷新处来几张截图来留念。

李沧雨并没有急着进攻，而是让队员们谨慎地分散站位……

然而，没等沧澜这边安排好站位，红狐的前排选手孟婕就突然动了！

只见一位留着短发的帅气人族女战士，扛起肩上的巨斧，直接扑到了治疗白轩的面前，一斧头劈下来，将白轩瞬间劈晕。

白轩："……"

谢树荣察觉到不对，立刻回身去救，结果，一个银白色的光圈恰到好处地套在了他的身上，将他给定在原地——是杨木紫的神之封印！

白轩被晕，阿树被定，这不过是一秒内的事。

孟婕在晕住白轩后，回头就将肩上的斧直劈而下，暴力的"劈山斩"将地面劈开了一条深深的沟壑，正好挡住了黎小江的去路！

与此同时，章决明也被红狐的白魔法师用珊珊用神之封印定在原地。

李沧雨这时候却站在沟壑的另一边，想要救援就得绕过冰龙刷新的巨坑，这无疑会受到冰龙这个 Boss 的攻击！

观众们惊讶地发现，不过短短几秒时间，沧澜的阵容就被强行分裂开来，红狐的四位白魔法师心有灵犀，攻击技能同时招呼黎小江，一束接一束耀眼的白色光芒如同盛开的白色花卉一般在黎小江的脚下相继绽放，瞬间就将黎小江给打成了残血！

寇宏义惊呆了："啊？这就开打了吗？我还没做好解说比赛的准备……"

于冰倒是反应极快，立即接话道："红狐这一波突然发力确实让人始料未及，看来沧澜那边也没有做好准备。"

等白轩身上的控制效果结束的时候，黎小江已经被杀了，他还没来得及给队友们刷血，下一个控制技能紧跟着套在他的身上——神之光！

这是白魔法师最强势的控场技能，范围性沉默。比起神之封印的定身而言，神之光的沉默对选手的影响会更大，尤其是治疗，被沉默之后放不出任何技能，只能干着急。

白轩当时想摔键盘的心都有了……被狂战士晕一下，又被白魔法师沉默一下，自己成了妹子们重点关照的对象？要不要这样啊！

而辅助章决明想要过来解控，也是心有余而力不足，他那边也被控了……

作为沧澜战术指挥的李沧雨也有点尴尬起来。他还以为红狐的妹子们今天选这张地图是要慢慢磨、打消耗战呢，结果，红狐的妹子们一见面就扑过来直接开战？

这种感觉就像是，你做好准备要跟对方好好讨论一件事情，慢慢讨论个半小时，你在桌上沏好了茶，甚至摆好了点心……结果对方一出场就直接呼你一巴掌。

即便大神如李沧雨，这时候也有点蒙。妹子们这出人意料的打法思路让他非常意外，感觉红狐的几个女生今天都像是打了鸡血。

虽然李沧雨条件反射跑得非常快，可这也只能保证他自己没被杀。黎小江、谢树荣、顾思明和白轩都先后被杀，老章最后挣扎着跑了出来，两位老选手大眼瞪小眼，一时都有些无语。

沧澜自从第七赛季开赛以来，还从来没被这么一波打得措手不及过。

李沧雨平时总是成竹于胸，每次团战都布置得井井有条，今天还是第一次被红狐的妹子们打得茫然，不少看比赛的观众们都在幸灾乐祸。

"猫神666！跑得好6啊！""怪不得猫神没有女朋友，根本就不了解女生嘛！""红狐的妹子不会跟你客气的，女生最善变了，你以为她要慢慢拖吗？别天真了老猫！""每次都看猫神一脸淡定地灭掉对手，今天看他茫然的表情突然觉得好可爱哈哈哈！"

"阿树也是一脸蒙，他想回头救白副队，结果自己都挂了。""白副队才最郁闷的好吗，被重点关照，三连控，奶爸要哭了。""小顾最可怜，跟狂战士孟姐姐对拼，小少年表示拼不过……""小江摸摸头，开场就挂，以他的反射弧估计还没搞明白自己是怎么死的。"

沧澜的粉丝们画风比较奇怪，大概是受到了龙吟俱乐部的风气影响，其他路人还没说什么，他们倒是开始自黑，心安理得地嘲笑着自家选手。

沧澜这一波明明输得挺惨，可粉丝们却似乎很高兴，还有不少人在截图保存李沧雨茫然的表情，有一些人甚至用 PS 做了个表情包发给亲友们，取名"茫然猫"。

在电视机前看比赛的凌雪枫看到直播间里的这些讨论，忍不住笑了笑——怪不得沧澜的粉丝们这么兴奋，因为李沧雨的脸上确实很难露出这种"咋回事"的茫然表情。

厉害的猫神之前面对什么情况都表现得非常平静，今天偶尔露出这种"坑我啊""不是吧"的纳闷表情，看在凌雪枫的眼里也觉得十分有趣。

当然，李沧雨不可能一直茫然下去，第一波被打回来之后，他立刻反应过来红狐今天不一定要打消耗战，资源集中在狂战士孟婕身上，这是要正面硬拼的意思。

但这样一来沧澜就会更加难打，四个白魔法师共有八个控制技能，其中神之光这个技能还是可怕的群控，再加上前排孟婕的狂战士有近身的晕眩以及用巨斧技能劈开地面强行分割战场的能力，沧澜的队员一旦被连控，就很难找到机会翻盘。

果然如李沧雨所料，这一局在第一波团战的劣势太大，李沧雨接下来也没有找到逆袭的机会，红狐的妹子们速战速决，在全体更新完一次装备之后，直接中路推掉了水晶。

大屏幕上的比分变成 0：1。

中场休息时间，李沧雨立刻将队员们召集在一起布置下一局的打法。

寇宏义不由感叹道："红狐的这套阵容有点逆天啊？白魔法师的控制技能实在太多了，四个白魔法师有四个神之封印的定身单体控制，还有四个神之光的群体沉默……估计联盟很多战队遇到这样的阵容都能头疼死！"

红狐在以前虽然是以白魔法师为主，但通常只出战三位白魔法师，队里还有一位剑客在前排和狂战士形成配合。

今天，柳湘是第一次拿出四个白魔法师的阵容，也让不少观众大开眼界。

于冰冷静地说："红狐这套阵容也不是没法化解，比如，风色战队就不怕红狐，因为风色有非常出色的黑魔法师能克制住红狐的白魔法。飞羽也不怕红狐，俞平生可以抢先手，然后用以暴制暴的方式直接切进对方的后排打散四个白魔法师。其他战队跟红狐交手，确实会很难，如果抢不到先手，那就必须面临被四个白魔法师连控到死的局面。"

在看比赛的程唯忍不住说道："冰姐你漏掉我们了。我们时光也不怕红狐啊，我们有联盟最优秀的弓箭手，可以在更远的距离放箭打断她们白魔法师的读条！"

谭时天微笑着凑过来："最优秀的弓箭手指的是我吗？"

程唯看了他一眼，没说话。

谭时天的脑袋又往前凑了一厘米："是我吗？"

程唯不耐烦地吼道："是是是！你烦不烦？"

谭时天满足地笑了笑，回到自己的位置，顺手搂住程唯的肩膀说："你觉得你的偶像今天会不会被红狐的妹子们打个3：0？"

程唯立刻捂住他的嘴巴："闭嘴闭嘴！别乌鸦嘴！"

屏幕中，第二局比赛很快就要开始，程唯在心里默默祈祷着李沧雨能找到翻盘的机会，然而让他意外的是——李沧雨居然没有更换团战的阵容。

李沧雨依旧派出了黑魔法师黎小江，对于这一点观众们非常意外，包括解说间内的寇宏义和于冰。

——第一局明显打得很艰难，为什么不把肖寒和卓航换上来？

黑魔法对白魔法理论上来说虽然有克制的作用，可黎小江反应慢，还没等他放出技能来，对方的白魔法师就先把他给控住了，可以说，上一局比赛中他几乎没有发挥出任何的作用。

比较起来，卓航手速更快，可以用陷阱来限制白魔法师的行动，肖寒也能隐身从远处绕过去在背后打断白魔法师的读条。在于冰看来，沧澜打红狐的最好阵容应该是把章决明和黎小江换下来，让卓航和肖寒都上团战，然后以快打快。

　　寇宏义的战术素养没有于冰这么高，但他也觉得至少应该把黎小江撤下来换肖寒上场，李沧雨在第二局依旧延续刚才的阵容这让他很是不解。

　　但凌雪枫却猜到了李沧雨的想法——他应该是想利用这个难得的机会训练黎小江的抗压能力。

　　黎小江自己也知道，队长要给他这个难得的机会跟红狐战队最优秀的白魔法师对局。刚才李沧雨把大家叫到一起的时候就特意交代过他："不要有压力，按照自己的想法去打，优先反控红狐的副队长杨木紫，其他几个选手不用你管。"

　　面对四个白魔法师黎小江确实会头大，可猫神只让他控制其中的一个，黎小江觉得自己应该能应付。他深吸口气鼓励了一下自己，就跟队友们一起再次走到了选手席上。

　　第二局比赛很快开始，红狐战队开始选图——又一次寒冰谷。

　　于冰立刻说道："柳湘继续选用寒冰谷这张减速地图，看来她对队员们很有信心。"

　　寇宏义说："这张地图红狐的选手们肯定练习了很久，全图减速也会大幅度限制谢树荣、李沧雨两位选手的爆发，第二局沧澜依旧很难打，就看猫神要怎么应对。"

　　李沧雨看到这张地图的时候心里就忍不住想——她们是不是又要像上局那样，直接见面就对拼？

　　然而事实证明，女生的想法不是他能猜得透的，这次见面之后，红狐前排的孟婕并没有直接扑过来硬拼，反而摆出防御的姿势，后排几位选手也分散开站位，治疗柳湘更是躲在队列的最后根本够不着。

　　李沧雨："……"

　　刚才倒好茶、摆好点心想跟你们慢慢打，结果你们一见面就一巴掌把人给打蒙圈了。这次做好了见面就火拼的准备，结果你们又开始慢吞吞地拖延？

　　跟妹子们打比赛真是心累！

李沧雨无奈，只好说道："大家保护好治疗，小黎你躲去阿树的后面，注意走位。"

双方隔着冰龙的刷新点僵持片刻，红狐副队长杨木紫突然找到机会，一招"神之封印"准确地定住了前排的谢树荣！

谢树荣当时正在左右迅速位移保护黎小江，他手速快，这样的随机走位往往会晃得对手眼花缭乱找不准方向，可让观众们意外的是，杨木紫一出手，居然恰好定住了他。

寇宏义不由感叹道："能控住快速移动的对手，杨木紫的控人水平在神迹联盟确实是数一数二的。"

于冰说道："木紫是个很有灵气的选手，她在红狐战队的作用，其实很像程唯在时光战队的作用，她控住谁，队友们就会集火谁。"

话音刚落，红狐其他三位白魔法师立刻将手里的攻击技能丢到谢树荣的身上，被定住的谢树荣血量直线下降，还好白轩一个果断的大加将他从生死线上拉了回来。

李沧雨微微皱了皱眉，今天队员们的精神似乎都不够集中。阿树被定倒不是他的错，杨木紫定住他的那一招其实有 50% 的运气成分，但顾思明的反应却让李沧雨有些失望。

本来在队友被定住的那一刻，身为圣骑士的顾思明应该立刻给对方套一个"守护之力"的护盾，减轻阿树受到的伤害，可惜，小顾根本没反应过来这一点，他的注意力都被红狐战队前排的狂战士完全吸引。

当然这也不能完全怪他，毕竟上一局他被孟婕压制得非常惨，这一局他重点关注对方的前排狂战士，一时忽略掉队友倒也情有可原。

李沧雨暂时没说什么，在地图上打了个信号示意黎小江注意。

"小江跟上我，先秒杨木紫！"

黎小江点了点头，开始读条黑魔法恐惧大招，想控住红狐的副队杨木紫。同时，李沧雨也手速爆发，召唤出自己的水、火、风、雷四大精灵，想强开大灾变直接秒掉杨木紫。

但红狐的队长柳湘非常聪明，在李沧雨连续招宠的那一刻，她突然给队友们甩了一个牧师大招——绝望的祈祷。

只见身穿洁白牧师长袍的神族女子双手合十、双眸紧闭，手中泛着淡蓝色光效的法杖飘到头顶旋转了一周，柔和而圣洁的白色光芒瞬间笼罩住她周围十米的范围——全团加血 50% 并免疫伤害 3 秒。

这是牧师效果最强的一个大招，但是在赛场上，治疗只有在迫不得已的危急关头才会开这个大招，因为这个技能耗蓝实在太多，都比得上两个群加技能了。

柳湘这时候突然开大，很多观众都不太理解……

甚至连电脑前看比赛的程唯都是一脑袋的问号："不至于吧？红狐的人掉血并不多，随便开个群加就行了啊，开绝望祈祷这个技能感觉好浪费啊。"

可接下来的那一幕，让程唯终于反应过来是怎么回事。

因为，就在这时，李沧雨的水、火、风、雷四大精灵同时爆了，一波视觉效果非常霸气的精灵族大灾变波浪如同汹涌的潮水一般朝着红狐战队的几位选手迅速覆盖过去，结果却被柳湘开出的光芒柔和的光圈全部化解掉。

李沧雨一脸蒙。

程唯惊叹道："猫神的大招居然被挡了，这可是历史上的第一次啊！"

谭时天幸灾乐祸："每次都是猫神开卫士挡掉别人的大招，今天他自己的大招也被挡了，这样比赛才公平嘛。"

程唯的心情有些复杂，作为脑残粉，猫神大招被挡这件事他应该感到难过才对，可奇怪的是……他的心里居然还挺高兴？

尤其是看着大屏幕中一向冷静的男人露出纳闷的表情，程唯终于忍不住笑了起来："哈哈哈，没想到猫神居然会栽在红狐的妹子手里！"

谭时天也微微一笑，说道："柳湘其实比很多队长都要细心，当初时光跟沧澜对决的时候，我忽略了猫神的大灾变，让他爆发翻盘。但柳湘今天的反应非常快，猫神一开始连续召宠，她就立刻开大招抵挡，看来，沧澜跟时光的那一场比赛她仔细研究过，对猫神的大灾变技能也早有防备。"

程唯赞同道："嗯，女生确实会比较细心。我记得柳湘是跟你一起出道的吧？"

谭时天回过头来："是啊。怎么突然说起这个？"

程唯挠挠头，有些脸红，因为他突然觉得，第三赛季出道的自己这几年来一直没什么进步，可谭时天、柳湘这些出道比他晚的选手却在飞快地成长。如今已是队长的他们在面对强队时的冷静和细心，更是自己没办法相比的。以后他要更努力才行，不然就会被联盟淘汰出局！

谭时天见旁边的家伙一会儿脸红一会儿握拳的，双眼发亮也不知道在想些什么，虽然有些莫名其妙，可还是觉得这样的程唯非常可爱。

解说间内，于冰赞赏地说："柳队这个大招开得很及时，猫神的大灾变没有起到任何效果，黎小江的控制技能虽然放了出来，可惜没有对准杨木紫……被孟婕给挡掉了。"

黎小江确实是对准杨木紫的方向放恐惧技能，可惜在技能放出去的那一瞬间，前排的狂战士孟婕突然一个箭步侧移，帮队友挡掉了这个技能。

黎小江的恐惧技能控制住了孟婕，前排的顾思明立刻激动地扑过去打她，然而，狂战士本身就皮糙肉厚，血量又多，有柳湘在后排看血，想要秒掉她基本不可能。

李沧雨直说道："小顾停手，回来保护输出。"

谢树荣的控制效果终于结束，想配合李沧雨先杀掉对方的一人，可惜，红狐全队的行动速度飞快，在这一刻突然全体撤退——边打边撤，这明显是要打消耗战。

软控制消耗打法其实是一种很经典的慢节奏战术，利用控制技能和小输出技能消耗对方，直到把对面的治疗蓝量耗空，或者利用对方治疗跟不上的时机一口气秒掉对方的输出。

红狐最擅长这种打法，原因是她们的白魔法师技能加点很多都用在控制技能上面，但相应的，输出技能的威力就没那么大。

四个白魔法师听起来可怕，但事实上，只要她们控不住对手，让对面的输出职业爆发起来，红狐这边也很容易崩盘。所以她们才会选择用慢慢拖节奏的打法来寻找机会。

这一局比赛也是红狐的软控战术表现得最淋漓尽致的一局，选择寒冰谷地图，对红狐的队员们来说就如顺水行舟——地图自身的减速效果，正好能减轻她们的压力。

李沧雨的大灾变技能被抵消，宠物技能大量陷入冷却——早就说过大灾变这个技能，开得好可以瞬间翻盘，开不好也要自食恶果。

他今天的运气显然不太好，有史以来的第一次大招放空。

虽然谢树荣想要努力挽回局面，可猫神的输出打了折扣，黎小江动作又慢，沧澜这一局依旧没能追上红狐的节奏，最终还是输掉了比分。

大屏幕上的比分显示为0：2，沧澜的粉丝们忍不住自黑起来："今天感觉不太妙啊，不会0：3吧！""被妹子们打成0：3会不会太惨了啊！""今天大家可以截图做猫神的表情包，发蒙、惊讶、感慨、无奈，各种表情好齐全的。""这也是唯一的收获了，楼上把猫神表情包发我邮箱谢谢！""也发我一份谢谢！"

程唯："……"

作为头号脑残粉，他还以为直播间里一群人在骂猫神，挺身而出想要辩解一番，结果却看到一群人在分享李沧雨的各种表情截图……这群粉丝们的脑回路实在太奇怪了。

猫神那么正直的人，怎么会有如此可爱的粉丝？

程唯真是想不通，不过他还是随大溜默默跟了个贴："表情包也发我一份谢谢！"

隔音房内，李沧雨无奈地揉揉额角，将几个队员继续召集到一起，拍拍大家的肩膀道："今天大家似乎都不在状态啊，第一次跟红狐交手，其实我也有点蒙。"

白轩道："不管怎么样，第三局集中精神吧，0：3就太难看了。"

李沧雨点头："我也觉得。"

白轩问："阵容要换吗？"

李沧雨笑了笑："还是不换了吧！"

解说间内，趁着中场休息时间，寇宏义忍不住夸起了红狐的女选手："红狐的几位选手，个人实力虽然在联盟排不到前列，可她们之间的默契却是很多战队没法比的，几个女生在打比赛的时候非常团结，一直在互相照应，这也是红狐的软控制打法让很多战队翻盘的原因。"

于冰微微笑了笑，嘴上不说，心里却觉得非常欣慰。

电竞领域的男选手比例超过90%，在很多游戏当中，女选手更是大熊猫一样的珍稀物种。玩神迹的女生其实很多，但水平高到足以打比赛的却少之又少。

她很高兴当年亲手创建了纯女子战队"红狐"，也很欣慰她将红狐交给柳湘之后这群女孩子能延续红狐战队当年的风格一路走到今天。哪怕她们并不强大，但她们却能凝聚在一起努力打好每一场比赛，并且有过很多次让强队翻盘的出色战绩。

今天，猫神连续两局栽在红狐的手里，只能说，他对这些女选手们还不够了解。看似温柔的柳湘，其实是个非常可怕的对手，要想赢她，李沧雨应该尽快找到对策才行。

沧澜的粉丝们虽然在热烈讨论猫神今天表情丰富的话题，可心里其实都挺着急——已经连续输掉两局，第三局如果还输，那就有些说不过去了。

尤其是李沧雨在第一局输掉的情况下第二局还不换人，不少粉丝对此其实很有意见，只是暂时忍住没说罢了。而让所有人震惊的是，第三局开始的时候，李沧雨提交的团战名单居然还跟前两局一样！

直播间内的气氛顿时有些凝重，刚才刷表情包的粉丝们也安静下来，忍不住质疑道："猫神这是在干吗？这套阵容对上红狐本身就很难打，他为什么非要拿这套阵容跟红狐死磕？""坚持不换阵容，队长是不是有些太任性了？""换肖寒上来啊！"

也有一些理智的粉丝说："或许他有自己的想法？""别急着下定论，看完再说吧。"

不管直播间内怎么吵，李沧雨已经按下了确定键，这就代表沧澜要继续沿用这套连输两局的阵容来跟红狐对决。

红狐那边也没换地图，依旧是寒冰谷。

"双方都没有更换阵容和地图，同样的阵容，前面两局沧澜输给了红狐，第三局的结果会不会有变化，让我们来继续关注。"寇宏义仔细盯着直播屏幕，可以看见，这一次沧澜的分路模式有了改变，李沧雨和白轩在中间守家，阿树保护黎小江走上路西北野区，顾思明和章决明在下路的东南野区。

猫白组合，这可是沧澜很久没有出现过的组合，多年的老搭档，相互之间最为了解。沧澜的粉丝们顿时看到了希望。

大家以为李沧雨带着白轩在中路，是要依靠白轩的保护在前期大爆发打出人头优势，可事实证明大家想多了——李沧雨并没有急着去杀人，还是像前面两局一样稳健地杀小怪赚钱，对红狐战队的正副队杨柳组合视若无睹。

双方战队的正副队长在中路相遇，很有礼貌地擦肩而过，自顾自地杀小怪。

观众们："……"

真是白激动一场。

就在沧澜的粉丝们失望之际，上路在开局一分钟时突然爆发了战争！

红狐派去上路的组合正好是朱妍和刘学琴，这两人从出道开始就作为红狐战队最稳定的双白魔法输出，配合了那么个赛季，两人之间自然极为默契。

但谢树荣就是从中找到了机会。一只蓝色小怪在靠近朱妍所站的位置刷新，蓝怪会有蓝量恢复的加成效果，野外出现的时候大家肯定会优先击杀，而她显然知道，黎小江动作慢，同时看到一只蓝怪，她肯定能抢到先手。

本来两边都在自顾自地打怪，可她没有料到的是，在她出手的那一瞬间，谢树荣突然一个瞬移技能飞跃到她的面前，紧跟着一招"锁魂"将她定在了原地。

　　黎小江的读条技能看似去打小蓝怪，其实却早就对准了她——黑暗恐惧！

　　黑魔法师的群体恐惧技能，出手的角度把握得非常准确，恰到好处地控制住了朱妍和刘雪琴两个人。

　　谢树荣在心里给小黎的精准竖起了大拇指，紧跟着开出大招"光影回转"，将两位白魔法师的血量迅速地压下去、

　　而黎小江也不闲着，在成功恐惧住对手之后，前两局比赛一直放不出技能的少年终于激动地连续按下了键盘——死亡缠绕、暗影之怒、地狱烈焰！

　　放得出技能的黎小江和放不出技能的黎小江简直判若两人！

　　沧澜的这只小蜗牛动作是慢了些，可一旦让他找到机会把技能读出来，那他就会成为全场最可怕的稳定输出炮台。

　　谢树荣和黎小江的技能成功命中，将朱妍和刘雪琴两人全部打成了残血。

　　两位女选手迫于无奈，只好在控制效果结束的那一刹那回头一招神之光强行沉默住谢树荣，然后转身撤退。

　　这一波战斗并没有收到红狐选手的人头，这让观众们略为失望，可于冰却知道——这一波其实沧澜赚大了。

　　因为红狐的两人撤退之后，这个野区所有小怪的晶币都会收入黎小江的囊中。

　　一个野区的小怪总数是 2000 晶币，四个人平分那就是每人 500，阿树把资源让给了黎小江那么黎小江原本应该拿到 1000 晶币。可如今，红狐的两人被逼撤退，去掉刚才杀掉的那些小怪，剩下的资源全部收下，黎小江就可以拿到将近 1500 点晶币了。

　　果然，一阶段小怪的刷新结束时，黎小江成了全场最土豪的人，他按照猫神的交代从战场商店买了加攻击的戒指，还额外买了一条增加控制效果的项链。

更换装备后，沧澜全体来到冰龙的刷新点。这一次，红狐想要速战速决，可李沧雨却反过来玩儿起了消耗战。

柳湘知道红狐这时候开团是有优势的，因为阿树和黎小江大招都在冷却，可李沧雨却不给她们正面开团的机会，他的水精灵在前排充分发挥了干扰的能力，一颗又一颗水球接二连三地砸过去，再加上顾思明拿起护盾顶在前排，孟婕想要靠近可没那么轻松！

第一局孟婕曾出其不意地一招砸晕过顾思明，可她发现，这个家伙在这一局突然变得灵活起来，配合着猫神的水精灵左右游走，没那么好对付。

战局拖延下去的结果就是，沧澜这边抢到了主动权。李沧雨在心里计算好时间，估计两人的大招好了，这才说道："打！"

谢树荣起手就是一招"光影回转"，强行冲进红狐战队的阵容当中，剑客的这个大招威力十足，视觉效果也非常华丽，但阿树开出这招其实并不是为了打掉对方多少血量——而是为了干扰对方。

在光影回转的剑招放出之后，会有一片耀眼的白光笼罩住剑招所在的区域，这就会导致对手的视野出现盲区。

同时，李沧雨也用铺天盖地的小火球砸向红狐战队的主力控制杨木紫，让杨木紫根本放不出控制技能来！

谢树荣和李沧雨这么做，正是为了给黎小江制造机会。

小江的黑暗恐惧读条时间长，一旦发现就很容易被对手打断，有光影和火球在前排干扰，黎小江终于找到机会放出了黑暗恐惧。

这个群体恐惧，恰到好处地控制住了红狐的四个白魔法师，让沧澜的粉丝们忍不住拍手叫好——黎小江对技能释放范围的把握真是越来越精确了。

柳湘立刻读条开大想要救人，但李沧雨这一次没有给她开出大招的机会，紫色的雷电从天而降，治疗大招的读条瞬间被打断。而同一时间，章决明开出了增加队友输出、降低对方疗效的辅助技能。

谢树荣、李沧雨和黎小江三个人开始全面爆发，观众们震惊地发现，黎小江的输出格外恐怖，第一阶段小占优势连买两件装备之后，他的输出比刚才翻倍了不说，恐惧的控制效果也延长了 1 秒钟。

1 秒钟对普通人来说或许不算什么，可对职业选手来说却非常关键。

——因为这 1 秒的时间，李沧雨可以接上他风精灵的控制。

结果，红狐的四位白魔法师刚刚从黑暗恐惧的效果中解脱出来，迎面而来的又是李沧雨的风暴之怒！

在台下旁观的肖寒立刻给秦陌发了条短信："她们应该要风中凌乱了对吧？"

秦陌赞道："嗯，用词非常正确。"

肖寒扬了扬嘴角，发短信道："这局我们应该能赢。"

在看比赛的凌雪枫已经可以确定这一局沧澜会赢，李沧雨一旦打出优势，是不可能给对手翻盘的机会的。前两局他显然没有跟上红狐的思路，有些蒙圈，第三局总算恢复了他的正常水平，根据对方的阵容做出了精心的安排和部署。

果然如凌雪枫所料，红狐战队被集火的四人中，杨木紫率先被秒杀。

——〔蜗牛慢慢爬〕击杀了〔木棉〕！

李沧雨紧跟着将刘学琴打残，然后把人头让给了黎小江。

——〔蜗牛慢慢爬〕击杀了〔七弦琴〕！

——〔蜗牛慢慢爬〕击杀了〔孟姐姐〕！

……

——〔蜗牛慢慢爬〕击杀了〔飞絮〕！

——〔蜗牛慢慢爬〕已经超神了!

红狐的崩盘让观众们始料未及，就连解说间内的两人都没看明白，直到导播开出慢镜头回放的时候，大家才发现，在树、猫两人用各种大招将红狐全员打残之后，顾思明突然给自己套着防御的光盾冲进红狐的阵容当中，强行晕住了治疗柳湘。

没有了治疗的关照，红狐队员们的生命岌岌可危，黎小江正好趁机开出一个黑魔法师的攻击大招地狱烈焰将几个残血的对手连续秒杀。

　　最后被杀的柳湘，则是李沧雨用一波暴力的火球将她打残然后给黎小江让了人头。

　　黎小江看着屏幕上的"超神"，激动得整张脸都红了，台下观战的卓航也站起来为他鼓掌。李沧雨欣慰地笑了笑，伸手拍拍他的肩膀，道："好样的。"

　　黎小江感动得不知道说什么才好。

　　今天的前面两局，他被红狐的白魔法师克得死死的，完全发挥不出来，都快对自己的速度失去信心，可是第三局却来了一次大反转，在猫神和阿树的帮助之下，他在甲级联赛的赛场上，达成了六杀超神的成就！

　　这是他做梦都没想过的事情……

　　沧澜战队将红狐打了一波团灭，让黎小江六杀超神，双方团队经济差超过一万，在这样的局面下相信神迹联盟的任何战队都很难找到翻盘的机会。

　　李沧雨的打法非常稳，果然也将这些优势一直保持到了比赛结束，这一局比赛被沧澜战队顺利拿下，沧澜跟红狐的最终比分也确定为1:2。

　　比赛结束后，红狐的选手们主动走过来跟他们打招呼，柳湘表现得彬彬有礼，李沧雨也很有风度地跟她握了握手，说："柳队真是厉害。"

　　柳湘微笑道："猫神你也很强，第三局布置得非常棒。"

　　李沧雨道："过奖过奖。"

　　柳湘说："对了，我师父做东，想请你吃顿饭，猫神赏脸吗？"

　　她师父自然是改行当了解说的于冰，算是李沧雨早年就认识的朋友。既然于冰主动开口，李沧雨便答应下来："行，待会儿出去吃吧，应该我请她。"说着又回头朝白轩低声交代道，"今天就不聚餐了，让大家自由行动，大伙都是第一次来，晚上可以到市区逛逛。"

　　白轩点头道："明白，我来安排。"

　　这次的赛后采访，李沧雨只带了黎小江出席。

　　记者们果然一见他就问道："在连输两局的情况下，猫神为什么不换阵容呢？"

李沧雨毫不犹豫地说："因为我对黎小江有信心。"

坐在旁边的黎小江很感动地看着他，李沧雨朝他鼓励地笑了笑，接着说道："我们沧澜的四位新人目前的打法还不够成熟，尤其是小江，比较缺乏自信。今天在前两局输掉的情况下，我还让他出战第三局，只是想告诉他——不管在什么情况下，沧澜都不会放弃他。"

听着队长这一段斩钉截铁的话，黎小江的眼睛顿时湿润起来。确实，前两局失利的情况下如果队长把他换下去，他只会更加难受。

他没有跟任何人说过，其实他很自卑，在沧澜战队，他速度最慢，基础最差，反应也迟钝，而且家境也是最不好的一个。

他来自一处偏僻的小县城，父母都是老实忠厚的农民，跟从小在国外生活的肖寒、父母超有钱的卓航，还有在星城待了很多年的顾思明都没法比。四个同龄人聚在一起的时候，除了谈论比赛相关的话题之外，当然也会讨论其他的东西。

比如，每当聊起业余爱好的时候，卓航很喜欢打斯诺克，对于斯诺克世锦赛侃侃而谈，还经常拿着 IPad 看比赛；顾思明爱看动漫，火影海贼王一直在追着看；肖寒喜欢美剧，英文字幕不用翻译他就能看明白……但他们说的那些，黎小江全都不懂。

他不知道斯诺克是什么，没有看过火影忍者，更没听说过吸血鬼日记。他跟这些同龄人，似乎不是生活在同一个世界。

猫神不在的地方黎小江通常都是沉默的，因为那三人讨论的东西他根本就插不上话。他总觉得自己在战队里就是个无关紧要的存在，像是小透明一样可有可无。必要的时候，猫神会派他跟卓航配合着打一打擂台，其他时间他也很安心地坐在板凳上看大家表现。

每个战队都会有这种类似替补的二线选手，黎小江并不会有所抱怨，他觉得，自己这样的人能被猫神挖掘，能来到沧澜战队，已经是莫大的幸运了，不能要求太多。

上一局在赛场单杀一人的时候黎小江其实非常满足，他想，自己做到这样就可以了吧？打好擂台，配合好卓航，完成猫神交代的任务。

可是今天，李沧雨却用实际行动告诉他——他并不是沧澜战队可有可无的小透明，而是跟其他选手一样重要的存在。

——不管在什么情况下，沧澜都不会放弃他！

他不仅要作为和卓航搭档的擂台选手，他还可以成为沧澜战队的主力攻击手，甚至变成团战的核心输出，一口气拿下"超神"的成就。

他黎小江，能够做到。

第七赛季甲级联赛上势不可当的六杀超神，这是他以前做梦都没有想到过的事情。

他看了几年的神迹职业联赛，对那些拿下超神成就的选手佩服又羡慕，可是如今，他黎小江，亲自站在职业联赛的舞台上，亲手拿下了超神。

那一刻，黎小江突然觉得自己的面前似乎打开了新世界的大门——原来他并不是自己想的那么差，原来，他可以变得更强、更好！

这就是李沧雨要用这一场比赛告诉他的东西。

李沧雨对黎小江的关照，让现场的记者们也有些感动。尤其是看到小少年泪眼汪汪的模样之后，不少女记者更是心疼起来。

这孩子其实很努力，但他天分不高，加上性格内向，似乎还有些自卑的心理，李沧雨为了增强他的信心，把他推到高高的宝座上，也确实是用心良苦。

有一位女记者站了起来，语气温和地问道："小江，对于队长这样的安排，你有什么想说的吗？"

黎小江拿起话筒，哽咽着说："谢，谢谢队长给了我这个机会。我知道，今，今天能拿下超神的成就，是大家在故，故意给我让人头，我，我觉得特别感动。我从，从来没想过，有一天自己也可以拿，拿到超神，以后我会更，更加努力，不，不让队友们失望……"

结结巴巴地说到这里，小家伙已经热泪盈眶，李沧雨带头给他鼓掌。

这是黎小江成为职业选手以来在记者们面前说的最长的一段话，很朴实，却也很真诚。

不少记者也情不自禁地跟着猫神为他鼓掌。比起那些出道以来就自带光环的天才选手而言，像黎小江这样平凡，甚至弱小的选手的进步，也不由得让人为之动容。

有记者忍不住道："猫神对小江格外关照，这么做不怕其他的三个新人有意见吗？"

李沧雨坦然道："这倒不会，我相信沧澜的选手都不是那种小肚鸡肠的人，而且，我对另外几个小家伙的调教，还没正式开始呢。"

在看采访的三个小家伙立刻竖起耳朵，目光中充满了"求猫神调教"的期待。

白轩看着这一幕画面忍不住好笑——作为副队长，他对队员们的情况自然也很清楚，在四个新人中黎小江的信心最弱、基础也最差，李沧雨先从小江下手是很正确的，因为弱小的人进步的空间其实更大，而那些本来就很出色的人要想突破自己，才会难上加难。

这就如同武侠小说里那些练武的人，一种武功入门只需要两三年，变成高手可能要五年八年，可成为高手之后想要突破，很可能要耗费一生还不一定成功。

四个小家伙当中，最难进步是顾思明，因为他本身就在龙吟俱乐部正规训练了很长时间，基础非常扎实。他冲动的毛病又跟他的性格有关，这就更难纠正，所以，前面几场比赛小顾虽然表现得有所欠缺，但李沧雨也没有急着纠正他——小顾的改变需要慢慢来，潜移默化，一两场比赛不可能改变一个选手的风格。

至于卓航和肖寒，以白轩对李沧雨的了解——放在越后面的，肯定会被训得越惨！

别看肖寒现在跟着师父打比赛非常安逸，李沧雨也经常会不吝啬地夸一夸他，可到了后面肖寒没法进步的时候，猫神肯定会出狠招让这个家伙突破自己。

狠招在哪？估计是对上风色的时候吧！

白轩一边想一边微笑，总觉得李沧雨有种大家长的风范，四个小家伙围着他团团转还期待着被他教训，这显然是猫神的个人魅力已经让四个新人完全折服了。

李沧雨在赛后采访时，除了解释连续三局不换阵容的原因外，还在记者的要求下评价了一下红狐战队的选手。

"在我看来，女选手和男选手其实并没有多大的区别，只要是努力打比赛的职业选手，都值得我敬重。今天的比赛，红狐战队表现得非常出色，尤其是红狐的队长柳湘，思路清晰，战术细致，确实是后生可畏。"

有记者八卦道："猫神，你觉得红狐这么多妹子哪个最漂亮？"

被问到跟比赛无关的话题，李沧雨微微怔了怔，然后说："我没注意。"

记者们："……"

不少观众也在刷省略号："猫神你只盯着屏幕看了是吧？""实力心疼老猫。这么多美女你连看都不看，活该你找不到女朋友。""老猫你再不开窍，就要变成老狗了——单身狗！"

李沧雨对这些评论自然不会理会，结束采访后，他就带着黎小江一起来到了后台。

黎小江突然在走廊里停下脚步，轻轻扯了扯李沧雨的袖子："队，队长……"

李沧雨疑惑："怎么了？"

黎小江抬起头来，认真地看着他："谢，谢谢，我明，明白你的意思，我会加油的。"

这家伙不太会说话，但每句话都很实在。

李沧雨知道他的感谢是真心的，也知道通过这一场比赛，黎小江对自己在沧澜团队中的定位会有一个更加清晰和准确的认识。

一个团队总有优等生和差生，要想提高团队的整体水平，其实最好的办法是先把吊车尾的差生给拉上来。

值得庆幸的是，黎小江虽然有些自卑，却不会懦弱，在队友们的帮助下，他终于跟上了整个队伍前进的脚步。

李沧雨相信，小江的心态会慢慢改变的，而一个成熟稳定的黑魔法师输出炮台，对于沧澜团队的贡献才会更大。

——只有自信、果断的选手，才有资格跟队友们并肩走入季后赛的赛场。

看着少年带着泪光、却格外坚定的黑亮眼眸，李沧雨不由微微一笑，伸出手轻轻放在他的肩膀上，柔声说道："我能帮你的只有这些。以后能爬得多高，还要靠你自己。"

黎小江用力地点头："嗯，我知道。"

他当初注册的 ID 是"蜗牛慢慢爬"，他的进步确实有点慢，所以李沧雨给了他一些助力帮了他一把，但他的每一步都走得非常踏实。

就像一个总是考试不及格的学生，今天才发现自己原来也可以考到 80 分——那么，为什么不往 90 分，甚至是 100 分去努力呢？

只有把目标定得更高，自己才能走得更远。

对上李沧雨温和中带着鼓励的目光，黎小江紧紧地握住了拳头，给自己定下了一个新的任务。或许他没有卓航和肖寒那样的天分，也没有顾思明扎实的基础，但他可以用加倍的勤劳和努力来弥补自己的不足。

终有一天，他会跟队友们站在一起，不再需要队友们的刻意照顾，而是凭借自己的实力，拿下一次真正的——超神！

CHAPTER 07

风波

赛后采访结束之后，柳湘就来后台找到李沧雨，说："师父已经订好位置了，猫神，我们现在过去吧？"

李沧雨道："好的。"

章决明凑过来开玩笑："两位美女陪你吃饭，是个机会。"

李沧雨道："嗯，我会好好跟她们交流战术的。"

章决明压低声音："谁让你交流战术了？你的脑子里就不能想点儿战术以外的东西？据我所知，于冰和柳湘可都是单身，你要抓紧机会。"

李沧雨不客气地反击道："你自己都是单身，先操心自己吧。"

被堵回去的章决明一脸生无可恋的沉重表情，摸着下巴道："我这种五大三粗的糙汉子，肯定不受女生喜欢，唉……我还是回酒店洗洗睡吧。"

看着老章转身离开时略显落寞的背影，李沧雨有些无奈地叹了口气——像章决明这样的豪放派男人，确实很难讨女生的欢心，加上老章这些年事业方面一直不太如意，开代练工作室非常辛苦还赚不到多少钱，恋爱的事也就耽搁到了现在。但他相信，总会有人明白老章的好。

跟柳湘一起来到餐厅的时候，于冰果然已经等在那里，从解说间出来的她穿着白色铅笔裤和休闲 T 袖，脚踩一双高跟鞋，脸上还戴着副墨镜，完全是一副怕狗仔队偷拍的明星打扮。

李沧雨走上前在她对面坐下，疑惑地说："吃个饭还要武装成这样吗？"

于冰无奈："可不想再跟你传绯闻了。"

想到当年俩人每次吃饭的时候都被记者偷拍，网友们也说他俩之间有情况，作为于冰的头号绯闻对象，李沧雨倒是非常淡定："不用担心，要是真被拍到，我会解释的。"

于冰笑了笑，转移话题："猫神有没有听说联盟最近传出的消息？"

李沧雨收回思绪，问道："什么消息？"

柳湘说："今年的第二届世界嘉年华，选拔机制可能要改变，不再用去年那样网络投票的方式。"

李沧雨有些惊讶，上一届的嘉年华作为试水项目，只用简单粗暴的网络投票方式选拔六位选手当代表，这一届主席要改变策略，是想为世界大赛做准备？

果然，于冰解释道："我听到的内幕消息是，本赛季冠军队的队长直接获得嘉年华六人的席位，剩下的五个，会从最终确定的国家队选手当中选择。"

李沧雨点头："这么看来，主席是想让嘉年华的选手先去摸个底？"

如果按照网络票选的方式，很可能网友们选出来的人不一定进入国家队名单，所以，直接从国家队的队员当中选择，就可以让这批人先去世界舞台上看看其他国家选手们的情况，南建刚主席的考虑确实很周到。

三人一边吃一边聊，于冰了解李沧雨的喜好，很贴心地给他点了苏城这边特别好吃的糖醋鱼，李沧雨这顿饭吃得非常满足。

让他意外的是，回到酒店的时候，隔壁几个沧澜队员们所住的房间居然都没人。

李沧雨打开自己宿舍的门，章决明正在屋里上网，他有些疑惑地走到老章身后问道："怎么就你在啊？其他人呢？"

章决明道："阿树说要带几个小家伙去市区逛逛，白副队不放心，就陪着去了。"

"你没去？"

"我对逛街没啥兴趣，还是自己待着上上网吧。"

李沧雨给白轩打了个电话，白轩回复说大家还在逛，李沧雨交代了几句注意安全，便挂掉电话去洗澡。

谢树荣嘴上说要带几个新人去逛街，事实上，他是想跟白轩逛街，让说他幼稚的白轩参谋一下，他穿什么衣服比较"成熟"。

但是，单独约白副队出来吧，白副队肯定不同意，所以他就机智地找借口把小顾、小卓、小寒和小江全部叫了出来，说："树哥给你们买礼物，走了！"

几个少年听说有礼物，立刻积极地跟了上去。

谢树荣又缠着白轩说："白副队，我对这里不熟，又不太会看地图，你也一起去吧？"

白轩无奈之下只好跟着这群人，尽职尽责地给他们当导航仪。

谢树荣带着众人去美食城吃完晚饭，然后又把大家带去了附近的大型购物广场，说要给大家每人送一件礼物，让几个小家伙不要客气尽管挑。

顾思明很快就不客气地挑了礼物——是国外最近新出的一款单机游戏，他关注好久了，一直想买的，正好今天有阿树帮忙买单，果断入手。

肖寒去买了个大容量的移动硬盘，他下载的剧太多，电脑硬盘里都快放不下了，正好拿个移动硬盘来备份。

卓航去挑了顶夏天戴的鸭舌帽，戴在头上对着镜子臭美了一会儿，笑着说："太帅，我都舍不得摘下来怎么办？"

谢树荣果断道："那就买了！"

三人全都选好了礼物，黎小江默默跟在大家后面，一双眼睛东看看、西瞅瞅，不知道该挑什么。商场里的好东西太多了，大部分是他没见过的，那些衣服看上去都特别精致，肯定很贵吧？

谢树荣见小蜗牛一个人在后面，忍不住道："小江，你也挑一件。"

黎小江红着脸道："不、不用了，树哥你赚钱也不容易，不用给我买……"

卓航揽住他的肩膀："客气什么啊，树神今天心情好，难得给我们买礼物，你想要什么就直接说吧！"

黎小江的眼睛滴溜溜转了一圈，在一家户外运动产品专卖店那里停留了片刻，卓航顺着他的目光看过去，发现他一脸羡慕地盯着一双鞋子，卓航立刻把他拉进店里，说道："来，喜欢的话就试试。"

服务员很热情地跟了过来，问道："先生你好，请问你穿几码的鞋子？"

黎小江红着脸不说话。

卓航问："鞋子几号啊？"

黎小江犹豫片刻，才小声说："37号。"

这应该是男鞋当中偏小的码，经常会断码买不到，卓航也有些惊讶，没想到黎小江的脚居然这么小？！

黎小江以前去商城买鞋的时候总是很难买到合适的鞋子，有时候还会遭受店员的白眼。让他意外的是，今天这个漂亮的服务员姐姐并没有嘲笑他，反而态度非常友好地着给他拿来了一双37码的鞋子，说："先试试这款，还有别的款式。"

黎小江受宠若惊地拿过鞋子试了试，确实穿着特别舒服……

服务员继续问："这款喜欢吗？要不要再看看别的款式？"

喜欢是喜欢，但是价格……

正在犹豫，谢树荣就去旁边爽快地刷了卡，把包好的新鞋递到他手里，笑着说道："喜欢就拿着吧，不用客气。"

黎小江抱着鞋子，感动地看着他："谢，谢，谢谢树哥！"

四个小家伙都买了礼物之后，谢树荣便说："我给自己也买件礼物好了，你们帮我参谋一下啊！"

他把大家带去了卖男装的专区，这里有很多品牌的西装，看得人眼花缭乱。

谢树荣道："哪套好看？"

顾思明积极地指着一套深红色的："这个这个！"

卓航打断他："这个会显得很老气，我觉得树哥的年纪，穿蓝色更好看。"

说着就给谢树荣指了一套蓝色的："这款不错！"

肖寒若有所思地走到旁边，指着一套灰色的，说："我觉得这套比较可以。"

大家自动无视他"比较可以"的语法错误，谢树荣没听这三人的建议，回头微笑着看白轩："白副队你觉得呢？"

白轩疑惑："你真要买吗？"

谢树荣点头："嗯，身为一个成年男人，没套西装怎么行？以后出席正式场合的时候可以穿的，你帮我挑一套吧。"

顾思明凑过来说："对啊对啊，白副队帮忙挑，你眼光肯定好。"

白轩只好笑了笑说："行吧，我帮你看看。"

他仔细看了看谢树荣的身材，然后走到一家西装店里，目光扫过一排整齐陈列着的西装，最终挑了一套白色的西装，再配一件蓝色衬衣和条纹领带。

挑好之后，他便招呼谢树荣过去试穿，谢树荣高兴地跑过去，里里外外都给换上。

走出来一看，众人都觉得眼前一亮——青年高大挺拔的身材被剪裁合适的西服衬托得堪称完美，他本来就长得阳光帅气，这么一打扮，完全就是偶像剧的男主角。

顾思明激动地围着阿树转了一圈："好帅啊！这套衣服真合适，白副队眼光果然好！"

肖寒说："树哥穿白色，气质非常可以。"

卓航也说："白色不是一般人能驾驭的，有的人穿白色会显得土，我觉得你穿白色特别合适，很帅！"

几个小家伙嘴上就像抹了蜜，这自然有谢树荣拿礼物收买他们的因素在，但大部分说的还是实话。

白轩也觉得他穿这套衣服合适，而且微笑起来十分迷人。谢树荣款步走到白轩的面前，整理了一下领带，问道："怎么样？"

白轩赞赏地道："不错。"

谢树荣说："那就买这套了。"他很兴奋地跑去刷了卡，把旧衣服打包装起来，这套新的干脆穿着不换。

回去酒店之后，谢树荣继续穿着西装照镜子，白轩看着这家伙臭美的样子，终于忍不住道："你今天怎么了？突然带他们去买礼物，还给自己买西装？"

谢树荣回过头来，微笑着说："给他们买礼物是借口，我主要目的是拉你去给我挑一套西装，专门穿给你看——有没有觉得我变成熟了？"

白轩："……"

只觉得你的脸皮更厚了！

谢树荣突然说："其实，今天是我生日。"

白轩愣了愣，尴尬地道："咳，生日快乐……你也不早说，大家应该好好给你过个生日才对，你怎么反过来给大伙买礼物？"

谢树荣道："没关系，能遇到你们，就是我最好的礼物。"

白轩："……"

这家伙嘴甜起来真是要命，对上他认真的神色，白轩心里微微发软。

大费周章带几个小少年去逛商场、买东西，其实只是为了让自己给他挑一套西装生日礼物……可见，自己之前随口说的那句"幼稚"被他认真地记在了心里。

他其实很介意大家对他的评价。

白轩轻轻一笑，拿起手机用微信给谢树荣发了个红包，正好是他刚才买西装的价格，紧跟着打下一行字："帅哥生日快乐。"

谢树荣怔了怔，这意思是，西装算白轩送他的？他激动地抱住白轩："谢谢！这是我从小到大最幸福的生日了！"

沧澜的队员们直到晚上才知道今天是阿树生日，收到礼物的四个新人很不好意思，在群里冒出来，排队祝树神生日快乐。

李沧雨也被惊动，疑惑地问："今天是阿树的生日？晚饭已经吃过了，我去买个蛋糕给阿树过生日。"

　　谢树荣忙说："不用，生日而已，以前我不怎么过的。"

　　"那不一样，以前你在美国，这回是你在沧澜战队的第一个生日，一定要补过。"李沧雨很固执，立刻着手订蛋糕。对苏城这边并不熟悉，加上现在时间已经很晚了，思前想后，李沧雨决定求助一下柳湘。

　　柳湘非常热心地告诉了他一家蛋糕店的地址，由于蛋糕位置不太好找，她便打车到酒店接李沧雨一起去买。

　　等把蛋糕买回来的时候已经快十一点，李沧雨把队员们召集到自己房间，在蛋糕上面插好蜡烛，关掉灯，微笑着说："来唱个生日歌吧。"

　　大家齐声唱了生日歌，谢树荣心里有点感动，其实他真的不在乎过不过生日，但李沧雨连夜去买蛋糕的心意让他觉得沧澜战队就像一个温暖的大家庭，这也是他在美国 ICE 俱乐部打了两年多比赛从来没有感受过的温暖。

　　"生日快乐！""祝树哥越来越帅！""快许个愿吹蜡烛吧！"

　　谢树荣对着蜡烛双手合十许下了一个心愿，希望沧澜战队一切顺利，拿下总冠军！

　　沧澜战队的队员在次日早晨回到星城，一进战队宿舍，李沧雨刚把行李放下，就听一个人在外面敲门，开门一看，意外地见到了老板刘川。

　　李沧雨十分惊讶："老板，发生什么事了吗？还要亲自跑一趟？"

　　刘川笑眯眯地说道："我正好闲着，过来看看……"他顿了顿，突然压低声音凑到李沧雨的耳边说，"这次去苏城，收获不小吧？"

　　"还行吧，虽然 1:2 输了，但小江的心态有了很大的转变。"

　　"我说的不是这个。"

　　李沧雨疑惑："那是？"

　　刘川把一份报纸打开在李沧雨面前，标题上赫然写着："沧澜队长李沧雨与红狐队长柳湘深夜约会蛋糕店，举止亲密。"

　　下面用大篇幅的报道分析了两人是恋人的可能性，证据之一是比赛结束后柳湘过来沧澜这边握手，跟李沧雨相视微笑。证据之二，赛后采访两人互相夸奖，都说对方是值得尊敬的选手。证据三，晚饭柳湘、于冰和李沧雨一起出现在苏城一家知名糖醋鱼店。证据四，深夜两人一起打车去柳湘平时最爱去的蛋糕店买蛋糕。

李沧雨："……"

记者们的脑洞真的可以突破天际了吧！

握手的时候笑一下也成了证据？不笑，难道哭吗？

刘川八卦道："我记得以前你的绯闻对象不是于冰吗？这次又换成柳湘了？"

李沧雨一脸尴尬："咳，昨天阿树过生日，半夜出去买蛋糕，我对苏城不熟，所以找柳队推荐了一家蛋糕店，路难找她就亲自带我去了。"

刘川恍然大悟："哦，看来是狗仔队在煽风点火？"

李沧雨无奈："昨天其实是于冰请吃饭，我跟于冰、柳湘一起讨论了一下今年世界嘉年华选拔机制的问题，根本没谈到私事，记者们太会胡扯了。"

刘川提醒道："微博上的这条消息已经转发好几万，我也是看见首页的转发才来问一下你。你还是出面辟一下谣吧，柳湘毕竟很年轻，女孩子可能受不了这种奇怪的绯闻。"

李沧雨点头："我明白。"

回到宿舍后，李沧雨打开电脑，果然微博首页已经被这条消息刷屏，圈里不少职业选手也转发了，带着一排问号。程唯在一大串问号的后面还跟着一句："猫神跟柳队？不会吧！深夜去买鱼吃，我还信，买蛋糕？？"

谭时天看见这条微博，开口提醒他："柳湘爱吃蛋糕。"

程唯恍然大悟："那我也不信他俩会在一起，猫神这些年好像从来没追求过女生，柳湘也不像会主动追人的个性，他俩平时也没什么交集，怎么可能突然变恋人！"

谭时天赞道："分析得非常合理，你真聪明。"

程唯骄傲地扬起下巴："我一直这么聪明，你不会才发现吧？"

谭时天笑而不语。脑残粉每次遇到偶像的事情就会变得聪明，自己的事儿也能上点心就好了！

鬼灵的副队长张绍辉也积极地转发消息凑热闹："看照片挺般配的！"

楼无双冷着脸道："他俩明显没可能，你能不能别去管这些闲事？"

张绍辉疑惑地回头："为什么没可能？猫神又高又帅，柳湘妹子长得漂亮，性格还很温柔，俩人这不是郎才女貌挺般配的吗？"

楼无双道："李沧雨不喜欢柳湘，柳湘对他也只有敬重。"

"你怎么知道的？"

"看得出来。"

"是吗？"张绍辉疑惑地挠挠头，"我怎么就没看出来？"

楼无双不客气道："因为你笨。"

张绍辉看着哥哥冷下脸的样子，笑嘻嘻地凑过来说："笨就笨吧，反正天生的基因改不了，你聪明不就行了嘛，哥你最聪明了。"

楼无双看着他一脸憨厚的模样，真是又好气又好笑，忍不住伸手拍拍他的肩膀说："行了，准备比赛吧，下一场就要对上沧澜，这几天可要好好练习。"

记者的微博里配了好几张清晰地照片，有他赛后跟柳湘、于冰吃饭的照片，也有他跟柳湘半夜去蛋糕店的照片，以及各种证明他俩关系不简单的论据。

由于那位记者太会写稿，白的都能说成是黑的，不少人都信以为真，加上路过看热闹的，微博的转发量越来越高，评论数也呈直线增长。

李沧雨见事态越来越严重，只好站出来澄清："我跟柳队总共见面的次数都不超过五次，半夜让柳队带我去买蛋糕，是我们战队的阿树昨天过生日的缘故，没想到会引来记者们的误会，抱歉给柳队添麻烦了。在此澄清一下，我跟柳队不是恋人关系，只是单纯的朋友。另外，我已经有恋人了，为免我恋人吃醋生气，记者们还是别报这种绯闻了吧？谢谢啊！"

前面的解释不是重点，最后一句话却让神迹联盟瞬间炸开了锅。

程唯第一个在群里冒出来："@老猫，猫神猫神，你有恋人了？快来照片！"

张绍辉继续凑热闹："真有恋人了？是哪个战队的？"

楼无双也忍不住好奇起来："圈外人？"

谭时天道："难道昨天的饭局中，于冰才是正牌女主？"

白轩发了一排难过的表情："队长有女朋友了我们居然不知道。"

谢树荣跟着排队："队长太不够意思，什么时候把女朋友带到战队见见？"

……

一群人开始在群里刷屏，群聊消息瞬间就突破了一百大关。

就在这时，凌雪枫突然冒出来道："你们都这么八卦？大清早的不用去训练吗？"

群里有些冷场，结果还是大胆的程唯跳出来说："凌队你不好奇？猫神说他有恋人呢！"

李沧雨见凌雪枫冒了出来，也立刻跟着他出现在群里："大家都别好奇了，好奇心害死猫，都去训练去吧！我这话就是搪塞记者用的，你们还真信啊？"

"切，白激动一场！"

"就猜到你是在忽悠记者！"

众人起哄了一阵，各自散了。

早在第三赛季之前李沧雨就曾跟于冰传出过绯闻，凌雪枫对这种事情早就很淡定。这回李沧雨深夜跟柳湘外出买蛋糕，记者们在那里捕风捉影，实际上，李沧雨对女选手的态度和对男选手没有任何区别。

关于这次绯闻风波，论坛上的不少人八卦了半天，依旧没能八出任何蛛丝马迹。

李沧雨苦恼道："要不要我再澄清一下？"

白轩笑了笑："还是算了吧，你越描越黑。不去理它，这件事过几天也就平息了。"

李沧雨觉得白轩说得很有道理。

之前要不是顾及柳湘妹子的名声，他本来也不想站出来澄清。绯闻这种事确实是越解释越麻烦，不去理会才是最好的办法。只要事件主角不说话，记者们和观众们觉得没意思也就自己散了，这种娱乐性的新闻一般热不过三天。

想到这里，李沧雨立刻收回心思，召集大家开会，来备战下一场比赛。

第七赛季常规赛目前已经进行到第三周，沧澜战队以 2：1 时光、2：1 飞羽、1：2 红狐的成绩暂时位居积分排行榜的第四名。

输给红狐的这一场计沧澜的名次掉了一位，但这并不要紧，因为基础最差的黎小江在这一场比赛当中收获很大，心态上也有了彻底的转变，李沧雨前期对黎小江的指导和磨炼也算是有了非常明显的成效，终于可以放心地让小江自己去努力了。

接下来的第一轮循环赛，沧澜战队即将面对的是主场迎战鬼灵、客场挑战清沐、主场对局猎豹、客场对战风色的比赛安排。

这四场比赛，李沧雨的心里已经有了整体的思路——第一轮的大循环能赢下时光和飞羽两大强队，沧澜在积分上的压力并不算大，后面的比赛主要还是以磨炼新人为主。

鬼灵有神迹联盟目前最强的杀手楼张组合，这对亲密无间的兄弟在默契程度上堪比双胞胎，暗杀能力一流，哪怕是沧澜主场也并不好打。

清沐是非常经典的幻术流战队，楚彦和朱清越这对师徒是联盟目前最厉害的通灵师，通灵师这个职业以前一直默默无闻充当辅助，最近两年才被开发出非常强势的控场幻术流打法，客场作战的话，沧澜肯定会被地图针对，说不定又来三局团战，更加不好打。

猎豹战队整体水平不强，但有"第一猎人"之称的队长江旭也不太好对付，加上他上个赛季带出一个拿下"最具潜力新秀大奖"的人族猎人陈安然，这个少年只有 16 岁，据说是个天才型选手，说不定会在赛场上有出奇制胜的发挥。最后的风色更是神迹联盟最难啃的硬骨头。

秦陌在经过上个赛季初期的迷茫之后，如今已经迅速地成长起来，加上风色副队颜瑞文和郭旋的双黑魔法师一直是联盟最经典的组合，凌雪枫对李沧雨的了解又无人能及……可以说，跟风色的这一场硬仗才是最不好打的。

不论如何，李沧雨还是要保持平静的心态。接下来要面对这么多难缠的对手，他也没心情去管什么绯闻风波，带着沧澜进入季后赛、拿下奖杯，才是他目前最该关注的事情。

第四周的比赛很快就要开始，目前在战队积分榜排名第一的是风色，第二名是时光，而这一周恰好有风色和时光的对决，大部分记者的目光自然被这一场重量级的赛事所吸引。相对而言，排第四的沧澜和排第五的鬼灵之间的对决关注的人并不多，再加上这一场比赛是周六早晨九点钟开始，不少观众这个时间段还在被窝里睡懒觉。

虽然大清早比赛的网络直播收视率并不高，可沧澜战队的主场上座率却超过了 70%——本地的粉丝还是很给面子地跑来现场观战。

但让大家意外的是，沧澜今天的主场并没有像之前一样选择擂台三连，李沧雨反而选择了团战三连。

大家都知道，鬼灵战队的楼张兄弟配合起来极为默契，团战非常强，李沧雨这么选让不少观众都摸不着头脑，于冰也不知道该怎么解释，只能说，李沧雨这位队长从不按常理出牌，每次比赛都能给人惊喜。

这场比赛的布置也让人无法理解，三局团战当中，第一局由李沧雨指挥，团战的时候由于猫神意外地被楼张组合联手暗杀，沧澜从一开始就陷入劣势，导致最终输掉了比赛。

第二局的指挥突然换成了章决明，李沧雨并没有上场，老章的指挥风格偏向豪放，被细心谨慎的楼无双针对，沧澜在鬼灵的手里也没能讨到好果子吃。

直到第三局的时候，指挥又换成李沧雨，这才艰难地扳回一局，将比分确定为 1:2。

主场 1:2 的成绩，粉丝们并不满意，但鬼灵战队的杀手组合最擅长团战时出其不意地击杀核心队员，大家对此倒也能够理解。

赛后采访的时候李沧雨非常平静，对这样的安排也没有做出多余解释，可在电视机前看直播的很多职业选手都知道，李沧雨开始了第二步计划——对章决明的培养。

沧澜战队的八位选手当中李沧雨最放心的显然是他的老搭档白轩，其次就是在国外 ICE 俱乐部服役两年多的谢树荣，阿树的水平在经过国外大赛的磨炼之后已经非常成熟，比起他师兄苏广漠来差不了多少。

白轩和谢树荣客观来说也确实算得上神迹联盟大神级别的选手，不需要李沧雨多操心，他们自己就能应付各种大赛的场面。

——但其他人的水平却有些参差不齐。

李沧雨首先要提携的便是沧澜战队水平最弱的黎小江，在经过之前对飞羽和红狐的比赛之后，他对黎小江的培养计划已经收获了显著的成效，所以，他开始着手培养下一位给力的助手，从今天这一场比赛来看，显然，他把重心转移到了章决明的身上。

章决明的天分放在联盟其实不算出色，当年的章决明只是个无人问津的小透明，在战队解散、带着遗憾离开联盟之后，他成立代练工作室谋生，这些年过得十分辛苦。

电子竞技职业选手的寿命并不长，一定要经常比赛、练手才能保证状态不会下滑，章决明荒废了这几年，加上年纪又大了，状态早已不如当初，支撑着他重返联盟的，也不过是心底的那份不甘罢了。

虽然他的水平不怎么样，可这样一位超过 25 岁的电竞选手还站在赛场上，这份勇气就值得人敬重。

李沧雨也是想给他一个表现的机会，才在对阵鬼灵的比赛当中换他做指挥。

老章看似性格豪爽，实则胆大心细，毕竟是当过队长的人，其实他的脑袋里也有不少当初没有实现的战术思路，如今他们并肩携手重回赛场，李沧雨总不能一个人出尽风头。让章决明尝试着去指挥，完成当年未了的心愿，这也是李沧雨身为章决明的朋友应该做的事。

猫神是个特别讲义气的男人，这一点章决明以前就听说过，可没想到他会讲义气到这种程度，放手让自己指挥，冒着输掉比赛被骂的风险……有这个必要吗？

赛后，章决明单独找了李沧雨，挠着头，十分内疚地说："咳，其实你没必要让我来指挥，我的那些战术想法放在今天不一定有用，输了比赛，大家还会骂你，何必呢？"

李沧雨笑了笑："成绩不是一切，一直赢下去对队员们反而不好。你的机会不多，能把握就好好把握。我们是队友，不用说这些见外的话，让你指挥没有别的，只是因为我相信你。"他轻轻拍了拍面前男人的肩膀，认真地说，"老章，我相信你能赢。就算过了几年，你的想法还是站得住脚的。"

章决明感动得眼眶湿润，作为一个大大咧咧的糙汉子，这还是他第一次差点在别人的面前流眼泪，他赶忙伸手抹了一把脸，哈哈笑着说："行！既然你这么信我，那我再试试吧！"

沧澜战队的粉丝们有些疑惑，在对鬼灵的这一场1:2之后，接下来客场挑战清沐，猫神居然又一次让章决明上场指挥。

清沐战队位于杭城，这几天阴雨绵绵，沧澜战队众人远道而来、客场作战，本来就不占天时、地利、人和的优势，李沧雨还大着胆子让章决明上场，这让不少粉丝的心里都生出一丝不妙的预感。

而事实证明，最近的沧澜战队似乎一直被霉运围绕着，这一场比赛，清沐战队的队长楚彦选择了非常有利于清沐的地图，团战三连，经典的幻术流打法让沧澜战队的队员们有些措手不及，居然连输了三局！

媒体记者们对沧澜最近的表现都非常失望。

倒是李沧雨依旧很淡定，在接受采访的时候微笑着说："有输有赢这很正常嘛，大家可以放心，沧澜的队员们心态并不会受到影响。这才第一轮常规赛，后面的比赛还有很多，我们会继续努力的。"

他这句话几乎是很多队长都说过的万能的官方话，有记者不客气地站起来道："连续让章决明来担任指挥，猫神不觉得自己的这个决策有些失误吗？"

李沧雨摇头："不能这么说吧，我当指挥也不一定赢，清沐的主场本来就很难打，幻术流这种打法队员们还不太适应，今天连输三局是有些意外，回去以后我们会好好总结的。"

"是我的错。"章决明主动担下责任，爽快地说道，"我今天指挥的时候太大意了，回头再好好反省，下一次指挥的时候我会细心一点，争取能赢下比赛吧。"

记者们："……"

粉丝们："……"

还有下一次啊？章叔，你都这个岁数了，放过指挥安心当你的辅助行不行啊！

微博上不少人都在给李沧雨留言，言辞激烈些的直接说道："老章已经老了，你就让他安心当个辅助不好吗？没有金刚钻别揽瓷器活。"

委婉一些的粉丝则说："积分榜的排名沧澜已经掉到了倒数，猫神这样下去季后赛都危险呢！"

李沧雨对这些留言并没有在意，他的心里也有自己的想法。

其实，沧澜最初在积分榜排那么前，是因为第一场比赛他用出人意料的大灾变爆发从时光战队的手里抢下分数，第二场比赛又用擂台三连的极端方式把飞羽打了个2：1——要知道，时光和飞羽都是有实力夺冠的强队，连赢两局，这才让沧澜的积分暂时排在前三。

自从对上红狐战队开始，沧澜就开始连续扑街，电竞周刊甚至用"沧澜三连扑"作为标题来报道这件事情。

1：2红狐，1：2鬼灵，今天甚至0：3清沐，关键原因除了李沧雨没有出场、章决明的指挥略显生疏之外，还有就是沧澜战队的新人们在经历几场比赛之后，都暴露出了各自的缺点和短板，被其他战队的队长专门针对。

回到星城后，李沧雨便把大家召集到一起，从头看这几场输掉的比赛录像。

几个少年从旁观的角度看比赛，这才发现，自己打着打着，不但没有进步，反而越来越茫然，很多时候反应明显慢了，才会被对手抓住漏洞击杀。

李沧雨对此的解释是："每个新人都会出现瓶颈，之前打时光和飞羽的时候你们打得还算顺利，那是因为其他战队的大神对你们几个新人还不是很了解。"

"自从打过那两场比赛之后，你们的表现就会被其他战队的战术大神专门拿去分析，他们会找出你们身上的弱点，进行针对性的部署。"

"这几场比赛打得很艰难，就是这个原因。至于怎么突破这种瓶颈，要靠一些悟性，还需要一些机会。"李沧雨说到这里，看着四个少年脸上无比茫然的表情，心里不由好笑。

这四个家伙就像单纯的大龄儿童，李沧雨说什么他们都信，这段话大部分是真的，但也有李沧雨添油加醋的成分——为了给老章减轻一些压力，把输掉比赛的锅，挪出一半来让大家一起背。

对鬼灵和清沐的比赛当中，黎小江的表现其实没有多大问题，肖寒的发挥也算稳定，关键还是卓航和顾思明。

想到这里，李沧雨便说："下一局主场对猎豹，希望大家能拿到好成绩，我可不想看到下一周的电竞周刊头条从'沧澜三连扑'变成'沧澜四连败'了。"

众人："……"

他居然还有心思自黑和说笑，猫神的心态就是好。

"大家加油吧。"白轩说道，"猎豹战队是目前神迹联盟整体实力最弱的队伍，如果这一场还输掉的话……我决定饿你们三天。"

四个少年立刻瞪大了眼睛——饿三天的惩罚有些太严重了吧白副队！

看着四双又大又亮的眼睛，白轩故作严肃道："不同意就五天？"

顾思明立刻举手："我同意。三天就三天！"

卓航看了他一眼："输了才饿三天，你急什么？谁说我们会输的？"

顾思明挠挠头："对啊……那就加油赢吧！"

李沧雨笑了笑，拍拍卓航的肩膀说："猎豹战队有神迹联盟第一猎人江旭，今天开始你跟着我一起看他们的比赛视频，好好研究他的每一个动作——这一场比赛，可要靠你了。"

卓航用力地点头："我知道！"

这个有些小骄傲、有些小自恋、还经常自夸的家伙到底能不能靠得住？李沧雨决定拿这场比赛好好试一试卓航真正的水平。

CHAPTER 08

陷阱流

SUMMONER OF LEGEND

如白轩所说，猎豹战队是目前神迹联盟整体实力最弱的队伍，在沧澜战队没有回归联盟之前，猎豹在上个赛季常规赛的成绩排在倒数第二。

这支战队的打法非常鲜明，主要依靠猎人的陷阱来进行输出。

猎豹的队长江旭是第二赛季出道的选手，跟苏广漠、俞平生同期，但比起苏广漠的超高人气而言，江旭在联盟显得十分低调，虽然有"第一猎人"之称，可粉丝并不多。

神迹这款游戏当中的猎人操作极为复杂，玩猎人的玩家基数本来就不大，加上江旭比起其他的队长来说长得没那么帅，一张偏路人的脸自然也吸引不了颜粉。

江旭能带着猎豹战队在神迹联盟立足多年，当然也有他的手段。猎豹战队的战术虽然是单一的"陷阱流打法"，却让不少强队栽过跟头，尤其是常规赛阶段，飞羽、时光和风色这种豪门战队都曾在客场输给过猎豹，江旭利用地图优势布置战术的水平也不可小觑。

上赛季猎豹有一位老选手退役，江旭发掘了天才新人陈安然，这个新人跟程唯、秦陌那样一出道就光芒四射的新人很不相同，反而跟他们队长一样低调到几乎没有存在感，直到赛季结束评委们评分的时候才发现，16岁的小家伙进步非常稳定，每一步都走得无比踏实。

第七赛季的最具潜力新秀大奖颁给陈安然，不少观众可能会一头雾水，但联盟大多数队长对小陈的水平还是持认可的态度。

包括李沧雨，在看过猎豹战队的比赛视频之后，他也注意到了陈安然这个几乎没有存在感的选手——隐形的猎人，未知的陷阱，这才是猎豹战

陷阱流

队杀伤力最强的武器。

这一周的准备时间里，李沧雨特意给卓航安排了一个任务，让他反复看猎豹战队的比赛视频，有任何不明白的地方随时开口问。

反复看视频比日常训练还要枯燥无味，李沧雨原本以为卓航会因为骄傲、自恋不好好学，而让他意外的是，卓航看视频看得非常认真，一场比赛视频连续看了十遍也没有露出一丝一毫不耐烦的表情。

仔细一瞧才发现——是黎小江坐在旁边陪着他看。

对猎豹的这场比赛李沧雨已经提前确定了阵容，黎小江并不需要出场，他的黑魔法师对上迅速布置陷阱的猎人没有任何优势，干脆让小江休息几天自己去练习，也好消化之前学到的内容。

周末的比赛不用出场，换成其他选手可能就去休息了，可黎小江一向是沧澜最认真的一个，哪怕下一场没他的份，他也并不闲着，很认真地坐在旁边陪着卓航一起看视频。

两个小家伙搭档了这么久，关系已经好转了不少。卓航哪怕心里不太乐意猫神的安排，可黎小江都在认真地看视频，他也不好意思说我不看。

连续看了很多遍之后卓航也确实有了发现，回头问李沧雨："队长，这个陈安然玩的是人族猎人，照理说，他的移动速度不应该比精灵族猎人更快才对，可我发现，他在布置陷阱的时候，居然比他们队长江旭的速度还要快，比我也快了不少！"

"能发现这一点，说明你认真看了。"李沧雨拍拍他的肩膀，"至于原因，你再自己琢磨一下。"

"好。"卓航挠着头仔细琢磨，黎小江突然小声说道："是，是不是因为，他的手，手，手速比你快？"

卓航双眼一亮，立刻调出赛后的数据统计面板仔细看了看，果然，陈安然的爆发手速居然超过了 500 的水平线——这几乎能媲美联盟一流的手速大神了！

神迹联盟手速最快的选手无疑是凌雪枫和李沧雨，爆发时的巅峰手速能达到 550 以上。其他像谭时天、苏广漠、楼无双这些大神队长的爆发手速差不多在 500 的水平，陈安然这个新人的手速居然能达到这些大神的水平，也难怪上个赛季他能拿下最具潜力新秀大奖。

卓航不由感慨道："怪不得他要玩人族猎人，因为他的手速已经够快，不需要精灵族的敏捷优势加成。人族猎人在速度上的不足他完全可以用自己的手速来弥补，而且，人族猎人的生存能力更强，这样一来，他的猎人就会变成速度快、防御高、灵活性极强的输出。"

黎小江认真地问道："可，可是，很多技，技能不是要占用公共 CD 的吗？光靠手，手速，放陷阱就能更，更快的吗？"

听他结结巴巴认真提问，卓航不由回过头来，微笑着解释道："猎人有个非常难的技巧性玩法叫作陷阱冷却流。意思就是，猎人放置的陷阱只要成功捕获了猎物就可以减少该陷阱的冷却时间，并且增强该陷阱的伤害。也就是说，只要这个猎人的操作足够准确，放置的陷阱一直能捉到猎物，在理论上来说，陷阱技能是可以做到无冷却连续释放的。"

"哦！"黎小江恍然大悟，沉默了一会儿，又疑惑说，"但，但是，这只在理，理论上成立，实际很，很难实现吧？"

"嗯。"卓航耐心地道，"目前世界上最强的猎人高手，最多能做到常用陷阱技能在关键时刻的无缝衔接……我的话，咳，准确率还不够高，在这一点上陈安然比我要厉害得多。"

听到两人对话的肖寒忍不住插嘴："你居然承认别人比你厉害？好难得啊。"

卓航："……"

少年你要不要这么耿直。心里知道就好，需要说出来吗？

卓航尴尬地咳嗽了几声，黎小江见他这副恨不得钻进地缝的模样，不由弯起眼睛笑了起来——肖寒说得确实没错，卓航平时总是把"我很帅""我很厉害""看我精彩的表现"挂在嘴边，这还是第一次听到他说别人比他厉害。

看见黎小江在笑，卓航更是耳朵都红了，回头瞪肖寒一眼："你练你的，瞎凑什么热闹！"

肖寒一脸无辜："我在听你们聊天，关于猎人的陷阱冷却你讲得有道理。"

卓航："……"

李沧雨的手指在快速敲击着键盘，耳朵却一直没闲着，几个少年的对话他一字不漏地听进了耳里。忽略肖寒的耿直发言和半吊子中文不谈，卓航能从视频里发现陈安然的优势，并且承认自己的不足，李沧雨的心里其实非常欣慰。

看来，跟慢吞吞的黎小江相处得久了，卓航的心态已经有了不小的改变。

比起最初那个骄傲得看不起队友的卓航来说，现在的卓航愿意跟队友们讨论问题、分享心得，这绝对是个极大的进步。

这孩子从小被家人骄纵惯了，却不是盲目到分不清事实的人，他只是嘴巴上有些自恋而已，心里还是清楚冷静的——这就对了，比赛的时候最忌讳的就是认不清自己和对手的差距。只有明白了对手的优势和自己的弱点，才有可能找出赢下比赛的办法。

李沧雨见卓航还在看视频，便走到他身后，低声说道："如果跟陈安然单独交手，你觉得最重要的是什么？"

卓航认真地想了想，答道："打断他的节奏吗？"

"悟性不错。"李沧雨微微一笑，对他的回答给予了肯定，接着说，"要怎么打断对手的快节奏，你过来擂台跟我单挑，我亲自教你。"

卓航激动得立刻从座位上跳了起来——这还是猫神第一次亲自指导他！

李沧雨把卓航带到训练室角落，找了两台空闲的电脑坐下，分别开小号登入神迹自由人机训练模式，创建了一个上锁的房间。

肖寒、顾思明等人都有自己的训练任务，虽然好奇却不敢跑来围观，黎小江眼巴巴地歪过头往这边看，李沧雨见他探头探脑一脸好奇的模样，不由笑道："小江你也过来旁观。"

黎小江心下一喜，立刻搬了个凳子跑过去坐在卓航的身后。

神迹的人机训练模式可以自己定义，李沧雨这次选择的就是一张小怪密集的森林地图，他也开了一个猎人小号，这还是卓航第一次见猫神玩儿猎人账号。

他本以为李沧雨是召唤师高手，猎人玩儿得一般，自己应该能应付……可事实证明，猫神哪怕不是专业的猎人，仅仅依靠变态的手速都能给他制造极大的麻烦。

陷阱冷却，这种打法被李沧雨运用得淋漓尽致，卓航只觉得一阵眼花缭乱，面前一片又一片色彩绚丽的技能光效毫不间断地闪烁个不停，猎人的陷阱一个接一个放置出来，地图上的小怪一个接一个倒地……这简直是开了推土机吧！

不出一分钟，附近密密麻麻的小怪就被猫神一口气清光了——卓航目瞪口呆。

李沧雨见少年这吃惊地长大嘴巴的表情，不由好笑地拍拍他的头顶，说：“看明白没？”

卓航不好意思地咧嘴笑了笑：“……没，太快了。”

李沧雨道：“真到了赛场跟陈安然交手，你会发现，他的速度并不比我慢。他是专职玩儿猎人的，对猎人的技能掌握得肯定比我熟练——这就是猎豹战队团战很强的原因，陈安然和江旭会依靠陷阱减CD的打法，以最快的速度清理掉地图上的小怪，看上去似乎并不可怕，可是，这样积累下来，他的经济收益就会渐渐变成全场最高的一个。”

卓航恍然大悟：“我明白了。也就是说，他是依靠快速杀怪的办法来打一个经济差，在初期多杀小怪，确定一些优势？”

李沧雨道：“是的，所以你如果对上他，就必须想办法打断他的节奏。”

卓航仔细琢磨着，半晌后，似乎领悟到了什么，认真地攥紧鼠标：“再来试试！”

李沧雨又按了一次开始，两人再次进入小怪密集的森林地图练习陷阱的释放。

卓航练得无比认真，而且这家伙悟性极高，稍微点拨一下他就明白接下来该怎么做，这让李沧雨的心里不由得升起一丝赞赏。

或许，在黎小江认真努力的性格的潜移默化之下，卓航早已不像当初那样浮躁，现在的他，能静下心来练习这种枯燥又单调的细节操作，连续练几个小时也毫无怨言，反而神采奕奕的……当初让他跟小江搭档的决定果然很正确，性格互补的两人，对彼此产生了很多正面的影响，这是好事，他们可以一起进步。

一周的时间很快就过去了，马上要到沧澜和猎豹的对决。

沧澜在经历三连扑之后人气下降得非常厉害，很多媒体记者对他们也不太看好，甚至有记者猜测说："沧澜初期能赢是因为很多战队对新来的队伍不太了解，如今，新队光环过去，连输三局，这说明沧澜根本没有进入季后赛的实力。"

当然，也有记者非常坚定地站在沧澜战队这边，详细报道分析沧澜输掉三局的原因，对沧澜几个少年的成长十分看好，并坚持认为沧澜是这个赛季有实力夺冠的队伍。

不管外界如何评价，李沧雨的态度依旧平静如常，最近也很少出现在微博，颇有种"两耳不闻窗外事，一心只管打比赛"的风范。

这一次，沧澜和猎豹的比赛安排在周日下午三点，下午的时间段看比赛的观众数量会比较多，这场比赛的收视率比起之前的几场也略有回升，现场上座率超过了80%。

猎豹战队的队服上画着的豹纹图案很有特色，他们的队徽是一只矫健奔跑着的豹子，全员穿着队服走进隔音房的那一幕，看起来倒是气势汹汹。

沧澜这边毕竟是主场，观众席上也有不少穿着队服来助威的粉丝，李沧雨朝大家招了招手，便带着队员们走进了隔音房。

解说间内，于冰整理好双方战队的资料，就开始配合大屏幕上打出的选手列表进行简单的介绍："观众朋友们，这里是神迹官方甲级联赛第七赛季、第六周的比赛，沧澜主场迎战猎豹战队。我们先来看一下双方选手的资料。"

沧澜的八人观众们都非常熟悉，远道而来的猎豹战队，不少都是生面孔。

寇宏义热心地介绍道："猎豹的队长江旭，今年 21 岁，是神迹联盟名气很高的精灵族猎人。副队长陈安然玩的是人族猎人，是上个赛季的新人奖得主，他只有 16 岁，这个赛季刚担任副队长，是联盟目前年纪最小的副队长。"

于冰说道："小陈是一位很有天分的选手，在联盟近年来出现的新人当中，他算是比较有特色的一位。16 岁担任副队长，在神迹联赛的历史上这也是第一例。"

"没错没错，确实年少有为。"寇宏义赞道，"而且他不像某些新人那样锐气逼人，他的性格比较内向，为人也很低调，据说还很容易害羞，一被记者提问就往队友的身后躲。"

于冰也曾见过陈安然缩着脑袋躲避记者的那一幕画面，笑了一下，说："毕竟他年纪还小，大概是不太习惯被记者们围着。"

"猎豹战队的八位选手名单当中，除了必要的前排圣骑士和牧师治疗外，剩下的六位有四位猎人，还有一位刺客和一位剑客。"寇宏义把话题转回到战队的阵容上，"这支队伍以猎人为主力，陷阱流的打法也是联盟其他战队无法复制的战术体系了。"

于冰点头道："陷阱流的打法对地图的要求比较高，而且不够稳定，所以，猎豹战队主场的胜率非常高，超过 70%，但客场作战的胜率却不足 30%。"

隔音房内，双方选手已经迅速调试好设备，在裁判示意之后，李沧雨便提交了今天比赛的选局——三局团战！

现场观众睁大眼睛，连于冰都惊讶之下忘记了解说。

所有人都知道猎豹强在团战，四个猎人联手的时候到处都是陷阱，也有很多情况下他们会派出三个猎人加一个刺客或者一个剑客的组合，利用猎人的遍地陷阱将对手集体打残，刺客剑客再来完成收割。

沧澜打擂台的话赢面是很大的，树白组合、猫神师徒组合对上双猎人都不用怕——明明擂台的胜算那么大，为什么李沧雨却选了三局擂台？

微博上不少人在刷留言："猫神，不作死就不会死，为什么你要想不通！""猫神是为了成就沧澜四连扑的成就？""猫星人的思维不是愚蠢的人类可以理解的……"

更让评论区炸翻天的是，李沧雨紧跟着提交了团战名单。

顾思明、谢树荣、白轩、卓航、章决明、肖寒。

黎小江没上场还在大家的意料之中，可李沧雨都不上场，让不少来现场看比赛的观众非常失望，电视机前看比赛的职业选手们也忍不住佩服——猫神你为了给老章机会，也是够拼的！

李沧雨在提交名单之后就很淡定地走回自己的座位上，抬头瞄了一眼，猎豹战队提交的果然是前排骑士、后排治疗加上四个猎人的经典陷阱流阵容。

接下来就看队友们的了。李沧雨相信，在经过这一周的魔鬼式训练之后，不论是卓航，还是章决明，都能让大家刮目相看！

由于本场比赛的指挥由章决明担任，在六位选手就座之后，象征指挥的指示灯在章决明的座位上亮了起来，裁判开启指挥通道，章决明熟练地移动着鼠标在地图库当中进行选择。

他选择的地图是——兽族部落。

从名字就可以看出，这是属于兽族的地界，神迹当中的兽族一直生活在原始森林当中，这里遍布着茂密的参天大树，树林间有各种各样的野兽出没，竞技赛场上的兽族部落地图选取了其中的一部分——树木茂密，光线昏暗。

兽族部落的比赛地图在难度上并不算高，比起无尽之海的绝杀，寒冰谷的减速而言，这里没有任何地图特效，只能算是常规山林类地图，只不过树林的茂密程度是所有山林类地图中最高的一个。

说了这么多，于冰只总结为一句话："这是猎豹战队最常用的地图。"

——主场当成客场来打，选择对方最喜欢的地图，猫神你也是够了！

寇宏义沉默了片刻，才摸摸鼻子，说道："沧澜居然选择猎豹战队最爱的一张地图，这种做法我真的没法理解。难道是为了训练新人？没必要这么拼吧？再输一场的话，季后赛都很危险，沧澜目前的排名让人担忧。"

于冰也沉默下来，直到双方选手刷新在地图上，她才说道："让我们来关注双方的表现吧，或许，沧澜选择兽族部落这张地图会有特殊的用意？"

坐在台下的李沧雨笑而不语。这笑容看在观众们的眼里确实有点意味深长的味道，不少人甚至在猜测，猫神是不是有什么特殊的诡计？

电视机前的凌雪枫微微皱眉，心道：这样极端的做法确实是下了血本，估计他想拿卓航开刀，才故意在主场选择有利于对方的地图吧？

但凌雪枫相信，李沧雨不会大胆到连选三局兽族部落——观众们都猜错了，第一局只是开胃菜，这场比赛的重点，应该在后面的两局才对。

正如凌雪枫所猜测的那样，第一局比赛确实成了开胃菜，猎豹战队派出圣骑士加治疗再加四个猎人的阵容，四位猎人配合游走，整个场地几乎放满了陷阱，让沧澜战队的近战选手寸步难行。

在和陈安然对局的时候，卓航也被压制得很惨——他的速度是很快，但陈安然的手速比他更快，往往卓航的技能还没有放出来，陈安然就已经在他的脚下摆了一排陷阱，卓航一直打得束手束脚，连自身水平的 70% 都没发挥出来。

这一局还不到十分钟，赛场中央的水晶就被击碎，比赛现场不少沧澜战队的粉丝们都神色凝重，有些甚至着急地攥紧了拳头，恨不得亲身上阵帮着队员们去打比赛。

隔音房内，李沧雨站了起来，走到卓航面前问道："感觉如何？"

卓航的脸色有些尴尬，挠了挠后脑勺说："我发现，陈安然的速度比我看视频的时候更快，也更难应付……"

　　李沧雨拍了拍他的肩膀，道："当局者迷，旁观者清，你在看视频的时候感受到的比赛节奏，和你亲自在赛场是不一样的。不要被他的快速游走给带偏了，保持自己的节奏，想办法去打断他。"

　　卓航点了点头："嗯。"

　　在这一周天天被猫神虐上好几个小时的魔鬼式训练当中，卓航的技能释放精准程度也有了显著的提高，只是刚才突然遇到速度飞快的陈安然，一时没能调整过来，这才会跟不上对方的节奏。

　　此时静下心来仔细想想，其实他并不比陈安然差多少，上一局的很多关键时刻都是因为他自己不够果断，一犹豫就错过了最佳时机。

　　下一局一定要摒除杂念，静下心来，把握好自己的节奏……

　　正想着，突然有一双手抓住了他的手指，用微弱的力度轻轻地扯了他一下。卓航一怔，回过头来，就见黎小江那双清澈的黑眼睛正一眨不眨地看着自己。

　　"怎么了？"卓航疑惑地问道。

　　"你，你一定行的，加，加油。"小江的语气格外认真，可就是这样笨拙的鼓励，却简单、直接地传递到了卓航的心里。

　　卓航忍不住微笑起来，握紧对方的手，目光坚定地说："放心，我会的！"

　　让现场观众惊讶的是，第二局比赛李沧雨依旧没有出场，担任指挥的还是章决明。

　　倒不是大家看不起老章，实在是因为老章指挥的最近几场比赛全部都以失败告终，粉丝们对他已经失去了信心。他自己倒是一点都不介意之前连续输掉的事，乐呵呵地坐在指挥席上，脸上还带着愉快的笑容。

　　这一局的地图依旧是"兽族部落"，沧澜战队的粉丝们已习惯了这种做法——反正沧澜战队特爱跟人死磕，同样的地图连输三局都不换，牛脾气上来，怒送人头也是很正常的！

　　大部分粉丝对这一局很不看好，不少人甚至都做好了输掉的准备。

　　然而，比赛开始不到三分钟，沧澜这边却率先打出了优势！

这次小规模的团战爆发在上路，当时章决明和卓航正配合着在野区清理小怪，猎豹战队在这个区域活动的恰好是陈安然和另一位猎人选手严峻，两个猎人一前一后在地上放置了无数隐形陷阱，让卓航和章决明不敢轻易地靠近。

卓、章两人一直龟缩在一棵大树后面，电视机前看比赛的不少路人观众都在骂他俩是冤包，还有人在幸灾乐祸："老章别冤啊，龟缩起来就能赢吗？""还是提前投降比较好！"

结果，就在一只状态小怪刷新的那一瞬间，卓航突然从树后跳了出来，准确无误的一个"死亡陷阱"，配合章决明恰到好处的攻击加成效果，迅速将小怪给秒了。

陈安然当时也想杀那只小怪，但由于视角阻挡的问题，他看到小怪的时候稍微慢了一些，技能释放只慢了 0.5 秒，同样放置的"死亡陷阱"就扑了空。

卓航在杀掉这只小怪后立刻龟缩到树后，打自己那边的小怪。陈安然暂时没理他，结果，没过多久，又一只状态小怪刷新了，陈安然刚要放出陷阱技能，卓航眼明手快一个"死亡陷阱"又把小怪给秒了！

陈安然："……"

这回换陈安然一脸茫然，上一局的时候，他手速爆发迅速清理小怪，卓航跟他在一个区域，几乎没能抢到多少经济，从一开局就一直处于劣势。

可是这一局，关键时刻小怪被抢，还连续被抢两次，结果便是陈安然之前一直保持着的快节奏连招被彻底地打断了。

职业选手的状态是非常重要的，稳定的状态如果能维持下去打起比赛来就会越打越顺，可一旦自己的节奏被反复破坏，心理素质不好的人在暴躁的情绪之下就很容易犯错，而心理素质好的选手，想要恢复之前巅峰状态的水准，就要重新适应比赛的节奏。

陈安然属于心理素质很好的那类选手，在被卓航连续打断连招之后，他只是茫然了几秒，很快就平静下来，继续认真地按自己的节奏来连招。

可惜，卓航不是省油的灯，他明显盯上陈安然了，每每到陈安然陷阱连击到最关键的时候，他总会突然冒出来打断对方的连击，这种做法特别贱，要是换成脾气不好的选手，估计想爬过去掐死卓航的心都有。

不过陈安然这个 16 岁的小家伙似乎跟普通人不太一样，卓航都欺负到他头上了，他还是若无其事地继续玩自己的，这种场景就像是一个小朋友在慢慢地堆积木，每次城堡快堆成了，就会有一个躲在树后的家伙突然冒出来推翻他的积木。小朋友继续按自己的想法堆起来，结果堆了一半，又被推翻……

反复几次之后，观众们都看不过去了，不少人开始说卓航："完全没发现卓航还能这么贱啊？""就是，今天的卓航特别猥琐！破坏小陈的连招就转身跑路，过一会儿又出来破坏，太气人了！""小陈被欺负惨了，江队也不管管？"

江旭想管他也是心有余而力不足，因为此时的江旭，正被谢树荣缠得脱不开身。

谢树荣和白轩搭档中路守家，在对上猎豹战队的队长和治疗之后，谢树荣二话不说直接冒着被陷阱定住的风险，开着大招就往对方脸上冲。

阿树这凶悍的打法，确实让江旭的发挥受到了极大的影响——他在地上布下的不少陷阱，虽然能让谢树荣频频掉血，可带着治疗的谢树荣根本就不怕掉血。结果便是两人谁都杀不死对方，互相丢了几个技能之后就乖乖回头去杀小怪。

而下路，顾思明和肖寒对上猎豹战队的圣骑士和猎人，勉强也能打成平手。

这一局的前期双方都没有收获人头，卓航打断陈安然多次之后，在经济上略为领先，比陈安然多了 100 块钱，这点领先的程度几乎可以忽略不计，但比上一局从开始就被压着打而言，这一局卓航的状态已经好太多了。

双方都回城补充完装备之后，冰龙终于在地图左下方的峡谷中刷新。

章决明立刻开始部署："待会儿小顾在前排做掩护，让阿树和肖寒冲到对方的后排去打散他们四个猎人的陷阱阵！小顾你注意留好防护光盾，别那么快挂了！"

顾思明立刻说道："知道了大叔！"

章决明语速飞快："把他们的阵形冲散之后，大家听我口令，全体开大招先把陈安然给秒了！"

众人都点头表示知道。

双方在峡谷相遇，大战一触即发。

跟猎豹战队正面对决，最关键的就是以快打快，一旦你拖延下去，对方就很容易在周围布置大片的连环陷阱阵，让你寸步难行。所以章决明的思路也非常清晰——要在他们布置好连环陷阱之前动手，强行冲散他们的阵容。

猎人的陷阱有个特点，那就是队友的陷阱是可以叠加爆破的，比如，猎豹战队想要集火杀死某个人，那就可以在那个人的脚下同时布下四个死亡陷阱，当陷阱爆破的时候，四倍的伤害就很容易将对方直接打残。

当然，这也要求队友之间必须默契十足，陷阱摆放的时机一定要把握好，该控制的时候放定身、沉默之类的控制陷阱，该去杀伤的时候再放死亡陷阱。

猎豹的四位猎人选手毕竟配合了很多个赛季，彼此之间十分了解，在跟沧澜的选手相遇的那一刻，不用队长下令，他们就非常默契地在周围布置了一片陷阱阵，只要有人踏入这里，那就要面临被陷阱连续控制、伤害的悲剧。

看到这里，整场比赛很少开口的寇宏义忍不住说道："猎豹战队的陷阱阵也挺可怕的，曾经就有一位脆皮的白魔法师不小心一脚踩进了猎豹战队的连环陷阱里，然后被一个接一个的陷阱活活给爆死，我记得他是被满血爆死的，对了，他姓程，大家猜猜看他是谁。"

程唯："……"

神迹联盟姓程的白魔法师就他一个，寇宏义真是太无聊了，居然爆他的黑历史！

不过这场比赛的前期确实没什么好解说的，他看着都想睡着，倒是双方相遇之后，剑拔弩张的气氛让他终于精神起来："我们看到，沧澜前排的顾思明不小心踩进了陷阱阵，糟糕，他这一脚踩中的，正是猎豹战队布下的沉默陷阱……哦，他不但没有后退，反而继续往前冲，又踩中了一个死亡陷阱，还有定身陷阱！"

大屏幕中，只见顾思明像是被钉子扎到脚掌了一样到处乱转，把猎豹战队的陷阱踩爆了一个又一个！

在踩中第一个陷阱的那一刻，他就立刻给自己身上套了一个"守护之力"的圣骑士护盾，可即便如此，连环陷阱也让他的血量开始迅速下降。

见顾思明不要命似的到处乱跑，猎豹的队长江旭一个准确无比的定身陷阱放在不远处，将顾思明定在原地，其他几个猎人接收到队长的讯号，立刻把死亡陷阱丢出来，想强行秒掉顾思明！

但白轩不是吃素的，在小顾残血的那一刻他就开始读条单加大招，眼看顾思明的血条闪现红光，白轩这个"圣光涌动"的大招正好读条完毕，将小顾从生死线上强行拉了回来。

就在这时，谢树荣和肖寒才终于出动——众人只觉得眼前一花，谢树荣用一个瞬移技能往前跳跃了五米，他就如一把锋利的剑，毫不客气地切入了猎豹战队的后方，将队长江旭一剑定在原地！

肖寒隐身紧跟在谢树荣的后面，一招"痛苦利刃"将对方的治疗给沉默住！

就在这时，章决明读条开大，白魔法师辅助的柔和乐曲在现场响起，一片洁白而圣洁的光芒从天而降笼罩在队友们身上——全体队友攻击翻倍，暴击率提升 30% 持续 3 秒！

只有 3 秒时间，大家必须把握住。

这个时候，所有观众都紧张地屏住了呼吸，生怕其他队友跟不上老章的辅助大招。

让观众们欣慰的是，这次的沧澜战队并没有让人失望，尤其是卓航——

在章决明读条的那一刻，他就开着精灵族的飞羽步快速跟了上来，等老章辅助技能落下的时候，他已经在陈安然的前、后、左、右放置了四个连环陷阱，在章决明加攻击的辅助技能落下的那一瞬间，卓航的手指果断地按下 R 键。

这是他设置的大招键位，猎人最强势的攻击技能——陷阱爆破！

这个技能所造成的伤害跟场上存在的陷阱数量成正比，卓航在 3 秒时间内放置了四个陷阱，所以陷阱爆破时的伤害是单独一个死亡陷阱的四倍！而章决明的辅助技能有加成效果，在这 3 秒的加成期间内放出来，伤害就是——八倍！

再加上阿树和肖寒也没闲着，趁章决明大招开启的短暂时间，谢树荣果断地开了光影回转的大招，肖寒也果断开出了刺客的绝杀，三人的爆发攻击居然把陈安然给秒了。

——〔大航海家〕击杀了〔居安思危〕，苗杀！

这条消息弹出来的那一刻，卓航激动得手心里都在冒汗，他的速度确实比不上陈安然，但他寻找机会的能力却不比陈安然差。

趁着老章的大招加成，再配合阿树和肖寒的暴力攻击，卓航用陷阱四连环爆破的帅气方式一口气秒掉了人族猎人陈安然。

之前杀小怪的时候，通过干扰对方连招的方式，他比陈安然多了 100 块钱，如今有一个人头在手，经济立刻多出来 600 块，卓航心里直乐。

然而接下来的系统消息却让观众们乐不出来——〔旭日初升〕击杀了〔顾名思义〕！

之前中了太多陷阱的小顾，终于扛不住对方猎人的集火，死在了连环陷阱之下。

解说间内，寇宏义一脸佩服地说："我现在懂了，刚才顾思明到处乱转，踩爆不少陷阱，这并不是因为他冲动乱跑踩错了，而是故意的，他是故意帮助队友们排除陷阱！"

于冰赞同地点头："这应该是指挥的布置，沧澜其实从一开始就放弃了顾思明，小顾被派出去充当了一次炮灰。"

寇宏义笑道："可这炮灰的作用确实很大，几乎将猎豹的陷阱阵给踩完了，他后面的队友谢树荣、肖寒和卓航就没有受到陷阱的影响。这跟地雷战差不多，走在前面的人把地雷都踩了，后面的队友自然可以放心大胆地前进。"

如寇宏义所说，小顾的牺牲换来的正是沧澜战队其他队员们得心应手的配合。

没有了猎豹陷阱阵的影响，阿树的攻击力更加凶悍，肖寒隐身的时候不用顾忌被脚下的陷阱打现形，卓航更是占据了主动权，反过来摆了一地的陷阱，限制对方选手前进的脚步。

在杀掉陈安然后，下一个目标，卓航瞄准了陈安然的搭档严峻。

因为在刚才的上路对局当中，卓航依靠"打一下就藏起来"的猥琐作战方式，打断了陈安然的节奏，陈安然的搭档严峻也受到了影响，卓航观察过赛场数据统计，严峻初期的经济没凑够 500，也就是说在回去补充装备的时候，严峻连一个戒指都买不起——这形势确实很严峻。

柿子肯定要挑软的捏，卓航把下一个击杀目标对准了他。

阿树和肖寒见卓航用定身陷阱把对方定在原地，立刻会意，转移苗头开始集火严峻，对方的治疗虽然努力去救，可卓航在关键时刻的一个沉默陷阱又让他放不出技能了。

——[霜降]击杀了[城市猎人]！

肖寒眼明手快一套暴击带走了他，沧澜这一波团战到这里便完全占据了上风。

虽然江旭带着队员们及时撤退，可在第二轮的团战时，沧澜战队的卓航、肖寒都有人头在手，攻击力增强，再加上章决明关键的辅助技能，沧澜战队便如势不可当的猛兽一般，强行突破了猎豹战队的陷阱，一路推进到中央，击碎了象征比赛结束的白色水晶。

第二局的胜利，让现场死气沉沉的氛围变得活跃起来，观众们也看到了希望，卓航在第二局发挥得非常出色，该爆发的时候爆发，该控制的时候控制，第一轮团战的两个人头可以说有很大部分是卓航的功劳。

老章的指挥好像也不是那么差？

大家一改沉重表情，不少观众也举起了手中的应援牌子开始给喜欢的选手加油。

第三局，不少人都觉得李沧雨总该上了吧？当队长的已经打两局酱油，第三局还不上这说得过去吗？

结果证明，李沧雨今天要当一只懒猫，跟慢吞吞的蜗牛黎小江一起坐在观众席看戏——第三局依旧由章决明指挥。

这一次，猎豹战队的人有了防备，自然不可能让上一局的那一幕重演。

江旭改变分路模式，让陈安然去下路区域好好赚钱，自己亲自跑到上路来对付卓航。但让他惊讶的是，章决明这边也改了分路模式，让卓航去下路，正好又对上了陈安然。

这样的巧合，让不少在电视机前看比赛的职业选手都唏嘘不已。

看来老章也是个心思缜密的人，大概猜到江旭要换路，他也紧跟着换路。

陈安然现在看见卓航都有些头痛了，卓航总能像破坏狂一样在关键时刻跳出来破坏他的节奏，让他打得特别难受……当然，他并不知道卓航被李沧雨抓去魔鬼式训练了一周。

好在陈安然反应速度极快，这一局不再像上一局那样被动，反而以其人之道还治其人之身，主动跑过来干扰卓航——结果便是两人谁都没能赚到钱。

团战的时候，江旭刻意防着顾思明，以免这个皮厚的圣骑士跑过来破坏猎豹的陷阱阵，但章决明用过一次的招数又怎么会用第二次？

老章这次想了个新招，在猎豹战队布置好连环陷阱准备给他们开团的时候，他干脆不开团了，反而转身去打冰龙。

江旭："……"

这感觉就像猎人布置好一堆陷阱等着猎物上钩，结果猎物走到附近看了自己一眼，又转身跟冰龙相爱相杀去了！

没想到章决明这家伙看似是个粗人，指挥的时候却如此细心。

迫于无奈的猎豹队员们只好继续上前跟沧澜对打，可猎人在地形狭窄的地方发挥受很大限制，而且攻击也比不上剑客，双方抢了半天，最终冰龙的归属权还是被沧澜成功拿下。

依靠这点全团队经济的加成，沧澜在后期越打越顺，大家集体更换了装备之后，直接一口气推掉了水晶。

——胜利！

金色的字样从电脑屏幕中弹出，那一刻，卓航激动得从座位上站了起来，章决明也用力一巴掌拍向自己的大腿："我们赢了！"

白轩："……"

真可怜他的腿，每次激动的时候就一巴掌拍下去，这么用力，估计是拍肿了吧？

不过，看着章决明满脸的笑容，白轩的心里也忍不住为他高兴。

其实老章这段时间承受的压力非常大，沧澜的粉丝们对他失去了信心，甚至有一些偏激的黑粉跑去他微博下面骂，说什么："没有金刚钻就别揽瓷器活。""不适合当指挥还是安心当辅助吧。"

网友们说话经常不留口德，却不知道，对一位认真、努力的职业选手来说，这些话有多么刺眼和伤人。章决明确实年纪大了，这次跟猫神一起回来，是他最后的一次机会。

当年的他也曾是个怀揣着梦想走进神迹联盟的年轻人，可惜，他的梦想没能实现就彻底地破碎了，这几年开着代练工作室，心中却一直放不下年少时站在颁奖典礼大舞台上的愿望，所以他才能鼓起勇气再尝试一次。

李沧雨给他指挥的机会，只是想让他证明自己——证明老章虽然年纪不小了，但脑子还是很好使的，他有很多战术思路可以在赛场上实现，他也能带着沧澜战队走向胜利！

如今，这两场胜利，章决明终于证明了自己。

这让李沧雨觉得尤为欣慰。更让他惊喜的是，在这场比赛当中，卓航经历过第一局的低迷和茫然之后，迅速找回状态，还找到了一种"边打边跑、干扰对手"的新的思路，这是李沧雨都没有想到的事——小卓这个家伙虽然骄傲了些，可悟性确实很高，人也聪明，心态调整过来之后，他进步的空间还非常大，现在才是他突破自己的开始。

整场比赛，李沧雨都没有上场，以旁观者的角度在台下观战，所以每个队员的表现他都看得清清楚楚。

这场比赛当中，每个人都找到了自己的位置，相互之间还能形成配合——队友之间的彼此信任、默契配合，才是一支战队最关键的灵魂所在。

在经历过"三连扑"的低谷之后，沧澜战队，终于迎来了属于他们的真正的春天。

CHAPTER 09

会吹牛的猫神

SUMMONER OF LEGEND

连续输掉三场比赛的沧澜终于在主场打出了2:1的比分，这让沧澜战队的粉丝们重新燃起了希望，但不少人依旧忧心忡忡，因为猎豹战队毕竟是神迹联盟成绩偏弱的队伍，赢下猎豹其实并不值得高兴。

在接受赛后采访时，猎豹战队的队长江旭表平静地回答着了记者们的问题，他很清楚猎豹的实力，但他也有打进季后赛的梦想，并且一直在为这个目标而努力。

江旭在联盟一向低调，很多记者对猎豹战队的关注度并不高，倒是陈安然这个拿下上个赛季新人奖的16岁副队长吸引了大家的注意力，记者们准备了一肚子问题，结果在赛后采访时陈副队居然没有出现。

有记者对此表示疑惑，江旭解释是："小陈比较害羞，不太会说话，大家如果想采访他的话，可以通过邮件的形式，把问题列出来让他回答。"

也就是说，陈安然小朋友目前还保留着学生答卷子的习惯，记者们想要采访他，必须给他发一份问卷，他收到卷子才会认真地做题。如果当面采访，他就害羞脸红往队友的身后躲，一个问题都不回答……

这样只会答调查问卷的副队长，在神迹联盟的历史上也是绝无仅有。才16岁的陈安然还没长大呢，或许等他长大以后，猎豹战队的成绩真的会有起色也说不定。

猎豹战队的采访很快就结束了，轮到沧澜战队出场时，现场的掌声明显要比刚才热烈。毕竟这里是星城，沧澜战队的主场老家，不少记者跟龙吟俱乐部混得很熟，自然要给沧澜的队员们一点面子。

这次出席赛后采访的是章决明、卓航和李沧雨，有记者见到三人，立刻站起来问道："猫神，沧澜在经历三连败之后，今天终于赢了一次，但我们都发现今天的比赛自始至终你都没有出场，这样的安排是不是为了给老章更多的指挥机会？"

"是的。"李沧雨坦然承认这一点，"虽然不少记者朋友都在质疑我的安排，但我对章决明有绝对的信心。我一直相信，他能带着沧澜战队拿下比赛。"

记者接着说："我想问一下老章，猫神把这么艰巨的任务交给你，你心里是怎么想的？之前被网友们质疑的时候压力大吗？"

章决明挠挠后脑勺，笑着说："其实我没想太多，老猫说他相信我，我当然要全力以赴，尽量不辜负他的信任。至于压力……确实有一些，之前不少人在网上骂我，我都看见了，前面几场比赛输掉，大部分的责任在我，我在这里也要跟大家说一声抱歉。"

李沧雨轻轻拍了拍他的肩膀以示鼓励，章决明咳嗽两声，说："其实我很高兴今天能亲自指挥拿下两局比赛，这说明，我的指挥水平还是不错的，哈哈哈！"

记者们："……"

大叔这自夸的毛病是跟谢树荣学的吗？还是说，自夸已经成了沧澜战队的"优良队风"？

不过，看着这个神迹联盟目前年纪最大的选手乐呵呵的模样，记者们也忍不住为他鼓起掌来，甚至觉得，这样直爽的大叔还挺可爱的。

章决明这一路走来其实很不容易，若不是遇到李沧雨，他很可能还在继续开着那家代练工作室，辛辛苦苦地赚一点钱来维持生计。能鼓起勇气重新回到神迹联盟，这说明，他的心里一直没有放弃过年少时代的梦想。

而事实也证明，章决明不仅不是一个透明的辅助，更不是在倚老卖老拖沧澜战队的后腿，他的手速确实不高，他的白魔法师辅助也并不出彩，但他却有很多巧妙的战术思路，可以在赛场上胆大又心细、出其不意地狙击对手。

这一刻，记者们给予章决明的掌声是真诚的，带着七分肯定，还有三分敬佩——敬重他 25 岁的年纪还能站在电子竞技的赛场上，也佩服他能顶住舆论的压力终于证明自己。

章决明，一定会成为李沧雨最信任的副指挥，带领着沧澜战队一起走向胜利。

在采访完章决明后，记者们也注意到今天发挥很出色的卓航。沧澜的四个少年当中，卓航表现一直比较平庸，倒是今天，他好几次在关键时刻的果断出手，让记者们不由得刮目相看。

这家伙身上浮躁的毛病已经彻底不见了，今天第二局和第三局打得非常冷静，该猥琐的时候躲到树后当缩头乌龟，该暴力的时候毫不客气地开陷阱爆发，能退能进，能屈能伸，一个出道不久的新人做到这一点是很不容易的。

加上卓航阳光帅气、形象很好，记者们从这一刻也开始对他多了些关注。

"卓航，你觉得今天的比赛你表现得好吗？"有记者站起来问道。

卓航回头看向李沧雨，而后道："这个还是让我们队长来评价吧，我自己不太好说。"

李沧雨接过话筒，坦然道："小卓今天表现得很好。"

"我也觉得。"卓航满足地笑了笑，颇有一丝得意，"这一周的时间里队长把我抓过去进行魔鬼式训练。显然，训练的效果还不错，我觉得自己的意识有了一些提高。"

"刚开始来到沧澜战队的时候，我觉得自己是最牛的一个，但经过这段时间的训练和比赛之后，我发现自己比其他队友差得很远。"

"在这里我要感谢我的舍友黎小江，是他教会了我冷静和认真地对待每一场比赛。"

"当然，还要特别感谢我们队长猫神。猫神就像沧澜的大家长，耐心地帮助我们几个新人。我们四个小菜鸟之前一直在拖队伍后腿，还好猫神不嫌弃，针对我们每个人的缺点制订特别的训练计划，让我们慢慢地成长和进步……谢谢猫神带着我们，我们会努力的。"

李沧雨听到这里不由微笑起来——卓航这个家伙也不愧是苏广漠和谭时天的亲戚，小小年纪，说话滴水不漏，面对记者采访的时候回答问题游刃有余，说起官方话来一套一套的，这认真的脸蛋看着还挺像那么回事儿。

四个少年里，李沧雨一开始最看不惯的其实就是骄傲自负的卓航，不过现在看来，除掉偶尔自恋的毛病之外，转变了观念的卓航其实是个很值得培养的人才——至少在面对记者这方面，其他三个都比不上他。

顾思明满嘴跑火车经常话不对题，肖寒的半吊子中文就别指望了，黎小江结结巴巴说话都不利索，只有卓航能在面对记者的时候风度十足地回答问题——看来，沧澜战队下一代的接班选手，卓航是个不错的候选人。

李沧雨正琢磨着，就听记者突然问道："猫神，我有一个问题想要请你回答。"

"请说。"李沧雨收回思绪，礼貌地朝提问的记者看过去，这是个留着黑色长直发的女生，二十岁左右的年纪，容貌不算特别出色，五官称得上清秀，穿着一套浅蓝色的及膝连衣裙，身上没有任何多余的花花绿绿的饰品，给人的感觉简单清爽，很有气质。

见李沧雨看过来，她便接着问道："沧澜战队目前已经跟六支战队交过手，只剩下最后的风色战队。下一场，沧澜就要到魔都挑战风色战队，猫神对跟风色的这场比赛有信心吗？"

这个问题倒是把话题一下子引到风色去了。

李沧雨总觉着这女生有些面熟，但想不起来在哪见过，见对方在等待答复，李沧雨收回思绪，很直接地说道："当然有信心，没有一个队长会说'我对下一场比赛没信心'的。"

女生接着问："但风色战队的实力是神迹联盟的一流水准，这个赛季的表现一直很好，目前的常规赛战队积分榜上风色战队排在第一名，比第二名高出不少，势头非常强劲。"

她顿了顿，又不客气地说道："况且，风色是一支老牌劲旅，选手们的状态一直很稳定，唯一不稳定的秦陌也在经历过上个赛季的磨炼之后成长为了一位非常优秀的选手，面对这样的风色，猫神你还有信心赢吗？"

李沧雨笑道："当然。比赛的结果无法预料，风色战队的实力确实很强，这一点我承认，但强队也会有输的时候吧。"

女记者转移话题道："那你对凌雪枫这位队长是怎么评价的？"

李沧雨发现，这个女生提的问题都很尖锐，比起那些没营养的问题要难回答得多。不过，这个问题李沧雨早就料到会有记者提问，他并没有多犹豫，直接开口说道："凌雪枫是一位非常优秀的队长，我很佩服他，也非常欣赏他。神迹联盟高手如云，他能带领着风色在神迹联盟站稳脚跟，这本身就证明了他不俗的实力。"

"就个人水平来说，凌雪枫在目前的神迹联盟无疑排在一流梯队，哪怕在世界上，他的排名也很高，这一点相信大家都不会质疑——他是魔族召唤师中最强的一个，但我并不怕他，因为我是精灵族召唤师中最强的一个。"

记者们："……"

李沧雨自从成为沧澜战队的队长以来，给人的印象一直很是沉稳，每次回答记者提问的时候也都真诚、坦率，颇受记者们的喜爱。

可是今天，他居然也学会了自夸？

这一句气势十足的话，虽然有自夸的成分，却让现场的记者们震惊得说不出话来。

——我是精灵族召唤师中最强的一个。

猫神说话就是这么直接干脆，斩钉截铁的语气，有种自信而坦然的强悍气场，记者们对他的这句话，居然完全没有办法反驳。

此时，在电视机前看直播的凌雪枫，唇角也不由扬起一丝笑意。

李沧雨在接受采访时对他的夸赞让凌雪枫的心情变得极好。而最后，李沧雨这句简单而直率的话，也让凌雪枫格外地欣赏他。

他最喜欢的就是李沧雨这样自信、坦然的样子。

李沧雨的这句话也绝对不是自吹自擂，因为神迹联盟目前所有战队……只有他一个精灵族召唤师，可不就是最强的一个吗？

但不少观众被他的气势唬住了，根本没反应过来这一点，倒是现场那位女记者很快就回过神来，依旧将尖锐的问题指向李沧雨："猫神，你说自己是精灵族召唤师中最强的一个，说的是国内还是世界？如果是国内的话，甲级联赛八支战队中只有你一个精灵族召唤师。"

观众们："……"

大家这才回过神来，这位记者说得没错，国内就他一个精灵族召唤师，那他自然是最强的了，根本没人和他比！

可放在世界上，那就不一样了……

大家都期待着李沧雨的回答，而李沧雨也毫不犹豫地给出了答案："当然是世界。国内都没人玩精灵族召唤，有什么好比的？"

大家都惊呆了，这沧澜战队的其他队员最多夸夸"我打得不错""我今天很帅"，李沧雨当队长的就是不一样啊，一夸就直接夸成了世界第一啊！

你牛皮吹这么大，不怕吹破吗？

不少李沧雨的粉丝也在微博留言："猫神悠着点，牛皮吹大了。""真没想到，原来你是这样的猫神！""阿树小卓老章他们都是随便夸夸自己，你自夸起来那才是八匹马都拉不住。""猫神你已经完成了自夸技能的突破升级，这个自夸我给满分！"

李沧雨坐在现场，自然不知道微博已经闹疯了，他的表情非常平静，好像在说我今天吃了一顿米饭一样。

女记者沉默了片刻，才不客气地问道："猫神真觉得自己是世界最强的精灵族召唤师吗？美国、日本、韩国、德国……好多国家的精灵族召唤师水平都很强，而且目前的世界召唤师排行榜上，排前四的是血族召唤师杰克·乔希、魔族召唤师凌雪枫、神族召唤师金正浩、精灵族召唤师米切尔——并没有看见你的名字。"

李沧雨微微一笑，非常自信地说："那是因为我离开神迹已经三年，负责排名统计的人早就把我给忘了。今年的赛季结束之后，大家肯定能在排行榜上看见我的名字。"

众人："……"

那位一向以问题尖锐著称的女记者居然也被他堵得哑口无言，无奈地坐了下来。

凌雪枫真是佩服这大胆的家伙，在面对记者的炮轰时居然还能这么淡定，他不但能自信地回答问题，甚至还夸下海口，说出自己一定会进入世界排行榜这样的大话。

万一到时候发生什么意外岂不是自打脸吗？

不过，李沧雨的脾气向来直率，怎么想就怎么说，他今天敢这样说出口，那就说明他心里的目标——正是世界召唤师的巅峰。

这次的赛后采访视频播出之后，微博上立刻分成了两面派，一边支持李沧雨，觉得猫神这样自信的选手真是特别 Man、特别有魅力，另一边却对李沧雨夸下海口的做法极不赞同，认为李沧雨不该骄傲自大，应该谦虚一点，谦虚才是美德。

网友们吵来吵去，倒是让李沧雨的微博粉丝数一路攀升，短短几天之内就赶上了神迹联盟的一线大神选手。离开神迹整整三年的他，回归后的人气一直比不上谭时天、柳湘这些后起之秀，可经过这次之后，喜欢他的人数量明显多了起来。

李沧雨在神迹联盟也受到了网友们广泛的关注，不少人讽刺他说"世界第一精灵族召唤师，可别走出国门就跪了！""说不定连国家队都进不去，就在这里吹牛皮……""沧澜战队自夸的风气真的不好，原来是队长的问题，上梁不正下梁歪啊！"

沧澜的队员看着这些评论，心里也挺无奈。

尤其是跟李沧雨走过这么多年的白轩，心情尤为复杂，他说："你怎么就不知道委婉一点、谦虚一点啊？想什么说什么，这下被骂惨了吧！"

李沧雨倒神色淡定地说："无所谓，反正我会以实力证明我说的是真的。"

谢树荣拍拍他的肩膀说："队长，虽然我很相信你肯定会成为世界最强的精灵族召唤师，但是目前，你的前方还有一个叫凌雪枫的魔族召唤师，这才是重点啊。"

白轩点头附和："是啊，下一场怎么打，有头绪了吗？"

李沧雨笑了笑，说道："我想想再说吧。"

当晚回去之后，李沧雨抱着手机躺在床上，刚想给凌雪枫发信息，心有灵犀似的，屏幕中弹出了一条凌雪枫发来的短信："世界最强的精灵族召唤师回到宿舍了吗？"

禁欲男神居然也会玩冷幽默。

李沧雨被他逗笑了："回了，你干什么呢？"

凌雪枫："刚洗完澡。"

李沧雨："下一场跟沧澜战队的比赛，战术布置好了吗？"

凌雪枫："还没。"

李沧雨问："打算怎么选局？"

凌雪枫反问："你说呢？"

李沧雨说："我觉得可以选擂台、团战、擂台。"

凌雪枫："为什么？"

李沧雨很耿直地说："这样我们沧澜更容易赢啊！"

凌雪枫笑了起来："你找我打听战术，不怕我骗你吗？"

李沧雨道："不会，你这人从来不说谎，要么不告诉我，要是告诉了，那肯定是真的。"

凌雪枫心里一暖——没想到李沧雨对他如此了解，也如此信任。确实，他不可能对李沧雨说谎，涉及双方比赛的战术机密，最好的办法就是互不告诉。

李沧雨肯定也知道这一点，发短信问选局只不过是开玩笑罢了。

想到这里，凌雪枫便转移话题道："第一轮常规赛快要结束，沧澜现在的积分排名比较危险，第二轮你可不能太任性，要小心应付才行。"

李沧雨也认真起来："知道，几个小家伙练得差不多了，第二轮沧澜肯定要多拿分为主，不然连季后赛都进不去就麻烦了。"

"嗯，你心里有数就好。"

"风色倒是不怕啊，按照目前这个排名的话稳进季后赛了吧？"

"也不一定，第二阶段要稳住。初期排第一，后期被刷下来的战队也不是没有。"

两人就这样闲聊了几句，李沧雨困了，便给凌雪枫发去一句晚安，这才安心睡下。

次日一大清早，李沧雨就召集沧澜战队的队员们来到训练室开会，这次开会自然是为了下一场对阵风色战队的战术布置，大家也都打起精神来认真地听着。

李沧雨还特意做了一个PPT来介绍风色战队——这次的PPT明显不是凌雪枫做的，是他自己弄的，简单的白底加黑字，一点效果都没有。内容却简明扼要，基本写清楚了风色战队目前的情况。

"风色的队长凌雪枫，我就不多做介绍了，神迹联盟目前最强的魔族选手，大家看过之前的比赛应该都知道他有多强……今天我再给大家详细介绍一下风色的阵容。"李沧雨将激光笔指向幻灯片的名单，停留在一个ID为"刻骨"的黑魔法师上面。

"风色战队的副队长颜瑞文，是联盟目前最强的黑魔法师，他的打法非常冷静，主要依靠大量的负面状态来压制对手的血量，给其他队友创造收人头的机会。跟颜副队搭档的'刀锋舞者'郭旋，也是非常出色的黑魔法师，这两人的组合就是网友们模仿最多的、最经典的黑魔法叠加战术。"

"血族召唤师许非凡和秦陌，这两位选手通常会有其中的一位跟凌雪枫搭档，形成双召唤师的强势控场组合。召唤师宠物很多，控制技能互相配合起来甚至能做到无缝衔接，这也是风色战队控场强势的地方。"

"另外的几位选手名气没那么大，但都是跟随凌雪枫多年的老队员，状态很稳定。其中，前排的兽族狂战士廖振宇，攻击性非常强，是典型的以进攻作为防守的打法。御用治疗贺群，是联盟不多见的魔族祭祀治疗，祭祀治疗比牧师治疗加血技能要少，但状态技能更多，有很多的护盾可以保护队友。"

"最后一个叫林柯的，是这赛季刚出道的新人，凌雪枫带他到联赛应该是准备风色老队员郭旋退役后交接的后备军，他玩的是黑魔法师，最近的几次比赛出场次数并不多。"

李沧雨将队员介绍完毕之后，将 PPT 翻过去一页，又接着说："风色是典型的以魔族选手为主的战队，团战的阵容一般是双黑魔加双召唤再加前排和治疗。凌雪枫是整个队伍的核心，只要他控制住一个人，队友们很快就能集火将对方秒杀，这也是风色战队最可怕的地方——风色的四位攻击手爆发输出的能力，是联盟所有战队中最凶悍的。"

接下来，他又放了几场比赛的精选片段，大部分都是风色急火秒杀对手的画面，其中包括谭时天、苏广漠等大神。大家越看越是惊讶，风色战队在前面几场比赛当中，有些甚至打出了碾压局，瞪谁秒谁的节奏实在可怕。

见众人脸上都露出凝重的表情，李沧雨这才微微笑了笑，说道："打风色，说句实话，前期打出优势基本没可能，我们得做最坏的打算，然后再想办法翻盘。"

李沧雨这么说也是给大家打个预防针，毕竟对手是本赛季夺冠呼声最高的风色战队，每一步都不能大意。只有做好最坏的打算，才有破釜沉舟、赢下比赛的可能。

分开几年，想到下周末就能跟凌雪枫在赛场上见面，李沧雨的心情也不由得激动起来。

CHAPTER 10

小太子的对决

又是一个周末，很多神迹迷们大清早就从床上爬起来看比赛，因为，这周的比赛是常规赛第一轮大循环的收官之战，积分榜上竞争激烈，对各大战队来说，这一场比赛至关重要。

目前的积分榜排行榜上风色位居第一，然后是飞羽、时光、鬼灵、红狐、清沐、沧澜、猎豹——沧澜战队排在倒数第二，今天又对上风色这支强队，而且还是客场作战，形势并不令人看好。

赛前的比分预测投票，居然有70%的网友猜测风色会3:0沧澜。不少资深记者也在赛前对两支队伍的阵容配置进行了详细的分析，沧澜的整体实力确实不如风色，如果凌雪枫选择三连团，那么沧澜获胜的概率低于20%。

早就猜到外界对这场比赛的评论，为免增加几个新人的心理压力，李沧雨让他们在赛前不要去看论坛，尽量保持轻松的心态来应对这场比赛，因此，当沧澜战队的全员来到魔都主赛场的时候，大家的表情并没有观众们想象中的那样严肃或者沮丧，李沧雨每次比赛都很放松，但几个年纪小的选手脸上也带着笑，看起来并不紧张。

只是，风色主场的气势让几个新人不由惊叹——这里完全是一片黑色的海洋，黑压压的一片，感觉就像来到了游戏里的魔族领地．

风色战队的选手多以魔族、血族这种暗黑系的种族为主，队服的设计也是干脆利落的黑色底、红色花纹，现场的粉丝们整整齐齐的穿着风色队服，从大舞台往下看过去，确实是黑压压的一片，尤为壮观。

顾思明向来心直口快，忍不住吐槽道："我还是喜欢时光战队的队服，白色加绿色的点缀，看上去比较小清新，风色这个太压抑了，黑乎乎一片是用来吓人的吗！"

卓航道："黑色比较有气势，也很符合禁欲男神凌雪枫的个性啊，你不觉得吗？"

肖寒突然扭头问黎小江："小江，禁欲是什么意思啊？"

黎小江的脸"刷"地红了，支支吾吾半天都说不出口："是，是，就是、是……"

卓航揽过肖寒的肩膀："这个问题比较复杂，你回头自己去百度，让小江解释这么深奥的问题不是难为他吗。"

肖寒点点头，决定回头去问秦陌。黎小江则感激地看了替自己解围的卓航一眼，后者回了他一个帅气的笑容。

四个新人的讨论李沧雨都看在眼里，不管这场比赛的结果如何，四人在面对强敌时轻松的心态，倒是让他非常欣慰。在经历过这么多比赛之后，沧澜这四个小奶猫已经渐渐成熟了，至少不会像刚开始那样紧张得鼠标都握不住。

双方选手很快就走进各自的隔音房里，开始调试设备。

两边都穿着队服，风色是黑底红色花纹，沧澜是白底蓝色花纹，寇宏义看到这一幕，不由说道："我突然发现，风色和沧澜的队服颜色搭配正好相反。一边是黑红、一边是白蓝，都说自古红蓝是一对，自古黑白最相配——两支战队的队服倒是可以当情侣服啊！"

观众们："……"

风色的粉丝一脸嫌弃：谁要跟沧澜当情侣服？还有，红蓝一对黑白相配这种瞎话也就你说得出来！

寇宏义也是闲着无聊随口调节气氛，坐在他旁边的于冰则面无表情。

直到导播在大屏幕上打出双方队员的名单，于冰立刻将话题正了回来："我们先来看一下双方战队的参赛选手。风色队长凌雪枫是神迹联盟公认的最强魔族召唤师，副队长颜瑞文是最强的黑魔法师，主力选手许非凡、郭旋也是名气很响的一流大神。"

"其中，颜瑞文和郭旋的双黑魔法师组合，曾经获得过赛季最佳搭档，也是他们开创了经典的黑魔法状态叠加战术。18岁的秦陌，获得过上赛季的最佳新人奖，血族召唤师的打法也是可圈可点。治疗选手贺群是联盟为数不多的血族祭祀，前排狂战士廖振宇打法极为凶悍，以攻击作为防守。"

于冰列出的七位选手，确实是关注神迹比赛的观众们耳熟能详的大神。

寇宏义补充道："风色确实是大神云集的战队，每个人单独拿出来实力都很强。当然，除了这七人之外，风色这个赛季还带了一位小选手出战——17岁的林柯，职业是黑魔法师。凌队显然是想培养一位强力的黑魔法师接班人，这个新人在本赛季出场次数不多，实力如何我们还不清楚，或许今天会有出场的机会。"

于冰道："沧澜这边整体实力比风色要弱很多，李沧雨、白轩、谢树荣这三人的实力可以跟风色的王牌选手一较高下，章决明的辅助也算稳定，但关键是沧澜战队新人太多了，跟风色这几位大赛经验丰富的大神没法比。"

寇宏义点头赞同："整体实力确实如冰姐分析的那样，风色要强上许多，毕竟风色的这个赛季的夺冠热门嘛！场外观众对比分的预测，猜3:0的很多，不过我觉得，哪怕沧澜战队整体实力不如风色，凭借猫神灵活诡变的战术风格，总不至于被打个3:0吧？"

不少观众听到这里，也在直播间发出质疑声："前不久刚被清沐3:0啊！有什么不可能的？难道风色还不如清沐？"

"清沐那场是意外，主场幻术阵让沧澜的指挥章叔有点蒙，这场猫神肯定亲自指挥的嘛，我觉得至少赢一局。"

"还是3:0的可能性大吧，风色主场啊，拿下太难了！"

"我猜3:0，沧澜3:0风色！猫神肯定能逆袭的还用怀疑吗！"

"楼上程副队你马甲又掉了，快捡捡。"

直播间内讨论得非常热闹，这也是因为现场比赛一直没有开始，裁判没有亮灯示意，这说明比赛现场遇到了一些问题。

寇宏义只好没话找话："咳，好像是有队员的网络出了故障，裁判那边正在尽快解决……我们不如来聊聊猫神和凌队这一对认识多年的对手吧。

冰姐你在第二赛季就出道了，应该对他们的往事非常熟悉？我听说凌队曾经邀请过老猫加入风色当副队长，被当年才18岁的猫神给拒了？"

于冰点了点头，道："这件事联盟很多人都知道，因为风色前任副队长袁绍哲在聚会的时候无意中说起过，猫神也曾坦然承认，当初他想自己建立队伍，所以没有加入风色。"

寇宏义感叹道："也多亏他当年没有加入风色……"

于冰回头看他："为什么这么说？"

寇宏义道："要是李沧雨加入风色，成为风色的副队长，凌队和猫神联手，在神迹联盟就可以横着走了吧！"

于冰怔了怔，很快反应过来，想到两位召唤师联手横着走的画面，不由微笑了一下，说："那倒是，他们两个都是手速极快的高爆发型选手，他俩要是联手的话，估计会瞪谁秒谁，联盟其他的战队都不用混了。"

隔音房内的调试已经结束，原来是赛场的网络出了一点小故障，在检查完毕之后，裁判也终于亮起了比赛开始的信号。

凌雪枫很快就跟裁判提交了提前定好的选局顺序。

——擂台三连！

现场观众看到这一幕，都激动地鼓起掌来！

凌队就是有魄力，对上沧澜选团战的话肯定胜率更高，大家都知道沧澜最强的是擂台而不是团战，但凌雪枫就敢选对手最强的这一项，而且还来个三连？

这明显在说：你们沧澜擂台再强又如何？我完全不惧你，咱们就来打擂台！

现场的李沧雨倒是微微一笑，对凌雪枫的决定也非常佩服。

——既然你要打擂台，那我就陪你吧。

只不过，以前每次两人打比赛的时候，都会互相猜错擂台的出场顺序，以至于前三个赛季的整整六场比赛当中，他俩从来没有在擂台直接相遇过。

这次能不能猜对呢？李沧雨摸着下巴琢磨片刻，估计第一局是对不上的，因为第一局的出场名单需要在赛前提交，李沧雨并没有想到凌雪枫会擂台三连，所以只提交了沧澜最常规的擂台阵容，主场选局的凌雪枫肯定针对沧澜的常规阵容提前做出了布置。

双方的擂台出场名单很快就打在了大屏幕上。

风色这边，是秦陌和贺群的组合，沧澜这边，却是肖寒和章决明！

沧澜的粉丝们顿时一片哀号——小太子对上小太子，风色那边带奶爸，沧澜这边带辅助，这是要输的节奏啊！

李沧雨也没想到第一局会直接让秦陌和肖寒对上，他还以为擂台阶段凌雪枫会让秦陌在中间出场打过渡的，不过，肖寒和秦陌凑巧相遇，这也是个难得的机会，正好让两个小徒弟公开对局一次。

在肖寒还是菜鸟的时候，秦陌就曾作为陪练在网游里跟肖寒打了半个月擂台，那时候的肖寒对秦陌几乎没有任何还手之力，经常不到一分钟就被秦陌虐死。后来他俩也经常相约去擂台单挑，关系越来越熟稔，加上最近肖寒一直在跟秦陌学习中文，两个小太子目前已经成了很好的朋友。

这一场对决，不仅风色和沧澜的粉丝们激动地在直播间刷屏给自家小太子加油，就连凌雪枫和李沧雨两个当师父的也十分期待。

秦陌在看到出场名单的时候心情就很激动，虽然肖寒爱乱用词语的半吊子中文让他特别无语，可又觉得胡说八道的肖寒格外的有趣。

肖寒每天都要发发短信跟他学新词，这几天大概是训练任务太重，肖寒没空找他学习，已经好几天没有联系他，当老师当习惯了的秦陌居然觉得心里有点失落。他早就想在擂台好好跟肖寒打一场，今天，风色和沧澜的对决终于到了！

秦陌的状态显得有些亢奋，手指一直在敲击键盘作为赛前的热身动作。

肖寒倒是很淡定——他在打比赛的时候表情一直很淡定，看似倔强高傲，但只有沧澜战队的队员们才知道，肖寒这家伙不太爱笑，实际上是因为很多东西他都听不懂……

凌雪枫提交了擂台第一局的选图——黑暗石窟。

寇宏义积极地介绍起来："黑暗石窟，这是魔族领域当中的一处秘境，风色不愧是以魔族选手为主的战队，选地图也选了个魔族的。今天现场观众全都穿着黑色对付，比赛的地图也非常应景——以黑色作为主色调。"

于冰紧跟着道："这是典型的洞穴类地图，内部的地形比较复杂，岔路很多。这张地图的难度只有六颗星，比起七颗星的绝杀类地图要稍微好打一些。不过，选手在这样的地图需要尽快适应黑暗的环境，光效对战局的影响会很大。"

李沧雨对这张地图无话可说，凌雪枫这个闷骚的家伙选"小黑屋"来打擂台，对沧澜战队其实非常不利——因为风色的黑魔法师、魔族召唤师、血族召唤师都穿着一身黑色或暗红色的衣服，躲在这样的石窟里，简直就能跟周围的石壁融为一体。

利用地图环境来给己方制造优势这是赛场上很常见的一种选图战术。

双方选手刷新完毕，比赛正式开始。

血族召唤师秦陌和血族祭祀贺群一前一后沿着石窟内的小路往前走，而沧澜这边的肖寒和章决明也正在往地图的中间赶去。

这周的比赛风色 VS 沧澜正好是最后一场，也算常规赛第一轮大循环的收尾之战，其他战队的队长打完比赛闲着没事干，都聚集在电视机前看直播。

苏广漠笑道："有意思，风色派出一个带治疗的组合，我估计凌队的本意是想让这个组合去打树白，结果错过了。他跟猫神真是心有灵犀，经常互相猜错。"

俞平生不爱说话，只点了点头表示赞同。

时光战队的宿舍内，程唯一边吃西瓜一边看电视，看到这里，立刻把嘴里正在嚼的西瓜吞下去，说道："我觉得肖寒要输啊，他带着辅助去打带着治疗的召唤师肯定没戏吧！"

谭时天回头看着他，微微笑了笑，道："血族召唤师是四大种族召唤师中生存能力最强的，攻击附带吸血效果，加上秦陌今天还带着治疗出战，只要战局拖延下去，他就会成为打不死的血牛……你先把西瓜吃完。"

"没错没错！"程唯又拿起西瓜，一边吃一边嘟囔，"这是比树白组合还要无耻的血牛组合，血族召唤加血族祭祀，吸血都能吸死你！"

理论上来讲，血族召唤师带着血族祭祀会比树白这种剑客带治疗的阵容更加难打，因为血族召唤师自己就可以攻击吸血，加上祭祀在旁边保护，要想杀掉秦陌，除非是瞬间爆发力极为强悍的快攻手，才可以控住治疗强杀召唤师。但肖寒显然不属于爆发很强的那种选手，他最擅长的是寻找机会偷袭暗杀。

这样阴暗的地图，肖寒其实很喜欢，开局之后他就利用血族刺客的潜伏技能躲了起来，别说是秦陌，就连看直播的观众们都很难找到肖寒在哪里——黑色背景的地图，他穿着一身黑，还隐身了，这简直是在虐待大家的眼睛。

秦陌来到地图中间的时候并没有见到肖寒，立刻反应过来对方在隐身。

他倒不着急，召唤出自己的死亡骑士——血族的死亡骑士会帮主人抵挡一部分伤害，在骑士这个宠物存在的前提下，想要杀掉召唤师更是难上加难。

肖寒当然不会蠢到在这种情况下去打秦陌，他给章决明发来个信号，在地图上点了一下秦陌的位置，老章会意，一招"神之封印"准确地将秦陌给沉默住。

见秦陌被队友控制，肖寒立刻出现在治疗贺群身后，起手就是刺客的强控技能——痛苦利刃！

这一刀下去，贺群直接被晕在原地，肖寒的手速立刻爆到最高，连续按下刺客的大连招——死亡标记，背刺，魂刺，绝杀！

肖寒手中的匕首血沫飞溅，刺客快攻的视觉效果看上去也相当华丽，尤其是这样的地图上，隐藏在黑暗中的杀手突然出现在你的背后，一套连击下去确实让人心惊胆战。

不少沧澜战队的粉丝激动地在直播间里刷屏："小寒6666！！""小太子好帅！"

但显然，风色战队的御用治疗并不是吃素的。贺群打了这么多年比赛，不可能就这么轻轻松松被人秒掉，在肖寒一套连招将他的血量强压到50%的那一刻，控制效果也终于结束，贺群立刻开启祭祀技能——熔岩护盾！

深红色的光圈出现在血族祭祀的身上，如同燃烧的火焰。

"熔岩护盾"的效果是自身免疫控制并反弹伤害 3 秒,用于危急关头的自救。肖寒出手的速度太快,结果便是大连招中的最后一个"连锁绞杀"被熔岩护盾反弹到了自己的身上!

肖寒愣了愣,想停手却已经来不及了——因为秦陌的控制效果也结束了。

脚下突然出现一只血族的黑蜘蛛将肖寒定在原地,秦陌召唤宠物的速度极快,用蜘蛛定住肖寒之后,又召出血蛇将肖寒连续啃出了三层的掉血效果。

眼看秦陌即将召出吸血蝙蝠将肖寒的血量强压下去,章决明立刻反手一招潮汐涌动!

这个技能如果是程唯放出来,那会是很强的白魔法群攻技,但章决明专攻辅助路线,加点的方式差距很大,潮汐涌动加辅助路线的效果便是——洁白的波浪如潮汐一般流动到队友的身上,解除队友所有的负面状态,并将队友强行拉到自己的身边!

这是一个解控加拉人的急救技能,章决明用得非常干脆。

肖寒被老章及时救了回来,心里对章叔也十分感激——刚才是他太大意了,只顾着连招强杀血族祭祀,却忽略了对方的反弹护盾。

血族祭祀当治疗在神迹联盟非常少见,他跟血族祭祀毕竟是第一次交手,经验不足,这一波主动出击最终反而落入了劣势,让肖寒有些郁闷。

不过他很快就调整好了状态,战斗隐身躲去了一根大石柱的后面。

秦陌和贺群的擂台配合并不多,今天风色也是第一次派出这样的血牛组合。

虽然秦陌在联盟风头正劲,可他心里知道,其实像贺群这样的老选手,哪怕平时默默无闻,但关键时刻的应变能力还是自己比不上的。

刚才他有些着急,走位的时候出现了一次小失误,才会被对方的辅助有机可乘给控制住……想到这里,秦陌立刻收敛心神,目光锐利地盯着地图寻找出手的机会。

肖寒显然隐身了,他会藏在哪里?

秦陌仔细看了看周围,石窟内的石柱非常多,地形极为复杂,要想找出一个隐身的刺客并不容易……不过,秦陌有种直觉,肖寒就在身后那根石柱的后面。

这张地图是风色主场选图，秦陌对它自然极为了解，闭着眼睛都能在这里走个来回。

肖寒很喜欢绕到背后去偷袭，身后的几根石柱当中有一根最粗的，如果自己回头，正好可以挡住自己的视野，所以，肖寒一定在那里。

秦陌不再犹豫，果断出手！

观众们只见屏幕里的血族召唤师突然转身，直接召唤出了吸血蝙蝠！铺天盖地的血族蝙蝠尖叫着朝石柱后方猛扑过去，居然正好打出了隐身状态的肖寒。

不少观众都惊呆了……

在没有看见对方的情况下，突然转身盲开大招，秦陌的胆子也忒大了吧！

就连解说于冰都有些无语："我没想到秦陌会直接开大，他这个大招冒着极大的风险，很可能会放空。这是一场豪赌，但幸运的是，他赌赢了。"

寇宏义哈哈笑道："我突然发现今天的比赛特别神奇，两支战队不仅队服很像情侣装，队长是彼此最强的对手，两边的小太子也有种奇妙的互相了解啊！"

观众们："……"

这么一说还真是！

秦陌和肖寒据说平时关系就不错，肖寒还曾经在采访中公开透露秦陌是他的陪练，他俩的师父那么熟悉，两个小太子私底下肯定经常一起玩儿。

所以秦陌才会如此地了解肖寒。

——他猜出了肖寒的位置。

——这并不是盲目开大，而是出于对一个对手的了解，有针对性地开大招。

结果也证明，秦陌成功地将肖寒打现形，并且用血族蝙蝠的大招将肖寒的血量强行压到 50% 以下！

躲在柱子后面的肖寒，突然被一群蝙蝠攻击的时候，脸上的表情是很茫然的。

　　但转念一想，他很快就明白过来——秦陌预判出了他的位置。

　　那一刻，肖寒的心里对秦陌不禁有些佩服。

　　他嘴上一直倔强地说"秦陌是我的陪练"，故意气秦陌，可他心里其实很清楚，秦陌的水平比他要高出不少。

　　第七赛季的最佳新人，凌雪枫的爱徒，可不是中看不中用的草包枕头。秦陌本身就有很强的实力和天赋，才会得到联盟评委团的认可。

　　在上个赛季被不少大神虐过之后，秦陌成长的速度非常快。平时俩人私下在擂台单挑，肖寒偶尔能赢，也是因为秦陌没有尽全力，有时候还故意让一让他。

　　但今天是比赛，两位师父坐在台下，风色的粉丝团坐在现场，无数观众坐在电视机前，秦陌不可能拿比赛开玩笑。

　　今天的秦陌，才是在认真地跟自己打比赛。认真起来的秦陌很强，这一点肖寒也不得不承认，他不仅对血族宠物的召唤时机运用自如，还能预判到对手的走位果断开大招，哪怕刚开始一个不慎被章决明控住，他也能很快调整好状态，开始凌厉地反击。

　　如今的秦陌，心理素质已经非常稳定，不再是上赛季初那个在赛场上神游而被谭时天直接虐杀的玻璃心小菜鸟了。

　　他不愧是风色的小太子，打法风格也带着风色战队的凶悍。

　　接下来的对局几乎没有了悬念。肖寒刚开始不小心被祭祀的护盾反弹了一个大招，本来在血量上就落入劣势，如今在隐身的状态下又被秦陌一个大招砸中，他已经不可能再杀掉依旧满血的秦陌了。

　　秦陌抓准机会，将血蜘蛛和血蛇双线操控着追击肖寒。

　　他从凌雪枫那里学到的操控宠物的水平也让人不得不赞赏，感觉他的宠物就像是自己长了眼睛一样，能准确地追着对手不放。

　　——〔牧羊人〕击杀了〔霜降〕！

　　这条消息弹出来的时候，风色粉丝团一片欢呼，沧澜粉丝团则是一片哀号。

　　"肖寒去咬他吧！""支持小寒真人PK！"

215

让大家意外的是，被杀的肖寒倒是很淡定。他一直坐在座位上，直到章叔也无奈被杀，两人不得不退场的时候，他才在公屏上打字道："你的水平真的非常很好。"

秦陌："……"

现场观众们直接笑倒了一片。

沧澜小太子带着一张冷淡的脸打出这样的台词，居然有种诡异的萌感！

不少看直播的网友也笑着打字："小寒你真的非常很好。""小寒真是溜，中文溜到爆！""你虽然暂时打不过秦陌，但你可以用中文碾压秦陌的智商！"

秦陌看到这句话，真恨不得飞到对面隔音房用力揉揉肖寒的脑袋，看看他的脑袋里到底装了些什么。

然而，肖寒接下来的一句话却让所有人都惊讶了，他说："但总有一天，我会超过你。"

这句话竟然没有语法错误，而且，打出这句话的少年，脸上的表情也无比认真。

秦陌也收起笑容，看着这行字，他的心里突然有种很奇妙的感觉升腾起来——或许那就是凌雪枫当年遇到李沧雨时的感觉吧？遇到一个很了解自己、有很多共同话题的朋友兼对手，以超越对方为目标，鞭策自己去努力、去进步。

肖寒毕竟是这赛季刚出道的新人，比起被各大战队的大神们虐了整整一年的自己来说，他还缺了些经验和意识，但他的天分并不比自己差。

在很久很久以后，等他们的师父退役了，等他们两人成为风色和沧澜战队新一代的接班人，两个曾经的小太子，或许真的会成为跟他们师父一样，最强的对手？

这样也很好。有一个一起成长的对手，不管在多艰难的时候都不会觉得寂寞。因为他们心里知道，在远方，还有一个人跟自己一样，默默地努力着。

秦陌微微笑了笑，双手快速在公屏上打下一句话："好，我等你超过我。"

这句话让不少粉丝都有些发呆，不知道说什么才好。

为什么明明两个小太子的比赛已经很激烈，但又有种……很温馨的感觉？

CHAPTER 11

沧澜 VS 风色

SUMMONER OF LEGEND

肖寒和章决明退场之后，沧澜战队在第二阶段派出的组合是很多人意料之中的树白。谢树荣依靠手快的优势成功击杀了秦陌和贺群。

　　不过谢树荣跟白轩为了击杀秦陌消耗了大量的技能，在送走秦陌时，两人都只剩下 60% 左右的蓝量，这样的状态迎战风色战队的黑魔法师组合自然没有任何优势。

　　风色颜瑞文和郭旋的黑魔法师组合已经搭档了整整四年。颜瑞文自从接任风色战队的副队长以来，行事低调，打法风格也格外冷静。作为凌雪枫的左膀右臂，他的实力并不会比凌雪枫差上多少，只不过，他平常大多负责风色战队的内务，在记者面前出现的次数极少，因此在网友当中的人气没有凌队高，他对这些也并不在意。

　　颜瑞文脾气很好，而且非常聪明，知道哪些话该说、哪些话该藏在心里，这几年将战队打理得井井有条不说，自身的实力也一直在稳步地提升。

　　李沧雨并没有跟颜瑞文交过手，但坐在台下看他跟阿树对局也足以看出他的水平——确实称得上神迹联盟最强的黑魔法师。跟他搭档的郭旋也不弱，两人的组合默契无间。

　　谢树荣和白轩在两位黑魔法师的猛攻之下，最终还是没能逆转局面，当然这也在李沧雨的预料之中，毕竟肖寒开局打出的劣势太大，阿树想要扳回来可不是那么容易的事。

　　第三回合，李沧雨带着顾思明上阵。

　　小顾在擂台阶段出场次数不多，今天李沧雨带他上场，也是想让顾思明发挥圣骑士的保护作用，只要小顾能保护好自己，李沧雨才能没有后顾之忧地进行输出。

此时，颜瑞文和郭旋都是 40% 左右的血量，李沧雨为了迅速杀掉两人，一开场就来了一段大爆发，只见精灵族召唤师的水火风雷四大精灵同时出现，如同洪水猛兽一般扑向对面的黑魔法师，正是李沧雨的招牌技能——大灾变！

结果就是，颜瑞文和郭旋被李沧雨一个大招瞬间给秒了！

颜瑞文："……"

郭旋："……"

观众们："猫神牛爆了。""一招秒掉两人，我们猫神就是这么帅！""按照肖寒的形容——师父你真的非常很好。""非常很好 +1！"

直播间内的粉丝们激动得语无伦次，这一幕场景看起来也确实帅气。

不过颜瑞文还是相对淡定，被秒之后无语片刻，然后微微笑了笑，拍拍一脸茫然的老搭档郭旋的肩膀，道："走吧，猫神不乐意跟我们打，快去叫队长换人。"

郭旋很困惑，一边走一边说："我还没反应过来，正准备往柱子后面躲就被他的宠物给爆死了，哪有一见面就开大灾变的啊！他这么打也太拼了吧？"

说到这里，两人正好走到凌雪枫的面前，颜瑞文笑道："凌队，该下个组合了。"

凌雪枫表情平淡地点了点头，道："非凡，林柯，准备出战。"

风色战队派出第三对搭档的时候观众们无疑是惊讶的，因为大家在屏幕中看到的 ID 是"非同凡响"许非凡还有"木林森"林柯——并没有看到队长凌雪枫出战。

李沧雨对此也略为惊讶，但他很快就想明白了，凌雪枫这是要让他给风色战队的新人当陪练啊？风色这个赛季刚出道的小少年林柯，确实没有跟高手对局的机会，凌雪枫把他放到守擂这样重要的位置，显然是想锻炼一下这个新人。

　　不少风色的粉丝没看见凌队出场心里都有些纳闷，但大家对凌队的决定一向不会质疑，也给了这个出场很少的小选手热烈的掌声来鼓励他。

　　解说间内，寇宏义看到导播将镜头对准了小少年，便笑着说道："林柯今年才17岁啊，是电竞选手状态最容易提升的年纪，凌队把他放在第三位守擂，磨炼新人的意图很明显——当然，风色战队目前排在积分榜第一名，用这场比赛来练练新人也无可厚非。冰姐觉得许非凡和林柯对上猫神的胜率有多大？"

　　"我预测不到五成。"于冰很肯定地说。

　　"怎么会呢？"寇宏义疑惑地说，"猫神虽然一招杀了两人，目前还是满血状态，可大灾变这个技能在用过之后他的宠物召唤会进入一段时间的真空期，在接下来的十几秒之内猫神几乎没有任何技能可用。大灾变耗蓝量极大，他的蓝已经用掉了三分之一，在这样的状态下对上满血满状态的黑魔法师和血族召唤师组合，你还认为他的胜率会超过50%？"

　　"我对猫神有信心，看下去就知道了。"于冰并没有多做解释，只简单干脆地说了这么一句，寇宏义只好笑笑说："那就让我们拭目以待吧，看看猫神究竟能不能在逆境中翻盘！"

　　寇宏义刚才的分析也是很多观众们意识到的问题——李沧雨一个大灾变送走了颜郭组合，看上去确实很帅，但实际上，他强开大爆发的后果就是技能全部冷却，目前没有任何宠物在他的身边。

　　要知道，没有宠物的召唤师就像是没有剑的剑客，在赛场上只能任人宰割。只要风色战队的许非凡和林柯能把握机会控住他，十几秒的时间他几乎是必死的结局。

　　当然，猫神刚才强开大灾变的做法也可以理解，因为跟风色的双黑魔法师消耗下去的话对沧澜只会越来越不利，他迅速送走颜郭组合直接进入三阶段也是最合适的做法。

　　只可惜，大爆发之后的猫神防御力非常脆弱，接下来他要如何应付，自然成了所有观众们关注的焦点。

　　电视机前的程唯着急地站了起来，一双大眼睛目不转睛地盯着大屏幕，恨不得冲进去帮李沧雨打一把。谭时天嘴上不说什么，心里对沧澜的这局擂台却并不看好，肖寒前期落后的血量谢树荣在二阶段没能扳回来，李沧雨强行开大，带着"技能全冷却"的劣势进入决战阶段，这局不出意外的话沧澜很可能会输。

　　但沧澜的粉丝们却还抱着一丝希望，希望李沧雨能够创造奇迹——这个男人不就是经常创造奇迹吗？在逆风局翻盘又不是没有过。

　　现场的风色粉和电视机前的沧澜粉们都屏住了呼吸，生怕自己错过一个镜头。

　　隔音房内，李沧雨的表情格外平静，左手虚按在键盘上，右手稳稳地握着鼠标。黑暗的石窟中，林柯和许非凡的组合很快就出现在视野中。他的视力极好，哪怕洞穴里光线昏暗，他也能一眼看准对手的位置。

　　当然，在他看到许非凡的同时，对方也看到了他。

　　许非凡是风色前任副队长凌雪枫的亲表哥袁少哲带出来的徒弟，也被凌雪枫指导了很长一段时间，他的血族召唤师可以说是融合了袁少哲的消耗战术和凌雪枫的暴力打法，该爆发的时候能打出极强的伤害，该拖延的时候也能技巧性地召唤各种宠物跟对手消耗。

　　可以说，许非凡在风色战队的角色，更像是一个万金油，打法非常灵活。这些年风色战队一直以双召唤师作为核心战术，许非凡跟凌雪枫搭档多年，意识比起当年那个"小许"来说更是提高不少。

　　李沧雨曾经跟许非凡交过手，但时隔多年，如今站在面前的青年已经不是当年那个新人了，许非凡的水平和意识跟程唯、谢树荣这些一流选手比起来并不差。

　　也正因此，风色的粉丝们都觉得许非凡可以无压力地赢下老猫——毕竟那只猫技能全冷却，没有宠物的猫可不就是只任人欺负的病猫吗？

　　可事实证明，李沧雨才不会任人宰割！

　　许非凡出手果断，一见面就放出一只黑蜘蛛，果断地朝李沧雨咬了过去。

只要被黑蜘蛛定身，李沧雨就会面临被两位输出连控集火的悲剧，然而，当黑蜘蛛迅速爬到李沧雨脚下时，观众们只觉得眼前一花，那个身穿白色精灵族服饰的召唤师，瞬间就从许非凡的面前失去了踪迹。

林柯怔了怔，立刻跟上后续控制，黑魔法师的"黑暗恐惧"技能迅速读条朝李沧雨所站的位置丢过去，然而，大家只见眼前人影一闪，李沧雨又一次技巧地避开了。

两个人的两个控制技能全部打空，风色的粉丝们全都目瞪口呆——怎么李沧雨突然学会了瞬移术吗？还连续瞬移了两次？

直到导播慢镜头回放的时候，大家才看清楚刚才发生了什么。

——是飞羽步！

沧澜的粉丝们激动地欢呼起来，连解说间内的于冰都激动地攥紧了手指。

她就知道，李沧雨从来不会坐以待毙！

"我刚才说错了！"寇宏义也意识到自己犯了个严重的错误，赶忙开口补救，"猫神并不是所有技能都进入了冷却，他只是召唤宠物的技能全部冷却，但他还有种族通用技能可以使用——精灵族的飞羽步！"

飞羽步，这是所有精灵族在出生时就自动掌握的技能，可以提高移动速度，随着等级的提升而加成。联盟出名的精灵族选手比如弓箭手谭时天、猎人江旭等等都会这个技能。

但大家并没有看见过谭时天能这么快的瞬移，对此，寇宏义解释道："李沧雨在属性的加点上是走非常偏门的全敏捷路线，他是神迹联盟敏捷属性最高的选手！由于敏捷属性的加成，他开飞羽步时的移动速度也是最快的！我现在总算明白他为什么在第二阶段毫不犹豫地开了大灾变，因为，哪怕他开大之后技能冷却、防御虚弱，对手也没那么容易杀死他——因为他跑得快啊！想杀我，你倒是追上我啊！"

观众们："……"

于冰听到这里也微笑了一下，说道："凌雪枫今天选择黑暗石窟地图，本意是想给风色的队员们提供便利，却没想到会被机智的李沧雨反过来利用。在这样的地图，开着飞羽步加速跑的话，速度快，地形又复杂，对手确实很难追得上他。"

屏幕中，李沧雨开着飞羽步，如同一片白色幻影，在黑暗石窟中快速移动，晃得人眼花缭乱，许非凡别说是控制住他，连他在哪儿都要找个半天，头都要大了……

台下观战的凌雪枫看到这一幕心里也挺无奈——这只猫就是聪明，随机应变，开着飞羽步转身逃跑，在复杂的石窟当中来去穿梭、如鱼得水。

李沧雨的走位水平放在世界上都是一流水准，林柯不可能追得上他，等他的技能冷却时间结束，就会更加难打。

果然如凌雪枫所料，没过多久，林柯就被李沧雨给绕晕了，初期的优势荡然无存，反倒是李沧雨非常冷静地从石柱后面钻出来，果断的水精灵召唤将林柯定在原地。

他的宠物技能冷却终于好了，火精灵也紧跟着召唤出来，接二连三的火球在黑暗的石窟内相继出现，如同放起了绚丽的烟花。

旁边的顾思明则一直被许非凡追着打。

比起新人林柯来说，许非凡的大赛经验丰富，判断局势更加冷静清晰，在李沧雨逃跑的那一刻他就放弃去追，因为他知道自己不可能追上开着飞羽步的精灵族。他想转移目标回头杀顾思明，但小顾也是个小滑头，居然趁机躲去了柱子后面。

四个人在石窟里玩起了捉迷藏，许非凡要杀掉顾思明，也着实费了好大的力气。

——〔老猫〕击杀了〔木林森〕！

——〔非同凡响〕击杀了〔顾名思义〕！

两条消息一前一后弹出来，双方变成 1V1 的局面，但显然，李沧雨的状态反比许非凡要好，因为他杀林柯杀得很轻松，而许非凡杀皮厚的圣骑士却消耗了大量的技能。

结果却是李沧雨最终依靠雷精灵的大招，一波带走了许非凡。

——擂台第一局，沧澜战队胜！

这局擂台的走势让不少观众都深感意外，完全没想到，在初期劣势那么大的局面下，李沧雨居然能凭借个人实力将局面成功逆转……

现场的风色粉丝们脸上的表情都是呆滞的。不少在网上看直播的粉丝忍不住在评论区刷屏："凌队，你怎么能放任那只猫在我们的地盘上如此放肆啊！赶紧出来打死他。""凌队亲自上场收拾那只猫！""凌队别练新人了好吗，风色主场要是被沧澜 3∶0，那会丢人丢到太平洋的。"

比赛还没开始的时候，70% 的观众都在猜测沧澜会被 3∶0 剃光头。

然而如今，却有不少观众开始担心——可别是风色反被剃光头吧？

这也是竞技比赛的魅力所在，不到最后，谁也不知道赛场上会发生什么。而李沧雨，就是最会创造奇迹、抓准时机逆转局面的选手，这也正是他可怕的地方。

意识到这一点之后，不少看比赛的路人观众都对李沧雨路转粉，大家突然发现，这个脾气直率、性格坦然、讲义气又有担当的男人，身上其实有不少闪光点，他那么优秀，哪怕面对凌雪枫这样的强敌，也能在逆境中找到翻盘的机会。

中场休息时间，风色战队的隔音房内，凌雪枫很平静地将众人召集到一起，按照赛前的布置再次交代了一遍战术安排。而沧澜战队这边，拿下第一局的李沧雨脸上的表情明显轻松了许多，跟队友们仔细分析着接下来的应对方法。

双方隔音房内气氛看上去都有些紧张，现场观众也有不少人紧张地盯着大舞台。

第二局比赛很快开始，凌雪枫提交的地图依旧是黑暗石窟，而沧澜战队派出的第一个组合却是——卓航和黎小江！

卓航和黎小江对上风色，按理来说并没有多大胜算，但风色这边的第一回合居然派出林柯和许非凡，林柯同样是新人，卓航心里自然也多了几分信心。

　　这样的地图，小黎的动作慢了些，没多少优势，可卓航手速快，在石柱周围布置陷阱的话可以保护好黎小江，倒也不是不能打。

　　双方在石窟内周旋了一阵，黎小江率先找到机会，一招黑暗恐惧过去，将对面的林柯给控制住，卓航立刻跟上后续伤害，连续一堆陷阱爆破，将林柯给打成残血。

　　林柯大概是大赛经验太少的缘故，打得有些束手束脚，刚才又被李沧雨逆袭翻盘，心态不是很稳定，第二局也不够谨慎。但他很快就反应过来，反手控住卓航，许非凡立刻接上宠物攻击，将卓航也打残。

　　双方纠缠片刻，一度将战局拖到十分钟。

　　最终卓黎组合被杀，黎小江也很给力地杀掉林柯，最后又死在许非凡手里——风色的第一组搭档只剩许非凡一人，优势并不大。

　　卓、黎两人的表现让李沧雨十分欣慰，他之所派出这两个家伙，是因为小江在上一局没有出场，连续两局坐冷板凳的话小江最近良好的状态不一定能保持，他想验收一下小江这段时间练习的成果，结果也让他非常满意。

　　拍了拍两个少年的肩膀让他俩坐下，紧接着，沧澜这边又派出树白组合。

　　这几乎没什么意外，树白经常在二阶段出场，优势局将优势扩大，劣势局尽力追赶，这一场初期劣势并不大，谢树荣和白轩也稳定地保持到了最后。

　　就看第三阶段了！

　　风色派出的居然是秦陌、贺群！

　　不少风色粉都要抓狂了："凌队今天怎么回事？""一直坐在下面不出来，这是想干吗？""凌队，见到猫神这个'老朋友'你还害羞了不成？！快点出来打死老猫啊！"

　　不管观众怎么着急，隔音房内的凌雪枫却依旧没什么表情，英俊的脸在镜头下几乎毫无瑕疵，男人安静地坐在那里，冰冷得如同一尊雕像，只是，那双深邃的目光一直盯着直播屏幕不放。

沧澜这边，第二局擂台收尾的是李沧雨和章决明，在老章的辅助下，李沧雨一套爆发，不客气地强杀掉风色的祭祀，李沧雨就是神迹联盟爆发能力极强的选手之一，血牛组合在他的面前根本没办法拖到后期。

——沧澜战队胜！

这个结果，就连电视机前看比赛的职业选手们都有些搞不懂。

"我说，凌雪枫今天是在放水吗？"鬼灵战队宿舍内，张绍辉忍不住吐槽道，"就算风色战队目前排在积分榜第一，沧澜排在倒数，他连续两局放水也太明显了吧！"

"他不是放水，你不要只看表面。"楼无双扶了扶眼镜，说道，"这局比赛风色不管输赢对排名的影响都不大，他是在拿这难得的机会让队员们增长见识，让新人开开眼界，挑战一下最强的召唤师，这个做法也说明李沧雨在他心里的分量，是其他战队的大神没法比的。"

张绍辉一脸茫然："啊？是这样吗？"

楼无双忍耐着敲烂他这笨脑袋的冲动："废话！你以为凌雪枫是那种会在比赛放水的人吗？你也不看看常规赛的安排，这一场沧澜在魔都打风色，第二轮顺序反转，风色对手又是沧澜。说不定沧澜今年会进季后赛，他们还能在季后赛相遇，所以，没必要第一场比赛就曝光全部战术，凌雪枫明显是有所保留。"

张绍辉恍然大悟："哦，这么看来，他是深谋远虑连下一场比赛都考虑进去了吧？"

楼无双点头："嗯。"

张绍辉嘿嘿笑着挠了挠头，说："还是我哥聪明啊，我怎么就没想到！"

楼无双能冷静地看穿凌雪枫的想法，但网友们却不一定能够理解，虽然不至于骂凌雪枫放水，可对风色今天的擂台安排不满的粉丝也非常多。

第三局很快就开始了，风色战队和沧澜战队前两个阶段打得非常激烈，颜郭组合和树白组合甚至拼到空蓝的地步，终于到了守擂的关键时刻，双方粉丝都紧张地看着大屏幕……

风色出场名单:牧羊人、不死魔灵。

沧澜出场名单:霜降、老猫。

那一刻,不仅现场的观众激动地跳了起来,就连电视机前看比赛的职业选手们也激动得双眼发亮——凌雪枫带着秦陌,对战李沧雨和肖寒!

千呼万唤始出来的魔族最强选手凌雪枫,终于在第三局的守擂阶段带着徒弟出场,而巧合的是,凌雪枫师徒居然对上了同样带着徒弟出战的李沧雨。

师徒组 VS 师徒组,光是这个对阵名单就足够引爆记者们的眼球。

寇宏义不禁感慨道:"风色和沧澜,黑红、白蓝的队服很像是情侣装,两边都有一个小太子,队长又都是召唤师,感觉真像是命中注定的对手啊!"

李沧雨和凌雪枫的这一场对局让双方粉丝都激动起来,直播间内的评论瞬间刷了上万条,都是给凌队和猫神加油的。两人自从出道以来就一直被记者和粉丝们拿来比较,谁是最强召唤师这个问题始终没有定论。

前三个赛季,他俩总是心有灵犀地在擂台阶段彼此错过,今天,可算是对上了!

千载难逢的顶尖召唤师对决!

记者们都瞪大了眼睛,准备好电脑,打算一边看比赛一边写新闻报道,说不定待会儿还能抢个网站头版头条。

导播也很给面子地给了双方选手一个特写镜头,凌雪枫依旧表情冷淡,李沧雨则神色平静,两人的左手都轻轻地放在键盘上,从特写的大镜头可以看见他们修长有力的手指——那是拥有神迹联盟最高手速的双手。

爆发能力最强的两位选手对决,场面肯定会特别热血!

观众们都这么认为,事实也证明大家猜对了。李沧雨和肖寒在黑暗石窟刷新之后,立刻快步往地图中间赶去,而凌雪枫和秦陌同样没有浪费一秒钟的时间,双方在地图中央相遇的那一瞬间,只见李沧雨突然毫无征兆地快速召唤出水、火、风、雷四大精灵,所有宠物如洪水猛兽般朝着凌雪枫师徒二人猛扑过去——精灵族大灾变!

而同时，凌雪枫也手速爆发，以肉眼无法分辨的速度，极快地召唤出魔族巫妖、骷髅步兵、黑乌鸦和魔神，一团黑暗中带着血腥的气焰在周围升腾、跳跃，如同挥散不去的烟雾一般，瞬间席卷了李沧雨师徒二人——魔神狂暴！

现场的观众直接惊呆了，不少前排的观众甚至惊掉了下巴。

连嘴巴闲不住的寇宏义都因为惊讶而忘记了说话，于冰更是一脸复杂的神色。

这两人也太夸张了吧？见面就甩大招，互相甩大招？

李沧雨的大灾变这个技能不少观众都见过，威力强大，几乎能直接爆死一个半血左右的脆皮对手，但这个技能的缺点大家也都知道——强开爆发之后会有一段时间进入技能真空期，如果躲不好对手的控制，就很容易被人反杀。

但凌雪枫的大爆发在比赛场上出现的次数并不多，这也是因为风色战队团战时的集火能力相当强悍，颜瑞文、郭旋、许非凡都是很厉害的攻击手，大家联手秒人的速度极快，根本不需要凌雪枫开出"魔神狂暴"这个大招。

这个技能的性质跟精灵族大灾变相似，也是快速召唤出四种魔族宠物，以牺牲全部宠物为代价瞬间爆发出范围极广、攻击力极强的魔族大招，威力比起李沧雨的大灾变也并不逊色。

大屏幕中，精灵族白中带绿的技能光效和魔族黑中带红的烟雾缠绕在一处，气势汹汹地彼此交缠，似乎想要吞噬对方。

但两人大爆发的威力差不多，谁都没能占到便宜，结果便是同一时间开启的大招将场上四人的血量全部压下去一半。

秦陌："……"

肖寒："……"

两个少年都是一脸茫然的状态，完全没想到，师父们居然这么凶悍，一见面就毫不客气地大爆发甩脸！

直播间内，不少观众都激动地开始截屏："千载难逢的大爆发甩脸！""这两人真是心有灵犀一点通，你开精灵大灾变，我开魔神狂暴，谁也不吃亏！""在赛场上一见面就互相甩终极爆发大招的也就他俩了吧？""凌猫 PK 就是不一样，见面甩大招酷到没朋友！"

观众们激动无比，解说间内的寇宏义也总算是回过神来，摸了摸鼻子，感叹道："这么多年没在擂台遇到过，今天一遇到就天雷勾地火，果然是最强对手啊！"

于冰无奈地说："天雷勾地火不是这么用的吧？"

寇宏义意识到自己说错了话，立刻纠正道："那是干柴烈火吗？"

于冰："……"

你乱用词语的水平真的跟肖寒有得一拼了！

不过，寇宏义的形容也确实有点儿道理，这两人今天都很拼，一见面就互开大爆发，这在整个神迹联赛的历史上都不多见。观众们十分激动地截屏纪念这一幕。

隔音房内的两人表情却很淡定，李沧雨的唇角甚至带着笑意——果然，凌雪枫才是最了解他的那个人，知道他要开场爆发，也毫不客气地开了魔神狂暴。

其实，李沧雨见面就开大灾变的原因很简单。以凌雪枫对他的了解，如果开场的时候不放这个技能，后期他根本就别想再放出来，凌雪枫肯定会想方设法地破坏他的攻击节奏，杀掉他的宠物或者打断他的技能。

但刚见面的时候，地图内光线昏暗，凌雪枫眼力再好也不可能瞬间秒杀他的宠物，所以李沧雨才会迅速开出大招先将对方的血量给压下去。不然慢慢跟他打消耗战的话，一旦肖寒那边跟不上，李沧雨师徒的赢面并不大。

结果，两人大招对大招，如同火星撞地球一样，"轰"的一声，把双方的血量全部打掉半血。

从在地图上刷新到互相爆掉半血，这过程只花了不到半分钟的时间，可见凌雪枫和李沧雨的手速有多快。

秦陌和肖寒莫名其妙被打掉半血，直到现在才回过神来。

强开大爆发之后，李沧雨的技能陷入冷却，立刻开着飞羽步瞬移到一根石柱后面，凌雪枫紧跟着追了上去——虽然凌雪枫玩的是魔族移动速度比不上精灵，可他对这张地图早已烂熟于心，李沧雨虽快，可在障碍很多的地图上凌雪枫却可以抄近路。

于是，让观众们再次目瞪口呆的一幕发生了。

当李沧雨从左侧岔路绕过去的时候，凌雪枫并没有直接追他，而是绕去了右边，从上帝俯视的角度可以看到，两人在地图上始终隔着几根柱子，处于互相看不见的状态。可是最终，当李沧雨从左路石柱绕出来的那一刻，凌雪枫却恰到好处地出现在了他的面前——就好像凌雪枫一直在终点等着李沧雨过来一样。

李沧雨："……"

那一刻李沧雨的内心是崩溃的，遇到这么了解自己的对手也是够了，连他走哪条路凌雪枫都能猜到！

果然在路口等到了狡猾的猫，凌雪枫一向严肃的脸上居然露出了一个浅浅的微笑。

观众们此时也是相当无语，感觉这两人对彼此的了解已经到了一般人无法达到的境界——最了解你的人永远是你最强的对手！

而且，凌雪枫刚才是在微笑吗？

由于直播大屏幕中的画面一直对准了赛场正中央，只有旁边的小屏幕会有选手侧脸的镜头特写，坐在后排的观众没看清，倒是前排的凌队死忠粉们一直关注着他的状态，不少人都看到了他刚才微微扬起嘴角的那一幕。

但大家都觉得自己肯定是眼花了。凌雪枫会笑？别逗了！凌队可一直被称为"禁欲男神"，以前不管打比赛还是接受采访、他都是一脸平静的模样，从来没见他笑过。不少人甚至认为，凌雪枫早已失去了"微笑"这个技能。

那么刚才又是怎么回事？大家都一头雾水。

赛场上，成功猜到李沧雨的移动路线并绕路去出口堵住他的凌雪枫，毫不犹豫地放出了魔族的通用技能——魔灵附体。

魔族本就来自黑暗的世界，所有技能也都带着黑魔法的诅咒，魔灵附体这个技能尤其讨厌，被附体的人移动速度瞬间减低80%，会变成慢吞吞的蜗牛，而且，这个附体状态只能被神族的白魔法所解除。

魔灵附体技能不同于其他的减速技能，普通减速技能一般只持续5秒左右的时间，但魔灵附体的可怕之处就在于只要魔灵不解除那么对方就会一直处于减速的状态。

李沧雨身边没有带神族队友，这个魔灵就没法解除掉，那么，他就会一直被凌雪枫的魔灵减速，精灵族敏捷的优势在魔族面前立刻变得荡然无存。

风色的粉丝们看到猫神慢吞吞往前走的模样，忍不住笑了起来："哈哈哈，被我们凌队的魔灵附体了吧，叫你跑！""凌队威武，魔灵趴在老猫的身上，老猫完全走不动了！""飞快的老猫变成了慢吞吞的病猫！"

沧澜粉们都是一脸嫌弃，觉得凌雪枫这手段实在卑鄙！

当然，魔灵附体只是减慢李沧雨的速度，并不能对他造成实质性的伤害。凌雪枫刚才开大之后技能也在冷却期，两人半斤八两，谁也打不动谁，在石窟中大眼瞪小眼。

凌雪枫减速对手的目的也很明显——防止机智的猫绕路去帮徒弟，趁着技能冷却结束一套杀掉秦陌，他一定要盯住李沧雨的动向。

徒弟这边，在师父消失之后肖寒立刻聪明地隐身了，秦陌带着蜘蛛和血蛇在洞穴里四处找他，找到一半，发现凌雪枫在地图上标了一个记号，秦陌会意，调转方向前往师父所在的地方。

看到被减速的猫神，秦陌心下一喜，放蛇去咬人，结果，血蛇刚爬到李沧雨附近，就被一个突然现身的刺客一刀砍了下去——肖寒也赶过来保护师父了！

李沧雨趁着这个机会又一次闪身到石柱后面，凌雪枫立刻追了过去，留下秦陌和肖寒在原地单挑。

两个小徒弟："……"

他俩从认识的那一天开始，就经常被师父们抛弃，都已经变成习惯了。

李沧雨在洞穴内穿梭了一阵，凌雪枫一直紧追不舍，很快，技能冷却的时间过去，李沧雨猛然停下脚步，反手就是一招水精灵的冰冻强控。

然而，凌雪枫像是早就猜到一般，一个巧妙的侧滑成功避开了这个技能！

李沧雨突然回头攻击就够让人意外的了，结果，凌雪枫居然还能躲开……

他俩是长了一个脑子吧？

观众们越看越觉得这局比赛有些奇怪，感觉就像是自己在跟自己的影子对决，凌猫两人的彼此了解和默契，甚至不输于鬼灵战队一起长大的楼张兄弟。

李沧雨的水精灵控制技能放空，倒也不着急，绕去一根石柱的后面，读条迅速召唤出火精灵和雷精灵——他的移动速度虽然被附体的魔灵影响，但攻击速度却不受任何影响，原地读条召宠物依旧快得人眼花缭乱。

等凌雪枫在石柱后面找到他时，迎面而来的便是火精灵的火球和雷霆之怒的群攻大招！

这一次凌雪枫只躲掉了火球，但雷霆之怒的范围性攻击还是硬生生地吃了下来，血量从原本的 50% 降低到 25%。

这个血量已经很危险了，联盟不少大神的爆发连招就能一波将他带走，风色的粉丝们都有些着急……

但事实证明，凌雪枫在残血的状态也相当淡定，被李沧雨的群攻技能击中之后，他立刻毫不犹豫地反击——骷髅步兵、骷髅爆破！

只见两只魔族的骷髅一左一右将李沧雨围住，骷髅爆破所造成的伤害，也将李沧雨的血量打下去 25%——两人的血量再次拉平。

而魔灵附体的时间在这一刻也终于结束了，李沧雨又恢复了之前的移动速度，开着飞羽步再次消失在凌雪枫的视野当中。

观众们的情绪都不由得紧张起来，不少人甚至坐立难安。两位大神全都残血，谁能率先抓住机会，谁就能击杀掉对方。

更让人担心的是，两个小徒弟在旁边单挑了半天，这时候也把对方打成了残血。

肖寒在这一局其实发挥得还不错，至少没有犯第一局那样不小心被祭祀的护盾反弹伤害的低级失误。

他很聪明地利用隐身技能跟秦陌拖延了片刻，绕到秦陌背后，也打出了一套漂亮的刺客连击，但秦陌的比赛经验比肖寒要丰富，在被击中后，立刻召唤出蜘蛛将肖寒强行定在原地。

秦陌对于快速召唤宠物的打法已经非常熟稔，血蛇的啃咬让肖寒身上带了好几层的掉血效果，而血族有个特色就是"攻击附带吸血"，秦陌原本血量跟肖寒差不多，这一波下去，血量又吸回来了一些。

肖寒也是血族，但他对攻击吸血的技巧显然掌握得没有秦陌那么纯熟，时间一长，秦陌利用技能攻击所吸取的血量就渐渐地超过了肖寒。

在李沧雨和凌雪枫全都是 25% 残血状态的时候，肖寒只剩 10% 血量，秦陌剩 15%。

肖寒的血条一直在闪红光，他立刻战斗隐身藏了起来，因为在这种状态下，如果秦陌开一次吸血蝙蝠的大招，他很可能会被直接秒杀。但肖寒低估了秦陌敏锐的洞察力，在他刚要开启战斗隐身的那一瞬间，秦陌却提前开出了吸血蝙蝠的大招、黑压压的蝙蝠扑腾着飞过来，将残血的肖寒果断带走！

——[牧羊人]击杀了[霜降]！

这条消息弹出来的那一刻，风色的粉丝们开始激动地欢呼。

肖寒挂了，秦陌还有 15% 血量，凌雪枫剩 30% 血量，两个人打猫神一个，这明显就是稳赢的局，不少人都想提前庆祝了。

然而，李沧雨并没有那么快就认输，肖寒挂掉的那一刻，他已经赶到了地图另一边的战场，从石柱后面看见了残血的秦陌，李沧雨手速一阵爆发，召唤出风精灵将凌雪枫卷去远处防止他的干扰，然后又利用火精灵的攻击技能，将秦陌的血量一口气清空。

——[老猫]击杀了[牧羊人]！

这瞬间爆发力让秦陌佩服无比，在看到猫神过来的那一刻，他本想招出死亡骑士来保护自己的，结果，读条刚读到一半，就被猫神的火球给打断，再也没能召唤出来。

也就是说，李沧雨的反应速度比他至少快了0.5秒，这就是他跟大神意识上的差距。

秦陌对此心服口服，被杀之后，他继续认真地盯着电脑屏幕，看师父和猫神接着打。

风色的粉丝们又紧张起来，刚才还觉得2V1稳赢，现在又觉得心里没底，谁能想到猫神会用最简单的火球连击一口气收掉秦陌？

解说间内，由于战局太过激烈，两位解说也不敢说太多废话打断观众们看比赛，但李沧雨在杀掉秦陌后又一次开着飞羽步离开了凌雪枫的视野，找到空隙时间的于冰立刻说道："看来，猫神今天的战术思路非常明确，他要依靠敏捷上的优势跟凌雪枫周旋，慢慢打消耗战寻找机会。"

这一点观众们也能看得出来，自从开场见面大招甩脸之后，李沧雨就一直在石窟内绕路、找机会出手，他并没有跟凌雪枫对拼，因为，他跟凌雪枫对拼到两败俱伤之后，肖寒是打不过秦陌的，这样沧澜肯定输。

所以，他一边跟凌雪枫周旋，一边还要仔细观察秦陌那边的情况，直到现在，他终于趁机成功收掉了秦陌，剩下他跟凌雪枫1V1的时候，他又开始依靠敏捷优势打起了游击战。

李沧雨的技能比对方少，更要小心应对，否则，一旦凌雪枫抓到机会死的就是他。

观众们屏住呼吸看着大屏幕，只见穿着一身白色精灵族服饰的李沧雨在石窟中快速游走，凌雪枫在后面追击，两人在绕过一段地形复杂的石柱群之后，终于在前面的空地相遇。

李沧雨起手就是雷精灵的大招。他之所以一直绕路，就是为了等这个大招冷却时间结束，他的蓝已经不多了，只够放这个大招，只要大招命中，就足以带走残血的凌雪枫。

然而，李沧雨读条读到一半，却被凌雪枫强行打断。

秦陌的反应速度比李沧雨要慢，可凌雪枫的反应速度却不输于李沧雨，在彼此见面的那一瞬间，凌雪枫几乎是妙招了魔族女妖，然后用了一个读条最短的技能——魅术。

女妖的魅术释放速度很快，快于李沧雨的雷霆之怒大招读条时间，这也使得李沧雨还没读完技能，就被魅术给强行拉到凌雪枫的身边。

魅术的强拉，不仅把李沧雨给拉了过来，还打断了他的技能读条，可见凌雪枫对技能释放时机的把握也相当精准。

将对方强拉过来之后，凌雪枫也开了魔族大招——魔神降临。

他明显想强杀掉李沧雨，结果却被李沧雨妙招的水精灵给打断！

——你打断一次，我也打断一次，这真是相当公平。

观众们都有些无语，你俩25%血量都要打半天，互相丢技能就跟秀恩爱一样，能不能速战速决，大家的心脏都快要受不住了。

似乎察觉到了观众们的怨念，凌雪枫这次直接强了魔族的黑乌鸦。

铺天盖地的黑乌鸦朝着李沧雨头顶压过去，瞬间遮挡住对方的全部视野——这是李沧雨最讨厌的技能，没有之一。

被挡住视野的李沧雨自然不能乱放技能，而凌雪枫也趁着这短暂的视野控制时间，快速移动到李沧雨侧面，读条召唤出魔族骷髅步兵，朝着李沧雨果断地围了上去……

——［不死魔灵］击杀了［老猫］！

当这条消息在大屏幕上弹出来的那一刻，风色的粉丝总算是松了口气。

沧澜粉就有些郁闷了，不过，想到之前已经拿下两局，这一场的总比分是 2：1，大家阴霾的心情又渐渐地好转。

被杀的李沧雨，脸上并没有流露出失望或者沮丧的表情，反而露出了一个帅气的笑容，在公屏快速打字道："意识不错啊，黑乌鸦一直留着这时候才用？"

凌雪枫表情严肃："总不能让你打个3:0。"

李沧雨笑得更开心了："我刚开始其实做好了被你3:0的准备的，2:1真是捡便宜了，你不怕记者们说你放水啊？"

正在电脑前打字准备写凌队放水的记者，看到这句话目光不禁有些呆滞……

凌雪枫坦然道："我打比赛从不放水，能拿2分是你的本事。"

李沧雨十分得意："谢谢凌队的夸奖！"

凌雪枫问："连续打三局，累吗？"

李沧雨说："还好，三局擂台中间休息的时间比较多，要是三局团战就不行了。"

凌雪枫说："那回去早点睡吧。"

队员们："……"

观众们："……"

裁判面无表情地看着他俩聊天，片刻后，实在是受不住了，咳嗽两声，在语音频道提醒道："双方队长，请回头再聊，先确认比分并在表格上签名，谢谢。"

裁判助理将本场比赛的表格拿给两人签名，李沧雨和凌雪枫这才配合地走下选手席，在成绩确认表上签下了自己的名字。

比赛结束，大屏幕上终于打出沧澜2:1风色的比分。

只不过现场的风色粉们还沉浸在震惊当中。这是神迹职业联赛开赛整整七年以来，凌雪枫第一次在比赛开场大爆发跟对手血拼，又在结束后跟对手在公屏上打字聊天。

今天的凌队到底哪里不对？

CHAPTER 12

赛后采访

SUMMONER OF LEGEND

按照规矩，比赛获胜的一方要主动过去握手，李沧雨在确认成绩的表格上签完名之后，就带着几个队员走到了风色战队的隔音房，微笑着说道："没想到这回是我们赢。"

　　凌雪枫站了起来，张开双臂将他轻轻抱进怀里，低声说："恭喜。"

　　台下的风色粉们目瞪口呆。

　　——凌队今天真是哪里都不对啊！

　　神迹职业联赛开展七个赛季，整整七年以来风色战队迎战过不少对手，成绩有输有赢，但是，谁见过凌雪枫在赛后跟对手拥抱的？

　　总是一脸严肃性格冷淡的凌队，平时比完了都是跟对方队长握个手。若不是今天亲眼所见，大家根本不敢相信他居然也会跟人拥抱？

　　"那只猫快放开我们凌队！""凌队的初抱居然给了老猫，这个世界好不真实！"无法来到现场的风色粉，看见直播屏幕中的这个画面立刻不淡定了。

　　可被拥抱住的李沧雨却非常淡定，微笑着回抱了一下凌雪枫，两人这才分开。

　　跟在李沧雨后面的队员依次跟风色的队员握完手，轮到肖寒的时候，肖寒乖乖跟其他人握手，可当他走到秦陌的面前时，却突然伸出双臂一把抱住了秦陌。

　　秦陌："……"

　　小太子一脸呆滞的表情，倒可以让风色粉也截图做一个表情包。

　　呆了片刻后，秦陌回过神来："你抱我干吗？"

肖寒认真回答："学习师父，表达一下你在我心里是非常特别很好的朋友。"

听着他诡异的形容，秦陌的肚子都快笑抽了，可是，感觉到混血少年温暖的怀抱，秦陌的心里也莫名变得柔软下来。他轻轻摸了一下肖寒的金色头发，说："嗯，好朋友你可以放开了。另外，特别、非常、很好这三个词，用一个就够了，不要重复使用。"

肖寒放开他，点头道："哦。"

秦陌刚要回头去整理键盘鼠标，结果又听肖寒凑到他耳边问："禁欲是什么意思啊？"

秦陌："……"

肖寒一脸请教对方时的认真表情："他们都形容凌队是'禁欲男神'，这个到底是什么意思？跟其他的男神有什么区别？"

秦陌差点被口水给呛到，咳嗽两声后，才尴尬地摸了摸鼻子，说道："咳……就是……比较冷淡的意思吧。"

肖寒问："是吗？"

秦陌心虚地点了点头："嗯。"

肖寒想了想，说："我知道了。"然后他就转身走了，一副若有所思的样子。

秦陌看着他的背影哭笑不得——这家伙对很多词语的意思都不理解，真不知道他以后还会闹什么笑话。上帝保佑，肖寒千万别在记者面前乱说！

解说间内，寇宏义见双方队员握完手回到自己的隔音房里收拾东西，便笑着说道："观众朋友们，这一场比赛已经结束，常规赛第一轮循环赛也彻底结束，让我们来看看目前的排名情况。"

导播调出了联盟官网的积分榜，寇宏义简单介绍道："风色战队依旧排在第一名，第二名飞羽，第三鬼灵战队，第四名时光，第五名红狐……第六名是沧澜。"寇宏义顿了顿，接着说，"大家应该还记得，上周的时候沧澜战队是排在第七位的，这一场比赛 2:1 让沧澜的名次上升了一位变成第六。清沐排到第七，猎豹战队依旧垫底。"

于冰说："第二轮常规赛会交换主客场，只有前四名能进入季后赛，竞争依旧相当激烈。除了风色的成绩不出意外稳进季后赛之外，第二到第六名的成绩肯定还会有所变动。"

寇宏义点了点头："接下来，联盟会给所有战队放七天长假，作为赛季中途的调整期，在这里要给大家公布一个好消息，神迹中国区的嘉年华项目也会在这周时间内举办。往年的邀请赛是季后赛开始之前举办的，但是今年，为了给世界大赛让出足够的准备时间，我们的赛程安排也进行了相应的调整。"

于冰让导播把官网的页面放到大屏幕上，解释道："今年的嘉年华依旧采用投票形式来决定名单，总共有十二个名额，每个名额都非常珍贵。在神迹官方论坛注册的会员可以登录自己的账户，后台会自动获得三张嘉年华选票，大家可以将选票投给你喜欢的选手。"

寇宏义补充道："本次投票的截止日期是下周二，嘉年华开始的时间在下周六的下午两点半，希望大家不要错过给喜欢的选手投票的机会！"

两人配合默契，迅速将联盟官方要求公布的消息解说完毕。

听到这个消息，粉丝们瞬间激动起来，投票通道开启之后，凌雪枫、谭时天、苏广漠这三大高人气选手的票数立刻蹿到五千票以上，其他选手的粉丝们也不甘落后，票数排行榜上竞争格外激烈……

而此时，凌雪枫正在后台准备参加赛后采访。

这回采访他只带着秦陌出席，有一位大胆的记者不客气地问道："凌队，今天风色跟沧澜打出1∶2的成绩，不少人都说你在放水，你对此有什么解释吗？"

凌雪枫看了她一眼，淡淡地说道："没什么好解释的。"

现场空调的温度似乎变低了，不少记者都觉得脊背发冷。

冷场片刻后，又有记者站起来道："我想问凌队一个问题，老猫这位选手你是怎么评价他的？据说你们认识很多年了，你们是对手的同时，是不是私交也不错？因为今天赛后看见你们互相拥抱，关系似乎很好的样子？"

凌雪枫平静地说："在我看来，李沧雨是一位特别优秀的选手，他自身的水平很高，更难得的是，这些年他虽然历经挫折，却从来没有过放弃的念头，他的性格非常坚毅，磨难只会让他变得更加强大，这也是我最佩服他的地方。"

很难听到凌雪枫这样夸奖一个选手……

不过他说得也没错，李沧雨这些年经历那么多，却从来没放弃过，从FTD战队的解散，到武林沧澜战队的解散，整整六年，没有任何收获，换成一般人早就改行了，可李沧雨却始终不忘初心，重回神迹的他仿佛还是当年那个敢打敢拼的少年。

这个男人的身上就是有一种不怕死、不怕输、勇往直前的毅力，如凌雪枫所说，挫折和磨难，只会让他变得更加强大。

见记者们都认真听着，凌雪枫顿了顿，继续说道："李沧雨对我而言不只是对手，更是朋友。我们认识很多年，同是召唤师，平时也会经常交流心得，他就像一面镜子，能照出我的不足，激励我去进步。能有这样一个旗鼓相当的对手，我其实非常幸运。他能重新回到神迹，我真的很高兴。"

凌雪枫在说出这些话的时候脸上的表情严肃而冷淡，可他的目光却明显变得柔软下来。不少记者都被他们又是对手、又是朋友的情谊给感动了，忍不住为他们鼓掌。

有记者突然站起来道："凌队，第七赛季结束后还会有世界大赛，你有没有想过有一天能跟老猫这个最强的对手并肩而战？！"

这也是很多记者关注的问题，大家都不禁竖起了耳朵。

凌雪枫唇角一扬，斩钉截铁地说："当然，这是我最大的期待。"

记者们的掌声更加热烈了。通过今天的比赛，大家确实看出李沧雨水平有多牛，能跟凌雪枫几乎打成平手的大神在神迹联盟真的不多，更何况，李沧雨拥有跟凌雪枫一样超过500APM的爆发手速，这可是能跟国际知名选手相比的手速。

如果有一天，他俩能并肩而战，那个画面肯定会很热血。

有记者回过神来，将问题指向秦陌："秦陌，今天跟沧澜的肖寒对决，你赢了他，但他却在公屏说总有一天会超过你，你对这样的公开挑战有什么看法？"

秦陌拿起话筒，认真地答道："肖寒现在还有些稚嫩，但他很有天分，我相信他很快就能成长为一个优秀的职业选手。至于超过我……"秦陌笑了笑，少年青涩的脸上满是自信，"那也要看我答不答应。他在进步的同时，我也会进步的！"

后台的肖寒盯着屏幕，认真地说："我进步比你快，这样不就超过你了吗？"

李沧雨满意地揉揉徒弟的脑袋："有志气！"

不知道是故意为之还是心有灵犀，沧澜在接受赛后采访的时候，也是李沧雨带着小徒弟肖寒一起出席。记者们看见这对师徒，心里颇为无语——你们这是商量好的吗？

有记者站起来问道："猫神，刚才凌队对你的评价你听到了吗，心情如何？"

李沧雨笑："当然很高兴。凌雪枫难得夸人，今天夸我的时候用的台词，估计是他接受采访以来最长的两段话，对吗？"

记者们："……"

你这得意的表情是怎么回事啊，被凌雪枫大段夸奖有那么让你得意吗？

有记者起哄道："猫神要不要回礼也夸一下凌队？"

李沧雨顿了顿，认真地道："凌雪枫的好，不是我这贫乏的语言能够形容的。"

记者们："……"

这夸人技巧也是点到满级了，一句话胜过千言万语。

有记者问肖寒："肖寒觉得，自己今天表现得怎么样？"

肖寒说："非常不好。"

他总算没有说特别非常很不好了，记者们对他中文的进步十分欣慰，接着问："那你接下来有什么打算呢？"

肖寒说："回去好好练习，下一次表现好点。"

记者们："……"

这个耿直的小家伙，采访起来回答问题真是直率又可爱！

接受完采访之后，李沧雨本想带大家回去聚餐，结果凌雪枫早早地等在休息室门口，见到他便快步走了过来，说："带你的队友们一起去吃饭吧，我订好了餐厅。"

李沧雨不客气地问道："你请客吗？"

凌雪枫点头："嗯，你们第一次来魔都打比赛，我做东。"

李沧雨笑着拍拍他的肩膀："真好，又替我省钱了。"

凌队做东请客，沧澜战队的众人自然很高兴，一群人坐着战队负责接送队员的面包车来到凌雪枫提前订好的餐厅，在最大的包间内坐了两桌。

双方战队一起吃饭，这在联盟可不多见，足以看出两边的队长关系有多好。

这样聚会的场合本来应该是沧澜一桌、风色一桌，但凌雪枫却在座位的安排上做出了调整，说道："让几个新人坐一起，共同话题比较多。"

于是，沧澜的四个少年和风色的秦陌、林柯坐了一桌，许非凡和贺群跟秦陌混得很熟，也跟了过去，剩下的八个人就坐另一张桌。

凌雪枫很自然地坐在李沧雨旁边："下轮开赛后我们要去星城，到时候你请客吧。"

李沧雨回头看他："真是一点亏都不肯吃？"

凌雪枫说："礼尚往来。"

李沧雨爽快地答应："行，到时候请你们吃湘菜。"

白轩见他们俩相谈甚欢，忍不住问道："凌队，这周的假期有什么安排啊？"

凌雪枫说："可能会待在家里休息几天，最近打比赛一直精神紧绷，也该放松一下。"

李沧雨表示赞同："我也觉得，好好放松几天，下周开始又要第二轮常规赛，第二轮会比第一轮压力更大。"

众人都表示赞同，谢树荣插嘴道："队长给大家放假是吧？那我就把机票退掉先不回去了，我想回家看一下父母。"

白轩回头看他："看不出来你还是个孝子啊？"

谢树荣一笑，凑过来说："是不是觉得这样的谢树荣更有魅力？"

白轩被茶水呛到了，干脆不去理他。

等服务员把饭菜都端上来之后，大家惊讶地发现——这一桌居然有两盘鱼。

而没等大家发出疑惑的声音，凌雪枫就很自然地将其中一盘鱼直接放到李沧雨的面前，这意思是——他家猫要单独吃一盘，另一盘再分给你们。

白轩看看埋头吃鱼的李沧雨，又看看给他端鱼的凌雪枫，总觉得这画面好像回到了很多年前。以前联盟聚会的时候，只要凌雪枫和李沧雨在同一张桌上，凌雪枫总会帮李沧雨抢鱼吃。那个时候的他们还都是懵懂青涩的少年，不到二十岁的年纪，转眼间过了这么多年，原来很多情谊始终都没有变过。

这次聚餐结束后，李沧雨给大家放了一周假，沧澜现在的成绩虽然危险，可第一轮比赛大家都很努力，也该适当地放松几天，只有保持愉快的心情，在第二轮才能以最轻松的状态迎战每一个强劲的对手。

谢树荣回老家探望父母，老章回去看看他的代练工作室，卓航、小江和小顾都回了趟家，肖寒本来想回去的，结果秦陌说："我带你在魔都玩几天吧！你还没逛过是不是？我带你去游乐场。"

肖寒对魔都也很好奇，听到这里便答应下来："好啊！"

两个小家伙决定去游乐场玩儿，李沧雨知道之后也没有反对，这两个目前才 18 岁的年纪，正是玩心大的时候，反正有秦陌带着也不怕肖寒走丢，随他们折腾去吧。

倒是自己，这几天要怎么过？

李沧雨考虑片刻，决定打电话给凌雪枫。

"喂，这几天你要待在家里休息是吗？"李沧雨笑着问道。

"嗯。"

"我买不到回去的机票了，可以在你家暂住几天吗？"

这借口有点烂，谁不知道沧澜所有队员的机票都是龙吟俱乐部那边的负责人提前订好的？不过，凌雪枫很聪明地没有戳破李沧雨的谎言，问道："你想过来跟我住？"

"是啊，之前在网游里你用清蒸鲈鱼的小号到我公会卧底，被我拆穿之后你答应过我，要给我做很多条清蒸鲈鱼来补偿的。"

凌雪枫点头："好，那我现在过来接你。"

十分钟后，凌雪枫的车子停在酒店门口，李沧雨拖着行李上车，跟他一起回家。

凌雪枫在这里的小家李沧雨并不是第一次来。

两居室的小窝面积不大，可整体的装修风格非常温馨，别人大概很难想到，凌雪枫这样一个冷漠的男人居然是个很顾家、很会生活的人。他不但把家里打扫得整洁干净，还会穿着围裙下厨。

李沧雨靠在厨房门口，拿出手机对准凌雪枫拍了好几张照片，一边拍一边称赞："你穿围裙的样子真帅，我要是把这照片发网上，肯定会惊呆一群观众。"

凌雪枫回头说："别发。"

李沧雨笑着收回手机："当然，我偷偷收藏。"

凌雪枫目光温柔，说："去餐厅等我，给你蒸鱼。"

李沧雨就心情愉快跑去餐厅。

看着男人坐在那里安静地等吃的，柔和的光线洒在他帅气的脸上，凌雪枫的心里突然变得无比柔软——这感觉真像是养了一只热情又贪吃的大猫。

两人在家一起吃过晚餐后，便来到客厅打开了电视，李沧雨换到电竞频道，正好看见风色和沧澜这场比赛的回放。

大屏幕上除了直播比赛场景之外还有两个窗口会放出双方选手的表情特写，凌雪枫哪怕在开大招的时候脸色也非常严肃，英俊而冷淡的侧脸，就像是一尊不可亵渎的神祇。

李沧雨认真地看着屏幕，一副若有所思的表情。

凌雪枫问："想什么呢？"

"你这徒弟成长得真快，打比赛的时候已经没了以前那些浮躁自负的毛病，反而非常冷静。看来他在这个赛季进步很明显，有成为大神的潜质。"李沧雨看到秦陌双线操控追击肖寒的画面，认真评价道，"再过几年，他一定会变成神迹联盟新一代的顶尖高手。"

凌雪枫回头瞄了眼电视屏幕，看到秦陌的出色表现，淡淡说道："他本来就该快一点长大，不然等我退役以后，我也不放心把风色战队交给他。"

李沧雨有些惊讶："你要把队长交给秦陌吗？那颜瑞文呢？"

"颜瑞文擅长打理战队内务，还是当副队更合适，队长我想交给秦陌。"凌雪枫顿了顿，接着说，"秦陌性格比较傲慢，但经过这个赛季，他已经成熟了不少，希望将来他能担得起队长的大任。"

"嗯，小陌其实挺适合当队长的，总比我家肖寒要好。"李沧雨叹了口气，说，"肖寒现在说话还是爱乱用词语，我之前曾想过让肖寒接沧澜的班，可他的中文实在让人头疼，你说要是以后沧澜有一个在采访的时候胡说八道的队长，那赛后采访岂不是变成笑话了吗？"

想到肖寒那句传遍微博的"非常特别很好"，凌雪枫不禁微笑起来："肖寒确实思路异于常人，但这也是他的特色，没必要强迫他去改变。队长的人选你可以再观察一阵子，先交给谢树荣过渡两年也可以吧？"

李沧雨点头："那倒是，阿树现在才 21 岁，还能打两三年比赛。我退役的时候他还在联盟，可以先把沧澜的队长交给他。"

本来"退役"这个词对电竞职业选手来说是个很让人伤感的词汇。可是，两人一起讨论着退役后交班的话题，却丝毫不觉得难过。说起重点培养的徒弟秦陌和肖寒，更像是讨论孩子的未来一样，有种别样的温馨。

李沧雨突然回过头，看着凌雪枫问道："你打算什么时候退役啊？"

凌雪枫想了想："可能在这个赛季结束之后吧。"

李沧雨道："我可能也是，到时候咱俩一起。"

凌雪枫微微笑了笑，看着李沧雨的眼睛低声说："我一直没退役，就是在等你回来。"

那一瞬间，李沧雨只觉得心底最柔软的地方被轻易地触动了。他主动伸出手抱了抱凌雪枫，认真地说："幸亏我回来了，这次，我们一起去世界大赛吧。"

——我们要一起经历崭新的第七赛季，也要一起创下属于召唤师的辉煌。

那天晚上，李沧雨看完比赛后就自觉地跑到凌雪枫的床上睡下，凌雪枫洗完澡回来时，这家伙居然已经睡着了。

看着他熟睡的样子，凌雪枫微微一笑。

次日早晨，凌雪枫准备好了牛奶和面包，跟李沧雨面对面吃完早餐，问道："你想在家休息，还是出去逛逛？"

李沧雨想了想说："天天宅在家也挺无聊，出去转转吧，有什么好玩的去处？"

"想去打球吗？"

"篮球？"

凌雪枫点头："嗯，带你去玩一天？"

李沧雨赞同："好啊！"

李沧雨平时一直对着电脑打比赛，运动的次数并不多。除了打电竞比赛之外，李沧雨最爱的就是打篮球了，凌雪枫的提议可以说是正中他的下怀！

凌雪枫开车带李沧雨一起来到了一家篮球俱乐部。这是收费制的球馆，私密性比较好，可以交钱包场玩个过瘾。凌雪枫正在前台付款，突然听到身后传来个熟悉的声音："我在国外的时候就经常打篮球的，我肯定一定能赢你。"

凌雪枫："……"

李沧雨："……"

这乱用词语的不是肖寒是谁？

两人同时回头，果然看见正往里走来的秦陌和肖寒。

两个小家伙看见师父，同时一愣，脸上的表情呆呆的，看着煞是可爱。

秦陌先反应过来，主动走到面前问道："师父，猫神……你们也来打篮球？"

凌雪枫蹙眉："你怎么来这了？"

秦陌咳嗽一声，回头看了肖寒一眼，解释道："肖寒没回去，我带他在这儿玩儿几天，昨天带他玩了一天的游乐场，今天他说想打篮球，我就带他来这里看看。"

由于风色战队的血族召唤师许非凡很喜欢篮球这项运动，秦陌跟他混得很熟，自然知道这个地方。其实，凌雪枫知道这里，也是许非凡推荐的，结果师徒四个居然在这里遇上。

这就是缘分吧？

看到两个小家伙都穿着运动装，嫩嫩的就像高中生，李沧雨的兴致立刻上来了，说道："你们过来了正好，我一个人玩没意思，不如我们四个分两队一起打，谁输了谁请吃午饭。"

肖寒挠挠头，说："师父，我在国外的时候经常出去跟人打球，水平非常很好，我能跟你一组吗？"

秦陌立刻反对："那怎么行？猫神篮球打得好，大家都知道，要是你们俩组队的话，岂不是完虐我跟我师父了吗？"

被徒弟嫌弃的凌雪枫表情严肃，没说话。

李沧雨忍着笑说："那我跟雪枫一队，你俩一队怎么样？徒弟组对师父组，看看谁赢？"

肖寒刚要开口反对，凌雪枫却淡淡说道："就这样决定了。"

于是，师父组和徒弟组在篮球馆展开了激烈的对战。

李沧雨打篮球的技术确实很高，运球的时候健步如飞，投篮也非常稳健，尤其是跳跃起来勾手投篮的动作，简直帅到让人移不开视线。

让他意外的是肖寒也很会打球，虽然肖寒的身高不如他，但脚步比他灵活，远距离投篮的命中率很高。

让李沧雨哭笑不得的是，秦陌打篮球的水平实在让人不忍直视！

球传到他的手里，他拍两下就能运丢，站在篮筐前投篮的时候更让李沧雨哭笑不得，用力一扔，球都能被他扔到篮球场外面去。

少年，你这是在打篮球还是在扔皮球？

肖寒也很嫌弃这个猪队友，走到他面前建议道："你不要投篮了，抢到球就丢给我。"

秦陌："……哦。"

之前都是他偷偷嘲笑肖寒的中文水平，没想到他自己也有被嫌弃球技的一天，秦陌有点伤心……不过，看自己的师父也不如猫神，秦陌的心里顿时平衡了。

凌雪枫虽然不像秦陌那样夸张，但投篮的命中率也低得厉害，远距离基本没中过，他只能依靠身高的优势，站在篮筐下面跳跃起来扣篮。十个当中总能进三个。关键是，他扣篮的动作非常帅——光是这帅气的动作，就能弥补他球技上的不足。而可怜的秦陌，自始至终就没投进去过一个。也就是说，每次四个人在一块儿，秦陌始终无法改变"食物链最底层"的命运。

篮球打到后来，师父组的比分呈压倒性优势。凌雪枫虽然投篮不如李沧雨厉害，但他找机会的能力很强，断球断得相当准，往往肖寒还没反应过来怎么回事，手里的篮球就会被凌队抢走，然后他会果断地转身把球扔给李沧雨，后者便以极快的速度运球到篮筐下，跳跃投篮，命中拿分。每投进一次，李沧雨都会愉快地走到凌雪枫面前，为彼此的默契配合击掌庆祝。

看到师父击掌庆祝，徒弟组都想哭了，打到后面当比分拉开到96:36的时候，肖寒终于忍不住说道："师父，你们这样欺负徒弟是不对的！"

全程打酱油的秦陌立刻附和："就是就是！"

李沧雨见两个少年累得气喘吁吁，不由心软下来。

他今天确实玩儿非常尽兴，把两个小家伙虐得都没了还手之力。这样虐待徒弟不太好，李沧雨直率地招招手让两人过来，说："好吧，师父请你们吃饭。我请客，雪枫买单。"

凌雪枫："没问题。"

肖寒这才高兴了："这还差不少。"

秦陌差点喷了，立刻纠正道："差不多，是差不多！我今早不是刚教你吗？"

肖寒："哦，是差不多。"

李沧雨被他俩逗得笑了起来，忍不住揉了揉肖寒的金色脑袋，说："走吧，想吃什么？"

肖寒眼巴巴看他："师父我不想吃鱼可以吗？"

每次李沧雨请客都是请吃鱼，肖寒对此很是纳闷，李沧雨昨天刚吃过凌雪枫亲自做的鱼，今天也不太想吃，听到这话，便回头问凌雪枫："附近有什么好吃的？"

凌雪枫仔细想了想，说："有一家私房菜还不错，带你们去尝尝。"

这个决定立刻得到了大家的赞同，凌雪枫开着车带他们来到了一个环境很好的小区里面，去吃了一顿很地道的私房菜。

李沧雨很少这样彻底放松过，心情很好，吃菜也吃了不少。

下午的时候，凌雪枫又开着车带他们到市区逛了逛，要是被狗仔队记者发现，这画面还真像是两个大神带着儿子一家四口出门旅游。

两个少年玩得特别开心，有师父保驾护航，还有免费的私家车坐，肯定比他俩自己出来打车、赶公交车要方便许多。

更重要的是，他俩想买什么都不用掏钱，师父跟在后面付账——有靠山就是爽！

当然，凌雪枫和李沧雨心里也觉得格外温暖，虽然秦陌和肖寒不是他俩的儿子，但都是他们非常欣赏、并且重点培养的少年，是他们将来要交付重任的徒弟。

哪怕凌雪枫平时对秦陌要求非常严格，可他心里，对这个少年其实是很欣赏的，不然也不会收秦陌为徒。李沧雨对肖寒更是宠爱有加，时不时摸摸徒弟的脑袋，对徒弟说话的时候也非常耐心。

当晚回家之后，凌雪枫到书房里打开了电脑，登录神迹联盟的官方网页去查看嘉年华的投票结果，李沧雨很积极地搬了个凳子坐到他的旁边。

"你入选嘉年华肯定没问题的。"李沧雨很有信心地说，一边还伸出手臂搭在凌雪枫的肩膀上，"你的人气这么高，我没猜错的话，这次投票你又是第一名。"

恰好投票界面在面前打开，目前位居票数排行榜第一位的正是风色的队长凌雪枫。

凌雪枫回头看向对方，发现李沧雨比他还要高兴，摸着下巴说道："我果然没猜错，联盟的观众们还是挺有眼光的，知道你的实力。"

凌雪枫微微笑了笑，握住李沧雨搭在肩上的手："你的实力也不弱，这次应该能进。"

"我吗？"李沧雨有些怀疑，摇摇头说，"估计不行。我离开联盟三年，比人气的话肯定比不过一直在联盟打拼的那些选手，这次嘉年华只有十二个名额，应该没我的份。"

"不一定，我先看看。"凌雪枫将鼠标快速往下拉，查看目前的票数排行。

本次中国区嘉年华的投票时间持续到周二24点钟，目前的票数排行榜上，前三名依旧被凌、苏、谭三位高人气选手占据，第四名是鬼灵战队的队长楼无双。此外，红狐队长柳湘是人气榜的常客；清沐的队长楚彦是国内第一辅助通灵师，票数自然不会落下；风色副队颜瑞文，飞羽副队俞平生，时光副队程唯，鬼灵副队张绍辉都有入选……

然后，凌雪枫看到了李沧雨的名字，后面紧跟着白轩。

他仔细从头数了一遍，确定地说道："你目前排在第十一名，白轩第十二，投票还剩几个小时，不如在微博拉一下票吧，免得被后面的人超过。"

排在两人后面的是清沐战队的哭包少年朱清越，红狐的副队杨木紫，还有猎豹队长江旭，这几位的票数都非常接近，不排除有些资深粉丝故意压票在最后关头放票绝杀的可能。

李沧雨有些惊讶："我跟小白居然能排到前十二名？沧澜的粉丝有那么多吗？"

凌雪枫道："沧澜战队最近的几场比赛表现还不错，而且你公开表示自己要进入世界召唤师的排行榜，虽然不少人在骂你吹牛，但也有很多人喜欢你、关注你。"

李沧雨摸了摸鼻子："原来是这样。"

他对人气并不太在意，这次嘉年华入选与否也无关紧要，嘉年华本来就是娱乐性质的项目，选一些高人气的大神聚在一起玩儿两天，去不去都无所谓的。

不过，能得到粉丝们的肯定，李沧雨也挺高兴。当下他就登录了微博网页，在上面发了一条消息："非常意外我的票数居然能超过一万，谢谢投票给我的朋友。嘉年华参加与否我并不介意，重要的还是接下来的比赛，我不会让支持我的人失望。"

他说话向来直率，也不像有些选手那样会在公共平台卖萌拉人气，可就是这样正直爽快的话，却让喜欢他的粉丝们更加坚定。

李沧雨的微博下面很快就多了上千条回复："猫神果然霸气，给你一串鱼干作为奖励。""猫神，我好想当你的铲屎官。""猫神加油，票已投！""代表沧澜后援会的群友们说一下，这回好多人刚注册论坛没有投票资格，大家都在尽力发帖升级投票，下次会更高的！"

李沧雨越看越是惊讶，尤其是"沧澜后援会"这条评论，让他忍不住好奇地回复道："沧澜后援会是什么群？大家自己建的？"

被回复的粉丝激动得恨不得下楼跑两圈："队长！我们自己私下建了群，是你的一些死忠粉在打理，群主是 @ 沙沙姐，从上学的时候就很喜欢你，你能回神迹大家真的很高兴！"

还有人跑出来说："猫神，我是从第二赛季开始关注你的，最喜欢精灵族召唤师，你离开神迹之后我也没玩了，听说你回来，我又在新区建了个小号，嘿嘿，虽然没你玩得溜，但看你打比赛就是爽。"

"我是在老猫转移到武林打比赛之后才认识猫神的，也是因为你才知道神迹这个游戏，正式入坑！很喜欢你的干脆果断，而且长得特帅——这才是重点，我是颜控！"

"老猫能坚持这么多年确实不容易，我把亲友的路人票全部拉过来投给你了，不求别的，只想让大家知道，你是有资格站在嘉年华的舞台上的。"

……

李沧雨一个大男人，看着这些评论居然有些眼眶发热。

七年了，那个叫沙沙的人他还清楚地记得，当年的神迹联盟没有现在这样繁荣，各家战队的粉丝们数量也不如今天，尤其是 FTD 战队那时候成绩很差，全靠李沧雨和白轩勉强支撑着，但有几个人，在 FTD 战队打比赛的时候总会举着助威的牌子来给他们加油。

后来李沧雨也跟他们见过面，带头的群主 ID 就叫沙沙，是个大学生。那个女生性格很是爽朗，留着帅气的马尾辫，第一次见面的时候她还给李沧雨送了一只大猫的模型，笑着说："队长加油，就算现在成绩不好，但我们相信，总有一天你会站在神迹最高的领奖台上！"

——简单的一句话，对年少的李沧雨来说无疑是最大的鼓舞。

几年时间过去，让李沧雨没想到的是，她居然回来重新建立起了沧澜的后援群。

还有那些在武林联赛期间认识他，因为他而知道神迹并入了神迹坑的粉丝们；以及喜欢精灵族召唤师，因为他离开而跟着离开，又因为他回归而跟着回归的老玩家们。

这一切的一切都让他震撼和感动。没想到，他李沧雨也会有这么多忠实的粉丝。

今天为了投票，藏了很多年的猫神老粉全部冒了出来，尤其是曾经在第一赛季见过面的老朋友的出现，让李沧雨尤为惊喜。

他从微博上找到了沙沙，发了条私聊过去："沙沙？是你建了沧澜后援会的群吗？"

对方很快就回复道："队长好，也不能说是新建的，这个群一直都在。群里的管理员大部分都是从第一赛季就在看比赛的元老，知道你回来了，大家都很开心。最近有很多新粉加了进来，目前群快满人了，挺热闹的，我正打算开分群呢。"

李沧雨感慨道："几年没见，我以为你们早就离开神迹了啊！"

沙沙回道："确实有一些朋友离开了，但也有很多留下来的。像雷少、小阳、步步，这几个都是你当年见过的。大家平时比较低调，怕给你惹麻烦，但是现在，我们没必要再藏着了，因为我们喜欢的选手，是要站在世界领奖台上的人！不是吗？"

李沧雨看到这话，不禁感动道："谢谢你们。"

他真的很感谢这些一直以来默默支持着他的人。这些年他没能拿下好成绩，可这群人依旧对他不离不弃，所谓"患难见真情"，这些粉丝对他的喜欢很纯粹，也很真诚，来自这些人的鼓励和支持，将会是他最大的动力。

沙沙是当年FTD战队后援群的群主，她提到的雷少、小阳、步步这些人也是神迹第一批元老级的玩家，有玩精灵族召唤师的，也有玩治疗的白轩死忠粉，当年在FTD战队最艰难的时期，他们曾经亲自到后台来给李沧雨加油——没想到这么多年过去他们居然还在。

如沙沙所说："我们喜欢的选手，可是要站在世界领奖台上的人！"

是的，老猫总有一天会让你们因为喜欢他而骄傲！

"对了猫神，我们这个后援会是私下建的，但你放心，我们会好好打理，群里从不掐架，不抹黑其他选手，不会给你惹麻烦的。"

把粉丝群交给他们这批元老管理，李沧雨当然是十万个放心，立刻回道："好，辛苦你们了。跟大家说一声谢谢，我不会让你们失望的。"

沙沙把跟猫神的这句话截图给群里的人看，粉丝们立刻一片欢呼——这种被偶像认可的感觉真好，大家投起票来也就更有动力了！

李沧雨跟粉丝之间的对话凌雪枫一直看在眼里。

对沙沙这个人，他也有印象，很多年前，她曾经在 FTD 战败的时候跟几个粉丝一起到后台鼓励过李沧雨，还给李沧雨送了个毛茸茸的模型猫，还给白轩也送了礼物。这些老粉还在，李沧雨肯定特别开心。

虽说他很少在意人气的高低，加上两次转换游戏引来了不少争议，可是，没有任何选手能清高到完全无视外界的评价，有真正喜欢自己、支持自己的粉丝，哪怕只是那么几个，都是心里最大的鼓励和安慰。

看着李沧雨感动到眼眶发热的模样，凌雪枫轻轻伸手拥抱住他，手指缓缓地抚摸着他的肩膀，柔声说道："他们还在……我也还在。"

李沧雨笑了笑，抱紧了凌雪枫——这里果然是他的家，能回来真好！

CHAPTER 13

嘉年华

SUMMONER OF LEGEND

嘉年华的投票通道在周二 24 点正式关闭，让很多人意外的是，李沧雨的票数居然在最后关头成功逆袭，突破两万票大关，直接飙到第四名，紧跟在神迹联盟三大巨头凌、苏、谭之后，颇有一种来势汹汹要反超这三人的气势！

而白轩的票数也一路突飞猛进，到投票通道关闭的那一刻，一跃来到第八名，跟人气超高的时光副队长程唯不相上下！

沧澜战队粉丝们的战斗力太过惊人，连联盟官方记者都被惊动，很快，就有记者八卦出沧澜开了后援会粉丝群的事情，并且想方设法地联系到了群主沙沙。

记者问道："听说群里有很多人从第一赛季就在支持李沧雨和白轩，当时战队的成绩那么差，神迹联盟又有那么多优秀的选手，你们为什么会喜欢他们两人呢？"

沙沙很干脆地说："喜欢一个选手不需要理由，我们就是喜欢他俩。"

"……"被堵回去的记者只好改口道："那到底是什么原因让你坚持着喜欢猫神和白副队这么多年呢？"

沙沙很简单地说："大概是不忘初心吧。我始终相信，当年那个能跟凌雪枫争夺最强召唤师名额的人，不会就这样沉寂下去。老猫他只是大器晚成罢了——他值得我们等待。"

这段采访被记者发布在电竞网站上，成了当日的热门新闻，题目就是"不忘初心"四个字，也感动了不少曾经支持过某些默默无闻的选手的粉丝们。

这篇报道的转发量越来越大，也让不少离开神迹很久的粉丝因此而回归。

不忘初心，最是难得。

对一位选手的支持，并不会因为他成绩不好而减弱分毫，因为喜欢他，所以才会坚信，总有一天，他能飞向更高更远的天空，向所有人证明他的实力！

神迹官方在周三早晨公布了本届国内嘉年华项目的入选名单——风色战队凌雪枫、颜瑞文；飞羽战队苏广漠、俞平生；时光的谭时天、程唯；沧澜的李沧雨、白轩；鬼灵的楼无双、张绍辉，还有红狐的柳湘和清沐的楚彦。

这些都是目前国内超高人气的大神，根基比较稳固，粉丝们的忠诚度也很高。

被点名的十二人都收到了联盟的通知，让大家周六中午在指定的酒店集合。

程唯看到这个公告，激动地给李沧雨打了个电话："猫神，你也入选了这次嘉年华，真的太好了！你什么时候去魔都啊？"

李沧雨心道：我正在这里呢。他打了个呵欠，在被窝里说："周六上午过去，你这段假期干什么呢？"

程唯说："我跟谭队去海边逛了一圈，这边真的热死了，我感觉自己快被晒成了黑炭。等会儿我微信发你张照片看看啊，我现在全身上下完全是两种颜色！"

片刻后，李沧雨的微信里收到一张照片——蔚蓝的大海边，戴着一顶白色鸭舌帽的程唯正对着镜头露出灿烂的微笑，他穿着一件白色短T，那张脸因为帽子的遮挡并没有晒黑，但露出的颈部、手臂和小腿却被晒成了古铜色……

李沧雨看他白皙的脸和黑黑的脖子形成的鲜明对比，忍不住笑道："黑白分明啊！"

程唯郁闷地说："晒成这副鬼样子，我要怎么参加嘉年华啊？"

李沧雨给他出主意："穿件长袖。"

　　谭时天刚洗完澡，见程唯坐在酒店的床上跟人聊天，那开心的样子不用怀疑——肯定又和猫神聊上了。走到他旁边坐下，从手机屏幕瞄到一部分聊天的内容，谭时天不由微笑着道："我也跟你一样晒成了黑炭。"

　　程唯好奇地回头看他："你也晒黑了吗？给我看看！"

　　谭时天撩起浴袍的下摆，露出一部分结实的小腿："你看吧。"

　　程唯笑着说："跟我一样，黑白分明！"

　　谭时天伸出手轻轻捏了捏他白皙的脸蛋，又捏捏他晒黑的胳膊，说："脸这么白，胳膊这么黑，一看就知道是晒的。"

　　程唯立刻炸毛："不要捏我！"

　　谭时天伸出另一只手捏捏他的右侧脸颊，笑眯眯地说："这边也来一下，对称。"

　　程唯怒气冲冲站起来要打人，谭时天立刻机智地转身逃跑，两人在酒店房间里你追我赶闹了一阵，谭时天突然转身停下脚步，程唯一个惯性没来得及刹车，一头撞进了他的怀里。

　　谭时天笑着伸出双臂抱住他："唉，你这样投怀送抱的，我多不好意思！"

　　程唯气得头发都要炸了，一张脸涨得通红："谭时天你这人脸皮怎么这么厚，我以后不跟你出去玩了，你知不知道你这笑眯眯的样子特别讨人厌啊！"

　　这家伙骂人语速飞快，脸颊气得通红的样子，看在谭时天的眼里却格外可爱。

　　谭时天收起玩笑，放开程唯说："好了，不闹了。我已经订好了机票，我们再玩一天，周五直接飞魔都。"

　　程唯怔了怔："你提前订了机票啊？你怎么没问我要身份证号码……"

　　谭时天挑眉："你的身份证号码我早就背下来了。"

　　"这还差不多！"程唯立刻消气，笑着说，"你早就料到我俩都能进嘉年华了吗？"

　　"当然，咱俩谁跟谁啊？人气还用怀疑？"

"……"程唯差点被口水呛到，立刻打断他，"喂，你别学沧澜战队自夸的风气好不好？这样会把时光也带坏的！"

周六嘉年华开幕那天，入选的十二位选手在指定酒店集合，让众人惊讶的是，风色队长凌雪枫和副队长颜瑞文并没有同时到场，沧澜队长李沧雨和副队长白轩也分头行动——倒是凌雪枫开车载着李沧雨来酒店报到。

前台负责接待的人疑惑地看了他们一眼，两人神色平静，并没有解释太多，办完手续后带着房卡到各自的房间去休息。

下午两点，联盟派车将参加嘉年华的十二位选手接到了场馆。

比赛现场早就人山人海，不少人举着荧光牌子给喜欢的选手助威，李沧雨意外地在黑压压的观众席中找到了一片举着沧澜队徽的区域，大家穿着统一的沧澜战队白蓝相间的队服，看起来格外显眼。

李沧雨朝那个方向微笑着招了招手，那边的粉丝们立刻激动地把队徽举得更高了。

白轩有些疑惑："这边有这么多沧澜粉吗？"

李沧雨解释道："一个喜欢我们很多年的元老建了后援会的群。叫沙沙的那个女孩儿，你还记得吗？这次到现场的人，应该也是她组织的。"

白轩道："我记得她，当年还给我送过自制的抱枕，真是有心了。"

想起当年场场比赛输掉的心酸，和收到粉丝礼物时的激动，白轩的心里也有些感慨。

李沧雨微微笑了笑，拍拍他的肩膀说："会好起来的。"

这一届的嘉年华跟往年有很大的不同，大概为了节省时间，赛跑、爬树之类的娱乐项目大量缩减，只剩下双方选手抽签分组的趣味竞技比赛。

"这次的趣味比赛，我们将分成冰霜队和火焰队进行对决，每个选手先抽签来决定分组的名单吧。"主持人一边宣读规则，一边把抽签盒拿到了大家的面前。

凌雪枫随手一抽，正是冰霜队的雪花状队徽，他便自觉地站到了左侧冰蓝色的大舞台上。

紧跟着，是苏广漠抽到火焰队的队徽，走去右侧有火焰标志的舞台。

轮到李沧雨的时候，他将手伸进抽签盒里——雪花队徽，冰霜队。

李沧雨走到凌雪枫的身边站好，凌雪枫回头看向他，两人相视一笑。

这一幕画面让不少前排的观众都有点呆滞——说好的最强对手呢？你俩相视微笑是什么意思啊？你俩这是很开心分到一个组吗？

李沧雨当然很高兴了。他以前从来没有资格参加神迹嘉年华项目，这是第一次参与，能跟凌雪枫分到一个组，不是缘分是什么？

十二个人很快就决定好了分组。冰霜队除了刚开始的凌雪枫、李沧雨外还加入了新成员程唯、张绍辉、柳湘和楚彦。而剩下的苏广漠、俞平生师兄弟，鬼灵战队的队长楼无双，时光队长谭时天，白轩和颜瑞文都在火焰队。

虽然冰霜队有凌雪枫、李沧雨双召唤师坐镇，但火焰队有苏、谭、楼三位超高人气的队长，两边的实力可以说是旗鼓相当。

对于这个分组，最开心的要数程唯，他一抽到签，就立刻跑到李沧雨的身边，笑眯眯地仰起头说："嘿嘿，我跟猫神一队，待会儿肯定能赢，杀得他们片甲不留！"

这表情还真像讨好自己的小猫咪，李沧雨见他弯起眼睛笑得这么开心，不由微笑起来，拍拍他的肩说："待会儿好好表现。"

程唯握拳道："那是当然！"

主持人将双方选手的名单公布在大屏幕上，同时开启了场外观众的投票通道。

不出三分钟，冰霜队和火焰队的支持票数都突破了两万大关，可见双方选手的粉丝数量差距并不大。

主持人让双方十二位大神依次在舞台两侧入座。

这次嘉年华规模宏大，嘉年华现场也经过精心的布置，冰霜队那边的冷色调的冰蓝灯光，舞台上的地板也被灯光渲染成了冰雪的效果。火焰队那边自然是暖色调的红色灯光，舞台地板灯光闪动，如同跳跃的火焰。

冰霜队这边，凌雪枫坐在首位，李沧雨很自觉地坐在他旁边，程唯跟屁虫立刻跟着坐在猫神旁边，其他选手对位置倒是比较随意。

火焰队那边大家也是乱坐，资历最高的苏广漠被推到了首位。

等双方选手准备完毕，主持人紧跟着宣读了竞技对局的规则："今天的对决总共有三个项目，赢两局的队伍获得胜利，第一项是——知识竞赛！"

"比赛开始时大屏幕上会放出题目，大家看到题目就可以开始抢答，答对一题得10分，答错一题扣10分，总共有十二道题，分数高者获胜。大家对比赛规则还有什么疑问吗？"

以前的神迹嘉年华，李沧雨也看过一些直播，并没有"知识竞赛"这个项目，他有些疑惑地凑过去问坐在旁边的凌雪枫："这是今年新增的玩法？"

凌雪枫歪过头，在他耳边低声解释："从第三赛季开始，嘉年华每年的项目都会更新，这也是为了让观众们保持新鲜感。知识竞赛今年是第一次出现。"

李沧雨恍然大悟："怪不得……我记得以前都是1V1、团队战还有赛跑什么的。"

两人凑在一起说悄悄话，主持人忍不住开玩笑道："猫神，你有什么问题可以问我呀！别只顾着问凌队，我才是主持人啊！"

李沧雨回头来："抱歉，第一次参加嘉年华，我太激动了。"

这句耿直的话让现场观众席爆发一阵笑声，前排看见他跟凌雪枫咬耳朵的VIP席观众更是神色复杂——他俩公然说悄悄话，那画面实在是闪瞎人眼，说好的最强对手呢？你们关系这么好，让粉丝们怎么撕？粉丝们在论坛的口水大战还没结束，你俩能配合点吗？

旁边的程唯突然举起手道："主持，我想问，抢答的话没有时间限制啊？比如很多知识竞赛里面必须主持说'开始抢答'，大家才能抢，提前抢答要按犯规处理。"

主持人说："我们这次的抢答没有时间限制，题目会在大屏幕上打出来，大家看到题目，如果知道答案就可以按下抢答键，如果对答案很有信心的话，提前抢答当然是可以的。"

程唯若有所思地点头："懂了！"

主持道："各位还有别的问题吗？"

张绍辉又举手道："要是两个人一起按了抢答键怎么办？"

主持人说："总要差那么零点几秒的，我们的抢答器非常灵敏。"

张绍辉认真追问："万一真的同时呢？"

主持无奈地道："如果真的同时抢答，这道题目会作废处理。"

张绍辉道："明白了！"

"那么，没问题的话，我们第一轮的知识竞赛环节正式开始！现场的观众和电视机前的观众朋友们，当你看到题目时如果知道答案，你也可以将答案直接发送到我们的官方公众平台，每道题前六位答对的观众，最终将获得官方提供的珍贵纪念品！"

此时，没有参加嘉年华的很多职业选手也感兴趣地围在电视机前看直播。

沧澜战队的训练室内，大家聚集在一处，谢树荣把队长平时用来讲解战术的大屏幕打开，连上了直播界面，就跟看电影似的。

听到主持这么一说，四个少年立刻积极地拿出了手机，准备待会儿抢着答题。

章决明忍不住道："你们对签名那么感兴趣啊？万一奖品是猫神的签名呢？等他回来要一个不就完了。"

顾思明手指一边飞快地操作着手机，一边说："不会的。签名是随机抽奖送给现场观众们的，场外观众收到的一般都是超级珍贵的限量版周边！"

章决明听到这里，也厚着脸皮拿出手机，哈哈笑道："那我也凑个热闹！"

一分钟准备时间后，知识竞赛的第一题题目终于出现在了大屏幕上。

"神迹当中有六大种族，其中移动速度最快的是……"

"嘀嘀！"

冰霜队程唯面前的灯突然亮了起来，这家伙反应飞快，这么快就按下了抢答键。

"精灵族！"程唯对着麦克风激动地说道，"我答对了吧？"

主持微笑道："回答错误，冰霜队倒扣 10 分。"

程唯一脸呆滞，仿佛不敢相信自己居然答错了……

"最快的不是精灵族吗？我不可能犯这么低级的错误！"程唯还不死心，盯着主持人要个说法。

主持很无奈："这道题根本不是问移动速度最快的是什么种族……程副队你可以再继续看看题目。"

程唯挠挠头："哦……"

题目继续在大屏幕上打出来，黑色的字体一个个闪现："最快的是精灵族，精灵族有个特殊的种族移动技能叫飞羽步，飞羽步的冷却时间是……"

"嘀"冰霜队张绍辉面前的灯亮了起来，他对着话筒果断答道："5 秒！"

主持："回答错误，冰霜队倒扣 10 分。"

张绍辉一脸呆滞："不是 5 秒吗？"

主持很无奈："题目问的也不是这个。"

现场观众爆笑，冰霜队的程唯和张绍辉就是俩送分活宝啊！刚一开始就倒送了 20 分，真是心疼其他队友。

大屏幕上的题目继续往前走："冷却时间是 5 秒，那么，当一位精灵族选手的飞羽步陷入冷却状态时，以普通移动速度走完 20 米的水路需要多少时间？"

显然，这道题目前面那一堆废话是故意迷惑选手用的，沉不住气的人，如程唯和张绍辉，果然上当抢答，还答错了！

"嘀"——题目完结时，是火焰队的楼无双按下抢答键，他扶了扶鼻梁上的银边眼镜，冷冷地说道："需要 15.5 秒时间。"

主持鼓掌道："回答正确！火焰队加 10 分！"

现场观众给楼无双送上了热烈的掌声。

听说楼队从小数学就很好，这种计算题他瞬间就能算出答案来。这个男人表情冷冷淡淡的，平时也不爱接受采访，但也冰山男的形象也吸引了不少粉丝，尤其是喜欢玩刺客的玩家们，都把楼无双当作心目中最完美的刺客男神。

至于张绍辉……

这样的搞笑刺客，实在是画风不对。

看着大屏幕上火焰队 10 分，冰霜队 –20 分的记分牌，程唯和张绍辉顿时泪流满面，凌雪枫和李沧雨也是一脸无奈——不怕神一样的对手，就怕猪一样的队友，你俩急着抢什么啊？题目都没念完！

观众也是啼笑皆非，看着火焰队的 10 分和冰霜队鲜明的"–20"分，不少人都对程唯和张绍辉的智商表示担忧……

直播间内有人开始起哄："感觉火焰队这一局躺着都能赢啊！""程唯和张绍辉肯定是火焰队派去的卧底。""张副队干什么都听他哥的，他哥冷冷的目光一扫，他就自动抢答犯错送分了！""火焰队有楼队，我们楼队是出了名的学霸，多些计算题火焰队稳赢！"

这才一道题，程唯和张绍辉两个猪队友就白白送掉 20 分，李沧雨头痛地回头跟程唯交代道："你待会儿等题目念完了再抢答啊。"

程唯红着脸点点头："哦！"

隔着舞台见楼无双的唇角因为答对题目而扬起了淡淡的笑意，张绍辉也不好意思地挠了挠头，感觉自己有点蠢——不不，自己本来就蠢，还是别去凑这个热闹了吧！

由于第一题两位活宝乱抢导致冰霜队开局失利，第二题的时候，程唯和张绍辉自觉地安静下来，老老实实地坐在旁边打酱油。

"下列属于职业联赛高难度绝杀图的是：A. 无尽之海……"

"嘀"——这次是李沧雨面前的抢答器亮了起来。

"选 A。"李沧雨非常自信地说。

主持问道："猫神不考虑其他的选项吗？ BCD 还没出现呢。"

李沧雨笑道："肯定是 A 啊，我们沧澜主场选过这张地图。"

无尽之海，确实是沧澜主场曾经选过的绝杀图，也怪不得他瞬间按下抢答器，不过，光是这反应能力大家也不得不佩服，有些近视眼的人题目都没看清，他就已经说完了答案！

主持人目光中带着赞赏，说道："等我们看完题目吧——B.黑暗石窟，C.寒冰谷，D.魔境森林……正确答案是 A，回答正确，冰霜队加 10 分！"

台下的观众席响起一阵热烈的掌声。

同样是提前抢答，程唯和张绍辉都答错倒扣 10 分，李沧雨一出手却果断干脆地拿下 10 分……所以说，猫神就是靠谱，程副队和张副队只会拖后腿！

程唯疑惑地凑过去道："为什么你提前抢答就能答对啊？"

李沧雨道："下列属于……这样开头的题目肯定是选择题啊，看到对的选项就直接答，没必要看完。"

程唯红着脸挠头："哦，对啊……"他上学的时候就是个学渣，每次拿到考试卷都在咬笔杆，所以对答题的技巧真是一窍不通。

李沧雨虽然答对一题，可冰霜队刚开始连续送掉 20 分，这 10 分加上去之后得分还是负值，想追上可不容易。

"请看第三题！"主持人在大屏幕上放出了下一道题目，"神族白魔法师只剩 30% 血量和 20% 蓝量，魔族黑魔法师只剩 20% 血量和 30% 蓝量，两人水平相近，在无状态的普通地图对决，各自的胜率是多少？"

观众们："……"

这种题目就跟考试的时候遇到"小明从机场出发到车站，小天从车站出发到机场，二者各自的速度是多少，需要多久时间才能相遇"的数学题一样，看一眼就头大！

——概率要怎么算？这道题也确实难住了不少职业选手。

程唯甚至拿出手机来当计算器。

结果，题目刚念完，冰霜队那边却是凌雪枫按下了抢答键。

主持人惊讶地道："凌队算出来了吗？"

凌雪枫冷静地说："不用算，胜率各50%。"

主持人一脸疑惑："白魔法师的血量高，黑魔法师的蓝量高，怎么胜率会对半开呢？"

凌雪枫解释道："这点血量一套连招就能带走，谁先找到机会谁就能获胜。题目给出的血量和蓝量数据只是为了迷惑大家，不需要理会。"

大屏幕上的答案果然是50%。

主持人一脸膜拜地看着凌雪枫："凌队果然厉害，一眼就能看出来！"

场外的凌队粉也激动地刷起了鲜花。

凌雪枫本就容貌英俊，表情平静地回答题目时的样子随便截个图都可以做桌面，不少人在直播间刷评论："舔舔凌队！""我是舔屏粉+1。""今天穿着队服还是这么帅！"

"我突然觉得，凌队和猫神坐一起的时候，穿的队服有点像情侣装……"

这条评论瞬间被双方的粉丝拍死。

"滚滚滚，我们凌队才不要和那只猫穿情侣装！""沧澜的队服丑哭，谁要和沧澜配对啊？""风色队服才是丑到不能直视，黑乎乎一团还加上红色的点缀，就跟凶杀案现场一样！""沧澜白色配蓝色更像抹布好不好！"

双方粉丝正在吵架，结果，凌雪枫和李沧雨却在现场对视一眼，轻轻击掌表示庆祝——庆祝冰霜队在被两个猪队友连累成负20分之后终于回到了0分。

凌雪枫穿着黑红相间的队服显得无比沉稳，李沧雨则是白底蓝色花纹的清爽，阳光又帅气，两人击掌庆祝的那一刻，确实有点像情侣装？

直播间内的吵架瞬间停了，两边的粉丝泪流满面——还是不掐了吧，他俩关系那么好，跟对方粉丝掐架感觉就像是左手拧右手，谁都赢不了！

凌雪枫和李沧雨虽然在尽力挽回，但火焰队的选手反应也不慢，接下来的题目，谭时天、苏广漠、楼无双和白轩轮番上阵抢答，冰霜队最终还是没能扳回局面。

第一轮共计 12 道题目，最后火焰队以 70：50 的优势获胜。

大屏幕上，双方的大比分变成了 1：0，火焰队暂时领先。

火焰队的六人面带微笑，冰霜队这边，程唯和张绍辉像是犯错的学生一样大眼瞪小眼。

第一局对决结束，主持人宣布第二轮的规则。

"第二轮叫作心有灵犀，双方可以各自派出一对组合，一个人背对大屏幕，一个人面对大屏幕。待会儿屏幕上会出现一些跟神迹相关的词语，面对大屏幕的人用语言和动作来描述这个词语，描述的时候不能念出答案中的任意一个字，否则视为犯规。背对屏幕的人猜出这个词，猜对加 10 分，猜错不扣分，限时 2 分钟，哪边得分高哪边获胜！实在猜不出来的，可以直接过掉。"

这种"你画我猜"的玩法在很多综艺节目中都出现过，考验的是两个人的默契程度。

火焰队会派出的组合应该是苏广漠和俞平生，两人朝夕相处默契程度肯定最高，但大家都知道俞平生的性格沉默少语，让他描述的话他估计想一分钟都想不出来，所以，火焰队不出意外应该是苏广漠来描述，俞平生去猜。

冰霜队会派出哪个组合成了观众们猜测的重点。仔细一看就能发现，冰霜队的六位队员凌、猫、程、张、柳、楚来自不同战队，要说默契度肯定不如火焰队的苏俞啊……

很多观众都在这样想，但只有白轩知道……这一局恐怕火焰队要输。

片刻之后，双方提交了派出的组合名单。

火焰队：苏广漠描述，俞平生猜题。

冰霜队：李沧雨描述，凌雪枫猜题。

不少观众都惊掉了下巴——凌队和猫神，居然是他俩搭档？难道他俩的默契程度能超过苏俞组合吗？

第二阶段正式开始，苏广漠和俞平生先手。

大屏幕上的第一个词是"剑客"，苏广漠指了指自己，"我玩的职业。"俞平生很快反应过来："剑客！"

当然，这种简单的题换成别的人也会回答。

第二题"伊苏城西郊"让不少观众有些发愁，该怎么形容比较好呢？结果苏广漠直接来了一句："当初带你去劫镖的地方。"

俞平生："伊苏城西郊。"

观众："……"

苏队你要不要自爆黑历史啊！

两人确实配合默契，苏广漠手指比画着解释，俞平生认真猜题，2分钟过去，他们居然猜对了整整20道题目，差不多6秒一道题的速度。

看着火焰队积分牌上的200分，不少观众都想提前庆祝火焰队胜利了！

主持人也笑着说道："苏队和俞副队果然是好搭档，默契程度确实让人佩服。那么，冰霜队来自不同战队的凌队和猫神，能不能超越这200分呢？下面由请两位上场！"

凌雪枫和李沧雨并肩走到了大舞台的中央。

舞台上的灯光有些耀眼，照在凌雪枫身上，他深邃的眼眸明亮如星辰，朝着李沧雨微微颔首，像是肯定，又像是在鼓励。

李沧雨回了他一个笑容，回头朝主持比了个OK的手势。

猜题环节正式开始。

第一题：种族。

李沧雨反应迅速，说道："六大。"凌雪枫紧跟着答："种族。"

沧澜的积分牌加上10分，这只花了不到3秒钟的时间。

第二题：遮天蔽日。

李沧雨："我最讨厌的技能。"凌雪枫毫不犹豫地说："遮天蔽日。"

现场观众都有些惊讶——没想到凌雪枫对李沧雨这么了解，居然不用犹豫和思考，瞬间就能回答的吗？

第三题：大灾变。

李沧雨指了指自己还没说话，凌雪枫就答道："大灾变。"

"真棒！"李沧雨朝他竖起了大拇指，愉快地按向下一题，"我开小号的新区？"

"月光森林。"

"新区周六……"

"军团保卫战。"

"你的小号职业。"

"黑魔法师。"

"我们第一次 PK 的地方？"

"伊苏城广场。"

"你最爱的宠物。"

"巫妖。"

"我最爱的宠物。"

"风精灵。"

"……"

观众们一直心情复杂地看着他俩。

很多题目，李沧雨只说了一半凌雪枫就能猜出来，而且从猜题的过程中可以发现，他俩私下关系确实很好——李沧雨连凌雪枫的小号都知道，更别提知道彼此的喜好了。

什么最喜欢的宠物、最讨厌的技能，李沧雨说出的描述，凌雪枫居然没有一题猜错的。

在观众们的目瞪口呆中，2 分钟时间终于结束，来自不同战队的凌雪枫和李沧雨组合居然在猜题环节意外逆袭，超越了苏俞搭档，一口气拿下300 分！

30 道题，差不过 4 秒一题的速度，谁敢相信他们俩居然不是一个战队的？

这个环节叫心有灵犀项目，他俩果然是心有灵犀吗？

凌雪枫和李沧雨组合居然能超越飞羽战队的苏俞师兄弟，对于这个结果，在电视机前看直播的谢树荣也非常惊讶："不会吧？我师兄他们从训练营时期就整天形影不离，算起来都快五年了，大师兄一个眼神俞师兄就知道他要说什么，怎么会被猫神和凌队反超？"

顾思明兴奋道："是不是因为我们猫神解说得更有技巧？"

肖寒说："是因为凌队和师父的默契也非常高，他俩认识都有七年多了。"

谢树荣仔细一想，还是肖寒说得有理，凌猫两人在第一届神迹职业联赛开赛之前就在网游里认识，加上他俩是彼此最强的对手，互相之间当然也最为了解。比如，猫神最讨厌的技能、最喜欢的宠物这些问题凌雪枫了如指掌，猜起来就会非常容易。

第二局凌猫组合的逆袭，让冰霜队和火焰队的大比分变成了1:1平，现场观众掌声热烈，电视机前看直播的观众也开始激动地竞猜。

"第三轮会是什么项目？""感觉冰霜队赢面还挺大的！""第一轮和第二轮很多大神都没有出场的机会，第三轮我觉得会来一次比赛性质的对拼，老这样猜题答题挺无聊的！"

这位观众的评论立刻被点赞破千，而现场在经过短暂的休息之后，主持也终于在观众们的期待中再次走到大舞台的中央，微笑着宣布道："冰霜队和火焰队1:1战平，接下来的第三项将决定双方的胜负！那么，第三项到底是什么项目呢？我也是刚刚从联盟那边得到消息，大家来跟我一起看看信封里面的内容。"

她打开了一个被密封的信封，拿出里面的纸张展现在观众面前，大家立刻看到了两个熟悉的大字——擂台。

"第三轮的项目，是类似于职业联赛常规赛阶段的KOF擂台！"主持微笑着解释道，现场观众席顿时爆发出一阵热烈的掌声。

大家最喜欢的还是职业选手们打比赛的样子，虽然刚才的"知识竞赛"和"心有灵犀"环节看着非常欢乐，可那只是饭前甜点，第三局的擂台大战才是嘉年华第一天的正餐。

随着项目的公布，现场大屏幕上打出了双方十二位大神的名字和 ID，主持人也紧跟着介绍道："我们先来看一下冰霜队的配置，魔族召唤师凌雪枫，精灵族召唤师李沧雨，白魔法师程唯，血族刺客张绍辉，治疗柳湘，还有通灵师楚彦。"

"火焰队这边则是人族剑客苏广漠，兽族狂战士俞平生，精灵族弓箭手谭时天，血族刺客楼无双，黑魔法师颜瑞文和治疗白轩。"

"竞猜通道现在正式开启，到底哪边能赢，请观众朋友们抓紧时间投票！"

沧澜战队训练室内，凑在投影屏前看直播的队员们拿起手机投票，顾思明毫不犹豫地说："我觉得冰霜队赢，我对猫神有信心！"

谢树荣说："只看阵容配置的话，其实火焰队这边的优势更大。"

肖寒认真地回头请教："为什么？"

"火焰队五个输出带一个治疗，冰霜是四个输出一个治疗一个辅助，楚彦虽然有第一辅助的称号，但通灵师的作用一般是团战才能体现出来，在双人擂台上通灵师的作用并不大。"

对此章决明深表赞同："火焰队这边其中一个输出带我们白奶爸上阵，另外四个输出随便组合都会有极大的杀伤力，而且苏俞又是老搭档，很可能在最后守擂。冰霜这边就不一样了，组合的限制很大。"

李沧雨和白轩不在，阿树和老章就当起了四个小家伙的解说。四人都歪着脑袋认真地听着，卓航听到这里忍不住说："冰霜难道不能出凌猫组合吗？"

谢树荣摇头："如果凌队和猫神搭档的话，程唯、张绍辉这俩猪队友，带着治疗和辅助你觉得能赢吗？"

卓航笑了起来："也对！程副队和张副队完全是火焰队派去的卧底吧！"

谢树荣认真地摸了摸下巴："如果我没猜错的话，冰霜这边，猫神应该会带着小唯出战，毕竟脑残粉跟偶像组合之动力十足，说不定一开心就能超常发挥，干掉他们家谭队。"

嘉年华现场，主持人紧跟着说道："请双方各自推选出一位队长，并且在三分钟后将出场名单提交给裁判。"

火焰队这边毫无疑问是苏广漠当队长，他第二赛季出道，资历最老。

冰霜队这边，程唯积极地举手道："猫神当队长！"

李沧雨本想推辞，但凌雪枫却目光温和地看着他说："你来吧。"

其他人自然没有意见，一致通过由李沧雨担任临时队长。

双方六人凑在一起商讨擂台阵容，大家都是职业选手，意识一流，冰霜队这边除了程唯依旧处于"我听猫神的"脑残粉模式之外，其他人都意识到这一场比赛很不好打。

张绍辉说："如果我对上我哥，输的可能性很大，最好能跟他错过。"

李沧雨理解地点头。

柳湘委婉地建议道："治疗和辅助得分开，我比较擅长给远程加血，红狐战队的输出也都是远程。"

李沧雨参考了她的建议，想了想说："凌队和柳队一组，最后守擂；我跟程唯一组打开局，张副队和楚队一组中间过渡，大家觉得可行吗？"

凌雪枫想了想，说："就这样吧，也没有更好的方案了。"

李沧雨战术素养那么高，拿出来的组合配置自然是当前情况下最合理的，跟偶像一组的程唯激动得差点蹦起来，李沧雨看着他开心的样子，忍不住伸手揉揉他的头："待会儿要是见到谭队，你可别尿！"

程唯道："才不，我平时在战队从来没杀过他，今天我一定要杀他一次！"

很快，双方队长提交了擂台名单，第三局对决正式开始。

冰霜队第一组出战的搭档是李沧雨和程唯，火焰队这边却是谭时天和颜瑞文，

看着程唯那兴高采烈的样子，不少人在直播间评论道："脑残粉今天可算是圆满了。""偶像带你飞，小唯加油干掉你家谭队！""猫神要带小

白猫出场，狗狗很不开心——by 谭时天的段子。""小猫跟大猫走了不要狗狗了，实力心疼谭队。"

谭时天的段子都快被大家玩坏了，但从直播屏幕来看谭时天本人倒是很淡定，看到这个对局名单，只是很有风度地微笑了一下。

选图是系统随机，这回随机到的居然又是绝杀图——无尽之海。

现场观众一片哗然，刚才还觉得冰霜队很可能输的众人，看见这张地图又开始反悔，因为在无尽之海的地图上弱队打败强队的案例并不少见。

程唯今天跟着偶像，确实像打了鸡血，整个人的状态非常兴奋，跟在李沧雨后面如同一只超级跟屁虫。

李沧雨交代道："我来对付颜瑞文，谭时天交给你。"

程唯点头："嗯！"

双方在中央区域一碰面，李沧雨就眼明手快地召唤出水精灵，将不远处的颜瑞文给冻结住，颜瑞文当时也想用黑魔法去制猫神，只可惜他的恐惧技能读条时间比猫神的水精灵要长，结果还没读出来就被迅速地打断。

李沧雨依靠这波控制想打一套连击，但谭时天也不是省油的灯，队友被控，他立刻瞄准李沧雨所站的位置一招"震荡射击"丢过来，强行打断李沧雨的读条。

程唯见到这一幕，果断地扑上去，三两下灵活地跳到侧面的石头上，手中读条，正是白魔法师的神之封印。

这个出手的角度非常刁钻，谭时天一时不查，居然被他给封印在原地。

控住谭时天的程唯特别开心，紧跟着开出一套白魔法师大招——神之光、神之信仰、潮汐涌动！一个单体锁定攻击，一个群攻，最后再带个减速，把谭时天的血打下去一大截，然后他又机灵地转身跑了，回头去找猫神。

封印效果解除的谭时天："……"

李沧雨发现程唯今天打得特别聪明，忍不住赞道："不错，水平长进了不少。"

被夸奖的程唯高兴地笑弯了眼睛："嘿嘿嘿，我就知道谭时天肯定会站在那儿，这一招封印正好中了，真爽！"

平时在战队都是谭时天欺负他，总是揉他的头、捏他的脸，开小号虐他，今天能在擂台欺负回来，程唯的心情特别好，感觉按在键盘上的手指都热了起来。

正得意呢，结果，后背突然被一只冷箭射中——是谭时天的寒冰箭！

他了解谭时天，但同样谭时天也了解他，这一箭放得太过突然，程唯还没反应过来，就被谭时天给定在原地——精确瞄准、夺命射击。

两个后招接连射来，程唯的血量也开始哗哗地往下掉。

程唯不服气地在公频打字："你就会放冷箭！"

谭时天回了个笑脸："不服咬我？"

程唯恨不得扑过去咬他，迅速打字道："等我来虐你！你等着！"

寒冰箭的冰冻效果不到3秒，就这短短3秒的时间内，这俩人还有空爆手速打字聊天，观众们都觉得画风不对了——这是比赛啊，大神们能认真点吗？

不过转念一想，嘉年华谁会认真？大部分人都抱着娱乐的心态参加这种项目。

程唯的冰冻一解除，立刻扑上去二话不说就是白魔法大招——冰霜之心！冰天雪地！

这意思好像在说，你有冰属性的箭，我也有冰属性的魔法，以牙还牙，就是要欺负你。

谭时天被这一套直接打残，很快又不客气地还击回去——死亡箭雨。

这两个平日里相处得"似乎很愉快"的队友，对拼起来也很不客气，大招互丢，技能光效华丽得几乎要闪瞎人眼。

弓箭手的输出距离最远，谭时天能依靠攻击距离远的优势多打程唯两下，程唯的血量掉的自然比他要多，很快就进入20%的残血状态，谭时天自身还剩30%。

就在这时，李沧雨突然召唤出他的风精灵——风暴之怒。

然后，谭时天被吹进了海里。

——无尽之海击杀了〔十天〕！

程唯怔了怔，随即大笑："哈哈哈，叫你嘚瑟，被猫神吹下去了吧！"

谭时天："……"

突然搞偷袭的李沧雨一脸正直，仿佛刚才那个动作跟他无关似的。

不少观众在直播间点蜡烛："大猫小猫联手，实力心疼狗狗。""谭队回去肯定又要伤心写小段子了，作为段子粉，我表示喜闻乐见。""谭队不要难过，回时光之后好好收拾程小唯！""支持谭队把程小唯的头揉成爆炸刺猬！"

谭时天挂了之后对着屏幕无奈地笑了笑，剩下颜瑞文一个人自然会很难打。不过风色这位副队长也不是徒负虚名之辈，联盟最强黑魔法师也有两把刷子，给程唯身上套了个死亡咒术和暗影缠绕的负面状态，活活把程唯用黑魔法给咒死。

但残血的他肯定打不过猫神，最终还是被猫神送下了擂台。

一阶段冰霜队小优，李沧雨还剩 40% 左右的血量和蓝量。

很快就开始二阶段，让李沧雨意外的是……这个阶段出场的居然是楼无双和白轩。

李沧雨对此颇为无语："苏俞组合真是死活不肯拆啊？"

白轩无奈道："嗯，他俩要留着守擂呢。"

李沧雨笑着说："小白，习惯了你给我加血，你跑到我面前来我都不好意思打你。"

白轩说："要不你自裁吧？"

李沧雨一脸正直："不行，我要是自杀，凌队会骂我的。"

台下的凌雪枫："……"

什么时候骂过你了？你别说是自杀，就算跳槽去火焰队反过来杀我，我都不会骂你。

　　李沧雨和白轩聊天的这段时间，楼无双已经迅速隐身潜伏到他的身后，李沧雨察觉到这一点，毫不犹豫地召唤出卫士。

　　但楼无双非常冷静，起手并没有用最强的攻击技能去对付李沧雨，反而只用了一个耗蓝最低的刺杀技能，被卫士成功地挡掉。

　　楼无双转移目标，直接强杀掉李沧雨的卫士。

　　李沧雨召出火精灵跟他周旋，楼无双又果断地杀掉李沧雨的火精灵。

　　对此李沧雨也非常佩服，都说楼无双的智商极高，果然不是吹的，他的打法相当聪明，连续秒掉李沧雨的两个宠物，再算好其他宠物的冷却时间，这就会让李沧雨很难用宠物来控制对手，反而会落入无宠物可用的危险境地。

　　李沧雨当然不可能让自己处于那样的劣势，一察觉到苗头不对，立刻开着飞羽步转身跑路——打不过就跑，猫神逃跑起来动作也是格外娴熟。

　　虽然他 40% 血量迎战楼无双和白轩必输无疑，但李沧雨还是赖皮不肯死，他开着飞羽步耗掉了楼无双的不少技能，才终于倒在楼队的刺刀之下。

　　冰霜队派出第二组搭档——张绍辉加楚彦。

　　一看到这个对阵名单，不少鬼灵粉都激动起来。楼张兄弟，从小一起长大的表兄弟，平时在战队就形影不离，赛场上也配合得默契无间，多次提名最佳搭档，并且带领着鬼灵战队成功逆袭拿下过冠军。

　　两人从出道以来一直都是以组合的形式出现，张绍辉不管干什么都要护着他哥，这俩兄弟今天居然在擂台对上，也够观众们看一阵热闹的！

　　张绍辉在看见楼无双的时候忍不住心虚，这个哥哥他是知道的，又聪明又理智，有时候甚至冷静地像是冷血动物……

　　当年张绍辉因为出色的游戏天分被鬼灵第一任队长发掘，那时候楼无双对神迹还是一无所知，结果不到一年时间，楼无双的水平就突飞猛进地赶上了他，到现在甚至超越了他。

　　这次在擂台遇到，他确实没多少信心。

　　虽然如此，可他总不能直接认输吧？想到这里，张绍辉隐身往前走，想潜伏到白轩身后配合楚彦的通灵师先秒掉奶爸白轩。

白轩警觉性也很强，在张绍辉跳跃绕路的时候，白轩也一直在跳跃移动，这让张绍辉一时半会儿没办法准确定位，结果反倒绕去了楼无双的身后。

楼无双打字道："你在我背后发什么呆？还不出来？"

张绍辉尴尬地道："……猜到了啊？"

楼无双有些无语，这个笨蛋，朝夕相处那么久，你会走到哪里去我能猜不到吗？肯定是想暗杀白副队没成功，然后就近潜伏到我后面来了。

明明潜伏过来，却按兵不动，这是不忍心对哥哥出手？

想到这里，楼无双一向冷漠的眼中不由得浮起一丝柔和之色，纵身一个跳跃，直接潜伏到楚彦的身后去对付楚彦。

兄弟俩互相问了一句，然后又互相错开，不少鬼灵粉都有点儿呆滞："不打了吗？""楼队和张副队好像不习惯当对手？""张副队还是有点良心的，不像程唯，打谭队打得可起劲儿了！""所以说兄弟就是兄弟啊！""你们忘了，张副队说过，他们当初注册的时候就约定，要一直做好搭档，永远不会兵刃相向！"

张绍辉当时确实在发呆，因为楼无双的ID"痕迹"陪伴了他整整五个年头，他已经习惯了把这个血族刺客当成自家人来看待。

赛场上，他总是跟在楼无双的身边配合、保护、联手击杀敌人，突然有一天"痕迹"变成了对手，张绍辉一时没反应过来，按在键盘上的手指都有些不听使唤。

楼无双也没有对他出手，对于他们兄弟来说，"痕迹"和"暗影"这一对注册的时候一起商定的名字有着特殊的意义。当时约定永远不兵刃相向，平时在战队训练的时候都会自觉开小号，今天，互相陪伴了整整五年的一对刺客也不想对彼此出手。

不过，擂台既然遇到了，他俩总不能站在原地打酱油。

张绍辉转身去杀白轩，楼无双去杀楚彦，但白轩的治疗和楚彦的辅助生存能力都极强，这张地图又特别不好追击，结果就是拖了十分钟还打不死那两人，观众们都要暴躁了。

在战局持续到十二分钟白轩依旧维持着半血的时候，张绍辉终于忍无可忍，打字提议道："要不我们下去，让第三组开始打吧？"

楼无双道："可以。"

张绍辉："哥你先跳海？"

楼无双："你先。"

张绍辉嘿嘿笑："你可别骗我啊。"

白轩提议道："要不楚队先跳。"

楚彦不干："当我傻？我跳了之后你们不认账咋办？"

白轩微笑道："说话算数，你自杀我也自杀。"

楚彦："那你先自杀吧。"

观众们："……"

现场笑倒了一片。

这几个是不是走错片场？这是擂台啊大神们，你们商量着谁先跳海这样可以吗？

不过也没办法，楼无双和张绍辉年少时有过约定，"痕迹"和"暗影"永远不会兵刃相向，这一点粉丝们都知道，他俩对上肯定不会主动去杀掉彼此。两位输出不尽全力，打治疗又打不死，拖下去估计能打到吃晚饭，还不如快点结束交给下一组。

最终还是资历最老的楚彦说道："看时间条到 15 分，一起跳。"

其他三人一致同意。

时间条很快就走到 15 分，四个人如同下饺子一样齐刷刷地跳进海里，直接结束二阶段。

观众们："……"

这几个真是太逗了！二阶段的擂台纯粹变成了自杀讨论会议，大家只能等待第三组来挽救一下比赛的气氛。

第三阶段是火焰队的苏俞组合对阵冰霜队凌、柳组合，事实上看到这个阵容配置，李沧雨就隐隐觉得冰霜队这边会输。

倒不是凌雪枫和柳湘的水平不如对方，而是柳湘加血的手法和凌雪枫攻击的频率差异有些大，毕竟两人不是队友，匆忙组在一起肯定没人家飞羽的王牌组合配合默契。

事实也证明如此，苏广漠和俞平生的组合再次发挥近战组合的暴力，两人联手一套爆发先将奶妈柳湘带走，剩下2V1，凌雪枫打起来自然非常吃力。

被俞平生一斧头晕眩住的那一刻，凌雪枫忍不住心想："你俩先嚣张，等有一天我带着我家猫一起上阵，绝对能虐到你们哭，信不信？"

苏俞两人当然不知道凌队内心的想法，很开心地杀掉了凌队。

主持人朗声宣布："第三局擂台，火焰队获胜！那么今天嘉年华的大比分就是火焰队2:1冰霜队，输掉的队伍每人要提供三份签名奖品送给现场的观众，并且推选出一个人来接受对方的惩罚。大家可以商量一下让谁接受惩罚。"

李沧雨毫不犹豫地指向程唯："就程唯吧。"

程唯呆了呆——偶像你就这样卖了我吗？我要对你粉转黑！

李沧雨笑着拍拍他的肩："去吧去吧。"

其他人双手赞成让程唯接受惩罚，程唯只好垂着脑袋走到舞台中央。

火焰队那边一致同意让谭时天制定惩罚方案，谭队也就不客气地走上前来，观众们本以为谭时天会恶整一下程唯，结果，谭队却微笑着说："平时总是嫌弃我摸你的头，今天给你个机会摸我的头吧。"

观众们："……"

这算什么惩罚方案？谭队你也是够了！

程唯一脸不敢置信，见谭时天不像是开玩笑，他立刻说道："不许反悔啊！"

然后他就伸出手去摸谭时天的头，结果个子太矮，居然够不着……

又伸出手来，够两遍，还是够不着……

　　平时没发现他俩身高差异居然这么大，谭时天这是公然嘲讽啊？看程唯脸都涨红了。

　　尝试几次依旧没有摸到之后，发现观众席笑声连连，程唯立刻红着脸收回了手，气呼呼地道："换一个惩罚方案，这算什么惩罚！"

　　谭时天目光温柔地看着他："那……这样呢？"

　　然后，大家看见谭队微微弯下了腰，程唯伸出手，正好可以摸到他的头顶。程唯有些生气地把他的脑袋揉成一团乱麻，意外地发现手感还不错！

　　观众们都很无语——谭队你这是惩罚程唯还是惩罚自己？谭队果然心软，程唯在赛场都那么拼命地打他了，在惩罚环节他居然给程唯大放水。

　　程唯的心里也知道这一点，看着主动在自己面前弯下腰的男人，他的心里突然涌起一丝说不出的感动，忍不住将谭时天乱糟糟的头发整理好，这才讪讪地收回了手。

　　第一天的嘉年华就在这样欢乐的氛围中结束了，输掉的冰霜队六人每人准备三份礼物抽奖送给现场的观众，官方也准备了不少纪念品送给电视机前竞猜正确的幸运儿。

　　刚才还在直播间内支持火焰队获胜的粉丝们，看到这一幕都忍不住嫉妒起来："限量版签名周边，早知道应该祈祷让火焰队输的。""苏队粉求火焰队输！""我是白奶爸的粉丝，我想要白奶爸的签名，求火焰队输！"

　　强烈要求喜欢的选手输掉的这一幕画面，也只有在嘉年华才能看见。

　　活动结束后十二位选手被专车送回了酒店，联盟提前为他们安排了一桌晚宴，程唯很积极地坐到李沧雨旁边，谭时天又自觉地走过来坐在程唯的旁边。

　　程唯的心里有点儿别扭，总觉得自己今天在赛场卖力地杀谭时天，结果，谭时天最后却在惩罚阶段给自己留足了面子，真有点儿对不住谭队……但是，程唯可不是轻易低头认错的人，尤其在谭时天面前，那样会显得他很笨。

　　本来他比谭时天早一年出道，算是谭时天的前辈，结果现在办什么事都不如谭时天，要是再认错的话……身为前辈的尊严都要没有了。

　　程唯正想着，碗里突然多了块鸡腿，回头一看，正好对上谭时天微笑的眼睛："给你抢了一只，快吃吧。"

　　程唯不太自在，夹起鸡腿一边吃一边嘟囔道："哦，谢谢。"

　　旁边白轩和颜瑞文在聊天，两人都是副队长，共同话题自然会比较多。柳湘比较斯文，这种场合她一个女生一般也不怎么说话，安静地吃自己的。楚彦坐着无聊，也加入白轩和颜瑞文的谈论当中。

　　一群人吃完晚饭，各自回房休息，程唯一直跟在李沧雨的后面，走到门口的时候他还不肯离开，李沧雨忍着笑回头看他："怎么了这是？"

　　程唯犹豫片刻，突然说道："猫神我今晚跟你睡吧！"

　　凌雪枫："……"

　　谭时天："……"

　　走在后面的两人听到这句话，脸色都有些怪异。偏偏程唯还一脸单纯的模样，抱住李沧雨的胳膊："好久没见了，我想跟你聊天，白副队我们换房间行不行？"

　　白轩无奈地看向李沧雨，还没说话，谭时天就走过来道："房间是联盟安排好的，不能随便换，想换的话还要跟主席打招呼。"

　　程唯怔了怔，问："是这样吗？"

　　谭时天一本正经地道："当然，联盟入住名单上都有记录的。"

　　程唯成功被骗，挠挠头说："哦，那我到猫神那聊会儿天，十一点再回来睡。"

　　他对李沧雨有种奇怪的依赖感，大概是当初年纪很小的时候加入联盟，独自一人远离家乡来到陌生的地方，前途一片茫然，就在那个关键的时候，李沧雨给他点明了一条最合适的路，让他一举拿下新人奖，从此大红大紫……

　　猫神的知遇之恩程唯一直记在心里，所以每次见到猫神他都很想跟对方亲近一些，但提出这个要求后，心情又忍不住有些忐忑，害怕猫神会因此而讨厌他。

真的跟小粉丝面对偶像时的心情一模一样！

李沧雨对上程唯期待的目光，忍不住笑了笑，说："好吧，进屋聊一会儿。"

程唯立刻开心地"嗯"了一声，跟着李沧雨走进屋里，结果让他郁闷的是，凌雪枫也走了进来，还有谭时天。

——我要跟猫神说几句话，你们俩"大灯泡"跟进来干吗？

程唯心里郁闷极了，嘴上又不好多说，只好垂着脑袋跟在李沧雨的后面。

白轩很体贴地给大家沏了壶茶，几个人在沙发上坐下，凌雪枫这才开口说道："明天不出意外的话是团战项目，比赛结束后就要各自回战队了。"

李沧雨笑道："下一轮第一场是风色客场对沧澜，你得准备带队来星城，我会给你准备惊喜的。"

凌雪枫问："惊喜就是打我个3：0吗？"

李沧雨："被你猜到了！"

凌雪枫淡淡地道："你别得意太早，说不定是风色3：0。"

程唯："……"

没想到，凌雪枫和李沧雨聊起天来，程唯发现自己居然插不上话。

谭时天倒是很有风度地说道："这两天的嘉年华只是国内的娱乐活动，今年10月份的第二届世界嘉年华才是重头戏。去年的时候，我们的3V3项目拿到冠军和季军，今年是不是可以争取拿下冠亚军？"

李沧雨道："也不一定，我听小道消息说，世界联盟那边会改变3V3项目的规则，很可能一个国家只允许派出一支3V3队伍，免得出现上一届一样好多强国都派出两支队伍。"

程唯终于找到插嘴的机会："如果打3V3的话，猫神跟凌队可以组队啊！"

李沧雨回头看他："我不一定能入选吧。"

程唯说："肯定行，我帮你拉票！"

李沧雨伸手摸了摸小家伙的脑袋，程唯本性单纯，这次国内的嘉年华他就公开在微博帮李沧雨拉票，他好像完全忘记了世界嘉年华人选名额有限，如果帮别人拉票，他自己就进不去了。

第二天的嘉年华是上午十点正式开始，项目也是大家早就猜到的六人团体对决。

不少观众都有些激动："其实，中国区的神迹选手这两年水平提高真的挺快的，上一届世界嘉年华3V3项目不就是我们拿的冠军。""看到国内嘉年华的这些大神选手，我觉得本届世界大赛说不定也能拿奖。""第七赛季都没结束，现在操心世界大赛有点太早了吧！"

直播间内大家讨论得非常热闹，而为了更好地将比赛呈现给场外的观众，联盟今天也把招牌解说于冰、寇宏义组合给请了过来，在网上为大家解说这场比赛。

嘉年华现场，主持人拿着麦克风走上前来："观众朋友们，本届嘉年华最后一个项目马上就要开始了，相信大家已经猜到了今天的对决模式——正是期待已久是六人团战！双方阵容已经打在了大屏幕上，担任本场比赛的指挥会是谁呢？让我们等待裁判那边的消息。"

两边的选手已经就座，也跟裁判提交了指挥名单。

火焰队那边今天由苏广漠来指挥，冰霜队这边则是李沧雨。

两边的临时队长担任指挥，这也在不少人的意料之中。唯独心有不平的是风色的粉丝们——没想到凌队居然会让出指挥权给那只猫。

为了节省时间，今天的团战只打一局，地图自然是系统随机选择。

半分钟后，随机地图终于出现在大屏幕上——伊苏城广场。

这张地图难度并不高，算是视野比较开阔的普通地图，对任何职业都很公平。

坐在舞台上的选手们看到地图，神色也很平静，双方在出生点一刷新，李沧雨就立刻做出了部署："我跟小唯中间守家，雪枫和柳队走上，张副队和楚队去下。"

这个搭配，要养张绍辉和凌雪枫的目的非常明显，毕竟地图上的资源有限，凌雪枫带上奶妈，就可以把上路的经济全部收入囊中，张绍辉同样能在初期多攒点晶币。

而李沧雨和程唯只能平分这个野区的资源，对此程唯也没什么意见，毕竟这个阵容不需要他去输出，他只要做好控场就行。

冰霜队那边，分路也跟昨天的擂台一样，苏俞组合依旧没有拆伙，谭颜一组，楼白一组，各自走向分配好的区域。

于冰看到这一幕画面，不由说道："今天的这场比赛真是大神云集，我估计初期双方都会打得比较保守，刚才看到程唯出现在谭时天的攻击范围内，他也没有动手，只管杀小怪，其他两路也是同样，先稳健发育，第一波大战可能要在冰龙处。"

如于冰所说，两边都是大神云集，大家的心态比较稳定，对这场比赛还是抱着享受的态度，并不急着去进攻。

第一拨小怪刷完之后，冰龙果然准时刷新了。

——团战的转折点一般都在冰龙刷新的这一刻，优势队伍拿下冰龙可以扩大优势，劣势队伍拿下冰龙则能有翻盘的机会。如果初期平局，拿下这条团队经济 boss，也可以奠定后期获胜的根基。

冰龙是双方必争的资源，不需要指挥提醒，大家都很自觉地走到了刷新点。

李沧雨一边走一边指示："程唯和楚队，待会儿想方设法强控住白轩，张副队绕路去左侧面第一时间盯住你哥，雪枫你懂的。"

凌雪枫淡淡地"嗯"了声。

程唯好奇地道："懂什么啊？"

张绍辉也好奇地道："什么？"

柳湘对这两个智商堪忧的家伙实在无语了，提醒道："别分心，他们过来了。"

女队长温柔中不失冷静的声音让大家立刻静下心来，张绍辉很积极地潜伏过去找楼无双，程唯和楚彦也开始读条控制技能。

——神之封印！

程唯的白魔法盯准了白轩，白轩预判能力一流，像是早就猜到一样闪身往侧面一躲，成功躲掉了这个控制。

——通灵阵法·绝对零度！

这是楚彦摆出的范围性沉默阵，通灵师的大阵往往能起到极为强悍的群控效果，但谭时天、颜瑞文这几个远程跟楚彦交手的次数不少，站位离他非常远，自然不受影响。可是，前排的几个人，还有刚才因为躲程唯技能而侧滑了一步的白轩，就正好踩进了这个大阵当中。

寇宏义飞快地道："程唯和楚彦非常巧妙地完成了一次配合，程唯虽然放空控制招式，却把白轩成功逼入楚彦的阵里——哦，天呐，场上为什么会有这么多宠物！我的眼睛要瞎了！"

也别怪寇宏义大呼小叫，不少观众也要瞎了。

在楚彦成功控制住白轩的那一瞬间，李沧雨召唤出了水、火、风、雷四大精灵，凌雪枫召唤出了骷髅步兵、黑乌鸦、女妖和魔神，两人周围整整八个小弟，那画面不要太美！

更让观众们目瞪口呆的是，李沧雨招四大精灵后毫不犹豫地开了大灾变，凌雪枫召唤出魔族宠物后也毫不犹豫地开了魔神狂暴……

结果就是"轰"的一声巨响，精灵族白中带绿的光效，和魔族黑中带红的气焰交缠在一起，如同洪水猛兽一般，朝着通灵阵中被控住的三人狂扑过去！

苏广漠掉血80%，俞平生掉血70%，白轩掉血80%，隐身的楼无双也被打了出来……

两人大招联手，直接把对面的三个人给打残废了！

这一幕画面让观众们久久都无法平静，程唯目光呆滞，张绍辉也在震惊当中，直到李沧雨平静的声音拉回了他们的思绪："愣着干吗？赶紧收人头啊！"

程唯立刻反应过来，激动地开启了白魔法师大招寒冰风暴；张绍辉也不甘落后，手中匕首砍向残血的俞平生，起手就是一招攻击力惊人的绝杀！

——〔唯一专属〕击杀了〔白狐〕！

——〔唯一专属〕击杀了〔苍狼〕！

——〔暗影〕击杀了〔一蓑烟雨〕！

火焰队这边瞬间死了三个，观众们都难以置信……

苏广漠一脸无奈地看着这一幕，他还以为猫神今天会打得比较保守，谁能想到，一见面就这么激烈？

苏广漠直接而干脆地在公屏打出了"GG！"

GG是Good Game的缩写，源自多年前两位高水平电子竞技选手的对决，其中一位在退出比赛前打下这个字符夸奖对手的表现，意思是"你打得真好""这场游戏非常出彩"。

后来GG这两个字母在电竞项目中延伸出很多种用法，有时候打出GG是直接认输的意思，也有前辈在夸奖晚辈的时候用到这个词汇。

苏广漠打出的这个字符一语双关，除了赞赏凌猫两人的配合之外，还有直接投降的意思。

谭时天紧跟着在公屏开玩笑说："召唤师大爆发挡不住，我觉得没必要打下去。"

被杀的白轩万分赞同："凌猫不能同屏，他俩同屏简直就是生化武器。"

"凌队和猫神加起来有八个宠物，你们相当于6V14，哈哈！"程唯兴奋地打字回复说。

他总算明白李沧雨刚才那句"雪枫你懂的"到底是什么意思，这俩人果然心有灵犀，大灾变和魔神降临本来都是很难开出来的技能，可今天，在李沧雨精密的布局之下，他俩居然同一时间开出终极大招，直接把火焰队给打残。

——这样的默契，也是没谁了。

那一刻，不少凌队粉和猫神粉的心情都有些复杂，之前为了谁是第一

嘉年华

召唤师在论坛口水大战对骂好几天，可今天看他俩联手的恐怖场面，不少人都忍不住对另一家黑转粉了。

"其实猫神挺帅的！"有凌队的粉弱弱地说，"而且他坚持这么多年很不容易，我们还是别黑他了吧？"

"不黑不黑，都散了吧！他俩关系那么好，粉丝吵个鬼！争个第一能吃吗？"

"凌队跟老猫一旦联手简直要眼瞎，刚才那华丽的技能卡得我电脑都死机了……"

"他俩联手确实猛，都是爆发力超强的选手，手速都突破500APM，瞬间输出量惊人，也亏他俩不在一家战队，不然其他战队就没法混了！"

解说间内，于冰神色复杂地看着这一幕。原本以为今天的团战要打半个小时，结果不到十分钟就结束了，火焰队那边直接认输，虽然有开玩笑的成分，但也是对凌猫联手的极大的肯定。

此时，作为话题中心的两人，脸上的表情都格外淡定——因为这样默契的配合，他俩早就习以为常了。

刚才的那一瞬间，李沧雨不用考虑凌雪枫会把宠物召到哪里，凌雪枫也不用考虑会不会干扰到李沧雨的节奏，他们只需要按照自己的想法去打，然后恰到好处地跟对方的技能融合在一起。

李沧雨回头看了凌雪枫一眼，拍拍对方的肩膀赞道："好样的。"

凌雪枫在他耳边低声说："今天是我们第一次在公众面前配合，但这只是开始。"

"我明白。"李沧雨记得两人关于国家队的约定，凌雪枫的这句话他自然懂得。

总有一天，他们会变成最默契的队友，走向那片更加广阔的天地——

世界大赛的赛场！

Special Episode

番外 小太子

常规赛第一轮最后一场比赛正好是沧澜和风色的对决，沧澜全队来到了风色的主场——魔都，这也是肖寒第一次来到魔都。

比赛结束后联盟给了大家放了假，肖寒对魔都这座城市很感兴趣，秦陌便主动提出带他在魔都玩几天，肖寒欣然同意。

当天晚上，秦陌重新订了家迪士尼附近的酒店叫肖寒过去住。

肖寒这次来魔都没带多少行李，只背了个包，装着自己的键盘、鼠标以及沧澜战队的队服，他从沧澜统一订的酒店退了房，和秦陌一起打车去新的酒店。

秦陌订的是标间，环境很好，价格也相对亲民。办完入住后，秦陌打开电脑认真查起了资料，肖寒把脑袋凑过去问："你在查什么？"

秦陌随口道："攻略。"

肖寒疑惑："攻略是什么意思？"

秦陌一时不知道怎么解释，皱着眉想了很久，才道："就是……指南？资料？反正是很有用的东西。明天不是要带你去游乐场吗？提前查好攻略，我们就不至于像无头苍蝇一样到处乱撞了。"

肖寒继续疑惑："无头苍蝇？"

秦陌用手比画着解释："苍蝇你见过的吧？无头苍蝇，就是没了头的苍蝇，会到处乱飞。形容人们没有明确的目标，到处乱撞。"

肖寒摸了摸下巴，提出一个深奥的问题："苍蝇没有头之后不就死了吗，还能飞？"

秦陌："…………"

他忽然有些后悔为什么要主动带肖寒去玩？这不是自己找罪受吗？

对上混血少年认真的眼眸，秦陌无力地垂下肩膀，扭头看向电脑："你去洗澡，我继续查资料，接下来的一个小时不要和我说话。"

肖寒"哦"了声，乖乖去浴室洗澡。

片刻后，他洗完澡出来，一边擦头发一边到秦陌旁边坐下："要我帮忙吗？"

"不用，我已经整理好了。"秦陌打开一份 Word 文档，里面密密麻麻写满攻略，还用不同颜色的字体做好了标注。

几点出发，先去玩哪个项目，哪些需要排队……非常详细。

肖寒佩服道："你好认真啊。"

秦陌说："迪士尼乐园人特别多，不认真做功课的话很多项目都玩儿不上。你不知道，我上次去的时候忘了领飞跃地平线的 FP，结果光排队就排了三小时，这次一定要吸取教训，所以，我提前总结了一条最好的路线，免得明天排队吃亏。"

听他说这么多，肖寒不由笑着摸了摸秦陌的头："辛苦你了。"

秦陌一愣，耳朵立刻红了起来，怒道："谁让你摸我头的？"

肖寒很无辜："师父也经常这样摸我们。我问了小顾，他说，摸头是一种表示亲密的动作，我们不是好朋友吗，摸摸头怎么了？"

秦陌瞪他："男人的头不能随便摸，你又不是我的长辈！"

肖寒担心地看着他："你不高兴？"

秦陌："……"

肖寒主动把头凑过去："那你摸回来吧。"

秦陌看着面前的脑袋，哭笑不得。

肖寒的头发很柔顺，而且是纯天然的浅金色，比理发店里染的杀马特金色要好看多了，也不知怎么的，秦陌鬼使神差一般伸出手，将手指放在近在眼前的脑袋上。

头发的触感也太好了吧？

顺时针揉两遍，再逆时针揉两遍……

肖寒的头发成功被秦陌摧残成了"鸡窝"。

秦陌这才满意了，忍着笑说："我去洗澡。"

肖寒抬起头照了照镜子，把头发理顺，唇角止不住扬起微笑——他就知道，秦陌是典型的嘴硬心软。每次生气，稍微哄一哄，气就消了。

秦陌在浴室洗完澡出来时候，发现肖寒正坐在电脑前看他整理的攻略。秦陌走过去道："迪士尼乐园有七大主题园区，米奇大街、奇想花园、梦幻世界、探险岛、宝藏湾、明日世界和玩具总动员，娱乐项目非常多，一天逛完是不可能的，我们只能挑一些项目玩儿。"

肖寒点头："嗯，也没必要全部玩一遍，找一些评价好的去体验体验就行了。"

秦陌俯身过来，用鼠标将一些项目字体加粗，道："明天我们主要玩飞跃地平线、加勒比海盗、雷鸣山漂流、七个小矮人矿山车、创极速光轮、风暴来临……"

认真整理好要玩的项目后，秦陌又写出几个演出的时间："杰克船长之惊天特技大冒险、米奇童话专列的花车巡演出，还有夜光幻影秀……这些演出也尽量去看看吧！"

肖寒看着秦陌的标注，只觉得他特别细心，便点头道："你安排就好，我听你的。"

秦陌道："明天你要跟紧我，游乐场人很多的，千万别走丢了。"

这语气倒像是长辈在叮嘱小朋友。

肖寒回头一笑："好，我会不离不弃地跟着你的。"

秦陌愣了愣，反应过来："你是想说'寸步不离'吗？'不离不弃'不是这么用的！"

肖寒道："差不多吧。"

秦陌皱眉："差很多！不离不弃，一般用在情侣的身上，不论生老病死，不离不弃、白头到老，那是一种承诺！寸步不离，说的是一个人紧紧地跟着另一个人。"

肖寒恍然大悟："哦，那我寸步不离地跟着你。"

秦陌："这才对。"他把整理好的攻略发到手机里保存，下载了迪士尼乐园的 APP，绑定好手机号，叮嘱肖寒早点睡，次日早晨六点半起来，七点准时出发。

肖寒疑惑："游乐场不是九点才开门吗？"

秦陌解释道："要早点去排队，人很多的。"

肖寒便听话地睡下，订好了六点半的闹钟。

次日两人早早起来，随便吃了些面包牛奶，便出发前往迪士尼乐园。

今天不算高峰节假日，也不是周末，但如秦陌所料，门口的人依旧很多，两人七点多来到门口的时候就已经排了条长队。

肖寒感慨道："人真多啊。"

秦陌说："你国庆假期的时候来这里看看，那才叫人山人海！"

肖寒学会新成语，顺便造了个句："比赛现场的观众席坐满了人，人山人海？对吗？"

秦陌竖起大拇指："对。"

还有一个多小时才开门，肖寒无聊，便从手机里打开一个 APP 开始学习中文，秦陌看着他脸上认真的神色，忍不住道："不懂的可以问我。"

肖寒立刻问："丑媳妇见公婆是什么意思？"

秦陌："……"

肖寒疑惑："媳妇为什么是丑的？公婆是谁？"

秦陌轻咳一声，决定给肖寒讲解一下中国的人际关系。

"媳妇就是老婆，妻子。比如，一个女生嫁给了男生，那么，男生的父母就成了女生的公公、婆婆，而女生的父母就成了男生的岳父、岳母，俗话也叫丈人、丈母娘。男生的姐姐妹妹呢，就是女生的小姑子；女生的兄弟，是男生的小舅子……"

"爸爸的兄弟，比爸爸大的叫伯伯，比爸爸小的叫叔叔。妈妈的兄弟，你要叫舅舅。爸爸的姐妹，叫姑姑；妈妈的姐妹，叫姨妈。"

"？？？"混血少年满脸"听天书"的表情。

秦陌讲得口干舌燥，从随身背包里找来一瓶水，喝了几口润润喉，问："懂了吗？"

肖寒的眼睛里满是迷茫："不懂。"

秦陌拍拍他的肩膀，语重心长道："慢慢学吧。"

肖寒被秦陌给说蒙了，姑姑姨妈舅舅伯伯叔叔？乱七八糟的分不清楚。他想，还好他家没有这么多亲人，要不然他回国后都不知道该怎么叫了。

秦陌老师给肖寒同学讲了一小时的语文课，游乐场总算开门。

他立刻拉起肖寒的手："快跑！"

不只是他们，周围其他游客也拿出百米赛跑的速度，两人如同被狼追一样飞快地跑到游乐项目处，进来的已经够早，结果还需要排队，好在队伍并不长……

秦陌道："比我上次来好多了，很快就能轮到我们！"

肖寒点头："嗯，早起的鸟儿有虫吃。我们今天来得早，排队时间就短。"

秦陌回头看他："不错啊，中文进步挺快的，还知道早起的鸟儿有虫吃？"

肖寒道："是秦老师教得好。"

两人相视一笑。

很快就轮到了他们，秦陌带着肖寒去玩儿飞跃地平线。

这是迪士尼的经典项目，ＶＲ效果非常逼真，就像是变成了鸟儿飞在空中遨游世界。

眼前时而冰雪融化，时而沙尘漫天；有海豚从海平面跳跃而起；还有飞机从头顶上空呼啸着飞过。

瑞士的阿尔卑斯山，悉尼的歌剧院，德国新天鹅城堡，中国长城……各种世界名胜景点在眼前晃过，周围不断响起游客们兴奋的尖叫声。

短短５分钟的飞跃地平线，让游客们领略了世界各地的不同风光。

从场馆出来时，秦陌的脸上难掩兴奋之色。

少年的皮肤微微发红，平时总是冷淡骄傲的秦陌，脸上难得出现这样生动活泼的表情，肖寒觉得，这样的秦陌比平时冷着脸的家伙可爱太多了。

秦陌开心地道："上次来的时候，飞跃地平线要排队两个多小时，我都没来得及去！今天运气不错，快，我们去下一个项目！"

肖寒跟着他飞奔，两人跑得满头是汗，却丝毫不觉得累。

他们排队玩了加勒比海盗、极速光轮等项目，又用快速通道票玩儿了雷鸣山漂流，一场漂流下来，两个人的衣服都被水给浸湿了。

正好时间到了中午，累坏的两人干脆去商业区觅食。

秦陌排队拿吃的，肖寒跟在他身后。

片刻后，秦陌买完汉堡，发现肖寒居然不见了？

秦陌一愣，立刻环顾四周寻找肖寒的身影。中午时间，游乐场里人潮拥挤，秦陌找半天没看见肖寒在哪儿，他着急地拿出手机给肖寒打电话，结果耳边一直传来"嘟嘟"的忙音，电话能打通，肖寒不接，可能是没听见？

秦陌心急如焚，万一把肖寒弄丢了，他要怎么跟师父交代！

刚想去广播找人，结果却见一个金发少年朝他走了过来，手里拿着个米老虎的发箍，笑眯眯地将发箍戴在秦陌的头上："送给你。"

秦陌本就长得嫩，皮肤发红的少年，戴着米老鼠发箍的模样可爱极了。

肖寒忍不住伸手摸了摸秦陌头上的米老鼠耳朵，笑道："我看好多人都在戴这种发箍，我们也要入乡随俗嘛，入乡随俗我用的对不对？"

秦陌气得想揍他："你跑哪去了？！"

肖寒发现秦陌似乎生气了，忙解释道："我刚跟你说了啊，我去买个米老鼠发箍，买完就回来找你。"

秦陌刚才排队取餐，大概是没听见。

对上肖寒无辜的眼神，他沉着脸地道："到处乱跑，走丢了怎么办？"

肖寒笑着说："我又不是小孩子，而且我手机里有迪士尼乐园的地图，不会迷路的。你……生气了？"看着秦陌气呼呼的样子，肖寒急忙变戏法一样从身后拿出来一个冰激凌："给你买的，我排队排了很久，别生气好不好？"

秦陌心里微微一软："你……专门去排队给我买冰激凌？"

肖寒点头："你喜欢的草莓味。"

秦陌的气立刻消了，接过冰激凌，美滋滋地吃了起来。

肖寒笑着坐在他旁边啃汉堡，两人吃饱了肚子，这才跟着人群去看演出。

一天的时间过得很快。

秦陌已经很久很久没有这么放松地笑过了。

他出身风色豪门俱乐部，又特别好运被凌雪枫收为徒弟，其实他才是风色战队压力最大的一个，他必须抓紧每一分、每一秒的时间训练，不能掉队，不能给师父丢脸……每次比赛一旦输了，就会被网友们冷嘲热讽，甚至说他不配当凌神的徒弟。

他肩膀上的担子太沉重了，压得他几乎要喘不过气来。

今天，他终于放下了那一切重担，没有比赛、没有师父、更没有什么风色小太子，他只是一个带着朋友，跑来游乐场放松的普通人。

上次来迪士尼乐园还是初中的时候，跟父母一起来的，由于没做好功课，很多项目都没玩成，留下了太多遗憾。

今天，他跟肖寒一路飞奔，该玩的项目全都没有落下……

天黑的时候，看着华丽的烟花灯光秀，秦陌只觉得心里格外满足。

就在这时，肖寒忽然说："小陌，这是我第一次来游乐场。"

秦陌回头看他："是吗？"

夜晚灯光的照射下，肖寒的神色很是认真，一双眼睛明亮如星，他注视着秦陌的眼睛，认真地说："我妈妈很早就离开了我们，爸爸忙于工作不怎么管我，我在国外的那几年，身边连一个朋友都没有，过得很不开心。今天，是我从小到大，最开心的一天。"

秦陌怔怔地看着他："真的？"

肖寒用力点头："嗯。"

他突然伸出双臂，将秦陌紧紧地抱进了怀里，低声说："能认识师父，回国打比赛，是我最幸运的事情。能认识你，却是我最开心的事了。"

秦陌被他的拥抱给抱得心发软。

比起自己，其实肖寒更难。自己虽然压力大，可至少有父母的疼爱、师父的关心；肖寒却是个没爹疼、没妈爱的可怜孩子，独自摸爬打滚在异国他乡长大，连个朋友都没有……

他眼眶一热，拍了拍肖寒的肩膀，道："放心吧，以后有我罩着你。"

肖寒轻笑出声："那我要不要认你当老大啊？"

秦陌挑眉："好，以后都听我的。"他当食物链最底层当了这么久，也该翻身了吧？

肖寒认真点头："嗯，除了打比赛不听你的，其他都听你的。"

秦陌微微一笑，朝肖寒道："快看烟火灯光秀，拍几张照片发朋友圈！"

肖寒松开了怀抱，站在他身边，并肩看向天空中绚丽的烟火。

看着秦陌脸上的笑容，肖寒心想，不知道自己还能打多少年比赛，以后每年休假期，他最想做的事，就是和秦陌一起去玩儿。

这次来迪士尼，是秦陌辛苦查的攻略，以后他也要学会查攻略。

飞跃地平线项目看到的那些 VR 景观，秦陌似乎很喜欢？将来，他要多存一点钱，带秦陌去实地观赏。

埃及的金字塔，瑞士的雪山，欧洲的城堡，还有中国的大好河山……

在烟花飞升到空中的那一刻，肖寒忽然伸出手，轻轻环住了秦陌的肩膀，低声说道："小陌，以后等我们退役了，去环游世界好不好？"

秦陌正拿手机拍照，听到这里，微微一怔，回过头问："怎么突然想去环游世界？"

肖寒认真地说："今天看的那些景色都是 VR 视觉处理过的，几秒钟就没了，一点都不过瘾，我更想和你亲自去现场看。"

秦陌不由微笑起来："好啊！"

现在的他们是沧澜、风色的小太子，被师父寄予了厚望，等师父退役，说不定会把战队交到他们的手上，而再过几年，等他们的状态也不能打比赛了呢？

退役之后做什么？

秦陌其实并没有考虑过那么遥远的事情。

但今天，听肖寒这样一说，他忽然觉得——来一场说走就走的旅行，跟肖寒去环游世界，也是个不错的选择。

两人相视一笑。

肖寒伸出手："那就说定了？"

秦陌伸手跟他击掌："一言为定。"

璀璨的烟火下，两个少年给了彼此一个最单纯的约定。

在那一天到来之前，他们会继续以朋友兼对手的身份努力下去。不给师父丢脸，不让自己松懈，也不让对方失望。

因为，他们是李沧雨和凌雪枫的徒弟，是沧澜和风色最有天赋的小太子。